mixtvision

ABATON » Die Verlockung des Bösen

Für Josephine, Tristan und Vincent

[CHRISTIAN JELTSCH]

ABATON » Die Verlockung des Bösen

[OLAF KRAEMER]

[2E01] **448**

ZWEITER BAND

TEIL 01 **21**
TEIL 02 **165**

[2113] **77**
[2110] **60**

[2209] **191**
[2207] **180**

[2115] **96**
[2117] **126**

[2120] **154**

[2219] **266**

-- Inhaltsverzeichnis

[2210] **199**
[2228] **385**
[2227] **373**
----- PROLOG **13**   [2221] **295**   [2229] **402**
[2202] **168**
[2111] **66**   [2119] **137**
[2114] **83**   [2220] **287**   [2223] **307**
[2213] **229**   [2232] **432**   [2208] **182**
[2216] **240** [2215] **239**
[2218] **256** [2224] **316**   [2217] **252**
[2109] **56**   [2203] **172**
[2201] **166**   [2205] **177**   [2P01] **14**
[2212] **219**   [2116] **105**

[2P02] **17**
[2103] **26**
[2105] **37**
[2107] **46**
[2112] **76**
[2118] **131**   [2226] **334**
[2204] **174**
[2206] **179**
[2211] **209**   [2225] **327**
[2214] **236**
[2222] **305**
[2230] **416**
[2101] **22** [2231] **431**
[2104] **29** [2233] **433**
[2106] **39**
[2108] **47**
[2102] **24**

○

EPILOG **447**

Prolog

Marie stand auf einem aus roten Ziegeln gemauerten Kai und sah zu, wie der riesige Dampfer von kleinen Schleppern an die Mole gezogen wurde. Ihre langen dunklen Haare hatte sie zu Zöpfen geflochten, um die Stirn gelegt und mit ihren schönsten Haarspangen befestigt. Sie trug ihr Sommerkleid mit den bunten Blumen und den kleinen Bienen, das eine Schneiderin extra für sie gemacht hatte.
Das Nebelhorn des Schiffes blies Dampf in den blauen Himmel und vom Oberdeck unter den drei roten Schornsteinen winkte Maries Mutter. Sie trug einen hellen Hut mit einem weißen Schleier, der den oberen Teil ihres Gesichts verdeckte. Das Kostüm ihrer Mutter war aus hellem, weichem Stoff. Um ihren Hals flatterte ein buntes Tuch im warmen Wind. Neben ihr auf dem Deck stand eine große Kiste.
Als der Dampfer näher kam, erkannte Marie die bunten exotischen Aufkleber der Hotels, die die Pagen daraufgeklebt hatten. Und plötzlich sah sich Marie selbst auf dieser Kiste stehen. Allerdings ohne Zöpfe, sondern mit einem modernen Pagenkopf-Schnitt. Louise. Maries Zwillingsschwester. Sie winkte wild mit den Armen und strahlte vor Freude.
Das Schiff war längsseits gegangen und die Matrosen senkten die Gangway auf die Mole. Marie spürte, wie ihr Herz immer schneller schlug. Ihre Zunge wurde pelzig wie eine Hundepfote und vor Wiedersehensfreude trat sie ungeduldig von einem Bein aufs andere. Als die gut betuchten Passagiere nach und nach den Landungssteg hinabschritten wie einen Catwalk und am Ende der Gangway von ihren Verwandten begrüßt wurden, war Maries Mutter nicht unter ihnen. Suchend eilte Marie durch die Szenen freudigen Wiedersehens. Sie fragte die Passagiere nach Louise, nach ihrer Mutter, doch schaute sie nur in ratlose Gesichter. Sie waren nicht vom Schiff gekommen. Marie musste zusehen, wie die Anzüge der Männer schäbiger und die Kleider der Frauen einfacher wurden.

Bis schließlich die Seeleute von Deck gingen.
Die Ladung gelöscht wurde.
Und Marie allein am Kai stand.
Allein mit dem Geruch des Salzwassers und des Teers von dem kalfaterten Schiff, dem Duft der Gewürzballen, die mit einem Kran aus dem Frachtdeck abgeladen wurden. »SHIVA« war in Hindi und im lateinischen Alphabet an den Bug des Schiffes gemalt und die zerfetzte Flagge eines fremden Landes hing schlaff an seinem Heck in der Sonne. Ab und an klatschte eine Welle gegen die Kaimauer.
Wo waren sie geblieben?
Zögernd tat Marie einen Schritt auf die leere Gangway zu, die an Bord des riesigen Ozeandampfers führte. Vorsichtig, als handele es sich um dünnes Eis, setzte sie den Fuß auf das Holz, als das Horn des Dampfers noch einmal laut blies. Marie fuhr zusammen und trat einen Schritt zurück. Erneut blies das Ungetüm. Dann wurde es schwächer, bis nur noch ein leises, jämmerliches Fiepen erklang – ein Fiepen wie von einem Wasserkessel, der auf einem Herd steht, einem Herd in einer Souterrainwohnung in Berlin – der Wohnung, die in den letzten Jahren Maries Heimstatt gewesen war.
Mit fest geschlossenen Augen lag Marie auf ihrem Bett und versuchte ihren Traum festzuhalten, wenigstens einen Fetzen davon mit in den Tag zu nehmen, eine Hoffnung, dass ihre Mutter und ihre Schwester doch mit dem Schiff gekommen waren und sie doch noch die Gangway hinauf an Bord des Schiffes gehen würde, um Louise, um ihre Mutter noch einmal zu sehen, noch einmal in den Arm zu nehmen. Es gab keinen anderen Weg als den über die Gangway. Doch sosehr Marie sich auch bemühte: Die Gangway war verschwunden, ebenso wie das Schiff, der warme Wind und das erwartungsvolle Schreien der Möwen. Stattdessen hörte sie das Klappern von Geschirr und das leise Summen des Funkgeräts mit den grünlichen Augen, das im hinteren Teil

der Wohnung stand. Der Kessel pfiff hinter der spanischen Wand, die ihr Feldbett von dem Rest der Wohnung trennte, und der exotische, leicht süßliche Geruch von Gewürzen, die ihr Vater in den Tee geworfen hatte, durchzog die Wohnung, die selbst im Sommer kühl und feucht war. Jetzt spürte Marie den Stich in ihrem Herzen, den sie hatte vermeiden wollen: Es gab keinen Dampfer. Keine Mutter, keine Louise, die gekommen waren, um sie zu besuchen. Es gab nur einen alten Kessel und es gab Carl Friederich Bernikoff. Dieser hochgewachsene Mann mit dem weißen Haar und der dunklen Haut, mit dem sie die Jahre verbracht hatte, seitdem ihre Mutter mit ihrer Zwillingsschwester verschwunden war. Marie lächelte, als sein freundliches Gesicht hinter der spanischen Wand auftauchte und er scherzhaft eine seiner dichten Augenbrauen hob, die seinem Gesicht etwas Gutmütiges, aber auch etwas Brummiges, Strenges verliehen.
„Steh endlich auf, faule Liese! Fast schon Mittag", sagte er.
Marie setzte die nackten Füße auf den kalten Boden der Wohnung im Souterrain und zog sie gleich wieder zurück unter die Decke. Sie blinzelte Bernikoff an und streckte sich. Er schob ihr seine Pantoffeln hin und ihre Füße schlüpften hinein wie in eine warme Höhle.
„Ich hab wieder von dem großen Schiff geträumt ..."
„Ein gutes Zeichen. Heute ist unser großer Tag!"
Mit einem Schlag war Marie hellwach. Er hatte recht: Heute Abend würde sie als Assistentin dabei sein, wenn Carl Friedrich Bernikoff als der Große Furioso im Wintergarten auftrat. Nicht vor normalem Publikum – wie Marie es mittlerweile gewöhnt war –, sondern vor einer geschlossenen Gesellschaft aus Offizieren und Größen des Dritten Reichs. Und auch ER würde dort sein. Der Mann, den alle fürchteten. Für diesen Auftritt hatte Bernikoff einen waghalsigen Plan entworfen, der den Lauf der Welt verändern sollte ...

Gebannt und sprachlos stand Greta vor dem Monitor in der Zentrale von GENE-SYS und starrte auf das Gesicht von Bernikoff, das in der Vergrößerung noch einmal über den Bildschirm flimmerte. So wie es die junge Marie damals gesehen hatte. Dann wanderte Gretas Blick nach nebenan. Hinter einer Scheibe, in der Realität, lag die alte Marie. An ihrem Kopf angeschlossen Drähte und Elektroden, die ihre über Hirnströme transportierten Erinnerungen in Bilder verwandelten.

„ER!", sagte Greta mit leiser Stimme. „Und was war das für ein Plan? Wenn Bernikoff Hitler tatsächlich persönlich begegnet wäre, dann gäbe es doch irgendwo Aufzeichnungen darüber!"

Aber die gab es nicht. Greta wusste das. Schließlich hatte sie alles studiert, was jemals von oder über Carl Bernikoff geschrieben worden war.

Sie überlegte. Entweder stand sie vor der Entdeckung einer kleinen Sensation oder sie war die ganze Zeit Zeuge von Maries kindlichen Fantasien gewesen.

„Nach all den Jahren scheint sie sich sogar an die kleinsten Details in der Wohnung zu erinnern", sagte Louise in die Stille. Sie war das exakte Ebenbild von Marie, ihrer Zwillingsschwester. In ihrer Stimme schwang ein Ton der Bewunderung.

Das Bild auf dem Monitor pixelte aus und das Gesicht Bernikoffs, das Maries Erinnerung auf den Bildschirm gerufen hatte, verschwand. Greta schaute zu dem Mann, der den Computer steuerte, an den Marie angeschlossen war. Professor Victor Gabler, Neurologe, Hirnforscher und wissenschaftlicher Leiter von GENE-SYS in Boston, pegelte die Reizströme nach unten.

„Ihr Körper muss sich erholen. Für sie ist es, als durchlebe sie alles noch einmal."

Er blickte zu Marie, die immer noch in Trance in ihrem Bett lag.

Maries Brustkorb hob und senkte sich ruhig.

Sie bewegte sich leicht im Schlaf und auf dem Bildschirm formten sich die nächsten Bilder.

„Ist das denn ... nicht gefährlich?", wollte Louise wissen.

Bevor jemand auf ihre Frage antworten konnte, betrat die Leiterin der Überwachungszentrale den Raum. Greta blitzte sie an. Sie hasste diese Unterbrechungen.

„Die Kinder ... die Kritische Masse ...", rechtfertigte sich die Frau und kaute ruhig ihr Kaugummi. „Sie haben die Innenstadt verlassen. Sind zwei Komma drei Kilometer entfernt und kommen näher. Wir haben sie auf dem Schirm."

Greta wandte sich der Kollegin zu, die interessiert auf den Monitor schaute, auf dem Victor die bisher gespeicherten Bilder aus Maries Vergangenheit kontrollierte.

„Ich bin darüber informiert", sagte Greta scharf. „Die Kinder kommen, um Marie zu befreien. Kein Problem. Keine Gefahr."

Die Leiterin der Überwachungszentrale schüttelte den Kopf. Schmatzend kaute sie ein paarmal, bevor sie den Mund wieder öffnete.

„Darum geht's nicht. Die Kinder sind in Gefahr!"

Wie auf ein Zeichen flackerte kurz das Licht. Auf dem Monitor gefroren Maries Erinnerungen zu einem Standbild.

„Wenn man vom Teufel spricht!" Die Kaugummi-Frau deutete nach oben. „Gewitter ..."

Im gleichen Moment hörten sie das dumpfe Grollen, mit dem sich das Gewitter direkt über dem Teufelsberg entlud.

Eilig erhob sich Greta und folgte besorgt der Leiterin in die Überwachungszentrale. Nicht ohne Victor anzuweisen, mit dem Experiment fortzufahren. Maries Erinnerungen traten in die entscheidende Phase. Ab jetzt durften sie keine Sekunde verpassen.

Teil [01]

„So fühlt sich also der Tod an", dachte er.
Die Kälte des Wassers begann seine Muskeln zu lähmen. Seine Finger gehorchten ihm nicht mehr. Waren nicht mehr bereit, ihn zu halten, zu retten. Zehn fette, eigensinnige Würmer an den Enden seiner Arme. Seine Lungen brannten. Forderten Sauerstoff. Wollten explodieren. Aber Linus konnte nicht atmen. Er war unter Wasser. Ohne Orientierung taumelte er in einem gewaltigen Strom von Abwässern durch die Kanalisation. Wo war oben? Wo unten? Er presste die Lippen aufeinander. Unterdrückte den Würgereiz, den die Kloake erzeugt hatte. Der Gestank hatte sich längst als Geschmack auf seine Zunge gelegt und erreichte jetzt auch seinen Rachen. Die wilde Strömung schleuderte ihn gegen einen Mauervorsprung. Druck baute sich in seinem Schädel auf. Unfassbarer Schmerz. Als würde seine Schädeldecke jeden Moment gesprengt. Seine Arme ruderten wild und ziellos umher. Längst war das Seil, das ihn wie eine Nabelschnur mit Edda und Simon verbunden hatte, gekappt. Linus hatte keine Kraft mehr.
„Lass es geschehen ...", drang es von irgendwo in seinen Kopf. Als wären es die süßen Stimmen der Sirenen, die ihn in das Reich der Schatten locken wollten. „Lass es einfach geschehen ..."
Linus spürte, wie sich sein Körper darauf vorbereitete, dem Locken zu folgen. „Gib auf ... Lass los und der Schmerz wird vorbei sein ... Lass endlich geschehen, was geschehen soll ..."
Die Muskeln, die seine Kiefer geschlossen hielten, begannen sich zu entspannen. Ein einziger tiefer Atemzug nur und alles wäre gut. Kein Schmerz, keine Angst. Sich öffnen. Endlich ankommen. Endlich Ruhe.
„Linus!"
Eddas Stimme vertrieb die Sirenen. „Linus!"

Für einen kurzen Moment war sein Kopf über Wasser. Linus riss den Mund auf, saugte Luft ein. Die Lungen fraßen sich fast durch seinen Brustkorb. Er japste. Sein Körper zwang den lebenswichtigen Sauerstoff durch Mund und Nase. Jetzt hörte Linus wieder. Simons Stimme.

„Linus! Verdammt! Wo steckst du?"

Linus nahm die Sorge wahr, die in Simons Fluchen verborgen war. Glücklich machte ihn das. Er schaffte es, den Kopf über Wasser zu halten.

„Wir werden nicht sterben. Das hast du versprochen, Linus!" Eddas Stimme. Nicht mehr nur in seinem Kopf.

„Hier!", rief Linus und spuckte gleichzeitig das giftige Wasser aus. Dann sah er seine Freunde. Sie klammerten sich an das Sperrgitter, das sie vor Kurzem noch auf ihrer heimlichen Mission zur Befreiung von Marie passiert hatten. Linus trieb auf das Gitter zu. Krachend schlug er dagegen. Für einen Moment wurde ihm schwarz vor Augen. Edda hielt ihn. Und Simon.

Sie waren wieder zusammen. Edda lachte, weinte.

„Und jetzt?"

Simon und Edda sahen Linus an. Er wusste, dass die beiden von ihm eine Lösung erwarteten. Er erwartete sie ja selbst von sich. Aber was sollte er tun? Das eiskalte Dreckwasser presste sie gegen das Gitter. Staute sich vor ihren Körpern. Stieg immer weiter. In wenigen Minuten würde es ihre Münder, ihre Nasen bedecken. Es gab kein Entkommen mehr. Voller Angst wartete Linus darauf, dass die Sirenen in seinem Kopf wieder ihre lockenden Stimmen erheben würden.

Alles hatten sie akribisch geplant, Edda und Linus. Den Weg durch die Unterwelt, die Befreiung von Marie, den Rückzug. Von der Waffe in Simons Tasche allerdings wussten die beiden nichts. Während ihrer Mission, wie Edda und Linus das Unterfangen nannten, umschloss Simons Hand immer wieder die alte Parabellum Luger. Es fühlte sich jedes Mal gut an. Die Pistole war geladen. Sechs Schuss. Scharfe Munition. Simon hatte keine Ahnung, ob es nötig werden würde zu schießen. Er wusste auch nicht, ob er tatsächlich abdrücken würde. Doch dieser Plan war so wahnwitzig, dass er sich nicht ohne die Waffe hatte auf den Weg machen wollen. An der Waffe konnte er sich festhalten. Bei allen Bedenken gab sie ihm ein Gefühl der Sicherheit und der Stärke. Irgendwie war ihm klar, dass es zu Komplikationen und Gefahren kommen würde. Das konnte er sich an seinen neun Fingern abzählen. Drei Teenager auf dem Weg, um es mit einem der undurchsichtigsten internationalen Konzerne aufzunehmen. Wie sollte das gut gehen? Simon hätte gern noch länger überlegt, ob es nicht doch einen besseren, einen weniger gefährlichen Weg gegeben hätte, Eddas Großmutter aus den Fängen von GENE-SYS zu befreien. Aber vielleicht hatten Edda und Linus ja recht: Es gab keine Alternative. Nach allem, was in den letzten Tagen geschehen war. Also machten sich die drei Freunde auf den Weg zurück zum Teufelsberg. Auf einem Pfad, den niemand vorausahnen konnte. Der Plan zu Maries Rettung war in Wahrheit nicht nur wahnwitzig, er war komplett verrückt. So verrückt, dass er schon wieder genial sein konnte, dachte Simon. So hatte Linus es ihnen verkauft.

Mit dem Wagen waren sie zu dem Parkplatz an der Avus gefahren, hatten jeder einen Rucksack umgeschnallt und waren dann durch einen Gully in das Abwassersystem der Stadt hinabgestiegen. Immer tiefer kletterte die kleine Expedition. Und immer fauliger wurde der Geruch, der ihnen entgegenschlug. Edda und Simon hielten sich Tücher vor die Nasen. Linus trotzte dem Gestank. Er wusste, dass er sein Gehirn überlisten konnte. So wie er es tat, wenn er Schmerzen hatte. Er schaffte es dann immer wieder, sich einzureden, dass Schmerzen nur Signale waren und nicht wirklich wehtaten. Nur elektrische Impulse an das Gehirn. Mehr nicht. So versuchte er auch mit dem Gestank fertig zu werden und es begann zu funktionieren. Dann ging es über Eisenstiegen durch einen engen Schlund noch einmal tiefer hinab, zum Hauptabwasserkanal.

„Durch den Mund atmen!", befahl Linus.

Er kletterte voran. Simon ließ Edda vor und folgte als Letzter. Seit einiger Zeit schon versuchte er, durch den Mund zu atmen. Aber die Vorstellung, dass der Gestank wie ein feiner Film auf seiner Zunge zurückbleiben und er ihn schließlich schlucken würde, ließ ihn den Mund wieder schließen. Dieser Plan war nicht wahnwitzig, er war idiotisch, dachte Simon. Linus hatte ihnen im wahrsten Sinn des Wortes die Scheiße hier eingebrockt. Nächtelang hatte er die Pläne vom Untergrund Berlins studiert und schließlich diesen Abwasserkanal entdeckt, der vom Teufelsberg zur Avus führte. Als die Amerikaner im Kalten Krieg den Teufelsberg zur Abhörstation Richtung Ostdeutschland ausgebaut hatten, waren auch diese unterirdischen Röhren gelegt worden, die direkt in den Teufelsberg führten. „Ins Herz von GENE-SYS", hatte Linus gesagt.

„Durch den Arsch ins Herz", dachte Simon. „Genialer Plan!" Er hielt sich wieder das Tuch vor die Nase, während er den beiden anderen folgte.

Greta schaute auf die Anzeige. Die weißen Signale waren eindeutig. Sie blinkten in unterschiedlicher Frequenz.

„Da sind sie. Auf dem Weg", kommentierte die Leiterin der Überwachungszentrale vor dem Monitor. Sie hatte nur für diesen kurzen Satz das Kauen ihres Kaugummis unterbrochen. Wie ein Wiederkäuer, dachte Greta. Doch sie wusste, dass sie niemand Besseren für diese Aufgabe hätte finden können. Die Frau hatte ihre Ausbildung noch von der Staatssicherheit erhalten. Sie kannte keine Skrupel und war technisch stets auf dem neuesten Stand. Also ertrug Greta ihre Kuhgeräusche. Sie schaute auf die Signale, die ganz in der Nähe ausgesendet wurden. Auf dem Stadtplan, den der riesige gläserne Monitor zeigte, war zu erkennen, dass sich Edda, Linus und Simon bereits im Süden des Teufelsberges befanden.

Auch wenn Greta nichts sehnlicher wünschte, als zurück zu Marie zu gehen und herauszufinden, was es mit ihren Erinnerungen weiter auf sich hatte: Diese drei Kinder nötigten ihr ehrlichen Respekt ab. Die letzte Zeit war für die drei nicht leicht gewesen. Greta hatte die Unterlagen über jeden von ihnen vor sich liegen, beginnend jeweils mit den Fotos aus der Kindheit. Dann die genaue Beschreibung ihrer Begabungen. Ihre außergewöhnlichen Anlagen zur „stummen Kommunikation", wie Greta es nannte. „Gedankenlesen" war für sie immer ein dummes Wort gewesen. „Telepathie" gefiel ihr besser, obwohl auch das kein wissenschaftlicher Begriff war. Sie dachte an Bill, lächelte in Gedanken an ihn. Und für einen Moment stand Trauer in ihren Augen. Wie sehr sie sich wünschte, dass er die Entdeckung der drei Kinder noch hätte miterleben können. Bill. William Bixby, der Bauernsohn aus Minnesota, der keinen Doktortitel besessen hatte, der nie wissenschaftlich an seine Aufgaben herangegangen war. Immer war er seinem Gefühl, seinem Instinkt gefolgt. Nach der Lektüre von Bernikoffs Schriften hatte er schließlich die These aufgestellt, dass es möglich wäre, das Böse aus den Gedanken, aus den Gehirnen der Menschen zu vertreiben. Vorausgesetzt man schaffte es, das Böse in einer der vielen Gehirnregionen zu lokalisieren und zu isolieren. Bills Enthusiasmus hatte Greta mitgerissen, hatte sie durch all die Jahre getragen. Hatte sie sogar Bündnisse mit Regierungen und Militärs schließen lassen, nur um die gemeinsame Forschung zu dem einen guten Ziel zu bringen: der Eliminierung des Bösen. Und dann war Bill vor fünf Jahren mit seiner kleinen Cessna in den kalten Februarmorgen zu einem Kongress nach Stockholm aufgebrochen und niemals dort angekommen. Vier Tage hatten Rettungsmannschaften die Ostsee abgesucht. Schließlich hatten sie Wrackteile der Cessna gefunden, doch Bills Leiche blieb für immer in den Tiefen des kalten Meeres verschwunden.

Greta verbat sich Trauer.

Auch weil es sie daran erinnert hätte, dass sie an jenem Tag im Streit auseinandergegangen waren. Nein. Sie war stolz. Sie wusste, dass sie mithilfe von Edda, Linus und Simon ihr Ziel erreichen würden. Und mit der Forschung an Maries Gehirn und ihren Erinnerungen würde sie einen weiteren Schritt zu einer besseren Welt machen. Greta senkte den Blick und blätterte noch einmal durch die Akten. Wie in einem Forschungs-Tagebuch waren dort die Erlebnisse der drei akribisch aufgelistet, seit sie den Teufelsberg verlassen hatten. Manche Ereignisse waren sogar mit der exakten Uhrzeit notiert. Der für Simon so schreckliche Moment auf den Gleisen war genauso vermerkt wie Eddas Kontaktaufnahme mit Thorben und Linus' Stunden in der Bibliothek und den Stadtwerken. Wichtiger aber noch war für Greta die Erkenntnis, dass sie mit ihrer Vermutung recht behalten hatte:

Die Freundschaft der Kinder zueinander, ihre Empathie füreinander, war das Element, das all die Wissenschaftler von GENE-SYS, selbst Bill bei seinen Berechnungen für das Entstehen der Kritischen Masse, nicht bedacht hatten. Und wenn sich etwas in der Zeit seit ihrem Kennenlernen im Camp bewährt hatte, dann war es die Freundschaft der drei Jugendlichen. Vielleicht ist sie der Faktor, der den Menschen vom Tier unterschied, dachte Greta. Freundschaft nicht aus Not oder Angst, sondern aus einem höheren Grund. Einem Grund, der den Menschen erhob zu dem, was er eigentlich seinem Wesen nach war: ein Ebenbild der Schöpfung.
Auch wenn die Leiter der anderen GENE-SYS-Headquarter in Boston, São Paulo, Moskau und Kyoto es nicht glauben wollten, Greta hatte es mit ihrem genialen Schachzug bewiesen. Sie hatte die Freundschaft auf die Probe gestellt, hatte behauptet, Linus aus dem Bund eliminieren zu wollen. Edda und Simon hatten für ihren Freund auf die faszinierende Zukunft verzichtet und sich für Linus entschieden. Greta war gerührt. Stolz hatte sie empfunden. Und ganz tief in ihrem Inneren auch einen Stich. Neid. Weil sie nie in ihrem Leben dieses starke Gefühl der Empathie erlebt hatte. Selbst ihre Gefühle für Bill waren keine Liebe gewesen, nicht von ihrer Seite. Sie hatte Achtung vor ihm gehabt. Respekt. Vor seinem Elan, seiner Bereitschaft, seinen Visionen zu folgen. Bill war ein großartiger Mitstreiter gewesen. Aber Freunde? Niemals hatte Greta wirkliche Freunde gehabt in ihrem Leben, vielleicht war sie als Kind zu lange ans Bett gefesselt gewesen. Bis Carl Bernikoff aufgetaucht war.
Egal, das alles jetzt. Greta wusste, dass sie das Beste aus ihrem Leben gemacht hatte. Und nun, da es sich dem Ende zuneigte, wollte sie den Menschen das Beste hinterlassen. Dazu war es unabdingbar, dass Edda, Linus und Simon nichts geschah. Deshalb beunruhigte sie die Situation, die sich da jetzt anbahnte.

„Sie kommen durch die Kloake", schmatzte die Frau mit dem Kaugummi. Ihr machte das alles keine Sorgen. Aber Greta. Denn Greta hatte eben alles im Blick. Sorgen machte ihr, dass Linus bei seinem Plan, Marie zu befreien, offenbar alles bedacht hatte. Alles – bis auf die aktuelle Wetterlage.

---- ┐ 21:04 L ----

Edda, Linus und Simon hatten den Abwasserkanal erreicht und bewegten sich nun parallel dazu auf einem erhöht verlaufenden Steg Richtung Nordwesten. Das Licht von Simons Taschenlampe erfasste Edda für einen Augenblick. Wie bleich sie war. In den letzten Tagen hatte er sich immer mehr als Außenseiter des Trios empfunden. Linus hatte die Planung übernommen und Edda war ständig an seiner Seite gewesen. Simon hatte die wachsende Nähe zwischen den beiden beobachtet. Zu spüren, wie sie sich näher- und näherkamen, tat ihm weh. Er spürte es in seinem Herzen, in seinem Bauch. Und je mehr er es fühlte, desto gehemmter wurde er. Desto nutzloser kam er sich vor. Warum fiel es ihm so unendlich schwer, seine Traurigkeit darüber zu zeigen? Oder sie beiseitezuschieben? Alles wäre besser gewesen, als immer verschlossener zu werden. Natürlich konnte er verstehen, dass Linus sich so für Eddas Großmutter einsetzte. Schließlich dankte es ihm Edda mit zarten, scheinbar zufälligen Berührungen, mit heimlichen Blicken, mit ihrem wunderbaren Lächeln, das ein so süßes Kräuseln auf ihre so gerade Nase zauberte. Ach, Scheiße! Am schlimmsten für Simon war, dass Linus von Eddas Blicken und Berührungen nichts mitzubekommen schien. Wie ungerecht die Liebe ist.

Edda blieb stehen und Linus drehte sich um. Sein Taschenlampenlicht erfasste ihr Gesicht. Es war nicht mehr weiß, es war fast grün.

„Durch den Mund geht einfach nicht", stieß sie unter Würgen hervor. „Das fühlt sich an, als hätte ich die ganze Scheiße auf der Zunge." Kaum hatte sie das gesagt, musste sich Edda übergeben und die Reste einer Pizza con tutto suchten in einem Schwall den Weg ins Freie. Edda holte tief Luft, doch das führte zu einem weiteren Brechanfall. Simon trat zu ihr und hielt ihr die Haare zurück. Doch Edda drehte sich sofort weg. Sie wollte nicht, dass Simon sie so sah. Dass überhaupt jemand sie so sah!

Ratlos standen Linus und Simon daneben und Simon reichte Edda schließlich ein Taschentuch. Endlich lächelte sie ihn erschöpft an, nahm es und wischte sich den Mund ab. An Simons linker Hand war immer noch der dicke Verband, den sie ihm angelegt hatte und der den Stumpf seines Mittelfingers umwickelt hielt.

„Wird wohl jetzt schwierig werden mit dem Zehnfingersystem", hatte Simon gewitzelt, bevor er auf dem Gleisgelände vor Schmerz und Schock in Ohnmacht gefallen war. Keiner von ihnen hatte sich vorstellen können, wie hart es werden würde, auf den Straßen von Berlin zu überleben. Sie hatten es auf die brutale Art lernen müssen. Die Straße schien das Böseste hervorzulocken in denen, die ohne Obdach lebten. Manche von ihnen hatten nichts mehr zu verlieren außer ihrem Leben. Und als die drei auftauchten, hatten sie es auf Simon abgesehen. Einfach nur so. Weil er neu war. Und weil es vorher einen bedeutungslosen Streit mit ihm gegeben hatte. Die Gang aus jungen Deutschen und Russen hatte Simon in einem abbruchreifen Bahnwärterhäuschen aufgestöbert. Zusammen mit Edda und Linus. Drei gegen fünfzehn. Edda, Simon und Linus hatten keine Chance. Grölend wurden sie zu der nahen Bahnstrecke geschleppt. Zu viert fesselten sie Simon an die Gleise und ketteten von seiner linken Hand nur den Mittelfinger fest. Den hatte Simon ihnen gezeigt. Die rechte Hand ließen sie frei. Eine Kneifzange hatten sie ihm noch hingelegt. Ein Experiment, hatten sie gesagt und dann warteten sie. Und tranken. Und wetteten darauf, welcher Zug Simon erwischen würde. Aber vielleicht, wenn er mutig war, konnte er sich ja rechtzeitig befreien. Mit der Zange. Bei all dem zwangen sie Linus und Edda zuzusehen. Auch als sich der ICE aus Göttingen näherte.

„Weiter!", trieb Simon sie an. „Wir müssen weiter."

„Geht's?", fragte Linus Edda. Sie nickte und rieb sich noch einmal den Tiger-Balm unter die Nase, und dann huschten sie weiter. Wie riesige Ratten. Gebückt. Als forderte das der gewölbte Backsteintunnel. Noch aber war der Tunnel so hoch, dass sie aufrecht hätten laufen können. Noch führte der Weg erhöht und parallel zu dem Abwasserkanal. Nach ein paar Hundert Metern jedoch endete der Steg. Linus hatte das natürlich eingeplant. Er packte aus einer Tasche, die er mitgeschleppt hatte, die Fischerstiefel aus und zog sie über. Edda und Simon machten es ihm nach. Die Fischerstiefel waren eigentlich viel mehr als nur Stiefel, es waren Gummihosen. Sie gingen in eine Latzhose über. Und als die drei die Hosen angezogen hatten, reichte ihnen der Wasserschutz fast bis zum Hals.

Es war klar, was jetzt zu geschehen hatte. Nun mussten sie in die Kloake steigen, wenn sie ihren Plan weiter umsetzen wollten. Dann mussten sie sich über einen Kilometer gegen die Strömung voranarbeiten, bevor sich der Tunnel nach einer Biegung wieder weiten würde. An der Stelle, wo von Norden das Abwasser aus Spandau eingeleitet wurde. Edda, Linus und Simon sahen sich an und schwiegen. Dann kletterte Edda als Erste in den stinkenden, unterirdischen Fluss.

„Warte!", sagte Linus. Mit einem Karabiner befestigte er ein Seil an den Trägern von Eddas Hose und dann an seiner und der Hose von Simon. So konnten sie sich nicht verlieren. Linus ließ die Tasche zurück und die drei stiegen in die trübe Brühe. Ihre Füße tasteten nach dem Grund. Erleichtert stellten sie fest, dass der

Kanal nicht sehr tief war. Das Wasser reichte ihnen nicht einmal bis zu den Hüften.

„Wisst ihr schon, oder?", fragte Linus. „Is' hier nicht anders als in New York. Gibt hier auch Krokodile, Wasserschlangen und Piranhas."

„Ja, klar!"

„Echt! Haben die Leute im Klo runtergespült, als die Viecher zu groß wurden."

„Halt die Klappe und geh!" Edda versuchte, streng zu klingen. Aber eigentlich freute sie sich, dass Linus versuchte sie aufzumuntern. Auch wenn es eine blöde Geschichte war. Eine, die Edda nicht mochte. Denn so haarsträubend diese modernen Schauermärchen auch waren, Eddas Fantasie produzierte augenblicklich unzählige Bilder, auf denen Menschen kleine Krokodile und Alligatoren ins Klo kippten und wegspülten.

Linus watete voran, Edda folgte ihm und Simon blieb dicht hinter ihr. So weit das möglich war, fühlte sie sich sicher. Vor Krokodilen und all dem anderen Getier, das sie hier unten vermutete. Marie zu befreien war Edda wichtiger geworden als alles andere. Sie war es ihrer Großmutter schuldig. Und vor allem wollte Edda die Geheimnisse erfahren, die Maries Vergangenheit und damit auch ihr eigenes Leben betrafen. Wer war dieser Carl Bernikoff? Dieser Magier, in dessen Wohnung Edda sich selbst so nahegekommen war wie nie zuvor in ihrem Leben. Und was hatte es mit GENE-SYS auf sich? Mit dieser Frau, die Marie glich, die aber nicht Marie war. Wie sollte Edda all das verstehen? Nur Marie kannte die Antworten. Sie mussten sie so schnell wie möglich befreien.

„Kopf einziehen!", warnte Linus und seine Stimme hallte durch das stinkende Labyrinth. Ein Gitter ragte von oben herab. Die drei Freunde mussten sich ducken, um darunter hindurchzukommen. Sie machten sich keine Gedanken, warum es hier eingebaut worden war. Und sie sahen auch nicht, dass das Gitter rechts und links in der Mauerführung nur von zwei schmalen Balken gestützt wurde.

Noch glaubten die drei felsenfest an das Gelingen ihres verwegenen Plans. Die Lichter ihrer Taschenlampen leuchteten tief in den schwarzen Tunnel hinein. Edda, Linus und Simon bekamen nichts von einem der seltenen Wintergewitter mit, das sich am nächtlichen Himmel über Berlin zusammengebraut hatte und das sich nun entlud. Blitze zuckten über die Stadt hinweg, als tanzten sie ein wildes Ballett. Es schüttete und stürmte. Sechzig Liter pro Quadratmeter sollten es noch werden, warnte das Wetteramt. Zu viel, als dass es die Kanalisation hätte aufnehmen können.

„Ich glaub, das Wasser steigt!", sagte Edda besorgt.

Die beiden Jungs schwiegen. Auch sie hatten es längst bemerkt. Die Strömung, gegen die sie angehen mussten, war stärker geworden.

„Ist einfach nur enger geworden. Der Tunnel ist einfach nur enger geworden", wollte Linus beruhigen. „Das erhöht die Fließgeschwindigkeit und den Wasserpegel."

Sie hielten inne. Ein Rauschen näherte sich. Simon leuchtete zu der Stelle, von der das Geräusch kam. Ein Stück vor ihnen öffnete sich einer der vielen kleinen Zuflüsse aus irgendwelchen Gullys in der Stadt wie ein schwarzes Maul. Im selben Moment schoss daraus ein Schwall von Wasser hervor und beförderte kleine, dunkle Schatten in den Abwasserkanal. Ratten. Fiepend schwammen sie um ihr Leben. Eines der Tiere vor ihnen entdeckte die drei und hielt auf sie zu. Sofort folgten die anderen. Wie eine Flotte aus haarigen U-Booten steuerten sie, getrieben von der Strömung, Richtung Edda, Linus und Simon. Das Wasser reichte ihnen inzwischen bis zum Bauch. Die kleinen Nager strampelten, um zu den vermeintlich rettenden Teenagern zu gelangen.

Die versuchten sich voranzukämpfen, versuchten zu entkommen. Wild zuckten die Lichter ihrer Taschenlampen durch das Gewölbe und über das Wasser. Einige Ratten spülte die Strömung an ihnen vorbei. Aber ein paar der stärkeren Tiere hielten weiter direkt auf die drei Freunde zu. Edda schrie. Sie kamen nicht schnell genug voran.

„Arme hoch!", schrie Simon.

Da erreichten die ersten Ratten Linus und krabbelten mit den kleinen Füßen an seiner Anglerhose hoch. Suchten nach Halt. Doch an dem glatten Gummi fanden sie keinen. Sie trieben weiter. Auf Edda zu. Die war wie erstarrt stehen geblieben. Ihr Atem raste. Das verzweifelte Strampeln der Tiere rührte sie. Sie konnte es nicht mit ansehen, schloss die Augen und spürte, wie die Vorderfüße der Nager vergeblich auch an ihrer Anglerhose kratzten. Sie weinte. Aber sie brachte es nicht fertig, die Tiere zu retten. Ihr Weinen hallte durch den Tunnel und verschwand mit den grauen Nagern im Dunkel.

„Weiter!", befahl Simon. Er war jetzt dicht hinter Edda. Es tat ihr gut, dass er ihr das Gefühl gab, beschützt zu sein.

„Ich hasse Ratten", schluchzte Edda und zitterte noch am ganzen Körper. „Aber wie sie um ihr Leben gekämpft haben, Simon, so verzweifelt. Ich hätte sie ... retten können."

Edda wollte sich einfach fallen lassen, sich setzen, mitten ins Wasser. Der Untergrund, das Erbrechen, die Ratten und die immer stärker steigende Flut waren zu viel für sie. Und dass das so war, machte alles noch schlimmer.

„Edda! Es geht um Marie! Nicht um diese Viecher! Außerdem sind Ratten echt gute Schwimmer. Die kommen schon klar, keine Sorge!"

Damit schob Simon Edda voran. Es gefiel ihm, dass sie nach seiner Hand griff. Linus merkte nichts von dieser Geste. Er biss sich auf die Lippen. Er ärgerte sich. Warum zum Teufel hatte er nicht einkalkuliert, dass das Wetter draußen zu einem Problem werden könnte? In den letzten Tagen waren seine Lebensgeister zurückgekehrt. Er hatte sich als Held gefühlt, als Outlaw, und er hatte sich ein paarmal dabei erwischt, wie er der Romantik des Lebens auf der Straße erlegen war. Der Freiheit. Keine Schule. Heute hier, morgen dort. Schnorren. Betteln. Die Nächte in leer stehenden Häusern, in Parkgaragen. Abenteuer. Und das Tüfteln an dem Plan, Eddas Großmutter zu retten. Jeden Tag mit Edda einzuschlafen und neben ihr aufzuwachen. Erst die Sache auf den Gleisen hatte ihn wieder in die Realität zurückgeholt. Er hatte in Simons Augen geblickt, hatte seine Angst gespürt. Und für einen Moment hatte er das Gefühl gehabt, Simons Gedanken folgen zu können. Den Bildern, die in Simons Hirn auftauchten. Bilder eines zugefrorenen Sees. Bilder eines leblosen, kleinen Körpers. Und dann, mit Simons Schrei, war es Linus gewesen, als hätte er auch den Schmerz gespürt, den Simon hatte aushalten müssen. Um sich zu befreien. Vielleicht war es auch ein Schmerz, dessen Ursprung noch viel tiefer führte. Weg von dem Finger. Tief in Simons Seele. Linus hatte mit Simon nicht darüber geredet. Es kam ihm zu blöd vor. Als ob er ihn hätte trösten wollen. Aber da war etwas zwischen Linus und seinen beiden Freunden, das ihn in ihre Seelen schauen ließ. Immer dann, wenn Angst im Spiel war. Wie war das jetzt? Jetzt gerade? Er versuchte sich auf die Freunde zu konzentrieren. Es gelang ihm nicht. Zu sehr beschäftigte ihn, dass sein Plan zu scheitern drohte. Sollte er es den anderen sagen? Solange das Wasser nicht weiterstieg, konnten sie es schaffen. Wenn er Angst bekam – würden sie dann auch Angst bekommen? Würde dann alles scheitern? Linus wollte alles tun, um das zu verhindern. Denn dann wäre er wieder der kleine Linus, der Junge, der nicht gut genug war für GENE-SYS, nicht gut genug, der Freund seiner Freunde zu sein.

Tapfer arbeitete er sich weiter voran. Sie hatten gerade mal die Hälfte des Weges hinter sich. Er spürte, wie sein Herz klopfte. Es klopfte nicht nur vor Anstrengung. Edda blickte ihn an. Spürte sie, was er dachte?

Nach der Sache auf den Gleisen hatte sich Linus in der Uni-Bibliothek Bücher besorgt und nach einer Erklärung gesucht, warum er in Momenten der Angst mit Edda ohne zu reden kommunizieren konnte, warum er Simons Angst und Schmerz gespürt hatte. Viel hatte er in den Büchern nicht gefunden. Aber es ging um Mitgefühl, um Empathie. Das war wohl die Basis, um dieses Phänomen zu erklären. In einem der Bücher wurde es als so etwas wie ein Urinstinkt beschrieben. Etwas, das in jedem Menschen verborgen als Fähigkeit, als Information schlummerte. Das Buch war von Carl Bernikoff, aber Linus hatte diese theoretische Abhandlung von 1943 nur überflogen. Es war ihm viel zu kompliziert geschrieben. Warum mussten Wissenschaftler immer so geschwollen reden? Als wollten sie alle, die etwas anderes dachten, abwehren. Als wollten sie mit Absicht verhindern, dass jeder Normalo sie verstand. Vielleicht wäre ja auch sonst aufgefallen, dass das alles gar nicht so große Gedanken waren, die da auf Hunderten, Tausenden Seiten in den Bibliotheken schlummerten. Aber Linus hatte zumindest begriffen, dass der Autor den Beweis führte, dass die christliche Religion den Menschen irgendwann all diese Fähigkeiten genommen und Gott überschrieben hatte. Zur Stärkung der Macht der Kirche.

„Vorsicht!", rief Simon.

Der starke Lichtkegel seiner Taschenlampe hatte einen weiteren Zufluss entdeckt, aus dem eine riesige Welle Abwasser hervorschoss. Als hätte jemand nur darauf gewartet, die drei Freunde auf ihrem Weg zu behindern. Linus wich aus. Aber der Wirbel, der sich durch die stürzenden Wassermassen bildete, zog ihm die Beine weg, zog ihn tiefer. Seine Arme ruderten durch die Luft, er griff nach einem Halt, um nicht unterzugehen. Da war Simons Hand. Sie stützte Linus, half ihm sich wieder aufzurichten. Besorgt sahen sich die Jungs an.

„Shit! Wenn das Wasser weiter so steigt, ist uns der Rückweg versperrt."

„Sollen wir umdrehen?"

„Wir haben etwas über die Hälfte hinter uns", sagte Linus. „Ich hab nicht mit dem Wetter gerechnet. Ich hab ... Ich konnte nicht ahnen, dass es mitten im Winter ..."

Edda nickte entschlossen und übernahm die Führung. Linus und Simon blieb nichts anderes übrig, als ihr zu folgen. Simon schloss zu Edda auf und Linus schaute zurück. Er spürte, wie ihn für einen Augenblick der Mut verließ. Wenn das Wasser weiter so schnell steigen würde, wäre ihnen tatsächlich der Rückweg komplett abgeschnitten. Die so genial ausgetüftelte Flucht mit Marie wäre unmöglich. Er spürte einen Ruck an dem Seil, das an seinen Hosenträgern befestigt war.

„Komm schon!", rief Simon. „Wir müssen uns beeilen."

Wassermassen in den Straßen. Der Verkehr in Berlin war zum Erliegen gekommen. Greta sah mit wachsender Sorge die Bilder eines Nachrichtensenders, die die Schmatzende als kleines Fenster auf den Monitor zugespielt hatte. Die Reporter vor Ort berichteten von Niederschlägen, die in wenigen Minuten die Mengen von Wochen erreicht hatten. Sturzbäche waren entstanden und suchten sich ihre Wege. Vor allem in die Kanalisation. Greta spürte, wie Nervosität in ihr aufstieg. Sie wusste, dass dieses Gefühl keine Hilfe war, um rational entscheiden zu können.

„Sie kommen langsamer voran", sagte die Kaugummifrau so lakonisch wie immer. Sie hatte schon so viele Einsätze von hier aus geleitet, dass sie nichts mehr an sich heranließ. Greta überlegte, ob sie fragen sollte, ob sie eigene Kinder habe. Sie unterließ es. Die Kälte dieser Frau war für diese Aufgabe hier besser geeignet als die Obrigkeitshörigkeit der Stellvertreterin, die im Wechsel mit der Kaugummifrau ihren Dienst in der Zentrale tat. Und noch dazu rauchte wie ein Schlot.

Im Kopf spielte Greta alle möglichen Szenarien durch. Und immer wieder kam sie zu dem gleichen Schluss: Edda, Linus und Simon hatten keine Chance da unten, wenn sie nicht umgehend den Rückweg antraten.

„Dreht endlich um!", entfuhr es ihr plötzlich. Nur kurz setzte das Schmatzen aus. Dann ging es im gleichen, steten Rhythmus weiter. Wenn Greta jetzt noch auf Clint hätte zurückgreifen können. Todsicher hätte er einen Ausweg gewusst.

„Wann können wir ihnen endlich das Signal einspielen?" Greta wurde ungeduldig. Die Frau schaute auf einen Computer, der neben ihr stand. Darauf bauten sich drei Kurven auf. Eine digitale Zeitanzeige lief rückwärts. In Slashes eingefasst stand da nur ein Wort: „Rückzug".

„Noch 24 Sekunden." Die Frau pegelte die an den Computer angeschlossene Apparatur auf die Sendefrequenzen der Signale ein, die von den Kindern ausgingen. An diese Signale würde die Apparatur in wenigen Sekunden Mikrowellen zurücksenden. Ein starker Impuls im Gigahertzbereich, der, wenn er auf den menschlichen Körper traf, eine Temperaturveränderung auslöste, begleitet von einer plötzlichen Ausdehnung des Gewebes. Diese Ausdehnung erfolgte so schnell, dass sie Schallwellen erzeugte. Die Kaugummifrau benutzte dazu einen Impulsstrom, der es möglich machte, ein inneres akustisches Feld. Das Wort „Rückzug" würde für die Kinder hörbar sein.

„Hoffen wir, dass es einen der drei erreicht." Greta schloss die Augen. Wartete.

„18 Sekunden!"

Greta erwischte sich dabei, wie sie nichts anderes als das Wort „Rückzug" dachte, als könne sie das Signal verstärken, das der Computer gleich aussenden würde. Noch überraschender war für sie ein zweites Wort, das sich dabei in ihre Gedanken drängte: „Bitte". Sie konnte es nicht fassen. An wen sollte dieses „Bitte" gerichtet sein, wenn nicht an ein höherstehendes Wesen? Ein kleines Wort warf in diesem Moment all ihren Atheismus über den Haufen. Greta schämte sich dafür.

„Sieben Sekunden. Sechs. Fünf. Vier ..."

```
┐2106 L
```

„Rückzug"? Woher kam dieser Gedanke? Linus ärgerte sich, dass sein Hirn ihm offenbar nahelegte aufzugeben. Oder war es Edda? Linus drehte sich zu ihr um. Kurz trafen sich ihre Blicke. „Kannst du nicht mehr?", dachte er.

„Wenn es einfach wär, wärs nix für uns", sagte Edda, als hätte sie seine Gedanken gehört. „Weiter!"

Wie sie sich verändert hatte in so kurzer Zeit. Eine Kriegerin war sie geworden. Ganz nach seinem Geschmack. Stark, mutig. Wäre er nur nicht in sie verliebt. „Rückzug" war da plötzlich wieder als Gedanke in seinem Kopf. Er schüttelte sich, als könne er so die Warnungen loswerden, aber mit jedem Schritt spürte er die stärker werdende Strömung. Längst hatte das Wasser Brusthöhe erreicht und alle drei hatten das Gefühl, dass ihnen der Druck des Wassers und der modrige Gestank komplett die Luft zu nehmen drohten. Noch wollte es keiner zugeben, doch alle spürten, dass es langsam klüger war aufzugeben. Es konnte Marie nichts nutzen, wenn sie hier alle ersoffen. Sie konnten es noch einmal versuchen, wenn sich das Wetter beruhigt hatte. Aber da war sie plötzlich – die Biegung, die der Tunnel machte, kurz bevor er sich wieder weitete und ein erhöhter Fußweg entlang des Kanals bis unter den Teufelsberg führte.

„Noch zweihundert Meter. Kommt schon!", spornte Linus die beiden anderen an. Er setzte sich jetzt wieder an die Spitze des kleinen Trupps. Seine Taschenlampe leuchtete nach vorne und der Schein verlor sich im Schwarz. An der Wasseroberfläche aber erfasste das Licht den gelblichen Schaum, der sich bildete. Als würde dort gleich ein Ungeheuer auftauchen. Linus war schnell klar, dass das kein Ding aus irgendeinem Sumpf oder Kanal war. Das hier war der Punkt, wo die Abwässer aus Spandau in den Kanal mündeten. So aufgewühlt wie es da vorne aussah, würde das Wasser in wenigen Sekunden so weit steigen, dass sie schwimmen mussten, um nicht überspült zu werden.

„Die Westen!", schrie Linus. „Schnell!" Die drei griffen zu ihren Rucksäcken und zerrten Schwimmwesten hervor. Linus hatte sie auf den Ausflugsschiffen, die über die Spree schipperten, organisiert. Die drei stemmten sich gegen den immer stärkeren Druck des Wassers.

„Ich schaff es nicht! Scheiße!", fluchte Edda. Sie hatte sich mit dem Rucksack und der Schwimmweste verheddert.

„Zur Wand!" Simon hatte dort Eisenringe entdeckt, die ins Mauerwerk eingelassen waren. Mit letzter Kraft erreichten sie die Ringe und klammerten sich daran fest. Die beiden Jungs halfen Edda die Schwimmweste anzulegen. Zum Festzurren blieb keine Zeit. Wie ein Tsunami rollte eine Welle heran, die bis kurz unter die Decke des Tunnels reichte. Irgendwo hatte man offenbar eine Schleuse geöffnet, um der Wassermassen Herr zu werden. Die Finger der drei fassten die Eisen umso fester. Dann spürte Simon den Schmerz in seiner verletzten Hand. Wie er über den Arm hinauf in die Schulter kroch. In seinen Kopf. Er versuchte, das qualvolle Toben in seinem Hirn zu beherrschen. Dann aber ging es nicht mehr. Einer nach dem anderen lösten sich die vier Finger seiner Hand von dem kalten Eisen. Und dann, mit einem heftigen Ruck, wurde Simon von dem Wasser mitgerissen. Das Seil, das sie verband, straffte sich, zog, riss an Edda. Sich selbst und Simon dazu konnte sie nicht mehr halten. Auch Edda musste fassungslos zusehen, wie sich ihre Finger lösten. Im gleichen Moment wurde Linus fortgespült. Verbunden mit dem Seil trieben sie nun mit der Strömung die gesamte Strecke zurück, die sie gekommen waren. Edda, Linus und Simon wurden zum Spielball der Wellen. Es hatte keinen Sinn mehr, sich zu wehren. Sie mussten sich ergeben.

„Ich kann nicht mehr", hörte Linus plötzlich Eddas Stimme. Ganz nah. Er wusste, dass sie nichts gesagt hatte. Simon hätte sonst reagiert. Linus versuchte nichts zu denken, nichts zu antworten.

„Ich will nicht sterben", hörte Linus.

„Wirst du nicht", dachte Linus. „Wir werden nicht sterben."

„Links halten!", schrie Simon. Er hoffte, dass sie sich irgendwie an der Stelle, wo sie in den Kanal gestiegen waren, wieder herausziehen könnten. Dazu mussten sie aber bis dorthin gelangen, ohne unterzugehen. Die Schwimmwesten mit ihrem breiten Kragen hielten zwar das Wasser aus ihren Gesichtern, doch die Anglerhosen erwiesen sich jetzt als Falle. Sie waren längst vollgelaufen und zogen die drei unter Wasser. Simon begriff als Erster, wie fatal es war, dass es jetzt unter dem Gitter keinen Platz mehr gab. Die Fluten spülten hindurch, doch in wenigen Sekunden würden Edda, Linus und Simon auf das Gitter prallen und die Wassermassen würden sie dagegenpressen, sodass sie nicht mehr davon loskommen würden. Instinktiv drehte Simon sich. Es gelang ihm, mit dem Rucksack voraus auf das Gitter zuzutreiben. Jede Sekunde erwartete er den Schlag. Dann war er da. Kurz und schmerzvoll. Aber Simon ignorierte ihn. Er breitete die Arme aus und nahm Edda auf. Ihr Aufprall ließ Simons Kopf gegen das Gitter schlagen. Doch das Adrenalin, das durch seinen Körper pumpte, verhinderte, dass er ohnmächtig wurde.

„Festhalten!", schrie er Edda an und sah sich um.

Wo war Linus?

„Linus!" Keine Antwort.

Simon schrie aus Leibeskräften. Edda starrte in den schwarzen Tunnel. Längst hatte sie ihre Taschenlampe verloren.

„Linus?"

Simon griff zu dem Seil, das sie verbunden hatte und zog es zu sich heran. Es ging ganz leicht. Und dann hatte er die Anglerhose von Linus aus dem Wasser gefischt. Keine Spur von ihm. Edda und Simon schauten sich an.

„Nein!", schrie Edda. „Nein!"

Sie konnte es nicht fassen. Wollte es nicht. Das durfte nicht sein. Sie wollte nicht denken, dass er tot sein könnte, und doch drängte sich der Gedanke immer heftiger in ihren Kopf. Edda spürte plötzlich wieder, wie nah sie Linus noch vor Kurzem gewesen war. Keine 48 Stunden war das her. Als sie glücklich waren, den perfekten Plan ausgetüftelt zu haben. Als sie beide in ihrem Übermut alle Angst vertreiben wollten und mit der Apparatur experimentiert hatten, die Linus ständig in dem Wagen mitkarrte. Mit einem Mal war eine Nähe zu Linus entstanden, deren Wucht sich Edda nicht erklären konnte. Wenige Sekunden war das, bevor die Gang sie überfallen hatte.

„Linus", schrie Edda wieder und Simon erkannte den schrecklichen Schmerz in ihrer Stimme. „Linus! Wir werden nicht sterben, das hast du versprochen! Linus! Bitte, Linus!"

„Bin hier!", hörten sie plötzlich. „Hier!"

Da erst trieb Linus heran und schlug gegen das Gitter, auch er mit dem Rucksack voran. Er hatte sich die Hose ausgezogen, um nicht weiter herabgezogen zu werden. Sie waren wieder zusammen. Edda lachte, weinte.

„Und jetzt?"

Die drei wurden an das Gitter gepresst, konnten sich kaum bewegen. Stille. Nur das Rauschen des Wassers. Linus wartete nicht mehr auf die Stimmen der Sirenen. Sein Verstand hatte wieder begonnen zu arbeiten und übernahm. Er dachte nach.

„Wir müssen drunter durch", folgerte Linus schließlich.

„In diese Scheiße tauchen?"

„Sie steht uns eh bis zum Hals." Linus hatte recht.

Dann ließ er die beiden zuerst einmal ihre Anglerhosen ausziehen. Seit er die Sirenen in sich zum Schweigen gebracht hatte, hatte er wieder Energie. Er stemmte sich gegen das Gitter und gegen die Strömung, um sie von Edda abzuhalten. Zwischen seinen Armen schälte sie sich aus der Gummihose und für einen winzigen Moment überlegte Linus, wie Edda wohl nackt aussehen würde. Er hasste sich für diesen Gedanken, jetzt und hier. Was für ein Idiot er doch war! Dann verlangte die Gegenwart wieder seine ganze Aufmerksamkeit. Simons Arm hielt sich an ihm fest, um seine Hose loszuwerden. Plötzlich gab es einen Ruck. Die Wassermassen hatten die Stützen des Gitters weggespült und es glitt weiter herunter. Verzweifelt versuchte Linus das Absacken des Gitters zu verhindern. Er hatte keine Chance. In der gemauerten Führung rutschte das schwere Eisengeflecht Richtung Grund. Jetzt war es unmöglich, darunter hindurchzukommen. Sie wussten, was das zu bedeuten hatte. Das Wasser stieg von Minute zu Minute weiter an. Wenn draußen der Regen nicht abrupt endete, waren sie verloren. Sie würden erbärmlich ersaufen.

Simon konnte es nicht fassen. War das Schicksal, war Gott so zynisch, ihn so sterben zu lassen, wie sein Bruder gestorben war? Jämmerlich ersaufen? Er wollte das nicht akzeptieren. Mit seiner Taschenlampe leuchtete er den Rand des Gitters ab. Dort, wo es an den Wänden in der Führung lief. Da gab es keine Chance hindurchzukommen. Der Kegel seiner Lampe tastete die Deckenwölbung ab. In der Mitte erfasste das Licht die beiden Ketten, an denen das Gitter offenbar wieder heraufgezogen werden konnte. Simon kletterte dorthin.

„Was hast du vor?", fragte Linus.

„Uns retten", sagte Simon lapidar.

Er griff nach den Ketten, rüttelte daran. Nicht lange her, da hatte er an einer anderen Kette gerissen und gezerrt. Jetzt hoffte Simon, dass sich das Gitter noch ein wenig nach unten bewegen würde, wenn er die Ketten lösen könnte. Dann könnten sie über das Gitter hinweg entkommen. Er beorderte die beiden anderen zu sich. Und kurz darauf klemmten sie unter der Decke wie Fliegen im Sommer in der Küche. Mit aller Kraft, die sie noch hatten, zogen und zerrten sie an den Ketten, doch nichts bewegte sich. Unerbittlich stieg das Wasser. Plötzlich hatte Simon seine Waffe in der Hand.

„Bist du wahnsinnig?"

„Was ist das? Wo hast du die her?" Edda erschrak vor der Pistole und nur die schnelle Reaktion von Linus konnte sie vor dem Absacken in das schwarze Wasser retten. Simon verzichtete auf Erklärungen. Er hoffte nur, dass die alte Luger Parabellum trotz des Wassers noch funktionierte.

„Zurück!", ging er die beiden anderen an. „Hinter mich!"

Linus und Edda kletterten hinter Simon. Mit letzter Kraft. Das kalte Wasser zehrte stärker an ihren Kräften, als sie es für möglich gehalten hatten. Edda spürte ihren Körper nicht mehr. Kaum einen Kopf hoch war jetzt noch Platz zwischen der Decke des Tunnels und der Wasseroberfläche. Ein entsetzlicher Knall erfüllte den Tunnel und überdeckte für den Bruchteil einer Sekunde das Tosen des Wassers. Simon hatte abgedrückt. Die Pistole funktionierte also noch. Die Kette aber war weiter intakt. Simon richtete mit der verbundenen rechten Hand die Taschenlampe auf die Ketten. Mit der linken zielte er. Der Verband behinderte ihn. Edda hatte das beobachtet und war schnell bei ihm.

„Lass mich!" Edda nahm ihm die Waffe ab. „Jetzt halt mich", befahl sie Linus. Der umfasste ihre Taille und Edda hielt die Waffe mit vor Kälte tauben Händen.

Simon leuchtete. Edda drückte ab. Die Kugel traf die erste Kette und das rostige Glied riss auf. Dann zielte Edda auf die zweite Kette. Sie hielt kurz den Atem an, krümmte den Zeigefinger. Sie musste sich zwingen ihn ganz zu beugen. Schuss! Noch ein Schuss. Noch einer. Und noch einer. Dann klickte es nur noch. Die sechs Schuss waren verbraucht. Nichts rührte sich. Fassungslos sahen sich die drei an. Verzweifelt ruckten sie an dem Gitter. Mit einem hellen Ton riss plötzlich die erste Kette. Das Gewicht des Gitters war für die zweite Kette alleine zuviel. Auch sie gab nach. Mit einem Ruck sackte das Gitter noch einmal einen knappen halben Meter Richtung Grund.

„Los! Schnell!" Linus rollte über das Hindernis hinweg und griff nach Eddas Hand. „Festhalten."

Edda und Simon gelangten schnell durch den Spalt. Sie griffen sich an den Händen und ließen das Gitter los. Sofort spülte sie das Wasser davon. Mit den Füßen machten sie Schwimmbewegungen, um nicht zu weit von dem Platz wegzutreiben, an dem sie ins Wasser gegangen waren. Aber das funktionierte nicht. Unkontrollierbar wie kleine Nussschalen schossen sie auf den Wassermassen durch das Dunkel.

Im Stakkato von Zehntelsekunden flammten die Bilder auf dem riesigen Bildschirm auf. Sie zeigten die Beschaffenheit des Abwasserkanals, in dem sich die Kinder befanden. Die Frau am Computer war den Signalen weit voraus. Greta sah mit Sorge zu, wohin es Edda, Linus und Simon spülen würde.
„Was für eine Chance haben sie?", hatte sie gefragt. Dass es um das Überleben von Edda, Linus und Simon ging, musste sie nicht erwähnen. Das war eindeutig.
„Der Kanal weitet sich dort, wo sie eingestiegen sind. Wenn sie es nicht schaffen genau da rauszukommen, haben sie keine Chance mehr", sagte die Frau.
Die Konstruktionspläne, die sie aufgerufen hatte, zeigten wenige Hundert Meter hinter der kurzen Strecke, an der sich der Kanal weitete, eine weitere Gitterkonstruktion, die groben Unrat aufhalten sollte. Bei normalem Wasserstand hätte das die Rettung sein können. So aber würde es zur Todesfalle werden. Bei der Kraft, mit der die Kinder von den Wassermassen mitgerissen wurden, würden sie an dem Gitter erdrückt werden.
Ohnmacht.
Greta hasste dieses Gefühl. Seit ihrer Kindheit hatte sie dagegen angekämpft. Die Bewegungslosigkeit ihres Körpers hatte sie zu akzeptieren gelernt und hatte die unendliche Beweglichkeit ihres Geistes dagegengesetzt. Doch jetzt musste Greta mit ansehen, wie das menschliche Potenzial für den nächsten Level, vielleicht sogar für einen Quantensprung der menschlichen Evolution, in einem Abwasserrohr Berlins um sein Überleben kämpfte. Alles, wofür ihr Geist, wofür GENE-SYS seit den Fünfzigerjahren gearbeitet und gekämpft hatte.
Und Greta konnte nichts tun.

Hätte sie vorher etwas tun können? Hätte sie dem Rat Victors, ihres Mitarbeiters aus Boston, folgen und die Kinder längst zurückholen sollen? Hätte sie ihnen alles erklären sollen? Wie oft hatte Greta sich gegen den Vorwurf der Hartherzigkeit wehren müssen. Wenn die Wende zum Guten von Dauer sein sollte, dann mussten diese Kinder all den Härten ausgesetzt bleiben. Sie mussten sich bewähren. So schwer sie auch zu kämpfen, so sehr sie auch zu leiden hatten. Es ging um den wichtigsten Schritt in der menschlichen Evolution. Was zählten da schon die Vorlieben und Grenzen dreier Kinder und die Bedenken politisch korrekter Gutmenschen, wenn es um mehr als neun Milliarden Menschen ging? Wenn die drei in der Kanalisation umkommen würden, dann waren es eben doch nicht die Richtigen. So traurig das war. Dann würde Greta weitersuchen müssen.

Sie zwang sich wieder auf die drei Signale zu schauen und hörte, wie sich hinter ihr mit einem leisen Geräusch die Zugangstür öffnete und wieder schloss. „Louise", dachte Greta. Ohne sich umzudrehen hatte sie Maries Zwillingsschwester an ihren Schritten erkannt.

„Ist noch Hoffnung?", fragte Louise.

„Wie geht es Marie?", stellte Greta die Gegenfrage.

„Sie schläft einen traumlosen Schlaf. Die Aufzeichnungsgeräte laufen", antwortete Louise. Die beiden Frauen schauten gebannt auf den Bildschirm, auf dem sich die drei Punkte bewegten.

Licht. Es wurde ein wenig heller. Der Kanal weitete sich endlich wieder. Edda, Linus und Simon hatten nun genügend Platz bis zur Decke. Doch die Strömung war so stark, dass sie trotz ihrer verzweifelten Schwimmversuche vom rettenden Ufer weggetrieben wurden. Gut zwanzig Meter weiter verschwanden die Wassermassen wieder in einem engeren Tunnel.

„Mauervorsprung!"

Linus zeigte mit seiner Taschenlampe darauf. Sofort versuchten die drei die gegenüberliegende Seite von dem Steg zu erreichen. Hier war ein schmaler Sims, der noch ein gutes Stück über dem Wasser lag. Die unterirdische Flut trieb sie genau auf den Vorsprung zu. Linus' Hand griff zu und klammerte sich an einem der rauen Backsteine fest. Mit der anderen Hand hielt er Edda. So lange, bis auch Simon Halt gefunden hatte. Gemeinsam zogen sie Edda in das ruhige Gewässer, das sich hier vor dem Mauervorsprung gebildet hatte. Linus stemmte sich auf den Sims und setzte sich darauf. Er zog Edda zu sich hinauf und half dann Simon.

Erschöpft hockten sie auf dem schmalen Vorsprung. Das Wasser tobte an ihnen vorüber. Sie waren noch längst nicht in Sicherheit, sondern mussten irgendwie den reißenden Strom überqueren und auf die andere Seite gelangen. Simon leuchtete auf die Mauer, unter der der Kanal wieder in das Dunkel verschwand. Der schmale Sims setzte sich dort im Halbrund fort und führte bis hinüber auf die andere Seite.

„Du bist wahnsinnig!"

Linus ahnte, was Simon vorhatte.

„Jetzt wär 'n Handy nicht schlecht", sagte Edda. Sie grinsten. Sie alle wussten, dass Simon recht hatte: Das Wasser stieg unerbittlich weiter an. Wenn sie dieser Hölle entkommen wollten, dann ging es wohl nur über den Balanceakt entlang des Mauervorsprungs, der sich über den Kanal wölbte. Simon studierte die Beschaffenheit des Mauerwerks, so gut es mit der Taschenlampe und seinen Fingern ging. Sicher war er nicht, dass die Backsteine, die da seit Jahrzehnten herausragten, sie tragen würden. Er trat gegen einen der Ersten. Der Stein gab nach und rieselte in das reißende Wasser.

„Harakiri!", sagte Linus.
„Und wenn wir das Boot nehmen?", fragte Edda. In Linus' Rucksack war ein kleines, aufblasbares Badeboot versteckt, mit dem sie Marie über den unterirdischen Kanal wegschaffen wollten. War das vielleicht die Rettung?
„Was ist, wenn es wieder so eng wird?" Simon schüttelte den Kopf. Es war keineswegs sicher, dass nicht irgendwo in dem Tunnel wieder ein Gitter den Weg versperrte. Außerdem hatten sie keine Ahnung, wo sie wieder auftauchen würden.
„Ist eh nur Platz für einen in dem Badeboot", sagte Linus. Er gab Simon recht.
„Ich hab Angst", gab Edda zu. Die einzige Möglichkeit, die ihnen blieb, war über den Sims auf die andere Seite zu klettern und zu ihrem Wagen zurückzukehren. Sie zitterte. Vor Kälte, vor Verzweiflung. Traurig schaute sie die Jungs an.
„Tut mir leid, dass ich euch das eingebrockt hab."
„Das haben wir gemeinsam entschieden", sagte Simon.
Linus ließ ebenfalls keinen Zweifel, dass er Edda nicht die Schuld an der Situation gab, in der sie sich jetzt befanden. Wenn, dann war es auch seine eigene Schuld. Er hatte das Wetter nicht bedacht.
„Schluss mit Schuld", sagte Simon. „Probleme sind dazu da, gelöst zu werden." Er leuchtete noch einmal die Wand ab.
„Oben", sagte Linus plötzlich. „Weiter nach oben!"
Er richtete sich auf und nahm das Seil, das sie verbunden hatte. In der Mauer über dem Tunnelbogen hatte er einen Eisenträger entdeckt, der einen guten Meter hervorschaute.
„Kann wer Cowboy?"
Linus hatte ein Lasso aus dem Seil geknotet und schwang es über seinem Kopf. Edda leuchtete mit Linus' Lampe nach oben und Linus schleuderte das Seil. Daneben. Es platschte ins Wasser, Linus verlor kurz den Halt. Simon packte ihn am Arm und hielt

ihn fest. Linus holte das Seil wieder ein, versuchte es noch einmal und noch einmal. Das Wasser stieg weiter und hatte sich dem Sims schon bedrohlich genähert. Dann schaffte es Linus. Die Schlinge legte sich über den Träger und Linus zurrte sie fest. Er zog und zerrte, um zu prüfen, ob das Seil ihn halten würde. Das tat es. Es hatte sich hinter die fetten Schrauben gelegt, die an der Spitze nach oben aus dem Träger ragten.

„Funktioniert", stellte Linus fest. „Wer zuerst?"

Auch wenn das Schweigen nur kurz war: Linus verstand, nickte und wand das Seil um seinen Körper, unter den Armen hindurch und verknotete es dann vor seiner Brust. So gesichert lehnte er sich weit zurück, drückte seinen Rücken steif durch und setzte seine Füße einen nach dem anderen gegen die Wand. Er bewegte sich voran, bis er im rechten Winkel waagerecht von der Wand weg stand. Dann ging er los. Schritt für Schritt. Als wäre er ein Gecko auf zwei Beinen. Absurd sah das aus, aber es funktionierte. Unter Linus toste das Wasser. Er musste innehalten, durchatmen. Sein Rücken schmerzte schon, aber noch lag die Hälfte der Strecke vor ihm. Edda und Simon starrten gebannt auf jeden Schritt, den Linus vorankam. Die letzten Meter waren die schwersten. Nicht nur, weil Linus langsam die Kraft ausging. Das Mauerwerk war über die Breite von gut zwei, drei Metern mit glitschig grünen Algen bedeckt.

„Du musst mit den Beinen höher!", rief Simon. „Damit du nicht nach unten wegrutschst."

„Du hast gut reden."

Noch einmal nahm Linus alle Kraft zusammen, ging zwei kleine Schritte weiter hoch, sodass er jetzt den Kopf tiefer hielt. Sein Blick fiel auf den Stahlträger. Das Seil spannte sich so, dass es zu vibrieren begann, als sei es genauso nervös. Linus bewegte sich weiter seitwärts. Es waren nur noch wenige Tritte bis

zu dem Steg oberhalb des Kanals. Noch ein Schritt. Linus setzte den Fuß zu rasch auf. Der glitschige Untergrund bot keinen Halt. Sein Fuß rutschte die Wand hinunter. Edda schrie entsetzt auf. Das Donnern des Wassers verschluckte ihren Schrei. Sie schaute weg. Simon aber sah, wie Linus mit einer letzten Bewegung den anderen Fuß mit der Spitze an Land gesetzt hatte. Wie eine Primaballerina drehte er sich jetzt auf seinen Zehen, während sein Oberkörper am Seil über dem Kanal pendelte.
Linus starrte in die schwarz glänzenden Strudel unter ihm. Er zwang sich zur Ruhe. Vorsichtig bewegte er sich ein wenig zur Seite und schaffte es, den zweiten Fuß auf den rettenden Steg zu platzieren. Sein Rückgrat bog sich nach vorne durch, als hätte er sein Leben lang rhythmische Sportgymnastik praktiziert. Noch hielt das Seil. Er nutzte die Spannung der Leine, schaukelte sich leicht vor und zurück und dann, mit einer letzten Kraftanstrengung, schnellte er nach hinten. Er kam von den Zehen auf seine Füße zu stehen, ruderte mit den Armen, um nicht wieder nach vorne zu fallen. Dann erwischte er mit der linken Hand die Mauer. Als hätte er Pattex an den Fingern, klemmte er seine Mittel- und Zeigefinger in den winzigen Mörtelspalt zwischen den Backsteinen. Er wusste, jetzt würde er nicht mehr loslassen. Jeder Muskel in seinem Körper konzentrierte sich darauf, Linus' Leben zu retten. Dann stand er auf dem Steg.

„Scheiße! Hätte nicht gedacht, dass das klappt."

„Sahst aus wie 'n fetter Mistkäfer, wie du da gerudert hast", lachte Simon. Auch Edda lachte. Vor Erleichterung. Trotzdem hatte sie Tränen in den Augen. Linus hatte sich schon von dem Seil befreit und sein dickes, fettes Schweizermesser mit der Öse an dem Seil befestigt.

„Achtung!", rief er und schleuderte das Werkzeug über den Kanal zu Simon. Der schnappte das Seil, wandte sich zu Edda.

„Jetzt du!" Ohne weitere Worte knotete er Edda fest, so wie es Linus getan hatte. Dann versuchte Edda es Linus nachzumachen. Aber sie hatte nicht die Kraft, den Rücken so gerade zu machen, dass sie über die Wand gehen konnte.

Das Wasser war schon so weit gestiegen, dass der Vorsprung, auf dem Edda und Simon standen, überspült wurde. Edda schlotterte am ganzen Körper. Ihre eiskalten Hände hatten nicht mehr die Kraft, das Seil festzuhalten.

„Geh du! Ich kann nicht mehr."

„Hey! Red nicht so eine Scheiße!", ging Simon sie an. Er hatte das mal in einem Vietnamfilm gesehen. Da konnte einer der Soldaten auch nicht mehr und der Vorgesetzte redete ihm nicht gut zu, sondern brüllte den Soldaten an, um ihn wütend zu machen. Mit der Wut mobilisierte der Soldat seine letzten Kräfte. Und überlebte.

„Reiß dich zusammen, du Opfer! Auf Kleinmädchen machen, das zieht nicht! Los! Auf meine Schultern!"

Simon ging in die Hocke. Brüllte noch ein paar Gemeinheiten, bis Edda wütend wurde und sich wehrte.

„Bist du noch ganz dicht? Wichser!"

Simon lachte.

„Auf meine Schultern! Los! Dann schwingst du rüber. Und hör endlich auf zu flennen!"

„Du hast mir gar nichts!"

„Und ob. Weil du hier das arme, kleine Opfer spielst und selber nichts draufhast! Scheiße! Auf meine Schultern!"

Edda begriff, dass die Idee nicht ganz blöd war. Sie stieg auf Simons Schultern. Der ging noch einen Schritt näher an die Mauer, unter der das Wasser verschwand, damit Edda parallel dazu schwingen konnte. Linus hatte sofort begriffen, was Simon vorhatte und postierte sich an den Rand des Steges, um Edda aufzufangen.

„Nicht einfach fallen lassen wie ein nasser Sack!", schrie Simon.
„Hochspringen, damit du noch mehr Schwung bekommst!"
„Ach ja, Idiot?"
Damit stieg Edda mit einem Fuß auf Simons Kopf, stieß sich hoch nach hinten ab, wie sie es im Zirkus bei den Trapezartisten einmal beobachtet hatte. Damit hatte sie viel Schwung geholt. Sie sauste nach unten, am gestrafften Seil. Mit angezogenen Beinen pendelte sie über die reißende Kloake hinweg. Auf Linus zu. Die Arme weit ausgebreitet, stand er da. Er hatte die Taschenlampe weggelegt, um Edda festhalten zu können. Edda hatte immer noch Schwung. Mehr als gedacht. Wie ein Geist tauchte sie plötzlich aus dem Schwarz des Untergrunds auf und rammte Linus. Er wankte, fiel. Aber er hatte sie schon an den Beinen gepackt und klammerte sich fest. Edda war gerettet.
„Mit der Nummer kackt ihr in jedem Zirkus ab. Aber so was von ...", brüllte Simon herüber und leuchtete die beiden an. „Großartig gemacht!"
Edda und Linus lachten erleichtert. Schnell hatten sie Edda von dem Seil befreit und Linus schleuderte es wieder hinüber zu Simon. Diesmal aber spannte sich das Seil zu früh, schlackerte wild und Simon griff ins Leere. Das Seil schnellte zurück, das Werkzeug am Ende taucht ins Wasser und wurde mitgerissen. Der rettende Faden, an dem Simons Leben hing, kam auf halber Strecke zur Ruhe, senkrecht unter dem Stahlträger. Unerreichbar. Die drei schwiegen. Simons Schuhe standen längst im Wasser. Er überlegte nicht lange. Er musste jetzt den Weg gehen, den er anfangs probiert hatte. Über den schmalen Vorsprung, der die Wölbung des Tunnels nach unten begrenzte. Simon ließ seinen Rucksack liegen. Er konnte jetzt nichts brauchen, das sein Gewicht erhöhte. Dann zog er seine Schuhe aus und schleuderte sie hinüber zu Edda und Linus. Barfuß hatte er besseren Halt. Simon setzte seinen

linken Fuß auf den Mauervorsprung hinter den Stein, der beim ersten festen Tritt zerbröselt war. Linus leuchtete mit der Taschenlampe herüber auf die Stellen der Mauer, die für Simon entscheidend waren. Simons Finger tasteten nach möglichst tiefen Fugen zwischen den Backsteinen über ihm. Der Verband an seiner linken Hand machte es ihm doppelt schwer, doch er fand eine tiefe Nische. Die Finger der linken Hand klammerten sich fest und entlasteten das Gewicht, das auf dem Mauervorsprung lastete. Simon zog sich hoch und brachte den rechten neben den linken Fuß auf den Stein. Vorsichtig setzte er den linken Fuß weiter. Wie ein Spot leuchtete Linus. Der Stein lockerte sich.

„Nicht!", rief Edda. „Nicht der. Einer weiter."

Simon schwitzte, obwohl er durchnässt vom eiskalten Wasser war. Seine Zehen tasteten sich weiter. Er konnte nichts erkennen, auch wenn er hinschaute. Zu nah musste er mit dem Kopf an der Mauer bleiben, um nicht das Gleichgewicht nach hinten zu verlieren. Seine Zehen ertasteten schließlich die Fuge zwischen den Mauersteinen auf dem Vorsprung. Er platzierte den Fuß. Belastete ihn. Der Stein hielt. Die rechte Hand löste nun die linke ab und musste einen Teil seines Körpergewichtes auffangen. Mit der linken Hand suchte Simon nach dem nächsten Halt in der Backsteinwand.

„Links. Noch ein bisschen!", rief Edda. „Da fehlt ein ganzer Stein!" Sie hatte das klaffende Loch entdeckt. Simons Finger tasteten weiter, fanden die Lücke und fassten zu. Er zog den rechten Fuß nach. Linus' Taschenlampenlicht aber ruhte weiter auf dem Loch in der Wand. Denn Edda und er starrten auf die glänzenden Augen, die da hervorlugten. Eine Ratte.

Die beiden schauten sich an. Sollten sie es Simon sagen? Linus schüttelte sacht den Kopf. Simon hatte die rechte Hand nun schon in dem Loch platziert und tastete mit der linken weiter voran. Die Ratte schien die Finger von Simon zu beäugen. Ahnungslos setzte der seinen Fuß weiter. Ein großer Schritt. Damit hatte er schon fast die Mitte des Bogens erreicht. Er wollte die rechte Hand aus dem Loch ziehen, spürte etwas.

„Nichts. Nichts Schlimmes!", rief Edda.

Simons rechte Hand zuckte zurück. Zu schnell. Die übrigen Finger der linken Hand versuchten, sich in der Fuge zu halten. Doch Simons Körper hatte sich schon den winzigen Tick zu weit von der Wand gelöst. Er verlor das Gleichgewicht. Linus hielt starr die Lampe auf ihn. Und Simon sah das weiße Seil hängen. Im Fallen stieß er sich mit letzter Kraft noch von der Wand ab, als wolle er sich in die Fluten stürzen. Doch er erwischte mit beiden Händen das Seil. Seine Beine aber gerieten ins Wasser und wurden mitgerissen. Simon schlug gegen die Wand und nur das Seil verhinderte, dass er weggespült wurde. So groß der Schmerz auch war, der ihn ausgehend von der linken Hand durchfuhr, Simon hielt das Seil fest und zog sich langsam höher. Zentimeter für Zentimeter. Raus aus dem Wasser. Geschafft hing er da.

„Los! Du wirst doch jetzt nicht aufgeben, Weichei!", schrie Edda ihn an. Tränen liefen über ihr Gesicht. „Beweg deinen Arsch hierher! Verdammter Idiot."

Simon schüttelte erschöpft den Kopf. Edda ließ das nicht gelten. „Mich fertigmachen und selber aufgeben? Selber Opfer. Und was für eins!"

Simon strampelte, um mit den Füßen die Wand zu erreichen. So wie Linus es geschafft hatte. Seine Zehen erreichten schließlich den Mauervorsprung. Simon zog sich kurz hoch und wickelte das Seil um seinen linken Arm, damit es nicht durch seinen Finger entgleiten und wegrutschen konnte. Dann stemmte er sich mit aller Kraft in das Seil. Der Druck war so groß, dass es sich in seinen Arm schnitt. Simon aber spürte den Schmerz nicht. Er konzentrierte sich nur darauf, seinen Körper im rechten Winkel von der Wand zu halten. Dann bewegte er sich Stück für Stück zum rettenden Ufer.

Von Edda gesichert beugte sich Linus vor und griff nach Simons Hand, die er zu ihm streckte.

„Noch zehn Zentimeter!", ermunterte Linus, obwohl es sicher noch ein guter halber Meter war, den ihre Hände auseinander waren. Simon schwang zurück.

„Was machst du, Idiot?", schrie Linus.

„Halt endlich deine blöde Klappe!", schimpfte Simon und schwang wieder vor. Seine Hand suchte im Dunkel nach Linus' Fingern. Sie berührten sich. Griffen zu.

„Hab dich!", lachte Linus. „Hab dich!"

Gemeinsam mit Edda zog er den Freund endlich zu sich heran. Sie nahmen ihn in die Arme, hielten ihn. Heulten Rotz und Wasser und schämten sich nicht dafür. Ewig kauerten sie so. Eng umschlungen, ganz nah beieinander. Sagten kein einziges Wort. Waren nur froh, noch zu leben.

---------- ⌐ 2109 ⌐ ----------

Was hatte es nur mit diesem verfluchten Teufelsberg auf sich? Gerade mal zehn Tage war es her, da waren Edda, Linus und Simon von hier geflohen; vor GENE-SYS und den Verlockungen einer einzigartigen Zukunft.

Das Lied von Kanye West war verklungen, Duffy sang jetzt von der »Warwick Avenue« und der alte Wagen mit Edda, Simon und Linus jagte die Teufelsseechaussee hinab, durch die Nacht in Richtung Innenstadt.

Je näher sie der Stadt kamen, desto mehr verzogen sich die Nebelfetzen, desto unwirklicher wurden die Eindrücke dessen, was sie gerade erst vor wenigen Minuten in der Zentrale von GENE-SYS erlebt hatten. Als Simon und Edda eröffnet worden war, dass doch nur sie beide für ein Leben als Elite geeignet waren, war das für sie der entscheidende Moment gewesen zu handeln. Sie verpassten ihn nicht. Retteten Linus vor einer Gehirnwäsche, kämpften sich aus dem Labyrinth des GENE-SYS-Komplexes am Teufelsberg und entkamen in dem Wagen, in dem Linus von Köln bis nach Berlin gelangt war.

Diesmal irrten sie schweigend durch die nächtliche Stadt und wussten nicht wohin. Linus stoppte an einer roten Ampel. Als neben ihnen eine Polizeistreife hielt, wandte er unauffällig den Kopf zur anderen Seite und schaute beiläufig aus dem Fenster. Die Beamten kümmerten sich nicht um die drei Jugendlichen und die Tatsache, dass der Fahrer des Wagens mit dem Kölner Kennzeichen erst fünfzehn war.

Die Ampel sprang um und Linus fuhr extra langsam an. Die Streife rauschte durch die Nacht davon und war schnell über die nächste Ampel verschwunden. Linus fuhr, ohne groß zu überlegen, den Schildern nach ins Zentrum der Stadt. Sie passierten den neuen Bahnhof, an dem Simon vor gut zwei Wochen angekommen war. Die Uhr zeigte kurz nach vier. Als seien ein paar Leben vergangen, dachte Simon. Und Edda sprach schließlich aus, was sie alle dachten.

„Wir müssen irgendwo pennen."

„Simon, du kennst doch Leute hier", sagte Linus.

Edda ging dazwischen. „Ich hab echt keinen Bock, zu ein paar Verbrechern zu ziehen."

Die Jungs schauten sich an. Manchmal vergaßen sie, dass Edda ein Mädchen war. Sie hatte natürlich recht. Das Adrenalin, das ihre Körper in der Aufregung der letzen Stunden produziert hatte, ebbte langsam ab. Jetzt bekamen die Sorgen und die negativen Gedanken wieder ihren Raum und es gab keinen Platz mehr für ein neues Abenteuer, keine Zuversicht, es zu bestehen. Eddas Augen fielen zu und sie sank auf ihrem Sitz in sich zusammen.

„Vielleicht war es doch keine so gute Idee, die Handys aus dem Fenster zu werfen", murmelte sie schläfrig.

„Nummern und Adressen hab ich alle auf der Festplatte", antwortete Linus und starrte in die Nacht.

Edda hörte nicht mehr hin. Die Verzweiflung darüber, dass sie Marie in den Händen von GENE-SYS hatten zurücklassen müssen, die Frage, ob man Linus' Hirn wirklich hatte löschen wollen, und die Trauer über den Verlust der verlockenden und exklusiven Welt von GENE-SYS, die sie jetzt wohl mit einem Leben auf der Straße eintauschen mussten, wich einer tiefen, lähmenden Müdigkeit, die Edda ganz auf sich selbst zurückwarf. Sie wusste, dass sie ohne Schlaf nur falsche Entscheidungen treffen würde.

„Wir sollten die erste Nacht in einem geilen Hotel pennen und feiern, dass wir entkommen sind!" Simon versuchte die Stimmung zu heben. Vergeblich.

„Ich hab noch drei Euro", sagte Linus. „Ihr?"

Simon drehte sich zu Edda um, doch die war eingeschlafen.

Vom Teufelsberg aus war er ihnen gefolgt. Jetzt beobachtete der hagere Mann, wie Linus seinen Wagen an den Straßenrand hinter einen Imbissstand am Ufer der Spree steuerte. „Clever", dachte der Hagere. So war der Wagen von der Straße aus kaum zu sehen, bot aber jederzeit eine gute Fluchtmöglichkeit. Er konnte seine Mission für diesen Abend beenden.

„Ich leg mich aufs Ohr", meldete er über Handy, bog in eine Seitenstraße ab und fuhr davon.

Linus hatte den Motor ausgestellt, öffnete die Wagentür und ging zum Kofferraum, um eine alte Decke herauszuholen. Darunter lag die Apparatur, die er von Olsen mitgenommen hatte. Der Computer, die Kappe mit den vielen Drähten und Sensoren. Damit hatte sich Linus von seiner Angst befreit; für eine gewisse Zeit zumindest. Es beruhigte Linus ein wenig, dieses Gerät in der Hinterhand zu wissen. Er klappte den Kofferraumdeckel des alten Wagens mit einem blechernen Scheppern zu und legte die Decke über Edda, die sich ohne die Augen zu öffnen darin einkuschelte und auf dem Sitz zusammenrollte.

„Familie", dachte Linus. Er lächelte und stieg wieder ein. Da spürte er den stummen, eifersüchtigen Blick von Simon, der ihm gefolgt war.

„Wenn wir ein paar Stunden geschlafen haben, müssen wir uns überlegen, wie wir an Geld kommen und was wir jetzt machen." Linus sprach, ohne Simon anzusehen.

Er drehte den Zündschlüssel. Das Radio ging aus, die Scheinwerfer verdunkelten sich. In der plötzlichen Stille und der fast vollständigen Dunkelheit waren die Jungen mit sich allein. Die Müdigkeit wurde unwiderstehlich. Stärker als die quälende Ungewissheit, ob man sie nach ihrer Flucht vom Teufelsberg verfolgte. Stärker als Linus' Sorge darüber, ob seine Eltern tatsächlich von GENE-SYS Gehirn gewaschen worden waren und was mit Marie geschehen würde. Stärker als die Spannung zwischen ihnen, die Ahnung, dass Edda sie nicht nur miteinander verband, sondern auch entzweien könnte. Während die tiefe Dunkelheit ganz langsam von einem neuen Morgen in Berlin verdrängt wurde, fielen auch Linus und Simon in einen unruhigen Schlaf.

„Ich werde meine Großmutter befreien", klang es klar und unmissverständlich von der Rückbank. „Ja. Das werde ich."

Edda konnte nicht ahnen, wie schwierig und gefährlich dieses Unterfangen werden würde. Sie ahnte auch nicht, dass sich zur gleichen Zeit in einer kleinen Stadt in Nordhessen seltsame Dinge ereigneten, die die Befreiung von Marie erst möglich machen würden.

Noch immer lag der Fremde reglos auf ihrem Sofa. Elisabeth fühlte seinen Puls, prüfte die Reaktion der Pupillen, indem sie eins der geschlossenen Lider nach oben schob und mit einer Taschenlampe in die Pupille leuchtete. So etwas verlernt man nicht, wenn man es fast zwanzig Jahre tagtäglich gemacht hat. Es gab eine Reaktion. Die Pupille verengte sich, als das Licht auf sie fiel. Elisabeth wusste, dass sie sich keine Sorgen mehr um diesen Mann machen musste. Er würde überleben. Wie er offenbar schon vieles überlebt hatte. Nachdem sie ihn ausgezogen und in wärmende Decken gehüllt hatte, hatte sie die Narben an seinem Körper gesehen, die von vielen Kämpfen erzählten. Sie hatte seinen Schädel betrachtet, der seltsam deformiert war. Mehr als faustgroß war der Bereich, an dem die Schädeldecke fehlte und nur die Kopfhaut das Gehirn schützte. Sie ließ ihre Finger über diese verletzliche Stelle gleiten. Elisabeth war fasziniert vom Geheimnis dieses Mannes, der ihr vor ein paar Stunden entgegengeschwebt war. Unter Wasser. Wie ein unbekannter Fisch.

Elisabeth tauchte. Seit fast zehn Jahren. Seit ihre Tochter und ihr Mann im Edersee ertrunken waren. Auf dem Weg nach Hause, zu ihr. Sie hatten gelacht und gesungen. Elisabeth nahm das an, weil sie das immer so machten, wenn sie unterwegs waren. Auf den Serpentinen um den See war ihnen ein Wagen entgegengekommen. Er hatte die Kurve geschnitten und den Wagen ihres Mannes und ihrer Tochter von der Straße in den See abgedrängt. Der Unglücksfahrer hatte sich aus dem Staub gemacht und war entkommen. Bis heute wusste Elisabeth nicht, wer für den Tod ihrer Lieben, wer für ihre eigene Versteinerung verantwortlich war.

Der Psychologe der Klinik, in der sie damals arbeitete, hatte ihr seine Hilfe angeboten, aber nichts konnte Elisabeth aus ihrer Trauer helfen. Bis ihr eines Tages auf einem ihrer Spaziergänge zum See die Schnecken auffielen, die sich dort versammelt hatten, wo eine der ihren zertreten worden war. Da beschloss Elisabeth, dass es helfen könnte, dem Ort des Sterbens nahe zu sein. Einen ganzen Sommer über hatte sie Tauchkurse belegt. Dann war sie zum ersten Mal alleine hinabgeschwebt, dorthin, wo Paul und Jette im Wagen ertrunken waren.

Sie verharrte am Boden des Sees und wartete, ohne zu wissen, worauf. Nichts geschah. Nichts Mystisches. Doch die Stille, die Kühle, die Einsamkeit ließen Elisabeth zu sich kommen. Wie es ihr niemals vorher gelungen war.

Seitdem besuchte Elisabeth an jedem ersten Freitagmorgen des Monats diesen Ort unter Wasser. Ihr war bewusst, wie schwierig es für andere war, nachzuvollziehen, dass es das Tauchen war, das sie aus ihrer Trauer geführt hatte, und sie hatte es aufgegeben, davon zu erzählen. Freitag war Familientag. Schluss. Aus. Basta.

Heute war Familientag. Elisabeth hatte die Stille unter Wasser genossen und wollte zurück an die Oberfläche, als ihr ein seltsam längliches Bündel entgegenschwebte. Fast wie ein Riesenkalmar. Sofort erkannte Elisabeth die Füße, die aus einer weißen Folie herausschauten. Elisabeth sah die eisernen Gewichte, die den eingewickelten Menschen nach unten zogen. Noch im Sinken löste Elisabeth die Schnüre, entwand den Körper der Folie und brachte ihn an die Wasseroberfläche. Ein Mann. Leblos hing er in ihren Armen. Sie schaffte ihn ans Ufer und spürte, dass er noch lebte. Sie beatmete ihn. Als ehemalige Krankenschwester wusste sie genau, was zu tun war. Er regte sich. Für einen kurzen Moment öffnete der Mann die Augen, sah sie an.

„No police!" Er klang kraftlos, aber bestimmt. „No police!"

Elisabeth nickte. Das war ein Versprechen. „No police." Die Bitte wunderte sie nicht. So wie der Mann verschnürt und beschwert worden war, hatte sie auf gar nichts anderes als auf ein Verbrechen schließen können. Mafia, dachte sie. Mafia, hier, in dieser harmlosen Gegend? Elisabeth lief los, hinauf zur Straße, und holte den alten grünen Kombi, fuhr nah ans Ufer und legte den Fremden auf die Rückbank zu Herrn Wehner. Sabbernd beschnupperte der Boxermischling den reglosen Mann. Elisabeth fuhr los, nach Hause. Dort hatte sie alles vorrätig, was sie zur Versorgung des Mannes brauchen würde. Herr Wehner wachte ausnahmsweise auf dem Beifahrersitz. Elisabeth sah aus den Augenwinkeln, wie er nach hinten schaute und seine wichtige Miene aufsetzte. Herr Wehner hatte wirklich was von seinem Namensgeber; nur die schiefe Brille und die Pfeife fehlten. Elisabeth

hatte den Politiker 1982 kennengelernt. Als sie sich entschloss, in die SPD einzutreten und ehrenamtlich für die Abgeordneten der Partei im »Langen Eugen« in Bonn zu arbeiten. Zwölf Stunden die Woche. Wählerpost erledigen, Matrizen fertigen, Reden abschreiben und archivieren. Im Gegensatz zu vielen anderen mochte sie »Onkel Herbert«. Er war es, der Willy Brandt den Rücken freigehalten hatte, damit dieser glänzen konnte. Wehner hatte Elisabeths politische Haltung geprägt; über seinen Tod hinaus. Bis in die Jahre der Wende, bis zum Umzug des Bundestags nach Berlin. Elisabeth war nicht mitgegangen. Paul, ihr Mann, hatte gerade den Direktoren-Posten am Gymnasium in Bad Wildungen bekommen. Und Jette war unausstehlich pubertär. Keine einfache Zeit. Und dennoch. In dieser Zeit hatte das Glück Elisabeth ganz nah an sich herankommen lassen.
Inzwischen machte Elisabeth Seniorenturnen in den umliegenden Altenheimen. Von der Zentrale der Macht zum geriatrischen Auf und Ab der welken Körper. Walzer im Rollstuhl und Beckenübungen gegen Inkontinenz.
„Water. Please."
Die Stimme des Fremden klang rau und dennoch warm. Elisabeth sah in die rot unterlaufenen Augen, die sie anschauten, als suchten sie in ihrem Gesicht einen Punkt, der ihnen vertraut vorkam. Elisabeth war geübt genug im Umgang mit Traumatisierten und Schwerkranken, um zu wissen, dass sie gegen alles und jeden erst einmal schrecklich misstrauisch waren. Schweigend brachte sie dem Mann ein Glas Wasser. Sie spürte, dass er noch nicht die Kraft gehabt hätte, es selber zu halten. Also hockte sie sich neben ihn, half ihm sich aufzurichten und setzte das Glas an seine Lippen. Sie musste ihn bremsen, nicht zu hastig zu trinken. Erschöpft sank der Mann wieder zurück auf das Sofa.
Die Erschöpfung des Mannes erinnerte Elisabeth an ein altes Gemälde in der Kirche, das Jesus nach der Abnahme vom Kreuz zeigte.

Herr Wehner, der neben sie auf das Sofa sprang, riss sie aus ihren Gedanken. Elisabeth hatte die Tür offen stehen lassen. Herr Wehner schnupperte an dem Fremden. Elisabeth wollte den Hund vertreiben. Der Mann aber öffnet die Augen, spürte das Fell mit seinen Händen. „Timber ..."
Elisabeth rührte es, wie ein Lächeln über das hagere Gesicht des Mannes huschte, der sich an nichts erinnern konnte. An nichts. Nicht einmal daran, dass sein Name Olsen war.

⌐ 2111 ⌐

Es war schon hell, als jemand heftig auf das Dach von Olsens Wagen klopfte. Ein dicker Imbissbesitzer, der seinen Stand aufsperren wollte, schrie und schimpfte was von „kilometerweit den Arsch offen". Müde, bleich und wortlos wie ein Zombie klappte Linus den Sitz nach vorn und drehte den Schlüssel im Schloss. Das Radio ging an. Simon und Edda hoben kaum den Kopf, während der Wagen sich in Bewegung setzte und Linus ihn in den Verkehr einfädelte, der allmählich begann, die breiten Straßen zu füllen. Durch den Rückspiegel warf Linus einen Blick auf Edda, die zusammengerollt auf der Rückbank lag und schlief. Neben ihm auf dem Beifahrersitz starrte Simon aus kleinen roten Augen auf die Straße. Kaum war der Schlaf verflogen, musste Linus wieder daran denken, dass Edda eigentlich gar nicht im Camp hätte sein sollen und dass er derjenige gewesen war, den GENE-SYS aussortiert hatte. Er dachte an das Verhalten seiner Eltern, die die Manipulation seiner Hirnfrequenzen zugelassen hatten. Die Vorstellung kränkte und verletzte ihn. Was waren das für Eltern? Sie hatten ihn verraten an GENE-SYS. Linus spürte eine Wut in sich, von der er nicht wusste, wie er sie in den Griff kriegen konnte. Eigentlich gab es nur einen Weg: Er musste GENE-SYS angreifen und sich rächen. Oder er musste einen anderen Weg finden, um den Machenschaften des Konzerns

ein Ende zu setzen. Auf keinen Fall würde er zu Rob „Flanders" und den Zwillingen zurückkehren. Die konnten ihm genauso gestohlen bleiben wie seine Eltern. Wieder stieg Bitterkeit in ihm auf und er wusste nicht, was er mehr hasste, die Bitterkeit oder die Tatsache, dass er sich ihr gegenüber so hilflos fühlte.
„Ich glaub, ich mach die Flatter", sagte Linus leise zu Simon.
Simon runzelte erstaunt die Stirn.
„Und wohin?"
„Wird sich schon was ergeben."
Simon starrte Linus von der Seite an.
„Was 'n los?"
Linus hielt den Blick auf den Verkehr gerichtet.
„Komm allein einfach irgendwie besser klar."
Dann bin ich mit Edda endlich ungestört, dachte Simon sofort. Doch bei dem Gedanken überkam ihn ein fast zärtliches Gefühl für den Jungen, der gerade so routiniert die Spur wechselte, als hätte er in seinem fünfzehnjährigen Leben nie etwas anderes getan, als Auto zu fahren.
„War übrigens blöd von euch abzuhauen. GENE-SYS hat euch ein Leben angeboten, wie ihr es nie mehr erreichen könnt. Ich hab euch alles versaut!"
Simon schaute ihn an.
„Zu dritt sind wir zu auffällig", fuhr Linus fort in seiner Litanei. Es schien keinen Ausweg aus der Negativspirale zu geben. Zu der Bitterkeit über den Verlust seiner Eltern gesellte sich Selbstmitleid.
„Sie werden uns suchen und finden und ..."
Als Linus merkte, dass er mit den Tränen kämpfte, hörte er auf zu sprechen. Er brachte den Wagen vor einer Ampel zum Stehen. Der Motor ging aus. Linus versuchte ihn wieder anzulassen. Noch einmal sprang er an. Kurz. Dann soff er röchelnd wieder ab. Regte sich nicht mehr. Nur noch das Leiern des Anlassers. Hinter

ihnen begannen die Ersten ungeduldig zu hupen. Der Berufsverkehr staute sich. Linus biss die Zähne aufeinander und atmete schneller. Simon sah, wie Tränen in seine Augen stiegen.

„Ist doch alles total naiv! Wo sollen wir denn jetzt hin? Glaubt ihr, wir können hier auf der Straße leben? Wozu? Und wovon? Von unserer Freundschaft?"

Edda rappelte sich im Fond des Wagens auf und blickte verschlafen nach vorn. Sie sah, wie Linus den Kopf aufs Lenkrad legte und seinen Tränen freien Lauf ließ. Er hasste sich und sein Selbstmitleid, aber er konnte die Tränen nicht mehr aufhalten und er wollte es nicht. Das Hupen wurde immer lauter. Vorsichtig, als stünde er unter Strom, legte Simon seine Hand auf den Rücken von Linus. Erst wand er sich etwas unter der Berührung, doch dann ließ er sie geschehen und blieb ruhig.

„Was ist passiert?", fragte Edda.

Linus drückte den Knopf für den Warnblinker und stieß zornig die Wagentür auf.

„Der Scheißtank ist leer! Das ist passiert! Hat einer von euch vielleicht Geld zum Tanken?"

Simon und Edda schüttelten den Kopf. Die ersten Autos begannen hupend um Olsens Wagen herumzufahren. Wütend trat Linus nach einem teuren Jeep, der ihn beinahe angefahren hätte.

„Hier auf der Straße können wir nicht stehen bleiben", warnte Simon.

„Das weiß ich selbst", keifte Linus. „Sorry", schob er nach, als er in Simons Blick erkannte, dass er sich im Ton vergriffen hatte.

Simon und Edda stiegen aus. Zusammen schoben sie den Wagen an den Straßenrand in eine Parkbucht, während Linus das Steuerrad durch die offene Fahrertür bediente. Sie nahmen ein paar Sachen aus dem Auto, schlossen ab und liefen zum nächsten U-Bahn-Schacht. Während sie auf die Bahn warteten, klappte

Linus seinen Computer auf und fand Thorbens Adresse. Er wohnte in Charlottenburg. Eine halbe Stunde entfernt.

„Wie ich die Mutter von Thorben kenne, wird sie gleich die Polizei rufen", sagte Simon.

„Oder die Feuerwehr."

„Den Kammerjäger."

„Kammer... was?"

„Die Krabbelbekämpfung!"

Sie lachten. Als der Zug eintraf, fiel ihnen ein, dass sie keine Fahrkarten hatten. Aber sie wollten ihr letztes Geld nicht für die U-Bahn opfern. Also stiegen sie in den ersten Wagen und Simon schaute bei jedem Stopp aus der Tür und auf den Bahnsteig, ob Leute zustiegen, die wie Kontrolleure aussahen. Alles ging gut.

Als sie vor Thorbens Haustür ankamen, war es kurz nach sieben Uhr morgens. Simon und Linus setzten sich auf einen heruntergekommen Kinderspielplatz neben dem Haus. Die bunte Ente und das Pferdchen auf den verbogenen Spiralen erschienen ihnen wie trostlose Boten aus ihrer Kindheit und doch stimmte ihr Anblick die Jungs für einen Augenblick sentimental. Auf dem Boden daneben lagen Bierdosen und Kippen. Ein Hund hatte zur Krönung des Stilllebens in den Sand gekackt.

Edda lehnte sich an ein Auto, das vor der Haustür geparkt war, und wartete darauf, dass sich die Tür des großen Mietshauses öffnen würde. Weit und breit gab es keine Läden oder Restaurants. Nur am Ende der Straße befand sich eine Tankstelle.

Deprimierend, wie die Menschen hier wohnen, dachte Edda. Alle, die aus den Haustüren auf die Straße traten, sahen blass und traurig aus. Ihre Mundwinkel waren heruntergezogen, ihre Blicke starr. Sie schauten weder links noch rechts, als sie an ihr vorübergingen. Edda schaute ihnen lange nach. Als sich ihr Gesicht in einer Autoscheibe spiegelte, fiel Edda auf, wie zerzaust sie aussah. So brauchte sie es bei Thorben gar nicht zu versuchen, so würde sie ihn nie zu einer guten Tat überreden können. Mit ein paar Handgriffen ordnete Edda ihre Haare zu einem Pferdeschwanz. Dann kramte sie aus ihren Taschen einen Lippenstiftstummel hervor und schminkte ihren Mund. Linus und Simon sahen ihr zu und blickten sich wortlos an.

„Ich geh 'nen Kaffee von der Tanke holen", sagte Linus und wollte gerade gehen, als sich die alte Holztür öffnete und ein Junge mit Hoodshirt, Baggy Pants und Kopfhörern heraustrat, um Richtung U-Bahn die Straße hinunterzugehen. Fast hätten sie ihn nicht erkannt.

„Hey, Thorben!", rief Edda.

Erschrocken drehte er sich um. Sein Gesichtsausdruck hellte sich auf und ein Grinsen ging über sein Gesicht, das so breit und gebogen war wie ein Drahtseil, auf dem ein Elefant zu tänzeln versuchte.

„Edda!"

„Oh, Gott", sagte Linus leise, als er das Grinsen sah, das nicht von Thorbens Gesicht verschwinden wollte.

Edda und Thorben fielen sich kurz in die Arme.

„Ganz schön verändert!", sagte Edda und zeigte auf Thorbens Klamotten. Thorben nickte knapp und männlich; wie er es gern gewesen wäre.

„Ich hab mit meiner Alten Klartext geredet und gut is'."

„Der kann sein Glück kaum fassen", sagte Simon leise. Noch hatte Thorben die beiden Jungen nicht gesehen. „Wahrscheinlich malt er sich gerade schon die Rentenzeit mit Edda aus."

„Bist du ... wegen mir gekommen?", erkundigte sich Thorben vorsichtig. Es gelang ihm beinahe, beiläufig zu klingen.

Edda nickte.

„Thorboy, ich brauch deine Hilfe."

„Was immer du willst. Und ... noch mehr." Thorben schmolz. „Was machst du eigentlich hier ... in Berlin? Bist du abgehauen?"
Mit einer Handbewegung deutete Edda zum Spielplatz auf Linus und Simon, die beide gleichzeitig die Hand hoben und näher kamen. Nun verschwand der freudige Ausdruck aus Thorbens Gesicht und seine Stimme klang eine Oktave tiefer.
„Ach so."
„Ohne dich kommen wir nicht weiter."
„Habt ihr Scheiße gebaut?"
Edda ignorierte die Frage.
„Weißt du, wo wir unterkommen können? Für ein, zwei Tage?"
„Können wir vielleicht bei dir pennen?", fragte Linus. „Deine Mutter wird vielleicht nicht begeistert sein, aber ... Wir haben sonst keinen Platz in der Stadt."
Thorben plusterte sich ein wenig auf.
„Meine Alte is nicht das Problem. Die hab ich im Griff." Er versuchte, betont gelassen zu wirken. „Aber ich muss wissen, was los is – und ich muss jetzt echt zur Schule", fügte er etwas kleinlauter hinzu.
„Kannst du die erste Stunde nicht ausfallen lassen?", fragte Edda. Wie konnte sich einer wegen der Schule in die Hose machen, nach dem, was ihnen passiert war! Aber woher sollte Thorben davon wissen? Thorben spürte, dass sein letzter Satz in krassem Gegensatz zu seinem bisherigen Auftreten stand und schürzte die Lippen, um seinem Gesicht einen markanten Ausdruck zu geben.
„Na logo kann ich das! Aber ich will wissen, warum!"
Thorben ging voran, zurück in das alte Mietshaus. Die drei folgten ihm in eine winzige, dunkle Wohnung mit einem langen Flur, von dem zwei Zimmer, das Bad und eine Küche abgingen. Auf dem Küchentisch vor dem Fenster standen die Überreste eines kleinen Frühstücks. Auf den zwei Regalen staubten neben dem Geschirr Unmengen von Porzellanengeln und Zwergen ein.

Ein paar Harlekinmarionetten hockten herum und weinten seit Jahren still vor sich hin. Aus dem Fenster blickte man in einen kleinen Berliner Garten. Ein mickriges, eckiges Stück grauer Rasen. Begrenzt von einer Brandmauer und einer Reihe Mülltonnen, die vor alten Kartons und Mülltüten überquollen. Weit und breit waren sie die einzigen Farbtupfer in der tristen Landschaft und passten hervorragend zu der Ente und dem Pferdchen auf dem Spielplatz. Müllblumen, dachte Edda. Plötzlich tat Thorben ihr leid. Sie ging auf ihn zu und während sie das tat, weiteten sich seine Augen vor ungläubigem Staunen und Angst, dass passieren konnte, was dann auch geschah. Edda umarmte Thorben und drückte ihm einen Kuss auf den Mund.

„Danke", sagte sie. „Du bist einer der coolsten Typen, die ich kenne, Thorboy." Irgendwie fiel es ihr leichter, wenn sie ihn Thorboy nannte.

„Echt?"

Edda sah, wie Linus und Simon lächelten, weil Thorben sich bemühte, mit der unfreiwillig bestandenen Herausforderung fertig zu werden und gleichzeitig so zu tun, als werde er des Öfteren von schönen Mädchen auf den Mund geküsst. Sie setzten sich an den Tisch. Ohne zu fragen schüttete sich Simon Cornflakes in die Schüssel und füllte Milch ein. Dann begann er schmatzend und schlürfend die Cornflakes in sich hineinzuschaufeln, bevor sie matschig wurden. Es gab nun mal keine Art, Cornflakes leise zu essen. Also konnte man sie genauso gut laut genießen.

„Wir haben seit gestern nichts gegessen", erklärte Edda und schnappte sich ebenfalls eine Schüssel aus dem alten Ikea-Regal und einen Löffel, der wohl dreimal so alt war. Für eine Weile hörte man nur das Schlürfen und Schmatzen. Thorben sah Edda zu. Sie war zurückgekommen. Und sie hatte ihn um Hilfe gebeten.

Er seufzte. Als er bemerkte, dass die drei ihn deshalb ansahen, räusperte er sich.

„Echt too much gesmoked gestern", erklärte er cool und redete schnell weiter. Sagte, dass seine Mutter Frühschicht im Klinikum hatte und erst am Abend zurückkommen würde, weil sie noch für ihre Kollegin einsprang. „Könnt also in Ruhe chillen."

Edda erzählte mit wenigen Worten, dass sie von zu Hause abgehauen waren und versucht hatten aufzuklären, was im Camp passiert war. Sie sagte nichts von GENE-SYS, auch nichts darüber, warum sie sich getroffen hatten, sondern tat so, als ob sie gerade am Anfang eines Abenteuers standen. Während sie sprach, merkte sie, wie schwer es ihr fiel, die Gefühle, die damit aufkamen, zu unterdrücken. Ab und an schauten Linus und Simon vom Essen auf, erstaunt von Eddas Fähigkeit, um die Wahrheit herumzuschiffen, ohne zu lügen. Thorben hörte zu, setzte eine Miene auf, die er für einen Ausdruck von Betroffenheit hielt und tätschelte Eddas Hand, als sie geendet hatte.

„Alles easy", sagte er und verabschiedete sich. „Muss jetzt echt los. Wenn meine Mutter nicht bis zur ersten Pause in der Schule anruft und mich entschuldigt, ruft die Schule bei ihr an. Haut euch einfach auf mein Hochbett, wenn ihr müde seid. Aber macht nichts dreckig und stellt die Sachen weg. Meine Mutter ..." Er verzog das Gesicht. „Sooo ungechillt, die Alte."

Dann verschwand Thorben. Edda lief ihm nach.

„Du hast da noch Lippenstift. Im Gesicht."

Sie wollte ihm die roten Spuren aus dem Gesicht wischen, doch Thorben hob abwehrend den Arm und zog mit seiner Trophäe auf den Lippen davon, stolz wie Don Quichotte mit dem Taschentuch seiner Dame. Edda lächelte. Es machte ihr Spaß, mit einem Jungen zu spielen; einem, der ihr nicht gefährlich werden konnte.

„Irgendwie ist er cooler geworden, findet ihr nicht?", sagte sie, nachdem er gegangen war.

„Clown bleibt Clown", sagte Simon.

„Was auch immer." Linus zuckte mit den Achseln. Und das machte ihn auf etwas aufmerksam. „Leute, wir stinken ganz ordentlich, würd ich sagen."

Die beiden anderen überprüften die Aussage und schnüffelten an sich. Linus hatte verdammt recht. Seit Tagen steckten sie in denselben Klamotten. Zum Glück hatte Thorbens reinliche Mutter Waschmaschine und Trockner im Bad stehen. Sie warfen ihre Wäsche in die Maschine und dann standen sie da. Die Jungs in Boxershorts und Edda in T-Shirt und Höschen. Sie schauten sich an, grinsten. Ihnen war klar, dass die Unterwäsche besser auch mitgewaschen werden sollte. Und während sich Simon und Linus überlegten, ob sie sich der Shorts entledigen sollten, war Edda schon in Thorbens Zimmer verschwunden und kam mit ein paar Klamotten von Thorboy zurück.

„Feinripp mit Eingriff für die Herren", lachte Edda und warf Simon und Linus die viel zu großen Unterhosen zu. Sie selber hatte sich einen zartblauen Kinderbademantel übergezogen, der ihr nicht mal bis über die Knie ging.

„Topmoppel", sagte Linus mit Kennerblick. Und Edda posierte neckisch.

„Krieg ich ein Foto?", fragte sie mit großen Augen und klimperte mit den Wimpern.

Was eigentlich als Parodie gedacht war, gelang ihr so gut, dass Simon und Linus bei diesem Anblick tief durchatmen mussten. Edda lehnte an der Badezimmertür, lächelte müde und gähnte, bis ihr Tränen in die Augen stiegen. Die Aussicht auf etwas Ruhe zwischen ein paar Wänden, die so etwas wie ein Zuhause waren, übermannte sie. Wenige Minuten nachdem sie die Waschmaschine angestellt und nacheinander geduscht hatten, kletterten Edda und Simon auf das Hochbett und legten sich unter die Decke. Wie gut es tat, wieder in einer Wohnung zu übernachten. In einem richtigen Bett. Edda schaute zu dem hellen Viereck des Fensters hinaus in den grauen Hof. Doch ihre Gedanken waren bei dem Jungen, der hinter ihr lag.

Sie spürte seinen Blick in ihrem Nacken und verhielt sich komplett still. Sie lauschte auf sein Atmen. Was er wohl von ihr dachte? Eigentlich hatte sie anfangs gedacht, sie würde Simon gefallen. Doch je mehr Zeit sie miteinander verbrachten, desto mehr zog sich Simon vor ihr zurück. Seltsam, dachte Edda, dass sie sich umso mehr Gedanken um ihn machte.

Simon lag da und beobachtete, wie sich Eddas Oberkörper beim Atmen hob und senkte. Ihre noch feuchten Haare lagen ganz nah bei ihm. Sie wellten sich und es sah aus, als lockten sie ihn. Vorsichtig streckte er die Hand aus und berührte zart die Spitzen. Er wartete ab. Edda reagierte nicht. Also ließ er seine Hand liegen. Und es beglückte ihn, wie sein Herz zu pochen begann. War das nicht ein gutes Zeichen?

Linus stand noch unter der Dusche, aus der nur noch wenig warmes Wasser tröpfelte. Kurz entschlossen drehte er das kalte auf und ließ es an seinem Körper abprallen, bis die Kälte die Oberfläche seiner Haut betäubte und die Gedanken und Gefühle sich zurückzogen aus seinem Körper in seinen Kopf, an einen einzigen Platz, wo sie sich schließlich zu einem kleinen Punkt zusammenballten. Er versuchte so lange wie möglich aufrecht stehen zu bleiben, aber je länger das Wasser lief, desto kälter wurde es und schließlich klappte er zusammen wie ein Taschenmesser und sprang aus der Dusche. Er riss ein Handtuch vom Haken, rubbelte sich keuchend und zitternd ab. Dann ging er zurück in die Küche. Er stellte sein Notebook auf den Tisch, um sich einzuwählen.

Unter der Dusche waren ihm seine „Flanders" zu Hause in Köln eingefallen. Dass sich sein Pflegevater, der gute Rob, inzwischen aus Sorge auf die Suche nach ihm machte, konnte Linus gar nicht gebrauchen. Also schickte er eine kurze Mail, dass es ihm gut gehe. Für einen Moment überlegte er, ob er sich auch bei Judith melden sollte. Aber dann kam ihm das eitel vor. Als könnte er davon ausgehen, dass sie sich um ihn sorgte. So ein Quatsch. Wobei ... Linus gefiel der Gedanke, dass da vielleicht jemand war, der sich Sorgen um ihn machte, weil er ihn ganz einfach mochte. So wie er war. Bei Judith konnte er da sicherer sein als bei Edda. Judith hatte schließlich mit ihm schlafen wollen. Das dämliche Sprichwort vom Spatz und der Taube kam Linus in den Sinn. Er hockte vor der Tastatur seines Laptops. Ein Mailfenster war geöffnet und Judiths Adresse war schon eingegeben. Was schreiben? Linus wischte mit den Fingern über die Buchstaben. Irgendwie war es ihm vor sich selber peinlich, was Nettes zu schreiben. »Hi, alles cool hier. Miss u« schrieb er dann, schickte es ab und ärgerte sich, dass er die »send«-Taste gedrückt hatte. »Alles cool hier. Miss u«, so ein Scheiß.

Er klappte das Notebook zu und kletterte zu den anderen beiden ins Hochbett. Er sah Simons Hand auf Eddas Haaren. Irgendwie konnte er in diesem Moment nicht eifersüchtig sein. Warum sollte ein Mädchen nicht mit zwei Jungs befreundet sein? Warum nicht auch mehr als nur befreundet? Da keine Decke mehr übrig war, rollte er sich ein und war in wenigen Minuten eingeschlafen.

‾]2112 L‾

Auf dem Bildschirm in der Zentrale von GENE-SYS blinkte für einen Augenblick, einen kurzen Augenblick, das Gesicht des frisch geduschten Linus auf. Dann verschwand es wieder.

Es hatte sich gelohnt, dass es der Leiterin des Camps gelungen war, Linus' Neugier auszunutzen und ihm einen Spy-Virus auf seinen Computer zu spielen. Das Einschalten hatte ausgereicht, Kontakt zu den Überwachungsrechnern von GENE-SYS herzustellen. Die Frau an dem gläsernen Monitor musste nur noch das angezeigte Signal aufrufen und die Koordinaten des Aufenthaltsortes von Linus wurden sichtbar. Sie verglich sie mit den drei Signalen, die stetig auf dem digitalen Stadtplan aufleuchteten. Sie stimmten perfekt überein.

„Sie glauben, sie seien untergetaucht", sagte die Frau. „Bei einem der Jungen aus dem September-Camp. Diesem Verrückten, der sich aus Liebeskummer oben von dem Gebäude stürzen wollte. Dem Herrn der Fliegen."

Sie lachte laut.

„Thorben." Greta konnte sich an den Namen erinnern und wusste genau, wer gemeint war.

Die Frau am Computer nickte.

„Gönnen wir ihnen ein wenig Ruhe", sagte Greta. „Ich bin sicher, es wird nicht lange dauern, bis sie irgendetwas in Sachen Marie unternehmen werden. Bleiben Sie wachsam."

Sie verließ die Schaltzentrale von GENE-SYS. Im Moment gab es ein dringlicheres Problem. Eines, mit dem Greta nicht gerechnet hatte. Simons Mutter und ihr Lebensgefährte Mumbala.

Die wirkliche Gefahr für Greta aber war die Rettung von Olsen. Nur ahnte sie davon noch nichts.

„No! No, I can't remember ..."

Olsen musste sich beherrschen, um nicht laut zu werden. Seit Stunden schon versuchte er, sich an seinen Namen zu erinnern. An irgendetwas vor dem Moment, in dem Elisabeth ihn gerettet hatte. Es gelang ihm nicht. Er hatte alles vergessen. Er hatte vor

Elisabeths Computer gesessen und nach Bildern von sich gesucht. Sein Schädel war so speziell, dass bei all den Suchbegriffen von „Schädeldeformation" über „Gruselschädel" bis „Unfall + Schädel + Horror" irgendwann ein Bild von ihm hätte auftauchen müssen, wenn es denn eines im Netz gegeben hätte. Das war nicht der Fall.
Das Selbstverständlichste wäre gewesen, zur Polizei zu gehen. Aber da meldeten sich alle Warnsysteme in ihm. „No police!"
Immerhin war Olsen klar geworden, dass er keine Probleme hatte, mit einem Computer umzugehen. Doch er rätselte über die Narben auf seinem Körper. Allein im Bad hatte er sich lange im Spiegel betrachtet. Nackt. Die Narbe einer Schnittwunde in der Nähe der Milz, eine andere entlang des linken Oberschenkels, eine dritte am Halsansatz. Zwei Schusswunden. In der linken Wade, in der rechten Schulter. Verbrennungsnarben am Rücken. Dazu das Loch im Schädel. Wie alt mochte er sein? Am Schädel wuchsen ihm keine Haare mehr. Aber wenn er nach dem komplett grauen Gekräusel um seinen Schwanz ging und der dünnen, welken Haut, dann musste er jenseits der sechzig sein. Olsen ging davon aus, dass er in den 40er-Jahren des vergangenen Jahrhunderts geboren worden war. Wo? „Amerika", hatte Elisabeth gesagt. Englisches Englisch würde anders klingen, meinte sie. Olsen sah sich in die Augen.
„Who are you?"
Er spürte körperlich den Schmerz, den die Frage verursachte. In Olsens Kopf war alles in Gefahr, außer Kontrolle zu geraten. Alles kam ihm fremd vor. Vor allem seine Sprache. Warum amerikanisch? Es war ihm, als spräche nicht er, sondern irgendein Fremder, wenn er sich reden hörte. Er dachte ja nicht einmal englisch, er dachte deutsch. Doch wenn er den Mund aufmachte, formulierte er die Sätze in englischer Sprache.
Je mehr er sich darüber Gedanken machte, desto mehr Wut stieg in ihm auf. Und auch diese Wut fühlte sich so fremd an. Aber sie war

da. Und Olsen spürte, dass sie wuchs. Von Stunde zu Stunde. Sie würde ausbrechen, das war gewiss. Olsen war klar, dass er sie dann nicht mehr würde beherrschen können. Das machte ihm Angst. Er brauchte Klarheit, bevor es passierte. Klarheit über sich. Über das, was mit ihm geschehen war. Unbedingt.

Olsen zog sich an. Elisabeth hatte ihm einen Jogginganzug von Paul gegeben. In Adidas-Blau gekleidet schlich Olsen zur Schlafzimmertür von Elisabeth und hörte sie dahinter leise und gleichmäßig atmen. Sie schlief. Herr Wehner war im Flur aufgewacht und schaute Olsen erwartungsvoll an. „Timber ..." Warum hatte er das gesagt, als der Hund zu ihm kam? Das war der Ruf der amerikanischen Holzfäller, wenn ein Baum fiel. Es ergab keinerlei Sinn.

Olsen ließ die kleine Stadt hinter sich und lenkte den Kombi zu der Talsperre. Zum Edersee. Er staunte über sich. Wie geschickt er das Haus verlassen hatte, ohne ein einziges Geräusch zu verursachen. Wie er instinktiv den Wagen aus der Garage des kleinen Fachwerkhauses hatte rollen lassen und erst den Motor anspringen ließ, als er und Herr Wehner schon ein gutes Stück des Weges zurückgelegt hatten. Wie so vieles konnte sich Olsen auch nicht erklären, warum er sich zu dem Mischlingsrüden hingezogen fühlte. Er wusste nur, dass ihm die Nähe des Tieres guttat.

Olsen hatte in der Garage alles zusammengepackt, was an Tauchgerät von Elisabeth dort gelagert war. Mit wenigen Handgriffen hatte er geprüft, ob das, was er brauchte, in einwandfreiem Zustand war. Erst jetzt im Wagen kam ihm auch das seltsam vor. Woher wusste er, worauf er beim Tauchen zu achten hatte? Er musste in seinem Leben vorher all das gelernt haben. Er beschloss, seinem Instinkt zu vertrauen. Er hatte das sichere Gefühl, dass ihn dieser Instinkt schützen könnte.

Olsen lenkte Elisabeths Wagen zu der Stelle, die er mit ihr schon vor zwei Tagen besucht hatte. Sie hatte ihn hergeführt, hatte ihm erzählt, wie und wo sie ihn gefunden hatte. Nichts davon erinnerte ihn an das Geschehen, das beinahe zu seinem Tod geführt hatte. Es war, als hätte jemand die Datei seines bisherigen Lebens komplett gelöscht. Olsen war alles noch einmal im Kopf durchgegangen. Er hatte Elisabeth in den letzten beiden Tagen verrückt gemacht, weil er sie immer wieder erzählen ließ, was sie wusste. Jedes Detail. Er hörte dieser Frau zu, und während der eine Teil in ihm Elisabeth ohne ein freundliches Wort ständig und unerbittlich drängte und trieb, war da der andere Teil in ihm, der sie still bewunderte. Der ihre Augen sah, die von Leid und Lachen erzählten. Der ihre warme Stimme mochte. Der registrierte, mit welch großer Geduld sie versuchte, ihm zu helfen. Immer wieder aufs Neue berichtete sie. Bemühte sich, jedes noch so unwichtige Teil des Puzzles aus ihrer Erinnerung zu kramen. Doch nichts schien Olsen weiterzubringen. Also entschloss er sich, selbst dort nach Spuren zu suchen, wo man ihn hatte versenken wollen.

Als der Morgen graute, erreichte er den Platz, an dem Elisabeth freitags tauchen ging. Gesteuert von seinem Instinkt nahm Olsen zuerst die Umgebung in sich auf. Herr Wehner wich nicht von seiner Seite und verhielt sich vollkommen still, als achte er die Konzentration von Olsen. Fasziniert beobachtete der sich selbst dabei, wie er alles abscannte. Die Geräusche. Die Gerüche sogar. Die gesamte Szenerie. Der fast nicht spürbare, sanfte Wind. Die Feuchtigkeit der Luft, die er mit jedem Atemzug in sich aufnahm. Die Nebelschwaden, die in sanften Bewegungen wie sich eitel spiegelnde Geister über das Wasser glitten. Sich kräuselten, als ein Reiher aufgescheucht davonflog. Olsen ließ seinen Blick über die Parkbucht an der Straße gleiten, über die man mit einem Wagen bis hinunter zum Ufer gelangen konnte. Uneinsehbar. Da war der felsige Untergrund, der es unmöglich machte, Reifenspuren im Nachhinein zu entdecken. Olsen konnte nicht fassen, warum er all diese Dinge bedachte. Es war, als säße ein forensischer Profiler in seinem Hirn. Oder ein trainierter Killer, dachte Olsen plötzlich. Und erschrak.

Er zog seine Kleider aus und schnallte die Sauerstoffflasche um. Dann griff er nach der Taschenlampe und ging zum Ufer. Dort schlüpfte er in die Schwimmflossen, setzte die Taucherbrille auf. Das Wasser war kalt. Aber Olsen machte das nichts aus. Woher hatte er gewusst, dass ihm das nichts ausmachen würde? Er tauchte ab, schaltete die starke Taschenlampe ein. Steil fiel hier das Ufer ab. Gute 20 Meter. Olsen begriff, warum man ihn hier hatte versenken wollen. „Hätte ich auch gemacht", dachte er und erschrak auch über diesen Gedanken. Hatte er so etwas vielleicht schon einmal getan? Hatte er getötet?
Olsen folgte dem Fremden in sich, er wusste, dass er sich auf ihn verlassen musste, wenn er erfahren wollte, wer er wirklich war. Immer tiefer tauchte Olsen hinab, immer trüber wurde das Wasser. Er orientierte sich an der Felswand. Der Kegel der Taschenlampe erfasste die scharfen Kanten, schreckte einen riesigen Wels auf. Die Hinterflosse des Fisches klatschte gegen Olsens Kopf und riss die Brille herunter. Olsen reagierte schnell und exakt. Mit dem Licht der Taschenlampe erfasste er die Brille über sich und setzte sie wieder auf. Er musste sie kurz richten. Plötzlich bewegte sich etwas. Unter Olsen. In der Dunkelheit und abgelenkt von dem Verlust der Brille hatte er nicht bemerkt, wie sich unter ihm ein unfassbar riesiges, weißes Maul geöffnet hatte. Olsen zuckte zurück. Hektisch bewegte er die Flossen, um zu entkommen. Doch es schien, als würde er damit das Maul nur noch weiter öffnen. Olsen verharrte für einen Moment. Er wollte an die Wasseroberfläche, doch sein Instinkt reagierte nicht auf das, was sein Kopf wollte. Das Maul schloss sich, schmiegte sich an Olsen, wie eine zweite Haut. Es war plötzlich überall und wollte ihn nicht wieder freigeben. Sosehr Olsen auch gegen den Gegner kämpfte, er schien nicht zu greifen zu sein. Wohin sich Olsen auch bewegte, da war schon dieser weiße Schlund. Was war das? Er drohte komplett die Orientierung zu verlieren. Wo war oben? Wo unten?

Olsen wunderte sich, dass er trotz der ausweglosen Situation mehr und mehr seine Angst verlor. Der Profiler in seinem Hirn übernahm und analysierte klar. Es konnte sich bei dem Maul nicht um einen lebendigen Organismus handeln. Ganz einfach, weil es so etwas nicht gab. Olsen griff noch einmal nach dem Feind und erwischte ihn schließlich doch. Sofort war ihm klar, dass es sich um die Folie handeln musste, in die man ihn gewickelt und aus der ihn Elisabeth befreit hatte. Die Plastikplane hatte sich durch die Strömung im See aufgebläht und waberte hin und her.

Olsen tauchte aus der Folie hervor und erreichte den Grund des Sees. Er leuchtete herum. Der Lichtkegel der Taschenlampe erfasste die Seile, die Elisabeth gelöst hatte. Wie dünne Würmer ragten sie senkrecht in das trübe Wasser, strebten erfolglos zum Licht. An wenigen Stellen noch waren sie mit den Ösen der Folie verknotet und an Eisengewichten befestigt. Olsen tauchte nah zu einer dieser Stellen. Es war eine ganz normale weiße Abdeckfolie mit eingestanzten Eisenringen zum Befestigen von Halteseilen. Olsen untersuchte die Gewichte. Vier schwere Eisenständer für Sonnenschirme. Alle vier waren neu. Ebenso die Folie. Und Olsen fand endlich einen Hinweis. Ein Etikett haftete noch unter einem der Eisenständer: »Alberti, Oberursel«.

»Alberti Eisenwaren. Werkzeuge. Gartentechnik. Gartenmöbel«. Das versprach die Website der Firma. Kaum war er mit Herrn Wehner zurück im Haus von Elisabeth, hatte sich Olsen an ihren Computer gesetzt und nach „Alberti" in „Oberursel" gesucht. Der erste Treffer passte schon. „Gartenmöbel ..." Die eisernen Sonnenschirmständer. Wer auch immer ihn hatte umbringen wollen, er hatte die Gewichte bei Alberti in Oberursel gekauft. Olsen hatte endlich eine Spur. Und das fühlte sich gut an. Er spürte eine innere Spannung; vertraut und beruhigend. Er musste nach Oberursel.

Als Thorben am Nachmittag aus der Schule heimkam und die Wohnungstür aufschloss, hatten sich die Körper von Edda, Linus und Simon auf dem breiten Hochbett gefunden und aneinandergeschmiegt, sodass ihnen trotz der zu kleinen Decke warm geworden war. Sie schliefen tief und fest.

Thorben stand im Flur, horchte. Er hörte keine Geräusche, stellte seine Schultasche ab und ging durch die Küche, wo immer noch die Frühstückssachen standen, in sein Zimmer. Leise stieg er die Holztreppe zum Hochbett hinauf und lugte hinein. Edda hatte einen Arm um Simon gelegt und ihr Bein lag auf Linus. Eifersucht. Dann aber sah er etwas, was ihn sofort ablenkte: Die Jungs trugen seine Unterhosen! Und Edda hatte sich in seinen Kinderbademantel gekuschelt. Thorben lächelte. Wie hübsch sie darin aussah. Er konnte sich gut vorstellen, wie ihre gemeinsamen Töchter aussehen würden.

Da drehte sich der Schlüssel in der Wohnungstür. Thorben erschrak. Seine Mutter war zurück! Weit vor ihrer Zeit. Hatte er sich mit ihrem Zeitplan geirrt? Wie ein Kugelblitz wirbelte er von der Leiter, lehnte die Tür an und flitzte geräuschlos zurück in die Küche, wo er hastig begann das Geschirr zusammenzuräumen und in die Spüle zu häufen, während er Wasser einließ und Spülmittel darüberspritzte. In der Zeit, in der seine Mutter ihren Mantel aufgehängt und die Toilette benutzt hatte, war es ihm gelungen, die gröbsten Spuren seiner Freunde zu beseitigen. Mit der Handtasche unter ihrem Arm trat Thorbens Mutter in die Küche.

„Was war hier denn los? Ist hier eine Bombe explodiert?"

Skeptisch starrte sie auf das randvoll schäumende Waschbecken, von dem kleine Seifenblasen in die Höhe stiegen.

„Hallo, Mutti!", strahlte Thorben mit freundlichem Gesicht. „Die letzten Stunden sind ausgefallen. Ich hab mir was zu Essen gemacht." Breiter noch als sein Lächeln stellte er sich in Positur, um möglichst viel Chaos zu verdecken. Aber er wusste, er hatte keine Chance.

Mit einem Schwenk ihrer Augen scannte seine Mutter die Küche wie ein Haushaltsterminator, dem keine Veränderung, kein noch so kleines Detail entging. Schließlich blieb ihr Blick an Thorbens Kleidung hängen. Scheiße! Er hatte vergessen die Kleidung zu wechseln. Im Schrank auf dem Flur lauerte sein Thorben-Kostüm wie eine Ganzkörper-Narrenkappe, die er in ihrer Gegenwart trug. Aus! Vorbei! Das nun war das Ende von Thorboy! Die Reaktion seiner Mutter ließ nicht lange auf sich warten und obwohl Thorben froh war, dass sie nicht auf seine schlafenden Freunde im Zimmer nebenan gestoßen war, machte ihm die Entdeckung seiner vom Essensgeld abgesparten, mühsam in der Wohnung verborgenen und einsam gewaschenen Outfits Angst. Seine gesamte neue Identität, die er sich nach dem Camp aufgebaut hatte, drohte zu zerbröseln – wie trockenes Laub in einer geballten Faust. Er stellte erst einmal die Ohren auf Durchzug.

„Was hast du denn an? Du siehst aus wie aus den Bohnen gezogen! Wie ein Straßenköter."

Sie rupfte an der Kleidung. Gute Miene, dachte Thorben. Gute Miene. Ein Mantra, das ihm schon in vielen Situationen geholfen hatte die Fassung zu wahren, immer dann, wenn er eigentlich lieber mit einer großen Kreissäge für eine neue Ordnung der Dinge gesorgt hätte.

„Weiß ich doch, Mama", schleimte er. „Glaubst du, ich würde freiwillig so rumlaufen? Einer in der Schule hat mich nass gespritzt und ich hab mir die Sachen aus der Schlamperlkiste geliehen."

Innerlich freute er sich über den gelungenen Haken, den er da geschlagen hatte. In die Schlamperlkiste würde sie ihm nicht folgen können.

„Wer weiß, wer das angehabt hat. Wer hat dich nass gespritzt?"
„Einer aus der Oberstufe", sagte Thorben. So beiläufig wie möglich.

Mit einem tiefen Seufzer, der bis in die Fundamente ihrer Beziehung zu Thorben reichte, ließ seine Mutter sich auf einen Stuhl am Küchentisch sinken und legte den Kopf in die Hände. Gerade als wäre Thorbens schamloses Treiben eine zu schwere Last, eine, die das kleine, bunte Boot ihres Lebens nun jeden Augenblick zum Kentern bringen würde. Sie rollte kurz mit den Augen, schob die Unterlippe vor und schaute Thorben eindringlich an. Wie ein trauriger Karpfen, dachte er. Diese Gesichtskirmes! Wieso nur?

„Thorben, du MUSST lernen dich durchzusetzen! Sonst wirst du ein Schwächling – genau wie dein Vater!"

Wie er es hasste, wenn sie so über seinen Vater sprach.

„War doch bloß Wasser."

Kopfschüttelnd und mit vorwurfsvoller Miene starrte die Mutter ihren Sohn an, trieb ihn in die Ecke.

„Du hättest dich erkälten können, hättest die Schule verpasst. Und bist gezwungen, herumzulaufen wie ein Verbrecher. Sonst was kann dir in diesen Lumpen passieren! Wer weiß, welchem Tunichtgut sie gehören. Zieh sofort die Sachen aus! Gleich morgen gibst du sie zurück!"

Thorben dachte an Edda und die beiden Jungs, die in seinem Zimmer schliefen und hoffte, dass sie durch das Gezeter nicht aufwachen und alles vermasseln würden. Und ganz sicher würde er jetzt nicht in sein eiterpickel-meliertes Thorbenkostüm schlüpfen, um alles zu ruinieren, was er sich mit Edda gerade aufgebaut hatte. Nein, dachte Thorboy, es war Zeit, sich von der Herrschaft seiner Mutter zu befreien und die schweren Ketten seines finsteren Daseins abzuwerfen, die Flügel zu spreizen und in den Himmel zu fliegen. Kettensäge oder nicht.

„Wieso hast du denn nicht die Schale vom Frühstück benutzt? Das ist doch wirklich nicht nötig, all das Geschirr dreckig zu machen!" Sie trat neben Thorben und starrte in das Waschbecken, in dem Thorben sich bemühte die Schüsseln und Teller unter einem Haufen Schaum verschwinden zu lassen. Gleichzeitig hob sie die Schachtel mit den Cornflakes vom Tisch und merkte, dass sie leer war. Ebenso die Packung Milch. Und Kakao war auch noch auf dem Tisch verstreut. Mit der Hand begann sie, ihn in die Packung zurückzustreichen.

„Sag mal, wie viel frisst du denn wieder in dich hinein?"

Thorben sagte nichts. Fliegen würde er, über den Wolken und neben ihm Edda. In jeder Hand eine Kettensäge. Ja, eine neue Ordnung musste her!

„Thorben!"

„Was?"

Wütend drehte er sich um, starrte in ihre Augen. Gute Miene. Gute Miene. Mute Giene. Gune Miete …

„Hattest du Besuch? Waren fremde Kinder hier in der Wohnung, während ich weg war? Bürschchen, so viel sag ich dir, wenn ich dahinterkomme, dass du hier ein doppeltes Spielchen treibst wie dein nichtsnutziger Vater …"

Thorben drehte sich zu ihr.

„Nein! Es WAREN keine FREMDEN Kinder hier, während du weg warst!"

Sie starrten sich in die Augen und Thorbens Mutter trat immer näher, um zu überprüfen, ob seine Pupillen sich durch Lügen erweiterten. Er blickte sie fest an. Er log nicht! Erstens waren Edda und die beiden Jungs nicht fremd und zweitens waren sie noch da! Oh ja, dachte er bitter, sie hatte ihn gelehrt, sich in der weiten Welt der Halbwahrheiten einzurichten, um sich nicht permanent schuldig fühlen zu müssen, dafür, dass er ein Leben leben wollte, das nicht mit den Vorstellungen seiner Mutter übereinstimmte! Sein Leben! In dieser kleinen, mit Unfarben ausgelegten und beklebten Welt, in der er und seine Mutter sich jeden Tag begegneten wie in einem grausamen Menschenexperiment, das sich ein wahnsinniger Forscher ausgedacht haben musste und das kurz vor dem Zusammenbruch stand. Nein! Nicht vor einem Zusammenbruch. Vor einer Implosion von atomarer Qualität!

Immer noch starrte die Mutter ihren Sohn an, doch Thorben merkte, dass sie nachgab, dass sie weich wurde. Aber wie lange sollte es noch dauern? Immer wieder bildeten sich neue Ausbuchtungen und Schlupfwinkel, in die sie sich beide vor Angst flüchten konnten: Angst davor, dass Thorben selbstständig werden würde. Angst davor, dass Thorben seiner Mutter wehtun könnte. Angst davor, dass sie allein sein würde, dass er zu seinem Vater gehen könnte. Angst. Angst. ANGST.

Wie die Eskimos 49 Worte für Schnee hatten, so hatte Thorben 49 Worte für die Ängste und Stimmungen, die sich zwischen ihm und seiner Mutter breitmachten. Vielleicht war es seit den Ereignissen im Camp etwas weniger Angst, aber tief in seinem Inneren wusste er auch, dass jede Bewegung, die ihn Richtung Freiheit und Selbstbestimmung führte, von seiner Mutter mit aller Macht bekämpft werden würde und dass ihr Leben sich in Luft auflösen würde – und davor hatte er am meisten Angst.

Die heimlichen Gäste auf dem Hochbett waren erwacht und orientierten sich. Dann hustete Edda ...

Entsetzt musste Thorben mit ansehen, wie sich seine Mutter mit bösem Blick an ihm vorbei schob und die Tür zu seinem Zimmer aufriss. Verschlafen steckte Edda ihren Kopf über die Kante des Hochbetts. Thorbens Mutter stieß einen hohen und schrillen Schrei aus, als sei Edda eine gigantische Spinne. Dann fasste sie sich an ihr Herz und taumelte zurück in die Küche.

„Was treibt dieses Flittchen in deinem ... deinem Zimmer? Hast du die Sachen von diesem Luder an?"

„Na, so fett bist du auch wieder nicht", kicherte Linus versteckt und leise zu Edda. Ihm machte die Situation sichtlich Spaß. Edda stieß ihn mit dem Fuß vor die Brust, sodass er fast vom Bett fiel. Der Streit der beiden aus der Küche klang wie der Soundtrack einer Komödie über ein altes Ehepaar.

„Warst du nackt, Thorben?" Die Mutter war kurz davor zu hyperventilieren. „Warst du nackt?"

Edda musste lachen. Der arme Thorben.

„Ist SIE nackt? Dieses Flittchen ..."

Einem Brummkreisel gleich kugelte die Mutter mit hektischen Armbewegungen zurück in Thorbens Zimmer.

„Thorben!", befahl sie ihren Sohn zu sich und versuchte durchzuatmen. Wie ein gekrümmter Taktzähler aus Fleisch drohte ihr Zeigefinger vor Thorbens Gesicht lange, bevor sie endlich so gefasst war, dass sie zum Reden ansetzen konnte. Doch da bemerkte sie die Spuren von Eddas Lippenstift in Thorbens Gesicht. Den ganzen Tag hatte er das Rot getragen wie eine Auszeichnung. Alle Farbe wich aus dem Gesicht von Thorbens Mutter.

„Da! Da! Lippenstift!", stammelte sie. „Sodom und Gomorrha in meinen eigenen vier Wänden. Wie dein Vater! Heiliger Vater, warum strafst du mich so? Womit habe ich das verdient?"

Sie war ganz kurz davor ihr Schicksal zu beweinen.

„Is' nix passiert, ehrlich", sagte Simon und schaute nun neben Edda unter der Decke hervor.

Das Gezeter war ihm zu viel geworden. Thorbens Mutter schnappte nach Luft.

„Oh, mein Gott ..."

„Er hat recht", sagte Linus und robbte zwischen Edda und Simon an den Rand des Hochbettes. „Sie müssen sich keine Sorgen machen."

Das Gesicht von Thorbens Mutter wechselte erneut die Farbe. Einen Augenblick wusste keines der Kinder, was es sagen sollte. Das war auch nicht nötig.

„Eine ... eine ... eine Orgie!", sagte sie mit tonloser, fast erloschener Stimme und sackte kraftlos an die Wand.

In Thorbens blassblauem Bademantel stieg Edda die Stufen herab und ging auf Thorbens Mutter zu.

„Tut mir leid ... das ..."

Thorbens Mutter wandte den Blick ab und krümmte ihren Körper, als peinige sie der Anblick von Edda in dem kurzen Mäntelchen mit großen Schmerzen.

„Irgendwie ehrt es Ihren Sohn, dass Sie so schlecht von ihm denken", sagte Edda. „Aber Thorben ..."

Thorbens Mutter wich einen Schritt zurück.

„Wage es nicht über mein eigen Fleisch und Blut zu richten! Du hast ihm die Unschuld genommen."

Eddas Augen weiteten sich. Fassungslos stand sie vor der älteren Frau, deren Stimme immer unheimlicher wurde. Es fehlte noch ein flammendes Schwert, dachte Linus. Thorben hielt sich am Türrahmen fest und beobachtete stumm das Geschehen. Die Vorstellung seiner Mutter, dass Edda ihm die Unschuld geraubt hatte, gefiel ihm.

„Er hat seine Reinheit verloren", stammelte Thorbens Mutter. „An die Hure Babylons."

Thorben, dessen Gesicht sich kurz zu einem wohligen Grinsen verbreitet hatte, rollte jetzt resigniert mit den Augen. Die Jungs auf dem Hochbett konnten sich das Lachen nicht mehr verkneifen. Edda aber war jetzt richtig wütend über die Beschimpfungen.

„Hallo? Alte Eule! Geht's noch?", gab Edda der Mutter lauthals zurück und winkte mit der flachen Hand vor ihrem Gesicht. „Es war nichts, klar? Das sind wohl nur Ihre kranken Fantasien!"

„Du wagst es ..."

Thorbens Mutter starrte Edda an und schob sich zwischen sie und ihren Sohn. Selig blickte Thorben auf die tapfere Edda. Wenn er doch nur selber einmal den Mut hätte, seiner Mutter so die Stirn zu bieten. Thorbens Mutter wollte den Sohn zurück in die Küche drängen. Sie vermied es auf Eddas Haut zu schauen, auf ihre langen, schlanken Beine, die unter dem weichen Frottee endeten. Obwohl Thorben wusste, dass dies wirklich nicht der passende Moment war, gelang es ihm kaum, den Blick davon zu nehmen, und seiner Mutter entging das nicht.

„Ich will nicht wissen, was für einen Schmutz ihr hier in meiner Wohnung getrieben habt! Aber Thorben, du wirst mir alles erzählen und dann werden wir gemeinsam die Wohnung reinigen. Tage, ja Wochen wird es dauern, bis dieser Dreck reingewaschen ist ..."

„Die Bude hier ist bestimmt nicht so schmutzig wie Ihre Gedanken!" Edda merkte, dass sie immer wütender wurde und sich gleichzeitig das Lachen nicht verkneifen konnte, weil sie aus den Augenwinkeln sah, wie sich Simon und Linus auf dem Bett krümmten und vor Lachen fast erstickten. Auch Thorben lachte kurz auf, was seine Mutter noch wütender machte. Sie fuhr herum. Plötzlich war Thorben zwischen den Fronten gefangen.

„Willst du wirklich so weiterleben?", fragte Edda ihn.

Thorbens Mutter fixierte Edda und schaute dann ihrem Sohn in die Augen. Die Antwort auf diese Frage interessierte auch sie brennend. Thorben richtete sich auf und holte tief Luft. Jetzt war der Zeitpunkt gekommen. Wäre er ein stolz aufgeblasener Kugelfisch im blauen Ozean gewesen, hätte jeder seiner Feinde jetzt Reißaus genommen, doch dann verlor er mit einem Schlag an Volumen, und eine riesige Luftblase voll mit seinem Selbstbewusstsein schwebte an die Oberfläche und verpuffte. Thorboy schrumpfte. Abwechselnd wurde ihm heiß und kalt. Edda brachte auf den Punkt, was er dachte, fühlte und sich nie zu sagen, ja nicht einmal zu denken getraut hatte. Jetzt, da es gesagt war, spürte jeder hier die Macht dieser Frage. Sie verlangte als Antwort nichts als die Wahrheit und Thorben wusste, dass etwas geschehen musste. Dass jetzt der Moment war, der Augenblick, in dem er selbst das Heft in die Hand nehmen konnte. Noch einmal zog er die Luft ein, als wolle er das ganze Zimmer leer saugen. Mit finster entschlossenem Blick schaute er von seiner Mutter zu Edda und zurück. Dann nickte er, als habe er eben einen tief greifenden Entschluss gefasst.

„Was soll ich denn tun?", fragte er mit einer Stimme, die schrecklich kläglich klang. Seine Mutter lächelte wissend und wendete sich im Triumph zu den drei Eindringlingen.

„Das musst du allein rausfinden."

Wie eine vertrocknete Zimmerpflanze die Blätter ließ Thorben die Arme hängen und senkte den Kopf.

„Wo wollt ihr jetzt hin?", fragte Thorben, dem klar wurde, dass er gleich wieder allein mit seiner Mutter sein würde und dass Edda ihn so klein, so erbärmlich erlebt hatte. Vor allem aber wollte er nicht sein, wer er gerade war. Doch er wusste nicht, was er tun sollte. Oder besser gesagt, er wusste es, aber er hatte Angst davor. Die drei Freunde hatten sich schon fast fertig ihre sauberen und getrockneten Klamotten angezogen.

Edda und Linus schwiegen. Simon, der hinter Thorbens Mutter stand, sah, dass ihre Handtasche auf dem Tisch stand und geöffnet war. Ein paar Geldscheine blinzelten aus ihrer Brieftasche wie alte Freunde, die er fast vergessen hatte. „Geld!", dachte Simon. „Das ist die Lösung!" Er machte einen Schritt auf den Tisch zu und setzte sich, als wolle er seinen Schnürsenkel binden.

„Ich rufe mal besser die Polizei! Eure Eltern werden sich Sorgen machen", drohte Thorbens Mutter mit fiesem Unterton. „Aber wahrscheinlich sind sie eher froh, dass sie mal ein paar Tage Ruhe hatten."

Im gleichen Augenblick, als Simon die Scheine aus dem Portemonnaie zog, beugte sie sich zu ihrer Handtasche, um ihr Handy zu nehmen. Für eine Sekunde begegneten sich die Blicke der beiden. Es gab keinen Zweifel: Simon hatte das Geld in der Hand. Es war totenstill. Jeder wartete darauf, dass die Mutter anfangen würde zu schreien und Simon das Geld zurücklegte. Doch nichts davon geschah.

Simon steckte das Geld ein.

„Hau'n wir ab", sagte er kurz und ging seelenruhig auf die Tür zu. Edda und Linus zögerten einen Augenblick. Edda schluckte. Thorbens Mutter griff zum Handy, aber Simon fiel ihr in die Hand. Die Mutter versuchte sich loszureißen. Simon nahm ihr einfach das Handy weg.

„Lassen Sie das! Wir müssen gehen. Schnappt eure Sachen."

Die Mutter starrte auf Simons Kopf und sah die Tätowierung, die allmählich überwachsen wurde, seine sehnigen Arme.

„Du Verbrecher!"

„Gib ihr das Geld zurück", sagte Edda bestimmt.

„Nein", sagte Simon. „Wir brauchen Geld! Wie willst du ohne Geld in dieser Stadt leben? Siehst doch, dass sie uns nicht mal was zu fressen geben würde."

„Wir können nicht anfangen zu klauen!"

„Wir können nicht früh genug anfangen zu klauen, meinst du."

Er steckte das Geld und das Handy ein. Linus nahm es ihm wieder ab und legte es auf den Tisch.

„Damit wären wir jederzeit zu orten."

„Gehen wir!", sagte Simon nach kurzem Zögern und sah die anderen beiden an. „Wir haben kein Benzin und nichts zu fressen. Wir wissen nicht, wo wir pennen können."

„Aber du kannst doch meiner Mutter nicht einfach die Kohle klauen!" Jetzt klang Thorben beunruhigt.

Unschlüssig standen die drei im Zimmer herum.

„Ich geb euch was von meinem Geld", unterbrach Thorben das Schweigen und stellte sich vor Simon.

„Das wirst du nicht!", sagte Thorbens Mutter.

Er aber rannte in sein Zimmer und kam kurz drauf mit einem Stapel Scheinen zurück.

„Hier. Gib meiner Mutter das Geld zurück!"

Simon nickte und wollte der Mutter die Scheine wiedergeben, doch die setzte sich an den Tisch, legte den Kopf auf die Arme und begann zu schluchzen.

„Wenn Ihnen nichts mehr einfällt, fangen Sie an zu heulen", sagte Simon und legte das Geld auf den Tisch. Es sollte hart klingen, aber er merkte selbst, dass es nicht sehr überzeugend rüberkam.

Betroffen schauten Edda und Linus zu, wie Thorben zu seiner Mutter ging, den Arm um sie legte und sich neben sie an den Tisch setzte.

„Jetz wein doch nicht, Mama."

„Du kriegst das Geld von mir zurück", versprach Edda. „Bestimmt, Thorben."

Thorben nickte. Enerviert wandte Simon den Kopf und ging auf den Flur. Zögerlich folgten ihm Edda und Linus.

Dann bekam Thorben wieder das Gesicht eines Politikers, der seine Parteigenossen hinter sich vereinen wollte.

„Wir werden diese Krise meistern, so wie wir bisher alle Krisen gemeistert haben."

Thorbens Mutter hob den Kopf und starrte auf ihren Sohn und dann auf Edda.

„Das Schicksal prüft uns schwer. Aber wir gehören zusammen und nichts wird uns auf Dauer auseinanderbringen. Ich bin ein Berliner."

Fassungslos standen Edda, Linus und Simon einige Sekunden später vor der Tür.

„Familie ist die Brutstätte des Wahnsinns", sagte Linus und die anderen beiden lachten.

„Wir sind frei!"

Linus stieß einen Schrei aus und sprang in die Luft, doch die anderen beiden wollten nicht einstimmen. Edda spürte, wie die feuchte Kühle des Herbstes durch die dünne Jacke bis in ihre Knochen zog. Sie schlug den Kragen hoch. Sie fühlte sich schwach und verletzlich, und am liebsten hätte sie sich bei einem der Jungen eingehakt, aber das hätte sie sicher dem anderen erklären müssen und dafür fühlte sie sich zu müde. Besser, wenn alles neutral blieb.

Wie erwachsen das klang. Wie einsam sie dieser Gedanke machte. Sie schaute auf Linus und Simon, die vor ihr her auf die Tankstelle zuliefen, die am Ende der Häuserschlucht lag wie eine verlassene Raumstation aus einem billigen Science-Fiction-Film. Sie empfand eine Nähe zu den beiden, wie sie sie vorher nicht gekannt hatte. Sie war wegen eines hübschen Jungen in dieses Abenteuer geraten und hatte nun zwei Freunde gefunden, die gar nicht „hübsch" waren. Aber beide lösten etwas in Edda aus, tief innen. Jeder auf seine Art. Sie lächelte, wie sie die beiden da vor sich laufen sah. Der sehnige Simon und Linus mit seinen kräftigen Beinen, fest auf der Erde. Und auf einmal war sie ganz sicher, dass diese beiden Jungs ein Leben lang ihre Gefährten bleiben würden. Edda lachte auf, lief voran, drängte sich zwischen die beiden und hakte sich bei ihnen ein.

Schweigend kauften sie ein paar Snacks und einen Kanister, den sie an der Zapfsäule mit Benzin füllten. Dann gingen sie zur U-Bahn und fuhren zurück zu dem Platz, wo sie den Wagen abgestellt hatten.

Keinen Blick hatten sie für den hageren Mann, der seinen Diesel-Kombi betankte und ihnen über einen Überwachungsspiegel nachschaute.

Die Bahn war voll. Niemand schien sich an drei Jugendlichen zu stören, die mit einer Ladung Benzin und zwei Tüten Junk-Food durch die Gegend fuhren. Warum auch? Zwei Straßenmusikanten aus Osteuropa stiegen in den Waggon und spielten ein Stück, das genau so lang war wie der Abstand zwischen zwei Stationen. Ein obdachloser Zeitungsverkäufer mit zwei riesigen Hunden folgte, dann leerte sich der Wagen. Mit einem Mal dachte Edda wieder an die interessanten Menschen, die sie hätte treffen können, wenn sie bei GENE-SYS geblieben wäre. Den Glamour, die großen Städte. Was sie mit neuen, berühmten Freunden hätte erleben können. Etwas lernen, neue Dinge erfahren, anstatt sich darum zu streiten, ob man der Mutter eines Freundes Geld stehlen sollte oder nicht. Aber was war das für eine Organisation, die sich so skrupellos über Menschenleben hinwegsetzte, über Schicksale und über die Selbstbestimmung? Verbrecher. Und trotzdem war etwas an den Erklärungen von Greta gewesen, was ihr eingeleuchtet hatte. Etwas, das klang, als wäre es richtig und klug. Als wäre es gut. Aber wie konnte das Gute mit derart unguten Methoden erreicht werden? Diese Frage beschäftigte sie alle drei. Jeden auf seine Art. Edda war schließlich umso entschlossener zu tun, was getan werden musste.

„Ich werde Marie befreien."

Edda sah ihre beiden Freunde an, in ihrem Blick eine große Frage. Die Frage, ob sie Edda unterstützen würden. Das wussten beide und beide konnten nicht anders als nicken.

„Wie?", fragte Simon.

„Ich kümmere mich drum", sagte Linus.

Das war für den Moment genug an Entschlossenheit.

Als sie aus der U-Bahn ausstiegen und auf die Straße traten, gingen die Laternen an. Sie marschierten die Straße hinauf, vorbei an einem Diesel-Kombi, den sie genauso wenig beachteten wie den Mann, der darin saß.

Ihr Wagen stand an der Stelle, an der sie ihn zurückgelassen hatten. Die alte Decke von Timber, mit der sie ihre Sachen zugedeckt hatte, und der zerbeulte Zustand der alten Karre hatten niemanden veranlasst, einzubrechen oder den Wagen zu stehlen. Unter dem Scheibenwischer klemmte ein Strafzettel.

„15 Euro", fluchte Linus.

Sie hatten kein Parkticket gezogen.

Linus warf den Strafzettel weg und betankte den Wagen, den er sich für seine Rückkehr nach Berlin von Olsen „ausgeliehen" hatte. Er war sich sicher, dass Olsen ihn nicht mehr brauchen würde. Sicher, dass Clint Olsen umgebracht hatte.

⌐2115 ⌐

„Maybe I know someone who can help you." Elisabeth saß mit Olsen am Frühstückstisch. Sie hatte telefoniert. Der Neurologe der Klinik, wo Elisabeth viele Jahre gearbeitet hatte, würde nächstes Wochenende zu einer Tagung nach Zürich reisen, erklärte sie. Es ginge dort um Schädel-Hirn-Traumata. Hirn-Koryphäen aus aller Welt hatten sich dort angesagt.

„My friend could present your case ..."

„You talked to him?!", unterbrach Olsen und ging Elisabeth an. Blitzschnell griff er an ihren Halsansatz und seine Finger packten sie wie ein Schraubstock. Olsen sah erschrocken in Elisabeths vor Panik und Schmerz weit geöffnete Augen. Doch er ließ sie nicht los. Es ging nicht. Nicht, solange er keine Antwort hatte. „Did you talk about me?" Elisabeth schüttelte den Kopf. Olsen prüfte die Pupillen, als hätte er gelernt darauf zu achten. Dass sie sich nicht weiter geweitet hatten, beruhigte ihn. Allmählich lockerte Olsen seinen Griff. Elisabeths Arm hing schlaff herunter. Olsen drehte sie zu sich, drückte seinen

Daumen seitlich ihres Schulterblattes auf den Muskel, der entlang des Rückgrats führt. Der Schmerz war verschwunden.

„Wie ... How did you know that ...?" Elisabeth meinte diesen schmerzenden Griff und die folgende Erlösung.

Olsen sah sie an und zuckte mit den Schultern. Die Gedanken in seinem Hirn rasten. Er wusste genau, wie er Menschen Schmerzen zufügen konnte. Was schlummerte da in ihm? Wäre es besser, wenn er sich selbst nicht auf die Spur kommen würde?

„Sorry." Olsen wandte sich ab und versprach Elisabeth, dass er sie verlassen würde, sobald es dunkel geworden sei und er im Schutz der Nacht seines Weges gehen könnte. Da spürte er ihre Hand auf seinem Arm. Er drehte sich zu ihr um, sah ihr zartes Lächeln. Sie betrachtete ihn. Er konnte ihren Blick nicht halten. Wollte sich ihr entwinden, aber da war so viel Zärtlichkeit, so viel Mitgefühl in ihren Augen, in ihren Händen, die ihn hielten, dass er sich zu ihr hingezogen fühlte. Vorsichtig näherte sie sich ihm noch weiter. Er spürte ihren Atem auf seiner Haut. Sie verharrte. Wartete. Würde er die letzten Zentimeter überbrücken? Olsen tat es nicht. Da nahm Elisabeth seinen Kopf in ihre Hände. Behutsam, weil er so verletzlich schien. Sie nahm seinen Kopf, schloss die Augen und gab ihm einen Kuss. Olsen spürte ihre Lippen auf den seinen. Wie automatisch umschlossen seine Arme den Körper dieser Frau, die ihm das Leben gerettet hatte.

War das wirklich ein Lächeln? Kein Zweifel. Da war ein Lächeln in ihrem Gesicht. Elisabeth sah ihren Mund mit den unzähligen kleinen Falten. Er hatte sich sanft in den Winkeln nach oben gezogen und es war, als begebe er sich damit vorsichtig auf unbekanntes Terrain. Sie freute sich darüber. Zu lange hatte sie keinen Grund gehabt zu lächeln. Jetzt, da dieser Fremde nebenan in ihrem Bett lag, war das Lächeln in ihr Leben zurückgekehrt.

Sie staunte. Staunte darüber, dass sie gerade für einen winzigen Moment das Gefühl gehabt hatte, in das Gesicht ihrer Mutter zu schauen. Als Kind hatte sie ihr immer so gerne beim Kämmen der langen Haare zugeschaut, während das Badewasser warm und dampfend in die Wanne lief. Glück war das. Geborgenheit. Wenn dieser Moment doch nie vergangen wäre. Alles, was folgte, nie passiert wäre. Dieses Leben, das sie immer wieder für kurze Zeit am Glück hatte schnuppern lassen, um es ihr dann wieder zu entreißen. Elisabeth zwang sich, sich darauf zu konzentrieren, wie sie das »Fatal Red« von Maybelline Jade aus seinem Gehäuse drehte und über ihre Lippen gleiten ließ. Zum ersten Mal seit jenem schrecklichen Tag vor zehn Jahren konnte sie wieder an ihre Tochter denken, ohne zu weinen. Es war Jettes Lippenstift, es war ihre Bürste.

Als Olsen aufwachte, lag Elisabeth neben ihm. Sie hatte ihn eine Zeit lang schon beobachtet. Es war so schwer, aus diesem Mann schlau zu werden. War es das tiefe, dunkle Geheimnis, das sie an ihm so faszinierte? Waren es die Kämpfe, von denen die Narben erzählten? War es ihre eigene Sehnsucht nach einem Gefährten, die sie lächeln ließ, als sie ihn da schlafend neben sich betrachtete. Elisabeth war ausgebrochen aus dem Trott der letzten Jahre und sie war stolz darauf. Das Glück hatte sie wieder ein wenig näher kommen lassen. Wortlos erhob sich Olsen aus dem Bett. Er ging ins Bad unter die Dusche. Er war im Begriff sich einzuleben, sich langsam wohlzufühlen. Das fühlte sich nicht nur gut an. Es war auch eine Bedrohung. Irgendetwas in ihm verbot ihm, sich zu sehr auf Elisabeth einzulassen. Olsen fluchte über dieses Gefühl. Er war schizophren. Das musste es sein. Das war kein Instinkt, der ihn führte. Er war nur eine gespaltene Persönlichkeit. Warum also sollten sich die Spezialisten in Zürich nicht ihre klugen Köpfe über seinen zerbrechen? Was konnte er verlieren?

„Dein Leben." Die Antwort hallte durch seinen Kopf wie ein Echo. Die Vernunft übernahm wieder das Kommando. Der Instinkt. Der Profiler. Wie sollte er eine Zukunft haben, wenn er seine Vergangenheit nicht kannte? Man hatte versucht ihn umzubringen. Wenn er herausbekommen wollte, wer dahintersteckte und welche Motive der Täter hatte, dann war es seine beste Tarnung, wenn dieser Unbekannte weiter annahm, er sei tot. Olsen durfte nicht an die Öffentlichkeit.

Elisabeth hatte Tee gekocht. Sie hatte sich in einen Morgenrock gewickelt und redete so unverfänglich über das Frühstück, dass Olsen sofort klar war, wie unsicher sie wegen der vergangenen Nacht war. Er ging zu ihr, gab ihr einen Kuss und kümmerte sich dann um die Toasts. Und während er wie ein Amerikaner die Ränder der Toasts abschnitt, berichtete Elisabeth, dass es noch eine andere Chance für Olsen geben könnte. Der Neurologe in der Klinik habe bei einem der bedeutendsten Hirnforscher des letzten Jahrhunderts gelernt. Der alte Mann sei pensioniert und lebe im Taunus. Professor Dr. Hubert Fischer. Wenn Elisabeth ihren Bekannten darum bäte, würde der sicher einen Termin bei Professor Fischer möglich machen, in dessen Seniorenheim in Oberursel.

Schon bei dem Wort „Taunus" hatte Olsen aufgehorcht. Er wusste, dass Oberursel ebenfalls dort war. Als Elisabeth den Namen des Ortes aussprach, war Olsen sofort hellwach. Das konnte kein Zufall sein. Er dachte an Alberti.

Zu Elisabeths Überraschung und Freude war Olsen sofort einverstanden. Er drängte auf eine schnelle Abreise. Kaum zwei Stunden später machte sich der grüne alte Kombi von Bad Wildungen aus auf den Weg nach Oberursel zu Dr. Fischer. Herrn Wehner hatte Elisabeth bei einer Freundin untergebracht.

Der Neurologe aus Elisabeths Klinik hatte den Besuch angekündigt und Professor Dr. Fischer hatte nur zu gerne zugesagt. Abwechslung von dem tristen Heimalltag war ihm immer willkommen. Er hasste die anderen Alten um sich herum, die schon ab 11 Uhr vormittags trippelnd vor dem Speisesaal lauerten, obwohl es erst um 12:30 Uhr Mittagessen gab. Als wären sie längst tot. Als lebten sie nur noch in ihrer Vergangenheit. Das war schlimmer als tot. Er hasste sie dafür. Alle, fast alle, hatten Kinder, Familie. Nachkommen, die sich kaum blicken ließen. Wenn es nicht gerade um den Geburtstag oder Weihnachten ging. Oder um eine Unterschrift unter ein vorformuliertes Testament. Dr. Fischer war froh, dass er keine Familie hatte, die ihn enttäuschen konnte. Familie hatte keinen Wert mehr. Nichts mehr hatte einen Wert in dieser Gesellschaft. Wenn Dr. Fischer sich etwas vorwarf, dann, dass er mit seiner Arbeit diese Entwicklung nicht hatte aufhalten können. Auf der anderen Seite ... seit dem 11. September, den Anschlägen auf das World Trade Center in New York, war sein Fachwissen wieder gefragt. Er hatte seitdem ein paar Reisen in den Nahen Osten gemacht, im Auftrag der CIA. Das hatte ihm gutgetan. Und vor Kurzem erst hatte ihn Clint aufgesucht und um Hilfe gebeten. Fischer war sicher, dass in nicht allzu ferner Zukunft sein Wissen helfen würde, gewaltige Veränderungen herbeizuführen. Aus der Geschichte der Menschheit, mit der er sich seit Jahren beschäftigte, wusste er, dass die Verhältnisse erst einmal unerträglich werden mussten, bevor es zu Veränderungen kam. Jeder Revolution ging Leid voraus. Und wenn Fischer in die Gesichter seiner Altersgenossen hier schaute, dann war das sein persönliches Leid. Der jämmerliche Verfall. Das Sabbern, die Vergesslichkeiten dieser Menschen. Die Erwartungshaltung an die Pharmaindustrie und Medizin. Fischer hielt das alles für mangelnde Disziplin. Das würde ihm nie passieren. Sobald er den Verfall bei sich als unaufhaltsam diagnostizieren würde, würde er zu der Kapsel greifen, die er immer bei sich trug. Fischer empfand einen gewissen Triumph bei der Vorstellung, dem Kerl mit der Kutte und der großen Sichel im entscheidenden Moment ein Schnippchen schlagen zu können.

Unruhe. Das war es, was Olsen empfand, als Elisabeth am Bad Homburger Kreuz Richtung Oberursel abbog. Olsen beherrschte die Unruhe, doch er konnte sie nicht einordnen. Er redete nicht, wartete ab, was weiter passieren würde. Es war, als horche er in sich hinein und scanne zugleich alles, was ihn umgab, mit einer ungekannten Akribie. Eine Ahnung erfüllte ihn. Sie fühlte sich ganz und gar nicht gut an. Mit einem Schlag spürte er plötzlich seinen Puls. Er pochte durch seinen Körper. Olsen schaute in den Schminkspiegel, den er wegen der Sonne heruntergeklappt hatte und erkannte, dass man ihm äußerlich nichts ansehen konnte. Keine Regung verriet, was in ihm vorging. Er sah zu Elisabeth. Sie bemerkte den Blick, lächelte nur. Olsen versuchte herauszubekommen, was den heftigen Herzschlag ausgelöst hatte.

Sie hatten die Autobahn verlassen und standen an der Ampel. Das Navigationsgerät forderte links abzubiegen in die Hohemarkstraße. Olsens Blick aber fixierte das Straßenschild, das nach rechts zeigte. Nach Kronberg. Er begriff sofort, dass dieser Name den heftigen Puls ausgelöst hatte. Schnell schloss er die Augen. Doch die Anspannung verging nicht. Im Gegenteil. Sie wurde immer unerträglicher. Ein Haus tauchte aus der Erinnerung auf. Eine Villa. Uniformen. Amerikanische Uniformen. Zigaretten, Lucky Strikes. Die amerikanische Flagge. Die Treppe ins Dunkel. Befehle, auf Deutsch. Schreie.

Olsens Puls raste. Vor seinen Augen tauchte ein Mann auf, festgeschnallt auf einer Liege. Olsen versuchte, sein Gesicht zu erkennen. Es wollte die Szene vor seinem geistigen Auge nicht scharfstellen. Doch er kannte diesen Mann. Sein Schreien verursachte Olsen Schmerzen. Olsen wollte fort aus dieser Erinnerung. Aber sie war zu präsent. Hände, die seinen Kopf fixierten, die ihn zwangen hinzuschauen. Immer wieder suchten seine Augen zu entkommen. Zu der Uhr, die über der Liege an der Wand hing. 9:53 Uhr. In Olsens Kopf dröhnte eine Stimme. „Die Injektion beginnt." Da stand ein Mann in

weißem Kittel und sprach ein Protokoll der Qualen auf ein Diktafon.
Der Mann auf der Liege bäumte sich auf.
„Ruhelose Bewegungen, Protest gegen die Injektion." Flucht zur Uhr.
„9:55 Uhr, Injektion endet." Olsens Blick wurde getrübt von Tränen.
„9:59 Uhr, Patient sehr ruhelos, muss von der Schwester festgehalten werden, nicht ansprechbar, wildes Rudern mit den Armen, heftiges Schwitzen."
Unfassbar teilnahmslos klang die Stimme des Arztes.
„10:01 Uhr, komplette Versteifung des Körpers, schnarchendes Atmen; 32-mal pro Minute. Puls 120. Zähne zusammengebissen. Schaum vor dem Mund, rollende Augenbewegungen." Olsen wollte etwas rufen, schreien. Doch er brachte nur noch ein einziges Wort hervor. „Vater!"
Niemand reagierte darauf. Gnadenlos wurde das Experiment weitergeführt und protokolliert.
„10:04 Uhr, Verkrampfung der Rückenmuskulatur. Steife Extremitäten, Pupillen leicht erweitert, reagiert nicht auf Licht. Weiterhin starkes Schwitzen. Tremor der unteren Extremitäten, Schaum vor dem Mund. Unregelmäßig versteifter Kiefer."
Olsen spürte, wie er seinen Widerstand aufgab. Er konnte nicht mehr.
„Proband fällt ins Koma."
„Stop! Stop!" Olsen schrie Elisabeth an. Erschrocken fuhr sie an den Bürgersteig. Olsen riss die Tür auf. Musste sich übergeben.

Dr. Fischer hatte sich in sein Zimmer zurückgezogen. Amnesie war das Stichwort, das ihm sein ehemaliger Schüler genannt hatte. Ein besonders schwerer Fall nach einem Tauchunfall. Viel mehr Informationen hatte Dr. Fischer nicht bekommen. Er legte sich seine Fachbücher zurecht. Blätterte durch Forschungsarbeiten und hielt auf einmal inne. Tauchunfall? Zu dieser Jahreszeit? Dr. Fischer ging an seinen Atlas und schlug die Karte von Hessen auf. Der Kollege arbeitete jetzt in Frankenberg. Das war nicht weit vom Edersee. Dr. Fischer schloss den Atlas langsam und stellte ihn zurück in das Regal. War das möglich, was er da gerade vermutete? Er verwarf seinen Verdacht wieder. Er hatte Clint als umsichtigen Kämpfer erlebt. Über all die Jahre. Unmöglich, dass ihm solch ein Fehler hätte unterlaufen können. Fischer spürte dennoch eine Besorgnis. Er ging in den Park des Altenheims, dorthin, wo ihn niemand beobachten oder hören konnte, und wählte mit seinem Handy Clints Nummer. Es meldete sich nur die Mailbox. Dr. Fischer versuchte es noch ein paarmal. Ohne Erfolg. Er sprach nichts auf Band. Ihm war klar: Er war allein. Auch gut. Er hatte keine Angst.

„Zu alt, um Angst zu haben." Dr. Fischer wusste nicht mehr, wo er den Spruch gelesen hatte, aber er fand, dass er sehr wahr war. Er hatte keine Angst und keine Skrupel. Er würde gewappnet sein.

Elisabeth lenkte ihren Kombi auf den Parkplatz des Altenheims. Olsen sah sich um, bevor er ausstieg. Da war nichts, was ihn sonderlich beunruhigte. Das hier war nicht die Villa aus seiner schrecklichen Erinnerung. Also folgte er Elisabeth in das alte Gebäude.

Dr. Fischer blieb ruhig. Er lächelte. Er hatte seine Sinne eben doch noch beisammen. Er legte das Fernglas beiseite. Gerade hatte er Olsen erkannt. In dem grünen Kombi. Dieser Mann faszinierte Dr. Fischer. Wie viele Leben hatte Olsen? Der Arzt empfand durchaus so etwas wie Respekt für ihn. Aber das würde ihn nicht davon abhalten, Clints Aufgabe zu Ende zu bringen. Schade um die Frau, die Olsen begleitete.

Am Empfang meldete sich Elisabeth als Besuch für Herrn Professor Dr. Fischer an.

„Wenn Sie mir bitte folgen wollen ..." Eine Pflegerin ging voran und Elisabeth und Olsen folgten ihr bis in den ersten Stock.

„Das letzte Zimmer rechts", erklärte die Pflegerin und klackerte über den blank gebohnerten Gang zurück. Elisabeth und Olsen erreichten die schwere Holztür, an der Fischers Name stand. Sie klopften.

„Herein!" Fischer öffnete die Tür und lächelte. Hinter seinem Rücken verbarg er eine Spritze. „Immer nur hereinspaziert."

Er musterte Olsen genau. Nichts an seiner Haltung, nichts in seinem Blick, keine Regung verriet, dass Olsen Dr. Fischer wiedererkannte.

„Bitte nehmen Sie Platz!" Dr. Fischer legte beruhigt und unbemerkt die Spritze wieder zurück in seine Arzttasche, während die beiden sich setzten. Dann setzte er sich zu den beiden Gästen, servierte seine Lieblingskekse, Russisch-Brot, und ließ sich von Elisabeth Olsens kurze Geschichte erzählen. Schnell war Fischer klar, Clint hatte nicht versagt. Er hatte mit Sicherheit das Gelände sondiert, nur unter Wasser hatte er nicht nach Zeugen nachgesehen. Das war entschuldbar. Und im Grunde war Dr. Fischer beglückt von dem Umstand, dass Olsen wieder vor ihm saß. Denn fachlich höchst interessant war für ihn die Tatsache, dass Olsen nur englisch sprach. Es passte zu der Diagnose der Amnesie. Damit war bewiesen, dass das alte, das allererste Programm als Einziges in Olsens Hirn durch das Trauma des Nahtodes nicht „gelöscht" worden war. Diese Programmierung der »Operation Artischocke« aus dem Jahre 1957 war offenbar jetzt wieder aktiv.

Dr. Fischer hatte als junger Neurologe an den Programmierungsversuchen der CIA damals in Kronberg teilgenommen, nicht weit von Oberursel. Es erfüllte ihn nun mit Stolz, dass die Arbeit von damals so lange Bestand hatte, während alles andere der Amnesie anheimgefallen war. Clint hatte Dr. Fischer berichtet, dass Olsen durch seinen Autounfall so etwas wie ein schlechtes Gewissen entwickelt hatte und untauglich für weitere Einsätze geworden war. Es sah aus, als wäre dieses Gewissen nun wieder verschwunden.

Frank Olson hörte aufmerksam zu, was Elisabeth berichtete. Keine Sekunde ließ er dabei Dr. Fischer aus den Augen. Er wollte jede Regung mitbekommen, die eine Interpretation seiner Situation sein konnte. Aber im Gesicht des Arztes konnte Olsen nichts lesen.
Schließlich hatte Elisabeth ihren Bericht beendet. Dr. Fischer schwieg. Es gefiel ihm, den Eindruck zu erwecken, dass er nun an einer Diagnose, einem Befund arbeitete. Auch wenn er das, was er zu sagen hatte, schon längst wusste. Schon als er Olsen erkannt hatte.
„Hier kann ich leider nichts für Sie tun", sagte Dr. Fischer schließlich.
„Aber wenn Sie mögen: Ich arbeite ab und an noch in einer kleinen Praxis in Frankfurt."

⌐ 2116 ⌐

Motor FM spielte »Strange Days«. Seit einer Weile schon glitten Edda, Linus und Simon auf der Musik durch die fremde Stadt. Merkwürdigerweise hatte keiner von ihnen das Bedürfnis zu sprechen, seit sie aus der Wohnung von Thorben und seiner Mutter gekommen waren. Keiner von ihnen hatte Lust auf ein Leben, in dem sich der Alltag darum drehte, wie man Geld besorgen, wo man die nächste Nacht verbringen und wie den nächsten Tag überleben könnte. Die Dinge waren ihnen entglitten. Ausweg nicht in Sicht. Stattdessen: die nächste Nacht. Und die Frage, wo sie sie verbringen sollten. Als sie anfingen im Kreis zu fahren, beugte Edda sich nach vorn zu den beiden Jungs.
„Meinetwegen können wir doch zu diesem Typen ... Bonbon oder Bonobo oder wie der heißt."
„Bobo", sagte Simon. „Is aber keine gute Idee, da einfach zu dritt aufzutauchen. Das Loch, in dem die hocken, ist voll schräger Typen."
„Aber dieser Bobo ist doch okay, hattest du gesagt", sagte Linus.
„Wen kennen wir sonst hier?"
Simon wog den Kopf hin und her.

„Vielleicht sind schräge Typen ganz hilfreich, wenn wir Marie befreien wollen. Die hatten dich doch sogar in den Knast gebracht. Wie heißt die Kneipe?", fragte Edda entschlossen und nahm sich den Laptop, um gleich nach der Adresse zu suchen.

„‚Glühwurm' oder so ähnlich", antwortete Simon. „Aber mit ‚schräg' mein ich eher ‚gefährlich'."

„Ich hab ja euch. Ihr beschützt mich, oder?"

Sie lächelte und schaute zu den beiden nach vorne.

„Ach, Edda", seufzte Linus.

Während er fuhr, schaute Edda im Computer nach, fand die Adresse und ließ die Route berechnen. Linus lenkte und schaltete und fragte sich, wie lange die Angstfreiheit in Bezug auf das Autofahren wohl anhalten würde. Ewig? Eigentlich war er der Meinung, mittlerweile perfekt fahren zu können. Wenn er mal die Verkehrsregeln nicht erahnen konnte, ließ er einfach den anderen die Vorfahrt oder wartete, bis jemand hinter ihm hupte und herumbrüllte.

„Nächste links", dirigierte Edda von der Rückbank aus. Linus fuhr links. Schon setzte das Hupen ein. Sie standen auf einer Spur, auf der man nicht abbiegen durfte.

„Sorry, rechts hab ich gemeint." Edda verzog schuldbewusst die Schnute.

Linus blinkte rechts, aber niemand ließ ihn passieren.

„Arschgesichter!", schimpfte Linus hinter dem Steuer und hupte gegen die anderen an. Ohne Erfolg. Als er langsam anfuhr, wurde er fast gerammt. Er nahm den Fuß wieder vom Gas und versuchte, eine Lücke im Verkehr abzupassen. Die Folge waren ein lautes Hupkonzert und Flüche und Verwünschungen, die man durch das Blech der sich ständig voranschiebenden Autolawine hörte. Er spürte, wie sein Adrenalinspiegel stieg und ihm der Schweiß auf die Stirn trat. Stress. Und damit die Angst, all dem nicht gewachsen zu sein. Eine kleine Session unter Olsens Angstkappe hätte ihm jetzt gutgetan. Hätte seinen Mutpegel hochschnellen lassen. Nicht einmal geblinkt hätte Linus und trotzdem hätte er wie in einem Computerspiel gewusst, dass er den Wagen unbeschadet ans Ziel bringen würde. Level completed. Er betätigte den Warnblinker. Ein Taxifahrer hielt neben ihnen, kurbelte sein Fenster herunter und brüllte ihn an.

„Dir hammse wohl ins Hirn jeschissen, Männeken", fluchte der bemützte Mann.

„Dir eher nicht", säuselte Edda den Mann fröhlich an. „Wo nichts ist, kann man nicht hinscheißen, stimmt's?"

Sie hatte die Scheibe heruntergekurbelt und strahlte. Der Taxifahrer wollte sofort aussteigen, aber da hupten andere ihn an.

„Sorry, alte Männer und Verkehr", erklärte Edda dem Fahrer hinter ihnen zweideutig und tat, als hätte nur der Taxifahrer Schuld an dem Stau. Der wütete hinter dem Steuer, gab dann aber doch Gas und Edda schenkte ihm einen Handkuss. Linus schaute in den Rückspiegel – was für ein Mädchen. Erst da bemerkte er, dass Simon ihn beobachtete. Linus konzentrierte sich wieder auf die Straße und als der Verkehrsstrom kurz verebbte, fuhr er schließlich geradeaus weiter. Zu spät bemerkte er, dass er sich jetzt in einen mehrspurigen Kreisel geschleust hatte. In dem dichten Verkehr kam er nun erst recht nicht mehr nach rechts heraus. Wieder setzte er den Blinker, wieder ließ ihn niemand die Spur wechseln. Zweimal schon war Linus auf seiner Spur im Kreis gefahren.

„Bieg einfach ab", drängte Simon genervt. „Is doch nicht so schwer. Die passen schon auf."

„Soll ich crashen oder willst du fahren?", giftete Linus gestresst zurück.

„Du tust doch immer, als hättest du alles im Griff", schimpfte Simon los.

„Klar. Wer Verantwortung übernimmt, ist am Ende immer der Arsch."
„Fick dich!"
„Bestimmt nicht."
„Hey!", rief Edda nach vorne. „Kriegt euch ein."
Linus zog abrupt nach rechts. Hupen schrillten auf. Bremsen quietschten. Fast hätte er einen Lkw gerammt. Aber Linus blickte nicht zurück zu dem keifenden Fahrer, er gab Gas und schoss aus dem Kreisverkehr in eine Seitenstraße. Er hielt an, blitzte Simon an.
„Was is? Willst du ans Steuer?"
„Gib einfach nicht so an", maulte Simon. „Okay?"
„Ich geb an? Ich geb an?" Linus' Stimme verstieg sich vor Wut in kindliche Höhen. Er sah zu Edda. „Geb ich an? Sag schon!"
„Linus", versuchte Edda zu beruhigen.
Aber das gelang ihr nicht. Linus stieg aus dem Wagen und warf scheppernd die Tür zu. Er marschierte auf dem Bürgersteig auf und ab, blieb stehen und brüllte auf einmal los. Dann kam er zurück zu Eddas Tür.
„Er will mich loswerden. Verstehst du?" Linus nickte eindringlich, als hätte er ihr ein jahrtausendealtes Geheimnis verraten.
„Schwachsinn", kam es von Simon.
„Er will mich loswerden", beharrte Linus. „Wegen dir!", sagte er und deutete mit dem Finger auf Edda, als hätte sie noch nicht verstanden, wen er meinte. Dann war es still. Jeder der drei wusste, was Linus damit gesagt hatte. Und jeder wusste, dass es Linus furchtbar wehtun würde, wenn es wirklich zu einer Trennung der Freunde kommen sollte. Edda schaute vor sich hin. Kurz sah sie auf zu Linus, dann zu Simon, der sie über den Rückspiegel beobachtete. Irgendwie war das jetzt zu einem Moment geworden, der zu verlangen schien, dass Edda sich für einen der beiden entscheiden musste. Edda spürte die Erwartung der Jungs. Und

sie spürte ihre Überforderung. Plötzlich erinnerte sie sich an eine Geschichte, die sie im Deutschunterricht gelesen hatten. Irgendein Kreidekreis. Edda wusste den genauen Titel nicht mehr, aber sie wusste, dass es um eine Entscheidung ging und um Liebe und um ein Kind und zwei Mütter, die sich um die Mutterschaft stritten. Der Richter schlug vor, das Kind zu teilen, damit jede Mutter eine Hälfte des Kindes bekäme. Und als eine der Mütter das Kind lieber der anderen überließ, war klar, dass sie die Mutter war, die wirklich liebte. Edda hatte diese Geschichte damals berührt. Eigentlich hatte sie ja auch zwei Mütter. Ihre leibliche Mutter und Marie. Sie hatte damals viel darüber nachgedacht, wer sie wirklich liebte. Und jetzt waren da diese beiden Jungs, die sich offensichtlich beide in sie verliebt hatten. Edda wollte es nicht wahrhaben, aber sie wusste, dass es so war.

„Ihr habt mir was versprochen", sagte sie schließlich. „Ihr habt mir versprochen, mir zu helfen, meine Großmutter zu befreien. Dazu brauche ich euch beide." Sie spürte, dass sie die beiden Jungs erreichte, weil sie einfach nur ehrlich war. „Ihr seid die einzigen Freunde, die ich habe."

„Da vorn", sagte Simon, als sie die Kneipe erreicht hatten. Er zeigte auf das »Glühwürmchen«, wo er vor einer gefühlten Ewigkeit mit Bobo gelandet war. Linus parkte in zweiter Reihe, weil er keinen Parkplatz fand, der groß genug gewesen wäre, um einfach hineinzufahren.

Simon stieg aus und ging auf die Kneipe zu, die sich trostlos und geduckt an der Straßenecke verschanzte, als hätte sie etwas zu verbergen. Die Lichter und das Schild mit der Lampe in Form eines Globus waren erloschen. Er trat an eines der beiden Fenster und blickte hinein, doch in der Dunkelheit war kaum etwas zu erkennen. Nur das Sonnenrad, auf das er bei seinem ersten Besuch

gestoßen war, stach direkt vor seinen Augen aus der Dunkelheit hervor. Der Schein einer Straßenlampe.
Simon spürte, wie ihn der Anblick des Rades sofort wieder mit Energie zu laden schien. Mit Tatendrang und Zuversicht. Er ging zur Tür. »Hey, Nick! Vegn drinngnder Geschäffte geschlossen!« stand da. Simon musste lachen. Der Rechtschreibung nach konnte er sich gut vorstellen, dass das Bobos Werk war.
Simon kehrte zum Auto zurück und gab seinen Freunden Bescheid, dass er versuchen wollte, die Wohnung zu finden, in der er und Bobo die Nacht verbracht hatten, nachdem er aus dem Gefängnis geflohen war. Simon deutete auf den Wohnblock, der schräg gegenüber weit hinten auf der anderen Straßenseite zu sehen war.
„Sollen wir mit?", fragte Linus.
„Ne. Besser ich geh erst mal allein."
Simon stapfte los und Linus löschte die Scheinwerfer. Mit Edda sah er zu, wie Simons Silhouette in der Dunkelheit langsam undeutlicher wurde, bis sie schließlich verschwunden war. Edda quetschte sich zwischen den Vordersitzen hindurch und ließ sich auf den Beifahrersitz fallen.
„Hi!" Sie schaute den überraschten Linus lächelnd an. Linus verdrängte den Gedanken daran, wie schön sie war.
„Was'n los?", fragte er verwundert. Seine Stimme klang unfreundlicher, als er es gewollt hatte. Wieso war er immer so schroff, wenn es drauf ankam? Blut schoss ihm in den Kopf. Zum Glück war es zu dunkel, um es zu sehen. Edda schluckte.
„Nix", sagte sie und wunderte sich, wieso sie sich plötzlich verletzt fühlte. Als habe sie etwas gestochen. Mitten in den Solar Plexus. Linus rekelte sich unwohl und fingerte nach einer der beiden Tüten auf dem Rücksitz. Er holte eine Cola und öffnete die Dose. Dann hielt er sie Edda hin. Sie schüttelte den Kopf, überlegte es sich dann aber anders und sie tranken abwechselnd und schwiegen,

bis die Stille so laut wurde, dass sie anfing in den Ohren der beiden zu dröhnen.

„Stell dir mal vor, wenn das stimmt, was die GENE-SYS-Tante da bei der Vorführung behauptet hat", sagte Edda, nur um irgendetwas zu sagen.

Linus war froh, dass Edda das Schweigen gebrochen hatte und so von dem Grund der Stille zwischen den beiden ablenkte.

„Wenn das stimmt, werden die uns ... na, jedenfalls euch beide nicht einfach laufen lassen." Linus' Stimme klang düsterer, als er es beabsichtigt hatte. Er wusste nicht, was mit ihm los war. „Dann haben die in uns so was wie investiert. Und die wissen auch, dass wir wissen, dass sie Marie haben."

„Vielleicht wollten sie, dass wir es wissen", überlegte Edda. „Und sehen, wie wir reagieren."

„Wie creepy wär das denn", sagte Linus. „Dass die denken, dass wir denken, dass die denken ... Nicht zu wissen was echt ist und was nicht. Nicht mehr unterscheiden zu können, was echt gefährlich ist und was eine Herausforderung. Creepy, echt."

„Dieser Clint", fragte Edda nach einer Weile leise, „glaubst du, er wird uns finden?"

Linus hörte die Furcht in ihrer Stimme und wandte sich ihr zu. Mit einem Mal konnte er sie anschauen, ohne daran zu denken, wie schön sie war. Ein normales Mädchen, dachte er. Nein, das stimmte nicht. Sie war Edda. Unverwechselbar und vertraut wie – Familie. Eine neue Familie. Er fragte sich, ob er jemals so tiefe Gefühle für einen Menschen gehabt hatte; einen fremden Menschen. Linus wurde warm. Edda gab ihm die Dose.

„Wenn der Typ es geschafft hat, aus der Wohnung zu verschwinden und alle seine Spuren zu beseitigen, dann hat er auch die Energie uns zu verfolgen." Er trank einen Schluck. „Hier auf der

Straße kann uns jeder abpassen und kaltmachen. So wie es jetzt aussieht, sind wir Freiwild."

„Der wollte uns wirklich umbringen. Die Leute von GENE-SYS, die wissen das doch, oder?", fragte Edda.

„Dann müssten sie eigentlich alles daransetzen, uns wieder zu holen. Das Schlimmste, was denen passieren kann, ist doch, dass wir irgendwo tot auftauchen und rauskommt, dass wir Teil ihres Experiments waren."

„Sollen wir nicht lieber doch zur Polizei?", fragte Edda.

„Glaubst du im Ernst, die nehmen uns das ab? Dass ein Konzern eine alte, wehrlose Frau gefangen hält? Und selbst wenn: Solange die genug Geld haben, die Wahrheit zu verdrehen und zu vertuschen, haben wir keine Chance." Er schaute Edda an. „Außerdem ... Sie haben meine Eltern und Simons Mutter auf ihrer Seite."

„Aber meine Eltern nicht. Marie ..."

Linus winkte ab.

„Wer weiß, was deine Oma wirklich damit zu tun hat? Meine Alten haben mich ein Jahr im Glauben gelassen, sie wären tot. Das musst du dir mal reinziehen! Ohne dich und Simon wäre ich jetzt gehirngewaschen. Genau wie Olsen es immer erzählt hat." Seine Stimme wurde leise und versandete fast. „Alles nur ein Spiel mit dem Ziel, ein paar Kindern eine tolle Zukunft zu bieten. Aber die Kinder waren zu blöd es zu verstehen und zu nutzen. So würden sie es offiziell verkaufen."

Edda blickte ihn an.

„Glaubst du echt, dass deine Eltern dir wehtun wollten?"

„Weißt doch selbst, wie's ist, wenn Eltern an was glauben; fanatisch. Sekte, Wissenschaft, wo ist da schon der Unterschied?"

Linus kurbelte das Fenster herunter und warf die Dose hinaus. Edda spürte die Verbitterung, die in dieser Geste steckte. Sie mochte es nicht, sah Linus anders, stärker und überlegen. Dieses

Gefühl passte nicht zu dem Bild, das sie von ihm hatte. Es kam ihr vor, als habe er einen unsichtbaren Wall errichtet, der Simon und sie abprallen ließ. Ein Wall aus Schmerz und Selbstmitleid, den niemand würde durchdringen können, außer ihm selbst. Sie stieg aus, hob die Dose auf und warf sie in einen nahen Mülleimer. Dann kehrte sie zurück. Und es war still.

„Sorry", sagte Linus. „Und danke."

Er meinte die Dose.

„Vielleicht isses ja gar nicht so schlecht, dass unsere Eltern uns ... na ja, losgelassen haben", sagte Edda. „Anders hätten wir uns nie kennengelernt."

Linus schüttelte den Kopf und blickte Edda direkt in die Augen.

„Du verstehst es nicht! Wir haben uns kennengelernt, weil die es wollten. Genau so ist es doch", sagte er abschätzig.

„Nein!", entgegnete Edda. Sie merkte, dass sie wütend wurde. „Die wussten ja nicht mal, dass ich ins Camp kommen würde! Und auch nicht, dass was mit dir nicht gestimmt hat. Die wussten nicht mal, dass wir zusammengehören. Dass wir drei zusammen etwas so Besonderes sind. Und selbst wenn: Wir sind zu anderen Menschen geworden in den letzten paar Wochen. Besseren Menschen. Das können sie uns nicht nehmen und das haben wir für immer."

„Ich hab mich nicht verändert", sagte Linus patzig. „Und es gibt kein gutes Leben im Schlechten." Das hatte Linus irgendwo einmal gehört. Er merkte selbst, dass es trotzig und kindisch klang. Weil es nicht stimmte. Aber er wollte nicht zugeben, dass GENE-SYS an seiner Veränderung Anteil haben könnte. Mochten sie noch so viel Macht besitzen.

„Letztlich haben wir selbst beschlossen, zusammenzubleiben und wir haben es geschafft, GENE-SYS zu überraschen. Daran sollten wir glauben", meinte Edda. „Und wir sollten sehen, dass wir diesen

Weg weiter gemeinsam gehen. Wir werden Marie da rausholen und dann werden wir sehen, was eigentlich gespielt wird."
Eine Weile war es still im Wagen.
„Wie willst du das eigentlich anstellen?", fragte Linus, mit einem Mal neugierig – jetzt wusste Edda, wie sie ihn erreichen konnte.
„Ich bin sicher, die machen auch Fehler. Das müssen wir ausnützen."
Linus' Interesse wuchs. Hatte Edda einen Plan?
„Linus, ich brauch dich wirklich, um meine Großmutter zu befreien. Wenn einer von uns einen coolen Plan schmieden kann, dann du."
Sie hatte sich ihm zugewandt und ihre Hand kam zufällig auf Linus' Bein zu liegen. Er spürte die Wärme, die von ihr ausging, durch den Stoff seiner Hose. Für den Bruchteil einer Sekunde tauchte Judith vor seinen Augen auf und zog die Augenbrauen zusammen. Linus musste lächeln und Edda lächelte auch. Ihre Hand fühlte sich gut an, da wo sie war. Judith verschwand. Aber Linus wusste nicht, was er tun sollte. Er konnte sich nicht vorstellen, dass Edda etwas von ihm wollte, und er traute sich nicht, sie zu fragen.
Als Linus nicht reagierte, zog Edda die Hand zurück. Linus blickte aus dem Fenster. „Wie ein Mädchen", dachte sie. Als Linus das hörte, legte er die Stirn in Falten und starrte sie an.
„Hast du gerade gesagt, ‚wie ein Mädchen'?"
Erschrocken schüttelte Edda den Kopf.
„Nein! Nein, aber ... Ich hab's gedacht."
Plötzlich mussten sie beide lachen. Sich so nah zu sein und doch denken zu können, was man wollte – das war einfach fantastisch. Beide durchschoss ein Gefühl großer Euphorie. So warm, so wahr. Linus begriff, es war Liebe. Er liebte sie! Ja. Und sie liebte ihn. So musste es sein. Für einen Augenblick war es still in dem Auto.
Auch Edda spürte das Besondere des Moments. Sie wollte ihn halten.

„Wir haben gar keine andere Wahl, als zusammen weiterzumachen", sagte Edda plötzlich.

Linus reagierte nicht. Er war abgelenkt. Im Rückspiegel sah er vom Ende der Straße einen Wagen langsam heranfahren. Ab und an blieb er stehen und jemand leuchtete mit einer Taschenlampe in das Innere der parkenden Fahrzeuge. Langsam begann Linus im Sitz herunterzurutschen und bedeutete Edda, das Gleiche zu tun.

„Runter!"

Im Seitenspiegel sahen sie, wie der Wagen immer näher kam. Sie tauchten so weit ab, bis sie fast im Fußraum von Olsens Wagen gelandet waren und nicht mehr sehen konnten, was draußen geschah. Sie hörten, wie der Wagen näher kam und schließlich stehen blieb.

„Hier sind sie!", rief eine Stimme.

Edda und Linus gefror das Blut in den Adern.

In Sichtweite, in einem kleinen Park, wo dem Geruch nach sämtliche Hunde der Umgebung ausgeführt wurden, hockte der hagere Mann und beobachtete, was geschah. Er spürte, dass hier etwas vor sich ging, das gefährlich werden konnte. Er nahm sein Handy aus seinem weiten schwarzen Mantel und rief eine Nummer in Berlin an.

„Das hier könnte eskalieren", sagte er. „Soll ich notfalls eingreifen?"

„Warten Sie ab. Wenn GENE-SYS recht hat und die drei wirklich die Kritische Masse übertreffen, dann kommen sie alleine klar", hörte der Hagere die ältere, aber klare Stimme seines Auftraggebers. „Sie dürfen sie nur nicht aus den Augen verlieren."

Simon stand vor dem Wohnhaus und starrte hinauf zu den Balkonen. Wenn er sich nicht irrte, hatte er die Nacht im zweiten Stock verbracht. Dort brannte Licht. Er ging zum Eingang und suchte nach dem Klingelschild, das zu der Wohnung passte. Da stand kein Name.

Er zögerte kurz, dann drückte er die Klingel. Niemand antwortete. Er drückte noch einmal. Zweimal nacheinander. Als er hörte wie ein Fenster aufging, trat er aus dem Schatten des Eingangs, in dem eben das Licht ausging. Auf dem Balkon stand ein Mann und starrte schweigend herab. Es war weder Bobo noch Geister-Bob.

„Is Bobo da?", rief Simon mit möglichst tiefer Stimme.

Der Mann schwieg und Simon wiederholte seine Frage. Er erklärte, dass er ein Freund von Bobo sei. Der Mann verschwand wieder in der Wohnung. Simon ging auf den Eingang zu und wartete, dass er den Türöffner drücken würde, als sich die Haustür öffnete und ein alter Mieter mit seinem Dackel den Hausflur verließ, der Simon die Tür aufhielt. Simon fiel auf, dass die Haare an der Schnauze des Dackels vom gleichen Grau waren wie die an der Schläfe des Mannes. Auch der triefende Blick der beiden ähnelte sich.

„Danke!" Simon nahm das Angebot an und trat ein. Mit wenigen Schritten eilte er die Stufen in den zweiten Stock hinauf. Vor der Wohnungstür blieb er stehen und hörte durch die Tür einen Mann sprechen.

„Bleibt in der Küche. Ich hol ihn rauf. Halt die Schnauze, jetzt!"

Es wurde ruhig hinter der Tür und Simon hörte, wie unten im Hausflur der Summer ertönte. Sie wussten nicht, dass er bereits vor der Wohnungstür stand. Sollte er wieder abhauen? Irgendetwas stimmte nicht. Simon holte tief Luft und trat ein paar Schritte zurück. Dann ging er wieder auf die Tür zu, genau in dem Moment, als sie geöffnet wurde. Der Mann vom Balkon starrte ihn an und sah sich im Treppenhaus um.

„Bist du allein?"

Simon nickte. Mit einem Mal wurde ihm kalt. Der Mann war einer der beiden Häftlinge, die ihm im Gefängnis auf dem Weg zu seinem Vater auf der Treppe begegnet waren. Der Mann, der ihn angerempelt hatte. Er tat so, als würde er Simon nicht erkennen. Vielleicht

erkannte er ihn wirklich nicht. Er trug eine Trainingshose und Adiletten, ging zum Treppengeländer und lauschte in die Tiefe.
„Was willst du?"
„Bloß kurz mit Bobo sprechen."
„Er kommt gleich. Komm rein."
Er kam zurück zur Tür und legte den Arm um Simons Schulter. Simon machte sich los, bevor der Mann ihn in die Wohnung schieben konnte. Doch der Mann ließ nicht locker. Der Geruch von Schweiß, Bier und Zigarettenrauch stieg in Simons Nase.
„Schon gut, ich warte unten!", wehrte sich Simon.
Der Knacki aber verstärkte den Druck und Simon merkte, dass es ernst wurde. Er versuchte sich aus der Umklammerung zu lösen, während der Mann begann, ihn in die Wohnung zu stoßen, wobei er Simons Mund mit festem Griff zuhielt.
„Hilf mir!", brüllte der Mann in die Wohnung.
Simon hörte, wie es einen Tumult hinter der Küchentür gab. Dann wurde sie aufgerissen und grelles Licht fiel in das Treppenhaus. Für einen Augenblick starrte Simon in die aufgerissenen Augen Bobos, der nackt mit einem Knebel im Mund auf einem Hocker saß und Simon Hilfe suchend ansah. Seine Glatze war blutüberströmt und vor ihm auf dem Tisch lagen eine Reihe Messer. Bobo wollte etwas sagen und erhob sich mit dem Stuhl, als jemand ihn von hinten zu Boden riss und mit einem Tritt die Küchentür zuknallte. Simon war von dem Anblick des bleichen Kolosses, von dem rot das Blut tropfte, so irritiert, dass er zu spät auf die Attacke des Knackis reagierte. Der packte ihn von hinten und schob ihn in den kleinen Flur der Wohnung. Da schlug Simon mit seinem Fuß nach hinten aus und rammte dem Knacki seine Hacke mit aller Kraft zwischen die Beine. Keuchend brach der zusammen, richtete sich jedoch gleich wieder auf. Simon trat mit dem Stiefel gegen den Kopf des Mannes. Der schlug gegen den Türrahmen. Eine Waffe

fiel aus seinem Gürtel und glitt über den Fußboden ins Treppenhaus. Wie ein bösartiges, dunkel schimmerndes Reptil lag sie da und glänzte. Da ging die Flurbeleuchtung aus. Simon sprang geistesgegenwärtig über den am Boden liegenden Knacki und griff nach der Waffe. Mit einem Griff hatte er sie in der Hand und richtete sie auf den Mann. Da trat plötzlich Geister-Bob aus der Küche in den Flur. Er war noch ein wenig bleicher, als Simon ihn in Erinnerung hatte, aber sein Lächeln war genauso verstörend wie bei der ersten Begegnung.

„Leg das Scheißding weg", beruhigte ihn Geister-Bob mit sanfter Stimme. „Bevor noch was passiert. Du hast einen völlig falschen Eindruck von der Lage. Komm rein und ich erklär dir in Ruhe, was passiert ist. Bobo ist komplett durchgedreht und hat sich verletzt. Er hat aus Versehen was von dem Zeug genommen, das du deinem Vater mit in den Knast gebracht hast. Es sind noch ein paar mehr Jungs im Knast durchgedreht, die davon probiert hatten. Was immer das auch war ... das hat unseren weißen Riesen plattgemacht. Niemand hat Bobo etwas getan. Vielleicht kannst du uns ja helfen. Und ihm."

Misstrauisch blieb Simon im Flur stehen und schüttelte den Kopf. Die Waffe war mit einem Mal so schwer, dass er sie mit beiden Händen halten musste. Geister-Bob streckte die Hand nach der Parabellum aus und Simon wich einen Schritt zurück. Die Männer warfen sich einen schnellen Blick zu. Würde Simon die Waffe benützen, wusste er, wie man sie entsicherte?

„Nu komm schon", sagte Geister-Bob leise und sein schräges Lächeln spaltete seinen Kopf wie ein Schlag mit der Machete. „Nichts ist, wie es scheint. Das müsstest ihr doch langsam begriffen haben. Deine beiden Freunde und du. Übrigens wird dein Vater gleich hier sein. Wir haben ihm geholfen aus dem Knast zu kommen."

Etwas in Simons Körper sandte Alarmwellen aus. War sein Vater tatsächlich auf dem Weg? Woher wusste der Geistermann von Edda und Linus? Waren sie in Gefahr? Sollte er verschwinden oder Bobo helfen? Der hatte ihm schließlich auch geholfen. Simon war überfordert. Fieberhaft arbeitete sein Gehirn: „Fliehen oder schießen!" stotterte sein Reptilhirn in immer kürzer werdenden Abständen. Er durfte sich nicht auf diese beiden Möglichkeiten reduzieren lassen. Er war ein Mensch. Kein Reptil. Ein Mensch, der mit anderen Menschen gerade im Konflikt war. Oder waren das Bestien? Waren es Leute von GENE-SYS, die ihn weiter auf die Probe stellen wollten? Hatten sie wirklich mit seinem Vater Kontakt aufgenommen?

Die drei standen sich immer noch gegenüber, als Simon hörte, wie unten die Haustür aufging.

„Papa?", rief Simon, ohne zu überlegen.

Dann fiel ihm auf, dass die schlurfenden Schritte von einem leisen Trippeln begleitet wurden. Es musste der Mann mit dem Hund sein. Simons Hände zitterten. Geister-Bob war das nicht entgangen. Er trat auf ihn zu und lächelte.

„Junge ... mach dich nicht unglücklich. Ich weiß, wie das ist, wenn man auf einen Menschen schießt. Du nicht. Ist wie in Zeitlupe. Wenn du den Finger krümmst. Wenn die Kugel trifft. Wenn sie das Loch in den lebenden Körper reißt. Das frisst sich in dein Hirn. Und da bleibt es für immer ..."

Er war näher gekommen. Langsam griff er nach dem zitternden Lauf der Waffe. Zog ihn ran an sein Herz und setzte ihn auf. Er schaute Simon in die Augen. Der Junge würde nicht abdrücken, das war Geister-Bob in diesem Moment klar. Er lächelte. Nahm die Waffe.

„Is nix Persönliches, Kleiner", sagte Geister-Bob. Er nickte seinem Komplizen zu. Blitzschnell hatte der Simons Kopf gepackt und seine Hände hielten ihn fest, als wäre er in einen Schraubstock gespannt. Sie schafften Simon in die Wohnung. Er konnte sich nicht mehr bewegen. In dem schummrigen Licht des Flurs erkannte er, dass Geister-Bob ein altmodisches Rasiermesser zückte und Simon spürte plötzlich den scharfen, kalten Stahl in seinem Genick. Sein Herz raste. Sein Atem ging in ein Hecheln über. Dann spürte er die schnelle Bewegung, das Knistern. Mit einem Wisch hatte Geister-Bob eine Schneise in Simons Stoppelhaare geschlagen. Ein Teil der Tätowierung, die Simons Vater auf den Kopf seines Sohnes punktiert hatte, wurde sichtbar. Geister-Bob war zufrieden.

„Zehn Riesen für jeden", grinste er seinem Komplizen zu. Er wischte die Haare an seinem Ärmel ab und setzte das Messer noch einmal an.

„Arbeite nicht gegen die Kraft, die dich angreift, gib ihr nach und wende sie gegen den Angreifer." Simon hatte keine Ahnung wie ihm dieser Befehl plötzlich in den Sinn kam. Es war kein Rat, kein hilfreicher Tipp. Es war ein Befehl. Simon ließ alle Gegenwehr sein. Für einen winzigen Moment veränderte das die Kräfte. Der noch bestehende Druck des Knackis presste Simons Kopf ein kleines Stück von dem Rasiermesser weg. Geister-Bob aber war schon in seiner Bewegung. Simon nutzte das. Er riss seinen Kopf herum. Auch wenn es in seinem Genick knackte, mit dem Ruck hatte er die rechte Hand des Knackis in den Weg des Messers gedreht. Geister-Bob konnte seine Bewegung nicht mehr stoppen. Der Knacki schrie auf. Blut schoss aus der Wunde hervor. Simon nutzte den Moment der Überraschung, griff die Parabellum aus dem Gürtel von Geister-Bob, stieß ihn zur Seite, riss die Wohnungstür auf und rannte. Rannte davon, so schnell er konnte.

An jedem Absatz sprang er über das Geländer. Kurz vor dem Ausgang rutschte Simon aus. Die Pistole schlug an das Metall des Geländers. Er hörte die Schritte hinter sich. Beide Männer folgten ihm. Simon rappelte sich auf, rannte weiter. Vorbei an dem alten Mann, an dem Dackel. Dann schleuderte er die Haustür nach außen auf und verschwand in die Nacht.

Simon hetzte die Straße hinunter, erreichte ein paar parkende Autos und duckte sich zwischen sie. Noch immer raste sein Herz. Er fasste an seinen Kopf. Die Schneise, die Geister-Bob geschnitten hatte, war gut fünf Zentimeter breit. „Zehn Riesen für jeden ..." Fassungslos begriff Simon, dass jemand die beiden Männer beauftragt hatte, Simon aufzuspüren. Und die Tätowierung; deshalb hatten sie Bobo gefoltert. Sie hatten gehofft, dass er wüsste, wo Simon steckt. Simon fühlte sich schrecklich. Und er machte sich Sorgen um seinen Vater. Waren sie mit ihm so umgegangen wie mit Bobo? Hatte er das mit der Tätowierung verraten? Simon wollte sich das nicht vorstellen. Er war sich sicher, dass sein Vater nicht so war wie seine Mutter oder die Eltern von Linus. Er verdrängte die Gedanken. Er musste jetzt hellwach sein.

Simon spähte um den Kotflügel eines alten Mercedes. Wo blieben seine Verfolger? Auf keinen Fall wollte er die Verbrecher zu Edda und Linus führen und trotzdem musste er jetzt unbedingt zu ihnen. Sie mussten so schnell wie möglich verschwinden.

Gebückt lief Simon an den Autos entlang, bis er Olsens alte Kiste sah. Neben dem Wagen stand noch ein Auto mitten auf der Straße und der Strahl einer starken Taschenlampe erleuchtete das Innere des Wagens. Dann klopfte jemand heftig mit der Rückseite der Taschenlampe an die Fensterscheibe. Simon sah wie Linus in seinem Sitz hochrutschte und die Scheibe herunterkurbelte.

„Wir warten auf unsere Eltern. Ist was passiert?", hörte er Edda sagen. Simon lächelte. Edda versuchte so harmlos wie ein Schulkind zu klingen und das gelang ihr wirklich verdammt gut.

„Und wieso sitzt du auf dem Vordersitz?", fragte der unbekannte Mann Linus.

„Radio gehört. Is doch nichts dabei."
Ein weiterer Mann trat an Eddas Seite. Simon duckte sich und zog sich wieder zwischen die zwei Autos zurück.
„Wo sind denn eure Eltern?", fragte einer der beiden Männer. Der andere ging um den Wagen herum und schaute sich die Reifen an. Linus steckte den Kopf aus dem Fenster und erkannte Simon, der sich schnell ins Dunkel zurückzog. Auch der Mann schaute auf. Hatte sich da was bewegt?

So schnell er konnte, hastete Simon im Entengang in eine Einfahrt. Jeden Augenblick rechnete er damit, dass Geister-Bob oder der andere Knacki auftauchen würden. Und dann sah er sie, wie sie den Eingangsbereich der Wohnanlage absuchten. Simon zog sich in den Schatten zurück. Er war sich sicher, dass die beiden Typen bei Edda und Linus zu den Männern in der Wohnung gehörten und er seine Freunde ins Verderben geführt hatte. Simon holte die Pistole aus seiner Hosentasche.

„Suchen Sie jemanden?", erkundigte sich Edda so unschuldig wie möglich.
„Allerdings", sagte der Mann. „Wir suchen drei Kinder, die von zu Hause ausgerissen sind und eine Menge Sachschaden angerichtet haben. Sie sollen in einem Auto mit Kölner Kennzeichen unterwegs sein."
Der Mann war sich seiner Sache ganz sicher. Damit hatten weder Edda noch Linus gerechnet. Einer der Männer zeigte seinen Ausweis.
„Aussteigen. Polizei."
Linus dachte fieberhaft nach: Was nun bevorstand, war die Rückkehr zu den „Flanders". Anklagen wegen Gefährdung des Straßenverkehrs. Sachbeschädigung. Und wer weiß, was sich

GENE-SYS noch alles einfallen lassen würde. Mit Sicherheit würden sie seinen Rechner beschlagnahmen. Und den Wagen. Dann wäre Olsens Hirnkappe samt Computer weg. Vorbei wäre es mit der Chance, wenn nötig seine Angst loszuwerden.

„Vielleicht können wir ihnen vertrauen", hörte Linus plötzlich Eddas Stimme. Obwohl sie stumm geblieben war. „Vielleicht können wir mit ihnen zum Teufelsberg fahren und Marie befreien." Linus schüttelte kurz den Kopf und wiederholte stumm, was er befürchtete. „Die stehen mit Sicherheit eher auf der Seite von GENE-SYS. Und wir sind bei den Bullen hier als Lügner registriert. Vergiss das nicht!"

„Was ist? Aussteigen!", schimpfte einer der Polizisten.

Edda und Linus sahen einander an. Linus' Hand griff zum Autoschlüssel, Edda aber schüttelte den Kopf. „Bitte nicht", hörte er ihre Stimme. Sie öffneten ihre Türen, als ein paar Meter von ihnen entfernt ein Schuss die Nachtruhe der Wohnstraße zerfetzte. Edda zog den Kopf ein und legte ihn automatisch an Linus' Brust.

„Bleibt im Wagen!", befahlen die Polizisten, zogen ihre Waffen und duckten sich.

„Runter! Köpfe runter!"

Edda und Linus musste man das nicht zweimal sagen. Die Beamten huschten zwischen den Autos in die Richtung, in der der Schuss gefallen war. Ein zweiter Schuss zerschlug das Fenster der Wohnung, in der Bobo festgehalten wurde. Scherben regneten herab und lockten die Polizisten an, die mit entsicherten Waffen an den Autos entlang Richtung Wohnung liefen.

Simon war zufrieden. Er war es, der eben geschossen hatte. Er hatte die Waffe hervorgefingert, war ein Stück in Richtung des Hauses gelaufen und hatte in den nächtlichen Himmel gezielt und abgedrückt. Erst hatte die Waffe nur geklickt. Natürlich. Er hatte die Sicherung vergessen. Im Zwielicht hatte nach er nach dem

Sicherungshebel gesucht. Ihn heruntergeschoben. Dann wieder angelegt. Eingeatmet. Ausgeatmet. Bis die Kimme genau mit seinem Ziel übereinstimmte. Dann hatte Simon erneut abgedrückt und das ohrenbetäubende Krachen die Ruhe der Nacht zerplatzen lassen wie einen riesigen, schwarzen Ballon. Durch die Mauern in der Einfahrt klang der Schuss fast doppelt so laut wie ein normaler Schuss. Simon klingelten und rauschten die Ohren, während er sich weiter in die Einfahrt zurückzog. Gegenüber auf dem Dach war eine Satellitenschüssel zu Bruch gegangen. Nun hockte er zwischen Müllcontainern und beobachtete, wie die beiden Männer, die er von Linus und Edda weggelockt hatte, über Sprechfunk Verstärkung anforderten. „Polizei", ging es Simon durch den Kopf. Und mit einem Mal war ihm klar geworden, wie er Bobo retten konnte. Indem er die Aufmerksamkeit auf die Wohnung lenkte, wo man ihn gefangen hielt. Deshalb hatte er auf das Fenster gezielt und abgedrückt. Wenn er ehrlich war ... Es fühlte sich gerade ganz gut an, eine so machtvolle Waffe in der Hand zu halten.

Sirenen heulten in der Ferne auf, kamen näher. Die beiden Polizisten waren immer noch in Deckung. Sie wussten nicht, ob jemand aus dem Fenster der Bobo-Wohnung geschossen hatte. Auch Linus und Edda hatten keine Ahnung, was geschehen war. Sie sorgten sich um Simon. Überall um sie herum waren Lichter an- oder ausgegangen. Menschen traten an die Fenster, versteckt hinter den Vorhängen, als könnten die spießigen Stoffe sie schützen. Die Neugier war einfach zu groß. Die Polizisten hielten das zersprungene Fenster im zweiten Stock im Blick. Erste Streifenwagen trafen ein und das blaue Licht wischte über die Fenster. Beleuchtete plötzlich eine nackte Gestalt am Fenster. Der Körper war blutüberströmt. An den ruckenden Körperbewegungen sah man, dass er gefesselt sein musste und versuchte, den Polizisten auf der Straße ein Zeichen zu geben. Immer näher kam er an das zerschossene Fenster, stolperte dann, fiel nach vorne und dann geschah das Unfassbare: Bobo stürzte kopfüber in die Tiefe. Ohne einen einzigen Laut.

Und ohne die Aufmerksamkeit der Polizisten geweckt zu haben. Denn fast zeitgleich erschienen Geister-Bob und der Knacki im Hauseingang. Erstaunt wie brave, ängstliche Mieter, die dem Schrecken entkommen wollten, blickten sie sich um. Doch als die Beamten sie mit vorgehaltener Waffe aufhalten wollten, gingen sie einfach weiter und beschleunigten ihre Schritte, ohne auf die Aufforderung der Polizisten zu achten. Der Knacki redete etwas in einer osteuropäischen Sprache und als einer der Polizisten sich ihm in den Weg stellen wollte, zog Geister-Bob seine Waffe und schoss. Der Polizist fiel zu Boden und Geister-Bob und der Knacki verschwanden laufend in Richtung Edda und Linus. Der zweite Polizist zielte auf Geister-Bob, schoss und verfehlte ihn. Im gleichen Augenblick trafen Streifenwagen ein, die die Straße absperrten.

Simon starrte auf die Ballerei, als stünde er vor einer Riesenleinwand in einem 3D-Kino. Dann begriff er, dass alle abgelenkt waren von Bobo. Er huschte zu der Stelle, an der Bobo liegen musste. Aber er war nicht da. Simon schaute sich um. Immer noch hielt die Schießerei an. Geister-Bob und der Knacki hatten sich in einem Hauseingang verbarrikadiert. Simon konnte nicht fassen, dass Bobo verschwunden war. Schließlich war er gefesselt gewesen. Simon blickte zu dem Fenster hinauf, durch das Bobo gestürzt war. Er sah Glaszacken und spürte einen Tropfen auf seiner Stirn. Zäh floss er herab. Simon fasste hin und besah sich den Tropfen. Blut. Er schaute hoch. Da hing Bobo wie ein fetter Albino-Käfer in dem Haselnussstrauch. Seine Fesseln hatten sich in den Ästen verfangen und sein Leben gerettet.

„Mann, Bobo. Was machst du für'n Scheiß!"

Bobo lächelte.

„He, kleiner Kumpel! Sehnsucht gehabt?"
Simon war schnell den dichten Strauch hinaufgeklettert und hatte Bobo losbinden wollen. Doch das enorme Gewicht des immer noch nackten Riesen hielt die Fesseln zu sehr unter Spannung. Simon hängte sich einfach mit an den Ast, der Bobo aufgefangen hatte, um ihn zu brechen. Aber der Ast beugte sich nur. Zum Glück bis zum Boden. Die Fesseln rutschten aus der Astgabel und Bobo kullerte wie ein riesiger Marshmallow über den Rasen.
Simon löste seine Fußfesseln und konnte nicht anders als auf den massigen Körper zu schauen. Dann zog er sein Sweat-Shirt aus und reichte es Bobo. Der schaute ihn nur an.
„Nette Geste", sagte er.
Simon begriff wie absurd seine Idee war, Bobos Blößen mit seinem Shirt zu bedecken. „Hauen wir ab", sagte Simon. Er nahm seinen Sweater wieder an sich und sie liefen zu dem Wagen. Der Michelin-Mann und der Spargel.
Der Schusswechsel hatte sich inzwischen ein Stück weit die Straße hinauf verlagert und niemand nahm wahr, dass zwei so komplett ungleiche Figuren die Straße entlangeilten.
„Los, rein da!", befahl Simon und öffnete die Beifahrertür. Bobo gehorchte, Simon sprang auf die Rückbank. Linus und Edda starrten auf den nackten Riesen. Und Bobo starrte auf Edda.
„Oh, eine Dame", erschrak Bobo und bedeckte seine Blöße.
„Fahr los!", befahl Simon und warf Bobo die Decke nach vorne. Linus überlegte nicht lange, startete den Motor und gab Gas.
„Alles gut gegangen", meldete der Hagere über Handy.

Olsen saß auf der Rückbank, als sie nach Frankfurt fuhren. Dr. Fischer dirigierte Elisabeth dorthin, wo er mit Clint zusammen vor wenigen Tagen schon einmal Olsen „behandelt" hatte. Der Professor hatte inzwischen die verwegene Idee entwickelt, Olsen wieder zu „reparieren". Er wollte den momentanen Zustand von dessen Programmierung manifestieren. Sodass Olsen wieder ein universell einsetzbarer Kämpfer wurde, so wie es Clint immer noch war. Diese Verlockung war für Dr. Fischer einfach zu groß, als dass er sie unversucht lassen wollte.

Olsen schaute aus dem Fenster und versuchte sich zu orientieren. Wieder spürte er seinen Herzschlag. Wieder pulste er bis in den Hals. Seine Schläfen pochten. Schweiß trat auf seine Oberlippe, auf seine Stirn. Warum war da wieder diese Unruhe in seinem Körper? Es kam ihm vor, als würden seine Sinne eine Gefahr erkennen und könnten sie nicht an sein Hirn weitermelden. Olsen zwang sich, tief zu atmen. Es gelang ihm. Elisabeth und Dr. Fischer bemerkten nicht, in was für einem Zustand er sich befand.

Olsen fürchtete, dass die schrecklichen Erinnerungen ihn wieder heimsuchen würden. Warum hatte er bei den Bildern aus der Vergangenheit „Vater" gerufen? Hatte er zusehen müssen, wie man seinen Vater gefoltert hatte? Er versuchte sich an seinen Vater zu erinnern. Doch es kam ihm immer nur sein eigenes Spiegelbild in den Kopf. Und eine Melodie. Aber auch die konnte Olsen nicht einordnen. Waren das alles überhaupt seine Erinnerungen? Während der Begegnung mit Dr. Fischer hatte er überlegt, ob er ihm von diesen Bildern berichten sollte. Er hatte es nicht getan. Er wollte sein komplettes Leben wiederhaben. Nicht nur einen kleinen schrecklichen Teil, von dem er nicht einmal wusste, ob er wirklich zu seinem Leben gehörte. Olsen versuchte irgendeine Erinnerung an die Umgebung wachzurufen, die sie gerade passierten. Es gelang ihm nicht. Er schaute sich den alten Mann an, der vor ihm auf dem Beifahrersitz hockte. Hatte das Chaos seiner Sinne mit diesem Mann zu tun?

„Wir sind da."

Elisabeth parkte den Passat. Der Neurologe ließ die beiden Gäste in das unscheinbare Haus in einem Vorort von Frankfurt eintreten und führte sie gleich in den Keller, dort durch einen Flur in das Behandlungszimmer. Elisabeth schöpfte keinen Verdacht. Zu eindeutig war der gute Ruf von Dr. Fischer, zu charmant und harmlos wirkte der ältere Herr. Olsen aber spürte, wie seine Aufmerksamkeit auf die dicke, schalldichte Tür zu dem Behandlungsraum gelenkt wurde. Er war hellwach, als er den gekachelten Raum betrat. Die Tür fiel ins Schloss. Dr. Fischer zog seinen Mantel aus und den weißen Kittel über, der dort hing. Er bat Olsen auf dem Behandlungsstuhl Platz zu nehmen und lächelte, als er zu der Stereoanlage ging und eine Musik auflegte. Barockmusik. Ein Stück von Johann Pachelbel. Der Kanon gehörte zu Fischers Lieblingsmusik. Wichtiger aber, viel wichtiger war die Frequenz, die mit dieser speziellen Anlage mit ausgesandt wurde. Eine spezielle, niedrige Frequenz, die nicht hörbar Einfluss auf die Aufmerksamkeitsfähigkeit nahm.

Seine Hörgeräte hatte Fischer ausgestellt, bevor er in den Behandlungsraum gekommen war. Er war sicher vor den Frequenzen. Olsen und Elisabeth nicht. Sie wirkten schon unkonzentriert. Ihre Augen konnten sich nicht auf einen Punkt fixieren. Dr. Fischer lächelte, als er Olsens Hände und Füße festschnallte.

„Wir brauchen eine absolute Ruhestellung des Köpers für diese Untersuchung, ähnlich wie bei einer Computertomografie", sagte er und suchte sich Zustimmung bei Elisabeth. Willig nickte sie. Fischer faszinierte immer noch, wie einfach es war, Einfluss auf Menschen zu nehmen. Vor allem, wenn man einen weißen Kittel trug. Wenn die geheime Waffe, die sein Lehrer, Professor Schön, für die Wehrmacht hatte entwickeln sollen, wenn sie rechtzeitig fertig geworden wäre ... Was für ein grandioser Endsieg hätte es werden können!

Olsens Augen huschten hin und her, als folgten sie dem Ballwechsel von zwei Tennisspielern. Fischer war zufrieden. Er holte aus einem Nebenraum eine Haube, an die eine Menge Elektroden angeschlossen waren. Er setzte sie Olsen auf den Kopf. Wenn es ihm glücken

würde, die richtigen Hirnareale mit der richtigen Frequenz zu belegen, dann könnte es gelingen, Olsen wieder mit den Eigenschaften auszustatten, die er einmal wie Clint und all die anderen verkörpert hatte: Stärke, Mut, bedingungslose Treue und Ergebenheit.
Als Olsen die Haube auf seinem Kopf spürte, wusste er, dass etwas Schreckliches folgen würde. Plötzlich waren Erinnerungen in seinem Kopf, vor seinen Augen. Bilder seiner Hände, Kinderhände, die sich an die Hand seines Vaters klammerten. Die Vaterhände, die die seinen nicht hielten, sondern von sich stießen. Da waren Bilder von Menschen, beobachtet durch ein Fernrohr. Ziele. Menschen, die nacheinander zusammenbrachen. Tot. Leid. Schmerz. Olsen konnte es körperlich mitfühlen, doch die Menschen waren gesichtslose Wesen. Alles, was er wahrnahm, spielte sich hinter einer Art weißer Gaze ab. Olsen bemühte sich, klarer zu erkennen. Und es war, als locke er so die Menschen näher und näher. Sie erreichten den Stoff. Körper zeichneten sich ab. Gesichter. Und plötzlich, wie ein schöner Schmetterling dem Kokon entkommt, zerriss das Weiß, das den Blick auf die Menschen noch so sanft, so künstlich gemacht hatte. Jetzt brach sich der Schrecken Bahn. Olsen erkannte ihn in den Augen der Männer, Frauen und Kinder. Doch mehr als alles traf Olsen die Fassungslosigkeit dieser Menschen. Die er alle schon einmal gesehen hatte. Sie starben da vor seinen Augen. Und sie waren alle schon einmal vor seinen Augen gestorben. Von seinen Händen.
Elisabeth hörte die Musik und nahm die Tränen wahr, die über Olsens Gesicht liefen. Sie registrierte sie wie irgendeine seltsame Randerscheinung. Ohne dass es sie zu einem Gefühl verleitet hätte. Was für eine schöne Musik, dachte sie nur.
Dr. Fischer beobachtete Olsens Hirnströme auf dem Bildschirm. So ganz gefiel ihm nicht, was er da sah. Er erhöhte die Frequenz, die er aufspielte.

Unfassbares Zittern ergriff Olsens Körper. Als wolle er die quälenden Erinnerungen loswerden, weil er sie nicht mehr ertrug. Tief in sich aber spürte Olsen, dass er all dieses Böse bei sich behalten musste. Er durfte es nicht aus seiner Erinnerung verlieren. Irgendetwas in ihm wusste, dass alles, was er getan hatte, in seinem Bewusstsein bleiben musste. Ohne die Präsenz des von ihm verursachten Bösen würde er sich nie wieder für das Gute entscheiden können.

Olsen versuchte, sich bei all dem Schmerz, der durch seinen Körper pochte, zu konzentrieren; auf das, was seine Erinnerung aus den Tiefen des Vergessens in sein Bewusstsein befördert hatte. Gesichter huschten an ihm vorüber, als sähe er diese Menschen aus einem vorüberfahrenden Zug auf dem Bahnsteig. Olsen wusste, er war auf einer Reise in seine Vergangenheit. Und dann sah er ihn. Dr. Fischer. Nur viel jünger. Sie kannten sich also. Olsen zwang sich, sich weiter auf Fischer zu konzentrieren. Immer mehr Bilder des Arztes tauchten aus seiner Erinnerung auf. Begegnungen in Krankenzimmern, in einer Villa. Olsen sah sich als Kind, sah seinen Vater. Wie er angeschlossen an Drähte auf eine metallene Unterlage geschnallt war. Jemand hielt Olsens Kopf und zwang ihn hinzuschauen, was mit dem Vater geschah. Dr. Fischer pegelte den Strom. Immer höher. Der Körper seines Vaters bäumte sich auf. Plötzlich sah sich Olsen auf einer Wiese, ein Tier in seinem Arm. Er sah sich mit anderen Jungs. Sah die Hasen und Kaninchen auf ihren Armen. Sah die Messer in ihren Händen. Auch er spürte den Griff des Dolches in seinen Fingern. Er schaute auf das ängstliche Tier auf seinem Arm. Da waren wieder die Bilder der Vernichtung. Und schließlich der Raum, in dem er sich gerade befand. Olsen erinnerte sich plötzlich an Clint. An die Spritze mit Meskalin. An seine Unfähigkeit sich zu wehren. An die weiße Folie, in die Clint ihn einwickelte. Die er beschwerte, die er in den See versenkte.

Olsen riss und zerrte an den Fesseln, die ihn an den Stuhl fixierten. Dr. Fischer lächelte. Hat immer wieder was von einer Teufelsaustreibung, dachte er bei sich. Wer weiß, vielleicht war es ja das wissenschaftliche Äquivalent zu diesem katholischen Ritus, was er da vor so vielen Jahren schon entdeckt und immer weiterentwickelt hatte.

Dr. Fischer erhöhte ein letztes Mal die Frequenz. Wenn er recht hatte, würde in Kürze Olsens Gehirn wieder in jenem Zustand sein, den er vor vielen Jahren bei ihm erzeugt hatte. Ein »Manchurian Candidate«, wie man sie in dem Hollywoodstreifen gesehen hatte. Dr. Fischer hatte sich die Filme amüsiert angesehen. Wie wunderbar doch die Fiktion funktionierte, um die Wahrheit für die Menschen ad absurdum zu führen. Nichts hätte mehr helfen können, seine Arbeit und die seiner Kollegen besser zu verstecken, als die Verwurstung durch die Medien. Dr. Fischer erinnerte sich an das Sprichwort vom Teufel. Dessen schlaueste Tat es gewesen war, den Menschen zu vermitteln, dass es ihn nicht gibt.

Olsen sackte im Stuhl zusammen. Dr. Fischer staunte. Er kontrollierte den Puls und die Reaktion der Pupillen. Olsen war ohnmächtig geworden. So schnell hatte Dr. Fischer das nicht erwartet. Er schaltete den Frequenzapparat aus und kümmerte sich zuerst um Elisabeth. Willenlos nickte sie, als er ihr erklärte, dass sie blass aussehe und er ihr ein Kreislaufmittel geben würde. Das Sedativum, das er ihr dann spritzte, würde sie genügend lange dämmern lassen. Dann kümmerte sich der Wissenschaftler wieder um Olsen. Dr. Fischer musste behutsam vorgehen. Er zog eine Spritze mit Adrenalin auf. Vorsichtig führte er es Olsens Körper zu. Olsen regte sich. Dr. Fischer zog die Spritze aus dem Körper seines Gegenübers und wartete.

Ruhig stand Greta vor dem Zimmer mit dem kleinen Glasfenster und lauschte auf das Geschrei, das trotz der schalldichten Tür an ihre Ohren drang. Durch das Spiegelglas sah sie, wie Simons Mutter einen Haufen Papiere vom Tisch wischte und durch den

Raum schleuderte. Gretas Mitarbeiterin, die Frau, die das Camp geleitet hatte, wich vor Schreck einen Schritt zurück. Simons Mutter setzte ihr nach. Das Übliche, dachte Greta. Immer waren die Eltern der schwierigste Teil eines Experiments. Kaum jemand schien in der Lage, dauerhaft seine Brut- und Nestinstinkte zu überwinden. Auch nicht für eine höhere Sache oder die Zukunft der Menschheit. Wie sehr verachtete sie diese ängstlichen Glucken und Berufsväter, die ihre Kinder zum Lebensinhalt gemacht hatten und sich an sie klammerten, anstatt eine Vision für die Zukunft zu entwickeln. Zukunft, das war es, wofür Kinder standen, und nicht für die verpfuschten Leben ihrer Eltern. Falsche Erziehung war der Hauptgrund für den Zustand der Welt. Wieso glaubten Eltern, nur weil sie über Ei- und Samenzellen verfügten, dass sie auch etwas von ihrem Kind verstanden? Gerade diese hier! Schließlich war Simons Mutter schon ein Sohn gestorben!

Je älter Greta wurde und sich von den Anforderungen entfernte, die die Biologie an sie stellte, desto lästiger wurden ihr diese hormongesteuerten jungen Menschen. Greta atmete tief durch, hob ihre Mundwinkel, setze ein Funkeln in ihre Augen und straffte die Haltung ihres Körpers. Dann öffnete sie die Tür, trat lächelnd ein und sondierte die Körpersprache der Anwesenden. Simons Mutter hatte geweint, doch ihre Trauer war bereits in Wut umgeschlagen. „Was habt ihr mit Simon gemacht?" Simons Mutter sprang auf Greta zu und Greta suchte Halt an einem Tisch an der Wand. Der angespannte Körper der Frau schien kurz vor der Explosion zu stehen. Mumbala stand hinter ihr und gestikulierte. Er war sichtlich erregt. Er machte sich vor allem Sorgen um Simons Mutter, dachte Greta.

„Barbara, bitte." Greta senkte ihre Stimme etwas und lächelte verständnisvoll. Dabei blickte sie Simons Mutter direkt ins Gesicht. Augenkontakt und eine ruhige, aber bestimmte Ansprache waren in solchen Fällen das einzig Richtige. Greta beherrschte diese Techniken aus dem Effeff. Die meisten Menschen funktionierten wie Maschinen, wenn sie von den großen menschlichen Themen betroffen wurden: Trennung, Angst, Freude, Liebe ... Tod.

„Nixe Barbara", mischte sich Mumbala ein. „Du haben die Kind! Wo ist?"

Die Pupillen von Simons Mutter waren geweitet. Sie hat von der Schießerei gehört, dachte Greta und konnte die Sorge von Simons Mutter nachvollziehen. Die Sache war aus dem Ruder gelaufen. Greta hatte der Polizei nur einen anonymen Hinweis auf Edda, Linus und Simon gegeben. Es ging darum, den Druck wieder zu erhöhen. Greta wollte die Reaktionen der drei weitertesten. Dass es zu einer Schießerei kommen würde, hatte sie nicht gewollt und nicht voraussehen können. Es war ihr immer noch schleierhaft, was schiefgelaufen war – und warum.

„Heut Nacht wäre Simon fast erschossen worden!", ging Simons Mutter Greta an. „Warum? Habt ihr seinen Tod in Kauf genommen? Reicht es nicht, dass sein Vater im Gefängnis ist und sein Bruder tot?"

Wieder begann Simons Mutter zu weinen. Mumbala legte den Arm um sie. Genau wie Greta es erwartet hatte. Es gab wirklich keine Überraschungen mehr für sie. Aber aus dieser Position heraus würde er zumindest nicht gefährlich werden.

„Wir hatten die Angelegenheit die ganze Zeit unter Kontrolle", log Greta leise, sodass die beiden anderen gezwungen waren sich anzustrengen, um sie zu hören. Simons Mutter hörte auf zu weinen und schaute Greta an.

„Übrigens ist es Simon gewesen, der die Waffe abgeschossen hat. Er hat einem Freund dadurch das Leben gerettet. Er ist ein Held – der sich geradezu erstaunlich entwickelt."

Für einen Augenblick starrte Simons Mutter sie fassungslos an.

„Er hat ... woher hat denn Simon eine Waffe ...?"
Greta merkte, dass sie einen Fehler gemacht hatte und wechselte sofort das Thema.
„Du bist eine starke und vernünftige Frau, Barbara, und du hast einen außergewöhnlichen Sohn, dem nicht zuletzt dank deiner Offenheit und Stärke im Kampf gegen die biologischen Muster eine besondere Förderung zuteilwird. Aber wir beide wissen auch, dass der Mutterinstinkt einer der stärksten Triebe des Menschen ist. Es war damit zu rechnen, dass er eines Tages mit dem Experiment kollidieren würde. Und ich kann dich gut verstehen. Ich selbst würde mit meinem Leben für Simon einstehen. Ich liebe die Kinder. Aber das Experiment, der Prozess muss weitergehen", sagte Greta entschlossen.
„Nein", sagte Simons Mutter und richtete sich auf. „Du liebst nicht die Kinder, du liebst, was du mit ihrer Hilfe erreichen kannst."
Mumbala ließ Simons Mutter los und trat einen Schritt auf Greta zu. Sie spürte, dass sie einen Augenblick Angst vor dem großen Mann hatte, dessen Narben im Gesicht zeigten, dass er schon ganz andere Schwierigkeiten überwunden hatte.
„Mutter liebt ihre Kind immer am meisten", sagte Mumbala.
Greta nickte bedächtig und lächelte ihn an.
„Worte von einer so belanglosen Tiefe oder von so einer tiefen Belanglosigkeit, dass man sich fast schämt, sie zu formulieren – du aber hast den Mut sie auszusprechen. Und du hast recht."
Verwirrt schaute Mumbala sie an. Er wusste nicht, ob er verstanden hatte, was Greta gesagt hatte. Ob sie ihm zustimmte oder ihn verspottet hatte. Doch Gretas Gesicht verriet nur Mitgefühl. Auch das gehörte zu ihrer Technik. Sie wandte sich wieder Simons Mutter zu.
„Simon ist in einem Alter, in dem er traditionell aus dem fürsorglichen weiblichen in den männlichen Bereich übertreten muss. Du hast eine gute Entscheidung getroffen, indem du ihn uns in dieser

Phase anvertraut hast. Bis heute hattest du keinen Grund, es zu bereuen. Wenn Simon diese letzte Phase seiner Ausbildung überstanden hat, wird er zu einer Elite gehören, die sich auf der ganzen Welt bewegen kann. Ein Mensch der Leuchtkraft und Inspiration für andere Menschen sein wird. Wie Albert Schweitzer, Mahatma Gandhi oder Nelson Mandela." Bei dem Namen warf sie scheinbar beiläufig einen Blick auf Mumbala. Er richtete sich auf.

Greta kam noch einen Schritt näher, nahm die Hände von Simons Mutter und schaute sie direkt an. „Und du bist seine Mutter."

Sie lächelte weise und wusste, dass sie damit die Eitelkeit der Mutter traf. Und den Stolz.

„Simon ist wohlauf und mit seinen Freunden auf dem Weg in die nächste Stufe seines persönlichen Abenteuers. Wir können nicht alles planen, aber wie immer haben wir die Situation voll und ganz im Griff."

Simons Mutter sank zusammen, ließ den Kopf hängen und schüttelte ihn leicht.

„Ich möchte meinen Sohn wiederhaben."

„Du hast ihn nicht verloren. Er liebt dich und du liebst ihn. Glaub mir, daran kann niemand auf der Welt etwas ändern."

„Und genau deshalb werde ich den Prozess abbrechen ...", sagte Simons Mutter schließlich mit einer Stimme, die keinen Raum für Widerspruch ließ. „Weil es etwas Wichtigeres gibt, als Elite und Epigenetik. Die Liebe fängt bei den Eltern an. Das habe ich begriffen. Der Tod von David, die Trennung von seinem Vater, die Tatsache, dass er im Gefängnis sitzt ... Ich hatte gehofft, dass euer Prozess ihn auffangen würde, ihm einen Sinn und eine Identität geben könnte, die ich als Mutter ihm nicht geben kann. Aber ... Es ist zu früh, ihn gehen zu lassen und ich werde es mein ganzes Leben bereuen, wenn ich diesen Schritt nicht tue. Ich kann nicht anders. Wenn du Simon nicht gehen lässt ..."

„Schon gut", unterbrach Greta. „Schon gut." Genau das hatte Greta befürchtet. Eine Mutter, die mit ihrem Wissen an die Medien ging, konnte alles ruinieren. Jetzt kam es auf jedes Wort an.

„Wenn wir zum jetzigen Zeitpunkt in den Prozess eingreifen, wird alles beendet, wofür wir Jahre gearbeitet haben. Wir haben Unsummen von Geld und Zeit in Simons Weg investiert. Wir haben also mindestens ein genauso großes Interesse daran, dass es ihm gut geht – wenn nicht ein noch größeres."

Verdammt, dachte Greta, den letzten Satz hätte sie sich sparen können. Was war nur los mit ihr in letzter Zeit? Die Augen von Simons Mutter verengten sich wie bei einem Raubtier. Lange würde sie rationalen Argumenten nicht mehr zugänglich sein. Greta richtete sich auf. Sie merkte, dass ihr Bein zu schmerzen begann. Kein gutes Zeichen.

„Selbstverständlich werde ich deinen Wünschen entsprechen. Wenn du es wirklich willst, werde ich Simon verständigen und aus dem Experiment nehmen. Du bist immer noch seine Mutter. Ich habe Respekt vor der Biologie."

Greta lächelte scheinbar verständnisvoll. Simons Mutter nickte und presste die Lippen zusammen.

„Kommt bitte mit."

Greta hatte sich wieder gefangen und ging neben Simons Mutter den Gang hinunter. Greta lächelte sie an.

„Vielleicht ist es wirklich das Beste so."

Simons Mutter nickte.

„Wir werden Simon sofort holen."

„Wird er denn einfach so zurückkommen?"

„Aber sicher. Wartet hier und wir erledigen parallel die Formalitäten." Greta deutete auf einen Mehrzweckraum tief im Inneren des Gebäudes, in dem zwei Sessel, ein kleiner Tisch und Getränke standen.

„Ich bin gleich wieder zurück."

Bevor sie ging, drehte sie sich noch einmal um.

„Wirklich sicher?"

Simons Mutter nickte entschlossen mit dem Kopf.

„Dann soll es so sein", sagte Greta ebenso entschlossen. Dankbar rang sich Simons Mutter ein Lächeln ab. Greta ließ Barbara und Mumbala allein zurück und schloss die Tür. Als Greta außer Hörweite war, griff sie zum Handy und wählte die Nummer der Technik. Niemals würde Greta Simon einfach gehen lassen; nicht wegen der Sorge eines Muttertiers, dem nichts Besseres einfiel, als mit einem Negerfürsten und diesem begabten Kind irgendwo in Mannheim-Jungbusch zu hausen.

Greta gab die Nummer des Raumes durch, in dem sich Barbara und Mumbala befanden. Dann befahl sie, das Kurzzeitgedächtnis der beiden zu löschen.

Mumbala legte wieder den Arm um Simons Mutter.

„Balde alle is gut und vergessen."

⌐ 2119 ⌐

Edda stand an den Wagen gelehnt und schaute in den Himmel. An ihr vorüber rauschte der morgendliche Verkehr über die Schnellstraße. Was gerade im Inneren des Wagens vor sich ging, konnte Edda nicht ertragen. Bobo hatte sich von Linus Nadel und Faden geben lassen und war dabei, sich mithilfe einer Flasche Wodka zur Desinfektion die Wunden zu nähen, die ihm durch den Sturz aus dem Fenster am Bauch entstanden waren. Mit genauen Stichen stieß er die Nadel durch seine Haut und zog die Öffnungen der Wunden zusammen. Dann setzte er den nächsten Stich.

Zu viert steuerten sie dann in Olsens Wagen in den Morgen. Mit dem Messer von Linus hatte Bobo kurzerhand ein Loch in Timbers alte Wolldecke auf dem Rücksitz geschnitten und seinen runden Kopf hindurchgesteckt. Jetzt zupfte er ab und an schamhaft wie ein kleines Mädchen am unteren Rand des Ponchos, um seine blutbefleckte Blöße zu bedecken.

Bobo merkte, wie fremd, ja bedrohlich sein riesiger Körper auf die Jugendlichen in dem kleinen Wagen wirkte, aber seiner augenblicklichen Heiterkeit tat das kaum einen Abbruch. Ebensowenig wie die Schmerzen, die aus den vielen kleinen Brand- und Stichwunden in seinen Körper strömten, den man gefoltert hatte. Bobo war verdammt froh, aus der Wohnung der Verbrecher entkommen zu sein. Doch als Simon wissen wollte, was dort oben geschehen war, schüttelte er nur den Kopf und summte vor sich hin.

„Gibt Fragen, die besser Fragen bleiben." Dann schwieg er wieder, als sei der Fall damit für ihn erledigt. Doch Simon musste wissen, wieso die Männer von seinem Vater gesprochen hatten. Warum sie es auf seine Tätowierung abgesehen hatten. Und wer sie beauftragt hatte. Hatte Bobo Informationen aus dem Gefängnis? Wie ging es seinem Vater? Der Riese sah Simon aus seinen kleinen flinken Augen an. Dieses Mal sondierten sie nicht, dachte Simon. Suchten nicht nach dem nächsten Vorteil, nach einem Opfer, das er zu seinem Vorteil ausnehmen konnte. Dieses Mal blickte Bobo Simon direkt in die Augen und Simon erkannte, dass Bobo dort oben in der Wohnung an seine Grenzen gegangen war und erst langsam zu sich fand. Er würde nicht darüber reden, weil es nicht helfen würde, sondern seine Pein und seine Demütigung nur verschlimmern. Linus, dem das Schweigen auf die Nerven ging, mischte sich ein und griff Bobo an.

„Wie erklärst du dir, dass im gleichen Augenblick, in dem Simon bei dir erscheint, die Polizei auftaucht, Simon eine Schießerei beginnt und keinem von uns was passiert? Für mich klingt das ganze Ding nach einer Inszenierung von GENE-SYS. Wahrscheinlich waren nicht mal die Patronen echt und einer von denen hat die Scheiben knallen lassen."

Bobo stöhnte wie ein Walross, als er merkte, dass er sich nicht aus der Situation befreien konnte. Zu aufgewühlt waren die drei Jugendlichen. Zu seltsam die Zufälle, deren Teil er war. Zu schwer die Schuld, die bereits auf seinem Leben lastete. Wie sollte er diesen jungen Menschen erklären, welche unseligen Verstrickungen Gewalt und Verbrechen über die Menschen zogen? Welche absurden Brutalitäten den Alltag jener bestimmten, die außerhalb des Gesetzes lebten, und wie ehrlich sie trotzdem miteinander umgehen mussten? Bobo hatte keine Worte für diese Dinge. Stattdessen streckte er seine Hand in den Fahrerraum und wandte sich an Simon. Edda, Linus und Simon blickten sich an. Simon zögerte einen Augenblick, dann reichte er Bobo die Pistole.

„Immer mit dem Griff zuerst", sagte Bobo. „Es sei denn, du willst mich erschießen."

Bobo zog das Magazin heraus und nahm eine der Patronen aus der Schiene und schaute sie im Licht der vorbeirasenden Straßenlaternen an.

„Scharfe 45er. Hohlmantel", stellte er fest, schob die Patrone zurück in das Magazin und gab Simon die Pistole mit dem Griff zuerst wieder.

„Wer damit auf Bullen schießt, hat nix mehr zu verlieren." Bobo lächelte müde. „Die Jungs sind gefährlicher als euer Verein und sie wollen Simons Skalp."

Simon merkte, wie die Angst in seinem Inneren stärker wurde. Unwillkürlich griff er zu dem rasierten Schädel. Edda schaute hin. Simon traute sich nicht zu fragen, ob Bobo ihn verraten hatte, aber natürlich spürte Bobo sein Misstrauen. Traurig blickte er ihn an. Simon schluckte. Es war eine Situation wie damals im Zug, als er meinte Bobo zu durchschauen, und doch alles anders gewesen war, als Simon gedacht hatte.

„Was ist mit meinem Vater?", fragte Simon noch einmal. „Hast du was von ihm gehört?"

„Er hat Dope gehabt", erzählte Bobo. „Irgendein afrikanisches Pulver, das sie ihm abgezockt haben. Am Wochenende sind ein paar Insassen auf dem Zeug ausgetickt und in der Klapse gelandet. Schwarze Dämonen in der Denkkapsel und haarige Teufel unter der Haut, wie Visionen vom jüngsten Tag. Nicht mal Prinz Valium hat am Ende geholfen. Einer von ihnen hat sich die Zunge abgebissen und aufgegessen."

Simon spürte, wie die Unruhe in seinem Inneren wuchs. Dann beschlich ihn der Gedanke, dass Bobo diese Geschichten erzählte, um ruhig zu bleiben. Vielleicht erschuf er sich sogar immer wieder Situationen, die in einem Inferno endeten, weil er sich dann lebendig fühlte.

„Kein Schmerz und keine Angst, nur Grauen. Fast hätte es einen Aufstand gegeben. Man musste das Gegengift finden, doch dein Alter wusste es nicht. Niemand wusste, woher der Stoff kam. Seitdem sitzt er im Bunker. Irgendeiner hält die Hand über ihn. Und wenn du mich fragst, über dich auch. Aber ich würde den Bogen nicht überspannen, Freunde! Denn wer auch immer dieses Zeug in Umlauf gebracht hat: Er hat dafür gesorgt, dass die Jagd auf dich eröffnet wurde."

Simon schwieg. Er wollte nicht sagen, dass der Stoff von Mumbala kam und von ihm. Dass Mumbala ihm befohlen hatte, das Zeug wegzuwerfen. Dass er sich selbst in diese Lage gebracht hatte.

„Hast du meinen Vater gesehen?", fragte Simon stattdessen.

Bobo schüttelte den Kopf. Was er wusste, hatte er von Geister-Bob und dem anderen Häftling. Man hatte die Zelle von Simons Vater durchsucht und die Aufzeichnungen über die Freie Energie gefunden. Von da war es nicht mehr weit zu Simons frisch blutendem Tattoo und seinem Verschwinden aus dem Knast.

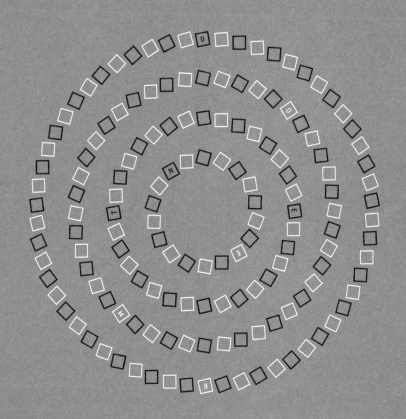

ROT

„Geister-Bob hatte einfach ein paar Fäden gezogen." Und Simon war mitten in das Netz geflogen. Gerade als sie Bobo grillten wegen Simons Aufenthaltsort.

„Das nenn ich Feuer mit Benzin löschen. Für den Augenblick hast du nichts zu befürchten. Sie sitzen. Und sie werden niemandem verraten, was sie vorhatten."

Langsam beruhigten sich Simon, Linus und Edda. Die Geschichte ergab einen Sinn und hatte gleichzeitig zu viele Unwägbarkeiten, als dass GENE-SYS hätte dahinterstecken können.

„Wohin fahren wir eigentlich?", fragte Edda.

Sie beschlossen, erst einmal Klamotten für Bobo zu besorgen. Bobo wollte zum Bahnhof. Bevor er ausstieg, gab er den Kindern den Auftrag, neue Nummernschilder zu besorgen. Von einem Wagen gleichen Typs und Baujahrs.

„Wartet auf der Rückseite. Ich bin gleich wieder da", sagte Bobo und mischte sich in seinem Minirock aus Wolldecke über seinen nackten dicken Beinen, die wie bleiche Würste darunter hervorlugten, zwischen die Menschen und verschwand in der Menge.

„Was ist denn das für ein abartiger Typ! Lass uns bitte abhauen", sagte Edda. „Wie der geguckt hat. Und gerochen. Der hat mich berührt!"

„Der ist einfach dick", sagte Simon.

„Aaarrghh! Abhauen!"

Linus und Simon blickten sich an. „Er weiß, was er tut", sagte Linus anerkennend.

„Umso schlimmer! Bitte. Ich will los."

Simon hatte zärtliche und beschützende Gefühle für den dicken Riesen, die er den anderen nicht mitteilen wollte. Er merkte, wie bescheuert das klingen musste.

„Er ist merkwürdig, aber er hat ein gutes Herz."

„Wer weiß, ob er dich verraten hat oder ob er zu GENE-SYS gehört oder ob er selbst an die Zeichnung auf deinem Kopf will, um sie zu verkaufen. Oder er bringt dich um, zieht dir das Fell über die Ohren", sagte Edda bitter. Sie merkte, wie sie immer trauriger wurde. Nichts bot mehr eine Sicherheit. Auf nichts war Verlass. Wie erschöpfend diese Klemme war, in der sie steckte.
Sie stiegen aus, um Luft zu schnappen, und lehnten sich an einen der anderen Wagen. Die nach und nach erlöschenden Lichter der Großstadt hatten jetzt wenig Verlockendes und jedes Mal, wenn ein Polizeiwagen auftauchte, drehten sie sich weg. Fremde Männer taxierten die Kinder. Edda, Linus und Simon wussten nicht, warum. Linus schloss den Wagen ab. Dann machten sie sich auf die Suche nach einem Wagen, der dem ähnelte, den sie fuhren.
„Erst mal brauchen wir neue Nummernschilder", sagte Simon. „Sonst sitzen wir bald in einer Zelle mit Geister-Bob und seinem Freund."
Es dauerte eine Weile, bis Edda schließlich einen Wagen gleichen Typs und Baujahrs erspäht hatte, der schon eine Weile auf der anderen Straßenseite gegenüber dem Bahnhof geparkt schien. Regen und der Dreck der Stadt hatten die Scheiben verklebt, aber auf den Nummernschildern war zu sehen, dass er noch TÜV hatte. Mit wenigen Handgriffen hatte Linus die beiden Schilder entfernt. Es beruhigte ihn, dass sie neue Nummernschilder gefunden hatten. So merkwürdig Bobo schien, er wusste genau, was zu tun war, und seine Entscheidungen ergaben einen Sinn. Edda hatte keine Lust, die Nacht mit Bobo durch die Stadt zu ziehen. Auf keinen Fall wollte sie neben ihm sitzen.

Linus verließ die beiden, weil er auf die Toilette musste. Er betrat den hell erleuchteten Bahnhof mit seinen vielen Geschäften und den zielstrebig dahinströmenden Menschen, die ihm jetzt erschienen wie eine künstliche Zurschaustellung normalen Lebens. Das Wirkliche blieb hinter den Kulissen verborgen, dachte er. Wenn sie wüssten. Aber vielleicht trugen sie ja alle ein Geheimnis mit sich herum – waren dabei, anzugreifen oder vor etwas zu fliehen? Einzig Edda und Simon fühlte er sich noch verbunden. Und Olsen, dachte er. Und diesem Clint – im Hass. Wenn er je jemanden gehasst hatte, dann war es Clint. Wie brutal alles geworden war! Wie reduziert und verhängnisvoll die Konsequenzen. Für Linus war es von Anfang an kein Abenteuer gewesen. Als Einziger hatte er gewusst, dass es kein Spiel war. Dass jemand ernst machte. Er hatte wertvolle Zeit damit vertan, es den anderen klarzumachen. Was hatte es ihm gebracht? Zwar hatte er seine Eltern gefunden, aber sie gehörten genau zu denen, die er hatte überführen wollen. Hatten ihn vor den anderen und vor sich vorführen lassen wie einen Idioten. Linus spürte, wie sich in seiner Brust etwas zusammenzog und in einen scharfen Schmerz verwandelte. Er holte tief Luft, doch gleich mit dem Ausatmen waren die dunklen und drückenden Gedanken wieder da.

Er ließ die Blicke durch die Halle wandern. Unbewusst suchte er nach Bobo. Wohin sich der Dicke in seinem grotesken Aufzug wohl verzogen haben mochte? Linus erspähte einen Stand mit Süßigkeiten, bunt und glänzend. Einen, wie es ihn auch in Köln gegeben hatte, dachte er. Als er klein war und seine Eltern ihm erlaubt hatten, sich an genau solch einem Stand seine spezielle Mischung aus Cola-Flaschen, Lakritzschnecken und roten Himbeeren zusammenzustellen. Linus blieb stehen und starrte auf die bunten Sachen – wie mächtig und autark er sich vorgekommen war, als er die kostbare Beute mit einer Zange in den Zellophanbeutel hatte fallen lassen. Im Bewusstsein, dass jemand hinter ihm stand und sich daran freute, dass er tat, was er tat. Wie schön das völlig Normale, ja, Profane in der Erinnerung werden konnte.

Oder war es gar nicht profan? War das Leben viel kostbarer, als er gedacht hatte?

Für Linus war nichts mehr, wie es war, seit der Vorhang, durch den er die Welt zuvor gesehen hatte, zerrissen war. Die Normalität. Mit dem, was die anderen normal nannten, konnte Linus nichts mehr anfangen. Er konnte nicht mehr so leben, wie sie es taten. Wusste kaum mehr, wie er ein normales Gespräch mit ihnen hätte führen sollen. Er müsste lügen, um sie nicht zu verstören. Und er hasste Lügen. Er hatte gar keinen Bezug mehr zu den Menschen. Oder war das schon immer so gewesen?

Linus spürte, wie ihn plötzlich Heißhunger nach etwas Süßem überkam. Er trat an den Stand, nahm eine von den schillernden Tüten und begann, sie mit Colaflaschen, Schnecken und Himbeeren zu füllen. Neben ihm stand eine dicke Mutter mit ihren beiden Töchtern, die sich darum zankten, was die Mutter in die Tüte packen sollte, auf der anderen Seite ein älterer Herr und an der Kasse neben der Waage eine junge Frau mit einer lilafarbenen Strähne in ihrem kurzen Haar, die per Handy mit ihrem Freund telefonierte. Als seine Tüte zu drei Vierteln voll war, fiel Linus ein, dass er nicht genügend Geld dabeihatte. Aber er wollte nicht zurück zu Simon und Edda. Ihm lief das Wasser im Mund zusammen, als gäbe es nichts Wichtigeres, als möglichst schnell eine Handvoll von diesem Zeug in den Mund zu bekommen und es zu zerkauen. Er verdrängte, was für einen verdammten Bauchschmerz er von den Süßigkeiten immer gehabt hatte. Dass er trotzdem nicht hatte aufhören können, den Scheiß zu essen. Linus wartete, bis sich die Kassenfrau dem hageren Mann in dem dunklen, weiten Mantel zuwandte, der scheinbar zu dumm war, das Prinzip mit der Selbstbedienung zu kapieren.

„Danke", dachte Linus und grinste. Er hielt sich im Hintergrund, am Rande des Sichtfeldes der Kassenfrau und tat so, als wolle er an ihr vorbei auf die andere Seite des Wagens. Dann verschwand er ganz aus ihrem Augenwinkel. Der hagere Mann bekam es mit und war zufrieden. Er zahlte, sah sich um. Aber auch er hatte den Jungen nun aus den Augen verloren.

Linus mischte sich unter eine Gruppe von Reisenden, die mit ihren Kofferkulis Richtung Bahngleise strebten. Gierig langte er in die Tüte und stopfte sich den Mund voll. Der herrlich pappsüße Geschmack rief sofort Bilder und Empfindungen aus der Kindheit in seinem Kopf auf. Das Glück, das es auch in seinem Leben einmal gegeben hatte. Als seine Eltern noch nicht ausschließlich an ihre wissenschaftlichen Experimente dachten, sondern auch an ihn.

Linus ging schneller, nahm die Rolltreppe ein Stockwerk tiefer und folgte den Toilettenschildern. Er hatte nicht bemerkt, dass ihm zwei Augenpaare gefolgt waren. Augenpaare zweier Männer. Sie verständigten sich kurz mit Blicken und folgten Linus.

Linus fand die Tür zu den öffentlichen Toiletten. Gerade noch rechtzeitig. Er kaute immer noch mit vollem Mund, während er sich an eines der Urinale stellte und die Hose öffnete. Er hatte so lange ausgehalten und war so erleichtert, dass er sich für einen kurzen Augenblick richtiggehend glücklich fühlte. Linus hörte, wie hinter ihm die Tür aufging, aber er merkte nicht, dass die zwei Männer die Toilette betraten. Einer der beiden stellte sich neben ihn und blickte ihn an. Er trug einen billigen Anzug und schlecht geputzte Schuhe.

„Hast du Lust, dir ein bisschen Geld zu verdienen?", fragte der Mann. Seine Stimme versuchte freundlich und offen zu klingen.

Linus bekam einen Schreck. Irgendetwas stimmte an der Situation nicht. Eigentlich gar nichts. Linus pinkelte weiter. Er konnte nicht anders. Der Mann lächelte.

„Bist du gerade hier angekommen?"

Normalerweise wäre Linus einfach gegangen, doch die Situation erlaubte es nicht, und mit einem Mal wusste er, dass er einen Fehler gemacht hatte. Ihn beschlich die Ahnung, dass alle Handlungen und Äußerungen, die auf diesem Fehler beruhten, nur zu weiteren Fehlern führen konnten. Er musste so schnell wie möglich aus dieser Toilette verschwinden.

„Wüsste nicht, dass Sie das was angeht", murmelte er schroff und drehte sich weg.

Da hörte er ein Geräusch aus dem Vorraum und wusste, dass mindestens noch ein Typ mit in die Toilette gekommen war. Linus wollte jetzt unbedingt gehen. Er merkte, wie sich die schlechte Energie in dem kleinen gekachelten Raum aufbaute. Obwohl er mit dem Pinkeln noch nicht fertig war, wandte er sich zum Gehen. Während Linus den Reißverschluss seiner Hose hochzog, trat ihm der andere aus dem Vorraum entgegen und versperrte ihm den Weg. Der Mann war kräftig, trug ein Jeanshemd und eine Wildlederweste. Er roch nach Tabak und hatte getrunken. Seine Haut war braun gebrannt. Um sein schlechtes Leben zu kaschieren, dachte Linus. Der Kerl wirkte wie aus einem anderen Jahrzehnt. Diese Stadt war voll von Typen, die wirkten, als wären sie in irgendeinem Jahrzehnt stehen geblieben. Linus versucht an ihm vorbeizukommen und machte sich so schmal wie möglich.

„Na, mal nich so schnell, Junge. Wir haben gesehen, dass du da oben was geklaut hast. Entweder wir bringen dich zur Polizei, oder ..."

An seinem Akzent hörte man, dass er nicht aus Berlin kam. Der andere Typ drückte die Spülung und kam jetzt mit schlurfenden Schritten von hinten.

„Lassen Sie mich raus", forderte Linus so selbstbewusst wie möglich. Doch seine Stimme klang nicht sehr überzeugend. Ich muss die Schwäche überwinden, dachte er verzweifelt. Die Schwäche, von der er wusste, dass er sie sich selbst eingebrockt hatte. Wegen dieser Scheißsüßigkeiten! Wie ein kleines Kind! Er merkte, dass er sauer auf sich wurde. Weil er sentimental geworden war und weil er was geklaut hatte. Auf sich anstatt auf die beiden Schweine. Und er merkte, dass sie es auch merkten. Die Situation begann zu kippen.

„Hundert Euro, wenn du ihm einen bläst." Der Typ mit dem Jeanshemd hielt Linus Geld vor die Nase.

„Oder willst du lieber mit zu den Bullen?"

Linus versuchte sich an dem Mann mit dem Hemd vorbeizudrängen, doch der andere ergriff ihn von hinten und hielt seine Arme hinter dem Rücken zusammen. Er war stark. Mit dem Knie drückte er Linus in den Rücken, sodass er fast zu Boden ging. Der andere Mann blockierte die Eingangstür und öffnete seine Hose, während er mit der anderen Hand ein Handy aus der Tasche zog und den Filmmodus einstellte. Linus spürte den Schmerz der verdrehten Arme und wie der Mann in seinem Rücken ihn drängte, während der andere ihm seinen Schwanz in den Mund pressen wollte. Linus ekelte sich, wollte vor dem Anblick die Augen schließen, doch das wäre genau das Falsche gewesen. Die Männer lachten, als der Junge auf dem Boden sich wehrte, scheinbar machte es ihnen deswegen noch mehr Spaß. Linus schrie um Hilfe, doch der Mann hinter ihm riss ihm die Arme hoch, sodass sein Hilfeschrei zu einem Aufjaulen wurde. Verzweifelt trat Linus gegen das Schienenbein des anderen und überlegte, wie er sich noch aus der Situation winden konnte. Es gab keinen Ausweg. Linus war gefangen.

Die Gedanken in seinem Kopf begannen zu rasen. Niemand war in der Nähe um ihm zu helfen – wenn doch wenigstens Simon auftauchen würde, aber der war weit weg. Etwas musste passieren. Auf keinen Fall würde Linus diese Tortur über sich ergehen lassen. Er sammelte seine Kraft, aber anstatt sie in seine Muskeln zu lenken, ließ er sich mithilfe der Kraft zusammenschnurren.

Er spürte, wie er die Kraft in sein Inneres lenkte, wartete auf ein Signal, eine Idee, wie er der Situation entkommen könnte, als mit lautem Krachen die Tür zur Toilette aufgestoßen wurde und ein riesiger Mann in Schaffneruniform den Raum erfüllte wie ein Schatten aus Fleisch.

Bobo. Da er nicht lesen konnte, hatte er das Schild »Vorübergehend geschlossen«, das die Männer an die Tür gepappt hatten, ignoriert und war eingetreten. Sofort erkannte er, was hier vor sich ging. Mit seinen riesigen Händen griff er nach den Hälsen der Männer und schlug ihre Köpfe mit solcher Wut und unfehlbarer Präzision zusammen, dass ein lautes Knacken von den Wänden hallte und sie leblos zu Boden sackten wie Marionetten, denen jemand die Fäden gekappt hatte. Entsetzt starrte Linus seinen Retter an, dessen Gesicht ihm im Gegenlicht entgegenstrahlte, während er Linus mit einem Ruck an der Jacke auf die Beine zog. Es war tatsächlich Bobo, der nun ohne Umschweife daran ging, die Taschen der beiden Männer zu durchsuchen und ihre Brieftaschen zu plündern.

„Eigentlich sollte man ja keinen Abfall auf die Erde werfen." Bobo deutete ungerührt auf die beiden Männer. „Aber für den Mülleimer sind sie einfach zu groß."

„Wieso waren Sie plötzlich da?", fragte Linus.

Bobo kratzte sich mit einer Kreditkarte unter der zu kleinen Mütze und deutete dann auf das Telefon am Boden, das in eine der Kabinen geschlittert war. Linus hob es auf und steckte es in die Tasche. Dann ließ Bobo die leeren Brieftaschen auf den Boden segeln.

„Musste pinkeln", sagte er schließlich lapidar und wendete sich zum Ausgang. „Jetzt nicht mehr. Is' mir vergangen. Seltsam, oder? Muss ich im Blick behalten, ob es da einen Zusammenhang gibt. Zwischen Brutalität und Harndrang." Er hielt er inne, überlegte.

„Wenn ich mich recht erinner, dann musste ich gar nicht pinkeln. Da war nur dieses ... ‚Geh pinkeln!' plötzlich in meinem Kopf.

Wie 'n Befehl." Er sah Linus an, war nun verwirrt. „Hattest du mich gerufen?"

Linus zuckte mit den Schultern.

„Weiß nicht, weiß nicht mehr ..." In Wirklichkeit aber wusste er sehr genau, dass er um Hilfe gebeten hatte. Und dieser weiße Wal in Schaffneruniform da vor ihm hatte das Signal empfangen. Dass er mit Edda kommunizieren konnte, ohne zu reden, das hätte er sich gerne damit erklärt, dass sie einander so nah waren. Jetzt sollte es mit diesem Riesenbaby genauso sein? Näää ... das war Zufall. „Sie mussten einfach zum richtigen Zeitpunkt pinkeln. Danke dafür."

Als sie die Toilette verließen, gewährte Bobo Linus den Vortritt und ein Reisender drängte in die offene Tür. Neugierig starrte er auf die am Boden liegenden Männer.

„Besoffen", sagte Bobo. Der Reisende überlegte es sich anders und verschwand eilig wieder nach draußen.

Linus und Bobo steuerten auf den Ausgang des Bahnhofs zu und fanden schließlich wieder hinaus auf den Parkplatz, wo Edda und Simon immer noch auf sie warteten. Als Simon Bobo in der Uniform erkannte, lachte er laut.

Mit keinem Wort erwähnten Linus oder Bobo, was sich in der Toilette ereignet hatte. Der Vorfall hatte Linus sehr verstört und er versuchte sich zu erklären, wie es dazu hatte kommen können. Hatte sein sorgloses Verhalten mit der vollkommenen Freiheit von Angst zu tun? Waren das Nebeneffekte? Linus schämte sich für das, was geschehen war, gleichzeitig wusste er, dass er es den anderen sagen müsste – weil er sich angeschlagen fühlte. Aber er konnte es nicht. Stattdessen reichte er die Tüte mit den Süßigkeiten nach hinten und sah zu, wie Edda und Simon sich freuten und vollstopften. Die Stimmung wurde ausgelassener und Linus war es recht.

„Wo hast du die ganzen Sachen her, Bobo, alte Scherbe?", rief Simon.

„Klopfe und dir wird aufgetan!", antwortete Bobo mit salbungsvollem Kopfnicken.

„Besonders wenn man »der Klopfer« heißt!", rief Simon heiter.

Bobo nickte. „Fürwahr, die Menschen sind gut und gütig zu einem, der in Not ist. Man muss nur auf die richtige Weise fragen und ihre Antworten zu deuten wissen. Jeder möchte Gutes tun, doch viele brauchen einen Anstoß."

Bei den letzten Worten schaute er zu Linus und dieser lächelte. Linus war dankbar für Bobos Schweigen. Der Teletubby hatte ihn gerettet. Wie er damit umging, zeugte von großem Einfühlungsvermögen. Doch Linus spürte auch, dass Bobo versuchte ihn aufzurichten. Das heißt, er wusste, dass es ihn getroffen hatte, dachte Linus. Mit einem Mal drehte Bobo sich zu Edda und Simon um und sein Lächeln verschwand.

„Es war nett mit euch, meine kleinen Freunde, aber ich muss mich auf den Weg machen. In Berlin kann ich nicht bleiben", sagte er. „Und der Dame sind das zu viele Männer ..."

„Das stimmt ... gar nicht", wollte Edda sagen, doch dann merkte sie, dass das eine Lüge gewesen wäre und sie blieb stumm. „Kannst du uns nicht helfen, meine Oma zu befreien?", fragte sie stattdessen. Die Jungs stimmten zu. Bobos Gesicht wurde ernst. Kopfschüttelnd blickt er sie an.

„Ihr habt keine Bleibe. Früher oder später werdet ihr Freiwild sein, besonders du, Edda. Aber auch ihr Jungs. Die Stadt ist kein Ort, um schwach zu sein. Dafür ist sie zu böse."

Bobo blickte Edda in die Augen und für einen Augenblick merkte sie, wie Angst in ihr aufkam. Weil sie spürte, dass er wusste, wovon er sprach, und weil sie wusste, dass sie trotzdem diesen Weg gehen würde, gehen musste. Bobo nickte.

„Aber das Böse ist nur eine Verlockung und wer herausfindet, woraus diese Verlockung besteht, der ist immun gegen das Böse", sagte Bobo leise.

Verwirrt und erstaunt sahen Edda, Linus und Simon sich an. Bobo war zufrieden mit der Reaktion seines Publikums.

„Nicht schlecht für einen ohne Hauptschulabschluss, hä?", rief er.

„Ja, echt nicht schlecht! Ehrlich gesagt, das hab ich mal irgendwo gelesen. Ach, ich kann ja nicht lesen ..." Er schaute von einem zum anderen. „Wenn ihr nicht ihr wärt, würde ich sagen, ihr solltet mit mir auf die Bahn kommen."

Bobo zog einen elektronischen Fahrkartendrucker aus der Tasche seiner Jacke, wie ihn die Schaffner zum Nachlösen mitführen.

„Einen Tacken entspannen, gutes Essen und mit Kopfhörern und guter Musik auf den Ohren durch Deutschland gondeln ... mmhh? Genau das Richtige. Und dann zurück zu euren Eltern in die warme Stube."

Die Kinder schwiegen.

„Wie gesagt. Wenn ihr nicht ihr wärt, würde ich das jetzt zu euch sagen."

„Wir können nicht mehr zurück", sagte Edda schließlich, während Simon zum Himmel starrte. Keiner von ihnen mochte im Augenblick an seine Eltern denken.

„Versteh ich", sagte Bobo. „Ihr müsst da alleine durch. Nur ... Ich sag euch, eure Pfadfinderspiele sind eine andere Nummer als das Leben auf der Straße. So wie ihr aufgestellt seid, könnt ihr noch niemanden befreien. Ihr müsst erst mal selbst sehen, dass ihr eure eigene Freiheit verteidigt."

Noch einmal schaute Bobo jedem in die Augen. Dann tippte er an den Rand seiner Mütze und ging mit watschelndem Gang davon. Sie sahen zu, wie die wurstförmige Silhouette in der schlecht sitzenden Uniform in der Haupthalle des Bahnhofs verschwand. Sie stiegen in den Wagen. Simon klappte den Sitz nach vorn und wollte sich auf die Rückbank setzen, als er auf dem Boden des Wagens eine kleine Tüte fand. Er hob sie auf und öffnete sie. Über hundert Euro in kleinen Scheinen. Linus wusste sofort, dass Bobo das Geld nicht vergessen hatte. Die drei sahen sich an, lächelten.

„Guter Kerl. Und jetzt?", fragte Linus.

„Erst mal 'nen Platz finden, wo wir 'ne Zeit lang bleiben können", sagte Simon.

„Und dann holen wir meine Großmutter da raus", antwortete Edda.

„Wir brauchen einen Plan", erinnerte Linus.

„Und dafür ist es wichtig, dass wir keine Geheimnisse voreinander haben, die uns trennen könnten", sagte Edda. „Wir haben nur eine Chance, wenn wir zusammenhalten. Für jetzt und für immer."

Linus schwieg einen Augenblick.

„Ich muss euch etwas sagen", sagte er dann schließlich leise. Erwartungsvoll schauten Edda und Simon ihn an. Linus schluckte, presste die Lippen zusammen – dann fasste er sich ein Herz.

„Da drinnen im Bahnhof ... hat Bobo mir ein Handy geschenkt." Er setzte den Wagen in Bewegung.

⌐ 2120 ⌐

Dr. Fischer staunte, als er aus dem Keller des Reihenhauses in den Wohnraum kam. Draußen wurde es schon wieder hell. Er hatte die ganze Nacht gebraucht, um Olsen zu behandeln. Er machte sich Kaffee und wartete. Es würde nicht mehr lange dauern. Schließlich hörte er die Schritte auf den Stufen der Kellertreppe. Und dann stand Olsen vor ihm.

„Sergeant Olsen", sagte Dr. Fischer und Olsen wandte sich ihm zu. Er erkannte den Alten und begrüßte ihn.

„What about the woman downstairs?", fragte Olsen.
„Exit!", sagte Dr. Fischer knapp. Olsen verstand sofort und fragte nach den Koordinaten. Fischer nannte Minuten und Sekunden Nord und Ost. Olsen notierte sie in seinem GPS-Gerät, das er neben einem Handy von Fischer bekommen hatte.
Kurz darauf verließ der grüne Passat die Garage des unscheinbaren Reihenhauses. Dr. Fischer winkte hinterher, grüßte die Nachbarin, wünschte ihr einen guten Tag und schloss das Haus ab. Dann ging er zufrieden die Straße hinunter zur Bushaltestelle. Olsen war wieder auf Kurs. Er würde diese Frau beseitigen und war wieder jederzeit einsatzbereit. Dr. Fischer lief beschwingt wie in jungen Jahren. Er war ein Genie. Jedenfalls fühlte er sich so. Und litt darunter, dass er sein Genie nie einer Öffentlichkeit hatte beweisen können.
Er zückte sein Handy. Wählte eine eingespeicherte Nummer. Ein knappes „Ja" war am anderen Ende der Leitung zu hören.
„Olsen lebt", sagte Fischer kurz. Schweigen. Dr. Fischer konnte sich vorstellen, was in Clint vor sich ging, als er diese Nachricht hörte. Gerade erfahrene Söldner konnten nur schwer mit eigenem Versagen umgehen. Aber Dr. Fischer wusste auch, dass Clint trainiert war, keine Emotionen an solche Gedanken zu verschwenden.
„Stehe zur Verfügung", sagte Clint knapp.
„Nicht nötig", antwortete Dr. Fischer und berichtete kurz, was in den letzten 36 Stunden geschehen war. „Olsen ist wieder auf Kurs." Er bemühte sich gar nicht erst, den Stolz in seiner Stimme zu verstecken. Clint schwieg wieder. Es war klar, dass er überlegte, ob er den Ausführungen des Arztes glauben konnte. Die Nachricht war ungewöhnlich. Clint hatte Olsen erlebt. Er wusste, dass eine Rückführung nicht einfach war. Clint legte auf. Dr. Fischer lächelte. Clint würde ihn in Kürze zurückrufen. Er würde es einmal klingeln lassen, dann zweimal. Und erst beim dritten Anruf würde er erwarten, dass Dr. Fischer sich meldet. Tat er das, war es eindeutig, dass Dr. Fischer nicht zu

seinem Anruf bei Clint und zu der Botschaft gezwungen worden war.
Es klingelte einmal. Das Handy verstummte. Es klingelte zweimal.
Beim dritten Anruf meldete sich Dr. Fischer.
„Okay", sagte Clint. „Wie ist er zu erreichen, wenn ich Kontakt herstellen will?"
Dr. Fischer nannte die Nummer des Prepaid-Handys, das er Olsen mitgegeben hatte. Doch er riet Clint, Olsen noch ein wenig Zeit zu lassen. Olsen erfüllte gerade seinen ersten Auftrag. Exit.

Der See lag ruhig und schwarz vor ihm. Olsen hatte den Ort mit den Koordinaten, die Dr. Fischer ihm gegeben hatte, erreicht. Er war mit dem Passat an das Ufer heruntergefahren und hatte sich umgesehen. Er war allein. Kein nächtlicher Angler war unterwegs, kein Liebespaar, das sich heimlich hier traf. Olsen öffnete die Heckklappe des Wagens und zerrte ein seltsames Paket heraus. Eingewickelt in eine Folie sah der Inhalt aus wie ein lebloser menschlicher Körper. Olsen hatte die Folie mit Nylonschnur umwickelt und verzurrt. Er holte von der Rückbank zwei Eisengewichte, die er mit den Nylonschnüren verknotete. Dann watete er in das Wasser und zog den Kokon ins Wasser. Leise schwappten die Wellen ans Ufer. Scheinwerfer strichen plötzlich über das spiegelnde Schwarz des Sees. Kamen näher. Olsen verharrte geduckt. Ein Wagen passierte auf der Uferstraße. Das Licht verschwand, ohne dass es Olsen oder den Passat erfasst hätte. Olsen beeilte sich, das Paket tiefer in den See zu ziehen. Schließlich hatte er die Kante erreicht, an der der Untergrund steil abfiel. Er rollte den verschnürten Körper voran, gab ihm einen letzten Stoß und hielt kurz inne. Er lauschte seinem Atem, der langsam ruhiger wurde. Ein paar Luftblasen stiegen auf, dann hatte das schwarze Wasser alles verschluckt, was Olsen hätte gefährlich werden können.

Unbemerkt von den Nachbarn kehrte Olsen in die Wohnung von Elisabeth zurück. Er ging an ihren Schrank, fand einen Koffer und begann, ihn mit ihren Sachen zu packen. Alles, was man für einen langen Urlaub brauchen konnte, packte er in den roten Samsonite. Bevor er ihn schloss, holte er Elisabeths Reisepass aus dem Schreibtisch, ging in die Küche und kramte zielstrebig aus der Zuckerdose den Schmuck, den Elisabeth hier versteckt hatte. Er rollte die Ketten, die Broschen und die drei Ringe in ein Paar Socken, warf sie in den Koffer, verschloss ihn und verließ damit das Haus.

Keine vier Stunden nachdem er mit der reglosen Elisabeth im Wagen Frankfurt und Dr. Fischer verlassen hatte, war Olsen wieder auf dem Weg in die hessische Metropole. Er staunte über sich selbst. Wie leicht es ihm gefallen war, einem Menschen das Leben zu nehmen.

Zielstrebig steuerte Olsen den Passat Richtung Flughafen. Er parkte den Wagen in einem der Parkhäuser und machte sich mit dem roten Koffer auf den Weg zum Terminal der Lufthansa. Er durchquerte die Halle und marschierte zu dem Imbiss in der Ladenstraße, der gerade öffnete. Er lächelte. Wie verabredet wartete Elisabeth auf ihn. Sie hatte sich die Haare schneiden und blond färben lassen. Es gab so viele Fragen, die sie ihm stellen wollte, doch Olsen war nicht bereit zu antworten.

„Do you have a ticket?", fragte er und sie nickte. „Where?", fragte er noch.

„Montevideo", sagte Elisabeth. Das war der Flug, der in wenigen Minuten aufgerufen werden würde.

„Good", sagte Olsen zufrieden. Montevideo war sicher.

„Sehen wir uns ... Do we meet again?", fragte sie vorsichtig. Olsen lächelte und nickte. Sie gab ihm einen Kuss, nahm den Koffer und ging davon. Olsen sah ihr nach. Für einen Moment war er versucht, ihr zu folgen. Aber dann zwang er sich, sich daran zu erinnern, warum er der „Behandlung" von Dr. Fischer hatte standhalten können.

Es war die Erinnerung an Vertrauen. Für einen Moment erfüllte ihn dieses besondere und gute Gefühl. Da waren plötzlich Bilder in seinem Kopf. Von seiner Behausung in Köln. Von Timber, seinem Hund. Von der Bedrohung durch Clint. Von der ersten Begegnung mit Dr. Fischer und dessen Methode, ihn komplett wehrlos zu machen. Dann hörte Olsen sich selbst zu, wie er wehrlos alles ausplauderte, was er über Linus wusste. Ihm war plötzlich bewusst, in welche Gefahr er den Jungen gebracht hatte. Ausgerechnet den Menschen, der ihm so vorbehaltlos vertraut hatte.

Olsen spürte, dass ihn irgendetwas mit Linus verband, auch wenn er in diesem Moment nicht hätte benennen können, was es war. Es nahm seine Konzentration so vollkommen ein, dass Dr. Fischer mit dem Versuch, Olsens Konditionierung zu „rebooten" erfolglos gewesen war. Im Gegenteil sogar: Dr. Fischers Experiment erst hatte Olsens Erinnerung an Linus und seine Empathie für ihn ausgelöst.

Er hatte Dr. Fischer durchschaut und spielte mit. Er gab sich als braver Söldner seines Herren aus und wiegte Dr. Fischer in Sicherheit. Mit dem Auftrag Elisabeth zu beseitigen machte er sich auf den Weg zum Edersee. Doch Olsen brachte Elisabeth zum Flughafen. Er wartete im Parkhaus, bis sie erwachte und weihte sie ein. Und während Elisabeth alles vorbereitete, um in Sicherheit zu kommen, fuhr Olsen zurück zu Dr. Fischer.

Dr. Fischer trank Tee. Es war fünf Uhr und wenn es überhaupt etwas gab, was Dr. Fischer an den Briten schätzte, dann war es diese tägliche Zeremonie. Er schaute der Sahne zu, wie sie eine zarte Wolke in dem goldgelben Darjeeling bildete. Dann rührte er um und schlürfte den ersten Schluck. Er war rundum mit sich zufrieden. Bis er aus dem Fenster sah. Was er nur tat, weil der Regen inzwischen so heftig gegen die Scheiben prasselte. Da sah er ihn stehen. Olsen. Wie eine Statue stand er im Park und starrte in sein Zimmer.

Dr. Fischer war verärgert. Persönliche Kontaktaufnahme war eines der absoluten Tabus. Er überlegte. Dann nahm er sein Handy und rief an. Es klingelte in Olsens Jackentasche. Das Prepaid-Handy. Olsen aber rührte sich nicht. Dr. Fischer regte das noch mehr auf. Er machte ein paar Gesten, um Olsen zu vertreiben. Für einen fernen Betrachter hätte es ausgesehen, als würde Fischer lästige Insekten verjagen wollen. Fischers Bewegungen erlahmten. Olsen schien überhaupt nichts wahrzunehmen. Der Neurologe begann sich zu wundern. War bei seiner Behandlung etwas schiefgelaufen? Hatte er zu sehr gehofft, Erfolg zu haben und irgendetwas übersehen? Dr. Fischer zog sich seinen Regemantel über, setzte seinen Pepitahut auf, nahm den Regenschirm und stiefelte aus dem Gebäude in den Park.
Als Dr. Fischer in den Park kam, war Olsen verschwunden. Ärgerlich sah sich Dr. Fischer um. Keine Spur. Besorgt schüttelte er den Kopf, wandte sich um und erstarrte. Olsen war, ohne dass Fischer es bemerkt hätte, bis auf wenige Zentimeter an ihn herangetreten. Jetzt stand er so nah vor ihm, dass er Olsens Atem spürte.
„Let's go." Olsen hakte den alten Arzt unter und führte ihn von dem Gelände der Seniorenresidenz. Dr. Fischer begriff, dass die Sache aus dem Ruder zu laufen drohte. Er wollte sich losmachen. Es gelang ihm nicht. Er versuchte es über Mitleid, bettelte um seine Pillen, die er brauche. Olsen aber führte Fischer wortlos zu Elisabeths Wagen. Er zwang den alten Mann einzusteigen und fuhr los.
„Wohin?", fragte Dr. Fischer. Und verstummte sofort wieder. Es war ihm längst klar, dass Olsen keine Auskunft geben würde. Wenn bei der Rückführung wirklich etwas schiefgegangen war, dann musste dem Arzt schnell etwas einfallen. Er konnte sich nicht konzentrieren. Der Weg, den sie fuhren, lenkte ihn ab. Er starrte aus dem Fenster. Die alten Scheibenwischer schaufelten den Herbstregen ruckelnd nach links und rechts. Dr. Fischer wurde immer klarer, wohin sie unterwegs waren.

Zwanzig Minuten später stoppte Olsen den Wagen. Da lag die Villa vor ihnen. Olsen beobachtete, wie Dr. Fischer sich in seinem Sitz kleinmachte, als könne ihn der Anblick dieses Hauses bedrohen.

„Get out!", befahl Olsen. Als Fischer nicht reagierte, stieg Olsen aus und ging um das Auto, um den alten Mann ins Freie zu zerren. Fischer zitterte. Hatte er Olsen so weit zurückgeführt? Bis hierher? Er war damals noch ein Kind gewesen.

„Get out!", herrschte Olsen ihn an und packte ihn am Revers. Schon stand Dr. Fischer auf dem Bürgersteig. Olsen trat das Tor zum Grundstück auf. Die Villa schien verlassen. Ein Schild am Eingang erklärte, dass das Haus inzwischen als Erholungsheim für Finanzbeamte genutzt wurde.

Zielstrebig bugsierte Olsen Dr. Fischer zu ein paar Stufen, die zu einer Kellertür führten. Ohne zu zögern, brach Olsen auch diese Tür auf. Dann zwang er Dr. Fischer voranzugehen. Als er den ersten Schritt in diesen dunklen Bereich setzte, war Olsen plötzlich wieder der Junge, der er damals gewesen war. Er spürte eine Hand, die ihn führte. Eine Frau. Sie brachte ihn zu einer Scheibe, die den Blick in den Nebenraum freigab. Da lag, festgeschnallt auf einer Trage, sein Vater. Olsen erschrak. Er sah, dass ein junger Arzt etwas in den Arm seines Vaters injizierte. Dr. Fischer.

„Und? Jetzt?", fragte Fischer. „What's next?" Er gab sich beherrscht. Olsen brauchte noch, bis er aus der Erinnerung zurück war.

„Was soll das?", drängelte Fischer. „Es waren andere Zeiten. Der Kalte Krieg. The Cold War. Es gab Befehle ... Wir haben nur gehorcht." Olsen schlug zu und der alte Mann stürzte. Entsetzt stellte er fest, dass seine Nase blutete. In diesem Moment begriff er, dass er Olsen nicht mehr entkommen würde. Es war so weit. Was für eine Ironie, dass er mit seiner letzten Behandlung seinen eigenen Mörder aktiviert hatte. Als Dr. Fischer sich aufrappelte, fingerte er unauffällig

in die Innenseite seiner Jacke. Er spürte sie zwischen seinen Fingern. Klein, oval. Erlösend. Endgültig. Seine Hand huschte zum Mund.
„No!"
Entschieden schoss Olsens Hand hervor und packte die alten Finger. Mit einem Griff zwang er Dr. Fischer, die Hand zu öffnen. Da lag die Zyankalikapsel. Olsen roch daran, warf sie auf den Boden und zertrat sie. Dr. Fischer bemühte sich, Haltung zu bewahren. Es gelang ihm nicht.
„Why my father?"
„He was a Russian spy", behauptete Fischer und berief sich darauf, dass immer noch Krieg herrschte.
„Why me?"
„Wir mussten Ihren Willen brechen. Ihre Empathie … That's why you had to watch your daddy. Es waren Befehle. Nur Befehle …"
Olsen beachtete ihn nicht. Plötzlich fühlte sich Fischer wie Scheherazade, die Geschichte um Geschichte erzählt hatte, um ihr Leben zu retten, und er begann zu plappern. Dass man damals Kinder von Spionen zu so etwas wie emotionslosen Kampfmaschinen machte. So wie es die Russen sicher auch getan hatten. Kinder mit besonderen Fähigkeiten. Sie wurden durch seelischen und körperlichen Schmerz in eine Schizophrenie gezwungen. Das Leid war mit ihren Kinderseelen nicht zu ertragen, also spalteten sie ihre Persönlichkeit, um den Schmerz verschließen zu können.
„Von da ab waren Sie formbar." Dr. Fischer wartete ab, was Olsen tun würde.
Ohne den alten Mann anzuschauen, griff Olsen nach seinem Hals, dorthin, wo die Schulter beginnt, und drückte zu. Kraftlos sank Dr. Fischer zusammen. Olsen stand wieder da, wo er damals als Kind gestanden hatte. Immer noch konnte man von dort nach nebenan sehen. Olsen hörte die Schreie seines Vaters. Die teilnahmslose

Stimme von Dr. Fischer, der das Experiment leitete und das Sterben seines Vaters kommentierte.

Ohne zu wissen wie, fand sich Olsen kurz darauf auf der Autobahn wieder. Neben ihm auf dem Beifahrersitz lag der reglose alte Arzt. Wie automatisch folgte Olsen den Schildern Richtung Edersee. Dort angekommen fuhr Olsen an den Ort, an dem er selbst versenkt worden war. Hier fand Dr. Fischer nun seine letzte Ruhe. Für Ewigkeiten verzurrt und gut beschwert in einem nassen Grab.

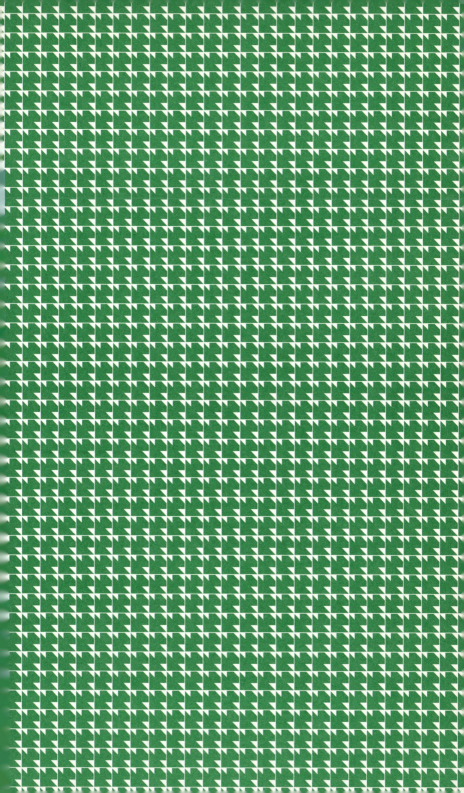

Teil [02]

Der Plan zur Befreiung von Eddas Großmutter stand. Linus hatte Tage in Bibliotheken und an seinem Laptop verbracht und sich mit Edda die Nächte um die Ohren geschlagen, um den perfekten Plan zu entwickeln.

„Wir gehen durch die Scheiße", erklärte er nun feierlich und übertrieben. „Durch die Scheiße zu den Sternen! Wie schon der Dichter sagt."
„Welcher Dichter?", fragte Simon. „Du bist doch selber nicht ganz dicht." Er deutete auf die Kappe mit den vielen Drähten, die Linus auf dem Kopf hatte, schnappte sich die Packung Indian Spirit und zog sich auf die Terrasse zurück; auf den Teil des Bahngebäudes, den sie Terrasse nannten. Ein schmaler Sims, auf den man gelangte, wenn man im ersten Stock des abbruchreifen Bahnwärterhauses aus dem Fenster stieg. Simon schaute auf die drei Plastikblumen, mit denen Edda die „Terrasse" geschmückt hatte. Sein Atem stieß weiße Wölkchen in die kalte Luft.

Simon zündete sich eine der Zigaretten an, lehnte sich an die Dachschräge und paffte Kreise in den Abend. Er spürte die Minusgrade schon länger nicht mehr. Faszinierend, wie der Körper sich einstellen kann, dachte er. Er kniff die Augen zusammen, zielte und versuchte, die untergehende Sonne mit perfekten Ringen aus Rauch zu umgeben.

„Sonnenuntergang", grinste er bitter. „Der Untergang der Sonne."
Simon stellte sich den Untergang der Sonne vor. Dunkelheit auf der Erde. Kälte. Chaos. Verderben. Er hatte eine seltsame Befriedigung daraus entwickelt, sich Katastrophen in allen Einzelheiten auszumalen. Simon konnte sich selbst nicht erklären, warum das so war. Es war nicht so, dass ihm das wirklich gefiel. Er schaffte es einfach nicht mehr, optimistisch zu sein. Die Wochen auf der Straße hatten seine Gedanken zusehends verdunkelt. Überall sah er nur noch das Elend hinter den Kulissen der glänzenden Metropole.

Die Verlogenheit, mit der vom „neuen Zentrum Europas" gesprochen wurde. Und er begriff, dass er nicht helfen konnte. Niemandem. Nicht mal sich selbst. Er konnte nur zusehen, wie sich Linus und Edda mit jedem Tag näherkamen.

„Vielleicht will ich nur mal wieder positiv überrascht werden", dachte Simon. Aber wann war das schon passiert in seinem Leben? War es nicht immer schlimmer geworden, als er erhofft hatte? Der Tod von David, die Trennung seiner Eltern. Die schrecklichen Männer, die seinem Vater in die offenen Arme seiner Mutter folgten. Wenn das das Leben war, dann scheiß drauf!

Simon stieß sich von der Dachschräge ab und stand nun auf der „Terrasse", auf dem schmalen Sims. Unter ihm verlief eines der Gleise, die durch die Stadt zum neuen Hauptbahnhof führten. Simon provozierte sein Gleichgewicht. Am Boden tauchten die Schatten von Linus und Edda auf. Sie hatten das Licht eingeschaltet, das Simon mit zwei Drähten von einer nahen Signalanlage abgezapft und mit ein paar geklauten Verlängerungskabeln in das Gebäude gelegt hatte. So hatten sie neben der Wärme, die noch nicht abgeschaltet war, auch Licht in ihrem „kleinen Heim", wie Edda es immer nannte.

Simon hasste sie. Wie nah sich die Schatten da unten schon wieder waren. Nein. Er hasste sie nicht. Er hasste sich. Er hasste alles. Diese ganze Scheiße. Es war alles zu viel geworden. Es tat weh, sich das eingestehen zu müssen. Deshalb wünschte er sich verzweifelt eine Katastrophe herbei. Eine Flut, die alles wegspülte. Alles auf null setzte. Noch einmal von vorne. Simon hatte das Gefühl, dass er gar nichts mehr im Griff hatte. Er war nur noch Beifahrer in seinem eigenen Leben und wusste nicht einmal, wer am Steuer saß.

„Ich hätte damals mit Bobo gehen sollen", dachte Simon. Kaum vier Wochen war das her.

Thorben blieb stehen. Dann zogen sich seine Mundwinkel nach oben. „Pfannkuchenalarm", dachte er. „Seh sicher wieder aus wie 'n Smiley-Pfannkuchen." Er konnte einfach nicht anders: Als er an seiner Schule ankam, stand Edda vor dem Tor. Bei ihr die Jungs, doch die nahm Thorben nicht weiter wahr. Er grinste. Ja, das Schicksal meinte es gut mit ihm. Mit einer eleganten Bewegung zog er seine coole Kappe aus der Tasche und schob sie schräg auf den Kopf. Wenigstens die hatte er vor dem Blitzkrieg seiner Mutter gegen sein Thorboy-Outfit retten können. Er ging auf Edda zu. Nicht ohne sich vergewissert zu haben, dass ein paar von den Angebern aus der Zehnten zuschauten. Dann umarmte Thorben die schöne Edda, die wunderschöne Edda und hielt sie lange fest. Er genoss die Vorstellung, wie blöd seine Mitschüler jetzt schauen mussten.

„Is gut, Thorben. Sonst wachsen wir noch zusammen", sagte Edda, der das längst viel zu viel Nähe war.

„Sorry!" Thorben löste sich von ihr.

Edda lächelte weiter und steckte ihm ein paar Geldscheine zu. „Schulden ... Wie versprochen."

Edda hatte mit Linus und vor allem Simon gestritten, was sie mit dem Geld von Bobo machen sollten. Edda hatte sich durchgesetzt. Schulden musste man begleichen.

„Können wir immer noch", hatte Simon gesagt.

Edda hatte daraufhin nur geschwiegen. Sie hatte Simon in diesem Moment gar nicht mehr verstanden. Schon die Aktion, das Geld mitgehen zu lassen, war ihr fremd gewesen. Edda hatte ihm in die Augen gesehen und war erschrocken. Da war eine so große Distanz.

„Muss echt nicht sein, Edda. Wenn ihr das Geld noch brauchen könnt ...", bot Thorben an.

Edda sah die bestätigende Geste von Simon, doch sie schüttelte den Kopf.

„Wollen wir in die Mensa?", fragte Thorben.
Unter den Schülern fielen Edda, Simon und Linus nicht weiter auf. Die Aussicht auf ein Gratis-Frühstück war zu verlockend, um es auszuschlagen. Die Mensa war ein dunkler, muffiger Raum. Ein vorübergehendes Provisorium, das nun schon seit Jahren zur Dauerlösung geworden war. Aus Geldmangel, wie Thorben erklärte.
„In dem Camp, da hatte ich das Gefühl, die haben uns ernst genommen", sagte Thorben plötzlich.
Die drei sahen sich an. Thorben hatte keine Ahnung, wie recht er damit hatte.
„Aber sonst ...", fuhr Thorben fort und schüttelte den Kopf. „Warum glauben die Erwachsenen, dass die Ideen von uns nur utopisch sind?"
„Angst", sagte Simon. „Sie haben Angst, dass wir recht haben könnten. Also sagen sie, es ist unvernünftig, was wir vorschlagen."
„Habt ihr davon noch mal irgendwas gehört? Vom Camp?", fragte Thorben und schaute auf, nachdem er mit seinem Zeigefinger alle Mohnkörner seines Brötchens vom Teller gepickt hatte. „Auch nicht?"
Edda schüttelte den Kopf. Thorben nickte. Seine Zunge spürte die Zähne ab, ob irgendwo noch ein Mohnkorn zu finden war, das in einer Zahnlücke vergessen immer aussah wie Karies. Thorben mochte Mohn. Vor allem als Kuchen. Und vor allem, weil er gelesen hatte, dass Mohnkuchen high machen kann. Ihm war das bisher noch nicht gelungen. Egal, wie viel er davon verputzte. Zu gern wär er mal high gewesen. Aber die Pfunde, die er damit zugelegt hatte, machten ihn eher low.
„Wisst ihr noch, wie ich weg war, oben auf dem Teufelsberg?" Er grinste über sich selbst, als sei er damals ein ganz anderer gewesen und wurde dann ernster.

„Seitdem hab ich weniger Angst. Seit ihr mir diese App da vorgespielt hattet. Gibt's die noch? Hätt ich gern."
„Leider nicht", sagte Linus. „Hab ich gelöscht."
„Scheiße!" Für einen Augenblick wirkte Thorben niedergeschlagen. „Wollt ihr in Berlin bleiben?"
„Erst mal", sagte Edda.
„Wo wollt ihr wohnen?"
Die drei schwiegen, zuckten mit den Schultern.
„Hey, Mann! Wir sind jung. Flexibel. Ready for adventure! Die Zielgruppe!", sagte Linus und es misslang ihm grandios, damit zu überzeugen. Auch sich selbst. Das spürte sogar Thorben. Er lächelte.
„Ich hab mir Gedanken gemacht", sagte er. „Neulich. Nur so ..."
Und er erzählte von seinem Vater, der bei der Bahn arbeitete. Im Stellwerk. Thorben berichtete von der faszinierenden Arbeit. Von der Schönheit gelungener Abläufe. Wenn Züge ein- und ausfuhren wie geplant, ohne zu stoppen.
„Wie Tanzen ist das, sagt mein Vater immer." Thorben hing seinem Gedanken nach und merkte erst an der Stille, dass die anderen ihn erwartungsvoll ansahen. Doch er kam nicht dazu weiterzureden.
„Hier steckst du!" Ein Lehrer war aufgetaucht. Schnell wurde klar, dass Thorben keineswegs die erste Stunde frei hatte. Der Lehrer beorderte Thorben sofort in seinen Klassenraum. Und er ging auch Edda, Simon und Linus an. Fragte, in welche Klasse sie gehörten.
„Neun Eff", sagte Linus.
„Gibt hier keine Neun Eff", sagte der Lehrer triumphierend, dass er sich nicht austricksen ließ.
„Hier nicht. Aber an unserer Schule", lächelte Linus.
„Da gibt es sogar eine Neun Geh", sagte Edda wichtig. Und erläuterte, dass sie für ihre Schülerzeitung einen Bericht über die Cafeterien und Mensen aller Berliner Schulen machten. „Mit Benotungen und so: Sauberkeit. Essen. Trinken."

Edda war plötzlich in einen Flow des Flunkerns gekommen, dem die drei Jungs bewundernd zuhörten. Ab und an schaltete sich Linus wichtig ein. Und Simon nahm wahr, wie gut sich die beiden ergänzten. So etwas würde ihm nie spontan einfallen. Seine guten Antworten fielen ihm immer erst ein, wenn die Situation vorüber war. Gute Antworten. Witzig. Frech. Aber eben immer zu spät.

„Und wie benoten Sie unsere Mensa?", fragte der Lehrer, den die beiden vollkommen überzeugt hatten.

„Nun", Edda zog das kurze Wort sehr, sehr lang, „wenn Ihr Schüler Thorben nicht so gut darüber berichtet hätte, wären wir sicher zu einem sehr viel schlechteren Ergebnis gekommen."

„Aha."

„Ja. Täte mir leid, wenn er jetzt deswegen Schwierigkeiten ..."

„Nein. Schon in Ordnung", sagte der Lehrer. „Wie heißt eure Schule?" Eine harmlose Frage, mit der sie der Lehrer in Bedrängnis brachte. Aber da war ja noch Thorben. Er war hinter dem Lehrer stehen geblieben und hatte fasziniert zugehört. Vor allem den Part über sich nahm er gerne an.

„Die drei sind vom Albert-Einstein-Gymnasium, von deren Schülerzeitung »Pinocchio«", erklärte Thorben gelassen. „Simon kenne ich vom Sport, er hat mich gebeten, ihnen die Cafeteria zu zeigen."

Edda, Linus und Simon fiel ein Stein vom Herzen. Wie gut, dass Thorben so schnell reagiert hatte. So brauchten sie nur zu nicken.

„Ja, ja, »Pinocchio«", sagte der Lehrer. „Erinnere mich. Na, dann: Toitoitoi für eure Arbeit. Braucht ihr Thorben noch?"

Bevor sie antworten konnten, trat Thorben schnell zu ihnen und verriet, was er hatte sagen wollen: Von seinem Vater wusste er, dass auf den Gleisgeländen alte Wärterhäuschen leer stehen. Mehr konnte er nicht verraten. Die Hand des Lehrers senkte sich mahnend auf seine Schulter und er musste zurück in die Klasse. Unter den Augen dieser Bewachung war kein Abschied möglich.

Es war allein Thorbens Blick, der die Frage stellte. Die Frage, ob sie sich wiedersehen würden.

„Wenn wir noch Fragen haben …"

„Dann könnt ihr gerne wiederkommen", sagt der Lehrer. Thorben lächelte.

Es war schon dunkel, als sie sich wieder trafen. Den ganzen Tag waren Edda, Simon und Linus mit den verschiedensten S-Bahnen durch Berlin gekreuzt. Jeder auf einer anderen Strecke, auf der Suche nach einem der Bahnwärterhäuschen, die laut Thorben leer standen. Jeder von ihnen hoffte auf eine positive Nachricht der beiden anderen. Doch keiner hatte ein solches Häuschen entdeckt. Stumm und frierend hockten sie wieder in ihrem Wagen. Sie hatten nicht einmal mehr die Decke, die war als Bobos Poncho verschwunden.

„Ja, ich weiß", sagte Edda, als sie die Blicke von Simon bemerkte. „Wenn wir jetzt noch mehr Geld hätten …" Vom Rest hatten sie sich Chips, Schokolade und Cola gekauft. Das hielt länger als Obst, hatten die Jungs argumentiert. Edda hatte sich trotzdem noch Bananen eingesteckt. Aber es war ihnen allen nicht nach Essen.

„Wir brauchen einen Platz zum Schlafen", sagte Edda.

„Wir brauchen Geld", sagte Simon.

„Wir brauchen einen Plan", sagte Linus. Egal ob Geld, Essen, Schlafen oder Marie befreien. Linus konnte sehr klar und überzeugend erläutern, dass sie erst einmal für all das einen Plan brauchten.

„Zu allererst müssen wir entscheiden, ob wir wirklich Marie befreien wollen." Edda und Linus hörten den Zweifel in Simons Stimme. Sie schwiegen. Welche Argumente hatten sie schon?

„Warum gehen wir nicht an die Presse?", fragte Simon. Ihm war die Idee gekommen, als er an ihren Auftritt als Reporter einer

Schülerzeitung dachte. „Die Machenschaften von GENE-SYS wären doch eine super Schlagzeile: ‚Geheimkonzern hält Oma gefangen'." Er sah die anderen an und hatte das Gefühl, dass sie da schon früher hätten draufkommen können. Während er sich die Idee noch einmal durch den Kopf gehen ließ, begann er zu nicken. Edda und Linus stimmten mit ein in das Nicken.

„Tiefgarage", sagte Linus plötzlich und deutete voraus. Das Zeichen dort warb für eine 24-Stunden-Garage. Da war es wenigstens nicht so kalt wie hier am Straßenrand. Er ließ den Motor an und lenkte den Wagen zu der Einfahrt. Dann verschwanden sie in den Untergrund.

Der Diesel-Kombi, der ihnen gefolgt war, hielt an. Der hagere Mann hatte die Sprachaufnahmefunktion seines Handys gedrückt und sprach Datum, Uhrzeit und Ort als Notiz auf. Ihm gefiel, wie sich die drei immer besser in ihrer Situation zurechtfanden.

In der kreisrunden Abfahrt quietschten die Reifen auf dem glatten Beton. Linus steuerte das unterste Geschoss an und fand eine Lücke, in die er geradewegs hineinfahren konnte. Jetzt waren sie mindestens fünfzehn Meter unter der Erde. Es war nicht mehr so kalt. Die Jungs kurbelten die Vordersitze so weit zurück, wie es ging, und Edda legte sich hinten quer. Es wurde still. Nach einer Weile kicherte es von der Rückbank.

„Ruhe auf den billigen Plätzen", sagte Linus streng. Eddas Kichern hörte nicht auf. Irgendwann hielten es die Jungs nicht mehr aus und mussten auch lachen. Es wurde immer lauter, immer schräger. Lachkrampf.

„Warum lachen wir?", fragte Linus mit Lachtränen in den Augen.

„Thorben", brachte Edda von hinten hervor. Und wieder schüttelten sie sich vor Lachen.

„Wir gehen an die Presse", entschied Edda, als sie sich wieder beruhigt und das letzte Lachen verschluckt hatte. „Gleich morgen früh."

Das Signal der drei weißen Lichter war schwächer geworden. Die Frau mit dem Kaugummi erläuterte ihrer Kollegin bei der Ablösung, wie der Tag der Kinder verlaufen war. Sie berichtete von dem Schulbesuch und von den getrennt durchgeführten S-Bahn-Fahrten. Darauf konnte sie sich keinen Reim machen. Musste sie ja auch nicht. War nicht ihr Job. Der Grund für den Schulbesuch dagegen war einfach.

„Sie haben wohl ihren kleinen dicken Freund besucht." Sie deutete auf den riesigen gläsernen Bildschirm. „Jetzt sind sie in einer Tiefgarage am Potsdamer Platz. Ist ihnen draußen zu kalt, nehm ich an." Sie lachte. „Memmen ...", sagte sie noch, schob die Beinklammern über die Hose. Dann setzte sie den Fahrradhelm auf und ging davon.

Ihre Ablösung, die hyperkorrekte Frau, trug gerade ihren Dienstbeginn in den Computer ein, als Greta den Raum betrat. Sie kniff die Augen zusammen. Ihre Sehfähigkeit hatte sich in den letzten Monaten massiv verschlechtert. Eigentlich hätte sie längst eine neue Brille gebraucht. Aber wenn ihr körperlicher Zerfall sich so schnell fortsetzte, dann würde bereits in zwei Monaten die nächste Dioptrie fällig sein. Greta kämpfte gegen diesen Zerfall. Als sie vor gut einem Jahr ihre Diagnose bekam, hatte sie nicht glauben wollen, dass es so schnell gehen könnte. Und jetzt bemühte sie sich, ES zu ignorieren. Sie nannte ihre Krankheit „ES", um sie nicht an sich herankommen zu lassen. Greta musste den Kopf über sich selber schütteln. Bis vor einem Jahr hätte sie niemals so irrationale Gedanken gefasst.

„Wie sieht's aus?", erkundigte sie sich mit leiser Stimme.

Sie erfuhr vom Tagesablauf der Kinder. Die getrennt durchgeführten S-Bahn-Fahrten irritierten auch sie. Sie ließ sich die Routen geben, die die Kinder gefahren waren. Warum hatten die drei das getan? Das hatte System. Aber was war die Absicht dahinter? Dass sie keine Lösung fand, machte sie unruhig. Sie hasste das. Normalerweise hätte sie sich so lange mit der Frage auseinandergesetzt, bis sie eine Antwort gefunden hätte. Doch jetzt wurde sie müde. Eine Folge der Medikamente, die sie einnehmen musste. Greta gestattete sich die Müdigkeit nicht. Sie hatte noch etwas sehr Wichtiges vor. Sie nahm den Fahrstuhl hinunter in einen abgeschotteten Bereich, der in Notfällen auch als Schutzbunker genutzt werden konnte. Hier war das Schlaflabor untergebracht, in dem sich Wissenschaftler im Auftrag von GENE-SYS schon seit Längerem mit Traumforschung beschäftigten.
Vor wenigen Stunden nun war Professor Victor Gabler aus Boston eingetroffen. Greta brauchte seine Hilfe. Endlich hatte sie Marie ausfindig machen und in die Zentrale von GENE-SYS schaffen können. Von Maries Zwillingsschwester Louise wusste Greta, dass Marie entscheidende Jahre mit Carl Bernikoff verbracht hatte. Greta hoffte nun, mit Victors Hilfe an Erkenntnisse von Bernikoff zu gelangen, die ihr helfen würden, ihr Ziel von einer besseren Welt noch schneller zu erreichen. Zu ihren Lebzeiten noch, wie sie sich wünschte. Dafür war sie bereit alles zu tun.
In dem Wartebereich vor dem Zugang zum Schlaflabor warteten Victor und Louise bereits. Sie begrüßten Greta und folgten ihr zu dem Raum, in dem Marie untergebracht war.
Die Ärzte, die sie betreuten, hielten sie mit Medikamenten in einer Art Wachschlaf. Jede ihrer Körperfunktionen wurde registriert und aufgezeichnet. Jetzt hatten sie – nach Victors Vorgaben – an Hirn, Herz und vielen anderen Körperstellen Sensoren angeschlossen.

Marie wirkte wie ein modernes Frankenstein-Monster kurz vor dem Erwachen.

Victor sah sich die medizinischen Protokolle der letzten Tage an. Er nickte zufrieden.

„Sie ist in guter körperlicher Verfassung", diagnostizierte er. „Das ist wichtig. Es wird anstrengend für sie." Sein Akzent ließ keinen Zweifel daran, dass er schon viele Jahre in Amerika lebte.

„Es geschieht ihr doch nichts?", fragte Louise besorgt. Greta hatte es ihr versprochen.

„Marie wird durch die Erinnerungen, die wir in ihr stimulieren, die Emotionen alle noch einmal durchleben. Das kann durchaus mit Stress verbunden sein", antwortete Victor. „Genau wie im realen Leben."

Greta bemerkte, dass das Louise irritierte. Sie wusste, wie sehr Louise an ihrer Zwillingsschwester hing. Greta selbst verabscheute soziale und familiäre Bindungen jeder Art. Was für ein nutzloser Ballast.

„Sie ist in guter Verfassung. Hast du doch gehört", versuchte sie Louise zu beruhigen. Sie konnte ihre Ungeduld kaum verbergen. In Boston hatte Victor in den letzten Jahren an einem Computerprogramm gearbeitet, das es möglich machte, menschliche Gedanken als Bilder auf einen Monitor zu bringen. Bisher hatte er seine Versuche nur in den Gefängnissen von Weißrussland, Simbabwe und Libyen unternehmen können, nicht immer mit Erfolg. Außerdem waren viele der Menschen, die dort sein Versuchsmaterial gewesen waren, traumatisiert; was sie erlebt hatten, war, ebenso wie die Fantasien und Erinnerungen, die daraus resultierten, zu außergewöhnlich, als dass man die Ergebnisse auf normale Menschen hätte übertragen können.

Victor ist anders als Bixby, dachte Greta. Mit ihm hatte sie sich wegen der Zusammenarbeit mit Diktaturen zerstritten; er hatte

Skrupel. Victor dagegen wollte forschen. Um jeden Preis herausfinden, woraus der Mensch gefertigt war. Was das Böse und was das Gute war; was das Göttliche und was das Allzumenschliche. Der Menschenversuch begann.

⌐ 2205 L

„Lorraine ... wie die Quiche", sagte der Mann mit der modernen Nerdbrille und der freiwillig rasierten Glatze. Er streckte Edda, Simon und Linus die Hand entgegen. „Ihr kommt also von einer Schülerzeitung ..."
Die drei nickten. Sie hatten sich für den Besuch der Boulevardzeitung einen Plan zurechtgelegt. Sie berichteten von Hörensagen und Gerüchten und taten so, als wollten sie sich erkundigen, wie man in diesem Falle richtig recherchieren könnte.
„Deshalb hat man uns zu Ihnen geschickt", sagte Edda. Der Reporter fühlte sich geschmeichelt.
„Eugene", stellte er sich vor. Er fühlte sich jung genug, die drei zu duzen. Edda, Simon und Linus stellten sich als Esther, Tristan und Vincent vor. Die Namen hatten sie auf dem Weg zur Zeitung ausgesucht. Auf Plakaten von Museen und der Oper hatten sie sie gefunden. Vincent van Gogh, Tristan und Isolde. Und da Edda nicht Isolde heißen wollte, nahm sie den Namen einer Pianistin, die in Kürze ein Orgelkonzert geben würde.
Die drei hatten beschlossen, dass Edda reden sollte, falls sie an einen männlichen Reporter geraten würden; Linus hätte reden sollen, wenn es eine Frau gewesen wäre. Also berichtete Edda von dem angeblichen Gerücht, dass sich am Teufelsberg unter der alten amerikanischen Abhöranlage ein Konzern mit Labors und Büros eingerichtet hatte. Und dass dieser Konzern seltsame Dinge betrieb.

„Wir haben gehört, dass dort Menschen gefangen gehalten werden", sagte Edda und tat so, als nähme sie das nicht ganz ernst. Auch weil Eugene nur milde dazu lächelte.

„Und wie heißt dieser Konzern? CIA?" Eugene lachte. Und Edda musste sich bemühen mitzulachen.

„GENE-SYS", sagte sie.

Eugene hörte auf zu lachen. Er drehte sich zu seinem Computer um und gab den Begriff bei Google ein, wo er nur ein paar Hinweise auf einen Technologie-Konzern fand, der weltweit präsent war. Doch genau die Beliebigkeit dieser Informationen weckte Eugenes Interesse. Der Reporter kannte das von Recherchen über andere Konzerne. Milliardenschwer und doch kaum sichtbar in der Öffentlichkeit. Da ging es meist um Waffen oder den Abbau von seltenen Erden oder Öl und Gas. Eugene Lorraine hatte Blut geleckt. Das konnten die Kinder erkennen. Sie fragten, wie sie weiter damit umgehen sollten. Eugene überlegte kurz, dann versprach er, sich selber ein wenig schlauer zu machen.

„Melde mich", sagte er noch und machte mit Daumen und kleinem Finger das Zeichen für ein Telefon. „Nummer?", fragte er.

Linus gab ihm die Nummer seines Handys. Er hatte sich eine Prepaid-Karte für das Handy, das ihm Bobo gegeben hatte, besorgt. Der Reporter versprach, in den nächsten 24 Stunden anzurufen und zu berichten, was er herausbekommen hatte.

Edda, Simon und Linus stopften sich voll. Croissants, Toasts, Marmelade, Eier, Käse und Wurst. »All you can eat«, das war exakt das, was sie gebraucht hatten. Und sie hatten es gefunden. In Mitte. Es war nicht besonders lecker, aber es war viel. Sogar Joghurt und Obst gab es für Edda. Aber die hatte Hunger auf Rührei. Und Speck ...

„Auf uns", prosteten sie sich mit Kaffee zu. Sie waren stolz auf sich. Sie hatten einen professionellen Reporter auf GENE-SYS gehetzt. Er würde sich an die Fersen dieser Leute heften, würde alles aufdecken und Marie würde befreit werden.

```
---------- 2206 L ------------------------------------------------------
```

Der penetrante Alarm und der folgende Anruf hatten Greta geweckt und in die Zentrale geführt. Die Punkte, die Edda, Linus und Simon markierten, leuchteten gemeinsam in Mitte auf.

„Ein Bistro", erklärte die beflissene Frau in der Zentrale und redete schnell weiter, um eine Zwischenfrage nach dem Sinn des Alarms zu verhindern. „Sie waren in der Redaktion der Zeitung da", sagte sie wichtig und rief den Internetauftritt des Blattes auf den Bildschirm. Greta begriff sofort, dass sie handeln musste.

„Wissen wir, bei wem sie dort waren?"

Die Frau am Computer rief die gespeicherten Daten auf. Man sah den Stadtplan von Berlin, sah das Bürogebäude der Zeitung, in dem Edda, Linus und Simon gewesen waren. Die Frau zoomte näher. Anhand der Intensität des Signals konnte sie den Computer ausrechnen lassen, in welchem Stockwerk die Kinder gewesen waren.

„Vierter Stock", sagte sie. „Lokalredaktion."

„Genauer!", verlangte Greta.

Die Frau wusste, was zu tun war. Sie ging in die Rechner der Stadtteilverwaltung, Abteilung Katastrophenschutz. Da lagen die Baupläne aller Geschäftshäuser des Bezirkes. Für den Notfall. Das hier, das war aus ihrer Sicht ein Notfall. Sie rief den Plan des vierten Stocks auf. Lokalisierte das Büro, das mit dem Ort der Signale übereinstimmte, und fand den zuständigen Telefonanschluss. Die Frau sah zu Greta auf, die alles mitverfolgt hatte. Greta nickte.

„Legen Sie mir den Anruf in mein Büro", sagte Greta. Kurz darauf meldete sich bei ihr ein gewisser Eugene Lorraine.

Es fühlte sich gut an. Olsen hatte Elisabeths Kombi am Seitenrand geparkt und schaute über den Rhein auf die Türme des Doms. Olsen spürte, wie sich Ruhe in ihm breitmachte. Die Bilder, die Erinnerungen, die Dr. Fischer mit seiner „Behandlung" in ihm geweckt hatte, bestätigten sich hier. Hier musste Olsen seine Suche nach diesem Jungen, der sich Linus nannte, beginnen.

Olsen steuerte über die Severinsbrücke auf Köln zu. Er hatte beschlossen, ganz auf seinen Instinkt zu setzen. Er blendete jeden Gedanken an Logik oder Vernunft aus. Er ließ nur seinen Körper handeln. Es war, als schaute er einem Fremden zu, der ihn zu seinem Ziel bringen würde. Jeder Spurwechsel, jedes Abbiegen ließ Olsen sicherer werden, dass er auf dem richtigen Weg war. Schließlich bog er in die Aachener Straße ein. Da war das Schild, das für die Gärtnerei warb. Olsen schaute sich dabei zu, wie er den Blinker setzte. Er steuerte den Wagen in den Hinterhof und parkte ihn zielstrebig auf seinem angestammten Parkplatz. Olsen saß da und schaute zu dem kleinen Häuschen. Bilderfetzen tauchten vor seinen Augen auf. Ein Hund, plötzlich ein Auto, ein Unfall. Schleudern, Überschlagen.

„Der Herr Olsen – simmer ad widder da?"

Olsen schreckte aus den Erinnerungen auf und schaute in das freundlich kölschrosige Gesicht eines älteren Mannes. Der schob eine Schubkarre mit dunkler Erde vor sich her und hatte an Olsens Wagen haltgemacht, bevor er nickend die Karre zu einem der Gewächshäuser bugsierte.

Olsen nickte zurück. „Olsen", dachte er. Das war also sein Name. Es klang vertraut. Olsen stieg aus und schaute sich um. Dann ging er auf das kleine Haus zu und griff zielstrebig unter einen der Blumentöpfe. Aus dem runden Loch im Boden des Topfes fingerte er einen Schlüssel.

„Offensichtlich wohne ich hier", dachte Olsen. Er schloss die Tür auf und ging hinein.

In dem Raum, in dem auch die Küche untergebracht war, blieb er stehen. Er sah sich in aller Ruhe um. Die Wände waren voller Bücher. Und alle hatten mehr oder weniger mit dem menschlichen Gehirn und der Wahrnehmung zu tun. Eine ganze Regalreihe stand voll mit Büchern über Hypnose. Olsen griff wahllos eines heraus, blätterte darin und sah die Notizen, die überall an den Rand geschrieben waren. Das also war seine Handschrift.

Olsen betrat den Raum, der an die Küche grenzte. Sofort nahm er auch hier die dicke Schallschutztür wahr. Er kam in das Schlafzimmer. Ein Bett, ein Tisch – und ein Internetkabel, das nutzlos aus der Wand hing wie eine graue, tote Schlange. Olsen bückte sich, schaute über den Tisch. Der Staub lag in unterschiedlicher Dicke. Mit dem Finger fuhr er die Kante entlang, an der die dünnere in die dickere Schicht überging. Es ergab sich ein Rechteck, fast ein Quadrat. Dazu das Kabel. Hier musste ein Computer gestanden haben. Wie war der verschwunden? Hatte er ihn mitgenommen? War er gestohlen worden? Olsen besah sich die Schallschutztür, klopfte an die Wände. Dumpf war der Klang. Auch auf die Wände war Schallschutz aufgebracht worden. Was hatte er hier veranstaltet? Hundebellen lenkte Olsen ab. Draußen spielte ein kleiner Junge mit einem Pudel. Seine Mutter lud Tannengrün in ihren schwarzen SUV. In den Läden gab es längst Nikoläuse. Olsen hatte sie beim Einkaufen von Proviant gesehen. Wie lange war er weg gewesen? „Simmer ad widder da", hatte der Gärtner gesagt. Das klang nicht, als wäre er lange fort gewesen. Auch der Staub auf dem Tisch zeugte nicht von Monaten. Zwei, drei Wochen vielleicht. Olsen schaute dem Jungen zu. Dem Hund. Er lächelte. Hunde waren ihm nah. Ihm kam der Hund wieder in Erinnerung. Timber. Sein Hund? Wenn ja, wo war er?

Olsen ging in das kleine Badezimmer. Nichts hier weckte eine besondere Erinnerung. Er öffnete das winzige Fenster, um Luft in den stickigen Raum zu lassen. Durch das Fenster sah er dann das Autowrack, das hinter dem Haus stand. Sofort tauchten wieder die Bilder des schlimmen Unfalls auf. Der Moment, in dem er aus dem Wagen geschleudert wurde. Das entsetzliche Knacken. Die Stille, als er auf dem Asphalt lag. Das Flugzeug, das am Himmel vorüberzog. Der Vogel im Baum. Der auf einmal bunt war und in einer Palme saß. Der vertrieben wurde von dem dumpfen Flappflappflapp eines landenden Hubschraubers ...

Olsen führte die Erinnerung an den Unfall in eine noch tiefere Erinnerung. Eine vollkommen stumme Erinnerung, die Olsen Sekunden nach dem Unfall hatte. Es war wie bei der Puppe in der Puppe in der Puppe. Olsen erinnerte sich an Bilder aus Schwarzafrika. Er war es, den er aus dem Heli springen sah. Zusammen mit anderen. Alle trugen Tarnanzüge. Sie spurteten zu ein paar Häusern. Eröffneten das Feuer. Menschen fielen getroffen zu Boden. Schwarze Menschen. Männer. Frauen. Kinder.

Olsen zwang diese Erinnerung aus seinem Hirn. Er spürte pulsenden Schmerz. Wie damals nach dem Unfall, als er auf dem noch sonnengewärmten Asphalt liegen blieb, ging auch jetzt Olsens Hand zu seinem Kopf. Dorthin, wo der Unfall seine tiefste Spur hinterlassen hatte. Olsen war sich sicher.

Er hatte gemordet.

⌐ 2208 ⌐

Vor dem Fenster des Bistros marschierten die Menschen durch Berlin-Mitte. Und sie taten das im Takt der Musik. Als sei es eine Flash-Mob-Choreographie. Drinnen hatte Linus Musik aus den Dateien auf seinem Laptop ausgesucht. Es war ein Spiel, auf das er mit Edda gekommen war. Sie hatte von den Scheibenwischern erzählt, die sie als kleines Kind immer beobachtet hatte und dachte, dass sie den Takt angaben, in dem die Menschen bei Regen über die Straße zu gehen hatten. Kanye West, Iyaz oder Green Day gaben nun den Takt an und es war, als steuerten sie tatsächlich die Passanten, die draußen vor den großen Scheiben durch das kalte Berlin eilten. Linus und Edda amüsierten sich köstlich, wenn sie wieder einen entdeckten, der absolut synchron zu der Musik lief. Simon amüsierte das auch, aber er konnte nicht darüber lachen. Er ahnte, dass die Fröhlichkeit der beiden anderen mehr mit dem Einander-nah-Sein zu tun hatte.

„Macht sechsundvierzig fuffzich", sagte die Bedienung, legte Simon den Beleg hin und servierte dann an allen Tischen die Rechnungen. Es war nach ein Uhr und das Frühstücksbüffet war geschlossen worden. Das Lachen verklang. Edda, Linus und Simon hatten gehofft, dass sie noch länger hier hätten sitzen können. Draußen war es wirklich scheißkalt geworden. Irgendein Wetterfrosch in einem der Privatradios hatte etwas von einem frühen Wintereinbruch gefaselt und Linus und Edda hatten über den „Einbrecher Winter" gelacht.

Jetzt sollten sie zahlen. Nur wie? Zusammen hatten sie keine fünfzehn Euro mehr. Sie schauten sich an. Irgendwie hatte jeder gehofft, einer der anderen hätte noch mehr von dem Geld, das sie untereinander aufgeteilt hatten, übrig behalten.

„E gleich mc-Quadratkacke", sagte Linus. So war das eben immer, wenn man keinen Plan hatte. Er sah, wie die Bedienung an den anderen Tischen kassierte und sein Blick wanderte unwillkürlich zur Tür. Aber da standen drei Kinderwägen im Weg wie eine Wagenburg.

„Was jetzt?"

Als die Bedienung zurückkam, um auch bei ihnen zu kassieren, lächelte Edda nett und sagte mit größter Selbstverständlichkeit, dass sie ihre Eltern angerufen hätte.

„Die kommen gleich und zahlen", sagte sie freundlich und „Ah, da!" Sie deutete durch die Frontfenster des Bistros nach draußen, wo – unschlüssig noch – ein Touristenehepaar mit Reiseführer stand. Die Bedienung, aber auch Linus und Simon folgten Eddas Zeigefinger. Und sahen zu, wie Edda nach draußen lief, das Ehepaar ansprach, sehr vertraut tat und lachte und gestikulierte und nach innen deutete. Der Mann und die Frau kamen herein und steuerten auf den Tisch der Kinder zu. Edda draußen winkte heftig Linus und Simon zu sich. Die erhoben sich, begrüßten freundlich, aber komplett ohne Peilung das Paar und verschwanden hinaus.
„Sechsungvierzig fuffzich", sagte die Bedienung zu dem Ehepaar.
„Sorry?", sagte der Mann in feinstem Englisch und vollkommen ahnungslos.
„Sechsungvierzig fuffzich", nervte die Bedienung weiter. „Für ihre Blagen ..."
„Sorry?"
Da begann es der Bedienung zu dämmern. Sie schoss durch die Tisch- und Stuhlreihen, riss die Tür auf. Aber Edda, Linus und Simon waren verschwunden.
„Sorry!", rief der Engländer freundlich.
„Jeb dir jleich 'nen sorry ... Scheiße!"
Im dunklen Hintergrund des Bistros lächelte der hagere Mann.

Die drei Freunde fetzten die Straße hinunter. Bis sie nicht mehr konnten. Auf ihre Knie gestützt atmeten sie durch. Weiß verschwand ihr Atem in die Kälte. Simon schaute zu Edda auf.
„Wie war das? Nicht stehlen? Du hast in sowas mindestens doppelt so viel Talent wie wir beide zusammen!"
„Ja. Das war nicht ganz so übel", lächelte Linus. „Was hast du den Typen gesagt?"

„Dass der Laden DER Berliner Geheimtipp ist. Und dass sie unseren Tisch haben können." Edda musste grinsen. Irgendwie war sie stolz, dass ihr das so spontan eingefallen war. Es fühlte sich so leicht an. Vor allem, weil sie gar kein schlechtes Gewissen hatte. Vielleicht war es die Aussicht, dass sie mit dem, was sie bei der Zeitung ins Rollen gebracht hatten, Marie bald befreit und GENE-SYS an den Pranger gebracht haben würden.

„Was machen wir, bis Eugene sich meldet?", fragte Edda. Und gab selber gleich die Antwort: „Zoo!" Sie schaute in die griesgrämigen Gesichter der Jungs. „Bitte", bettelte Edda und setzte wieder auf ihren einmaligen Augenaufschlag.

„Edda, is gut jetzt!" Linus wollte Edda von der Scheibe wegholen. Die Jungs waren schon in allen Reptilien- und Vogelhäusern gewesen. Im Aquarium und bei den Wildkatzen. Aber Edda war gleich bei den Gorillas geblieben. Fasziniert von einem Silberrücken hatte sie sich an die große Scheibe gesetzt und war nicht mehr ansprechbar. Immer wieder kehrte der Gorilla zu Edda zurück.
Linus sah ihr zu. Er hatte das Gefühl, dass da wirklich eine Verbindung zwischen den beiden entstanden war. Er konnte das nicht nachvollziehen. Für ihn stank es hier vor allem gewaltig. Und wenn er ehrlich war, spürte er eine Wut in sich aufsteigen. Linus ärgerte sich darüber. Er kannte dieses Gefühl. Das war das Gefühl, das er schon als kleiner Junge gespürt hatte, wenn er seine Eltern zu Hause in Köln in ihrem Gewächshaus beobachtete. Wie sorgsam sie mit ihren Pflanzen umgingen. Eifersucht war das, wusste Linus. „Schöne Scheiße", dachte er. „Jetzt bin ich schon eifersüchtig auf 'nen Affen." Erst jetzt, in der Erinnerung daran, fiel ihm auf, wie nah er sich Edda in dem Bistro gefühlt hatte. Wie gut es sich angefühlt hatte, mit ihr zu lachen. Erst jetzt erinnerte er sich, wie sie ihre Hand auf seinen Arm gelegt hatte, als eine japanische

Reisegruppe zum eingespielten Hip-Hop die Straße entlangstolziert war.

„Ich bin ein Idiot", sagte er zu sich.

„Selbsterkenntnis", antwortete Simon lapidar. Er stand jetzt direkt neben ihm. Gemeinsam beobachteten sie Edda und den Gorilla.

„Was für ein Paar", sagte Simon.

„Bist auch 'n Idiot", sagte Linus.

Draußen wurde es schon dunkel, als sie Edda endlich dazu bewegen konnten, ihren neuen Freund zu verlassen. Erst als sie über die Budapester Straße zu ihrem Auto gingen, schien Edda zurück in die Realität zu finden.

„Warum hab ich mich so sicher gefühlt, bei ihm?", fragte sie und klang dabei sehr ernst. Sie war stehen geblieben und schaute die Jungs an.

„Stehst eben auf Muckis", sagte Linus lapidar.

Simon ärgerte sich über Linus' blöde Antwort. Er hatte auch keine Antwort für Edda, aber er konnte ihre Frage gut verstehen. So oft war ihm diese Frage selbst in den Sinn gekommen. Damals, als er ganze Tage in der Natur verbrachte. Im Wald, auf dem See ... Es war das Jahr, nachdem David ertrunken war. Nirgendwo hatte er sich so sicher gefühlt wie allein unter freiem Himmel. Zu Hause stritten seine Eltern. In der Schule rutschte er in Mathe und Englisch auf fünf. Alles in seinem Leben fiel auseinander. Beim Beobachten der Fischschwärme im See oder der Ameisen in ihrem geordneten Zusammenleben hatte Simon immer die Sehnsucht gehabt, ein Teil dieser Gemeinschaften zu sein. Es war wie Untergehen. Untergehen und dennoch getragen werden. Nicht immer das Gefühl zu haben, alles alleine schultern zu müssen.

„Vielleicht, weil in der Natur nichts falsch ist", sagte Simon und sah Edda an. „Deshalb hast du dich sicher gefühlt, vielleicht."

Die beiden sahen sich an und Edda begriff, dass Simon sie besser verstand, als sie je gedacht hatte. Simon lächelte leicht, aber er ertrug diesen Blick nicht länger. Er wandte sich ab, wollte voran.
Da meldete sich Linus' Handy. Linus hob ab: „Hallo?"
„Wir müssen reden", sagte Eugene Lorraine.

Der Imbiss stand an der wohl zugigsten Stelle in ganz Berlin. Edda, Linus und Simon warteten unter den hoch über ihnen verlaufenden S-Bahn-Gleisen auf den Reporter. Es war schon dunkel geworden.
„Begreif ich echt nicht", sagte Linus. „Warum hier? Als wollten wir Drogen verticken." Schließlich tauchte Lorraine auf. Er wirkte gar nicht mehr so selbstsicher wie noch am Morgen.
„Da is nichts dran an der Geschichte", sagte er sofort und ohne Begrüßung. „Nichts dran. Wirklich nur Hörensagen. Also dann ..."
„He, Moment! Nicht so schnell", rief Linus und hielt den Reporter zusammen mit Simon auf. „Sind Sie am Teufelsberg gewesen?"
„Klar."
„In den Katakomben?"
„Junge, da ist nichts! Glaub mir. Man hat euch Scheiß erzählt, okay? So nach dem Motto: Der CIA hat die Dinosaurier erfunden, um euch vom Zeitreisen abzuhalten!" Er lachte künstlich und wollte schnell fort.
„Wir waren da", sagte Edda plötzlich. „Wir haben das alles gesehen."
Eugene wandte sich ihr zu. Sah sie lange an.
„Mädchen, lass es gut sein. Lasst die Finger davon."
„Sie haben Angst." Eugene konnte Edda nichts vormachen.
„Lasst es einfach gut sein", brauste er plötzlich auf. Und wurde gleich wieder leise. „Bitte!" Der Reporter ließ die drei zurück. Der kalte Wind schnitt in ihre Gesichter und trieb ihnen die Tränen in die Augen. Über ihre Köpfe donnerte eine S-Bahn hinweg.

Langsam verebbte der Fluss von Pendlern, die auf dem Weg zu ihrem Zuhause waren. Angeschnorrt von ein paar ewigen Punkern, die mit ihren Hunden bei den Toiletten herumlungerten. „Zwei Welten", dachte Edda. „Wie schön wäre es jetzt, in einen der Züge zu steigen und zurückzufahren. Nach Hause. In das Häuschen am Meer. Marie in die Arme zu fliegen, von den Abenteuern in Berlin zu erzählen. Bei einer Tasse Chai, den Marie immer mit Kandis servierte." Edda erinnerte sich, wie sie als Kind geglaubt hatte, Kandiszucker wären süße Diamanten.

Jetzt war alles anders. Alles war bedrohlich geworden. Marie war eine Gefangene. Und Edda hatte sich selbst versprochen, sie zu befreien. Sie hatte gehofft, dass der Reporter alles aufdecken würde. Edda wollte sich nicht ausmalen, was Lorraine solche Angst gemacht hatte, dass er so schnell aufgab. Doch eines wusste sie: dass sie ihr Versprechen halten musste. Sie spürte ein Loch in ihrem Bauch. Es war kein Hunger. Es war die Vorahnung einer gefährlichen Mission.

Vier Polizeibeamte tauchten in der Station auf und überprüften die Punks. Eine der Polizistinnen nahm auch Edda, Simon und Linus ins Visier. Erkannte sie wieder. Die drei waren ihr damals bei der Fahrscheinkontrolle begegnet. Neugierig ging sie auf die Kinder zu.

„Feind auf elf Uhr ..."

Linus packte die beiden anderen am Ärmel und zog sie wieder hinaus in die Kälte. Eilig mischten sie sich unter die Passanten. Die Polizistin hatte nicht genügend Ehrgeiz, um ihnen in die eisige Stadt zu folgen. Edda, Simon und Linus nahmen Kurs auf das Parkhaus, wo noch immer ihr Wagen stand.

Enttäuschung und Wut und Hunger ließen Edda fluchen. Und weinen. Sie trompetete trotzig in das Taschentuch, das Simon ihr nach hinten reichte.

„Is doch alles eine Megascheiße!", fluchte sie. „Wie sollen wir Marie da jemals rausholen? Wir haben keine Chance."
„Okay", beruhigte Linus. „Machen wir einen Plan."
Edda schaute auf in sein Gesicht. Darin lag so viel Selbstverständlichkeit, so viel Überzeugung, dass sie gar nicht anders konnte, als zu nicken.
„Machen wir einen Plan!", bekräftigte sie.

Keiner von ihnen nahm die Limousine wahr, die hinter ihnen vorbeirollte. Die Scheiben waren getönt. Am Steuer saß ein Chauffeur, auf der Rückbank ließ Greta das Fenster nach oben gleiten. Schon lange hatte sie ihren Wohnsitz und Arbeitsplatz am Teufelsberg nicht mehr verlassen. Zum Treffen mit dem Reporter aber war es notwendig geworden. Sie hatte Lorraine in das Einstein bestellt. Zu einem späten Lunch.

Greta saß schon an ihrem Platz, als der Reporter zu ihr kam. Sie schätzte es, bei solchen Gelegenheiten die Erste zu sein. Sie wollte beobachten, wie ihre Gesprächspartner auftraten. Am Gang der Menschen konnte sie sehr genau erkennen, wie sie mit ihnen umzugehen hatte. Von klein auf hatte sie die Menschen beobachtet: Wie sie laufen, wie sie reden. Wie sie handeln. Sie hatte Bewegungsabläufe studiert, hatte sie in ihr Tagebuch gezeichnet. So groß war ihre Sehnsucht, eines Tages auf eigenen Beinen stehen zu können.
Sie hatte es geschafft.
Eugene Lorraine stolzierte.
Wie ein Gockel, dachte Greta und lächelte. Es würde kaum eine halbe Stunde dauern, um bei diesem eitlen jungen Mann zu erreichen, was sie erreichen wollte. Sie konnte nicht zulassen, dass Edda, Simon und Linus ihre Aufgaben delegierten. Um zu

erfahren, ob die drei auch allein die Anforderungen der Zukunft würden bestehen können, war es notwendig, dass sie weiter auf sich gestellt blieben.

Zu Beginn des Gesprächs ließ Greta den Reporter reden. Wie er sich schon setzte; so siegessicher breitbeinig. Lorraine fragte nach GENE-SYS und Greta berichtete von der Forschung des Konzerns. Es ginge um die Ressourcen menschlicher Fähigkeiten, um die Förderung alternativer Wissenschaftler. Die Einbindung von Quereinsteigern in das System gängiger Forschung. In allen Bereichen. Informatik. Medizin. Physik, Chemie, Agrarwissenschaften ... Wer zu anderen, besseren Lösungen für die Zukunft kommen will, muss anders, muss besser denken.

„Sie werden verstehen, dass ich keine Einzelheiten mitteilen kann. Nur so viel: Unser Ziel ist eine bessere Welt."

„Halleluja!", grinste Lorraine. Greta verunsicherte die nassforsche Tour in keiner Weise. „Nehmen wir Ihre Forschungen auf dem Gebiet Medizin", hakte der Reporter nach. „Macht GENE-SYS Experimente an Menschen?"

„Aber ja", lächelte Greta. „Ich mache gerade eines mit Ihnen."

Lorraine versuchte ein Grinsen, das ihm gehörig misslang. Diese alte Frau, von der er anfangs dachte, dass er sie schnell im Griff haben würde, verunsicherte ihn komplett.

„Sie werden in wenigen Sekunden einen Mail bekommen", sagte Greta voraus. „Schauen Sie sich die Nachricht genau an. Sollten Sie weiterhin Interesse an einem gesicherten Arbeitsplatz haben, werden Sie mir einfach glauben, was ich Ihnen über GENE-SYS berichtet habe. Sollten Sie das nicht tun, was Ihnen selbstverständlich frei steht, wird diese Nachricht, die in ...", sie schaute auf ihre Uhr, „... 24 Sekunden eintreffen wird und die Sie sicher lieber privat halten möchten, auch andere Empfänger erreichen."

Mit diesen Worten war sie aufgestanden und Richtung Ausgang gegangen. Stolz und Schritt für Schritt. Sie wollte sich keine Blöße geben und keinesfalls ihr Handicap offenbaren.

Verstört schaute der Reporter ihr hinterher. Als Greta gerade das Café verlassen hatte, vibrierte das Handy von Lorraine. Eine Datei wurde ihm auf sein Smartphone geschickt. Er öffnete sie. Es waren Fotos von ihm.

Einige der Mädchen auf den Bildern sahen schrecklich minderjährig aus.

Lorraine starrte fassungslos darauf. Er verlor all seine restliche Überlegenheit. Unschlüssig wanderte sein Blick durch den Raum. Hatte jemand etwas mitbekommen?

„Machen Sie sich nichts daraus. Das ist gar nicht so untypisch für Leute wie Sie, die in der schmutzigen Wäsche anderer wühlen," sagte Greta.

Lorraine kippte den Rest des Weins, den er bestellt hatte, hinunter und kramte die Nummer von Linus aus der Tasche.

„Wir müssen reden", sagte Lorraine. Und er vereinbarte ein Treffen. An einem Kiosk unter der S-Bahn-Linie.

In einem hypnotisch gleichmäßigen Rhythmus tauchten die Mittelstreifen der Landstraße im Scheinwerferlicht auf. Olsen wollte sie nicht registrieren. Aber sie waren da und je mehr er sie aus seiner Wahrnehmung verdrängen wollte, desto präsenter waren sie. Ihm war klar, dass das eine Folge seiner Schwächung war. Olsen hatte viel Blut verloren. Doch er konnte nicht einfach anhalten. Er musste über die Grenze nach Belgien. So schnell wie möglich. Er gab Gas. Der Rhythmus der hellen Streifen wurde schneller. Plötzlich stand er da. Mitten auf der Straße. Er schaute ihn an. Ganz ruhig. Als hätte er ihn erwartet. Olsen riss das Steuer herum. Ein Reflex, den er sich auch später nie erklären konnte. Er war trainiert darauf, keine Rücksichten zu nehmen. Aber der Blick dieses Hundes in dieser Nacht auf dieser Straße – der Wagen überschlug sich. Olsen schreckte aus dem Schlaf auf.

Schweißgebadet hockte er in seinem Bett und brauchte einen Moment, um sich zu orientieren. Köln. Aachener Straße. Sein Zuhause. Sein Bett.

„Timber", flüsterte Olsen. Der Hund auf der Straße war sein Hund. War Timber. Er hatte ihn nach dem Unfall bei sich aufgenommen. Den Hund, der seinen schlimmen Unfall verursacht hatte. Olsen wusste, dass es so gewesen war. Aber er wusste nicht, warum. Er stand auf, um etwas zu trinken. Es war unmöglich, jetzt wieder einzuschlafen. Er trank aus dem Wasserhahn, dann schaute er sich im Spiegel an. An seinem Bauch, in der Höhe der Milz, war die Wunde, an die er sich im Traum erinnert hatte. Sie war genäht worden, das konnte er sehen. Wenn er auf dem Weg nach Belgien gewesen war und danach in Köln lebte, war es ziemlich logisch, dass man ihn hier behandelt hatte. Olsen zog sich an und machte sich auf die Suche nach einem Internetcafé, das rund um die Uhr geöffnet war.

Olsen begriff, dass er Linus nur finden konnte, wenn er noch mehr über sich selbst erfuhr. Er hatte am selben Abend noch den alten Gärtner nach Linus gefragt. Ein Junge, der ihn besucht hatte. Aber der Mann konnte sich an keinen Jungen erinnern. Keiner der Angestellten aus der Gärtnerei konnte das. Der Hausmeister aber wusste, dass er Linus vor ein paar Wochen, Monaten vielleicht, begegnet war. Linus hatte einmal hier gewohnt. Dann waren seine Eltern gestorben. Oder verschwunden. So genau wusste der Hausmeister das nicht mehr. Bei Olsen aber löste das ein Nicken aus. Verschwunden. In Berlin. In der U-Bahn …

Olsen zahlte an der Kasse des Internetcafés für eine Stunde. Das Geld, das er Dr. Fischer abgenommen hatte, würde nicht ewig reichen, dennoch beschloss Olsen, sich in den nächsten Tagen einen Computer zuzulegen. Für den Moment musste der billige Aldi-Rechner hier reichen. Er wählte sich ins Netz ein und suchte nach den Kölner Kliniken. Er schrieb sich alle Adressen und Telefonnummern auf. Nach weniger als zwanzig Minuten war er durch. Aus einer Laune gab er „Olsen" als Suchbegriff ein. Er durchkämmte die vielen Tausend Links zumindest oberflächlich und gab dann irgendwann auf. Er fand keinen erkennbaren Hinweis auf sich selbst. Er versuchte es noch einmal mit „Olsen" und „Timber". Zu seiner Überraschung gab es fast vier Millionen Treffer. Dann fügte er „Hund" hinzu. Es gab immer noch über sechshunderttausend Links. Und zusammen mit „Köln"? Die Trefferzahl halbierte sich. Schließlich setzte er alle Begriffe in Anführungszeichen und fügte die Aachener Straße hinzu. Vier Treffer! Einer der Treffer war ein Link zu einem Youtube-Video. Olsen klickte ihn an und sein Gesicht hellte sich auf. »Skateboarding dog – starring Timber Olsen« hieß das Video. Das war der Hund. Sein Hund. Sein Timber, der da auf einem Skateboard entlangrollte. Unter einer Autobahnbrücke. Olsen war auf dem richtigen Weg. Er setzte das Foto in eine Suchfunktion und fand schnell das Ergebnis. Der Ort war nicht weit von der Gärtnerei. Er schaute auf das Datum, an dem das Video eingestellt worden war. Vor einem Jahr, am 25. September. Es war ein Mädchen, das Timber auf dem Video die Befehle erteilte, die er gerne ausführte. Olsen konnte sich an das Mädchen nicht erinnern. Aber ihm war schnell klar, dass der Filmer an diesem Mädchen mindestens so interessiert war wie an den Tricks von Timber. Er hielt den Fokus immer einen Tick zu lang auf dem Gesicht des Mädchens. Dann sah Olsen für einen Moment Linus. Am Schluss der Aufnahmen filmte er sich selbst und hielt den Daumen hoch.

Olsen klickte den Namen an, der das Video hochgeladen hatte: »Iknowwhatyoudid«. Unter diesem Namen waren noch mehr Videos von Timber eingestellt worden. Das Mädchen hatte dem Hund eine Menge Kunststücke beigebracht. Das letzte Video, das sie hochgeladen hatte, war von vor einer Woche. Olsen spürte, er kam der Sache näher, auch wenn auf keinem der Filme noch einmal Linus zu sehen war. Alle Videos waren entweder unter der Autobahnbrücke oder an den Rheinwiesen aufgenommen worden. Und jedes Mal schien es eine ähnliche Tageszeit zu sein. Olsen beurteilte das nach dem Stand der Schatten. Er wunderte sich, dass er das konnte. Es war völlig selbstverständlich für ihn. Irgendwann zwischen fünf und sechs am Nachmittag. Ein weiterer Hinweis bestätigte ihm seine Berechnung, zumindest, was die Rheinwiesen anging. Bei einigen Videos war im Hintergrund ein Dampfer der Köln-Düsseldorfer zu sehen, der rheinabwärts tuckerte. Olsen checkte das mit dem Fahrplan der Vergnügungsdampferflotte ab. Um 18 Uhr legte das Boot von Mainz kommend in Köln an.

Olsen beschloss, in den nächsten Tagen an den Rheinwiesen und unter der Autobahnbrücke sein Glück zu versuchen.

Am zweiten Tag seiner Suche nach Timber und Linus und dem Mädchen hatte es begonnen zu regnen. Olsen wollte die Rheinwiesen verlassen und zurück zu Elisabeths Wagen laufen. Plötzlich sah er aus dem Augenwinkel, wie etwas auf ihn zugeschossen kam. Sein Instinkt nahm es wahr, bevor Olsen es sehen konnte. Er ging sofort in Abwehrstellung, spürte, wie sich Zeige- und Mittelfinger seiner rechten Hand versteiften und bereit waren, in der nächsten Sekunde hervorzuschnellen wie eine Waffe, um den Angreifer kampfunfähig zu machen. Alle Sinne waren auf „Gefahr" eingestellt. Dann hörte er ein Bellen. Olsen wandte sich um. Timber. Der Hund hatte Olsen erkannt und war auf ihn zugestürmt. Das Mädchen vom

Video eilte hinter Timber her und rief ihn bei Fuß, aber Timber hatte gar keine Lust zu hören.

„Der tut nichts", rief Judith. Als sie außer Atem angekommen war, war ihr klar, dass Olsen und Timber einander nicht fremd waren. Timber war nur noch wuselnde Seligkeit mit Fell. Er wusste gar nicht mehr, wohin mit seinem Glück. Die Freude des Hundes rührte Olsen. Er war ganz und gar mit Timber beschäftigt. Judith schaute fassungslos zu, bis sie die seltsame Kopfform des Mannes erkannte. Automatisch wich sie einen Schritt zurück. Olsen nahm das wahr und schaute auf.

„Er kennt mich", sagte er. „Timber kennt mich gut."

„Sie sind der Blötschkopp ...", staunte Judith und begriff, dass Olsen nichts begriff.

„Blötschkopp, was heißt das?"

„Na, dass Sie da 'ne Delle haben. 'n Blötsch eben." Sie deutete an ihrem Kopf auf die Stelle, die Olsen fehlte. „Die Leute, die nennen Sie so, deswegen."

Olsen nickte. Man kannte ihn also.

„Und Sie sind nicht ... tot?" Judith konnte es nicht fassen. Und dann wurde sie ärgerlich. „Na, klar! Der kleine Scheißer. Hat mich voll verarscht. Und ich hab's geglaubt!"

„Wer?", fragte Olsen. „Linus?"

„Ja. Er hatte das behauptet. Dass Sie tot sind. Dieser miese kleine ..."

„Er hatte recht", sagte Olsen, bevor Judith ihre Tirade loswerden konnte. Sie schaute ihn mit ihren großen Augen an. Olsen las darin ihren Unglauben. Und so einen Satz wie „Verarschen kann ich mich selber". Aber er las in ihren Augen auch Ehrlichkeit und eine Traurigkeit, die sich hinter der Fassade des toughen Mädchens versteckte. Er las eine Sehnsucht nach Ernsthaftigkeit, die sie verbarg, damit man sie damit nicht aufziehen konnte. Olsen begriff, dass er diesem

Mädchen vertrauen konnte. Also erzählte er ihr seine Geschichte, soweit er sie selber kannte.

Sie hatten sich mit Timber in Elisabeths Wagen zurückgezogen. Draußen prasselte der Regen auf das Dach und drinnen hinter den beschlagenen Scheiben hörte Judith gebannt zu, was Olsen zu berichten hatte. Er hatte mit seinem Erwachen bei Elisabeth begonnen und endete nun mit seiner Youtube-Recherche.

„... also bin ich in den letzten Tagen immer zwischen fünf und sechs hierhergekommen."

„Cool", sagte Judith und das sollte unbedingt lässig klingen. „Clever!"

„Was weißt du noch über mich?"

„Dass Sie keiner so recht mag", sagte Judith und erst als sie es ausgesprochen hatte, tat es ihr leid. So was war sonst gar nicht ihr Fall. Sie redete immer geradeaus. Mussten die Leute eben aushalten, die mit ihr zu tun hatten. Sonst hatten sie eben nicht mit ihr zu tun. War auch okay. Aber Olsen, dieser hässliche Mann, der vom Alter her locker ihr Großvater hätte sein können, gewann ihr Mitgefühl. Seltsam, so für einen Menschen zu empfinden, dachte sich Judith. So ein Gefühl kannte sie nur gegenüber Tieren.

„Sorry", sagte sie und schaut kurz auf. „Die Leute haben Angst, nehm ich an." Olsen lächelte.

„Schon in Ordnung", antwortete er und betrachtete Judith. Sie schaute weg. „Danke, dass du dich so gut um Timber gekümmert hast." Judith spürte, dass er das ehrlich meinte und das machte sie stolz. Sie erzählte, wie begabt Timber für Kunststücke war und dass sie das beurteilen könne, denn sie stammte aus einer Familie von Akrobaten und Zirkusleuten. Timber streckte vom Rücksitz seine Schnauze vor und bellte, als hätte er sie verstanden. Die beiden lachten.

Olsen hielt inne, weil ihn das Gefühl zu lachen vollkommen irritierte. Es war, als betrete er völliges Neuland, wie Neil Armstrong, als er vor über vierzig Jahren als erster Mensch den Mond betrat. Ein großer Schritt für Olsen.

Er tastete sich in ein Lächeln. Ein Lachen. Das fühlte sich gut an, dachte Olsen. Aber auch neu. Hatte er nicht gelacht in seinem Leben bisher? Was er über sich herausgefunden hatte, ließ diesen Schluss durchaus zu. Die Sequenz seiner Recherche, in der er sich selber als Mörder überführt hatte, die hatte er Judith verschwiegen.

„Ich fürchte, Linus ist in Gefahr", sagte Olsen schließlich, als all das gute Lachen verstummt war. „Er hat den Mann gesehen, der mich töten wollte."

„Linus wollte nach Berlin", sagte Judith tapfer und scheinbar gelassen. Sie wollte nicht, dass Olsen spürte, dass sie Angst um Linus hatte. Dann berichtete sie, dass die Polizei hinter Linus her war, weil Rob, der neue Vater, Linus als vermisst gemeldet hatte. Der Kommissar, der bei Rob gewesen war, hatte auch Judith befragt. Aber sie hatte nichts verraten. Nicht den Bullen.

„Und Linus hat keinen Kontakt mehr aufgenommen?"

„Bisher nicht", sagte Judith, um gar keinen Verdacht einer Nähe zu Linus aufkommen zu lassen. War ja auch keine Lüge. »Alles cool hier, Miss u« war ja nicht wirklich eine Kontaktaufnahme. „Nein, kein Kontakt", bekräftigte sie. „Warum sollte er auch?"

„Ich dachte, dass es ihn vielleicht interessiert, wie es Timber geht", brachte Olsen das Gespräch geschickt wieder auf neutrales Terrain. Judith schüttelte den Kopf.

Olsen fuhr Judith nach Hause. Schweigend saß sie neben diesem fremden Mann. Was hatte ihre Mutter ihr immer eingebläut? Niemals in das Auto eines Fremden einsteigen! Fünfzehn Jahre hatte sie das locker geschafft und jetzt, wo sie fast erwachsen war, da hockte sie neben einem Mann, der fast gestorben war, den man beinah umgebracht hatte, der ihr Geschichten von Gehirnmanipulationen

erzählte und der selbst offensichtlich einen ziemlichen Dachschaden hatte. Judith spürte, wie sich ihre Hände in den Sitz krallten.
„Sie können mich da gleich rauslassen."
„Aber ich dachte, du wohnst ..."
„Nein!", sagte Judith laut und energisch. Lauter und energischer als sie es wollte. „Da, da vorne arbeitet meine Mutter." Sie deutete auf den Saturnladen am Hansaring. Olsen hielt den Wagen an. Judith öffnete die Beifahrertür und schon sprang ihr Timber auf den Schoß. Es war eindeutig: Timber wollte mit ihr gehen. Judith sah von dem Hund zu Olsen. Auch ihm war klar, dass er seinen alten Freund nicht würde aufhalten können. Er lächelte traurig, streichelte Timber und nickte dann.
„Sowieso besser. Ich werde nach Berlin fahren und nach Linus suchen", sagte er. „Vielleicht kann ich seinem Verfolger zuvorkommen."
„Ja, bitte", sagte Judith. Sie meinte das ganz und gar ehrlich und spürte, wie sie rot wurde. Wie sie das hasste. Olsen überging es und gab ihr seine Handynummer. Dann fuhr er schnell davon. Was war das für ein dummes Gefühl, das da seine Brust so eng machte? Da bahnte sich kein Herzinfarkt an, das war ihm klar. Er sah zurück in den Spiegel und sah Judith stehen, Timber auf dem Arm. Noch immer schaute sie ihm hinterher. Das dumme Gefühl stieg Olsen bis in den Hals, bis in die Kehle. Er hustete, aber das Gefühl schnürte ihn weiter ein. Er musste sich irgendwie ablenken und stellte das Radio an. »Me and you and a dog named Booh«, ausgerechnet.
„Idiot!" Olsen schaltete das Radio ab und beschloss, noch in derselben Nacht nach Berlin aufzubrechen.
Judith schaute dem Wagen hinterher, bis er verschwunden war. Erst jetzt, als sie diese seltsame Begegnung rekapitulierte, kam ihr in den Sinn, dass Linus etwas zugestoßen sein könnte. Dieser Killer war ihm auf den Fersen. Hatte er Linus erwischt? Hatte sich Linus deshalb nicht mehr gemeldet? Judith spürte, wie ihr Herz zum Hals schlug.

„Als hätte 'n Megasaurier 'n Ei gelegt", lachte Linus, als er zum ersten Mal vor der Bibliothek der Freien Universität stand. Sie hatten die letzten Nächte im Wagen in der Tiefgarage verbracht. Jeder wusste, dass das nicht ewig so weitergehen konnte. Irgendwann würde man sie entdecken. Es war Simon, der davor warnte. Aber auch er wusste keine Alternative.

„Zum Spaß", wie Linus sagte, hatte er am Morgen die Karte, die er bei der Einfahrt in die Garage gezogen hatte, in den Kassenautomaten gesteckt. 85 Euro hätte er inzwischen zahlen müssen. Ab da war es kein Spaß mehr. „Wie kommen wir hier je wieder raus?" Die letzten Tage hatte sie von billigen Chips und billiger Cola gelebt. Inzwischen hatten sie nur noch drei Euro dreiundsiebzig. Sie hatten Hunger, stanken und Linus hatte inzwischen auch keinen Internetzugang mehr. Klar, dass der besorgte Rob auf diese Weise sein Nachhausekommen beschleunigen wollte. Linus aber war gerade auf dem Weg zu einem genialen Plan, um Marie zu befreien. Doch dazu brauchte er einen Computer. So landeten sie in der Uni-Bibliothek. Hier sichtete Linus Untergrundpläne der Stadt. Und Edda arbeitete ihm zu. Die beiden verstanden sich inzwischen fast blind. Simon beobachtete, wie Linus stumm die Hand ausstreckte und Edda ihm die Unterlagen oder einen Stift hineinlegte, ohne dass sie ein Wort gewechselt hätten.

Edda fiel diese Vertrautheit mit Linus erst auf, als sie aufschaute und in die Augen von Simon blickte. Er schien ihren Blick gar nicht zu registrieren. Wie traurig sie das machte. Dann merkte sie, dass er gar nicht sie anschaute, sondern ihre Hände, die Linus etwas reichten. Unwillkürlich hielt sie sie still. Simon weckte das aus seinen Gedanken, er schaute sie an. Ihm wurde klar, dass sie ihn beobachtet hatte. Sie hatte ihn durchschaut, war der erste

Gedanke, der ihm durch den Kopf schoss. Er wendete sich ab. Er musste raus hier. Weg.

Linus hatte nichts gemerkt.

„Jetzt kommen wir der Sache schon erheblich näher", sagte er konzentriert und bat Edda um die Pläne der Abwasserleitungen von Spandau. Als Edda nicht gleich reagierte, sah er auf und sah gerade noch, wie Simon aus der Bibliothek verschwand. „Was hat er?"

„Keine Ahnung", log Edda und gab Linus die Pläne.

Draußen in der kalten Luft des frühen Herbstes musste Simon erst einmal durchatmen. Was hatte er hier eigentlich noch verloren? Natürlich tat es ihm weh, Linus und Edda so vertraut zu sehen. Und doch, seine Hoffnung blieb. Er spürte sie, er wollte sie aber nicht denken. Nicht aussprechen. Weil er glaubte, sie damit zu zerstören. Wenigstens die Hoffnung, dass er Edda ebenso nahekommen könnte wie Linus, diese Hoffnung wollte er nicht aufgeben.

„Idiotisch", dachte Simon. Was hatte er denn zu bieten? Er betrachtete sich in einer der Scheiben des Gebäudes, sah seine dürre Gestalt, und nachdem er die Mütze abgenommen hatte, die er seit jener Nacht mit Bobo ständig trug, den bescheuerten Schnitt quer über seinen Kopf. Die Stoppeln wuchsen schon nach, aber eigentlich hätte er die anderen Haare jetzt auch auf die gleiche Länge kürzen müssen. Das aber hätte die gesamte Tätowierung wieder offengelegt.

Es war das erste Mal seit der Begegnung mit Geister-Bob, dass Simon sich ernsthafte Gedanken über diese Tätowierung machte. Er hatte alles verdrängt. Die Fragen, die ihn nun verfolgten wie lästige Fliegen. Woher wusste Geister-Bob, dass die Tätowierung eine Bedeutung hatte? Nein, das war die falsche Frage. Sie hatten ja für Geld gearbeitet. Zehntausend für jeden. Es musste also jemanden geben, der von der Formel auf seinem Kopf wusste und der das Geld und die Kontakte zur Unterwelt hatte, um sich das

geistige Eigentum seines Vaters anzueignen. GENE-SYS. Sie waren doch überall, sie hatten von der Schaffung einer neuen Welt geredet. Sollte Freie Energie nicht genau dazugehören? Wenn also GENE-SYS davon wusste, dann musste es in der Umgebung seines Vaters einen Informanten geben. Auf einmal war Simon klar, warum er es bisher vermieden hatte, sich ernsthafte Gedanken zu machen. Weil er ahnte, dass es zu einem weiteren „Schlachtfeld" führen würde, einem weiteren Kampf, der ihn überforderte. Der ihn zwang, Verantwortung zu übernehmen, auch wenn er das nicht wollte.
Es blieb ihm nichts anderes übrig. Er musste mit seinem Vater reden. Er musste mehr über das erfahren, was er für immer und ewig auf dem Kopf trug. Außerdem musste Simon seinen Vater warnen; vor dem Verräter in seinem Umfeld. Ohne Edda und Linus Bescheid zu sagen, machte sich Simon auf den Weg.

Als er an der Pforte der JVA Charlottenburg auftauchte, nannte er den Namen seines Vaters und bat um einen Besuchstermin. Der Beamte schaute ihn nur blöde an. Was war das für eine Idee? „Ist keine Talk-Show hier, Kleiner!" Der Mann hinter der Scheibe berief sich auf Recht und Ordnung. Besuche mussten angekündigt werden. Vier Wochen im Voraus. Simon wusste das, aber er musste seinen Vater dringend sprechen. Es ginge um einen Trauerfall in der Familie. Simon hatte sich das in der S 42, auf der Fahrt hierher, überlegt. Er hatte gehofft, dass eine emotionale Geschichte die Türen öffnen könnte, deshalb redete er einfach weiter, als der Mann hinter der Scheibe sich schon abwenden wollte.
„Mein Bruder ist gestorben", sagte er. „Er ist ertrunken. Bitte. Ich möchte mit meinen Vater reden. Das müssen Sie doch verstehen."
Der Mann hinter der Scheibe schaute den Jungen hinter dem Glas an. Er sah seine Traurigkeit. Aber das war nichts Besonderes.

Fast jeder, der hier an ihm vorbeiging, war von Trauer gezeichnet. Fast jeder hatte immer wieder irgendwelche Sonderwünsche. Der Mann hinter der Scheibe hatte in den Jahren seiner Arbeit gelernt, sich hinter Vorschriften und Formularen zu verstecken. Nur so konnte er unbeschwert um 17 Uhr wieder zu seiner Frau und seinen Kinder nach Hause zurückkehren. Er schob Simon ein Formular durch den schmalen Schlitz zu.

„Sonderantrag", sagte er. „Wird aber auch mindestens 24 Stunden dauern."

„Schiebs dir in den Arsch!", fluchte Simon. Die Ohnmacht, die er im Angesicht der Staatsgewalt empfand, erfüllte ihn mit unbändiger Wut. Er wollte schreien, dachte an die Waffe in seiner Tasche, schlug dann aber doch nur mit der flachen Hand gegen das Glas und ging davon. Der Mann hinter der Scheibe war aufgesprungen. Es war immer dasselbe. Keinen Respekt hatten diese Kerle. Wie der Vater, so der Sohn. Es war schon alles richtig, so wie es war. Es gab Böses in der Welt und das musste weggesperrt werden.

Simon hockte sich auf die Bank vor der JVA und überlegte. Er kramte die American Spirit aus der Tasche, die jemand samt Feuerzeug in der S-Bahn liegengelassen hatte, und zündete sich eine Zigarette an. Sollte er wieder verschwinden? Er schaute zu dem Backsteinbau auf. Wie war er damals in das Gebäude gelangt, in dem sein Vater einsaß? Von der Wäscherei über den Hof. Dann war er zwei Stockwerke nach oben gegangen und den Gang hinunter. Auf der linken Seite lag die Zelle des Vaters. Das bedeutete, dass der Vater von der Zelle aus auf den Zaun der Anlage schaute. Simon stand auf und eilte auf die andere Seite der JVA. Dass eine der Überwachungskameras ihn ins Visier genommen hatte und ihm nachschwenkte, bemerkte Simon nicht.

Im Gebäude hatte der Mann hinter der Scheibe mit gespieltem Amüsement einem Kollegen von dem Jungen berichtet. Er hatte nach draußen gezeigt, wo Simon saß. Und der Kollege erkannte den Jungen wieder, er hatte Simon vor ein paar Wochen bewusstlos im Hof gefunden. Jetzt steuerte er die schwenkbare Kamera hinter Simon her. Auf seinem Monitor sah er, wie der Junge um die Gebäudeecke verschwand. Kurz darauf tauchte er wieder auf. Auf dem Monitor, der das Bild der Rückseite des Gefängnisses zeigte. Simon schaute die breite, rote Wand hinauf. Und jetzt? Er dachte an Linus. Linus hätte sicher einen Plan gehabt. Er hätte irgendetwas aus seinen Taschen hervorgezaubert. Einen fernlenkbaren Hubschrauber, einen Zeppelin oder eine trainierte Brieftaube. Simon ärgerte sich, dass er so hilflos war. Ohne eigene Ideen. Was hatte er erwartet? Dass sein Vater am Fenster stehen und winken würde? „Vater!", rief er plötzlich. Es war kein richtiges Rufen. Es war, als riefe etwas in ihm nach seinem Vater. Erst leise, dann aus Leibeskräften. „Vater!" Nichts tat sich. Er schrie noch einmal. Noch einmal. Ein Junge radelte vorbei und glotzte ihn blöde an. Simon kam sich dämlich vor. Als wäre er ein kleines Kind, das nicht ohne seinen Papa auskommt. War er ja, all die letzten Jahre. Also was soll's? Simon wandte sich um und ging zurück.

Als er das Tor der Charlottenburger Anstalt passierte und den Weg zur S-Bahn-Station einschlug, verließ ein vergitterter Wagen der JVA das Tor. Simon schenkte ihm kaum Beachtung. Erst als der Wagen fast schon vorüber war und auf die Straße einbiegen wollte, reagierte Simon auf das dumpfe Klopfen. Er schaute auf und sah in das Gesicht seines Vaters. Mit gefesselten Händen pochte er an die Scheibe. Simon war zu verwirrt, um sofort zu reagieren. Der Wagen fuhr davon. Die Blicke von Vater und Sohn aber hielten aneinander fest.

„Hab dich lieb, Simon", nahm Simon wahr, obwohl niemand da war, der zu ihm hätte sprechen können. „Pass auf dich auf! Auf

deinen Kopf. Wir sehen uns!" Das war ganz eindeutig die Stimme seines Vaters gewesen. Wie konnte das sein?
Der Wagen der JVA war längst schon verschwunden, da stand Simon immer noch am Straßenrand und wartete, dass das Weinen endlich nachließ.

Auf dem Weg zurück zur Freien Universität schaute Simon aus dem Fenster der S-Bahn und spürte dem nach, was er bei der kurzen Begegnung mit seinem Vater empfunden hatte. Es war eine tiefe Verbundenheit, die ihn glücklich gemacht hatte. Das Gefühl geliebt zu werden. Deshalb hatte er geweint. Er konnte sich auch erklären, was mit seinem Vater geschehen war. Er hatte es ihm ja bei seinem Besuch erklärt. Immer wenn er sich verfolgt fühlte, ließ er sich in einen anderen Knast verlegen. Simon war froh. Sein Vater kam zurecht.
Simons Kopf lehnte an der kühlen Scheibe, das Licht der Sonne war schon winterlich weiß. Simon musste die Augen zukneifen. Dadurch fokussierte sich sein Blick. Und erfasste ein buntes Graffito. Es ähnelte dem Sonnenrad, das Linus im U-Bahn-Netz entdeckt hatte. Simons Blick blieb daran haften. Das Bild war auf die Mauer eines alten Bahngebäudes gesprayt worden. Andere wilde Graffiti bedeckten die Außenwände. Buchstaben, Fratzen, Signaturen. Ein Wesen, das ihn an Yoda erinnerte und das einen seltsamen Helm trug, von dem Tausende kleiner Silberfäden abzugehen schienen. Sie wurden zu Gras, das der Tod im Begriff war abzusensen.
Simon verließ die S-Bahn an der nächsten Station, schaute sich um, ob ihn jemand beobachtete. Dann sprang er auf die Gleise und eilte zu dem Gebäude. Er schaute durch die eingeschlagenen Fenster. Das Gebäude war leer. Ein paar Signalhebel ragten in das Dunkel des Raumes im Erdgeschoss. Simon suchte nach der Tür. Sie schien verschlossen. Mit einem Tritt öffnete er sie. Krachend

flog sie auf. Staub wirbelte auf und für einen Moment umflatterten ein paar aufgeschreckte Fledermäuse Simons Kopf. Er duckte sich weg und trat ein. Sofort fiel ihm auf, wie warm es hier drinnen war. Er fasste den Heizkörper unter dem Fenster an. Er war heiß. Simon schüttelte den Kopf über die Verschwendung, versuchte Licht zu machen. Kein Strom. Er bewegte die Signalhebel. Kein Widerstand. Die Stahlseile zur manuellen Steuerung der Signale waren gekappt worden. An der Wand hingen ein paar Pin-ups. Ein Kalender der Deutschen Bundesbahn. In der einen Ecke war ein winziger Raum abgetrennt, in dem sich eine Toilette und ein kleines Waschbecken befanden. Simon versuchte, die Wasserhähne für warm und kalt zu drehen. Sie klemmten. Er betätigte die Spülung. Braunes Wasser rauschte durch die Schüssel und verschwand im Orkus. Simon hielt den Hebel gedrückt und sah, dass klares Wasser nachlief. Es gab also Wasser hier. In der anderen Ecke des Raumes führte eine schmale Wendeltreppe nach oben. Simon ging vorsichtig die eiserne Stiege hinauf. Der staubige Boden in dem kleinen Raum oben war mit Scherben übersät. Eines der beiden Fenster, die fast bis zum Fußboden reichten, war eingeworfen worden. Kalt zog der Wind herein. Simon schaute hinaus. Er trat aus der Fensteröffnung hinaus. Da war ein kleiner Sims, der die Dachschräge begrenzte. Er konnte weit über das Bahngelände schauen. Simon zündete sich eine neue Zigarette an. „Nicht schlecht", dachte er. Das war wohl eins der Häuschen, von denen Thorben erzählt hatte.

Am Bahnsteig lächelte der hagere Mann. Er zoomte mit seinem Handy auf Simon und fotografierte ihn. Sofort schickte er das Foto als Mail weiter. »Kontaktaufnahme?«, tippte er als Frage dazu.

Kurz darauf las er die Antwort. „Kontaktaufnahme: negativ. Will noch mehr über die drei erfahren."

„Linus! Linus, da ist jemand", flüsterte Edda und stupste Linus an. Edda war auf der Rückbank des Wagens aufgewacht. Sie hatte Schritte gehört, hatte einen Schatten bemerkt. Linus wachte aus einem wunderschönen Traum auf. Er war geflogen. Eigentlich war er geschwebt. Er hatte nur die Luft anhalten müssen und schon hatte sich sein Körper vom Boden gelöst. Mit Schwimmbewegungen konnte er seinen Flug steuern. Leicht hatte er sich gefühlt. Endlich leicht und unbeschwert. Er wollte zurück in den Traum, aber Edda schüttelte ihn.

„Linus! Da ist wirklich einer!"

Linus rappelte sich auf, schaute verschlafen zur Fahrerseite hinaus und erschrak. Da war ein Gesicht. Ganz nah.

„Mach endlich auf!"

„Arsch!", schimpfte Linus. Draußen stand Simon. Linus öffnete die Beifahrerseite und Simon schlüpfte herein. Er hielt ihm eine Parkkarte hin.

„Fahr los! Mach schon!", sagte Simon.

„Hä?"

„Raus aus dem Parkhaus!", drängelte Simon. Er hatte die Parkbedingungen gelesen. Eine Parkdauer von einer halben Stunde war kostenlos. Deshalb hatte er sich an der Einfahrt ein Ticket gezogen. Vor zehn Minuten.

„Bist du wahnsinnig. Da ist 'ne Kamera", sagte Linus.

„Die ist leider ausgefallen", lächelte Simon. „Und jetzt mach hinne. Ich hab eine Unterkunft für uns gefunden."

Edda starrte Simon von der Rückbank an. Sie lächelte, als er sich zu ihr umdrehte.

„Wir dachten, du wärst abgehauen." Simon hörte das Bedauern, das in Eddas Stimme lag. Er lächelte zurück.

„Werd euch doch nicht im Stich lassen. Ohne mich seid ihr doch aufgeschmissen."

„That I not laugh", spottete Linus in betont miesem Englisch. Er fummelte nach dem Schlüssel. „Wo warst du?"
„Hab eine Bleibe gefunden", sagte Simon. „Fahr los!"
Linus startete den Wagen. Vorsichtig setzte er zurück und steuerte aus der Tiefgarage hinaus. Nicht ohne in den engen Kurven die Stoßstangen in Mitleidenschaft zu ziehen. Er stoppte an der Ausfahrt, stand so weit von dem Terminal, in den er die Karte einschieben musste, weg, dass er sich aus dem Fenster hangeln musste, um an den Schlitz zu gelangen. Linus hielt dem Automaten die Karte hin, der schluckte sie, die Schranke öffnete sich und sie fuhren davon.

Laut gab die Diesellok Signal. Die drei Freunde standen am Gleis und ließen den Güterzug passieren. Der eiskalte Fahrtwind rupfte an ihren Haaren, bis der Zug davongerattert war. Dann eilte Simon voran über die Gleise.
Wie Schatten huschten sie dahin und gelangten schließlich zu dem Signalhäuschen; mitten in dem Gewirr aus stählernen Trassen.
„Nicht auf die Stromabnehmer treten", warnte Linus.
„Moment!" Simon ging voran und tat so, als wolle er hinter der Tür einen Ballsaal präsentieren. Es war nur der Raum mit den Signalhebeln. Aber Simon hatte aufgeräumt. Es war gefegt, Bretter lagen auf zwei alten Ölfässern und bildeten einen Tisch, Baumstümpfe dienten als Sitze, ein zersessener Korbstuhl stand im Bereich der „Lounge". Die Freunde staunten.
„Schön warm hier!" Edda war überrascht, schaute sich um.
„Tata!", tönte Simon und mit einem Klick brannte sogar eine alte Tischlampe. Simon hatte an einem nahen Sicherungskasten Strom abgezweigt und all das zusammengesammelt. In kürzester Zeit. Es war nicht schwer. Der Müll entlang der Bahnstrecken Berlins gab allerlei her.

„Und oben?", fragte Linus. Er ging voran die Stufen hinauf. Im Obergeschoss hatte Simon die kaputten Fenster mit Pappe verdeckt. Er hatte eine Menge Heu und Stroh gesammelt und in eine Ecke platziert.

„Hier schlafen wir", sagte er.

„Super!" Edda war begeistert. „Wir haben unser eigenes Heim. Beste Lage!" Sie umarmte Simon spontan und innig. Eddas Lachen und Linus' Respekt freuten Simon. Er war stolz, dass er nun auch etwas dazu beigetragen hatte, dass sie ihren Plan bestmöglich ausführen konnten. Sie hatten ein Hauptquartier. Sie hatten es warm. Sie hatten fließend Wasser und Strom. Edda ging ans Fenster.

„Hey, sogar mit Terrasse!" Sie deutete auf den schmalen Sims. „Ich find's cool. Hier bleiben wir." Und als sie noch aus dem Fenster schaute, krächzten hinter ihr zwei Stimmen ein Happy Birthday. Edda sah sich um. Linus und Simon standen vor ihr und hatten einen Fertigkuchen mit einem Kerzenstummel geschmückt. Edda überlegte irritiert.

„13. November?"

Die Jungs nickten in ihrem schrägen Gesang. „Happy birthday to you, happy birthday to you ..."

„Mit DSDS wird das aber nix", seufzte Edda gerührt. Sie hatte glatt ihren eigenen Geburtstag vergessen. Das war ihr noch nie passiert. Noch bis vor einem Jahr war sie jedes Mal vor dem 13. November nervös und gespannt gewesen, was die Geschenke sein würden. Und jetzt? War das ein Zeichen, erwachsen zu werden? Erwachsen zu sein? Immerhin war sie jetzt 15.

Nachdem sie gemeinsam den Kuchen geschlachtet hatten, legten sie sich nebeneinander in das Heubett. Edda kuschelte sich zwischen die Jungs. Sie fühlte sich beschützt. Nein, dachte sie, sie würde sich niemals entscheiden wollen. Linus und Simon waren zusammen der perfekte Mann für sie. Sie dämmerte dahin.

Die beiden Jungs sahen sich an. Besser als jede Familie, dachte Linus. Edda rappelte sich noch einmal auf und gab, kurz bevor sie einschlummerte, jedem von ihnen einen Kuss auf die Wange. „Mir hätte nicht Besseres passieren können als ihr beide!"

---⌐2211 L---

Auf dem gläsernen Bildschirm der GENE-SYS-Zentrale blinkten die drei hellen Punkte.

„Sieht so aus, als hätten sie jetzt ein Refugium", registrierte Greta zufrieden. Sie deutete auf das Gebäude zwischen den Gleisen und wendete sich Victor zu.

„Die Kinder habt ihr also im Griff. Was mich aber sehr viel mehr interessiert, ist Marie", sagte er. „Von fast allem, was Marie erlebt hat, lassen sich in ihrem Gehirn Spuren finden. Und es gelingt mir, die Erlebnisse Maries fast linear abzurufen."

Greta hörte gebannt zu.

„Eines jedoch ist äußerst merkwürdig", sagte Victor. „Es scheint einen Teil in Maries Leben zu geben, der geblockt ist. So als hätte jemand ihn gelöscht. Nicht nur in ihren Erinnerungen, sondern auch in ihrem Unbewussten, also dem, was sich der bewussten Erinnerung entzieht."

Greta nickte ungeduldig. Sie wusste, was das Unbewusste war.

Victor stimulierte einen Bereich von Maries Gehirn, das er gescannt und auf einem Bildschirm in unterschiedliche Farbsegmente aufgeteilt hatte. Interessiert verfolgten Greta und Louise, wie er mit dem Cursor über eine Region fuhr und wenige Sekunden später ein erstes, verwaschenes Bild auf dem Monitor erschien. Erinnerungen an einen Skiurlaub. Louise erinnerte sich daran. Sogar an das Jahr. 1965. Doch da war Bernikoff längst aus dem Leben Maries verschwunden. Victor stimulierte noch zwei weitere Regionen.

„Halt!", rief Greta. „Hier."
An der Kleidung der Menschen erkannten Greta und Louise sofort, dass es sich um die Dreißiger- oder Vierzigerjahre handeln musste. Die Menschen standen vor einem großen Schiff, das in einem Hafen angelegt hatte.
„Ja. Mit dem Schiff hätten meine Mutter und ich eigentlich nach Bremerhaven kommen sollen", sagte Louise aufgeregt. „Aber ich bin damals krank geworden. Windpocken."
Greta rollte mit den Augen.
Das Nebelhorn des Dampfers wurde zum leisen Fiepen eines Wasserkessels. Man hörte das Klappern von Geschirr und das leise Summen des Funkgeräts, das mit den grünlichen Augen im hinteren Teil der Wohnung stand. Dann war die junge Marie zu sehen. Sie lag auf dem Bett und griff nach einem großen dicken Buch mit Comic-Zeichnungen. »Abatonia« stand auf dem Einband.
„Komm endlich aus den Federn!", rief Bernikoff. „Wir haben viel vor heute!"
„Ich hab aber keine Lust, jeden Tag was zu tun!", maulte Marie. „Wenn die Welt schon untergeht, können wir nicht wenigstens vorher ein bisschen Spaß haben?"
Sie steckte den Kopf wieder in das Buch.
„Wieso hast du das Land, in das sich die beiden Bienen verziehen, eigentlich »Abatonia« genannt?", fragte Marie. Sie wusste, dass sie ihren Vater leicht ablenken konnte, wenn sie ihm Fragen zu seiner Arbeit stellte.
„»Abatonia« ist kein Land, sondern eine Insel", korrigierte Bernikoff sie. „Der Name stammt aus dem Griechischen. Komm jetzt!"
Marie blieb im Bett. „Es ist aber so spannend! Was ist Abaton?"
„Ich sag's dir, aber nur, wenn du aufstehst."
Marie zog eine Schnute, klappte das riesige Buch zu und ging an Bernikoff vorbei zum Waschbecken. In Anzugshose und mit breiten

Hosenträgern stand er vor einem Bügelbrett und bearbeitete ein gestärktes Hemd mit dem Bügeleisen. Im Mund qualmte eine filterlose, flache Zigarette. Marie drehte das kalte Wasser auf und klatschte es sich ins Gesicht. Während sie sich abgetrocknete, hörte sie, wie draußen auf der Straße der Verkehr vorbeirauschte.

„Heute Nacht sind Flugzeuge über der Stadt aufgetaucht", sagte Bernikoff, während er die Bügelfalte in seinem gestärkten Hemd begutachtete. „Ich habe sie auf dem Funkmess gehört." Er nahm die Zigarette aus dem Mund und deutete auf die Apparatur, die auf einem Tisch im Hintergrund stand und auf der seine Kopfhörer lagen. „Waren keine Deutschen." Zufrieden mit dem Bügel-Resultat platzierte er das Hemd auf einem stummen Diener aus Holz. „Es wird nicht mehr lange dauern, dann werden die ersten Bomben auf die Stadt fallen …"

Marie zog ein Sommerkleid an und setzte sich an den Tisch, den ihr Vater gedeckt hatte. Marmelade, Brot und gekochte Eier. Dazu gab es Milch und Tee für Marie und türkischen Kaffee für Bernikoff, der dazu seine zweite Zigarette rauchte.

„Also, was ist das Abaton?", fragte Marie und schlürfte den Tee hinterher.

Bernikoff blies den Rauch der Zigarette durch die Nase, schaute hinterher, wie er sich auflöste.

„Eigentlich ist Abaton ein Ort in der griechischen Mythologie. Er ist nur für Eingeweihte betretbar. Doch ich habe herausgefunden, dass es in jeder Kultur ein Wort für das Abaton gibt." Er hielt inne, sammelte seine Gedanken. Er wollte sie möglichst klar und überzeugend formulieren. „Abaton steht meiner Überzeugung nach für etwas im Menschen, das nicht beschrieben, nicht gemessen und auch nicht gesehen werden kann. Aber ein jeder trägt es in sich. Ich bin sicher."

„So was wie die Seele?"

Bernikoff nickte. Schüttelte dann den Kopf.

„Es ist mehr. Es ist ... das Tiefe, Weise und auch das Dunkle, das Mystische. Ich glaube, wenn die Menschen ihr Abaton erreicht haben, wird es das Ende der Angst bedeuten und setzt somit auch der Verlockung, Böses zu tun, ein Ende." Bernikoff hatte sich in philosophische Begeisterung geredet und hielt inne. Er wollte Marie nicht verschrecken und redete sachlich weiter. „Vor über 2000 Jahren wurde es durch Platon aus dem Leben der Menschen verdrängt – zugunsten des Materiellen. Der Vernunft. Technik, Krieg und Konsum wurden zum Motor der Welt."

„Aber es ist noch da; das Abaton."

„Ja. Ja. Ich bin überzeugt, es ist da. Man muss es nur wieder erwecken."

„Hiermit?"

Marie klopfte mit der flachen Hand auf das Buch. Bernikoff lachte. „Es war mein erster Versuch. In Geschichten, Magie und Zauberei durfte es bis vor dem Dritten Reich noch überleben – als eine Art Hirngespinst." Bernikoff versank wieder kurz in seine Gedanken. „Ich glaube, ich hab es dennoch immer zu wissenschaftlich erforscht. Zunächst dachte ich, der Weg zum Abaton sei eine Konstante, dann merkte ich, dass auch das Abaton sich entwickelt. Es konnte kein linearer Weg sein; verstehst du? Die Theorie einer Konstanten war falsch." Er sah Marie an und erkannte, dass sie wirklich interessierte, was er sagte. Dass er sie erreichte. Es freute ihn. Umso mehr bemühte er sich nun, jeden neuen Satz aus dem vorherigen zu entwickeln, damit Marie weiter folgen konnte. „Ich kam dann auf die Form eines Kegels als Weg zum Abaton. An der Spitze das Ziel, das Abaton, und in unzähligen, langsam aufsteigenden Kreisen führt der Weg dorthin. Immer wieder auch durch das Ungute, das Dunkle, aber immer weiter hinauf." Er veranschaulichte, was er meinte, indem er mit der Hand, in der er seine

Zigarette hielt, eine spiralförmige Bewegung nach oben machte. Der Rauch folgte seiner Bewegung und für einen winzigen Moment stand da ein Kegel aus Rauch über dem Küchentisch. Marie und ihr Vater freuten sich darüber, lächelten und schauten zu, wie das Abbild von Bernikoffs Kegeltheorie wieder verschwand.

„Das ist also deine Abaton-Theorie?", fragte Marie.

„Nein. Es war meine Theorie; damals. Ein Muster aus Rückschlägen und Fortschritten, die ich in der Bienengeschichte als Abenteuer erzählte."

„Das ist dir gut gelungen!"

„Vielleicht, aber die Geschichte beruht leider auf einem Irrtum. Auch die Kegeltheorie war zu kurz gedacht."

Er schaute Marie in die Augen.

„Die Realität hat sie ad absurdum geführt. Mittlerweile leben wir fast zehn Jahre unter der Herrschaft des Unguten, des Dunklen. Es gibt keine Bewegung mehr nach oben. Es gibt kaum noch Hoffnung, kaum noch Positives. Und die Menschen haben sich daran gewöhnt."

Er verstummte und Marie spürte die Enttäuschung ihres Vaters über diese Entwicklung. Sie schaute auf die bunten Bilderabenteuer der beiden Bienen Deos und Mandi.

„Ich bin überzeugt, dass es ein Urrecht des Menschen gibt, ein Leben im Abaton zu führen", begann ihr Vater wieder und Trotz und Kraft lagen in seiner Stimme. „Jetzt muss das Abaton in den Menschen direkt erweckt werden", sagte Bernikoff. „Jetzt! Nicht mehr durch Geschichten oder wissenschaftliche Arbeit, sondern durch direkten Kontakt. Durch Hypnose."

„Deshalb hast du dich in den letzten Jahren damit beschäftigt", begriff Marie. „Deshalb hast du mit dieser Kabine und diesen Wellen experimentiert."

„Ja. Und deshalb werden wir heute Abend im Wintergarten endlich unseren entscheidenden Auftritt haben."
„Du willst das Abaton bei all diesen Menschen erwecken?", fragte Marie und sah, dass ihr Vater schwer atmete, bevor er nickte.
„Es ist gefährlich, nicht?", fragte sie.
„Es ist wichtig, Marie. Es ist das, was wir tun können. Und wenn wir das wissen, dann müssen wir auch handeln. Es ist keine Zeit mehr zu reden."
„Hast du Sorge, dass ER vielleicht nicht kommen wird, wegen der Flieger?", fragte Marie.
Bernikoff schüttelte den Kopf.
„Nein. Gerade weil Flugzeuge aufgetaucht sind, wird er den anderen zeigen wollen, dass er sich davon nicht beeindrucken lässt."
Marie schwieg nachdenklich.
„Hat er keine Angst vor dem Tod?"
„Er betet den Tod an. Einen Tod, der ihn befreit von sich selbst und alles andere mit ihm zerstört. Der Tod ist sein einziger Freund. Aber das weiß er nicht und das macht ihn so überaus gefährlich für alles Lebendige."
Marie spürte die Kälte, die in diesen Worten lag, obwohl sie von Bernikoff kamen.
„Ich hab Angst vor ihm."
„Tief in seinem Inneren hat er bereits mit seinem Leben abgeschlossen. Das verleiht ihm eine ungeheure zerstörerische Kraft."

Die Instrumente im Schlaflabor schlugen aus und ein immer lauter werdendes Piepen durchdrang den Raum und überlagerte das Gespräch.
Ergriffen schaute Greta auf den Monitor. Bernikoffs Worte hatten sie tief berührt. Sie fühlte sich geehrt, dass sie den Weg, den Bernikoff begonnen hatte, zuende gehen durfte. Den Weg zum Abaton.

„Besser, wir brechen für heute ab", riet Victor.
„Nein. Wieso?", fragte Greta.
„Ihr Puls rast und ihre Körpertemperatur ist stark gefallen. Ich werde das nicht verantworten."
„Aber ich!"
„Wenn du willst, dass wir jemals zum Ende dieser Aufzeichnungen kommen, müssen wir dieser Frau eine Pause genehmigen." Viktors scharfer Ton duldete keinen Widerspruch.
Greta überlegte eine Sekunde. Sie verstand nicht, weshalb Maries Reaktion auf diesen Dialog derartig heftig war. Das hätte sie so gern noch erfahren. Doch sie lenkte ein.
Dann lächelte sie Louise an, die verängstigt auf einem Stuhl in der Ecke saß.
„Gönnen wir deiner Schwester ein wenig Ruhe", nickte Greta ihr zu. Dann wandte sie sich an Victor. „Mach mir ein paar Großaufnahmen von Bernikoffs Bücherregal und von der Zeitung auf dem Tisch. Ich möchte das genaue Datum wissen."
Victor nickte.
„Genau an diesem Tag ist übrigens die schwarze Stelle im Zeitablauf."
„Ein Defekt im Hirn?"
Victor schüttelte den Kopf. „Nein, eher als wäre etwas gelöscht worden."
„Wir machen morgen weiter."
Greta stand auf und wollte den Raum verlassen. Auf dem Weg blieb sie bei Marie stehen und schaute auf ihr Gesicht und ihren Brustkorb, der sich allmählich wieder beruhigte.
„Man soll die Gans nicht schlachten, die goldene Eier legt, nicht wahr?", sagte sie leise. Als ihr bewusst wurde, was sie gerade gesagt hatte, schaute sie in Louises Gesicht und lächelte versöhnlich. „Gute Nacht!"

Eigentlich wollte Greta früh zu Bett gehen, doch die abendlichen Sitzungen mit Marie, Louise und Victor verstörten sie jedes Mal. Es waren weniger die vielen Informationen und Details, die sie über Bernikoff und sein Leben gewann, sondern die Gewissheit, die Victor eben bestätigt hatte: Dass sie an etwas Wesentliches in Maries Leben nicht herankam. Dass Marie von anderen Menschen geliebt wurde. Nicht nur von Bernikoff und Edda, auch von Louise. Greta legte sich auf ihr Bett und ihre Augen schlossen sich. Sie fiel in einen unruhigen, wilden Traum: Ein Vogel, ein Greif, groß und mächtig, flog auf sie zu. Greta konnte nicht zur Seite gehen. Konnte sich nicht bewegen. Ihr Hirn signalisierte allen Muskeln in ihrem Körper zu handeln, doch sie versagten den Gehorsam. So wie die vielen Jahre in ihrer Kindheit. Als alle in die sicheren Keller verschwanden, als die feindlichen Flieger näher kamen. Als die Bomben fielen ... Greta schreckte aus dem Traum auf, orientierte sich. Ihr Herz schlug bis in den Hals. Dann spürte sie, wie eine Träne über ihr Gesicht lief und von ihrer Wange auf die faltige Haut ihrer Hand fiel. Wie lange war es her, dass sie zuletzt geweint hatte? Bill, dachte sie. Der Tag, an dem die Nachricht kam, dass er mit seinem Flugzeug ins Meer gestürzt sei. Seltsamerweise freute Greta die Träne. Sie führte die Hand zu ihrem Mund und leckte die Träne ab. Greta schmeckte nichts. Sie seufzte leise – auch das eine Folge der Medikamente. Greta stellte sich den Geschmack vor. Sie wusste, dass sie so ihr Gehirn überlisten konnte. So, wie sie sich vor vielen Jahren eingeredet hatte, dass sie laufen könne. Und dann, eines Tages, war sie aufgestanden und gegangen. Ganz zart schmeckte Greta das Salz ihrer Träne.
Dann schlief sie beruhigt ein. Und wachte erst auf, als sie das eindringliche Klingeln des Alarms hörte.

Edda und Simon hatten Linus gedrängt, den mysteriösen Apparat aus der Heckklappe von Olsens Wagen in ihr Häuschen zu schleppen und ihnen zu erklären.

„Sieht aus wie 'ne Gruftibadekappe", lachte Edda. Zum ersten Mal, seit sie auf der Straße lebten, ging es ihnen gut. Richtig gut. In den letzten Tagen waren sie dem planungswütigen Linus gefolgt und hatten einen Tagesablauf zusammengestellt, der ihnen einerseits die zwanzig Euro sicherte, die sie brauchten, um über den Tag zu kommen, der aber auch Edda und Linus genug Zeit ließ, die Befreiung von Marie zu Ende zu planen. Sie arbeiteten Hand in Hand. Simon war früh auf den Beinen und schlüpfte heimlich in einige der ersten ICE-Züge, die in der Hauptstadt ankamen, sammelte alle gelesenen Tageszeitungen ein, ordnete sie und verkaufte sie für die Hälfte des Preises weiter. Schon gegen zehn Uhr morgens hatte er circa 20 Euro zusammen. Dann kaufte er ein. Billig und viel für die Jungs, gesund für Edda. Bei der Caritas-Anlaufstelle für obdachlose Jugendliche hatte er Klamotten für sich, Linus und Edda bekommen, sodass sie nach dem Duschen in den Umkleidekabinen einer nahen Schule ihre Kleider wechseln konnten. Doch sie merkten auch, dass die Straße ihnen nicht allein gehörte. Dass die öffentlichen Räume aufgeteilt waren, durchzogen von unsichtbaren Grenzen und bevölkert von Stämmen, die im Museum für Völkerkunde keiner kannte. Beim Streit um eine warme Jacke war Simon mit einem älteren Jugendlichen aneinandergeraten. Der hatte eine neongelbe Kappe auf dem kahlen Kopf und sprach mit russischem Akzent. Nachdem der Streit von einem Sozialarbeiter geschlichtet worden war, drohte er Simon, dass sie sich wiedersehen werden. Simon hatte nicht darauf reagiert, hatte ihm nur den Mittelfinger gezeigt und war gegangen.

„He! Scheißer! Komm her!", hatte der Russe ihm hinterhergeschrien. „Den Finger, den schneid ich dir ab!"
Vielleicht hätte sich Simon auf dem Weg zurück über die Gleise doch einmal umsehen sollen.

Simon mochte seine Arbeit. Er war es, der den Laden am Laufen hielt, wie Edda es formulierte. Da sie an diesem Tag mit der großzügigen Spende eines Mannes mit japanischem Aussehen fast vierzig Euro eingenommen hatten, kaufte er einen Campingkocher und Geschirr und kochte einen Berg Nudeln mit Fleischsoße. Sogar an Parmesan und Wein hatte er gedacht.
„Bolognese?", fragte Linus, noch bevor er das Bahnwärterhäuschen betreten hatte. Als er mit Edda dann hereinkam, staunten sie über das, was Simon da gezaubert hatte. Auf dem Tisch standen Stummelkerzen, Nudeln, Teller, Tassen für den Wein und Campingbesteck. Warmes Essen. Selbst gemacht. Es machte sie glücklich und sentimental, zusammen mit dem ungewohnten Wein trieb es ihnen Tränen in die Augen. Es glich fast einem Schritt zurück in die raue Wirklichkeit, als Simon nach der Apparatur in dem Wagen fragte. Endlich erklärte sich Linus bereit, die Sache zu erklären.
Sie platzierten den Computer auf dem Brettertisch im Schein der Kerzen und Linus setzte die Kappe auf, von der die Drähte abgingen und über ein Steuergerät zurück in den Computer führten.
„Ich weiß nicht warum, aber es lässt die Angst verschwinden. Man muss noch die Kopfhörer aufsetzen und die richtige Frequenz einstellen", schilderte Linus.
„Was ist die richtige Frequenz?", fragte Edda und kicherte. „Meine Wellenlänge?" Sie drehte am Knopf des Steuergerätes. „Oder macht die dir erst recht Angst?"
Simon nahm ihre Hand weg.

„Bitte, Edda! Das ist kein Spielzeug." Er war derjenige von den dreien, der noch am nüchternsten war.

„Und du, bist du ein Spielzeug? Mein Spielzeug?", fragte Edda kichernd. Sie hörte sich diesen Blödsinn reden und fand es dennoch unglaublich komisch. Es kam so einfach über die Lippen. Herrlich leicht fühlte sie sich. Man muss doch nicht immer überlegen, was man sagt. Geht doch auch so. Sie gab Linus einen Kuss. „Und du", sie wandte sich an Simon, „du, Simon, du bist jetzt Du-mon, wir kennen uns so lange, da will ich nicht mehr ‚Sie' sagen, Si-mon! Prost, Du-mon."

Bevor Simon es verhindern konnte, trank sie aus. Linus schaute unter seiner Kappe hervor und lachte.

„Wir haben einen Plan. Einen genialen Plan", sagte er. „Wir gehen durch die Scheiße! Durch die Scheiße zu den Sternen! Wie schon der Dichter sagt."

„Egal, wie dicht du bist! Goethe ist Dichter", rief Edda und die beiden lachten und Simon verschwand nach oben.

„Partypooper!", rief Linus Simon hinterher. Sein Lachen und das von Edda verklangen. Trotz des Alkohols begriffen sie, dass ihre Fröhlichkeit gezwungen war. Was sich Linus da ausgedacht hatte, war gefährlich. Er wandte sich zu Edda, wollte sie fragen, ob sie sich sicher sei, das durchzuziehen, was er ausgetüftelt hatte. Da griff Edda schon nach seiner seltsamen Kappe und stülpte sie sich selber auf den Kopf.

„Wie geht das? Mach! Ich will das ausprobieren", sagte sie.

„Ich weiß nicht ..."

„Mach schon. Ist doch super. Angst weg und dann holen wir Marie aus dem Teufelsberg." Edda drängte. Sie spürte ihre Bedenken an dem Wahnwitz, den sie vorhatten. Doch sie wollte jetzt nicht mehr zweifeln. Ihr ganzes Leben war so voller Zweifel gewesen. Bin ich schön? Wer ist mein Vater? Wo ist er? Hätte er mich lieb? Was denken meine Freunde über mich? Hab ich Mundgeruch? Scheiße! Nein. Da waren schon genug Stolpersteine in ihrem Leben.

Edda kippte das Glas auf Ex. „Mach, Linus. Sonst mach ich's." Sie griff nach den Schaltern und stellte sie auf »ON«. Mit einem leisen Fiepen fuhr der Generator hoch, der die Frequenzen erzeugte. Linus schaute auf die Skalen, die Dioden, die sich blinkend einpegelten. Vielleicht hatte Edda ja recht. Angst konnten sie im Moment gar nicht gebrauchen. Was war schon dabei. Eine kleine Dosis nur. Er erinnerte sich an den Ablauf in Olsens Gartenhaus. Die Kappe, der Kopfhörer für die Frequenzen, die hypnotischen Zeichen auf dem Bildschirm, die Brille, die den Blick darauf fixierte. Linus bereitete alles vor.

„Vielleicht sollte erst mal ich probieren", sagt er, aber Edda ließ das nicht zu. Sie hatte sich entschieden. Vor ein paar Monaten noch war sie eine große Verfechterin von Botox und Schönheits-OPs gewesen. Warum sollte man nicht optimieren, was die Natur verschludert hatte? Edda war das inzwischen herzlich wurscht geworden. Aber wenn man gegen die eigenen Gesichtszüge und Proportionen zu Felde ziehen konnte, warum nicht gegen Angst? Linus setzte ihr die Brille auf und rückte Edda mit dem Baumstamm, auf dem sie hockte, in die richtige Position vor den Monitor. Er verband die Drähte, die an der Kappe hingen, mit dem Steuerungsmodul. Dann suchte er im Computer nach der Datei mit den Hypnosezeichen und rief sie auf.

„Fast wie deine Sonnenräder", staunte Edda.

„Ja", bestätigte Linus. „Es geht los." Er pegelte die Frequenz ein, wie er es damals getan hatte und schaute auf die Uhr. Zehn Minuten, mehr wollte er Edda erst einmal nicht zumuten. Er sah ihr zu, wie sie sich auf die Bilder konzentrierte. Ihr Gesicht verlor alle Anspannung, wurde offen und klar. Es war, als würde Linus zum ersten Mal die wirkliche Schönheit dieses Mädchens sehen.

Unverstellt. Ohne jeden Schutz. Verwundbar. Und dadurch so einnehmend, dass Linus den Blick gar nicht abwenden konnte. Eddas wunderschöne Haare, die schlanken Beine, ihr Körper. Linus begriff, dass die wahre Schönheit dieses Mädchens keine äußerliche war. Edda schien von innen zu leuchten. Es war nicht mehr wichtig, dass sie ein Mädchen war und er ein Junge. Linus fühlte sich zu diesem Menschen hingezogen, zu dessen Kraft und Tiefe.

„Gerettet", dachte er.

Edda schüttelte den Kopf. So heftig, dass der Kopfhörer herunterfiel. Dann schlug sie die Hände vors Gesicht. Sie atmete durch, kam zur Ruhe. Sie hörte Linus' besorgte Frage, doch sie antwortete nicht. Es gab keinen Grund zur Sorge. Es war nur zu viel. Zu viel des Guten. Das Rauschen auf den Kopfhörern, die Zeichen auf dem Bildschirm. Immer tiefer war Edda eingetaucht. Ja, eingetaucht. Aber wohin? In meine Seele? In mich? Es hatte sich angefühlt wie ein sanftes Absinken auf einen tiefen Boden. Zu der Edda, die sie eigentlich sein sollte. Die niemand beeinflusst hatte. Die Edda, die am Anfang stand, und die Edda ein ganzes Stück schon verlassen hatte. Aber jetzt kam sie zurück. Mit jedem Atemzug ein Stückchen näher heran an die reine Idee, die von ihr existierte wie ein Masterplan. Edda spürte die Freude darüber, dass es einen Weg zurück dorthin gab. Auch wenn sie dafür von all den angelernten und lieb gewonnenen Vorurteilen und Ängsten lassen musste. Dann erkannte sie ihr Potenzial. Es war nicht zu sehen, es war nicht zu fühlen, zu schmecken. Es war ganz einfach da. Es war bereit, genommen zu werden. Doch Edda erschrak und riss sich den Kopfhörer herunter.

„Alles in Ordnung?", fragte Linus noch einmal. Edda wandte den Kopf zu ihm und lächelte.

„Jetzt du. Ist großartig", sagte sie. „Zu schön. Ich hab das nicht ausgehalten."

„Zehn Minuten", sagte Linus und setzte sich in freudiger Erwartung die Kappe auf. Er stellte alles wieder so ein wie bei Edda. Die hypnotischen Bilder zogen seinen Blick an und er versenkte sich in sie. Das Rauschen, das die unhörbaren Frequenzen übertönte, machte ihn ruhig. Edda sah Linus zu, doch in ihren Gedanken war sie immer noch bei der Begegnung mit sich selbst. Bei diesem klaren Moment, der sie so erschreckt hatte. Weil sie begriff, dass für sie alles möglich war. Dass all die Einschränkungen, die sie sich auferlegt hatte, nie in ihr angelegt waren. Sie hatte sie nur angenommen. Freiwillig hatte sie sich Schranken auferlegt, auferlegen lassen. Sie dachte an die alte Frau, die sie für GENE-SYS gewinnen wollte. Sie hatte ihr genau das vermitteln wollen. Sie hatte erkannt, wozu Edda wirklich fähig war.

Edda überlegte, ob es doch ein Fehler gewesen war, das Angebot auszuschlagen, die Zukunft der Menschen mitbestimmen zu können. Die Freundschaft zu Linus wäre der Preis gewesen. Sie sah zu ihm. Linus war ihr nah. Dass sie sich mit ihm auch ohne Worte verständigen konnte, war doch ein Zeichen, dass sie sich nah waren. Dass sie auf einer Wellenlänge lagen. Außerdem war er wirklich attraktiv. Toller Körper ... Edda vernahm diese Sätze, als würden sie von einer fremden Stimme gesprochen. Von der Edda, die sie in Cuxhaven gewesen war. Jetzt war sie die Edda in Berlin. Und eben war sie der Edda begegnet, die sie am meisten faszinierte. Sie war auf dem Weg dorthin. Aber sie war noch nicht angekommen.

Als Edda nach zehn Minuten die Geräte abstellte, saß Linus noch einige Sekunden reglos da, als wäre er eine Figur bei Madame Tussauds.

„Und?"

Wortlos drehte Linus den Kopf zu Edda.

„Ich liebe dich", sagte er. Ruhig und klar. Keine Angst mehr vor diesen drei Worten.

Simon hatte sich auf die „Terrasse" zurückgezogen und schaute dem Rauch seiner letzten Zigarette hinterher. Fast eine Stunde hatte er hier oben schon nachgedacht. Unter ihm, im Erdgeschoss, lachten Edda und Linus jetzt wieder, nachdem es lange sehr ruhig gewesen war und Simon sich nicht getraut hatte, hinunterzugehen. Er wollte nicht sehen und bestätigt bekommen, was er ahnte. Ihm wurde klar, dass die schönen letzten Tage nur ein Schein gewesen waren. Er hatte sich mit den Aufgaben, die er übernommen hatte, nur selbst getäuscht. Er wollte wichtig sein, genauso wichtig wie Linus, der Stratege. Aber er passte einfach nicht in dieses Trio. Er mochte Edda nicht, wie sie da unten angeschickert kicherte. Er mochte auch den Angeber Linus nicht. Er musste weg hier. Weit weg.

Sein Blick suchte im Dämmerlicht nach dem Horizont. Da sah er sie kommen. Eine Gruppe Jugendlicher löste sich aus den Büschen jenseits der Gleise und schwärmte auf ihr Häuschen zu. Simon erkannte die neongelbe Kappe des Jungen, mit dem er um die warme Jacke gestritten hatte. Und er sah die Baseballschläger in ihren Händen. Mit wenigen Schritten war Simon die Stufen hinuntergesprungen. Erschrocken blieb er stehen. Da standen Edda und Linus und küssten sich.

„Wir kriegen Besuch. Und der wird nicht nett sein!" Simon hörte sich selbst zu, was er da schrie. Um zu warnen. Aber auch um Edda und Linus auseinanderzubringen. Und um sich selbst davon abzuhalten weiter über diesen Kuss nachzudenken. Mit einer Handbewegung hatte er die Kerzen zusammengeschoben und gelöscht. Dann deutete er hinaus. Das waren mindestens fünfzehn Jugendliche, die da heranmarschierten.

„Wir müssen abhauen!", rief Simon und berichtete in knappen Worten von seiner Auseinandersetzung. Doch Linus sah ihn ganz ruhig an.

„Das werden wir nicht!", entgegnete er und Edda bestätigte das. Simon war irritiert, dann blickte er auf die Kappe und den Computer. Der Rechner war eingeschaltet und das Steuerungsgerät blinkte. „Seid ihr wahnsinnig?" Simon begriff, dass seine Vermutung, Edda und Linus hätten miteinander geschlafen, falsch gewesen war. Sie hatten dieses verdammte Gerät ausprobiert. Sie hatten ihre Angst abgeschaltet. Hatten sie sich deshalb geküsst?

„Sollen sie nur kommen", sagte Edda. „Wir geben unser Heim nicht kampflos her!"

Simon begriff, dass die Freunde nicht zu bekehren waren.

Der neongelbe Russe und seine Leute hatten das Häuschen erreicht. Er gab ein paar Handzeichen und sie verteilten sich so, dass das kleine Gebäude sofort umstellt war. Dann begannen sie mit den Baseballschlägern auf die Schienen zu schlagen. Zuerst noch war es ein wildes, metallenes Durcheinander, dann aber formte sich daraus ein bedrohliches Hämmern. Linus packte sich die leere Weinflasche und wollte hinausstürmen. Simon aber hielt ihn zurück und bevor die beiden anderen reagieren konnten, war Simon nach draußen verschwunden.

„Nettes Häuschen, du Opfer!", grinste ein Junge neben dem Russen. Er sprach Deutsch ohne Akzent und hatte eine pechschwarze Strähne weit in sein blasses Gesicht gekämmt, als wolle er ein Double von Marilyn Manson werden. „Du hast meinen Freund beleidigt, hab ich gehört."

„Ihr könnt die Jacke haben", versuchte Simon die Sache zu deeskalieren.

„Zu spät", sagte „Marilyn". „Wir wollen das Häuschen da!"

„Für'n Arsch!", schrie da auf einmal Linus und stürmte mit Edda heraus und auf „Marilyn Manson" zu. Der war so überrascht, dass er den ersten Angriff nicht abwehren konnte. Schon lag er unter Edda und Linus im Gleisbett. Doch dann war seine Gang bei ihm.

Sie packten Edda und Linus, zerrten sie weg. Dazu mussten sie alle Kraft aufwenden und es brauchte sechs der Jungs, um die beiden zu bändigen. Simon lag bereits benommen am Boden. Er hatte in das Häuschen zurücklaufen wollen, um seine Waffe aus seiner Jacke zu holen. Da war der Russe schon bei ihm und zog ihm eins mit dem Baseballschläger über.
Der Anführer lachte. Ihm gefiel Edda, die ihn so mutig angegangen war. Ganz nah kam er ihr und versprach ihr eine wunderschöne Zeit. Da spuckte ihm Edda ohne Kommentar ins Gesicht. „Marilyn" hielt kurz inne, lachte wieder, wischte die Spucke mit einem Finger weg und steckte ihn in seinen Mund.
Kurz darauf lag Simon zwischen zwei Gleisen, an deren Glanz man erkennen konnte, dass sie viel befahren waren. Die Gang hatte seine Füße mit Schnüren an die Schienen gefesselt. Mit einer Kette hatten sie seinen Mittelfinger gesondert befestigt. Dann gaben sie ihm eine Zange in die andere Hand, mit der er zwar nicht seine Füße, aber doch die festgekettete Hand erreichen konnte.
„Du hast die Wahl", sagte der Russe. „Leben oder dein verdammter Mittelfinger!"
Dann setzte er sich in aller Ruhe zu den anderen. Sie hatten den Topf mit den Nudeln gefunden und aßen die Reste. Linus und Edda mussten zusehen, wie Simon auf den Gleisen lag. Sie wollten wegsehen, aber ihre Feinde zwangen sie hinzuschauen.
Simons Atem raste. Schweiß stand auf seiner Stirn. Einige Züge passierten in sicherer Entfernung. Dann aber war das Signal einer ICE-Lok zu hören. Einmal. Zweimal. Es kam näher. Simon konnte den Kopf heben. Der Zug kam in seine Richtung. Noch bestand die Möglichkeit, dass das Gewirr aus Gleisen auch diesen Zug in eine andere Richtung lenken würde. Doch Simon spürte, wie die Vibration des ICE über die Gleise bis zu ihm getragen wurden. Er versuchte verzweifelt mit der Zange die Kette, die seinen Finger

umwickelte, zu durchtrennen. Es war unmöglich. Wieder das Signal. Die Lichter kamen immer schneller auf ihn zu.

„Hilfe!", schrie Edda. Einer der Jungs schlug ihr ins Gesicht. Sie weinte.

Linus bäumte sich unter den Griffen der Gang auf. Er hatte keine Chance. „Ihr bringt ihn um!", schrie er in ohnmächtiger Wut.

„Er bringt sich selber um, wenn er so an seinem Finger hängt!", lachte „Marilyn" und seine Gang grölte mit. Die Lichter des Zuges tänzelten nun plötzlich hin und her, als wollten sie Simon absichtlich narren. Mal links, mal rechts. Zwischen Hoffen und Verzweiflung. Dann aber lenkten die Weichen den ICE endgültig in Simons Richtung. Es gab keinen Zweifel mehr. Simon sah es an den Lichtspiegelungen auf den polierten Gleisen. Sie krochen immer näher. In wenigen Sekunden würde der Zug hier sein. Simons Gedanken rasten. Gingen zurück zu David. Zu dem Moment, in dem er ins Eis einbrach. Als Simon sich auf den Bauch warf und an das Loch heranrobbte. Aber da war nur noch schwarze, leere Tiefe. Simon spürte denselben Schmerz wie damals. Und er gab auf. Aber da war plötzlich eine Stimme in seinem Kopf.

„Kämpfe. Du musst kämpfen!" War das Davids Stimme? Simon hob den Kopf. Die Lichter des Zuges bauten sich vor ihm auf. Er setzte die Zange an. Schnell und präzise, am ersten Gelenk seines gefesselten Fingers. Dann drückte er zu. Mit einer Kraft, die er gar nicht hatte. Aber in diesem Moment war sie da. Simon hörte das knirschende Geräusch des Knorpels. Es war lauter als das Signal des ICE, dessen Lichter Simon nun erfasst hatten. Er hatte sich aufgerichtet. Zwei schnelle Bewegungen noch und er hatte die Seile durchtrennt, die seine Füße fixierten. Dann war der Zug da. Wie ein Schlag. Der Lokführer hatte die Notbremsung eingeleitet. Die Bremsen blockierten die Räder. Ein schmerzendes Kreischen fraß sich in die Nacht. Und dennoch schoss der Zug über Simon hinweg.

Fassungslos und still waren die Zuschauer. Der Gang war das Lachen vergangen. Simon war nirgendwo zu sehen. Immer langsamer wurde der Zug. Der Russe schaute „Marilyn" an. Da war Angst in seinem Blick.

Nach einer Ewigkeit kam der Zug zum Stehen. Das Kreischen der Bremsen verstummte. Was blieb, war das Entsetzen von Edda und Linus. Eine Geste des Anführers, stumm und schnell, ließ die Jungs der Gang verschwinden. Unfähig sich zu bewegen und unter Schock blieben Linus und Edda zurück. Da tauchte ein Schatten hinter dem letzten Waggon des ICE auf. Er kam auf Edda und Linus zu. Kerzengerade und ohne zu schwanken ging er voran. Simon! Sofort eilten Edda und Linus auf ihn zu. Nahmen ihn in den Arm, führten ihn weg. In ihr „Zuhause". Da saß Simon, ignorierte die klaffende Wunde und sagte kein Wort.

„Wir müssen weg!", drängte Linus. „Er muss ins Krankenhaus!" Von draußen waren Stimmen zu hören, die näher kamen. Hastig packte Linus mit Edda alles zusammen, was wichtig war. Den Laptop, ihre wenigen Klamotten, Olsens Geräte, den Campingkocher, Simons Jacke. Alles verteilten sie auf ihre Rucksäcke. Sie nahmen Simon zwischen sich, stützten ihn und verließen im Schatten des Gebäudes ihr Heim. Auf der anderen Seite des Gebäudes waren Menschen am Gleis des ICE angekommen. Bahnpolizei und Schaffner. Taschenlampen leuchteten herum, bis schließlich einer etwas Kleines, Längliches aufhob und emporhielt. Ein Stück Finger.

---⌐2213 L---

Die Befreiung von Marie war missglückt. Sie saßen in der Umkleide des alten Schwimmbads und starrten auf den schmutzigen Verband um Simons Hand. Nur noch ein paar Lagen, dann würde Simon die vier Finger seiner linken Hand sehen. Vor allem aber den Stumpf des Mittelfingers. Er zögerte, blickte die beiden anderen an.

„Irgendwann musst du", sagte Linus.

Vorsichtig wickelte Simon den Verband ab. Schicht um Schicht kam Simon dem Anblick näher, den er bisher gefürchtet hatte. Er hatte die Augen geschlossen, als er auf den Gleisen die Hebel der Zange mit einem verzweifelten Ruck zusammengepresst hatte. Den Schmerz hatte gar nicht gespürt. Später aber, mit dem Bewusstwerden, was geschehen war, war der Schmerz da. Pochend. Und mit jedem Herzschlag heftiger. Als er den Finger kappte jedoch, hatte Simon nur das Entsetzen in all den Gesichtern erblickt, die ihn beobachteten. Sogar die Mitglieder der Gang waren verstummt. Und für einen Moment hatte er auch die Tränen in Eddas Augen gesehen. Dann kappte Simon die Seile, die ihn auf den Gleisen hielten und rollte sich zur Seite. Rechtzeitig. Edda und Linus waren bei ihm, als er auf sie zuging und dabei fast ohnmächtig wurde.

Simon atmete tief. Blutig war der Teil des Verbandes, den er jetzt ablöste. Voll getrockneten Blutes. Dann nahm er vorsichtig die letzte Lage weg. Er musste kurz daran reißen, weil sie festklebte. Simon zuckte und ärgerte sich sofort, dass er vor Edda den Eindruck gemacht hatte, er würde den mickrigen Schmerz nicht aushalten. Er schaute auf den Stummel von Finger, der ihm geblieben war. Unterhalb des zweiten Gelenks hatte Simon den Finger abgetrennt. Neugierig betrachtete er ihn von allen Seiten. Linus und Edda konnten nicht fassen, dass Simon lächelte.

„Was? Was ist so komisch?"

„Wie der sich jetzt wohl fühlt?" Simon grinste die beiden anderen an und zeigte den kleinen Finger. „Jetzt, wo er nicht mehr der Kleinste ist."

„Er könnte den anderen den Stinkefinger zeigen!", lachte Linus.

„Umzingelt von Perversen", sagte Edda. Sie nahm Simons Hand und betrachtete den Stumpf genauer. Es interessierte sie wirklich und es machte ihr nichts aus, die Wunde zu betrachten. Vor ein paar Monaten noch wäre Edda bei einem solchen Anblick in Ohnmacht gefallen. Jetzt aber spürte sie beinahe wissenschaftliches Interesse an der Verletzung. Der Schnitt war gut verheilt. Sie legte kurz ihre beiden Hände auf seine. Es war ein Reflex. Edda hatte das Gefühl, dass das jetzt richtig war. Simon sah sie erstaunt an. Für einen Moment schaute er tief in ihre Augen. Für den Moment, in dem sie seine Hand hielt. In diesem Moment war er sich sicher, dass er Edda liebte. Glaubte er. Edda nieste.

„Ab in die Sauna!", befahl Linus.

Nach ihrem wahnwitzigen Abenteuer hatten sie schlotternd vor Kälte den Wagen erreicht. Linus hatte Schwierigkeiten gehabt, den Schlüssel in das Zündschloss zu stecken. Beim Versuch, den Wagen anzulassen, klackerte es so wild und schnell, als wolle Linus den Weltrekord im Morsezeichen-Senden brechen. Schließlich startete er den Motor und fuhr los, ohne zu wissen wohin. Sie hatten keinen Ort mehr, an den sie sich zurückziehen konnten. Das Abbruchhaus an den Gleisen gehörte jetzt der Gang. Thorben wurde von seiner Mutter bewacht. In den Straßen Berlins hätten sie sich, durchnässt wie sie waren, den Tod geholt.

Edda war auf die Idee mit dem Hallenbad gekommen. Sie hatte auf dem Stadtplan das Charlottenburger Stadtbad entdeckt und lotste Linus dorthin. Was bei Eddas Rechts-Links-Schwäche ein wenig dauerte. Kurz bevor das Bad schloss, erreichten sie es. Die Kasse hatte schon dicht gemacht und sie huschten, versteckt vor den Blicken der Frau im Kassenhäuschen, von einer zur nächsten der gekachelten Säulen und hinein in den Badebereich. Dort schnappten sie sich ein paar von den Handtüchern und versteckten sich in den Umkleidekabinen, bis das Bad geschlossen war. Als einer der Bademeister noch die Kabinen kontrollierte, verschwanden sie kurz auf die Toiletten. Dann waren sie allein. Ihre nassen Klamotten hingen zum Trocknen an den Heizungen, Simon hatte den Verband gelöst und sie waren in die Sauna verschwunden. Schweigend saßen sie in der Restwärme und fühlten, wie ihre Körper wohlig warm wurden. Alle drei hatten die Handtücher nicht abgelegt. So nah, so nackt waren sie einander noch nie gewesen.

Die beiden Jungs hatten sich ganz nach oben gesetzt. Edda saß vor ihnen. Und Linus und Simon konnten nicht anders als zuzusehen, wie die ersten Schweißtropfen aus Eddas hochgesteckten Haaren hervortraten, verharrten. Wie scheue Eichhörnchen, dachte Simon. Er hatte sie immer mit David beobachtet, wie sie aus dem Schutz des Waldes hervorlugten, um Nüsse unter den Walnussbäumen auf einer Wiese einzusammeln. Die Schweißtropfen hatten sich gelöst und huschten über Eddas schmalen Hals, entlang ihrer Wirbelsäule den Rücken hinunter. Sie verschwanden dort, wo das Handtuch eine Handbreit nicht am Rücken anlag, weil die geraden Schultern von Edda das Frottee spannten.

„Spanner", dachte Linus und grinste. In Gedanken war er gerade mitsamt dem ersten Tropfen Eddas gesamten Rücken hinuntergeflossen. In seiner Vorstellung hatte der Tropfen an der kleinen Wölbung des untersten Wirbels der Säule gestoppt und gewartet, dass die anderen Tropfen dem ersten Weg folgten. Um dann ...

„Das war komplett idiotisch", sagte Edda.

„Großartig ...", dachte Linus gerade noch.

„Der ganze Plan ..." Edda wandte sich um und sah die beiden an.

„... war scheiße, ich weiß." Linus war zurück und hatte kapiert, was Edda meinte. Die sah ihm ins Gesicht und lachte. Das war die einzige Reaktion, die möglich war, für das, was sie hinter sich hatten.

„Wir hatten echt gute Schutzengel", sagte sie.

„Oder wir sind einfach unkaputtbar", lachte Linus. Aber sein Lachen verstummte schnell. Edda und Simon hatten nicht eingestimmt. Erst jetzt schien jedem Einzelnen von ihnen klar zu werden, in welch großer Gefahr sie gewesen waren. Zu oft hätte es schiefgehen können. Sie hatten das Schicksal herausgefordert und sie fragten sich, wie oft es sich noch so gnädig zeigen würde wie in dieser Nacht. Zu all dem kam die Enttäuschung, dass ihr Plan nicht aufgegangen war. Marie war immer noch in den Fängen von GENE-SYS. Linus spürte Eddas Trauer. Ihn plagte das schlechte Gewissen, weil es sein Plan gewesen war, mit dem sie so grandios gescheitert waren. Linus zweifelte. Alles war wieder unklar, unsicher. Vor allem der Kuss. Mit Edda war es anders gewesen als mit Judith. So wenig, so gar nicht ... spektakulär. Gehörte Angst dazu, damit ein Kuss dieses Gefühl von Wärme, von Geborgenheit, von Auflösung und Neubeginn erschuf? War es die Angst vor Ablehnung, die der Kuss dann vertrieb? Linus wollte das nicht glauben. Wie konnte Angst ein Teil von Liebe sein? Es musste eine andere Erklärung geben.

Linus ahnte den wahren Grund und versuchte den Gedanken fernzuhalten. Dass Edda ihn nicht – Nein! Es musste mit Olsens Geräten zu tun haben. Sie beeinflussten sicher noch viel mehr als das Hirn. Sicher hatte er alles ganz falsch eingestellt. Und sicher ... Linus seufzte. Er schaffte es nicht, sich zu belügen. Dann, in die Stille, machte er sein Angebot.

„Wenn ihr doch zusagt?" Er schaute auf seine Finger, die er fest ineinander verknotet hatte. Als wäre das der Ausdruck dafür, wie schwer es ihm fiel zu sagen, was er sagte. Was heldenhaft klingen sollte. Linus wollte verzichten. „Wenn ihr das Angebot von GENE-SYS annehmt? Kommt schon, es ist fantastisch!" Vielleicht hatte er auf sofortigen Protest gehofft, doch Edda und Simon schwiegen. Sie schienen tatsächlich darüber nachzudenken. Ihnen kamen die Bilder in den Sinn, die ihnen die alte Frau in dem Kino vorgeführt hatte. Beste Ausbildung. Bekanntschaft, Freundschaft vielleicht mit den berühmtesten, coolsten Leuten des Planeten. Sie sollten dazugehören. Weil sie etwas Besonderes waren. Sollten eine Elite sein.

„Mir ist zu heiß", verabschiedete sich Linus und verließ die Sauna. Edda schaute ihm nach, sah sich zu Simon um.

„Er spinnt", sagte der.

„Ja", antwortete Edda. „Oder?" Unsicher klang sie. Sie lehnte sich zurück. Ihr Kopf lag auf der Stufe hinter ihr. Sie sah zu der Decke der Sauna und dann zu Simon. Sein Kopf war über ihr. Jeder sah das Gesicht des anderen um 180 Grad gedreht. Simons Augen tasteten ihre Haare, ihre Augen, ihre grade Nase ab, wie ein Scanner. Er sah ihren Mund, der jetzt in ihrer Stirn zu sein schien. Er sah zu, wie er sich unsicher zu einem Halbkreis formte. „Ein Lächeln" war das Signal, das in Simons Hirn ankam, obwohl alles auf den Kopf gedreht war. „Du bist schön", hörte er sich sagen und erschrak darüber. Schön. Was redete er da für einen Scheiß! Sein Blick suchte irgendwo Halt, landete wieder auf ihrem Gesicht und musste mit ansehen, wie Edda ihm die Zunge rausstreckte. Und lachte. Aber: Sie lachte ihn nicht aus. Es war ein Reflex. Der sich bei Edda immer einstellte, wenn die Situation drohte, zu ernst zu werden. Es war ein Weg aus dem Durcheinander, das sich in ihrem Herzen einstellte.

Wie konnte jemand von ihr sagen, sie sei schön? Hätte da nicht irgendwann einmal irgendeiner ihrer Millionen kritischer Blicke in Spiegel, in Scheiben, in Schaufenster ihr ihre Schönheit signalisieren müssen? Oder ein einziges der Fotos, die sie immer wieder von sich geschossen hatte, in der Hoffnung, von ihrer eigenen Schönheit überrascht zu werden.

Das war alles vor der Zeit gewesen, die mit dem Camp begonnen hatte. Eine neue Zeit, ein neues Leben. Ihr altes schien Jahrhunderte entfernt. Damals hätte sie sich so gerne darauf verlassen, wie sie aussah, wie sie wirkte. Damals hatte niemand zu ihr gesagt, sie sei schön. Aber jetzt, in all dem Schlamassel, hatte Linus gesagt, dass er sie liebt, hatte sie sogar geküsst. Und hier, direkt über ihr, saß dieser schlaksige, ernste Junge mit den raspelkurzen Haaren. „Du bist schön", hatte er gesagt und Edda konnte den Reflex nicht verhindern. Die Zunge war schon auf dem Weg nach draußen. Vorbei an den Zähnen, durch die Lippen hindurch. Sie hoffte, dass ihr Lächeln das richtige Signal geben würde. Dass das mit der Zunge nicht ernst gemeint war.

Edda wunderte sich. Beim Kuss von Linus hatte sie ihre Zunge in der Gewalt. „Ich liebe dich", hatte Linus gesagt und sie hatte es zugelassen, weil es sie nicht ängstigte. Er war ein attraktiver Junge und attraktive Jungs kann man küssen. Das war der Gedanke, der ihr dabei durch den Kopf gegangen war. Ohne den Alkohol, ohne diese Maschine wäre es nie dazu gekommen, dachte sie jetzt. Sie würde mit Linus darüber reden müssen. Sie wollte wissen, wie es ihm ergangen war. Aber sie traute sich nicht. Genausowenig, wie er sich traute.

„Alkohol!", jubelte Linus. Er hatte die Tür zur Sauna aufgerissen und präsentierte, was er an der kleinen Bar des Schwimmbades gefunden hatte. Eine volle Flasche Eierlikör.

„Schmeckt wie Pudding!" Er nahm einen Schluck, schüttelte sich.

„Vom Fünfer pinkeln ... wollt ich immer schon mal! Kommt schon. Na los! Ma' gucken, ob das Wasser wirklich blau wird!"

Erst jetzt begriff Linus, dass er störte. Es waren die Blicke, die Edda und Simon zu vermeiden suchten. Es war die übertriebene Heiterkeit, mit der Edda aufsprang und zum Schwimmbecken lief.

„War da was?", fragte Linus.

Simon schüttelte den Kopf.

„Quatsch!" Er ging an Linus vorbei hinaus und Linus begriff, dass er log.

„Ei, ei, ei ...", rief Linus ihm hinterher und schwenkte die Likörflasche. Simon kam zurück und nahm einen Schluck. Er verzog das Gesicht. Sie hörten das Platschen, schauten sich an und folgten zum Schwimmbad. Im schwachen Licht sahen sie das Handtuch liegen, das Edda offensichtlich abgelegt hatte. Sie plantschte im Becken. Sie konnten sie besser hören als sehen.

„Kommt schon. Ich will die Arschbombe sehen!", rief sie. „Aber Licht auslassen!" Da wussten die Jungs, dass sie tatsächlich nackt war. Na, wenn das so war ... Noch zwei kräftige Schlucke Eierlikör, runter mit den Handtüchern und ab zum Beckenrand. Gerade da wurde es hell. Für den Bruchteil einer Sekunde standen Linus und Simon im Spotlight. Als draußen ein Blitz niederging und durch das gläserne Dach des Bades sein Licht hereinschickte. Edda lachte. Die Jungs sprangen ins warme Wasser.

„Sie lassen es sich gut gehen", sagte die Frau vor dem gläsernen Bildschirm, als Greta zurück zu ihr kam. Greta schaute auf die dreidimensionale Darstellung der Stadt. Die drei Signale meldeten sich aus dem Schwimmbad. Greta lächelte.

„Lassen wir ihnen noch ein wenig ihren Spaß", sagte sie gnädig. Und fragte nach Alarmvorrichtungen des Hallenbades. Die kauende Mitarbeiterin rief über die Baupläne des Bades in Sekundenschnelle auch die Schaltpläne der Elektrik in diesem Gebäude auf. „Kein spezielles Alarmsystem", stellte sie fest. „Nebenan ist ein Handyladen mit Alarm, bringt aber nichts, wenn wir den hochfahren."
„Okay, dann über einen anonymen Anruf." Greta schaute auf ihre Uhr. „Sagen wir in einer halben Stunde." Damit verschwand sie wieder. Es war schließlich doch ein guter Tag, der sich da dem Ende zuneigte. Es war Zeit zu Marie zu gehen, die in den letzten Stunden erstaunliche Bilder und Informationen geliefert hatte. Wie sich herausgestellt hatte, hatte Bernikoff wegen seiner indischen Staatsangehörigkeit die Erlaubnis erhalten, Marie privat zu unterrichten und sie so zu einer Trägerin der Bernikoff'schen Lehre

gemacht. Jede seiner Theorien erörterte er zunächst mit seiner Tochter; überlegte, wie er sie in ihren gemeinsamen Auftritt integrieren und auf die Persönlichkeit des Großen Furioso übertragen konnte. Hypnose, Verwandlung von Objekten und Telepathie waren die Höhepunkte seiner Schau. Doch in Wirklichkeit versuchte er, als Magier die Menschen über das Unbewusste zu erreichen. Auf die gleiche Weise, davon war Bernikoff überzeugt, erreichten und manipulierten auch Hitler und seine Leute das Volk. Indem sie die tiefsten Wünsche und Ängste der Menschen ansprachen. Vieler Menschen. Der meisten.

Eine, vielleicht die entscheidende Episode im Leben Maries und Bernikoffs entzog sich Greta und Victor immer wieder von Neuem. Es ging um den Abend ihres Auftritts vor Hitler und seinen Generälen. Hatte Bernikoff als der Große Furioso wirklich eine Begegnung mit den führenden Köpfen des Dritten Reichs oder sogar mit Adolf Hitler gehabt, wie die Erinnerungen Maries besagten? Und falls ja, was war damals passiert? In den Geschichtsbüchern, den Zeitungen und den Archiven gab es keinen Hinweis darauf, dass die Erinnerungsbilder Maries tatsächliche Ereignisse abbildeten. Wenn es keine Erinnerungen an historische Tatsachen wären, die Victors Technik abbildete, dann wären sie schlicht und ergreifend wertlos für das, was Greta damit vorhatte.

Die Stimmung während der Sitzungen war in den letzten Tagen immer eisiger geworden. Victor hatte Marie auf Gretas Geheiß an den Rand der körperlichen Erschöpfung gebracht, um herauszufinden, wie die Geschichte weiterging oder ob sie wahr war. Auch jetzt, als Greta das Schlaflabor betrat, versuchte Victor, eine entsprechende Stelle in Maries Gehirn anzusteuern.

Gretas Auftauchen passte ihm nicht.

„Und? Fortschritte?"

„Ihre Erinnerung springt immer wieder von der Fahrt zum Wintergarten zu einer Autofahrt. Die vier Stunden dazwischen bleiben verschwunden."

„Irgendein Anhaltspunkt dafür, was Bernikoff vorgehabt hat? Wieso sprach er vom großen Tag? Von einem Plan? Wofür steht dieses kleine Sonnenrad in der Vakuumglocke?"

Greta legte ihr iPad auf den Tisch und zeigte Victor Aufnahmen der Sonnenräder im Berliner U-Bahn-System, die GENE-SYS beseitigt hatte, nachdem sie von Linus entdeckt und als eine Art App verwendet worden waren.

„Erstaunlich", sagte er. „Die Bilder in Maries Kopf sind wirklich bei Weitem zu detailliert, als dass es sich um Hirngespinste handeln könnte."

„Gibt es vielleicht die Möglichkeit, über ein anderes Areal ihres Gehirns diese fehlenden vier Stunden anzusteuern?", überlegte Greta.

Victor zögerte.

„Nun, in Träumen werden Informationen über Erlebtes registriert und gespeichert. Sie werden für den Menschen langfristig codiert – also unter bestimmten Bedingungen abrufbar gemacht."

„Wenn es gelänge den Ort in Maries Gehirn zu finden, an dem diese Codierung verankert ist, könnten wir einen neuen Zugang finden?", fragte Greta.

Victor nickte.

„Einen Zugang zur Fantasie – die ist nicht an die Beschränkungen der Realität gebunden."

Greta rollte genervt mit den Augen. Sie wusste, was Fantasie vermochte. Und sie spürte Victors Widerstand, weiterzugehen, tiefer in die Psyche der Frau einzudringen, die seit Wochen hilflos in einem Wachschlaf lag und deren Verfassung sich immer weiter verschlechterte. Offenbar hatte Greta Victor überschätzt. Wieso hatten Männer so viele Skrupel, wenn es um Frauen ging?

„Träume verarbeiten auch jene Dinge, die das Bewusstsein verdrängt", entgegnete Greta. „Irgendwo muss so eine Erfahrung ja verarbeitet werden ... Wenn es denn eine war."
Sie verkniff sich einen eisigen Blick auf Victor.
„Das Problem ist weniger das Aufzeichnen der Träume", führte Victor Gretas Überlegungen fort. „Das Problem ist, dass wir Marie mit ihrem Unterbewussten konfrontieren würden. Unvorbereitet. Ohne Anleitung. Ohne zu wissen, welche Dämonen wir da aufrufen oder freisetzen. Es kann sein, dass sie den Verstand verliert. Es ist sogar wahrscheinlich."
Greta schwieg. Sie spürte, dass sie auf dem richtigen Weg war. Jetzt war es nur noch eine Frage der Zeit und wie immer wusste sie genau, was zu tun war.

---------- ⌐2215 L --

Als die Flasche leer war, setzte Linus eine gehörige Arschbombe ins Wasser. Da es keine Sprungbretter gab, war er auf die Brüstung des Umgangs geklettert und hatte sich hinabgestürzt. Die beiden anderen folgten und mit jedem Promille, das sie mehr intus hatten, verloren sie an Hemmungen. Sie hatten überlebt. Einen heißen Ritt durch die Kanalisation hatten sie ohne größere Schäden überstanden.
„Den heißesten Ritt aller Zeiten!", johlte Linus. Sie waren durch die Abwässer der Stadt gesurft. Sie waren nicht aus Asche auferstanden, wie Phönix, sondern aus Scheiße. Wer konnte das schon von sich behaupten? Sie lebten und das musste gefeiert werden. Verpoorten half, alle anderen Gedanken zu vertreiben.
Sie schwammen nackt herum, tauchten. Lachten. Sprangen von der Brüstung, kletterten die metallenen Bögen der Dachkonstruktion entlang und ließen sich in das Wasser fallen.

„Unkaputtbar", rief Edda und die Jungs wiederholten es, grölten es in die Nacht. „Wir sind unkaputtbar!"
Der interne Arschbombenwettbewerb ergab keinen Sieger. Wie auch. Sie hätten ihn nur am Geräusch bestimmen können.
„Unentschieden", einigten sie sich. Und dann trieben sie auf dem Rücken im Wasser. Das gläserne Dach bot einen herrlichen Ausblick auf das Gewitter, das immer noch über der Stadt tobte. Einzig Eddas Schluckauf unterbrach die fast heilige Stille.
„Ach, Edda", seufzte Linus. Wie sehr er diese romantischen Momente liebte, die durch Edda so herrlich unperfekt wurden. Ob sie sich dessen bewusst war?
„Sorry", sagte Edda. „Hat nichts Gutes zu bedeuten, mein Schluckauf."
„Hä?"
„Ich hatte Schluckauf, kurz bevor meine Mutter in die Klapse abgeholt wurde und als meine Mutter mir erklärte, dass sie meinen Vater gar nicht kennt. Da hatte ich auch vorher Schluckauf."
„Ach, Edda", wiederholte Linus. Da flackerte das Licht der Halle auf. An den Beckenrand traten zwei Polizisten in Uniform.
„Nu aber ma' janz flott raus da!", sagte der eine und der andere meldete schon an die Zentrale, dass sie die Ursache für den Alarm gefunden hatten.
„Hätt' wohl doch nicht reinpinkeln sollen", lachte Linus.
„Bewegt eure Ärsche da raus!"
„Aber umdrehen!", kicherte Linus weiter.

Die Arrestzelle roch furchtbar säuerlich. Sie wurde vor allem zum Ausnüchtern genutzt, da war es nur logisch, dass sich trotz allen Zutuns von Sagrotan die Übelkeit über all die Jahre hier als ständiger Gast eingenistet hatte.

Bis zur Feststellung der Personalien wurden Edda, Linus und Simon in unterschiedliche Arrestzellen gesteckt. Ein letztes Mal sahen sie sich in die Augen, als sie aus dem Büro des zuständigen Kommissars weggeführt wurden.

Die Tür fiel hinter Simon ins Schloss. Er hörte, wie der eiserne Riegel vorgeschoben wurde. Dann stand er verlassen da, und obwohl er Eierlikör intus hatte, war es nicht der Alkohol, der ihm das Gefühl gab, sich übergeben zu müssen. Es war auch nicht der Geruch. Es war die Angst. Getrennt von den Freunden. Allein. Was würde passieren? Sie hatten geschwiegen, hatten keine Angaben zur Person gemacht. Ihre Ausweise, ihre Handys hatten sie ja längst nicht mehr. Aber die Polizei würde sicher Mittel und Wege haben festzustellen, wer sie waren. Was, wenn sie sie getrennt befragten? Wenn einer der beiden Freunde schwach werden würde? Wenn Linus oder Edda sie verraten würden. Ganz schnell hätte man Simons Mutter ausfindig gemacht. Der Vater im Knast. Man würde ihn zurückschicken nach Mannheim.

Simon wollte das nicht. Niemals wieder wollte er in sein altes Leben zurück. Niemals wieder wollte er seiner Mutter begegnen. Sie war Teil dieser seltsamen GENE-SYS-Sekte. Sie hatte gewusst, was mit ihm geschehen sollte. Und sie war sicher so naiv gewesen, dass sie den Versprechungen von einer besseren Welt aufgesessen war. Dann noch dieser bekiffte Mumbala. Sie hatten ihn alle einwickeln wollen. Wie ein kleines Kind hatte er nur noch Ja und Amen zu allem sagen sollen. Aber er war kein kleines Kind mehr. Simon fühlte sich erwachsen. Nach allem, was er erlebt hatte mit Edda und Linus. Was sollte ihm jetzt noch etwas anhaben?

Simon hatte gehofft, dass er sich diese Gedanken glauben würde. Dass er wirklich nichts mehr für seine Mutter empfand. Aber das war nicht so. Immer, wenn er in Wut an seine Mutter dachte, schob sich ein ganz anderes Bild aus seiner Erinnerung in den

Vordergrund. Das Bild von den Sonntagen im Odenwald. An dem Bach. An dem die Mutter David und ihm die Schönheit der Natur zeigte. Als sie sie aufforderte, immer genau hinzuschauen, auf all das, was Leben ist. Dass all das schön ist. Vom Raubvogel, erhaben am Himmel, bis zur grauen Kröte im dunklen Erdloch.

Simon war längst klar, dass David damals viel besser hingehört hatte. Er hatte sie wirklich verstanden. Simon wurde jetzt erst langsam klar, dass er damals noch nicht reif für diese Dinge gewesen war. Er war immer lieber bei seinem Vater, der an diesen Sonntagen die Bäche beobachtete, die Forellen darin. Die Energie, mit der sie schwammen und flussaufwärts flohen. Warum nicht flussabwärts? Warum gab es so viele Quellen auf hohen Bergen, wo Wasser doch nach unten fließt? Simons Vater arbeitete schon damals an seinen Ideen zur Freien Energie.

Da war so viel Wärme und Glück in seiner Erinnerung, dass Simon schnell wieder alle Wut auf seine Mutter verlor. Warum war sie ihm nur so fremd geworden nach Davids Tod? Warum war all das Schöne zerbrochen? Warum spürte er immer noch diese Kälte und diese Angst, wenn er an diesen Tag im Winter dachte?

Simon erinnerte sich daran, dass Linus davon erzählt hatte, wie er Kontakt zu Edda bekommen hatte. Als er Angst um sie hatte. Dass er über Gedanken mit ihr reden konnte. Simon hatte keine Ahnung, wie das funktionieren könnte. Er hatte zwar Davids Stimme gehört, als er auf den Schienen lag. Und er hatte die Stimme des Vaters vernommen, der in dem Wagen der JVA davonfuhr, aber er hatte eben immer nur „empfangen". Linus und Edda konnten sich verständigen. Senden und empfangen. Weil sie sich liebten?

Simon hockte sich hin, schloss die Augen und dachte an Edda. Er versuchte sich zu konzentrieren, doch immer wieder kamen ihm Bilder in den Sinn, wie Edda im Dunkeln wie ein nackter Schatten ins Wasser sprang. So elegant, so leicht. Oder er dachte an

ihr Gesicht in der Sauna, an ihr Lächeln und die Zunge, die sie ihm herausgestreckt hatte. Simon versuchte diese Bilder zu vertreiben.
„Du denkst an Sex!", sagte plötzlich eine Stimme. Simon erschrak. Es war nicht Eddas Stimme. Und die Stimme war auch nicht in seinem Kopf, wie er zuerst gedacht hatte. Sie kam aus der Ecke des winzigen Raumes. Erst jetzt nahm Simon den jungen Mann wahr. Wie war das möglich? Er hatte doch schon von Anfang im Raum sein müssen.
„Klar, du denkst an Sex."
„Schwachsinn!", schimpfte Simon. Aber der andere hatte recht. In Gedanken war Simon Edda in der Sauna gerade viel näher gekommen als jemals in Wirklichkeit. Ein Blick von Simon und er rollte sich auf das untere der beiden Etagenbetten. Das harte Plastik, das die Matratze umschloss, knirschte. Simon drehte sich zur Wand. Horchte.
„Zum ersten Mal hier, was?"
Simon wollte nicht antworten. Er hatte jetzt bestimmt keine Lust, mit irgendeinem wildfremden Idioten darüber zu reden, wie beschissen er sich gerade fühlte. Sicher würde der sich nur lustig machen.
„Kannst ruhig mit mir reden. Mach mich nicht lustig."
Simon drehte sich unter dem Knirschen der Matratze zurück und sah den Jungen an. Hellblau waren seine Augen. Fast durchsichtig. Seine dünnen blonden Haare hatte er zu einem Zopf zusammengebunden.
„Nikto", sagte er und streckte Simon die Hand hin. Simon zögerte, nickte nur.
„Mir scheißegal, ob du dich lustig machst", knurrte Simon. Er wollte cool wirken. Sicher. Erwachsen. Er wollte unter keinen Umständen ein Opfer sein.
„Heyheyhey! Bin auf deiner Seite, Simon."

„Woher weißt du, wie ich heiße?"
„Ein guter Knacki hat nun mal einen guten Draht zum Schließerpersonal." Er grinste. „Hausfriedensbruch im Hallenbad. Nett. In einer Stunde hat dich dein Daddy hier wieder raus, wenn er nicht ganz unterbelichtet ist." Er sah Simon an, sah seine stumme Reaktion. „Ist er das?", fragte Nikto. „Unterbelichtet?"
„Halt die Klappe!"
Simon schaute in Niktos Augen. Sie waren so klar und lebendig. Irgendetwas in Simon signalisierte ihm, dass er Nikto vertrauen konnte.
„Mein Vater sitzt auch." Als Simon sich überlegte, was er gerade gesagt hatte, musste er genauso grinsen, wie Nikto es tat.
„Weshalb?", fragte Nikto. „Weshalb sitzt er?" Da Simon nicht sofort antwortete, nickte Nikto nur. „Unschuldig, verstehe ..."
„Ist er wirklich", sagte Simon. „Er ist reingelegt worden. Er hat an einer neuen Energieform geforscht. Kostenlose Energie für jeden."
Nikto sah Simon plötzlich ganz anders an. Ernster. Besorgt. Die Leichtigkeit, die sich in den letzten Minuten zwischen den beiden aufgebaut hatte, war wieder verschwunden. Sie schwiegen. Nikto zog sich auf das obere Bett zurück. Simon wartete, bis das Knirschen des Plastiks verstummt war.
„Was ist das für ein Name, »Nikto«?", fragte er.
„Russisch! Heißt »Niemand«."
„Blöder Name."
„Hab ich mir selbst gegeben. Besser als Igor."
„Stimmt. Weshalb bist du hier?"
„Erstens war's mir draußen zu kalt, heute Nacht ..."
„Und zweitens?"
„Versuchtes widerrechtliches Aneignen von Staatseigentum oder so ähnlich", erklärte Nikto.
„Und? Was hast du klauen wollen?"

„'nen Jet."

Simon glaubte, nicht richtig gehört zu haben. Es dauerte, bis er nachhakte. „So'n Düsenjäger?"

„Japp!"

„Blödsinn!"

Kurz darauf knirschte es über ihm, dann beugte sich Nikto zu ihm herunter und zeigte ihm auf seinem kleinen Handydisplay einen Videoclip, den er aufgenommen hatte. Der kurze Film zeigte, wie Nikto tatsächlich in das Cockpit eines Jets stieg und es sogar schaffte, die Triebwerke zu starten, bevor man ihn schnappte. Nach der kurzen Vorführung legte sich Nikto wieder zurück auf die Matratze.

„Wieso hast du dein Handy noch?", fragte Simon misstrauisch. Ihn hatten die Beamten akribisch durchsucht und alles abgenommen. Die Waffe hatten sie nicht finden können. Die hatte er im Schwimmbad zurückgelassen. In einem der Schließfächer dort. Den Schlüssel dazu hatte er in dem schmalen Ritz unter dem Garderobenschrank verschwinden lassen. „Mir haben sie alles abgenommen", ergänzte Simon, nachdem Nikto nicht antwortete.

„Ach, wenn man ein bisschen zaubern kann." Er lächelte, was Simon nicht sehen konnte.

„Wie bist du überhaupt da in den Jet reingekommen?", fragte Simon. Er wusste, dass so was für einen Zivilisten ohne Erlaubnis niemals möglich war. Viel zu viele Kontrollen.

„Mach mich unsichtbar", erklärte Nikto lakonisch.

„Ja, klar!" Simon war beleidigt. Es ärgerte ihn, dass Nikto ihn für so dämlich hielt, dass er das glauben könnte. Sie schwiegen. Nach einer Weile hakte Simon doch noch einmal nach. Er wollte provozierend klingen. „Und wie hast du dich unsichtbar gemacht?"

„Ist nicht so schwer. Die Menschen nehmen meist nur wahr, was sie erwarten. Was sie kennen. Wenn du nicht in dieses Muster passt, sehen sie dich nicht."

Simon dachte über die Logik nach. Es erinnerte ihn an das, was David ihm immer versucht hatte zu erklären. Was Nikto da sagte klang wie das Gegenstück zu der Theorie seines kleinen Bruders. David hatte immer behauptet, dass er Dinge sah, die andere nicht sahen, weil sie sich nicht vorstellen konnten, dass es sie gab. Und der Typ, der da im oberen Bett lag, schien Simon dasselbe erzählen zu wollen; nur mit umgekehrten Vorzeichen.

„Morgen früh werd hier ich unbemerkt wieder rausmarschieren", prophezeite Nikto lakonisch. „Dann wirst du es ja sehen."

„Ja, klar", lästerte Simon, „aber warum erst morgen früh? Warum nicht jetzt gleich?"

„Weil es draußen eben kalt ist. Aber ich versteh schon, du glaubst mir nicht." Er beugte sich über den Rand der Matratze zu ihm herunter und Simon sah zum zweiten Mal an diesem Abend ein Gesicht mit dem Mund in der Stirn. „Musst du auch nicht glauben. Du wirst es sehen. Obwohl, sehen wirst du es nicht. Nicht, wie es passiert. Du wirst nur sehen, dass ich nicht mehr da bin. Von einem auf den anderen Moment. Nicht weil ich wirklich unsichtbar werde, sondern weil mich die Schließer hier nicht mehr wahrnehmen. Weil sie eben nur sehen können, was sie sehen wollen." Nikto legte sich zurück und dozierte weiter. Wenn die Menschen offen wären für alles Neue, Fremde, Gute, dann hätte er keine Chance. Aber so: Kein Problem zu gehen. „Man kann sich unsichtbar machen, wenn man dem Betrachter keine Signale gibt. Und vor allem: Wenn man selber keine Aufmerksamkeit braucht. Wenn du ganz bei dir bist."

War er ganz bei sich? Simon hing dem Gedanken nach und musste lächeln. Wenn er ehrlich war, dann musste er zugeben, dass er nicht bei sich, sondern mehr bei Edda war. Mit seinen Gedanken, mit seinem Herzen. Vielleicht musste er ja tatsächlich nur ganz bei sich sein, um von ihr mehr als nur als Freund wahrgenommen zu werden. Simon überlegte, ob er mit Nikto darüber reden sollte. Ob er von seinem kleinen klugen Bruder erzählen sollte. Aber dann hätte er die ganze Geschichte erzählen müssen. Das wollte er nicht. Lieber stellte er sich vor, was für ein geniales Leben man als Unsichtbarer führen könnte. Wie viel Geld man sich einfach nehmen konnte, wie nah man jedem Mädchen kommen konnte. Er dachte wieder an Edda.

Edda war keine fünf Meter von Simon entfernt. Aber das wusste er nicht. Und Edda wusste es auch nicht. Mit dem Heulen hatte sie schnell wieder aufgehört, als sie sah, mit wem sie da in einer Arrestzelle saß. Es war ihr, als stünde sie der Edda gegenüber, die sie selbst vor den Erlebnissen im Camp gewesen war. Ihrem alten Ich. Sie trug die angesagten Jeans, die angesagten Tops, das angesagte Make-up im Gesicht. So wie die beiden Mädchen ihr gegenüber. Sie hatten sich zugesoffen, ihr Make-up war verschmiert und ihre Shirts waren dreckig. Sie schimpften auf irgendeine andere „bitch" und waren sich einig, dass die sie verpfiffen hatte. Weil sie eben noch nicht sechzehn waren und trotzdem in dem Club. Wo so ein wahnsinnig süßer Junge die Platten auflegte.
„Haltet die Klappe!", ging Edda sie an. Die beiden erschraken und verstummten. Sie starrten das fremde Mädchen in Cargohose und Kapuzenshirt an wie ein Wesen von einem anderen Stern. Dann schüttelten sie irritiert die Köpfe und das hohle Gerede ging weiter. Edda hielt sich die Ohren zu und begann einen tiefen Ton zu brummen. Die beiden Mädchen redeten lauter. Edda brummte lauter. Die Mädchen wollten sich das nicht gefallen lassen und hielten dagegen. Edda legte wieder zu. Keine wollte nachgeben.

Edda hatte den längeren Atem. Der sich zu einem Ton formte, der fast klang wie das sonore Knurren eines Wolfes. Sie spürte, wie gut ihr dieser tiefe Ton tat. Wie er sich in ihrem ganzen Körper ausbreitete und ihr alle Angst nahm.

Sie wusste nicht, was nun mit ihr passieren würde. Irgendwie würden die Polizisten sicher ihre Identität herausbekommen. Sie würden in Erfahrung bringen, dass ihre Mutter in der Klapse saß und dass sie aus der Nähe von Cuxhaven stammte. Aber würden sie wissen, was mit Marie passiert war? Sollte Edda noch einmal versuchen, den Beamten zu vertrauen? Edda nahm sich vor, es nicht zu tun. Warum hätten sie ihr diesmal glauben sollen?

Sie hielt die Augen geschlossen und spürte dennoch die Augen der beiden anderen Mädchen auf sich gerichtet. Es machte ihr nichts aus. Sie hatte sich mit dem Ton wie mit einem Schutz umgeben. Sie dachte an die Raupen, die sie als Kind in den Dünen von den Weidenröschen gesammelt hatte. Die sie in ihr Terrarium gebracht und beobachtet hatte, wie sie sich verpuppten. Wie sie diese Tiere beneidet hatte. Wie sehr sie immer gehofft hatte, einen solchen Kokon zu finden, der sie verwandeln würde. Aus dem sie hervortreten würde wie ein wunderschöner Schmetterling. Edda lächelte in ihren Gedanken an diese naive Vorstellung. Es war ein Lächeln ohne Bedauern. Ein Lächeln in der Erinnerung an das kleine, naive Mädchen, das sie einmal gewesen war. Sie begriff, dass sie erwachsener geworden war. Edda öffnete die Augen und sah, dass die beiden Mädchen sie immer noch anstarrten.

„Buh!", blaffte sie sie an. Die beiden Mädchen zuckten zusammen. Sie drängelten sich an der Wand entlang zur Tür, klopften und riefen. So lange, bis sich die Sichtklappe öffnete und das Gesicht eines wachhabenden Beamten zeigte.

„Was ist?", fragte er genervt.

„Bitte, können Sie uns nicht nach Hause lassen?", fragte eines der Mädchen. „Die da ist total verrückt." Sie deutete auf Edda. Die Augen des Beamten wanderten zu Edda. Die hockte auf der Pritsche und genoss das hysterische Schauspiel der beiden Tussen. „Tja ..." Der Beamte schob die Sichtklappe wieder zu. Edda fletschte die Zähne, biss zweimal laut zu und kniff die Augen zusammen, als sie die Mädchen fixierte. Und Edda bellte. Sie hatte keine Ahnung, warum sie das machte. Es tat ihr einfach gut. Vor allem tat es ihr gut, anders zu sein als die beiden Abziehbilder von ihrem eigenen Ich. Erst jetzt, im Spiegel der beiden Mädchen, begriff Edda, wie oberflächlich sie gelebt hatte. Sie war tatsächlich in einem Kokon gefangen gewesen. Gesponnen aus den Erwartungen der anderen an sie. Das, was sie in den letzten Monaten erlebt hatte, hatte sie befreit. Nicht als schöner Schmetterling war sie dem Gespinst entkommen, sondern als wahre, echte Edda. Als Kriegerin. Und so gefiel sie sich.

Kurz darauf wurde die Tür wieder aufgeschlossen und die beiden Mädchen wurden von ihren Eltern abgeholt. Heulend und erleichtert fielen sie ihren Müttern in die Arme. Edda konnte es kurz beobachten, solange die Tür ihrer Zelle noch offen stand. Dann fiel sie wieder ins Schloss und es war still. Edda schaute auf die Kritzeleien an den Wänden. Flüche standen da, Schwänze und Brüste prangten in allen Dimensionen. Edda erinnerte sich an die Geschichten, die Marie ihr erzählt hatte. Von den Höhlenmalereien in der Dordogne. Marie hatte unzählige Bücher darüber und Edda hatte staunend vor den Bildern gestanden, die vor über 17.000 Jahren gezeichnet worden waren. Die Pferde, die Büffel ... Für Edda waren das uralte Comics gewesen. Jedes Mal, wenn sie eines der Bücher angeschaut hatte, nahm sie die Schönheit der Zeichnungen aufs Neue gefangen. Nun stand sie wie eine Archäologin vor den hässlichen Obszönitäten dieser Arrestzelle. Es fiel ihr schwer, an die Evolution zu glauben. Daran, dass die Menschen sich wirklich weiterentwickelt hatten.

„Geht es dir gut?"

Plötzlich war diese Frage in ihrem Kopf. Edda wusste sofort, dass es Linus war, der mit ihr Kontakt aufnahm. „Okay", dachte sie. „Und dir?"

„Kater hab ich", vernahm Edda als Antwort und lächelte. „Nie wieder Eierlikör. Was ist mit Simon?", wollte Linus wissen.

„Keine Ahnung."

„Angst?"

„Nö."

„Ich auch nicht. Aber wieso können wir uns dann verständigen?", wunderte sich Linus. Er war von Anfang an allein in der Zelle gelandet und hatte, angespornt vom Alkohol, die erste Stunde damit verbracht, die Beamten zu nerven. Er hatte ständig geklopft, gerufen und die Uniformierten auf Trab gehalten. Als sie auf seine Spielchen nicht mehr reagierten, war er mit seinem Restalkohol im Kopf auf die Idee gekommen, Hose, Strümpfe und Schuhe mithilfe der Schnürsenkel miteinander zu verbinden und vor dem Sichtfenster in der Tür baumeln zu lassen, als habe er sich aufgehängt. Als die Polizisten hereinstürmten, lag Linus laut lachend auf seiner Pritsche. Er fand das unglaublich komisch. Inzwischen aber hatte sich der Übermut, der aus Eierlikör und Selbstüberschätzung entstanden war, in einen gewaltigen Kopfschmerz gewandelt. Als niemand mehr auf sein Bitten und Klopfen reagierte, hatte er sich hingesetzt, war zur Ruhe gekommen und hatte versucht, Edda zu kontaktieren. Ohne Angst. Einfach so. Zu seiner Überraschung war es ihm gelungen. Ob der Schmerz in seinem Kopf dazu beigetragen hatte, konnte Linus nicht mehr herausbekommen. Der Kontakt zu Edda brach ab, als drei Hooligans zu ihm gesperrt wurden.

„Mitkommen!", sagte die Polizistin. Als Edda nicht reagierte, packte sie die Beamtin am Arm und führte sie hinaus. Über den neonbeleuchteten Gang brachte man Edda aus dem Gebäude. Sie spürte, wie Sorge in ihr aufstieg. Was war mit Simon und Linus? Waren sie noch in ihren Zellen? Edda versuchte, Kontakt zu Linus aufzunehmen. Es gelang ihr nicht. Sie wurde einfach weitergestoßen in den Innenhof. Hier stand ein VW-Bus der Polizei bereit. Die Polizistin bugsierte Edda auf die Rückbank, verschloss den Wagen und fuhr los. Durch die nächtliche Stadt.

Noch immer regnete es. Doch langsam mischten sich Schneeflocken dazwischen und klatschten gegen die Scheiben des VW-Busses. Edda schaute hinaus. Ganz Berlin war bunt beleuchtet mit Girlanden, Sternen und Weihnachtsbäumen. Kinder liefen an den Händen der Eltern von Schaufenster zu Schaufenster. Edda schnürte es bei dem Anblick den Hals zu. Sie erinnerte sich, wie sie seit ihrer Rückkehr aus Indien jedes Jahr mit Marie zu Weihnachtseinkäufen nach Hamburg gefahren war, immer am zweiten Samstag im Advent. Sie erinnerte sich, wie glücklich sie an der Hand ihrer Großmutter durch die Stadt gelaufen war. Randvoller Wünsche.

„Wo bringen Sie mich hin?", fragte Edda noch einmal.

„Heim", sagte die Polizistin knapp.

Für einen Moment spürte Edda Wärme in sich. Die Hoffnung, dass man sie tatsächlich heimbringen würde. Zu Marie, zu dem gemütlichen Haus am Meer. Aber ihr war klar, dass das für lange Zeit passé war. Und vielleicht nie mehr ihr Zuhause sein würde.

Die Polizistin bog vom Kurfürstendamm ab Richtung Norden. Nach stillen zwanzig Minuten kamen sie zu einem grauen Gebäude. Ein paar Lichterketten in den Fenstern versuchten, weihnachtliche Stimmung zu erzeugen. Edda sah ein paar Kindergesichter hinter den Scheiben. Ihre Blicke verfolgten sie, bis sie mit der Polizistin im Hof des Gebäudes verschwunden war. Der Regen

war vollkommen in Schnee übergegangen und eine zarte, weiße Schicht bedeckte schon die wenigen Spielgeräte in dem Hof. »Josephinum« las Edda über der breiten Eingangstür. Das war das, was die Polizistin mit „Heim" gemeint hatte.
Der süße und trotz allem saubere Geruch nach Kinderschweiß. Das Quietschen der Kreide auf den kleinen Tafeln. Die ersten Versuche, Buchstaben festzuhalten, Zahlen. Später Wörter, Sätze. Erinnerungen. Gedanken. Edda betrat das Gebäude und erinnerte sich sofort an das erste Jahr in der Grundschule. Das Jahr, in dem sie glücklich war. Das Jahr, in dem ihre Mutter sie zwang, mit ihr nach Indien zu gehen. Die Härte, mit der sie damals aus ihrem Glück geholt wurde, glich der Härte, mit der Edda nun in dieses Heim gebracht wurde. Die Polizistin ließ sich von einer Angestellten schriftlich bestätigen, dass sie Edda abgegeben hatte, und verschwand wieder. Edda blieb zurück in dem Büro des Heims.
„Kommt gleich jemand ..." Ohne Edda Beachtung zu schenken, tippte die Angestellte weiter in einen altmodischen Computer ein. Dann schaute sie auf und sah Edda unschlüssig stehen. „Fröhliche Weihnachten", wünschte ihr die Frau. Es klang vollkommen arglos und war wohl als Trost gemeint. Für Edda aber klang es hämisch.
Vor dem Heim hockte der hagere Mann in seinem Kombi. Er hatte telefoniert. Es gab ein Problem. Er hatte gemeldet, dass es nun schwierig, nein, unmöglich sein werde, ein Auge auf alle drei Kinder zu haben.
„Bleiben Sie an Edda dran", lautete die Antwort. „Sie ist das Zentrum. Das Mädchen wird sie wieder zusammenführen."

Linus brummte der Schädel. Olé, olé, olé oléoléolé ... Die alkoholisierten Hooligans feierten unermüdlich den Sieg ihrer Mannschaft bei der Hertha.

„Berlin, Berlin, wir fahren nach Berlin!", grölten sie ohne Unterlass, weil sie als Underdog die Berliner aus dem Pokal geworfen hatten.

„Ihr seid in Berlin", sagte Linus schließlich. Die Hooligans verstummten und glotzten ihn glasig an. Linus hatte keine Ahnung von Fußball. Dieser stumpfsinnige Sport hatte ihn nie interessiert. Erwachsene Männer rennen hinter einem Ball her und die Meute johlt. Da war er seinen Eltern dankbar, dass sie ihm früh den Zweifel am Glück von Massenvergnügungen eingeimpft hatten. Umso weniger konnte er begreifen, dass seine Mutter und sein Vater sich von GENE-SYS hatten einfangen lassen.

„Ey, bistndufüreiner?", lallte einer der Rot-Schwarzen, bewegte sich auf Antwort wartend vor und zurück und rülpste. Obwohl Linus einen guten Meter entfernt von ihm saß, erreichte ihn die Wolke aus Bier, Schnaps und Döner. Wie eine Giftspinne, die erst eine Betäubung setzt, um das Opfer dann zu verschlingen, kam der Hooligan jetzt näher. Und als hätten sie es wie ein Ballett einstudiert, flankierten ihn dabei seine beiden Kumpels.

„Isndasfüreiner?"

Linus erschreckte das nicht. Er wusste, es gab ein ganz einfaches Mittel, die Gefahr, die von diesen „Neanderballern" ausging, abzuwenden.

„Olé, oléoléolé!", skandierte Linus, und wie bei Pawlows Hunden mit dem Klingeln der Glocke der Speichelfluss einsetzte, waren die Hooligans auf diese drei Buchstaben konditioniert. Sie stimmten ein, nahmen selig Linus in ihre Mitte. Linus wusste nicht, ob eine Tracht Prügel diesem stechenden Gestank nicht doch vorzuziehen gewesen wäre. Er löste sich aus dem Kreis und die drei genügten sich wieder selbst und fuhren wieder nach Berlin, Berlin.

Linus zog sich auf eins der Betten zurück und versuchte, wieder Kontakt zu Edda aufzunehmen. Es gelang ihm nicht. Er hielt die

Augen geschlossen und hoffte, dass er so den Hooligans unwichtig genug erschien und sie ihn in Ruhe lassen würden. Er merkte nicht, wie er einschlief.

Das Martinshorn weckte Simon. Draußen war es noch dunkel, doch es war sicher schon nach sieben. Schlüssel drehten sich im Schloss und schon stand ein Polizist in der Zelle.
„Aufstehen, Mädels", sagte er und grinste. Was er im Spiegel beobachtete, gefiel ihm. Ein anderer Uniformierter trat an Simons Bett, packte ihn.
„Los. Ab zum Kommissar!"
Er hielt Simon am Arm und führte ihn hinaus. Simon ließ sich führen. Er stolperte verschlafen den Gang entlang. Vorbei an Büros, die teilweise offen standen. Kaffee wurde gekocht. Geraucht. Gequatscht. Simon wunderte sich, dass sie das Büro passierten, in dem er am Abend verhört worden war. Fragend sah er den Polizisten an, der ihn auf die Tür nach draußen zuführte.
„Nikto?"
„Halt die Klappe, Bürschchen", sagte Nikto und klang wie ein fieser Bulle. „Der Chef will dir gewaltig an die Eier."
Simon begriff nichts. Nikto stieß ihn nach draußen. Zielstrebig ging er auf einen der Streifenwagen zu. Er befahl den ungläubigen Simon hinein und fuhr los. Einfach so. Aus dem Innenhof hinaus auf die Straße. Den Alarm, der jetzt ausgelöst wurde, den hörten sie nicht mehr.
Simon konnte es nicht fassen. Er wusste nicht, ob er lachen sollte. Nikto schaute nur nach vorne. Erst jetzt sah Simon, dass er gar keine echte Uniform trug. Es hatte nur seine Jacke gewendet und das Innenfutter glich der Farbe der Polizeiuniformen. Die Mütze war auch kein Original, er hatte sie nur ein wenig so geformt.
„Sie sehen, was sie sehen wollen", sagte Nikto in aller Ruhe.

Plötzlich meldete sich der Funk. Es ging um eine Schlägerei in Spandau und den Diebstahl eines Streifenwagens. Nikto grinste. Er sah Simon an. Nickte zum Funkgerät und Simon verstand. Er nahm das Mikro, räusperte sich, drückte auf die Sprechtaste.
„Wagen 23. Wir übernehmen."
Nikto schaltete das Martinshorn und das Blaulicht ein und schoss bei Rot über die nächste Kreuzung. Simon heulte auf wie ein Wolf. Vor Begeisterung. Nikto gefiel das, es feuerte ihn an. Sie erwischten eine Rotphase und passierten jede Kreuzung mit Vollgas. Vollbremsungen anderer Wagen, huschende Fußgänger, quietschende Reifen ließen sie hinter sich. Nikto steuerte auf Berlin Mitte zu. Eine Extrarunde um die Goldelse, dann schoss Nikto aus dem Kreiselverkehr Richtung Potsdamer Platz.
Längst begleitete sie die Stimme aus dem Sprechfunk.
„Sie machen sich strafbar! Lassen Sie den Streifenwagen stehen. Sie gefährden sich und andere!", ermahnte sie die Stimme.
„Haben verstanden", funkte Simon übermütig zurück. „Die Polizei gefährdet sich und andere. Wir übernehmen!"
Abrupt bog Nikto plötzlich nach rechts ab. Dann noch einmal und ein drittes Mal. Dann hielt er an und wartete. Was hatte er vor? Bevor Simon fragen konnte, hatte er schon verstanden. Eine Reihe von Streifenwagen hatte sich an die Verfolgung der beiden gemacht. Sie schossen an ihnen vorbei. Anstatt davonzufahren, folgte ihnen Nikto. Er holte auf und jagte ihren Jägern hinterher.
„Ist das beste Versteck. Einer unter vielen. Wie in einem Schwarm. Der Einzelne wird gar nicht mehr wahrgenommen."
Simon schaute den Jungen fasziniert an. Nikto war wie ein großer Bruder, den man bewundern konnte, bei dem man sich sicher fühlte. Vielleicht war die Nacht im Knast ja das Beste, was Simon hatte passieren können. Die erste Stunde danach jedenfalls war schon mal Adrenalin pur. Simon genoss die rasante Fahrt durch

Berlins Straßen, er genoss die Macht, den Respekt, den ihr Wagen mit sich brachte. Umso mehr überraschte ihn, als Nikto den Wagen abbremste, nach links abbog und vor einer Polizeistation parkte. Sie stiegen aus und gingen davon.

„Man muss immer wissen, wann der Spaß vorbei ist", dozierte Nikto. „Das ist das Wichtigste überhaupt." Er blieb stehen, weil auch Simon stehen geblieben war. Nikto machte eine Geste ihm zu folgen. Simon überlegte. War das richtig? Nikto zuckte mit den Achseln und marschierte los.

„So long."

Simon eilte hinterher und verschwand mit seinem neuen Freund in der wuselnden Masse von Passanten.

„He. Aufwachen! Dein Vater ist da!"

Linus riss die Augen auf und sah in das Gesicht des eitlen Polizisten.

„Was?"

„Dein Alter ist da, aus Köln. Er holt dich ab!", sagte der Polizist und redete dabei, als hätte er es mit einem Idioten zu tun. Linus reagierte nicht darauf. „Rob", schoss es ihm durch den Kopf. Er erwischte sich tatsächlich dabei, dass er nicht nur entsetzt war. Rob nahm seine Aufgabe als Vater ernst. Das gefiel ihm. Er war ganz anders als sein leiblicher Vater.

„Woher weiß er, dass ich hier bin?"

„Du verschwunden. Papa zu Polizei. Polizei suchen. Mit Computer. Überall. Dich hier finden. Papa anrufen. Happy Family!"

Was für ein Idiot, dachte Linus. Er folgte dem Beamten, die Hooligans pennten noch. Olé. Linus bekam seine wenigen Utensilien ausgehändigt. Messer, Kompass, Schlüsselbund. Der Beamte deutet auf den Autoschlüssel, der an dem Ring befestigt war.

„Auch noch Papa die Karre geklaut?"

„Mamas Karre!", sagte Linus und lächelte. „Karre in Garage. Schlüssel steckt. Ich rein. Motor an. Brummbrumm!"

„Treib's nicht zu toll, Freundchen!" Der Beamte packte Linus an der Schulter und führte ihn in das Büro, in dem sein Ziehvater auf ihn wartete. Sie gingen an den offen stehenden Zellen vorbei.

„Wo sind meine Freunde?", fragte er besorgt.

„Am besten, die schminkst du dir ab, wenn du noch 'n anständiger Mensch werden willst", sagte der Beamte sehr ernst. Dann hatten sie das Büro erreicht. Der Polizist öffnete die Tür. Linus blieb das Herz stehen.

Vor ihm stand: Clint.

Clint hatte gehandelt, wie er es gelernt hatte. Weil es nicht logisch gewesen wäre, bei der Suche nach den Kindern auf den Zufall zu setzen, dass er ihnen in der großen Stadt irgendwann begegnen würde, hatte er darauf verzichtet, die Kinder in Berlin aufzustöbern. Er wusste, dass GENE-SYS permanent Daten über die drei Kinder sammelte, aber zu GENE-SYS zurückzukehren war keine Option. Er kämpfte jetzt seinen eigenen Kampf. Er musste diese Kinder zum Schweigen bringen.

Clint hatte sich zurückgezogen, hatte kühl analysiert, was er wusste. Dieser Linus war Zeuge für den Mord, den Clint an Olsen begangen hatte. Alle drei waren Zeuge der erbärmlichen Schwäche, die Clint in dieser Souterrainwohnung heimgesucht hatte. Clint konnte sich immer noch nicht erklären, was da mit ihm geschehen war. Es gelang ihm, seine Beunruhigung darüber zu verdrängen. Weil er handelte. Das war immer schon das beste Rezept gegen düstere Gedanken gewesen. Gegen das eigene Gewissen. Schnell war Clint klar gewesen, dass er die Spur von Linus und seinen Freunden an einem ganz anderen Ort wieder aufnehmen musste. In Köln.

In derselben Nacht noch war Clint Richtung Rhein aufgebrochen. Es war kurz vor halb elf Uhr am Vormittag des nächsten Tages, als er von Berlin kommend über die Severinsbrücke auf Köln zufuhr. Der Dom lag stolz im trüben Nebel des kühlen Herbsttages. Clint machte sich als Erstes auf den Weg zu Olsens Wohnung. Im Hinterhof der Gärtnerei ordnete ein älterer Mann mit einem Gabelstapler Paletten. Ohne zu grüßen, marschierte Clint an ihm vorbei zu Olsens Häuschen. Er hätte nie damit gerechnet, dass er jemals hierhin würde zurückkommen müssen. Aber wenn Linus hier seine Reise nach Berlin begonnen hatte, dann wollte Clint auch hier seine Spur aufnehmen. Ohne großes Aufsehen zu erregen, gelang es ihm, die Tür zu öffnen. Sie war nur ins Schloss gefallen. Alle Sicherheitsvorkehrungen, die Olsen eingebaut hatte, waren ungenutzt oder ausgeschaltet. Clint sah sich in den drei Räumen des Gartenhauses um. Schnell fand er die winzigen Überwachungskameras, die Olsen installiert hatte. Genauso schnell wurde Clint klar, dass der Rechner, auf dem die Bilder gespeichert worden waren, verschwunden war. Er fand das Rechteck, das jemand im Staub nachgezeichnet hatte. Jemand, der den Computer vermisste? Clint überlegte. Wer hätte das sein sollen? Olsen wäre der Einzige gewesen. Doch der lag gut verpackt auf dem Grund des Edersees. Clint war ein Meister darin, unwichtige Fragen nicht in sein Hirn eindringen zu lassen. Er wusste, dass es viele Fragen gab, auf die er keine Antworten finden musste. Er verließ sich lieber auf seinen Instinkt. Und der sagte ihm, dass Linus Olsens Computer mitgenommen haben musste.

„Kommissar Neumann", stellte Clint sich vor und zeigte kurz seinen Ausweis. Rob schaute nur oberflächlich darauf und nickte. Er stand in der Haustür und trug eine Schürze. Mehlig waren seine Hände.
„Weihnachtsbäckerei", entschuldigte er sich und bat Clint herein. „Es geht um Linus?", fragte Rob und fürchtete, dass dieser Kommissar

eine schlechte Nachricht hatte. Clint nickte. Aus der Küche hörte man munteres Geschrei. Eine Mehlstaubwolke puffte bis in den Flur und Rob ging voran in sein kleines Büro.

„Ist was passiert?", fragte er.

„Keine Sorge", beruhigte Clint. „Ich will nur für die Berliner Kollegen ein paar Dinge abklären." Dann fragte er nach möglichen Adressen in Berlin.

„Er sprach von einem Freund", sagte Rob. Aber er konnte sich an den Namen nicht mehr erinnern. Das hatte er schon alles den Beamten gesagt, als er Linus vermisst gemeldet hatte.

„Ich weiß", log Clint. „Routinesache, dass wir noch mal nachfragen."

„Seltsam", sagte Rob. „Ich telefoniere täglich mit Ihren Kollegen in Berlin. Die wissen alles. Ich hab keine Ahnung, was ich Ihnen noch sagen kann."

„Vielleicht, wo er sich gerne aufhält." Bei Robs „seltsam" hatten sich Clints Muskeln angespannt. Er war bereit, bei dem kleinsten Verdacht sofort zu reagieren. Aber er hatte sich wieder entspannt.

„Ja ..." Rob nickte. „Es ging ihm die ganze Zeit um seine leiblichen Eltern. Sie sind bei einem U-Bahn-Unglück verschwunden", erklärte er.

„Ich weiß", sagte Clint.

Das fröhliche Gebacke war inzwischen in Gezeter übergegangen. Die Zwillinge brüllten und Rob entschuldigte sich, um den Streit zu schlichten. Clint nutzte den unbeobachteten Moment sofort. Zielstrebig griff er nach dem Tischtelefon von Rob, drückte ein paar Tasten und lächelte. Er konnte eine stumme Anrufweiterleitung aktivieren. Clint gab als Zielnummer die Nummer seines Prepaid-Handys ein. Dann legte er das Telefon wieder auf und wartete. Als Rob zurückkam, erhob sich Clint.

„Tja, ich glaub, wir haben es eigentlich", sagte er. „Tut mir leid, wenn ich gestört habe. Behörden. Da weiß leider die Rechte oft nicht, was die Linke tut."

„Linus ist ein guter Junge", sagte Rob zum Abschied. „Ich bitte Sie inständig, alles zu tun, dass er zurückkommt. Er wird sicher nach seinen Eltern suchen. Aber er muss das lassen, wenn er gesunden will. An Leib und Seele ..."

„Meine Rede", sagte Clint und verschwand. Erst als er wieder auf der Straße stand, hielt Clint kurz inne. Hatte er da im Hinausgehen nicht diesen Hund gesehen? Olsens Hund? Er sah zurück zum Küchenfenster. Ein Mädchen hatte den Hund auf dem Arm. Clint hatte keine Ahnung, dass es Judith war, doch Timber erkannte er wieder. Er wog blitzschnell ab, ob er zurückgehen sollte. Dann aber entschied er sich, in seinem Wagen zu warten, bis das Mädchen das Pfarrhaus verließ. Clint überlegte, ob es klug gewesen war, diese Aktion alleine durchzuführen. Er hätte jetzt einen Kameraden brauchen können, der diesem Mädchen folgte. Olsen kam Clint in den Sinn. Er war wieder in der Spur, hatte Dr. Fischer bei seinem Anruf vor kurzem gesagt.

Clint hatte nicht fassen können, was Dr. Fischer ihm berichtete. Olsen lebte. Clints Gehirn hatte sofort alle Szenarien durchgespielt, wie sich Olsen gerettet haben könnte. Aber keines dieser Szenarien entsprach der Geschichte, die Fischer ihm erzählt hatte. Eine Frau war im Spiel gewesen.

Jetzt war Olsen wieder der Alte. Das hatte Dr. Fischer mehrfach versichert. Aber war er wieder der verlässliche Kamerad von früher? Clint kannte Olsen gut. Damals im Dschungel war er einer der Härtesten gewesen. Der Cleversten. Dass dieser Olsen sich hatte wieder umprogrammieren lassen, wollte Clint nicht so recht glauben.

Das Klopfen an die Scheibe unterbrach Clint in seinen Gedanken. Rob lächelte ihn an. Neben ihm stand das Mädchen mit dem Hund von Olsen. Clint ließ die Scheibe heruntergleiten.

„Das ist Judith", stellte Rob das Mädchen vor. „Sie hatte zuletzt Kontakt mit Linus. Bevor er sich nach Berlin aufgemacht hat."

Erst als Clint die Scheibe heruntergelassen hatte, konnte Judith das Gesicht des Mannes sehen. Clint gefiel ihr nicht. Und plötzlich begann auch Timber zu bellen. Judith versuchte ihn zu beruhigen.

„Hast du eine Ahnung, wo Linus stecken könnte? Oder was er vorhat?", fragte Clint.

„Naja. Es ist ein bisschen peinlich", sagte Judith und wand sich, was sich auch in der Haltung ihres Körpers fortsetzte.

„Du solltest alles sagen, was du weißt", bat Rob. Clint beobachtete das Mädchen. Er achtete auf die Details, so wie er es immer tat bei Menschen, die er nicht kannte. Die Pupillen, die Gesten. Er wusste sofort, ob jemand ihn belog oder nicht.

„Wir haben gefickt und weil er's nicht gebracht hat, hab ich ihn ausgelacht. Naja – da ist er abgehauen." Judith brachte das so lapidar, dass Rob schlucken musste. Clint zeigte keine Reaktion. Dieses Mädchen machte es ihm schwer. Entweder sie war wirklich dieses Luder, als das sie sich ausgab, oder sie spielte diese Rolle schon lange.

„Tut mir leid, aber das war wirklich zu schräg, was der gebracht hat", sagte Judith noch. Da war Clint schon abgelenkt. Sein Handy klingelte. Er meldete sich mit einem unverfänglichen „Hallo". Am anderen Ende war die Polizeistation in Berlin. Es ging um Linus und sie wollten Rob sprechen.

„Am Apparat", sagte Clint. In keiner Weise ließ er sich anmerken, dass es gerade ziemlich unpassend war, denn Rob stand keine zwei Meter entfernt. Clint behielt die Nerven. Er hörte zu, vernahm, dass man Linus gefunden hatte und dass Rob ihn abholen könne. Clint nickte. Ließ hier und da ein „Ja" oder „Nein" einfließen. „Ich mache mich sofort auf den Weg", sagte er am Schluss und legte auf. Dann wandte er sich wieder Rob zu.

„Notfall. Andere Geschichte. Ich halte Sie auf dem Laufenden, was Linus angeht." Dann startete er den Motor. Er fuhr auf den Autobahnzubringer nach Norden und nahm die Abfahrt Richtung Berlin.

Judith und Rob sahen ihm nach.

„Die Polizei hat solche Autos?", wunderte sich Judith. Rob hörte das nicht mehr. Er war schon auf Distanz zu Judith gegangen und Richtung Pfarrhaus verschwunden. Judith hockte sich zu Timber und streichelte ihn.

„Du warst auch misstrauisch, was?" Timber wedelte mit dem Schwanz. Er hatte mit dem Gekläffe aufgehört, als Clint losgefahren war. Judith überlegte, dann nahm sie ihr Handy und wählte Linus' Nummer. Irgendwo im Gebüsch am Teufelsberg hätte jetzt das Handy geklingelt, wenn es noch Saft gehabt hätte. So aber meldete sich nur die Mailbox. Judith wartete den Text ab und das Signal, dann warnte sie Linus.

„Judith hier. Nicht weil ich dich vermisse oder so. Ist nur … da ist so'n seltsamer Typ hinter dir her. Tut so, als wär' er Kommissar. Isser aber nicht. Meint auch Timber. Pass auf dich auf." Judith verzog das Gesicht. Der letzte Satz war ihr so rausgerutscht und klang, als würde sie sich Sorgen machen. Das war ihr gar nicht recht. Auch wenn es die Wahrheit war. Linus hatte sich seit Wochen nicht gemeldet. Sie wählte noch einmal seine Nummer. „Ich noch mal. Also das mit dem auf dich aufpassen, das … das hab ich gesagt, weil man das so sagt. Das hat nix zu bedeuten. Null. Nada. Klar? Niente. Also dann. Hasta luego." Sie legte auf und fand sich jetzt noch dämlicher als nach dem ersten Anruf. „Judith, Judith! Du bist so … voll das Matschhirn!"

In der Kirche verstummte die Musik. Die Chorprobe war beendet und kurz darauf verließen die Sänger den modernen Bau. Judiths Mutter kam mit Robs Frau Helga zum Pfarrhaus.

„Na, fein gebacken?", fragte Helga Judith.

„Ja, sensationell!" Judith strahlte; viel zu sehr, als dass sie es ernst gemeint haben könnte.

„Feinfein!" Helga hatte null Gespür für Ironie. Schnell gab sie Judiths Mutter noch einen Zettel mit den Daten für die nächsten Chorproben und ging.

„In freier Wildbahn wäre sie lebensunfähig", spottete Judith.

„Sei ein wenig gnädiger in der Beurteilung von Menschen", sagte ihre Mutter.

„Und wie redest du über Papa?"

„Dein Vater hat uns sitzen lassen."

„Dich."

„Schnall dich an", sagte Judiths Mutter nur und fuhr los.

Clint sah auf die Uhr. Es war kurz nach vier. Er war gerade von der Avus abgebogen und fuhr den nächtlichen Kudamm entlang. Er hatte noch genügend Zeit alles so vorzubereiten, dass die Polizei keinen Verdacht schöpfen würde. Wenn alles gut ging. Aber Clint wusste gut genug, dass die Menschen immer nur das wahrnahmen, was sie wahrnehmen wollten. Weil sie nie ohne Vorurteil auf die Dinge schauten. Schwarz und Weiß, Gut und Böse. Die simplen Parolen waren die, die am lautesten krakeelt wurden. Er wusste das. Er hatte in aller Welt die Parolen vernommen, die Menschen in den Straßen skandierten. Parolen, von denen sie nicht wussten, dass sie exakt auf ihren Horizont zugeschnitten waren. Clint hatte nie Respekt vor der Masse Mensch gehabt und seine Erlebnisse hatten ihn darin bestätigt. Menschen waren nichts anderes als Herdentiere. Schick einen voran, der laut schreit, und alle rennen hinterher. Wie eine Bienenkönigin und ihr Schwarm.

In einem Fotofix im Bahnhof Zoo machte Clint ein paar Aufnahmen von sich. Dann marschierte er auf die fast leere Bahnhofstoilette. Zwei Junkies setzten sich gerade gegenseitig einen Schuss und nahmen Clint gar nicht wahr.

„Abschaum!", dachte Clint. Mit welchem Recht waren diese Menschen auf dieser Welt und atmeten dieselbe Luft wie er? In Momenten wie diesem hatte Clint das Gefühl, dass sein Job, Menschen zu beseitigen, viel zu wenig gewürdigt wurde.

Clint wartete nicht lange. Er saß in einer der Kabinen und hörte, wie jemand auf die Toilette kam und zielstrebig in die Kabine neben ihm ging. Kurz darauf tauchte unter der Zwischenwand eine Hand auf. Clint legte Robs Ausweis und eines seiner eigenen Passfotos hinein. Die Hand verschwand. Es war still. Nur das Atmen von nebenan war zu hören, ein leichtes Pfeifen gesellte sich dazu, wenn der Fremde neben Clint durch die Nase einatmete. Als sei es ein heimliches Signal bei einer Aktion im dunklen Urwald, dachte Clint.

Die Hand erschien wieder und hielt ein Kuvert. Clint nahm es und fand einen Zettel darin. »2000 Euro« stand da. Clint holte vier Fünfhunderter aus der Tasche, packte sie in das Kuvert und gab es zurück. „Acht Uhr. Gleiche Stelle", hörte Clint eine leise Stimme mit asiatischem Klang.

Kaum zwanzig Minuten nach acht erschien Clint auf der Polizeiwache. Er wies sich als Rob aus. Der bearbeitete Originalpass reichte aus, den Beamten zu überzeugen. Schließlich hatte Clint ja auch den Ausweis von Linus dabei. Während einer der Beamten ging, um Linus aus der Arrestzelle zu holen, nahm Clint den zuständigen Beamten beiseite.

„Ich nehme an, er wird Theater machen", sagte Clint. „Er wird behaupten, ich sei nicht sein Ziehvater. Das ist ein Spielchen, das er schon einige Male gespielt hat."

„Hat's funktioniert?", fragte der Beamte.

„Ab und an", sagte Clint. „Manche Ihrer Kollegen haben sich beeindrucken lassen. Frauen vor allem."

„Kann ich mir denken." Der Beamte grinste. Wie leicht es war, sich mit so dummen Männern zu verbrüdern, dachte Clint. Kein Schlag bei den Weibern und schon spielen sie den Macho.

Dann wurde Linus gebracht. Er bliebt stehen, starrte Clint an. Der Beamte grinste.
„Hallo, Linus", sagte Clint. „Wir haben uns solche Sorgen gemacht..."
„Er lügt!", rief Linus. „Der ist nicht Rob. Der ist ein Killer. Ein Söldner!"
„Klar!" Der Beamte glaubte Linus kein Wort. „Und ich bin George Clooney. Nehmen Sie ihn mit", sagte er zu Clint und dann wandte er sich noch einmal Linus zu. „Und dich will ich hier nicht mehr wiedersehen."
„Bestimmt nicht", sagte Linus. „Weil der mich umbringen wird."
Er wehrte sich, als Clint ihn am Arm packen und herausführen wollte. „Rufen Sie in Köln an!", rief Linus.
„Ja. Haben wir gemacht. Und wer war dran?" Er sah Linus an und deutete dann auf Clint. „Er hat einen Ausweis auf seinen Namen und er hat auch deinen Ausweis."
„Dann überprüfen Sie ihn. Sein Passfoto!", flehte Linus.
„Es reicht jetzt", knurrte Clint. „Helga und die Zwillinge wollen dich endlich wieder in die Arme schließen."
Als Linus immer noch keine Anstalten machte sich dem Druck von Clint zu beugen, packte der ihn kurzerhand, legte ihn über seine Schulter und schleppte ihn hinaus. Da half kein Schlagen und kein Schreien. Lachend schauten die Beamten hinterher.
„Familie!"
Hätten sie Clint und Linus weiter hinterhergeschaut, dann hätten sie gesehen, wie Clint draußen auf dem Parkplatz den strampelnden Linus zwischen Hals und Schulterblatt packte, zudrückte, um Linus dann schlaff und ohne Gegenwehr in den Van verfrachten zu können.

Die Polizisten schauten nicht hinterher. Weil der Kollege Wolff lauthals und panisch verkündete, dass er seinen Ausweis vermisste. Er hatte schon überall gesucht. Heute morgen, als die zwei aus Zelle vier abgehauen waren, da hatte er den Ausweis noch gehabt. Ganz sicher. Und seine Kamera mit den Rechercheaufnahmen in dem Geldfälscherfall, die war auch weg.

Das alte Heim für Kinder lag abseits der Stadt. Weit von allem Trubel entfernt im Grünen, sodass man tatsächlich hätte denken können, es wäre idyllisch. Schon zu DDR-Zeiten waren hier Kinder untergebracht worden, deren Eltern in den Westen geflohen oder gestorben waren. Obwohl man sich bemüht hatte, das äußere Erscheinungsbild der Anlage durch frische Farben und Bepflanzung zu verbessern, spürte Edda das Leid, das hier seit Generationen von den alten Mauern aufgesogen worden war. Manche Gebäude musste man einfach niederreißen, dachte Edda. Weil man sich automatisch duckte, den Kopf einzog, den Blick senkte. Vom freien Menschen zum Opfer wurde. Aber waren sie nicht alle Opfer?
Wann war Edda je wirklich frei gewesen?
Außer in ihren Träumen ...

Als die Polizeibeamten wieder gefahren waren, brachte die Frau von der Rezeption Edda in einen Raum mit einer alten, unbequemen Sitzgarnitur und einem Bücherregal aus Holz, in dem verstaubte Therapiebücher standen, die scheinbar noch nie jemand gelesen hatte. »Die Gruppe« las sie auf den Buchrücken. »Trauma und Traumabewältigung«. Und »Grundformen der Angst«. Sie nahm das Buch in die Hand, blätterte es durch und legte es wieder weg. Es fühlte sich nicht gut an. Marie hatte ein Exemplar davon in

Cuxhaven gehabt, doch Edda hatte immer einen Bogen darum gemacht. Als hätte sie nicht wahrhaben wollen, dass Angst einmal eine so große Rolle in ihrem Leben spielen würde, dachte Edda. Vielleicht hätte sie es früher lesen sollen. Vielleicht aber sollte sie lieber nicht auf die klugen Weisheiten anderer hören.
In einer Spielecke waren Spielsachen und Stofftiere aufgereiht. Edda nahm einen flauschigen Hasen vom Regal und ließ sich mit dem Tier im Schoß in einen bunten Sitzsack fallen, der dem Raum etwas Jugendliches und Unbeschwertes geben sollte. Edda würden sie damit nicht reinlegen. Billige Kulisse.
Als niemand kam um nach ihr zu sehen, begann sie den Hasen mit der Hand zu bewegen. Sie ließ ihn ihr Bein auf und ab wandern und immer, wenn er am Knie angekommen war, drehte sie ihn um und wirbelte ihn wieder nach oben. Nach zehn Minuten tauchte eine Psychologin in engen Hosen und weitem Pullover auf und begrüßte Edda, die mittlerweile mit dem Hasen auf den Boden gewandert war. Sie sah die krummen Beine der Psychologin, doch sie reagierte nicht.
Nein, heute würde Edda nicht das Spiel der anderen spielen. Das Spiel darum, wer die Macht hatte, wem zu sagen, was er tun sollte. Wo er leben durfte und sollte. Weil der eine dem anderen mehr Angst machen konnte; weil er älter war, studiert hatte – oder die Macht hatte, jemandem einen Finger abzuschneiden.
Heute würden sie IHR Spiel spielen. Ein paar Minuten tat die Psychologin so, als ob sie Edda interessiert zuschaue. Edda spürte, wie sie ungeduldig wurde – das war schlecht, entschied Edda. Eine gute Psychologin hätte versucht sich einzufühlen. Edda zog die Oberlippe hoch, sodass sie Hasenzähne hatte und wackelte mit dem Kopf:
„Äußerst aufschlussreich: Äh, eine Fünfzehnjährige, die mit einem Stofftier spielt. Wurde sie traumatisiert oder gar misshandelt? Was

hat diese Regression in die Kindheit zu bedeuten? Und warum hat sie den Hasen gewählt und nicht den Nacktmull? Wurde sie am Ende gar missbraucht und will es verdecken?"

Für eine Sekunde erstarrte die Psychologin und hielt sich an der Akte in ihrer Hand fest.

„Was hast du gerade gesagt?", erkundigte sie sich ungläubig.

„Deine krummen Haxen machen dem Hasen Angst! Hab ich gesagt, dumme Nuss! Und ich mag nicht, wenn mein Essen Angst hat!", sagte Edda laut und deutlich.

Die Psychologin räusperte sich.

„Dein Essen?"

Sie schaute auf die Laufakte in ihren Händen und dann wieder auf Edda. Sie entschloss sich, einen neuen Versuch zu wagen.

„Wie heißt du denn, junge Frau?"

Edda duckte sich wie ein lauerndes Tier.

„Bin keine junge Frau. Ich bin ein Wolf, den man von der freien Wildbahn weggefangen hat und der keinem Menschen traut."

Leises Grollen drang aus Eddas Kehle. Sie spürte wieder, dass sie das beruhigte. Wie ein Ommmm.

Die Psychologin lächelte leicht. Sie forderte Edda auf, auf einem der Stühle Platz zu nehmen. Sagte etwas von Respekt und Augenhöhe und einem Alter, in dem Edda doch schon fast erwachsen sei.

Edda setzte beide Hände auf den Boden, legte ihre Ohren an und duckte sich lauernd. Ihre Augen verengten sich zu schmalen Schlitzen, während sie auch der kleinsten Bewegung der Frau folgte. Dann begann sie, auf allen vieren auf und ab zu gehen, wie ein Tier im Käfig.

Die Tür öffnete sich und die Frau von der Rezeption steckte ihren Kopf herein.

„Verschwinde, Schweinekopf!", knurrte Edda. „Sonst beiß ich dir die Rübe ab."

„Was'n hier los?", fragte die Frau verdattert. „Meint die mich? Ich glaub es hackt!"

Edda senkte den Kopf. Sie musste lachen und wollte nicht, dass die anderen es sahen.

„Autistin oder schwer gestört", diagnostizierte die Psychologin leise und mit ernster Stimme. „Ich weiß wirklich nicht, wieso wir solche Kinder annehmen!"

„Bei der Einlieferung war die ganz normal", verteidigte sich die Frau von der Rezeption. „Die macht hier doch bloß 'n Larry!"

„Hat sie Drogen genommen?"

Die Frau zuckte mit den Achseln.

„Die Polente hat sie jedenfalls gefilzt. Wie üblich." Sie schaute zu Edda. „Schluss mit dem Quatsch!" Sie machte einen resoluten Schritt auf Edda zu, um ihr die Haare aus dem Gesicht zu streichen und sie vom Boden hochzuheben. Doch als ihre Hand Eddas Wange berührte, schlug Edda mit der Pfote nach ihr. Erschrocken riss die Frau die Hand zurück.

„Scheiße! Du, kleine Ratte ...!"

Sie wandte sich an die Psychologin.

„Die können wir unmöglich zu den anderen Mädchen stecken."

Die Psychologin hockte sich zu Edda.

„Na, komm, kleine Wölfin ... Dann tun wir sie zu Lucy."

Als die beiden Frauen Edda vom Boden heben wollten, schlug Edda laut knurrend die Zähne aufeinander. Die Frauen ließen Edda sofort zu Boden fallen, wo sie auf allen vieren kauerte, einen Buckel machte und sich zum Sprung vorbereitete. Immer lauter wurde ihr Knurren.

„Jetzt reicht's aber!"

Die Frau von der Rezeption holte aus und wollte Edda eine klatschen, als Edda ihr von der Seite gegen das Knie trat und sie mit dem Rücken in das Regal mit den Büchern taumelte. Sie versuchte

sich zu halten, doch das Regal begann zu schwanken und neigte sich bedrohlich. Die Psychologin stützte es mit beiden Armen. Zu spät: „Das psychologische Wissen eines Jahrhunderts" regnete auf die Frauen herab und die Frau von der Rezeption wurde von »Die dunkle Seite des inneren Kindes« am Kopf getroffen und fiel zu Boden.
Dann war es still.
Als die Bücher und der Staub darauf aus der Luft verschwunden waren, starrte die Psychologin Edda mit bösem Blick an.
„Was jetzt kommt, hast du dir selbst eingebrockt. Wir können auch anders!"
Sie zog sich zur Tür zurück und wählte eine Nummer auf dem Handy.
„Zwei Pfleger und eine Beruhigungsspritze. Diazepam 10 mg flüssig", sagte die Psychologin. „Ins Spielzimmer."
„Wölfen macht das nichts aus!" Da war sich Edda sicher. Wölfe waren immun gegen die Mittel der Menschen. Aber als die beiden muskulösen Männer durch die Tür traten und Edda festhielten, während sie eine Nadel in ihre linke Pobacke stachen, da strömte plötzlich doch tiefe Müdigkeit durch ihren Körper. Verteilte sich wie ein schwarzer, schwerer Sirup. Von einem Herzschlag zum nächsten konnte sie die Augen nicht mehr offen halten. Spürte, wie ihre Muskeln schwach wurden und Schlaf sich über sie legte wie eine bleierne Decke. Die Müdigkeit lähmte ihre Gedanken! Ihre Klarheit, ihre Kraft.
„Gib ihr nicht nach! Du musst kämpfen, spring sie an. Töte sie!"
Edda hob ihre Pfote, dann fiel sie schlapp auf den Boden.
Man packte sie auf eine Trage, schnallte sie fest, rollte sie einen langen Flur entlang und brachte sie hinab in einen anderen Teil des Heims.
Edda schlief.
Tief und fest.

Während sie schlief und man sie in ein Bett legte, hatte Edda einen Traum: Im Rücken die Sonne, schaute sie auf ein Tal hinab und sah mit ihren scharfen Augen, wie sich die kleinen Tiere dort in ihre Mulden duckten. Weil sie Angst vor dem Tier auf dem Berg hatten. Vor Edda. Sie spürte, wie der Wind über ihr Fell strich, und dass er alles zu ihr trug, was sie wissen musste. Sie brauchte sich nicht anzustrengen, um zu sehen, was unten im Tal vor sich ging. Ihre feine Nase und ihre Ohren nahmen alles wahr; sagten ihr, was sie wissen musste. Sie fühlte sich eins mit sich und der Welt, die sie umgab. Sie ruhte vollkommen in sich und wusste, dass darin ihre Kraft begründet war. Sie lebte und sie spürte das Leben, ohne wissen zu wollen, woher es kam und wohin es gehen würde.
Wie ein Tier.
Wie Edda.
Sie blinzelte mit den Augen. Für einen perfekten Augenblick war Edda selig und ohne Wünsche. Ohne Regungen ihrer Sinne und ihrer Instinkte. Vielleicht war dies ein Augenblick perfekten Glücks. Die Abwesenheit aller Sorgen und Nöte, aller Gedanken. Nur stilles, leises Glück. Doch mit einem Mal sagte ihr ein leises Knurren im Magen, dass sie schwächer werden würde, wenn sie nicht bald etwas aß. Edda versuchte den Hunger zu ignorieren – so wie man eine kleine Wolke ignoriert, die sich vor die Sonne schiebt und für die es sich nicht lohnt die Augen zu öffnen; weil man zu faul ist oder zu glücklich und weil man diesen perfekten Augenblick so in seiner Erinnerung verankern möchte, wie er eben noch war. Und weil sich nichts daran ändern soll.
Das nagende Gefühl in ihrem Magen wurde stärker und der Wunsch zu essen verdrängte das schöne Gefühl.
Als sich die Sonne senkte, wusste Edda, dass sie ins Tal laufen und eines von den Tieren dort unten töten würde.

So war es immer gewesen und würde es immer sein. So hatte sie es von ihrer Mutter gelernt, an die sie sich kaum erinnerte.
Edda hob den Kopf und nahm die Witterung auf.
Sie merkte, dass der Wind günstig stand und die Tiere im Tal sie weder riechen noch hören konnten.
Ruhig schnürte sie ins Tal hinab.
Der Hase, der eben mit seinen Kollegen unbeschwerte Haken in die Luft geschlagen und den sie sich ausgesucht hatte, hob den Kopf. Er schien etwas zu ahnen und duckte sich, machte sich kleiner. Kauerte sich noch weiter zusammen, bis seine Gelenke knackten.
Und Edda schnürte näher.
So nah, dass der Hase sie trotz des Windes spüren konnte und sich das Fell des Tieres anlegte. Dann stand Edda vor dem Hasen und beide wussten, dass der Moment zur Flucht verstrichen war. Dass es zu spät sein würde, um zu entkommen. Bewegungslos verharrte das Tier in seiner Position und Eddas Schatten legte sich über den Hasen. Es gab keinen Zweifel, dass sie seinetwegen gekommen war.
Das Fell des Tieres wurde stumpf vor Angst. Sein Körper begann zu zittern, als könnte es sich dadurch kleiner machen. Doch der Boden der Mulde hinderte es daran in der Erde zu verschwinden. Allein durch ihre Anwesenheit schien Edda das kleine Tier zu erdrücken. Nein! Nicht sie und ihr Schatten, sondern die Angst und der Wunsch sich noch kleiner zu machen, nahmen dem Tier die Luft. Als es kaum noch atmen konnte, hob es für einen Moment den Blick, um seinem Henker in die Augen zu schauen und dort vielleicht einen Funken Gnade zu entdecken. Doch Edda verstand die Sprache ihrer Opfer nicht. Sie empfand nicht wie dieses Tier, sie kannte weder Angst noch Resignation. Nie hätte sie sich ihrem

Schicksal ergeben in der Hoffnung, Gefahr und Angst mochten vorübergehen.

Nein, Edda hätte angegriffen und gekämpft.

Der Hase blickte weiter in die Wolken und den blauen Himmel, als gebe es nichts anderes zu sehen und als wüsste er, dass dies das Letzte war, was er sehen würde. Edda merkte, wie die Angst des Hasen in diesem Augenblick etwas nachließ. Er hoffte, Edda würde weiterziehen. Sie blinzelte mit den Augen und schaute gemeinsam mit dem Hasen zum Himmel hinauf. Beide sahen sie die gleiche Sonne und die gleichen Wolken und für einen Augenblick waren sie vereint und spürten den Seewind, der den Geruch der Angst mit sich nahm. Hoch oben zog ein Albatros friedlich seine Kreise und verdunkelte die Sonne.

In diesem Augenblick sprang der Hase aus der Mulde.

Edda machte einen Satz, fasste das Tier am Nacken und biss zu.

„Ey!" rief eine Stimme. „Ey wach auf! Scheiße, nee! Die Alte ratzt was weg!"

Edda öffnete die Augen und starrte benommen auf das fremde Mädchen, dessen Gesicht einen Zentimeter von ihrem entfernt war und das gerade versuchte, ihr eine Socke in den Mund zu stopfen. Von einer Sekunde zur nächsten war Edda wach und schlug mit der Hand nach dem Kopf des Mädchens, doch sie erwischte nur die Haare. Verzweifelt versuchte Edda, sich zu erinnern, wo sie war. Das stärkende Gefühl aus dem Traum war noch bei ihr – aber der Berg, das Tal und der offene Himmel waren verschwunden. Stattdessen befand sie sich in einem Raum mit zwei Betten und einem Tisch, zwei Schränken und diesem – Mädchen. Sechzehn oder siebzehn. Dunkles langes Haar und ein schmales Gesicht mit großen Augen, die Edda an ein Mädchen aus einem Manga-Heft erinnerten, das sie gelesen hatte.

Die Fremde setzte sich auf ihr Bett an der gegenüberliegenden Wand und starrte Edda an.

„Wenn du mich noch mal anfasst, kriegst du eine geklatscht", sagte sie trotzig.

Edda merkte, dass ihr schneller Reflex dem Mädchen imponiert hatte und ließ sich stöhnend zurück aufs Bett fallen. Das Betäubungsmittel wirkte nach und zog sie unweigerlich in die Tiefe. Zurück in den Traum, in eine Welt, wo sie stark und entschieden und ohne Zweifel gehandelt hatte. Edda wollte sich diese Kraft bewahren.

„Und tu hier bloß nich so, als wärst du´n Hund oder was. ´nen echten Hirni riech ich auf tausend Meter. Und DU bist keiner. Hundert Pro."

Sie zündete sich eine Zigarette an und der Rauch holte Edda endgültig aus ihrem Traum zurück.

„Bin ich noch im Heim?", fragte sie mit kratziger Stimme.

„Denkst'n du? Im Adlon?"

Edda atmete tief durch und versuchte aufzustehen. Ihre Beine waren schwach und fast verlor sie das Gleichgewicht, als sie zum Fenster ging, um es zu öffnen. Hinter dem Fenster waren Gitterstäbe.

„In der Klapse. Weil du einen auf Werwolf gemacht hast."

In der Stimme des Mädchens klang Anerkennung.

„Scheiße", sagte Edda. „Und du ... Weshalb bist du hier?"

„Ich bin Lucy Lawless", sagte die Fremde, als würde das alles erklären. Edda musste lachen. Was für ein genialer Name! Ihr fiel ein, wie gern sie einmal Raphaela Hillside hatte heißen wollen, aber nie hätte sie den Mut gehabt sich so vorzustellen. Edda beschloss Lucy Lawless zu mögen.

„Sind wir eingesperrt?", fragte Edda.

Lucy schüttelt den Kopf.

„Auf'n Gang kannst du raus. Aber die Station ist geschlossen."
Sie warf die Kippe durch die Gitter in den Hof und Edda sah, dass Lucys linker Arm tätowiert war. Feine lange Linien, die sich von ihrer Hand her den Arm hinaufschlängelten.
„Wie geil", sagte Edda bewundernd.
Lucy nickt stolz und schob den Ärmel ihres T-Shirts höher, damit Edda das Tattoo bewundern konnte. Die Nesselfäden einer großen Qualle wanden sich Lucys Arm hinauf und endeten auf ihrer Schulter.
„Hast du auch eins?"
Edda schüttelte den Kopf.
„Hab mir aber schon ein Design gemacht."
„Was'n?", fragte Lucy interessiert.
„'nen Wolf, der heult. Nur sein Schatten so und darüber der Mond. Hier auf der Schulter ..."
„Ja, macht total Sinn", lachte Lucy.
„Wie lange bist du schon hier?", erkundigte Edda sich.
„In der Klapse oder im Heim?"
„Im Heim."
„Ich check hier immer mal wieder ein, wenn es mir draußen zu hektisch wird." Lucy versuchte, so beiläufig wie möglich zu klingen. Edda wusste, dass hinter dem harmlosen Satz eine längere Geschichte stecken musste, und sie war sich sicher, dass Lucy sie bald mit ihr teilen würde. Edda ließ sich rückwärts auf ihr Bett fallen und zog die Füße hoch, doch bevor sie Lucy noch etwas fragen konnte, öffnete sich die Tür und die Psychologin betrat zusammen mit einem Pfleger das Zimmer.
„Ach, unser Wolfsmädchen kann ja doch sprechen."
Edda warf einen schnellen, feindseligen Blick zu Lucy. An ihrer Reaktion erkannte sie, dass sie nicht mit den beiden Erwachsenen unter einer Decke steckte.

„Sie haben recht", sagte Edda vertraulich. „Ich hab ein bisschen übertrieben. Wissen Sie, Sublimierung der schweren Ereignisse, die mich in letzter Zeit geplagt haben. Das steckt man ja in meinem Alter nicht so einfach weg. Aber ich kann Ihnen versichern, dass es sich um einen rein spielerischen Auftritt von meiner Seite gehandelt hat. Nichts ... Pathologisches, falls Sie das befürchtet haben. Tut mir leid, wenn ich Sie erschreckt haben sollte."
„Wow!", murmelte Lucy beeindruckt.
Für einen Augenblick herrschte völlige Stille in dem kleinen Zimmer. Selbst Edda wusste nicht genau, woher sie diese Worte genommen hatte und ob sie alle richtig waren. Aber an der Wirkung auf die beiden Erwachsenen erkannte sie, dass sie nicht ganz falsch gelegen haben konnte.
„Deshalb sehe ich auch keinen Grund länger hierzubleiben", schloss Edda.
Die Psychologin hatte sich unterdessen wieder gefasst.
„Hast du Eltern, die dich abholen können?"
Edda schüttelte den Kopf.
„Meine Mutter ist ... ist krank."
Die Psychologin nickte. Sie hatte die Akte in der Hand. Edda sah ihren Namen, den jemand auf ein weißes Etikett geschrieben hatte. Zusammen mit ihrem Geburtstag. Augenscheinlich hatte sie Informationen gesammelt. Vielleicht über die Polizei. Sie waren schwarzgefahren, hatten die Polizei nach der Attacke des Söldners zu Maries Souterrainwohnung geführt. Wahrscheinlich waren sie ihnen nach der Schwimmbadgeschichte auf die Schliche gekommen.
„Deine Mutter ist in einer Anstalt für psychische Erkrankungen und du hast keinen Ort, an den du gehen kannst. Oder gibt es noch Verwandte, von denen wir nichts wissen? Einen Vater?"
Edda antwortete nicht. Sie spürte, wie sie Angst bekam.

„Deine Großmutter ist verschwunden oder verstorben?"
Edda wollte keine Antwort auf die Frage geben.
Lucy starrte sie an.
„Das bedeutet, der Staat wird sich um dich kümmern, bis du volljährig bist, also ...", die Psychologin warf einen Blick auf ihre Akte, „... die nächsten drei Jahre. Bis auf Weiteres kannst du hierbleiben. Ich finde, du bist ein sehr interessanter Fall, Edda, wir werden noch viel Freude miteinander haben."
Sie warf einen Blick auf Lucy, die die Qualle auf ihrem Körper wieder bedeckt hatte.
„Ihr beide versteht euch ja, wie ich sehe."
Dann drehte sie sich um und verließ den Raum.
„Schwule Stasilesbensau! Fahr zur Hölle!", brüllte Lucy ihr hinterher.
Die Tür öffnete sich wieder und die Psychologin steckte den Kopf in die Tür. Sie starrte die beiden Mädchen an.
„Sie ... äh, meinte mich", sagte Edda schlagfertig und zeigte mit dem Finger auf sich selbst. „Oder fühlten Sie sich angesprochen?"
Das Gesicht der Psychologin verrutschte leicht, die Farbe ihrer Haut changierte wie bei einem Chamäleon und durchlief in wenigen Sekunden die Farbskala zwischen weiß und hellrosa, um dann in einem wunderschönen Weinrot zu enden. Ihr Mund öffnete sich wie der Schnabel eines Pelikans – nur um sich mit einem lauten Klacken wieder zu schließen. Dann schloss sich auch die Tür und die Mädchen brachen in haltloses Lachen aus. Immer wieder schnappte Edda nach Luft, weil ihr die Seiten schmerzten. Und immer wenn sie meinten ausgelacht zu haben, fing Edda wieder an, das Gesicht der Psychologin zu imitieren und wie ein Pelikan auf Lucy zuzutorkeln. Am Ende lagen beide auf dem Boden und stöhnten vor Glück und Schmerzen gleichzeitig.

Als der Abend seine rötlichen Finger durch die Gitter in das Zimmer streckte, zogen sie die Matratzen ihrer Betten auf den Boden und legten sich mit ihrem Bettzeug nebeneinander. Sie starrten an die Decke und sahen zu, wie die Schatten länger wurden, während die Geräusche, die vom Flur her in das Zimmer drangen, verklangen und sich das Heim auf die Nacht vorbereitete.
Die beiden redeten, bis es nichts mehr zu sagen gab. Mittlerweile war es finster geworden und tiefe Nacht. Wo Linus und Simon wohl steckten? Edda hatte keine Möglichkeit, mit ihnen in Kontakt zu treten. Lucy spürte Eddas Abwesenheit.
„Was´n?", fragte sie leise.
„Nix."
„Nix is Scheiße."
Edda kicherte.
„Nix is nix."
„Trotzdem Scheiße."
Edda lachte.
Lucy stand auf und zog die Cellophanverpackung einer Zigarettenschachtel hinter der Heizung hervor, in der sich eine Handvoll Tabletten befand, die sie Edda vor die Nase hielt.
„Haben sie mir zur Beruhigung verschrieben. Und gegen Angst. Und Schlaflosigkeit." Sie hielt eine gelbe Kapsel in die Höhe. „Und die, weil ich nach den ganzen Pillen morgens immer so müde bin."
Edda starrte auf die kleinen bunten Raumschiffe. Manche kannte sie von ihrer Mutter.
„So´n Scheiß nehm ich nicht!"
„Sollst du ja auch nich!", sagte Lucy. „Magst du tanzen?"
„Wurde für mich erfunden!", lachte Edda.
„Dann los, komm! Ich weiß, wo der Schlüssel für den Haupteingang hängt."

Edda folgte Lucy über den schwach erleuchteten Gang zum Zimmer der Nachtschwester, die in einem Buch las, als die beiden Mädchen auf dem Gang auftauchten.
„Scheiße", flüsterte Lucy leise und blieb einen Augenblick stehen. „Die alte Otti! Die ist mit Jesus verheiratet. Strenger geht's nich."
Schwester Otti sah die beiden Mädchen, die sich zaghaft lächelnd auf dem Gang näherten. Vor ihr auf dem Tisch stand eine Thermoskanne, daneben lag eine Brotzeit.
„Was?!"
„Die Edda hier ist neu und sehr gläubig", improvisierte Lucy, „und ich wollte für sie fragen, ob wir nicht eine Bibel haben könnten. Sie meint, es würde auch mir helfen. Es ist hohe Zeit, mich von meinen Sünden reinzuwaschen, sagt sie."
Edda nickte brav und Schwester Otti schaute sie skeptisch an. Die Mädchen spürten, dass die Schwester dabei war nachzugeben, und Lucy setzte nach.
„Edda hat mir so viel Schönes über das Buch der Bücher erzählt."
Otti zögerte einen Augenblick und schaute auf die beiden Mädchen, die so liebreizend und unschuldig wie möglich im Mondlicht standen. Die Schwester kannte diesen Gesichtsausdruck zu Genüge. Die Zeiten mochten sich ändern, aber die Tricks blieben immer die gleichen.
„Nun, jeder Sünder hat eine Zukunft ..."
„... und jeder Heilige eine Vergangenheit", ergänzte Edda sehr zum Erstaunen von Schwester Otti. „Das hat meine Großmutter immer gesagt." Edda senkte andächtig den Blick.
Schwester Otti war überzeugt. Sie stand auf und ging zu einem großen Schrank, schloss ihn auf. Lucy nutzte den Moment und kippte unter Eddas entsetzten Blicken das Pulver aus ihren Medikamentenkapseln in Schwester Ottis Tee. Sie rührte noch schnell mit dem Finger um, als die Schwester sich schon wieder umdrehte.

Schnell huschte Edda in das Blickfeld und gab so Lucy Zeit eine unauffällige Haltung einzunehmen.

„Und jetzt ab ins Bett. Heut Nacht will ich nichts mehr hören", sagte Schwester Otti.

„Keine Sorge, werden Sie gaaanz bestimmt nicht", sagte Lucy.

„Was glaubst du, passiert?", fragte Edda.

Lucy grinste verschwörerisch.

„Die knackt weg, wenn sie den nächsten Tee trinkt."

Die Mädchen lagen auf den Matratzen und blickten auf den Mond, der durch die Gitterstäbe in das Zimmer schien.

„Hast du alle reingetan?", fragte Edda.

Lucy nickte.

„Die volle Dröhnung!" Sie kicherte. „Bei Vollmond wird mir immer ganz anders. Das liegt an Ebbe und Flut."

„Nee!", sagte Edda, „Ebbe und Flut liegt am Mond."

Unsicher starrte Lucy sie an.

„Echt? Wie soll'n das gehen?"

„Wegen der Anziehung zwischen der Erde und dem Mond und der Sonne. Die ist nich überall gleich. Dadurch senkt sich der Meeresspiegel."

„Echt? Egal. Ändert auch nichts dran."

Sie lachten. Dann war es wieder ruhig im Zimmer.

„Wie's der jetzt wohl geht?", fragte Edda und fing leise an, wie ein Wolf zu heulen. Irgendwann stimmte Lucy ein. Sie heulten beide den Mond an und je länger es dauerte, desto mehr wurde ihr Geheul zu einem Lied, das sie komponierten, während sie es sangen, nein, heulten, und das sie verband, ohne dass sie ein Wort sagten. Länger und höher wurden die Töne, bis sie keine Luft mehr bekamen und bis es in Lachen überging und die beiden Mädchen über die Matratzen rollten. Edda nahm die Bibel und schlug sie auf.

„Deine zwei Brüste sind wie zwei junge Rehzwillinge", las sie. Lucy lachte auf.

„Zeig! Das steht da nicht!"

„Doch!", sagte Edda und Lucy riss das Buch wieder an sich. Sie wählte eine andere Stelle. „Der Herr wird dich schlagen mit bösen Drüsen an den Knien und Waden, dass du nicht kannst geheilt werden, von den Fußsohlen an bis auf den Scheitel!"

Edda kreischte vor Lachen.

„Hardcore!"

„Die alte Otti hat voll die Sado-Nummer drauf. Los, gehen wir!" Lucy rieb sich die Hände „Ach, das wird cool!"

Sie schlichen wieder über den Gang zum Stationszimmer. Schon von Weitem hörten sie, dass das Radio lief. Klassische Musik. Choräle. Und Schnarchen. Schwester Otti hatte alle viere von sich gestreckt und lag mit dem Kopf auf dem Tisch. Mit jedem Schnarcher pustete sie die Seiten ihres Gebetbuches in die Höhe. Die Mädchen mussten sich zusammenreißen, um nicht laut loszulachen. Lucy stibitzte den Schlüssel und Edda griff zum Telefon und wählte die Nummer eines Taxiunternehmens.

„Nachtschwester Otti im Josephinum Kinderheim", sagte sie mit tiefer Stimme und nannte die Adresse, die sie auf einem Briefumschlag gefunden hatte. „Wir brauchen einen Wagen. Ja, sie kommen raus. Zwei junge Schwestern", sagte Edda, als ihr Blick auf den Kleiderspind fiel, in dem die Schwesterntrachten hingen.

„Du bist verrückt", strahlte Lucy.

Das Taxi mit den beiden Schwestern in Tracht hielt auf der Straße vor einem bunkerähnlichen Gebäude am anderen Ende der Stadt. Vor dem Eingang sah Edda etwa Hundert Leute, die darauf warteten, an zwei Türstehern vorbei in das Innere gelassen zu werden. Aus dem Gebäude drang das tiefe Wummern der Bässe.

„Jetzt geht hier die Luzy ab!" Lucy hatte den Fahrer bezahlt und verdutzt zurückgelassen. Zwei Schwestern auf dem Weg in den angesagtesten Club der Stadt. Der Fahrer fuhr davon und ein Kombi parkte an der Stelle ein. Hinter dem Steuer der hagere Mann. Er schaute den beiden Nonnen hinterher.

Zielstrebig ging Lucy an den Wartenden vorbei auf die Türsteher zu. Edda bemerkte den neidischen Blick der anderen Partygänger, die dort scheinbar seit Stunden standen, als die beiden Nonnen von den beiden Männern herangewunken und begrüßt wurden.

„Coole Tracht, Schwester Lucy!"

Gleich darauf standen Edda und ihre neue Freundin in der Vorhalle des Nachtclubs. Eine riesige, ausladende Treppe führte in den ersten Stock hinauf. In den Nischen befanden sich Bars und Zimmer, in denen rotes oder ultraviolettes Licht glühte. So etwas hatte Edda noch nie gesehen, aber sie versuchte, sich das nicht anmerken zu lassen.

Lucy kannte die Leute hinter den Theken und auch unter den Gästen waren immer wieder Bekannte, denen sie Edda vorstellte und die sie umarmte und denen sie Küsse auf die Wangen drückte. Ihr Aufzug sorgte für einen großen Auftritt. Lucy zog Edda mit sich die Treppen hinauf, vorbei an einem Saal, in dem House gespielt wurde. Sie überquerten die Tanzfläche und als sie in der Mitte angekommen waren, wollte Edda stehen bleiben und tanzen. Doch Lucy zog sie unerbittlich weiter.

„Wir gehen in den VIP-Bereich!", schrie sie über den Lärm des DJs, der auf einer Kanzel stand und die Menge mit seiner Musik dirigierte. Sie ließen die Tanzfläche hinter sich und gelangten zu einer Stahltür, die ein weiterer Türsteher bewachte. Er nickte Lucy zu und öffnete die Tür in einen großen Saal, dessen Atmosphäre sich deutlich vom vorherigen Raum unterschied. Eine viel ruhigere Welt aus gedämpftem Licht, von der die meisten Menschen keine

Ahnung hatten. Lucy genoss, wie blauäugig Edda in die Gegend schaute.

Sie schlüpften aus ihren Ordenskleidern.

„Los, komm!" Lucy ging auf eine der Bars zu, wo sie vom Barmann herzlich begrüßt wurde. Sie kannten sich, das war offensichtlich. Lucy bestellte zwei Drinks und Edda sah, wie der Barmann zwei kleine Päckchen neben die Gläser legte und Lucy sie in ihrer Tasche verschwinden ließ.

„Oben ist mehr los", sagte sie.

Edda nahm ihr Glas und die beiden Mädchen gingen durch ein schmales Treppenhaus ein Stockwerk höher. Edda brauchte eine Weile, um zu begreifen, was sie dort sah. Vielleicht fünfzig Tänzer und Tänzerinnen bewegten sich lasziv zu der Musik. Manche von ihnen halb nackt. Edda war sich nicht sicher, ob sie das mochte oder verabscheute, auf jeden Fall war es faszinierend und Lucy schien ganz in ihrem Element.

Hinter einer Glaswand, durch die man die Tanzfläche beobachten konnte, ließen sie sich in einen Zweiersessel fallen und schauten sich um.

„Kennst du den da drüben?", fragte Lucy. „Das ist der Sänger der Absoluten Giganten!"

Edda merkte, wie aufgeregt Lucy wurde.

„Ich glaube, der hat rübergeschaut."

Der Junge, auf den Lucy gezeigt hatte, stand auf und kam zu den beiden Mädchen herüber.

„Oh Gott, oh Gott! Er kommt, er kommt her!", singsangte Lucy.

Edda wollte nicht einstimmen in Lucys Euphorie. Diesen oberflächlichen Mist hatte sie hinter sich gelassen. Nur, merkwürdig war das schon – alles, was sie sich mit Linda in Cuxhaven ausgemalt hatte, schien plötzlich in Reichweite zu sein. Direkt vor ihren Augen. Wenn man einfach am Türsteher vorbeigehen konnte, nicht nach dem Alter gefragt wurde und einen Drink auf den Tisch gestellt bekam, während tatsächlich der Sänger von den Absoluten Giganten auf einen zusteuerte, dann war das eben doch etwas völlig anderes, als wenn man es sich nur vorstellte.

Als der Junge fast bei ihnen angekommen war, lehnte Lucy sich demonstrativ nach vorn, damit ihre Brüste etwas besser zur Geltung kamen, und tat dabei so, als müsse sie Edda unbedingt etwas mitteilen. Sie lachte laut, ohne etwas gesagt zu haben.

Der Junge blieb stehen und blickte direkt an Lucy vorbei zu Edda.

„Hey, du bist neu hier", sagte er und reichte Edda die Hand.

„Ich komm aus Cuxhaven." Sie wusste nicht, warum sie das sagte, oder was der Junge damit anfangen sollte. Edda merkte, dass ihr Herz schlug. Dass sie aufgeregt war. Doch der Junge kannte die Stadt an der Nordsee. Seine Schwester war als Ärztin in einem Krankenhaus dort tätig.

„Sind gerade angekommen", mischte Lucy sich ein.

Der Junge nickte lächelnd ohne Lucy anzusehen, als könnte er seine Augen nicht von Edda wenden, weil er dann eine ihrer Bewegungen verpassen würde. Lucy merkte, dass sie ins Abseits geriet, und schrie laut: „Klar!", als der Junge sie einlud, mit an einen der Tische im hinteren Teil des Raums zu kommen.

Edda und Lucy folgten ihm und setzen sich zu einer Gruppe von sechs oder sieben Männern und drei Frauen, die dabei waren, eine dünne Linie durch ein Metallröhrchen vom Glastisch in die Nase zu ziehen. Eine der Frauen, die gerade gezogen hatte, warf den Kopf in den Nacken und schüttelte sich, als habe sie in eine Zitrone gebissen. Ihre Augen waren weit aufgerissen und kaum hatte sie die Nase wieder frei, plapperte sie wie ein Wasserfall. Niemanden schien das im Mindesten zu stören. Edda konnte nicht glauben, wie offen hier zelebriert wurde, was überall streng verboten war – und dass sie mit 15 in diese Kreise gelangt war.

Sie hielt sich an ihrem Drink fest, doch der Alkohol stieg ihr zu Kopf. Edda nahm das Glas und ging zur Tanzfläche. Sie brauchte Abstand und freute sich darauf, endlich wieder ihren Körper zu spüren, nicht beim Klettern oder während einer Verfolgungsjagd oder bei all dem, was das Leben auf der Straße ihr abverlangte. Edda tanzte für ihr Leben gern. Auch wenn die Musik, die lief, ihr zu hart war, kam sie bald in ihren Rhythmus. Sie stellte ihr Glas auf einen Tisch und tanzte zur Mitte der Tanzfläche. Merkwürdig, wie manche Bewegungen ihre Energie freizusetzen schienen, anstatt sie zu erschöpfen. Die Unruhe, die Angst der letzten Wochen, die Trennung von Linus und Simon ... All das schien mit jedem Song, den Edda mit Tanzen verbrachte, weiter wegzurücken. Sie merkte, wie sie jünger und kräftiger wurde. Ab und an erhaschte sie einen Blick auf Lucy oder nahm einen kleinen Schluck aus ihrem Glas. Dann tauchte sie wieder ganz in die Musik ein und überließ sich ganz und gar ihrem Körper.

Edda merkte nicht, dass währenddessen eine Hand etwas in ihr Glas fallen ließ. Etwas, das sich in dem Alkohol auflöste und für Edda nicht zu schmecken war.

Je länger Edda tanzte, desto wohler wurde ihr. Sie war hellwach und wurde immer euphorischer. Als Lucy und der Sänger auf die Tanzfläche kamen, begann Edda, mit beiden zu tanzen. Das machte Spaß und Edda hatte das Gefühl, als würde eine besondere Verbindung zwischen den dreien bestehen. Immer weiter fielen Sorgen und Zweifel von ihr ab und sie hatte einfach nur noch Lust, sich gehenzulassen.

Eine andere zu sein.

Eine, die sie schon immer hatte sein wollen, aber die sie sich nicht getraut hatte zu sein. Glaubte Edda wirklich, sie war geboren, die Welt zu retten? Mit zwei Schuljungen wie Linus und Simon? Wie kindisch und blöd! Sie lebte hier und jetzt, in diesem Moment!

Sie war noch nicht einmal sechzehn und wollte endlich leben! Ab und an blitzten Bilder aus den letzten Wochen in ihrem Hirn auf, wie Blaulichter in der Nacht, nur um gleich darauf wieder zu verschwinden oder von der Lightshow auf der Tanzfläche überlagert zu werden. Und von den Augen des Jungen, die jedes Mal da zu sein schienen, wenn Edda ihre Augen öffnete. Sie tanzten aufeinander zu. Der Junge ergriff Eddas Arme, kam näher, dann ließ er sie wieder los. Es war angenehm. Er sah gut aus, schien zu wissen, was er wollte, und er holte es sich. Anders als Linus und Simon, die ihr oft so verdruckst erschienen.

Bei einem ihrer Seitenblicke sah Edda, wie auch Lucy eine Linie des weißen Pulvers zog, mit einem kleinen Röhrchen, das ihr einer der Jungs unter die Nase hielt. Edda sah, wie sie den stechenden Schmerz beiseitelachte und sich an den Typen schmiss, der ihr die Droge gegeben hatte. Er trug einen dunklen Anzug und sein weißes Hemd war fast bis zum Bauchnabel geöffnet. Edda mochte ihn nicht. Sie wandte sich wieder dem Jungen zu, der immer näher kam und sie schließlich von der Tanzfläche zog und in die Arme schloss. Edda wand sich aus seinen Armen, obwohl sie am liebsten dort geblieben wäre.

„Wollen wir frische Luft schnappen?", fragte der Junge.

Edda nickte. Sie gingen durch den Club und traten auf einen Balkon, auf dem ein paar Liegen standen. Da waren Pärchen, die knutschten. Edda und der Junge stellten sich an das Geländer und schauten in die Nacht. Von ferne dröhnten die Bässe durch den dicken Beton des Gebäudes. Hier an der frischen Luft, abseits der flackernden Lichter und pochenden Rhythmen, merkte Edda, dass etwas mit ihr nicht stimmte. Ihr Herz schlug schneller, schien zu rasen und wenn sie Luft holte, wurde ihr schwindelig. Als sie sich setzen wollte und die Augen schloss, sah sie bunte, fast stechende Sterne und sie merkte, wie ihr schlecht wurde.

„Alles okay?"
Edda nickte. Dann schüttelte sie den Kopf und das Letzte, was sie sah, war das Gesicht des Jungen, der sie anschaute.
„Edda?"
Ihr Name.
Wer rief da?
Wer war Edda?
Schwarz.

„Kommissar Wolff", stellte sich Nikto vor und hielt dem Bahnbeamten seinen Ausweis hin. Dann deutete er auf Simon, der mit Brille hinter ihm stand und um einiges älter aussah. „Mein Azubi Geißlein." Der Bahnbeamte, der im Hauptbahnhof für die Schließfächer zuständig war, nickte nur, denn er überprüfte gerade in Gedanken, ob er sich irgendetwas hatte zuschulden kommen lassen. Er konnte nichts finden.
„Worum geht es?", fragte er.
„Schließfächer", sagte Nikto wichtig und zückte eine Kamera. Er zeigte dem Beamten Aufnahmen eines unscheinbaren Mannes. Circa fünfzig, Brille, Dufflecoat, Hut. Typ Buchhalter. Anhand des eingeblendeten Datums konnte man sehen, dass der Mann in den letzten Wochen immer montags und mittwochs einen Metallkoffer in eins der Schließfächer stellte. Immer die Nummer 69. Der Bahnbeamte zuckte mit den Schultern.
„Und?"
„Wir müssen an ein Schließfach."
Simon staunte über die Lässigkeit, mit der Nikto den Beamten bearbeitete. Er selbst hätte seinem neuen Freund auf Anhieb abgenommen, dass er als Kommissar arbeitet. Diese Aufgabe aber war vertrackter. Immerhin sollte der Beamte ohne irgendeinen

schriftlichen Beleg das Fach öffnen. Nikto und Simon versprachen sich eine Menge davon.

„Brauchst du Geld?", hatte Nikto Simon gefragt, als sie den Streifenwagen hatten stehen lassen und ein Stück gegangen waren. Simon hatte ihn nur angeschaut und Nikto hatte ihm die Kamera in die Hand gedrückt. Simon hatte sich die Fotos von dem Buchhalter angeschaut und konnte nicht begreifen, was das mit Geld zu tun haben sollte. Nikto lächelte.
„Musst noch viel lernen, mein Freund", hatte er gesagt und Simon in den nächsten Fair-Trade-Coffeeshop geschleust. „Scheißkaffee, aber Netz umsonst. Und hübsche Mädchen." Als sie sich in eine Ecke zurückgezogen hatten, erklärte Nikto, was diese Fotos bedeuten konnten. Vor allem, wenn man wusste, dass diese Kamera einem Polizeibeamten gehörte.
„Hab sie dem einen Bullen geklaut, als wir weg sind. Sind Überwachungsfotos", sagte Nikto. „Der Typ da wird observiert. Und er weiß es nicht."
„Du glaubst, in dem Koffer ist Geld?"
„Japp!"
„Warum haben sie ihn dann noch nicht festgenommen?"
„Weil sie den suchen, der den Koffer abholt. Aber den haben sie noch nicht."
„Sie observieren das Schließfach doch." Simon war irritiert. Es gab viele Fotos, die aufgenommen wurden, als irgendwelche Reisende an Fach 69 rüttelten oder die Fächer daneben belegten.
„Ja. Sie observieren anscheinend Nummer 69 rund um die Uhr. Und immer wieder, wenn die Mietzeit abgelaufen ist, wird ein Koffer reingestellt. Keiner aber abgeholt."
„Geht doch gar nicht", sagte Simon.

„Geht nicht?", fragte Nikto und sah Simon herausfordernd an. Simon nahm sich noch einmal die Kamera und betrachtete die Fotos.

„Ich hab's dir gesagt. Die Menschen sehen immer nur das, was sie erwarten. Was sie gewohnt sind. Nicht das, was sie sich nicht vorstellen können." Nikto deutete herum. „Siehst du die Geister? Da! Und da! Und hier ... neben dir!"

Unwillkürlich rückte Simon ein wenig zur Seite. Aber da war nichts.

„Schwachsinn!"

„Hey! Sag das nicht. Alles, was du ablehnst, beschränkt dich. Warum soll es keine Geister geben? Lass alles zu, wenn du ein großes Leben führen willst."

„Was denn für welche?", fragte Simon. „Was für Geister gibt's denn hier so?"

„Na, der da", sagte Nikto vollkommen ernst und deutete zur Tür, „der da gerade geht, der ist, glaub ich, ein Untoter. Und die da, an der Theke, sieht aus wie 'n Engel. Sie lächelt dir zu."

„Verarschen kann ich mich auch selber."

„Simon", Nikto zwang ihn, ihn anzusehen und redete dann ernst weiter. „Ich bin nicht der Erste, der dir das sagt, nicht wahr?"

Simon versuchte Niktos Blick standzuhalten, dann wendete er sich wieder der Kamera zu. Er wollte jetzt nicht denken, was sich ihm aufdrängte, seit er mit Nikto losgezogen war. Die Art, wie er die Welt sah, ähnelte zu sehr dem, was David ihm immer hatte einreden wollen. Da ist mehr, als wir Menschen sehen. Da sind Engel, die uns beschützen. Scheiße! Wo waren die verschissenen, verfickten Scheißengel denn gewesen, als David starb? Simon wollte davon nichts wissen. Es tat immer noch zu weh. Also ging er wieder und wieder die Fotos durch.

„Ich find nichts." Er hatte sich einfach nicht konzentrieren können. Die Gedanken an David hatten ihn wieder in Bann gezogen.

„Okay!" Nikto marschierte los und Simon folgte ihm. Auch wenn sich das blöd anfühlte, einfach immer hinter Nikto hinterherzulaufen. Aber dieser ältere Junge faszinierte Simon. An dem Stehtisch nahe der Tür blieb Nikto kurz bei zwei Mädchen stehen. „Hey", sagte er locker. „Schön, dass ihr so schön seid. Wird doch noch ein schöner Tag." Damit ging er. Und Simon hinterher. Er schaute sich im Gegensatz zu Nikto noch einmal zu den Mädchen um. Sie lächelten verwirrt. Keine Frage mehr nach der Handynummer? Nichts? Einfach nur so?

„Du meinst, wir hätten sie klarmachen können?", fragte Nikto Simon, ohne sich zu ihm umzudrehen, weil er Simons Verwunderung ahnte. Simon schloss zu ihm auf.

„Sie haben hinterhergeschaut."

„Weil ich ehrlich war", sagte Nikto. „Sie sind schön."

„Naja", sagte Simon. Er hatte die beiden nicht so besonders gefunden.

„Naja?" Nikto war stehen geblieben und sah Simon an. „Okay, komm mit. Komm schon!" Damit hakte er sich bei Simon unter und marschierte mit ihm schnurstracks wieder zu den beiden Mädchen hin. Die sahen Nikto kommen und warfen ihre Locken in den Nacken. Dann stand Nikto vor den beiden und hielt Simon neben sich.

„Entschuldigt, aber ich möchte meinem Freund erklären, warum ihr für mich schön seid."

Die Mädchen kicherten unsicher.

„Nicht lachen!", sagte Nikto. Und als die Mädchen verstummten, deutete er auf die Augen eines der Mädchen. „Siehst du den perfekten Bogen ihrer Brauen. In einer Bewegung geht es über die Nase zu den Lippen. Es ist ein wunderbarer Schwung. Wie gemalt. Und bei ihr", er deutete auf die Freundin der Ersten, „wie stolz sie ihren Kopf hält. Wenn sie ihn wendet, sieht man ihren Nacken, so gerade, und diesen zarten goldblonden Flaum, einfach schön."

Die Mädchen faszinierten diese Worte, die so selbstverständlich und ehrlich aus Niktos Mund kamen, dass sie keinen Moment an ihrem Wahrheitsgehalt zweifelten. Simon war es eher peinlich, aber auch er konnte sich der Faszination nicht entziehen. Wie konnte man zu Mädchen so direkt sein, so ehrlich? Wie konnte man so hübsche Mädchen faszinieren, wenn man so hässlich war wie Nikto?

„Jedes Kompliment muss ehrlich sein", erklärte Nikto, als sie den Coffeeshop endgültig verlassen hatten. „Und vor allem: Niemals! Niemals darfst du ein Kompliment mit einer Absicht verbinden." Er ging wieder voran. „Was ist eigentlich mit deinem Stinkefinger passiert?", fragte er und wandte sich kurz um. Simon hatte keine Lust darüber zu reden. Auch gut. Nikto marschierte weiter, Richtung Bushaltestelle.

Zwanzig Minuten später standen sie vor dem Schließfach mit der Nummer 69. Nikto hatte sich und Simon so gestellt, dass die vermeintlich neu eingerichtete Überwachung sie nicht sehen konnte. „Also. Was fällt dir auf, was den Bullen nicht aufgefallen ist", fragte Nikto noch einmal – jetzt in Anbetracht der realen Situation. Simon versuchte, der Sache auf den Grund zu gehen. Er hasste Rätsel. Immer schon. Nie hatte er begriffen, was der Spaß daran war. Jetzt aber hatte ihn der Ehrgeiz gepackt. Simon strich in weiten Kreisen um die Schließfächer, wie eine Raubkatze, die sich an ihre Beute heranschleicht und dann den Weg gegen den Wind aussucht. Plötzlich blieb er stehen. Nikto, der ihm wie zufällig gefolgt war, ging weiter. Er wollte nicht den Kameras auffallen, die hier überall hingen. Sie mussten vorsichtig sein. War durchaus denkbar, dass man sie nach der Eskapade und der Flucht suchte. Besser, wenn sie nicht als Team geortet wurden.

„Was ist?", fragte er im Vorbeigehen.

„Der Typ mit dem Hut kommt", sagte Simon und wendete sich zu dem ausgehängten Fahrplan, als suche er nach der nächsten Verbindung. Ein als Ballon dämlich verkleideter Student verteilte Einladungen zur Heißluftballon-Meisterschaft in Tempelhof. Für Simon war das eine willkommene Möglichkeit, sich weiter hier aufzuhalten und zu plaudern, ohne einem möglichen Beobachter besonders aufzufallen. Er nahm Infomaterial entgegen und versprach, die Meisterschaft zu besuchen. Nikto ging zu einem Zeitungsstand, betrachtete scheinbar die Auslage, doch er verfolgte den Mann im Dufflecoat, wie er mit seinem Metallkoffer zu den Schließfächern ging. Kurz darauf kehrte er ohne Koffer zurück und verschwand zur U-Bahn. Nikto ging zurück zu Simon, beorderte ihn, ihm zu folgen.

Simon hatte inzwischen einen Souvenirstand erreicht und suchte in der Auslage nach einem Mitbringsel für die Verwandtschaft. So zumindest hätte es auf unbeteiligte Passanten gewirkt. In Wirklichkeit arbeitete sein Verstand auf Hochtouren und mit einem Mal, kurz bevor Nikto zu ihm kam, war Simon klar, wie das mit den Schließfächern funktionierte. Sein Blick war auf den Gorbatschow in dem Gorbatschow in dem Gorbatschow gefallen. Eine russische Puppe.

„Ich weiß es!", triumphierte Simon, als er hinter Nikto hermarschierte. „Ich weiß, wie sie es machen."

„Draußen!", befahl Nikto und ging voran.

Vor dem Bahnhof zogen sich die beiden vor dem pappigen Schnee und den Blicken der auch hier präsenten Kameras unter das Dach eines riesigen Fahrradparkplatzes zurück.

„Die Puppe in der Puppe", sagte Simon. „Sie machen es so ähnlich. Deshalb immer die 69."

„Ja?" Nikto hatte noch nicht ganz verstanden.

„Sie schieben es in die 69 rein, aber sie holen es aus der 69 nicht wieder raus." Simon war begeistert von seiner Idee. „Sie öffnen das Schließfach auf der Rückseite. Haben das dazwischen hohl gemacht. Aufgesägt oder so. Die Rückwand. Dahin, ich mein auf die Rückseite von Nummer 69, dahin kann auch die Kamera nicht sehen."
„Sehr gut!" Nikto betrachtete Simon. „Du brauchst eine Brille", befand er und suchte in dem Drogerie-Markt für drei Euro ein altmodisches Exemplar aus.
„Sieht scheiße aus", maulte Simon.
„Genau", sagte Nikto. „Du willst doch reich werden, oder?" Damit ging er voran zu den Schließfächern und zu dem Beamten, der für sie zuständig war, und stellte sich als Kommissar Wolff und Simon als seinen Azubi Geißlein vor. Simon konnte nicht fassen, dass das funktionierte. Aber Nikto hatte wohl recht. Die Menschen nehmen nur wahr, was sie wahrnehmen wollen.

„Ich muss meinen Chef fragen, ob ich das öffnen darf", sagte der Bahnbeamte, der für die Schließfächer zuständig war.
„Tun Sie das", sagte Nikto und spielte mit seinem Kommissarausweis. „Aber ich sage Ihnen eins, nur eins: Terrorismus!"
„Wie?" Der Beamte glotzte ihn an.
„Bombe! Wir haben Grund zu der Annahme. Bombe. Wenn Sie jetzt noch alle Vorgesetzten informieren – es kann zu spät sein."
„Bombe? Um Gottes willen", jammerte der Beamte, erinnerte sich dann aber an seine Pflichten und überlegte. „Aber der hat doch zweimal die Woche 'nen Koffer reingetan, davon is' keiner hochgegangen."
„Natürlich nicht!", empörte sich Nikto und Simon wunderte sich, wie er aus der Nummer je wieder rauskommen wollte, denn der Beamte hatte ja vollkommen recht.
„Wenn Sie eine Bombe ..."

„Will ich nicht!"
„Wenn!", beharrte Nikto.
„Auch, wenn nicht!"
„Das ist wie beim Autobauen", erklärte Nikto.
„Die legen Bomben?" Der Beamte war jetzt vollends verwirrt.
„Jedes Auto wird getestet, korrekt?"
„Korrekt!"
„Jeder neue ICE auch, korrekt?"
„Korrekt!" Jetzt konnte der Beamte beruhigt nicken. Das begriff er.
„Der heutige Terror ... Sie machen sich keine Vorstellungen. Die sind organisiert wie ein riesiges Unternehmen. Die überlassen nichts dem Zufall. Denken Sie an den 11. September."
„So was wollen die hier?"
„Korrekt!" Nikto wandte sich zu Simon. „Wie lange bleibt uns noch, Kollege?"
„Elf Minuten und neun Sekunden." Simon stieg sofort auf das Spiel ein. Er musste aufpassen, dass er nicht lachte. Was Nikto da veranstaltete, war ganz einfach großartig.
„Elf Minuten", wandte er sich wieder ernst dem Beamten zu. „Sie werden verstehen, dass Evakuierung nicht mehr infrage kommt."
„Warum haben Sie das nicht gleich gesagt." Der Beamte schnappte sich seine Schlüssel und marschierte wichtig voran. Immer wieder schaute er auf die Uhr. Als er in den Gang zu Nummer 69 einbiegen wollte, korrigierte ihn Nikto und führte ihn in den nächsten.
„Wir befürchten einen Mechanismus, der beim Öffnen zündet."
„Uiii", sagte der Beamte, verzog das Gesicht und öffnete kurz darauf das Schließfach, das hinter der 69 lag. Darin stand ein alter Lederkoffer.
„Bringen Sie sich in Sicherheit!", warnte Simon mit tiefer Stimme und der Beamte trollte sich eilig. Nikto hatte da schon den Koffer herausgenommen und machte sich an der Rückwand des

Faches zu schaffen. Es ließ sich leicht aufklappen. Dann klappte Nikto noch die Rückwand von Fach 69 weg und vor ihm stand der Metallkoffer. Er reichte ihn Simon.

„Schwer", sagte der und wollte los. Nikto aber hatte noch zu tun. Er kramte ein Stück Papier aus der Tasche, schrieb etwas darauf und ließ es in der 69 zurück. Dann schloss er die Rückwände, stellte den Lederkoffer wieder in das geöffnete Fach und verschloss es, indem er sein Kaugummi zwischen Tür und Fach klebte.

„Was hast du da noch gemacht?", wollte Simon wissen.

„Hab meine Adresse hinterlassen", sagte Nikto und lachte. Simon schaute ihn für einen Moment irritiert an. Nikto schüttelte den Kopf. Aber so ganz sicher war sich Simon nicht, ob Nikto nicht die Wahrheit gesagt hatte.

Gemeinsam stiegen sie über die Rolltreppen hinab zur U-Bahn und verschwanden mit dem geheimnisvollen Koffer in einen der dunklen Tunnel.

2221 L

Kokosnuss? Tatsächlich, es roch nach Kokosnuss.

Die Sonne strahlte, die Adria schaufelte träge ein paar Wellen an den Strand. Und der Sand war so heiß, dass man barfuß nicht darüberlaufen konnte, ohne sich die Füße zu verbrennen. Deshalb kam seine Mutter und nahm ihn auf den Arm. Das war Glück gewesen. Sicher im Arm der Mutter und dazu der Geruch von ihrem Kokosnuss-Sonnenöl.

Linus erinnerte sich an den ersten und einzigen Urlaub mit seinen Eltern in Bibione. So viele Jahre her. Er schwitzte. Er konnte sich nicht bewegen und er konnte nichts sehen. Man hatte ihm die Augen verbunden. Er horchte. Nicht weit entfernt blubberte etwas, köchelte. Jemand rührte in einem Topf. Deshalb der Geruch von Kokos. Mit einem Ruck riss Clint ihm die Augenbinde weg.

„Hunger?"

„Bestimmt nicht auf Kokosfraß", maulte Linus und wollte cool klingen.

„Ist gesund." Clint klang überzeugt davon. Er ging zurück zu der Küchenzeile. „Die Königsfrucht. Der Sonne am nächsten." Clint hielt ihm ein Stück weißes Fruchtfleisch hin. „Gab mal Menschen, die haben sie verehrt."

Linus schaute weg und sah sich in dem Zimmer um. Es war ein kleines Appartement. Irgendwo in einem Hochhaus. Von seinem Platz auf dem Stuhl aus konnte Linus nur Himmel sehen. Grau und schwer wölbte er sich über die Stadt. Es begann zu schneien. Nicht fern stieg ein Flieger in die Wolken und verschwand. Auf dem Fensterbrett stand ein Aquarium mit exotischen Fischen. Mehr gab es hier nicht an Farbe. Clint schnitt Kräuter auf einem Brettchen und schüttete sie in den Topf. Dann nahm er ihn vom Herd und näherte sich Linus. Er setzte sich auf das Fensterbrett und begann zu essen. Linus begriff, dass Clint nie mit Besuch rechnete. Es gab nur den einen Stuhl und auf dem war er gefesselt. Clint aß ruhig und ohne Hast. Ihm war klar, Linus hatte Hunger, aber das wollte dieser Junge auf keinen Fall zugeben. Clint fragte nicht noch einmal nach. Er hielt viel davon, das ernst zu nehmen, was die Menschen sagten. Er wollte sie beim Wort nehmen. Keine Interpretationen. Kein Nein, wenn ein Ja gemeint war. Vielleicht hatte er deshalb nie geheiratet.

„Was wollen Sie von mir?", fragte Linus schließlich. Clint hätte darauf gewettet, dass Linus noch ein wenig länger aushielt, bevor er die Stille unterbrach. Clint war es eben nicht gewohnt, mit Kindern umzugehen. Seine Zielpersonen waren bisher immer Erwachsene gewesen.

„Hältst du die Wahrheit aus?", fragte Clint.

Linus versuchte, fest in die Augen des Mannes zu schauen. Es gelang ihm nicht. Die Gleichgültigkeit, mit der Clint ihn betrachtete, machte Linus Angst.

„Ich will dich nicht zum Feigling machen", sagte Clint. „Als Feigling will keiner abtreten. Egal, wer alles zuschaut; ob Hunderte oder keiner." Damit wendete er sich ab und brachte den Topf zur Spüle. Er wusste, dass Linus hinter seinem Rücken mit enormer Angst zu kämpfen hatte. Clint hatte genug Respekt vor seinen Gegnern, um ihnen in ihrer Angst nicht zuzuschauen. Ruhig spülte er sein Geschirr ab.

Linus versuchte einzuordnen, was Clint gesagt hatte. „Abtreten"? Er konnte doch nicht gemeint haben – Linus schüttelte den Kopf. Er war ein Kind. Nicht erwachsen. Man bringt Kinder nicht um. Keiner macht das. Linus zerrte an seinen Fesseln, riss. Keine Chance. Mit nur zwei Kabelbindern hatte Clint ihn arretiert. Linus wollte sich konzentrieren, aber die Gedanken jagten durch sein Hirn, Bilder verschwommen. Clints Zusammenbruch in der Souterrainwohnung von Eddas Großmutter. Die Aufnahmen der Überwachungskamera in Olsens Kölner Gartenhaus. Clint, der Olsen folterte. Der Schwanz, den ihm der Mann versuchte in den Mund zu stecken. Simons Waffe. Simons Waffe.

„Du weißt, warum du hier bist", drohte Clint, der den kurzen Abwasch erledigt hatte. „Wo sind deine beiden Freunde? Und wo ist der Computer von Olsen? Wo sind die Aufnahmen seiner Überwachungskameras?"

Linus zuckte mit den Schultern. Clint betrachtete den Jungen, kam dann nah zu ihm hin.

„Du solltest wissen, dass eine Menge Methoden gibt, Menschen zum Reden zu bringen. Auch gegen ihren Willen. Alle unschön und schmerzhaft, glaub mir. Ich habe sie alle ausprobiert. Am

Schluss redet jeder. Warum also die Schmerzen ertragen? Du würdest nur die Achtung vor dir selber verlieren."
„Und am Boden liegen und heulen wie ein kleines Mädchen?" Linus fixierte Clint. Er registrierte den Moment, in dem Clint ansetzte, zuzuschlagen. Doch er beherrschte sich. Linus legte nach.
„Nein, nicht wie ein Mädchen. Wie ein elender Feigling! Um Verzeihung winselnd. Wegen 'nem Hasen." Er grinste. „Wegen 'nem verblödeten, verfickten Hasen!"
„Halt die Schnauze!" Clint schlug zu. Linus stürzte mit dem Stuhl um. Sein Kopf schlug auf das Laminat. Er blutete aus der Nase.
„Mehr hast du nicht drauf?", provozierte Linus weiter.
Clint stand über ihm. Er hatte sich wieder im Griff. Es gefiel ihm nicht, dass dieser kleine Scheißkerl es geschafft hatte, ihn aus der Reserve zu locken. Was war nur mit ihm los? Clint wusste nur zu genau, dass Emotionen zu Fehlern verleiteten. Seit er in jener seltsamen Nacht vor diesen drei Kindern zusammengebrochen war, musste er auf der Hut sein. Vor seinen Erinnerungen. Er musste die Gedanken an seine Kindheit verschließen. Die Gedanken an seinen Vater, an den Moment, in dem er ihn zwang, das erste Mal zu töten ... Nein! Er durfte sich nicht mehr daran erinnern. Das sagte seine Vernunft. Und doch war es, als hätten diese Bilder von dem Messer in seiner Hand, von den braunen, vertrauensvollen Augen seines Hasen ... als hätten diese Bilder Widerhaken, die sich in seinem Hirn verankerten. Er musste sie loswerden. Säßen diese Haken in seinem Fleisch, hätte er sie einfach herausschneiden können. Das hatte er schon ein paarmal mit einer Gewehrkugel getan. Gegen sein Hirn musste er anders vorgehen. Härter. Härter auch als gegen seine Gegner.
Clint richtete den Stuhl samt Linus wieder auf, nahm ein Tuch und wischte das Blut weg, das dem Jungen aus der Nase lief. Dann holte er aus dem Eisschrank eine Ampulle und eine Einwegspritze. Linus sah zu, wie Clint die wässrige Lösung in den Kolben

der Spritze sog. Ein-, zweimal schnippte er mit dem Finger gegen die Spritze, um die Luftblasen aufzulösen. Dann ein leichter Druck mit dem Kolben und ein Tropfen der Flüssigkeit schlüpfte durch die Kanüle. Clint wandte sich Linus zu.

„Wo sind deine Freunde? Wo ist Olsens Computer mit den Aufnahmen seiner Kameras?"

Linus schüttelte tapfer den Kopf.

„Wenn ich sowieso ‚abtreten' muss ..."

„Ein Held, aha!" Clint nickte. „Du wirst es mir trotzdem sagen." Er ging auf das Aquarium zu. „Schau gut hin!" Clint nahm einen kleinen Käscher und fischte geschickt einen der bunten Nemos heraus. Er nahm die Spritze zwischen die Lippen und packte das glitschige Wesen im feinen Netz mit der Hand. Dann setzte er dem kleinen Fisch die Spritze in die Kiemen. Er drückte den Kolben nur leicht und ganz kurz. Nemo konnte sich nicht wehren, sosehr er auch zappelte. Clint warf ihn zurück ins Wasser. Sofort vollführte Nemo absurde Schwimmmanöver, drehte sich um die eigene Achse, schwamm gegen den künstlichen Felsen im Aquarium, tauchte an die Wasseroberfläche. Nur schlimmer Schmerz konnte so etwas auslösen, dachte Linus. Er schaute weg. Wieder tauchte am Himmel ein Flieger auf.

„Schau hin!", herrschte Clint Linus an, packte seinen Kopf und drehte ihn zurück zum Aquarium. Der kleine Fisch kämpfte immer noch, streckte den Kopf hervor, als wollte er dem Wasser entkommen. Als läge dort die Ursache seiner Schmerzen. Dann gab er auf. Gab einfach auf und ließ alles Zappeln. Starb.

Linus hasste Clint. Er hasste ihn für seine Kälte. Er hasste ihn dafür, dass er sich selbst so ohnmächtig fühlte. Clint pflückte den toten Fisch von der Wasseroberfläche und warf ihn in den Müll. Dann kam er mit der Spritze zu Linus. Er hockte sich vor ihn hin.

„Na?", fragte er. „Wie entscheidest du dich?"

So ein Glück, dachte Judith. Sie sah Timber zu, wie er zum mindestens dreitausendeinhunderteinundvierzigsten Mal an diesem kalten Nachmittag das Frisbee fing. Dieser Hund steckte sie ganz einfach an mit seiner Seligkeit. Wenn sie ihm zusah, wie er mit unermüdlichem Enthusiasmus der fliegenden Scheibe hinterherschoss und dann wie ein kleiner Springbock im richtigen Moment mit allen vieren abhob, das Maul öffnete und zuschnappte. Judith glaubte dann, Stolz in Timbers Augen erkennen zu können. Seit sie Timber von Linus angenommen hatte, hatte sie sich verändert. Dieser Hund war. Mehr nicht. Er war ganz in dieser Welt. Mit all seinen Sinnen. Und mehr wollte er gar nicht. Judith begriff das an diesem Nachmittag. Was hatte sie dagegen alles sein wollen. Cool vor allem. Patzig. Immer schneller den frechen Spruch auf den Lippen als andere. Um ja nicht selbst verletzt zu werden. Sie bestimmte, wer ihr nahkommen durfte, und sie ließ viel zu oft Nähe zu. Viel zu nahe Nähe. Mit keinem der Jungs, mit denen sie bisher geknutscht oder geschlafen hatte, hatte es ihr wirklich Spaß gemacht. Sie hatte es mehr oder weniger über sich ergehen lassen. Das Schlimmste war, dass sie sich daran gewöhnt hatte, dass es so war. Linus aber ... Mit Linus war das anders. Sie hatte ihm den ersten Kuss gegeben, hatte wieder mal die Coole gespielt. Aber dann war da dieses seltsame Gefühl. So wohlig. Im ganzen Körper. Als würde sie innerlich lächeln. Mit jeder Faser ihres Körpers. Es hatte sie so erschreckt, dass sie abhauen musste. Nur gut, dass Linus damals unter der Autobahnbrücke diesen Anruf von seiner Mutter bekam.

Wie hatte Judiths Herz geklopft, als sie Linus in der Kirche wiedersah. Doch da war noch so viel alte Judith in ihr, dass sie sich alle Romantik verbot. Sie spuckte Linus auf die Stirn, als er zu ihr hinaufsah. Wieder empfand sie dieses schöne Gefühl. Es fühlte sich an wie „Zu Hause", wie „angekommen". Ausgerechnet Linus war es, der ihre Nähe nicht wollte. Ihren Körper. Wie sie ihn umso mehr vermisste, wenn sie an ihn dachte. Nicht in der Schule oder wenn sie mit anderen etwas unternahm. Jetzt, mit Timber, da dachte sie immer wieder an Linus. Und seit der Begegnung mit dem Blötschkopp Olsen noch viel öfter. In ihren Träumen sogar. Judith hatte von Linus' Tod geträumt. Wobei ... es war eigentlich kein Tod, nur ein Verschwinden. Als würde er sich vor ihren Augen auflösen. Ein Geist werden; durchsichtig.

Timber bellte und sprang um Judith herum. Er hatte das Frisbee zurückgebracht und obwohl er vollkommen außer Atem war, konnte er nicht genug bekommen. Da hob Judith den Zeigefinger, Timber setzte sich und wurde still.

„Zeit nach Hause zu gehen, Timber!" Judith gab ihrem Freund das Frisbee in die Schnauze und Timber trug es stolz neben Judith her. Dunkle Wolken zogen über den Rhein heran, doch irgendwie konnten sie sich in der Höhe des Doms nicht entscheiden, den Fluss zu überqueren. Judith radelte, Timber trabte nebenher, und ohne dass der Schneeregen sie erwischte, schafften sie es bis zur Kirche. Judiths Mutter probte wieder mit dem Chor. An diesen Tagen ging Judith mit Timber immer zu den nahen Rheinwiesen. Und da die Probe länger dauerte, weil sie für das »Weihnachtsoratorium« probten, wartete Judith bei Rob und den Zwillingen im Pfarrhaus. Timber kannte, was nun kam. Martin und Katharina stürzten sich auf den Hund und der ließ Streicheln und Kuscheln tapfer über sich ergehen. Er wusste, dass er danach immer irgendetwas Süßes zugesteckt bekam.

Judith wartete in der Küche bei einer Tasse heißer Schokolade, die Rob ihr aus Fairtrade-Kakao kochte. Rob sah schlecht aus. Judith brachte das Gespräch auf Linus. Sie wollte nicht, dass Rob spürte, dass sie sich Sorgen machte, doch sie wollte unbedingt wissen, was es Neues gab.

Rob schüttelte den Kopf. Obwohl dieser Kommissar versprochen hatte, dass er oder die Kollegen sich melden würden, hatte Rob nichts mehr von der Polizei gehört. Und keinen Ton mehr von Linus.

„Der geht nicht unter", tröstete Judith. „Keine Sorge. Linus ist ...", sie zögerte, um ja nichts Emotionales zu sagen, „er kommt zurecht, sicher." Rob nickte vor sich hin. Dann entschloss er sich, ging zum Telefon (wohl dem einzigen in ganz Köln, das noch nicht schnurlos war) und rief in Berlin an. Er ließ sich mit dem zuständigen Beamten verbinden. Er konnte ihn nicht erreichen, doch die Frau in der Zentrale der Berliner Polizei machte sich schlau und rief kurz darauf zurück.

„Ist er denn schon wieder weg, ihr Sohn?", fragte sie.

„Wieso? Wieso ‚schon wieder'?"

„Sie haben ihn doch heute Morgen abgeholt", sagte die Frau.

„Was?" Rob begriff gar nichts mehr. „Ich war nicht in Berlin. War ich seit Jahren nicht mehr."

„Mmmhm", stutzte die Frau und Rob spürte, dass sie ihm nicht wirklich glaubte. „Meine Unterlagen sagen was anderes."

Rob musste sich zügeln, um nicht laut zu werden. Er wollte wissen, wieso Linus überhaupt bei der Polizei gewesen war.

Aber die Frau am anderen Ende der Leitung war sich nicht mehr sicher, ob sie Auskunft geben durfte, sie war sich nicht sicher, ob sie wirklich Linus' Vater am Telefon hatte. Sie wiegelte Rob ab, versprach, dass sie den zuständigen Beamten informieren werde. „Er wird sie zurückrufen."

Rob wollte noch etwas sagen, aber da hatte die Frau schon aufgelegt. Linus' Pflegevater starrte vor sich hin. Dann schaute er Judith an und berichtete in bruchstückhaften Sätzen, was man ihm gesagt hatte. Judith begriff genug. Sie spürte, wie ihr Herz heftiger klopfte. Sie dachte an ihren Traum. Schließlich kramte sie in ihrer Hosentasche nach dem Zettel, auf dem die Handynummer von Olsen stand. Sie ging nach draußen und rief ihn an. Da stand sie dann im Schneegestöber und berichtete voll Sorge, was sie über Linus wusste.

„Sie müssen ihn finden, bitte!" Sie befürchtete, dass der Killer sich bei der Polizei als Rob ausgegeben und Linus mitgenommen hatte.

Schnell beendete sie das Gespräch, als sie spürte, dass ihr Tränen in die Augen stiegen. Olsen hatte sie beruhigt und versprochen, Linus zu finden. Das hatte sie noch mitbekommen.

Der Schnee in Berlin war in Regen übergegangen. Die Scheibenwischer von Elisabeths Wagen waren abgenutzt und schafften es kaum, für klare Sicht zu sorgen. Olsen fuhr Richtung Mitte. Plötzlich setzte sich ein Streifenwagen neben ihn. Der Polizist auf dem Beifahrersitz hatte gesehen, wie Olsen ohne Freisprechanlage telefonierte. Nun winkte man ihn an den Straßenrand. Olsen war klar, dass das für ihn nicht gut ausgehen würde. Er hatte keinen Ausweis, keinen Führerschein. Man würde ihn festsetzen. Wenn er noch eine Chance haben wollte, Linus zu retten, dann durfte er sich jetzt nicht aufhalten lassen. Er lenkte den Kombi hinter den Wagen der Polizisten und zog seine Mütze noch tiefer ins Gesicht. Aber anstatt auf die Beamten zu achten, die aus ihrem Auto stiegen, beobachtete Olsen im Rückspiegel den nachkommenden Verkehr. Als er eine Lücke entdeckte, gab er Gas. Er fädelte in den fließenden Verkehr ein. Sofort sprangen die Polizisten zurück in ihren Wagen und folgten. Olsen blieb ruhig. Er staunte über seine Wahrnehmung, die in diesem Moment auf Hochtouren lief. Er schlüpfte mit dem Wagen in jede noch so kleine Lücke, die sich auf den Fahrstreifen neben ihm ergab. So konnte er sich die Polizei vom Halse halten. Längst hatten sie Blaulicht und Sirene eingeschaltet. Aber das schien sie eher zu behindern, da manche Fahrer vor ihnen mit der Situation überfordert waren und falsch reagierten. Als Olsen das Blaulicht ein Stück hinter sich gelassen hatte, bog er abrupt in eine Einbahnstraße ein. Links und rechts parkten Autos. Im Rückspiegel sah er, wie der Polizeiwagen die Einfahrt in die Straße verpasste. Dann aber setzte er zurück und folgte. Olsen stoppte den Wagen. Er sah sich zu, wie er handelte. Sein Instinkt hatte übernommen. Keine Spur von Angst. Alles schien durchdacht, trainiert. Der Polizeiwagen wurde langsamer. Die Beamten wirkten irritiert. Über Funk hielten sie Kontakt zur Zentrale. Verstärkung war unterwegs. Der Wagen tauchte an der Einfahrt der Einbahnstraße auf und riegelte sie ab. Dann war der Streifenwagen bis auf dreißig Meter an Olsen herangefahren. Plötzlich gab Olsen Gas. Doch diesmal fuhr er rückwärts und schoss auf den Streifenwagen zu. Die Schrecksekunde der Beamten verhinderte, dass sie noch reagieren konnten. Das Heck des Kombi schlug in der Front des Streifenwagens ein. Sofort platzten die Airbags des Wagens auf und trafen die Polizisten ins Gesicht. Olsen legte den Vorwärtsgang ein und fuhr davon. Er hörte das Schleifen von Metall, aber das kümmerte ihn nicht. Er hörte einen Knall, doch er fuhr einfach weiter. Immer weiter. Richtung Mitte. Nach und nach spürte er, wie der Wagen sich immer schwerer steuern ließ. Ein Hinterreifen war platt. Olsen schaffte es, den Wagen auf den Mittelstreifenparkplatz zu lenken. Er saß da. Und er spürte, dass etwas nicht stimmte. Er nahm diesen Geruch wahr, der leicht nach Eisen roch. Olsen griff an seine rechte Hüfte. Warm und bekannt war, was er ertastete. Blut. Der Knall ... Einer der Polizisten musste auf ihn geschossen haben. Olsen schloss den Reißverschluss seiner Daunenjacke, die ihm Elisabeth überlassen hatte. Für einen Moment hatte Olsen ihr Gesicht vor sich. Er hatte ihr versprochen, dass sie sich wiedersehen würden.

Olsen stieg aus und besah sich den Schaden. Das verbogene Metall hatte den Reifen aufgeschlitzt. Mit diesem Wagen kam er keinen Meter mehr weiter. Er nahm seinen Rucksack, stopfte den Laptop, den er sich besorgt hatte, hinein und nahm das Verbandszeug mit. Der Schmerz zog hinauf bis in die Schulter, doch Olsen konnte damit umgehen. Ohne sich etwas anmerken zu lassen, überquerte er die andere Straßenseite und hielt ein Taxi an. Er ließ sich von dem Fahrer zu einer Pension fahren, nahm ein Zimmer, zahlte bar im Voraus und zog sich ins Bad zurück.

Im Spiegel betrachtete er die neue Verletzung. Die Kugel steckte noch in seinem Körper. Olsen kümmerte sich nicht darum. Er desinfizierte die Wunde mit Alkohol, den er in einer Apotheke besorgt hatte, dann legte er sich einen Verband an und nahm Schmerzmittel. Er schaute sich dabei zu, wie er Schritt für Schritt wusste, was zu tun war. Schließlich zog er sein Shirt wieder über und setzte sich an den Laptop. Er musste herausbekommen, wo sich Clint und Linus aufhielten.

Eine Frage, die sich Greta nicht zu stellen brauchte. Sie wusste, wo Linus war. Und Simon und Edda. Öffentliche Kameras, die Kameras in Geldautomaten, die Diebstahlsicherungen in Kaufhäusern, alles, was Daten aufnahm, konnte GENE-SYS als Quellen für die Standortbestimmung der Kinder nutzen. Sie konnten ihnen gar nicht entkommen. Aber sie waren getrennt worden. Nun war es hochinteressant, ob sie ihre Fähigkeiten nutzen würden, um einander wiederzufinden. Greta rechnete damit, dass das innerhalb der nächsten drei, vier Tage geschehen würde, wenn ihnen die neuen Reize, denen sie mit Sicherheit begegneten, stumpf und schal wurden. Edda, Simon und Linus ragten so weit aus der Masse hervor, dass sie jede Erfahrung, die sie mit der Normalität machten, der Normalität nur weiter enthob.

Greta war stolz auf die drei. Sie spürte eine so große Zuversicht in sich, dass sie ihre körperlichen Gebrechen ignorierte. Sie würde ihren Körper zwingen durchzuhalten, bis alles im Lot war. Es war, wie es sein sollte. So, wie sie es entwickelt und geplant hatte. Zusammen mit Bill. Sie war es ihm schuldig, ihre gemeinsame Vision zu einem perfekten Ende zu bringen. Dazu musste sie die Kinder im Blick behalten. Jederzeit. Greta war immer im Bild darüber, wo sie gerade waren. Wo sie hingehen würden, das wusste Greta nicht exakt für jede nächste Stunde. Doch sie war sich sicher, dass die drei von ihr Auserwählten bald wieder zu ihr finden würden. Greta konnte sich nicht vorstellen, dass Edda ihre Großmutter aufgeben würde. Edda würde mithilfe der beiden Jungen ein weiteres Mal versuchen, Marie zu befreien, daran bestand kein Zweifel. Bis dahin musste Greta Marie an den Punkt in ihrem Leben bringen, an dem sie sich an den Auftritt vor Hitler und seinen Generälen erinnerte.

Sie waren nicht viel weitergekommen. Tag und Nacht zeichnete Viktor inzwischen die Erinnerungen von Eddas Großmutter auf. Immer wieder näherten sich die Bilder dem entscheidenden Ereignis an, um dann doch wieder auf Erinnerungen aus der noch früheren Kindheit auszuweichen. Dinge, die sich offenbar zur gleichen Zeit ereignet hatten. So wie bei den Aufzeichnungen der letzten Nacht. Als Marie Bilder sendete von einer großen Bühne. Von einem Mann mit Turban; der Große Furioso.

Greta spürte, dass sie ganz nahe an der verschütteten Erinnerung waren, doch dann tauchten nur die leeren Zuschauerränge und der heruntergelassene, blutrote Vorhang auf dem Monitor auf. Bernikoff sprach mit Marie, ruhig und freundlich. Er überreichte ihr etwas, das nicht genau zu erkennen war. Die Spieluhr konnte es sein. Drei Räder drehten sich. Ineinander, nach links und rechts. Bevor es klarer zu sehen war, war Marie plötzlich wieder jünger und tollte mit ihrer Zwillingsschwester über eine Wiese. Ihre Mutter war da, der Vater ...

Greta hatte sich zurückgezogen und ging wie jeden Abend die Bewegungsprotokolle der Kinder durch. Sie stutzte. Sie war die Protokolle von Edda und Simon durchgegangen. Zunächst war nichts Bemerkenswertes zu entdecken gewesen. Alles im Rahmen. Doch dann orteten die Quellen Linus im Westen der Stadt. Greta erinnerte sich, dass der Wagen, mit dem sie sich durch die

Stadt bewegt hatten, immer noch am Charlottenburger Stadtbad stand. Möglicherweise hatte sich Linus auf den Weg gemacht, um den Wagen zu holen. Sie merkte, dass sie dieser Gedanke nicht beruhigen konnte. Es lag daran, dass diese Gegend ihr irgendwie bekannt vorkam. Kameruner Straße, Ugandastraße. Greta ärgerte sich, dass ihr nicht einfiel, was sie damit verband. Sie wusste, dass sie nicht würde einschlafen können, bevor sie dieses Rätsel gelöst hatte.

Nikto hatte den Koffer weit geöffnet und Simon blieb der Mund genauso weit offen stehen. Randvoll mit Geldscheinen war der Rimowa. Alles Hunderter.

„Circa 'ne Million", überschlug Nikto die Summe.

In Simons Kopf schwirrten die Gedanken. Das war zu viel, um es zu kapieren. Mit allem hatte er gerechnet, aber niemals damit, dass Nikto recht haben würde, was den Inhalt angeht. Für Simon war es eine herrlich verrückte Aktion gewesen. Und jetzt waren sie plötzlich Millionäre. Wie hypnotisiert folgte er Nikto, als der die Kabine auf der Toilette im Untergeschoss des Alexanderplatzes verließ. Zielstrebig ging er mit dem Koffer voran, über die Rolltreppen, immer höher, über den Alexanderplatz, bis sie an der Rezeption des »Park Inn« Hotels standen.

Simon musste sich ein paarmal um die eigene Achse drehen, während er Nikto in das Hotel folgte, um all den Luxus wirklich wahrzunehmen. Als er an der Rezeption ankam, hatte Nikto schon eine Schlüsselkarte in der Hand. Er bedankte sich in einem wilden, russisch gefärbten Deutsch, das klischeehafter nicht sein konnte. Dann winkte er Simon zu sich und sie bestiegen den Lift.

„Was hast du vor?", wollte Simon wissen.

„Das Leben genießen. Es ist kurz, mein Freund."

Mit dem „Pling" des Lifts waren sie angekommen. Nikto marschierte voran mit dem Koffer und öffnete die Tür zu einer Suite.
„Wow!"
Andächtig schauten sich die beiden um. Zwei Zimmer, Bad. Jeder Raum bot einen Blick über die ganze Stadt. Und vor ihnen, scheinbar zum Greifen nah, ragte der Fernsehturm in den Himmel.
„Die hast du einfach so bekommen, die Suite?", fragte Simon und hasste sich gleich wieder für seine Zweifel.
„Eine Million öffnet so manche Tür", lachte Nikto. Eine Million! Und sein russischer Akzent. Mit dem entsprechend rabiaten Auftreten bot es den Hotelangestellten genügend Interpretationsspielraum, was Niktos Hintergrund anging. Außerdem hatte er eine Woche im Voraus bezahlt und den Concierge geschmiert, damit er keine Ausweise vorzeigen musste. Und er hatte Simon als seinen Bruder ausgegeben.
„Worauf hast du Lust, Bruder?"
Simon überlegte.
„Komm schon! Lass uns den Service testen."
„Wie schmeckt eigentlich Kaviar?", fragte Simon nach einigem Überlegen.
Sofort hing Nikto am Haustelefon und hatte den Zimmerservice am Apparat. In der aggressiven Mischung aus Russisch und Deutsch orderte er die Fischeier.
„Aber echten Kaviar", proletete er. „Bin ich Kenner!" Er legte auf und lachte los. „Bin ich Kenner", wiederholte er und stolzierte durch den Raum. „Bin ich Kenner! Noch irgendwas?"
„Eigentlich am liebsten 'nen Burger."
„Mäcki oder King?"
„King. Und Pommes von Mäcki!"
„Kommt sofort!" Nikto war sofort wieder am Telefon und spielte den ungehobelten Russen.

Keine Viertelstunde später klopfte es an der Tür und der Zimmerkellner brachte Kaviar, Burger, Pommes, ein Subway-Baguette, Eiscreme und viel Red-Bull-Cola. Als der Kellner ging, steckte ihm Simon einen Hunderter zu.

„Stimmt so!" Jetzt versuchte sich auch Simon an einem russischen Akzent. „Bin ich Kenner. Bist du Kellner!"

Der Kellner nickte nur und verschwand flott, weil er dachte, dass Simon mit dem Trinkgeld ein Fehler unterlaufen war und er ihn gleich bemerken würde. Simon aber stolzierte zu Nikto, der sich köstlich amüsierte.

„‚Bist du Kellner!' Aus dir wird nie ein Russe." Er winkte Simon zu sich und bereitete ihm einen weißen Toast mit Butter, Kaviar und ein wenig Zitronensaft. Simon schob das Häppchen in den Mund. Und verzog sofort das Gesicht. Er lief ins Bad und spuckte alles ins Klo. Dann spülte er den Mund mit Wasser nach.

„Der Scheiß ist so teuer? Ist doch nur salzig."

„Schmeckt, weil es teuer ist. Die Menschen nehmen den Schein für das Sein, viel zu oft." Er sah Simon an. „Du auch!" Nikto warf ein Bündel Scheine in die Luft und ließ Hunderter auf Simon herunterregnen.

„Wie? Wann?"

„Jetzt ... Schein. Sein."

„Verstehe ich nicht."

„Ich, zum Beispiel. Kennst du mich?" Er ließ eine Pause. „Wer bin ich?"

Simon überlegte, was er antworten sollte. Aber dann griff er nach dem Burger und begann zu essen. Essen, das er kannte und mochte. Er wollte jetzt nichts Ernstes reden und Nikto hakte nicht weiter nach. Sie schlugen sich den Bauch voll. Draußen war es dunkel geworden. Der Wind trieb Schneeflocken um die Kugel des Fernsehturms.

„Wie lange können wir bleiben?", fragte Simon. Sie hatten sich vor den Plasmabildschirm gehockt und spielten »Grand Theft Auto«. Da machte Simon keiner was vor. Auch wenn seine Mutter ihm keines der Spiele erlaubt hatte, hatte er genügend Freunde gehabt, bei denen er hatte trainieren können. „Er hatte genügend Freunde gehabt." Stimmte das? Hatte er je einen Freund gehabt, mit dem er so schräge, großartige Sachen erlebt hatte wie mit Nikto in den letzten 24 Stunden? Simon schaute zufrieden zu dem verrückten Russen, der sich abmühte, seinen Wagen auf der Strecke zu halten. Er scheiterte.

„Is eben kein Lada!", spottete Simon. Da fiel Nikto über ihn her und sie balgten sich. Griffen zu den Pistolen mit Gummipfeilen, die sie sich zusammen mit zwei Bobby-Cars aus dem Karstadt hatten besorgen lassen. Sie setzten ihren digitalen Kampf in der Realität fort. Rollten auf den Bobby-Cars durch die Suite, schossen sich ab und schließlich verschanzte sich jeder in seinem Zimmer. Es entwickelte sich ein Stellungskampf. Deutschland gegen Russland. Es schien auf ein Patt hinauszulaufen. Bis Simon entdeckte, dass die Grissini perfekt als Munition funktionierten. Eingedeckt mit genügend tödlichem italienischen Trockenbrot wagte er einen Ausfall und erstürmte Niktos Festung. Aber Nikto war verschwunden. Simon schaute sich um. Nikto hatte sich ins Bad geflüchtet. Gerade als Simon auch diese letzte Zuflucht einnehmen wollte, hörte er leises Seufzen hinter der Tür zum Bad. Simon hielt inne. Nikto schien zu weinen. Simon zog sich zurück. Er ging in sein Zimmer und stellte das Sofa wieder richtig hin, ordnete die Polster. Die Stühle. Er schaltete den Fernseher auf TV und schaute irgendeinen Doku-Soap-Scheiß. Mit seinen Gedanken war er bei Nikto. Warum weinte er?

„He, Feigling. Hast du aufgegeben?" Nikto stand wieder in der Tür und tat, als wäre nichts gewesen. Simon aber spürte, dass die Leichtigkeit verschwunden war.

„Bin müde", wich er aus.

„Nein", schüttelte Nikto den Kopf. „Bist du nicht müde. Weil ... eine Überraschung hab ich noch."

Simon sah ihm zu, wie er sich anstrengte, die verlorene Leichtigkeit wieder zurückzuholen. Und als es klopfte, hob er den Finger, als wäre er Simons Vater, der wie damals vor vielen Jahren den Weihnachtsmann vor der Tür wähnte.

„Zimmerservice", klang die Stimme hinter der Tür. Nikto öffnete und zwei junge Zimmermädchen kamen herein. Simon hatte sofort ein schlechtes Gewissen, weil es hier aussah wie Sau. Aber das schien die Mädchen gar nicht zu stören. Sie gingen an die Stereoanlage, postierten da ihren iPod, stellten Lady Gaga ein und begannen sich auszuziehen. Nikto setzte sich strahlend neben Simon. Der wusste gar nicht, wo er hinschauen sollte. Heiß wurde ihm. Und er spürte, wie er rot anlief. Aber was er da geboten bekam, war einfach zu verlockend, als dass er wegschauen konnte. Dass man sich so verbiegen kann. Simon staunte. Und folgte gierig der professionellen Dramaturgie des Striptease. Er wünschte sich, dass die Frauen sich beeilten. Und er wünschte sich, dass sie ganz lange brauchen würden, bis sie nackt waren. Er wollte alles sehen und er wollte es nicht sehen. Er wollte, dass sie sich vorbeugten zu ihm und er wollte, dass sie wieder gingen. Er wollte sie berühren und er wollte ihnen verbieten, dass sie ihm zu nahe kamen. Und dann war da plötzlich die Hand der einen, die seine Hand nahm und an ihre Brust führte. Ungeschickt ließ sich Simon führen. Seine Fingerspitzen berührten den Busen, streiften die Brustwarze. Simon sah, dass sich die andere Frau Nikto geschnappt hatte und mit ihm in sein Zimmer verschwunden war. Er war allein mit einer nackten Frau. Und die war sicher zehn Jahre älter als er. Wovon er so oft geträumt hatte, war wahr geworden. Aber so souverän er in seinen Träumen gewesen war, so dämlich stellte er sich gerade an.

„Vorsichtig, hey!", schimpfte die Frau, als er ihre Brust mit der ganzen Hand ergriffen hatte.

„Tut ... tut mir leid." Er zog die Hand zurück und hatte wortwörtlich nichts mehr im Griff. Die Frau bewegte ihre Hüfte auf ihn zu und schob mit den Händen ihre Mähne wild nach oben. Sie gab ihren Nacken frei, als wäre sie ein Zebra in der freien Wildbahn, das sich einem Löwen opfert. Nur noch ein winziger String bedeckte ... nein, verlockte. Sie streckte ihren fast nackten Hintern Simon entgegen und kreiste über seinem Schoß. Simon stöhnte auf, als sie sich auf ihn senkte. Es war kein Schmerz. Es war der kleine Tod, der ihn frühzeitig ereilt hatte. Die Frau richtete sich auf, drehte sich zu ihm um und betrachtete das Malheur, das sich an Simons Hose abzeichnete. Sie musste lächeln. Es war kein böses Lächeln. Es war ein wenig mitleidig, ein wenig stolz.

Simon verschwand im Bad. Als er zurückkam, lag die Frau auf seinem Bett und feilte ihre Fingernägel. Simon sah sie fragend an und sie machte eine Geste zum Nebenzimmer. Da ging es noch hoch her. Simon stand da, wollte in sein Bett, aber er traute sich nicht. Die Frau lächelte wieder. Simon fasste Mut.

„Tut mir leid", brachte er hervor.

„Mir auch", sagte die Frau. „Setz dich zu mir."

Simon gehorchte. Er setzte sich neben sie und beobachtete, wie sie die Nägel feilte.

„Sie haben schöne Hände." Simon erschrak. Dass ihm das einfach so über die Lippen gekommen war. Die Frau sah ihn an.

„Du bist süß", sagte sie. Auch wenn Simon alles andere als süß sein wollte, so wie sie es gesagt hatte, gefiel ihm das.

„Wie Sie getanzt haben, das war ... toll!", sagte er noch, fasziniert, dass es so leicht war, es auszusprechen. Nikto hatte recht. War nicht schwer, wenn man ehrlich war. Und wenn man keine

Absichten hatte. Die Frau legte ihre Feile weg. Sie ließ ihre Hände unter Simons Shirt gleiten. Er schloss die Augen.
„Wollen wir das Licht ausmachen?", fragte sie.
Simon nickt nur. Als es dunkel war, folgte er mit allen Sinnen den Händen dieser wunderbaren Frau, die in alle Geheimnisse seines Körpers eingeweiht zu sein schien. Willig erfüllte er ihre Anweisungen, bis er ihren Körper unter sich spürte und sie den kleinen Tod vergessen machten.

„Aufstehen! Lahmarsch!"
Der Champagner-Kübel mit Wasser jagte Simon abrupt aus dem Bett. Pitschnass hockte er da und lachend stand Nikto vor ihm. Simon orientierte sich.
„Sie ist weg", sagte Nikto, der wusste, nach wem sich Simon umgeschaut hatte. „Noch was übrig vom Stängel oder alles weggerubbelt?"
„Idiot!", schimpfte Simon und fiel zurück auf das Laken.
„Na, was? Bist du jetzt Kenner!" Nikto zog ihm die Decke weg und führte ihn ans Fenster. Was sollte da sein? Es hatte aufgehört zu schneien. Es war kalt und grau. Und unten auf dem Alexanderplatz wuselten die Menschen hin und her. Plötzlich lief jemand am Fenster vorbei die Fassade herunter. Simon begriff nichts. Er träumte wohl noch. Nikto hielt ihm zwei Tickets entgegen.
„Das machen wir auch gleich!", sagte er begeistert.

Keine Stunde später standen sie an der Kante zum Abgrund. Sie waren angeschnallt. Trotzdem zog es in Simons Magen. Das war nicht Höhenangst, das war Höhenlust. Er spürte, wie der Erdboden ihn lockte, ihn aufforderte sich hinabzustürzen. Schließlich waren die Vorbereitungen abgeschlossen und Simon stand neben Nikto im rechten Winkel zur Hauswand. Die Leute des Veranstalters gaben das Zeichen.

„Eins!"
„Zwei!"
Noch bevor sie bis drei gezählt hatten, griff Nikto nach dem Koffer voller Geld, den er von Simon unbemerkt mitgebracht hatte und leerte lachend den gesamten Inhalt in den Abgrund. „Drei!"
Nikto rannte los, die Hauswand entlang. Simon musste ihm fassungslos folgen. Sie liefen durch das wirbelnde Geld auf den Abgrund zu. Simon versuchte mit wilden Bewegungen ein paar Scheine einzufangen. Es gelang ihm nicht. Immer tiefer hinab eilte er. Immer lauter drang das Lachen von Nikto an sein Ohr. Und unter ihnen begann ein verrücktes Hin und Her der Menschen. Die ersten hatten bemerkt, was da vom Himmel regnete. Immer mehr Menschen kamen dazu. Drängelten sich. Schubsten. Stießen sich weg. Und als Simon nach Nikto den Boden erreichte, waren schon Hunderte Menschen vom Alexanderplatz herbeigeeilt und kämpften um jeden Schein.
Ungläubig starrte Simon auf seinen Freund, während sie abgeschnallt wurden. Nikto aber schaute nur fasziniert auf das Spektakel der Gier. Noch immer flatterten Hunderte Geldscheine durch die Luft. Die Menschen reckten die Köpfe zum Himmel, ließen sich von den wirbelnden Banknoten leiten, stolperten, schlugen hin. Liefen übereinander weg.
„Bist du verrückt!?", schimpfte Simon. Er konnte nicht fassen, wie Nikto mit dem Geld umging. Musste unweigerlich an Edda und Linus denken. Daran, wie das Geld ihnen auf der Suche nach Marie hätte helfen können. Nikto aber schüttelte nur den Kopf. Er zeigte Linus einen der Geldscheine, spuckte darauf und rieb mit dem Daumen darüber. Dann zeigte er Simon, dass der Schein abgefärbt hatte.
„Falschgeld."

„Immer aufhören, wenn es am Schönsten ist", sagte Nikto und sah Simon vorwurfsvoll an. „Du hast es gar nicht genossen, oder? Das musst du wirklich noch lernen. Du musst zugreifen, wenn das Leben dir das Glück hinhält. Sonst glaubt es, du willst es nicht." Mit einem letzten Blick zurück schaute er auf die Menschenmenge. Langsam begann es eisig zu regnen. Simon blieb noch einen Moment stehen. Zu wissen, dass es Falschgeld war, machte aus diesem Treiben komplett absurdes Theater. Plötzlich war er stolz, irgendwie auch ein Auslöser des Ganzen gewesen zu sein. Jeder dieser Glücksritter würde in Kürze feststellen, dass er falschem Glück nachgejagt war. Schon schauten die ersten irritiert auf ihre Finger. Das Gewusel verebbte. Resignation machte sich breit. Eine Frau, vollgepackt mit Scheinen, brach in Tränen aus. Simon begriff, was Nikto mit Schein und Sein gemeint hatte. Er lächelte, wendete sich zu ihm um. Aber Nikto war verschwunden.

Simon eilte über den riesigen Platz, vorbei am Brunnen, wieder zurück. Nikto war nicht zu entdecken. Simon spürte, wie sich in ihm dieser Sog bildete, in seiner Mitte, ein Sog, der ihm alle Energie nehmen würde. So wie damals. Nein. Diesmal wollte er das nicht zulassen. Plötzlich wurde er von hinten gepackt.

„He, was jetzt, Bruder?"

Simon lachte. Nikto war zurück und er wollte sich seine Sorge nicht anmerken lassen. Seine überdrehte Art nahm Simon ein, lenkte ihn ab. Nikto wirkte wieder so übertrieben fröhlich wie gestern Abend, nachdem Simon ihn im Bad hatte weinen hören.

„Wo bleiben wir heute Nacht?", fragte Nikto, als es anfing dunkel zu werden und die Weihnachtsbeleuchtung in den Straßen zu leuchten begann. Wieder die Frage, die sich Simon auch mit Edda und Linus schon so oft hatte stellen müssen. „Knast?", schlug Nikto vor.

„Nie im Leben", protestierte Simon. Er hatte eine bessere Idee.

„Komm mit", sagte er und dieses Mal war er es, der voranschritt.

Olsen vertraute darauf, dass er dieselbe Ausbildung hatte wie Clint. Also musste er überlegen, was er in so einem Fall machen würde. „Aus der Anonymität operieren. Immer mehrere Fluchtwege. Operationszentrale immer in der Nähe von Bahnhof oder internationalem Flughafen. Permanenter Zugang zu modernen Kommunikationsmitteln." Olsen konnte diese Vorgaben rekapitulieren, ohne zu wissen, wann und wo er sie gespeichert hatte. Auf Google Maps kreiste er den Flughafen Tegel, Bahnhof Zoo und den Hauptbahnhof ein. Im Bereich um den Flughafen fand er schließlich einige Wohnanlagen, die nur wenige Minuten entfernt waren. Sie boten Anonymität. Fluchtwege, auch über die flachen Dächer. Vor allem aber die Adresse war Olsen aufgefallen. Ugandastraße, Kameruner Straße, Guineastraße. Eigentlich konnte es nicht sein, dass Clint aus Sentimentalität eine solche Adresse gewählt hätte. Wenn aber alle anderen Faktoren ideal waren, warum nicht?

Erinnerungen tauchten plötzlich auf. Uganda. Idi Amin. Olsen sah Bilder von Kämpfen. Trommeln. Gewehrsalven. Schwarze Gesichter. Feuer. Menschen, die sterben. Dann hatte Olsen auf einmal das Gesicht des Diktators vor sich. Aus seiner Hand nahm er einen Orden in Empfang.

Olsen schaltete den winzigen Fernseher an, um sich abzulenken. Das Schmerzmittel hatte nachgelassen. Olsen legte nach. Er musste weiter an der Suche arbeiten, auch wenn Schmerz und Müdigkeit ihn forderten. Olsen rührte sich das Kaffeepulver, das auf einem Bord neben Tee und ein paar Keksen gratis angeboten wurde, in einen Schluck heißes Wasser. Es entstand eine Kaffeepaste, die Olsen mit viel Zucker löffelte. Auch das fühlte sich richtig und bewährt an. Schnell spürte er die aufputschende Wirkung. Noch einmal nahm er sich die Ergebnisse seiner Suche vor. In einem Immobilienforum checkte er die Angebote aus dieser Gegend und fand die Verwalter der Hausanlagen. Er telefonierte alle durch. Nur einer von ihnen ließ sich darauf ein, gegen bar im Voraus auf ein halbes Jahr zu vermieten, und auch er fragte misstrauisch, warum Olsen das so regeln wollte.

„Bin viel unterwegs. Ich hab den Tipp von einem Kollegen."
„Ja", sagte der Verwalter. „Ja, verstehe."
Olsen vereinbarte mit dem Verwalter pro forma einen Besichtigungstermin in der nächsten Woche. Dann setzte er seine Mütze auf, stieg vor der Pension in ein Taxi und fuhr sofort in die Guineastraße.

Keine Viertelstunde später bog das Taxi in die Guineastraße ein. Olsen ließ den indischen Fahrer anhalten und warten. Er lief zum Klingelbrett und las die Namen. Er begann in den oberen Stockwerken. Es waren Namen, die nach Osteuropa klangen und keiner löste irgendeine Erinnerung bei Olsen aus. Olsen eilte weiter zum zweiten Gebäude. Sedlacek, Linke, Neumann, Radencovic. Moment. Neumann. Olsen begriff, dass dieser Allerweltsname irgendwo in seiner Erinnerung verankert war. Er versuchte, sich zu konzentrieren. Der Taxifahrer beobachtete ihn misstrauisch. Er hupte. Aber Olsen konnte all die Geräusche, die Kälte im nasskalten Berlin unter dem zugigen Vordach der Wohnanlage ausblenden. Plötzlich aber drehte er sich um. Sein Blick suchte ein Ziel. Und fand die Ausfahrt der Tiefgarage. Ein dunkler Van verließ die Garage und bog auf die Straße ein. Für den Bruchteil einer Sekunde erkannte Olsen den Jungen. Da saß Linus.
„Folgen Sie dem Van!", sagte Olsen, als er zurück zum Taxi kam. Der Fahrer gab Gas. „Nicht zu nah auffahren", warnte Olsen. Mit großen Augen blickte der Fahrer ihn an.
„Ist ja wie in James Bond."
„Ja, so ungefähr." Olsen nahm noch mal eine seiner Schmerztabletten. Dann fixierte sein Blick den Van. Er hatte ihn ins Visier

genommen und wusste, dass es nun kein Entkommen mehr gab. Nicht für den Van, nicht für ihn selbst. Für einen Moment huschte wieder ein Lächeln über sein Gesicht. Wie schön.

Clint bog mit dem Van vom Stadtring auf den Kaiserdamm ab. Er folgte der Beschreibung, die Linus ihm gab. Linus saß auf dem Beifahrersitz und wirkte wie paralysiert. In Wirklichkeit bemühte er sich um höchste Konzentration.
„Jetzt links", sagte er und Clint bog in die Krumme Straße ein. Clint war kurz abgelenkt, weil er im Rückspiegel das Taxi beobachtete, das schon seit einer Weile in die gleiche Richtung hinter ihm herfuhr. In die Krumme Straße aber war es nicht mehr mit abgebogen.
„Da!" Linus deutete auf ein Gebäude. „Im Schwimmbad. Da sind Edda und Simon."

Olsen hatte den Taxifahrer einige Meter hinter der Abbiegung zur Krummen Straße anhalten und wenden lassen. Jetzt lugte er dem Van hinterher und sah, dass er auf den Parkplatz des Charlottenburger Bades einbog.
„Sie brauchen Hilfe?", fragte der Inder hoffnungsfroh. „Mein Bruder ist bei Polizei in Mumbay", erklärte er, als wäre das eine Qualifikation. „Hab auch gesehen alle James Bond", fügte er hinzu.
„Danke, nein", sagte Olsen. „Ist nur eine Ehegeschichte." Er bezahlte den enttäuschten Fahrer und ging dann auf das alte Schwimmbad zu.

„Ich kann die beiden rausholen", sagte Linus. Clint lächelte nur. Er schob Linus in das Schwimmbadgebäude. Hinter der Tür blieb er stehen und zeigte Linus, dass er die Spritze parat hatte.
„Ein Erwachsener, ein Kind", sagte Clint an der Kasse.
„Wie alt ist Ihr Sohn?", fragte die Frau.

„Fünf", sagte Linus nach einem winzigen Moment Schweigen, der der Frau an der Kasse hätte auffallen können, wenn sie geahnt hätte, dass Linus in Gefahr war.

„Fünf?", fragte sie zurück. Linus nickte, aber Clint packte ihn an der Schulter.

„Fünfzehn", sagte Clint. „Er macht gern Witze."

„Kenn ich, hab auch so einen", lachte die Frau. „Schön, wenn Vater und Sohn was gemeinsam unternehmen", sagte sie noch und wies die beiden darauf hin, dass das Bad in einer guten halben Stunde schloss.

„Ich weiß", sagte Clint und passierte mit Linus Richtung Umkleidekabinen. Erst als sie verschwunden waren, kam Olsen herein und kaufte sich ebenfalls ein Ticket. Im Gegensatz zu der Kassenfrau war ihm aufgefallen, dass Linus nicht freiwillig mit Clint gegangen war.

Clints Hand auf der Schulter ging Linus an der Reihe von Spinden vorbei. Er schaute auf die Stelle, wo Simon den Schlüssel für den Schrank versteckt hatte, in dem die Waffe lag. Linus hoffte, dass sie noch niemand gefunden hatte. Es war seine einzige Chance, sein Leben zu retten. Deshalb hatte er Clint hierher gelotst. Das war sein Plan. Noch ein paar Schritte, dann hatten sie den Spind erreicht. Linus stolperte. Er schaute unter die Bänke, die ringsum angebracht waren und bevor Clint ihn packen und hochziehen konnte, hatte er den Schlüssel erspäht. Er lag noch da, wo ihn Simon versteckt hatte. Clint aber ließ ihm nicht die Möglichkeit, danach zu greifen. Er hatte ihn schnell wieder hochgezogen. Scheiße!

„Keine Mätzchen", sagte er und trieb ihn voran zu der Tür, die in die alte Schwimmhalle führte. Er zog sie auf. Ein Bademeister schaute sich zu ihnen um.

„Keine Straßenschuhe!"

„Jaja, schon klar. Suche nur nach meinen Kindern", sagte Clint und schaute zu den wenigen Menschen, die sich noch im Becken tummelten. Linus suchte voll Angst die Gesichter ab. Gab es ein Mädchen, das Edda ähnlich sah?

„Ich hab's mir gedacht", sagte Clint. „Du versuchst mich zu verarschen."

„Nein", sagte Linus. „Nein! Sie haben gesagt, sie sind hier. Wir wollten uns hier treffen. Ehrlich." Linus hatte Angst. Er fühlte sich klein und hilflos wie in den Nächten, in denen er nicht schlafen konnte. In denen die knochigen Finger nach ihm griffen. In denen nur die Müdigkeit die Monster schließlich doch besiegte. Das war viele Jahre her. Aber jetzt war er wirklich in Gefahr und er hatte keinen Plan mehr.

Clint schob ihn durch die Umkleide zurück zum Ausgang. Linus wusste, dass es keinen Ausweg mehr gab. Die Bilder von Nemo im Todeskampf ließen sich nicht mehr vertreiben. Panik überfiel Linus. Mit einem Ruck wollte er sich aus Clints Griff lösen. Aber der alte Söldner war viel zu routiniert, als dass er damit nicht gerechnet hätte. Wie eine eiserne Kralle klammerte sich sein Griff tiefer in Linus' Schulter. Linus spürte, wie ihm die Kräfte schwanden. Seine Beine gaben nach. Er nahm alles um ihn herum wahr, doch er war wie gelähmt. Clint platzierte ihn auf die Bank in der menschenleeren Umkleide.

„Es ist vorbei, Kleiner. Besser, du bereitest dich darauf vor. Von mir aus kannst du beten", sagte Clint. „Du hast die Chance gehabt, ohne das hier abzutreten. Vorbei!" Er zeigte Linus die Spritze. Linus starrte darauf. Die Lähmung erfasste auch seine Stimmbänder. Er konnte nichts sagen. Im Spind gegenüber lag die Waffe, die Simon dort verschlossen hatte. Ein böses Spiel, das sich das Schicksal für ihn ausgedacht hatte. Alles in seinem Kopf begann sich zu drehen. Auf einmal war ihm, als begänne er zu fantasieren. Plötzlich sah er hinter Clint einen Geist. Die Silhouette einer Gestalt mit deformiertem Kopf. Der verstörte Blick des Jungen verleitete Clint, sich umzudrehen. Da trat Olsen aus dem Schatten.

„Olsen!" Clint konnte es kaum glauben, ihn hier zu sehen. „Ich glaub's nicht." Er spielte alte Vertrautheit. Hatte Dr. Fischer recht gehabt? War Olsen wieder auf Kurs? Clint achtete auf jede Geste, jede Regung seines ehemaligen Kameraden.

„Clint."

„Was machst du hier? Gerade hier?"

„Bin dir gefolgt. Dr. Fischer. Er sagte, du brauchst vielleicht Hilfe."

„Dr. Fischer ..."

„Ja. Er sagte, dein letzter Job – da sei was schiefgelaufen."

Clint fixierte Olsen. Er konnte keine Ironie erkennen. Wenn es so war, wie Olsen sagte, dann war der Doktor ein verdammter Zyniker. Der Job, der schiefgelaufen war, war der Mord an Olsen.

„Fischer hat meine Adresse nicht."

„Nicht so schwer, die zu finden." Ehrlich berichtete Olsen, wie er Clints Adresse herausgefunden hatte. Clint nickte. Er hätte es genauso gemacht. Dennoch blieb er misstrauisch und versuchte eine Fangfrage.

„Fischer hat mir gesagt, du bist wieder im Geschäft."

Olsen sah Clint irritiert an.

„Wieso wieder?"

Das war die Antwort, die Clint erst einmal beruhigte. Dr. Fischer schien tatsächlich Olsens Wende in ein bürgerlich moralisches Leben gelöscht zu haben.

Linus beobachtete die beiden Männer gebannt. Noch immer war er unfähig, sich zu rühren, zu reden. Es war kein Geist, den er gesehen hatte. Es war Olsen. Er war wirklich da. Aber warum würdigte er ihn keines Blickes? Er musste ihn doch wiedererkennen. Linus versuchte die Aufmerksamkeit auf sich zu lenken.

Aber sosehr er sich auch bemühte, sein Körper war nur eine bewegungslose Hülle. Seine Stimme war versiegt. Nur seinen Atem konnte er noch kontrollieren. Also stieß er beim Atmen die Luft in kurzem Rhythmus aus. Das musste Olsen doch wahrnehmen. Und tatsächlich, er schaute jetzt zu ihm. Doch da war nichts in seinem Gesicht, das zeigte, dass er ihn erkannte.

„Was ist mit dem Jungen?", fragte er Clint.

„Exit", sagte Clint. Auch er hatte die Teilnahmslosigkeit in Olsens Gesicht beobachtet. Im Gegensatz zu Linus hatte ihn das umso mehr überzeugt, dass Dr. Fischer ganze Arbeit geleistet hatte. „Brauche nur vorher noch ein paar Informationen von dem Kleinen."

Olsen nickte nur. Kein Protest, keine Bedenken, weil es sich um ein Kind handelte. Linus erschreckte das. Was spielte Olsen für ein Spiel? Wer war dieser Dr. Fischer? Er wollte reden, doch er brachte nichts außer ein paar Gurgellauten hervor.

„Wird er reden?", fragte Olsen tonlos.

„Klar." Clint zeigte die Spritze. „Aber noch spielt er den Helden."

„Wenn du Hilfe brauchst ..."

„Wir müssen ihn unauffällig rausschaffen", sagte Clint. „Er wird sich gleich wieder bewegen können."

Olsen nickte stumm. Er fixierte Linus. Und als Clint sie einen Moment aus den Augen ließ, war es Linus, als hätte Olsen ihm zugezwinkert. Hatte er sich das nur eingebildet? Er spürte, wie er wieder ein Gefühl für seinen Körper bekam. Die Taubheit, die ihn wie in Watte eingepackt hatte, verschwand. Er spürte es zuerst in den Händen, in den Füßen. Er stand auf. Und fiel. Der Länge nach nach vorne. Bis unter die Bank ihm gegenüber. Olsen zerrte ihn wieder hervor. Aber Linus hatte da schon den Schlüssel zu dem Spind mit der Waffe erwischt. Er verbarg ihn in seiner Faust und setzte sich wieder. Er spielte, als hätte die Lähmung seine Beine noch im Griff.

„Was bist'n du für'n Schlappschwanz", sagte Olsen und schaute grinsend zu Clint. Der aber hatte misstrauisch auf Linus geschaut und auf dessen Faust. Gerade wollte er ihn angehen, als ein älterer Mann aus der Schwimmhalle kam. Ein Innehalten. Blicke hin und her. Clint ließ die Faust von Linus nicht aus den Augen. Es dauerte, bis der Mann sich sein Shampoo geholt hatte und wieder Richtung Duschen verschwand.

„Was hast du da?", fragte Clint und deutete auf Linus' Faust. Er ging auf ihn zu. Linus nahm die Hand hinter den Rücken. Clint drehte sie wieder nach vorne, öffnete die Faust mit einem schmerzenden Griff. „Nummer 46, aha." Er nahm den Schlüssel und öffnete den Spind. Linus schaute zu Olsen. Er suchte die endgültige Bestätigung, dass er auf seiner Seite war. Aber Olsen verfolgte nur, was Clint tat. Linus war auf sich gestellt. Als Clint die Tür des Spindes aufzog, nahm Linus alle Kraft zusammen und stieß den Söldner zur Seite. Clint wankte. Linus nutzte den Moment, griff in den Spind und hielt die Waffe in der Hand. Er richtete sie auf Clint. Zitternd und verzweifelt. Clint blieb ruhig.

„Schon mal auf jemanden geschossen?", fragte er.

„Seien Sie still!"

„Und jetzt?", fragte Clint. „War das dein Plan? Einen Menschen zu töten?" Als Linus schwieg, weil er nicht wusste, was er überhaupt fordern sollte, schaute Clint zu Olsen, der hinter Linus stand und nickte ihm zu. Olsen trat näher zu Linus und mit einem Griff hatte er ihm die Waffe aus der Hand genommen.

„Nein!" Linus schrie auf. „Nein!"

Clint grinste, kam auf sie zu. Olsen aber hielt die Waffe weiter auf ihn gerichtet.

„Stehenbleiben!"

Clint begriff nicht.

„Was? Was soll das?"

„Was hat Fischer dir gesagt?", fragte Olsen. „Dass ich wieder auf dem rechten Pfad sei?" Er lächelte. „Er hat gelogen. Scheint, dass das Gute vielleicht doch etwas stärker ist." Olsen wickelte ein Handtuch, das er von einem Haken genommen hatte, dick um die Waffe.

„Wenn du so gut geworden bist, drückst du dann auch wirklich ab?", fragte Clint.

„Fischer hat es nichts genützt, dass ich ein guter Mensch geworden bin. Er ist tot. Und ich erinnere mich genau, was du mir angetan hast", sagte Olsen kühl und ohne zu zögern, drückte er ab. Klick. Noch einmal. Klick. Klick. Klick. Keine Patrone mehr. Clint begriff, lachte. Mit einem Schritt war er bei Olsen und schlug zu. Olsen konnte den Schlag nicht abwehren. Er stürzte mit dem Kopf gegen die Bank und blieb liegen. Linus wollte sofort zu ihm, sich kümmern. Er hockte sich neben ihn. Olsen schaute ihn nur an und als Clint hinter Linus war, um ihn fortzuzerren, spürte Linus, dass Olsen ihm etwas in die Hand drückte. Es fühlte sich kühl an. Stahl. Ein Messer. Aus dem Augenwinkel sah Linus die Spritze in Clints Hand. Er nutzte den Schwung, mit dem Clint ihn hochriss und stach mit voller Wucht zu. Es knirschte laut, als die Klinge von dem Knochen abrutschte und in sein Herz drang, und für Sekunden schien alles stillzustehen. Clint starrte auf das Messer in seiner Brust. Er zog, rupfte daran. Er bekam es nicht heraus. Er wankte, schaute auf Linus. Außer Atem stand der Junge vor dem alten Söldner. Der nur den Kopf schüttelte, fassungslos. Blut trat aus seinem Mund. Mit jedem Ausatmen sprudelte es neu und rot hervor. Linus fing seinen Blick auf, voll Verblüffung und Hass. Hass über die Erkenntnis, dass er verloren hatte. Linus machte einen Schritt auf ihn zu, wollte das Messer aus der Wunde ziehen, doch Clint verlor das Gleichgewicht. Er stolperte rückwärts. Wollte sich halten. Aber die Schwingtür zum Whirlpool gab nach und

Clint stürzte weiter. Die Tür schlug hinter ihm zu. Linus hörte nur das Klatschen auf dem Wasser. Und den Schrei einer Frau.
Mit einem Mal waren Linus' Gedanken klar. Es war, als spule er ein Programm ab. Er sah Olsen am Boden. Sofort war er bei ihm, half ihm auf die Beine. Linus stützte ihn auf dem Weg nach draußen, immer darauf bedacht, nicht aufzufallen. Die Menschen, die alle in die Richtung liefen, aus der das Geschrei und Gezeter kam, nahmen die beiden kaum wahr. Linus führte Olsen hinaus zum Parkplatz. Da stand noch immer der Wagen von Olsen. Linus setzte Olsen hinein, hockte sich hinter das Steuer und fuhr los. Er bog nach links ab in die Krumme Straße. Von rechts tauchten mit Blaulicht die Streifenwagen auf.

Als Linus die Augen aufschlug, fühlte er sich bleischwer. Er richtete sich in dem Bett auf und orientierte sich. Er sah Olsen, der in dem Sessel eingeschlafen war. Es war ein billiges Hotelzimmer. Das Zimmer von Olsen.
Linus musste pinkeln und ging in das winzige Bad. Er hockte sich matt auf die Schüssel und entdeckte im Mülleimer einen blutigen Verband. Das Blut brachte die Erinnerung an das Vergangene zurück. Den Kampf mit Clint. Seinen Blick. Seinen Tod. Den Moment, in dem Linus zugestochen hatte. Das Blut. Linus schaute auf seine Hände. Braun und krustig waren die Spuren an seinen Fingern und Linus sah, dass er zitterte.
Lange hielt Linus seine Hände unter das warme Wasser. Unendlich oft hatte er sie mit Seife abgewaschen, abgerubbelt. Keine Spur mehr von Clints Blut und dennoch fühlte sich Linus, als würde er die Spuren seiner Tat niemals mehr loswerden. Das Wasser lief und er stand vornübergebeugt da und weinte. Bis er eine Hand warm und schützend auf seiner Schulter fühlte.

Olsen hatte Linus zugesehen. Er redete nicht. Er war nur da. Linus tat es gut. Gerne hätte er von Olsen gehört, dass seine Tat mit der Zeit verblassen würde, dass sie aus der Erinnerung verschwände wie ein böser Traum. Aber das war nichts als kindliche Hoffnung. „Es bleibt ein Teil von dir", sagte Olsen, als hätte er Linus' Gedanken gelesen. „Das, was gestern Abend passiert ist, wird dich nicht verlassen. Aber es ist deine Entscheidung, wie viel Raum du ihm lässt."
Nach einer Weile wusch sich Linus das Gesicht ab und wendete sich endlich Olsen zu. Da standen sie. Zwei Krieger. Linus umarmte den fremden Mann. Olsen nahm es hin. Seine Wunde schmerzte, doch das Gefühl der Nähe zu diesem Jungen ließ ihn den Schmerz ertragen.
„Danke", sagte Linus nur.
„Danke auch", sagte Olsen. Und dann, bei ihrem gemeinsamen Frühstück in der Pension, berichtete Olsen von seiner Rettung, von Elisabeth, von Dr. Fischer, von Timber und von Judith.
„Sie mag dich", sagte er. „Sie mag dich sehr. Du solltest ihr sagen, dass es dir gut geht."
Linus lächelte. Da war jemand, der sich Sorgen um ihn machte. Ein Mädchen noch dazu. Ein Mädchen, das ziemlich gut küssen konnte. Auch wenn er das nicht in irgendeinen Vergleich setzen konnte. Denn das Abschlabbern durch Timber zählte nicht.
„Wie ist es dir ergangen?", fragte Olsen. „Hast du deine Eltern gefunden?"
Linus überlegte, ob er all das erzählen sollte, was er mit Edda und Simon erlebt hatte. Er wollte sich kurz fassen, aber dann war plötzlich alles so präsent, dass er erst endete, als die Frühstückstische längst abgeräumt und für den nächsten Morgen gedeckt waren.

„Was ist aus deinen Freunden geworden?", fragte Olsen. Linus zuckte mit den Schultern.

„Ich werde sie suchen", sagte er.

„Soll ich dir helfen?"

Linus schwieg. Er überlegte. Mit Olsen fühlte er sich sicher. Aber er hatte das Gefühl, dass er lernen musste, sich sicher zu fühlen, auch wenn er alleine war. Olsen wartete gar keine Antwort ab. Er schrieb Linus seine Handynummer auf.

„Jederzeit", sagte er nur.

„Was machen Sie jetzt?", fragte Linus.

„Ich bleibe erst mal hier in Berlin. In der Guineastraße ist eine Wohnung frei geworden, hab ich gehört." Und dann sagte er noch einmal „Jederzeit", als Linus schon an der Tür war und ging. Den Autoschlüssel hatte er zurückgelassen.

Ich habe einen Menschen getötet, dachte Linus. Das war das Einzige, was er noch denken konnte. Er wollte es loswerden. Lief los. Einfach in eine Richtung. Immer schneller. Weg. Einfach nur weg. Rennen und vergessen. Rennen. Schneller. Kein Blick auf die Ampeln. Auf die Autos. Rennen. Vergessen. Das Herz spüren bis in den Hals. Rennen. Bis der Atem aussetzte. Er stehen bleiben musste. Und sich übergab, direkt vor einem chinesischen Lokal.

„Det is ja ma 'ne Reklame, wa?", sagte ein älterer Mann und ging kopfschüttelnd weiter. Linus sackte an der Tür des Lokals zusammen.

„Du hast ihn dir selber ...?" Nikto konnte das nicht fassen. „Selber abgeknipst?" Es war eine sternklare Nacht geworden. Simon und Nikto standen auf der „Terrasse" und Simon hatte seinem Freund erzählt, wie er seinen Finger verloren hatte.

„Wo sind diese Scheißtypen?", fragte Nikto. Er war sofort bereit, Rache zu nehmen. Rache für seinen „Bruder". Simon gefiel das. Es tat ihm so gut, jemanden zu haben, der fest und unerschütterlich an seiner Seite stand. Die Begegnung mit Nikto ließ Simon an so etwas wie Seelenverwandtschaft glauben. Wenn er nicht absolut sicher gewesen wäre, dass er nicht schwul war, hätte Simon geglaubt, dass er sich verliebt hatte.

„Bin ich auch nicht", sagte Nikto.

„Was?"

„Schwul."

„Wie?", fragte Simon, als begriffe er nichts.

„Simon, du hast daran gedacht, dass du nicht schwul bist. Korrekt?"

Simon schüttelte den Kopf.

„Wie machst du das?"

„Ach, lange her", sagte Nikto. „Als ich so alt war wie du jetzt, da gab es bei Moskau ein Camp. Für Hochbegabte ... so was. Naja, ich war da und danach war nichts mehr wie vorher. Bin da abgehauen. Da sind die hinter mir her." Er verstummte. In Simons Kopf aber hatte das Kombinieren längst begonnen.

„GENE-SYS", sagte er. Nikto sah ihn erstaunt an.

„Du auch?"

Simon nickte.

„Auch abgehauen?"

„Ja."

„Mann, Mann, Mann ... sind wir tatsächlich Brüder. Bin ich Kenner, oder was?" Er lachte. „Ich dachte, ich bin der Einzige, der ihnen entkommen ist." Nikto berichtete von seiner Zeit nach dem Camp. Wie er beschloss, der Verfolgung entgegenzutreten. Wie er begann zu recherchieren, was GENE-SYS wirklich im Schilde führte. Wie er begriff, dass sie ihn schon sein Leben lange beobachtet und vielleicht sogar manipuliert hatten. Wie er an einem bestimmten Punkt nicht mehr wusste, was echt gewesen war in seinem Leben. Wie er dann aus Russland geflohen war, zu seinem älteren Bruder, der in Berlin lebte und sein Geld mit dubiosen Geschäften verdiente, bis er eines Tages tot im Landwehrkanal gefunden wurde.

„Selbstmord, hatten die Bullen behauptet", sagte Nikto und schüttelte den Kopf. Und das Einzige, das er bis dahin über GENE-SYS herausgefunden hatte, war, dass es diese Camps weltweit gab und dass der Name des Projektleiters William Bixby war. Ein Amerikaner.

Simon kannte diesen Namen nicht. Dennoch konnte er nicht fassen, wie viele Parallelen es zwischen seinem und dem Leben von Nikto gab. Er öffnete sich und berichtete von seiner Familie. Nicht nur von seinem Vater im Knast, sondern auch von seiner Mutter, die inzwischen schwarze Männer bevorzugte und mit GENE-SYS unter einer Decke steckte. Und er erzählte von David.

Lange noch saßen die beiden auf der „Terrasse" in der Nacht. Nach und nach kroch die Kälte in ihre Körper und sie zogen sich schließlich in das Innere zurück und legten sich schlafen.

Simon lag noch bis zum Morgengrauen wach. Er war in Gedanken, atmete ruhig. Empfand Glück. Hätte er einen Begriff für Freundschaft finden sollen, er hätte »Nikto« gesagt.

Nikto lauschte in die Nacht und hörte das gleichmäßige Atmen von Simon. In der Ferne ratterte ein Zug vorüber. Simon atmete weiter gleichmäßig und Nikto musste annehmen, dass er schlief. Er richtete sich auf und kramte aus seiner Tasche eine Spritze hervor. Dazu eine Flüssigkeit in einem braunen, verschraubbaren Glas. Ein paar Milligramm der Flüssigkeit zog er in die Spritze. Dann klemmte er mit seinem Gürtel den Arm ab und wartete, bis die Vene hervortrat. Dazu hatte er ein Teelicht entzündet, damit er etwas sehen konnte. Als Nikto sich die Spitze setzte, wendete sich Simon um, angelockt von dem Licht. Geschockt starrte er auf das, was Nikto da tat. Der hatte den Kolben der Spritze heruntergedrückt und zog nun die Spritze heraus. Da stürzte sich Simon schon auf ihn. Voller Wut und Enttäuschung.

„Du Arsch, du blöder!" Er schlug auf Nikto ein. Der schützte sich mit seinen Armen. Doch gegen die Kraft der Wut kam er nicht an.

„Simon, es ist nicht, wie es scheint ..."

„Halt die Fresse, Arschloch!" Simon war außer sich. Er trieb den „Bruder" vor sich her und hinaus auf die Gleise. Nikto ließ es geschehen. Er hatte aufgegeben. Erschöpft und völlig fertig stand Simon vor ihm, drehte sich dann wortlos um, ging in das Häuschen und verbarrikadierte sich. Er hätte es doch ahnen müssen. Wieso war er wieder drauf reingefallen, dass ihm etwas Gutes widerfuhr? Er hätte es besser wissen müssen. Simon hasste sich für seine Hoffnung, die wirklich zuletzt zu sterben schien. Wahrscheinlich sogar noch nach ihm. Sein Blick fiel auf das braune Glas. Er hob es auf, wollte es gegen die Wand schleudern, hielt inne.

Nikto stand noch immer auf den Gleisen. So wie Simon ihn verlassen hatte. Langsam hatte Simon die Tür wieder geöffnet und war auf Nikto zugegangen.

„Scheiße! Morphium?" Er begriff das nicht.

Nikto rieb mit Daumen und Zeigefinger über seine Augen. Dann entschloss er sich zu reden. Über etwas, das er eigentlich ignorieren wollte. Aber nicht ignorieren konnte, denn die Schmerzen kamen regelmäßig in der Nacht zurück, auch wenn er das starke Schmerzmittel gespritzt hatte.

„Was heißt das? Dass du stirbst?" Simon hatte es übertrieben formuliert. Er wollte es Nikto leicht machen, den Kopf zu schütteln. Nein zu sagen. Alles als absurd abzutun. Aber das tat er alles nicht. Er sah Simon nur stumm an.

„Verstehe", lehnte sich Simon gegen die Erkenntnis auf. „Klar. Sterben müssen wir alle. Irgendwann ..."
„Ich weiß, wann", sagte Nikto. Er sah Simons fragenden Blick. „Vier, fünf Wochen."
„Aber ... du bist jung", protestierte Simon.
„Tja, hab ich auch gedacht. Aber vielleicht meint man da oben ... oder da unten, dass ich schon genug erlebt hab."
„Hast du?"
Nikto nickte.
„Nicht übel, jedenfalls ... Obwohl ..."
„Was?"
„Diese Sache mit dem Jet", sagte Nikto. „Das wär's gewesen. Die ganz große Nummer. Dafür hab ich am Computer trainiert. Monate."
„Bist du Kenner", sagte Simon.
„Ja, ja, bin ich Kenner!"
Sie sahen sich an. Und plötzlich war Simon bei Nikto und umarmte ihn. Was ihn dazu trieb, er wusste es nicht. Er wusste nur, dass er das tun musste und dass er das tun wollte. Und dass es guttat.
„Du würdest so'n Ding hochkriegen? Echt?"
„Als hätt ich das Viagra dafür", sagte Nikto trocken.
„Und wieder runter?", fragte Simon.
„Die richtig Guten bleiben für immer oben", lachte Nikto. Er beobachtete Simons Gesicht. „Was brütest du da aus?"

Es war hell, als sie in Tempelhof ankamen. Kaum eine Wolke war am Himmel zu sehen und obwohl die Sonne schon das alte Rollfeld beschien, war es eiskalt.
Mit zwei VIP-Karten, die ihm der Ballon-Student am Bahnhof zugesteckt hatte, erlaubte man Simon und seinem Begleiter, bei den Startvorbereitungen zur heutigen Höhen-Wettfahrt zuzusehen.

Aufgeblasen waberten da schon eine Mickymaus, ein Spiderman und ein Homer Simpson als Ballonhülle. Schlaff noch waren die konventionellen Ballons und die Hülle, auf die es Simon abgesehen hatte. Er hatte sie in einem der Prospekte entdeckt. Ein MiG-Kampfjet. Nikto grinste, als er ihn entdeckte. Immer mehr heiße Luft ließ den „Jet" in immer vollerer Pracht am Himmel stehen. Noch hielten ihn starke Seile am Boden. Die Ballonfahrer schleppten Gasflaschen in den Korb, der unter dem riesigen Ballon angebracht war. Simon und Nikto schlenderten näher. Sie waren nicht die einzigen Interessierten, die hier schon so früh auf den Beinen waren. Die beiden Freunde fielen nicht weiter auf. Als die drei Männer, die den „Jet" beluden, zu ihren Lieferwagen gegangen waren, um noch irgendein Zubehör zu holen, schauten sich Nikto und Simon an. Und mit einem Satz war Nikto in den Korb geklettert.

„Du musst die Seile lösen", rief er Simon zu.

Simon versuchte das, doch es gelang ihm nicht. Erst als er sah, dass Nikto die Seile am Korb löste und über Bord warf, war ihm klar, was er vorhatte. Der Jet stieg.

„Die besten bleiben oben!", rief Nikto. Da hatte sich der Korb schon über einen Meter vom Boden erhoben. Nikto probierte an der Gaszufuhr herum und feuerte Vollgas. Schnell stieg der Ballon. Simon war nach der ersten Schrecksekunde zum Ballon gesprungen, wollte sich festklammern. Doch die Männer, denen der Ballon gehörte, waren hinter ihm und hielten ihn zurück. Sie schimpften auf Nikto, fluchten. Nikto aber stand am Rand des Korbes und salutierte. Er hatte schon gut zehn Meter zwischen sich und die Erde gebracht. Simon da unten wurde immer kleiner.

„Mach's gut, Bruder! Wir sehen uns!", rief Nikto. „Immer das Sein, niemals der Schein!"

Simon verließen die Kräfte. Er musste sich setzen. Reglos sah er den „Jet" in den Himmel ziehen. Immer höher. Ohne Unterlass. Und dann war er nicht mehr zu sehen. War davon durch die dünnen Wolken. Unsichtbar.
Konsterniert standen die Besitzer immer noch da. Und während zwei aufgeregt telefonierten, packte sich der dritte Simon.
„Ist das dein Freund?"
„Nee. Mein Bruder", sagte Simon fest.
„Na, da können sich deine Eltern auf was gefasst machen", fluchte der Mann.
„Gut", sagte Simon.
„Der kann draufgehen. Ist dir das klar?"
„Ja." Simon löste seinen Blick zum ersten Mal von dem Ballon und sah ruhig diesen Mann an. „Ja, das ist mir klar." Dann ließ er den verblüfften ballonlosen Ballonfahrer stehen.

Als Edda die Augen aufschlug, war es hell. Die Sonne schien. Edda lag auf einem Bett. Jemand hatte sie zugedeckt.
Sie brauchte einen Moment, um zu begreifen, wo sie war. Bruchstücke der Nacht kehrten zurück. Aus dem Heim. Von Lucy. Bilder aus dem Club. Sie hatte getanzt. Daran erinnerte sie sich. War da ein Junge gewesen?
Edda richtete sich auf und fasste unter die Decke. Sie war bekleidet. Zum Glück. Doch der Reißverschluss ihrer Jeans war offen. Hatte jemand sie heruntergezogen? Nein, sie waren viel zu eng, als dass man sie hätte wieder hochziehen können, ohne dass Edda etwas davon bemerkt hätte. Trotzdem wurde ihr unwohl. Was war passiert? Wieso konnte sie sich nicht erinnern? Sie hatte ein paar Schlucke aus dem Glas genommen, kaum etwas gespürt. Erst als sie mit dem Jungen nach draußen gegangen war. Wie war sie in

diese Wohnung gekommen? Wem gehörte sie und wo war Lucy? Edda setzte die Füße auf den Boden und stand auf. Sie öffnete die Tür des kleinen Zimmers und stand auf einer Galerie, die zwei Meter nach unten abfiel. Unten auf einem weißen Flokatiteppich lag Lucy ausgestreckt in Unterwäsche und schlief. Den Kopf auf den Arm gelegt. Edda ging die Treppe hinunter und schaute sich in dem Loft um. Auf einem flachen Tisch standen Weinflaschen und Edda sah Reste von Drogen. Sie hörte die Musik, die aus Lucys Kopfhörern schepperte, die neben ihr auf dem Boden lagen. Sie kniete sich neben ihre neue Freundin und strich ihr über den Kopf. Lucy öffnete die Augen und schloss sie gleich wieder, als sie Edda sah. Sie stöhnte, rollte sich in den Teppich, wollte weiterschlafen.

„Hey! Wo sind wir?", fragte Edda leise.

Aus blutunterlaufenen Augen starrte Lucy Edda an. Sie brauchte eine Weile, bis die optischen Signale in ihrem Hirn ankamen und Lucy so etwas wie eine Antwort hervorstammeln konnte.

„Scheisssse!"

„Was ist denn?", fragte Edda besorgt.

„Meine Omme! Als wär' sie gegen 'nen Pfeiler geknallt."

„Wo sind wir hier?"

Orientierungslos schaute Lucy sich in der großen Wohnung um.

„Keine Ahnung."

„Ist jemand hier?"

Lucy zuckte mit den Achseln.

„Wie bin ich hierhergekommen?"

„Du bist zusammengeklappt ... Ah, mein Scheißkopf! Würd ihn am liebsten abhacken!"

„Mit wem sind wir hierhergekommen? Mit dem Typen von der Band?" Lucy schüttelte leicht den Kopf und verzog vor Schmerzen das Gesicht. „Nee, ich glaub mit seinem Manager und seinem Freund." Sie lächelte selig. „Der liebt mich."

Lucy rollte sich wieder in den Teppich zusammen, während Edda vorsichtig durch die Zimmer schlich und schaute, ob noch jemand außer ihnen dort war. Die Wohnung war leer. Auf dem Küchentisch fand sie einen Zettel, der an Lucy gerichtet war. Sie nahm ihn auf und ging zurück zu Lucy.
»Danke für die heiße Nacht, Süße! Du warst echt foxy! Wenn du magst, bleib hier mit deiner Freundin. Ich bin am Sonntagabend wieder da. Bedient euch am Eisschrank ... XOX Marc«
Lucy lächelte und Edda ließ zweihundert Euro auf sie herabregnen.
„Hast du mit ihm geschlafen? Foxy?"
„Krieg bloß nicht den Moralischen, sag ich dir! Fragen stellst du ..."
Edda beschloss, nicht weiter nachzufragen und ging zurück in die Küche. Der Eisschrank war voller Essen und Alkohol. Champagner. Er war doppelt so groß wie ein gewöhnlicher Eisschrank und hatte eine Glastür, sodass man von außen sehen konnte, was sich darin befand. Edda machte Tee und Eier, nachdem sie geduscht hatte.
Als Lucy endlich aufstand, wollte sie nichts essen, sondern rührte ein Eigelb in ein Glas Champagner, setzte sich damit auf das Sofa im Wohnzimmer und schlürfte Flüssigkeit aus dem Glas. Sie schaute Edda an.
„Die Typen steh'n auf dich. Du könntest 'ne Menge Geld verdienen – wenn du das richtig einsetzt."
Edda fragte nicht nach, was genau Lucy damit meinte, aber sie war froh, dass sie bis Sonntag eine Unterkunft hatte, in der sie niemand suchen oder finden würde.

Als Lucy wieder fit war, gingen sie zusammen an die frische Luft. Bummelten durch die Umgebung, probierten schreckliche Kleider an und machten sich über die Frauen lustig, die die Klamotten wirklich kauften. Sie spielten kleine große Welt und Edda war glücklich. Weil sie an nichts anderes denken musste.

Am Nachmittag lud Lucy Edda zum Essen in ein nobles Restaurant ein. Sie bestellten die Speisekarte rauf und runter, und als die Rechnung kam, legte Lucy hundertfünfzig Euro auf den Tisch. „Stimmt so", sagte sie, als der Kellner die Rechnung abholte.

„Danke, das war toll", sagte Edda, nachdem sie das Lokal verlassen hatten. „Aber – zwanzig Prozent, wieso gibst du so viel Trinkgeld? Wer weiß, wann du wieder Geld haben wirst?"
„Wo das herkommt, is noch mehr."
Edda verstand nicht.
„Für Mädels wie uns ist es das Einfachste auf der Welt, ohne Kosten rumzukommen."
„Mädels wie uns." Edda blieb irritiert stehen.
„Meine Großmutter sagt, nichts auf der Welt ist umsonst – nicht einmal der Tod."
„Jaja, der kostet das Leben", lachte Lucy.
Edda lachte nicht mit. Sie merkte, wie der Gedanke an Marie ihr einen Stich versetzte.
„Und wo ist das Friedhofsgemüse? Wir leben und wir sind jung."
Edda schaute Lucy in die Augen.
„Du hast mit dem Typen geschlafen, stimmt´s? Für Kohle!"
Lucy funkelte Edda aus ihren dunklen Augen an.
„Und wenn? Was ist denn schon dabei? Ich mache, worauf ich Bock hab. Wenn der Typ dafür zahlt, umso besser. Vielleicht steht er ja drauf, was zu zahlen."
Edda schüttelte den Kopf. Jemand wie Lucy war ihr noch nie begegnet.
„Ich könnte das nicht."
„Hast du es denn überhaupt schon mal probiert?" Lucy stemmte die Hände in die Hüfte. „Hattest du überhaupt schon mal Sex?"

Edda antwortete nicht, aber an ihrem Schweigen merkte Lucy, dass Edda noch Jungfrau war.

„Ich will, dass alles stimmt beim ersten Mal", sagte Edda.

Lucy winkte ab und zündete sich eine Zigarette an.

„Stimmt sowieso nie alles", sagte Lucy. „Zu klein, zu lang, zu schief..."

„Das mein ich nicht! Herrgott, du kannst ja nur an das eine denken! Ich will den Jungen lieben, mit dem ich schlafe."

Lucy zuckte mit den Achseln.

„Hindert dich doch keiner dran!"

Edda war perplex. Sie versuchte Lucy zu erklären, dass Sexualität etwas Besonderes für sie war, etwas, das sie nicht mit jedem beliebigen Mann oder Jungen haben wollte.

„Mit wie vielen hast du schon geschlafen?", fragte Edda.

„Glaubst du, ich zähl die?"

„Aber ist es dir denn dann überhaupt was wert?"

Lucy blieb stehen.

„Du bist lustig! Gerade hast du dir den Bauch vollgeschlagen in einem superteuren Fresstempel und du fragst MICH, ob es was wert war?"

„Also hast du für Geld mit ihm geschlafen!"

„Nein, habe ich nicht! Ich habe mit ihm geschlafen weil – er mich will."

„Und willst du ihn?"

„Natürlich ... nicht." Sie zuckte mit den Schultern, schien noch einmal zu überlegen und schüttelte dann den Kopf.

„Und wieso gibt er dir Geld?"

„Mensch, weil ER MICH mag! Bist du bescheuert?" Mittlerweile waren sie wieder vor dem Apartmentgebäude angekommen. Lucy holte den Schlüssel hervor und schloss die Haustür auf. „Glaubst du vielleicht, er würde mir den Schlüssel geben, wenn er mich nicht lieben und mir vertrauen würde?" Der Fahrstuhl kam und

die beiden sahen sich im Spiegel an. „Wirklich Kontakt hab ich sowieso nicht mit denen. Ich benutz immer Gummi."
Lucy kapierte nicht, wie sie sich die Wahrheit zurechtlegte.
„Ich möchte kein so'n Gummi zwischen mir und dem Mann, den ich liebe", sagte Edda. „Brauchst gar nicht gucken wie die Kuh, wenn's donnert!"
Lucy lachte über den Spruch.
„Ohne würde ich's nur mit meiner großen Liebe machen."
„Wieso machst du es dann mit anderen?", fragte Edda.
Lucy schüttelte den Kopf.
„Also wirklich! Wie willst du denn sonst rausfinden, wer der Richtige ist?" Sie lachte und sie verließen den Aufzug, der sie zurück in den achten Stock gebracht hatte.
Edda war fasziniert von den Widersprüchen, die sich in Lucy vereinten, und von der Tatsache, dass sie handelte, anstatt zu überlegen. Und dass es durchaus nicht immer im Desaster endete, wie Edda befürchtete, sondern dass Dinge passierten, die sie an den Rand ihrer alten, vertrauten Welt brachten – und manchmal eben darüber hinaus. Wenn Lucy abstürzte, dann machte sie daraus keine lange Arie von Selbstzweifeln und Selbstvorwürfen, wozu Edda neigte, sondern stand auf, schüttelte den Staub ab und machte weiter. Rock 'n' Roll.

Den Rest des frühen Abends verbrachten sie damit, sich über Jungs zu unterhalten. Sie badeten in der übergroßen Badewanne und Lucy erkundigte sich nach Linus und Simon und Thorben und Marco, den sie am besten fand. Sie erzählte ein wenig über sich. Auch Lucys Eltern hatten sich früh getrennt und auch sie war bei ihrer Großmutter aufgewachsen. Aber das war nicht das Einzige, was sie mit Edda verband. Lucy war eine Turbo-Version der alten Edda. Ein Mädchen, das alle Fäden in der Hand zu haben schien

und sich auf der Oberfläche der Welt bewegte wie ein Wasserläufer auf Speed – und keiner merkte, dass sie das nur tat, weil sie sonst in der Tiefe versinken würde, so wie Edda in den Kisten auf dem Dachboden ihrer Erinnerungen.
Obwohl Lucy älter war, hatte Edda irgendwie das Bedürfnis, sie zu beschützen. Davor, sich mit immer neuen Eindrücken geradezu zu betäuben. Doch Lucy konnte nicht mit sich selbst alleine sein. Sie ertrug sich nicht, dachte Edda, und nach einer Weile würde ihr sicher auch die Gesellschaft von Edda nicht mehr ausreichen.

Je länger die Sonne hinter der Silhouette der großen Stadt verschwunden war, desto unruhiger wurde Lucy. Sie wollte hinaus in die Nacht, wollte sich präsentieren. Wollte Blicke auf sich ziehen. Begehren. Und mit ihrem Schwärmen von einer Welt voller Luxus nahm sie auch Edda in ihren Bann. Lucy wollte etwas erleben. Etwas, das sie spüren ließ, dass sie lebte.
„Lass uns ausprobieren, ob die Stadt so viel Schönheit wie uns beide erträgt!"
Edda lachte. Warum nicht? Lucy drehte Musik auf. Die Bässe hämmerten. Sie fingen an sich zurechtzumachen. Dramatisch war schließlich das Make-up. Perfekt passten die Frisuren und in den knappen Outfits von Lucy standen sie vor dem Spiegel im Bad.
„Das wird unsere Nacht!"

Sie starteten ihre Tour in einer Bar, in der Lucy ein paar Leute kannte. Edda flirtete mit den Jungs hinter der Theke und die Jungs flirteten mit Edda. Ihr gefiel das und sie konnte es nicht lassen, die Frau ihr gegenüber, im Spiegel hinter der Bar, dabei zu beobachten. Sie war wild geschminkt, hatte die Haare aufgebrezelt und sah aus, wie eine Edda in vielleicht fünf Jahren aussehen könnte. Und doch war sie hier und jetzt. Edda konnte genau erkennen, wie künstlich diese Edda war. Sie sah, wie falsch sie lachte, weil einer der Typen einen Witz gemacht hatte, den sie nicht komisch fand, nur um dem Jungen einen Gefallen zu tun und um dazuzugehören. Wenn man über so was lachte, dann lachte sie eben mit. Nach und nach spürte Edda, wie sie immer müder wurde. Wie ihr das Lachen, das Posen immer schwerer fiel. Schließlich bat sie Lucy um den Schlüssel. Edda wollte zurück. Sie erklärte es mit schrecklichem Kopfweh. Lucy und die Jungs wollten das nicht zulassen. Die Nacht war doch noch viel zu jung. Die Clubs warteten doch auf sie. Aber Edda ertrug nicht mehr, was sie redeten, was sie tranken. Sie ertrug die Edda nicht mehr, die sie in den letzten zwei Stunden gewesen war.

Als Edda wieder allein auf der Straße stand und zurück in die Bar schaute, sah sie Lucy, die den Service übernommen hatte und ein paar Jungs direkt aus der Flasche in den Mund abfüllte. Edda begriff, wie anstrengend Lucys Gesellschaft war. Und immer sein würde.
Sie schlenderte durch die Kälte zurück zum Apartment. Die Ruhe und das Alleinsein taten ihr gut. Ab und an schaute sie in die Schaufenster. Die erwachsene Edda lief neben ihr her. Edda hatte das Gefühl, dass es gerne noch eine ganz Zeit dauern konnte, bis sie zu dieser Frau wurde. Sie zog die Haarnadeln aus ihrer Hochsteckfrisur und war zufrieden. Schon wieder ein wenig mehr die Edda, die sie in den letzten Monaten kennengelernt hatte. Sie ging davon. Den hageren Mann im weiten dunklen Mantel, der ihr von der Bar bis hierhin gefolgt war, und den sie vielleicht hätte wiedererkennen können, hatte sie nicht wahrgenommen. Er beobachtete, wie Edda im Apartmenthaus verschwand. Dann telefonierte er. Und meldete, dass Edda alleine nach Hause gegangen war.

„Ich weiß nicht, ob sie Linus und Simon wiederfinden wird. Ich weiß nicht, ob sie das wirklich will", zweifelte er.

„Dass sie zurück im Apartment ist, ist ein gutes Zeichen", antwortete die ruhige Stimme am anderen Ende der Leitung. „Sobald sie wieder zusammen sind, nehme ich Kontakt auf."

Im Apartment legte sich Edda auf das Bett, in dem sie vor anderthalb Tagen erwacht war, und überlegte, wie es weitergehen sollte. Abgesehen von Thorboy hatte sie keine Anlaufstelle in Berlin. Sie hatte keine Ahnung, wo sich Linus und Simon befanden. Sollte sie zurück nach Cuxhaven? Oder sollte sie versuchen, mit Greta zu reden? Vielleicht war es nicht der schlechteste Gedanke, mit GENE-SYS wenigstens zu kooperieren. Vielleicht auch nur zum Schein, damit sie sich um Marie kümmern konnte. Irgendetwas musste sie unternehmen. Mit Lucy konnte sie nicht weiterziehen. Edda spürte, dass Lucys Leben auf eine Katastrophe zusteuerte, und sie selbst nichts würde tun können, diese Katastrophe aufzuhalten. Es schien, als müsse Lucy diese Erfahrung machen. Lucy durchschaute die Menschen. Aber die Schlüsse, die sie daraus zog, kamen aus einer tiefen inneren Verletzung. Lucy suchte die Nähe von Musikern, Filmstars und Berühmtheiten, um diesen inneren Schmerz nicht zu spüren. Als könnte deren Ruhm sie heilen oder ihr eine Bedeutung verleihen, die sie nicht hatte. Gar nicht haben konnte. Wie Edda früher machte Lucy sich überhaupt keine Gedanken über die Macht der Struktur, in der sie sich befand. Darüber, wie sie durch Medien und Bilder der Medien beeinflusst wurde, und wie sich alles eigentlich nur immer darum drehte, dass sie geliebt werden wollte und genügend Aufmerksamkeit erhielt.

Edda wunderte sich. Woher kamen diese Gedanken? Schon im Heim hatte sie Worte für Gedanken gefunden, die ihr neu und fremd waren. Die sie in Indien gehört hatte und die durch das

Schicksal ihrer Mutter Teil ihres Lebens geworden waren. Ein Teil, den sie verachtet und verdrängt hatte und dessen Wert ihr erst jetzt, durch das Dasein Lucys, deutlich wurde. Edda war sich sicher, dass es richtig war, was sie dachte. Dass die Gedanken ihre eigenen waren und nicht einfach nur Nachgedachtes. In den letzten Monaten hatte sie sich verändert. Vielleicht war es richtig, was Greta behauptet hatte: dass die Epigenetik Potenziale in ihrem Wesen aktivierte, die sie sonst nie zur Verfügung gehabt hätte. Sonst wäre sie vielleicht wie Lucy geworden. Nein, nicht vielleicht. Bestimmt wäre sie so geworden. Edda verstand, dass ihr in Lucy das Schicksal vorgespielt wurde, das auch sie hätte ereilen können. Edda konnte sich nicht mehr vorstellen, in ihr altes Leben zurückzukehren. Aber ein Neues gab es nicht. Noch nicht.
Sie wurde müde. Ihre Augen fielen zu.

Als sie wieder erwachte, war es noch tiefe Nacht. Edda war kalt und nirgendwo in der Wohnung brannte Licht, als sie hörte, dass sich jemand an der Tür zu schaffen machte.
„Lucy?", rief Edda und richtete sich auf.
Dann fiel ihr ein, dass sie ja den Schlüssel hatte und Lucy würde klingeln müssen. Edda stand auf und hörte, dass eine ganze Gruppe von Leuten vor der Tür stand und dabei war, die Wohnung zu betreten. Sie trat aus dem kleinen Zimmer auf den Flur. Und stand dem Jungen aus dem Club gegenüber. Zusammen mit zwei anderen Männern, an die sie sich nur vage erinnerte. Der Mann im Anzug und sein Freund. Edda erschrak, als sie merkte, dass ihr der Junge aus dem Club immer noch gut gefiel. Viel besser, als sie ihn in Erinnerung hatte.
„Hey, schön dich zu sehen", sagte er sanft und legte den Arm um Edda. „Wie geht's?"
Edda lächelte.

War er es gewesen, der ihr etwas in den Drink getan hatte? Sie traute es ihm einfach nicht zu. Merkwürdig, dachte sie, eben hatte sie noch entschieden, dass dieses Leben nichts für sie wäre, und nun sagte ihr Körper, dass sie Lust hatte, mit diesem Jungen zu schlafen. War es Zufall, dass er jetzt durch die Tür gekommen war? Oder Schicksal?

Immer mehr Menschen kamen in die Wohnung. Es wurde laut. Der Junge folgte Edda zu einem der Sessel, ließ sich neben sie fallen und berührte ihr Bein ohne sich zurückzuziehen. Er roch nach Tabak und Alkohol. Edda gefiel, dass er keine Hemmungen zu haben schien. Ihr gefiel, dass sie ihm gefiel. Ohne dass sie lachen oder posen musste. Eine Weile unterhielten sie sich, aber sie wusste nicht einmal genau, was er sagte.

„Ich will mit dir schlafen", sagte plötzlich eine Stimme in Eddas Kopf, von der sie nicht hätte sagen können, ob es seine oder ihre war.

„Wenn er mich fragt, sag ich ja", dachte Edda. „Wenn er jetzt fragt ..."

Noch bevor er etwas sagen konnte, wirbelte auch Lucy in die Wohnung und Edda war froh, dass der Augenblick verstrichen war und sie keine Entscheidung hatte treffen müssen. Wenn es mit dem Jungen wirklich etwas werden sollte, dann würde es später auch noch klappen.

Längst war eine Party im Gang. Edda fühlte sich erwachsen zwischen den Erwachsenen, die Edda aus dem Spiegel drängelte sich wieder vor. Sie hatte sich nicht einfach geschlagen gegeben. Sie hatte als Waffe diesen Jungen ins Spiel gebracht. Edda vermied es, Alkohol zu trinken. Sie wollte einen klaren Kopf haben, falls es heute Abend passieren sollte. Und überhaupt.

Nach einer Weile kam der Junge wieder zu ihr und legte ihr den Arm um die Schultern. Er strich über ihr Haar. Edda hielt die Luft an. Sie musste sich daran erinnern, weiterzuatmen.

Seewind.

Ein- und ausatmen.
Als er sie fragte, ob sie mit ihm nach nebenan gehen wollte, nickte Edda nur. Sie merkte, wie sich ihr ganzer Körper anspannte. Seewind. Als der Junge das Päckchen mit den Drogen auf den Tisch legte und zwei Lines mit der Kante seines Smartphones bereitete, bot er Edda an, zuerst zu ziehen. Edda schluckte. Sie hatte Angst vor Drogen. Aber das war, als sie klein war. 14, 15 ... Jetzt war sie erwachsen. Was sollte schon passieren? Die Party im Nebenzimmer war in vollem Gange, sie hörte ausgelassenes Lachen. Drogen gehörten einfach dazu. Wieso sollte sie sie nicht nehmen? Ihr würde schon nichts passieren. Der Junge lächelte sie an. Edda lächelte zurück und nahm den gerollten Geldschein aus seiner Hand. Sie beugte sich vor, zog das Pulver zur Hälfte in die rechte und in die linke Nasenhälfte und spürte, wie wenige Sekunden später die Wirkung begann, sie euphorisch wurde. Plötzlich war sie froh, dass sie ihre Angst überwunden und das Zeug genommen hatte. Jetzt verstand sie, wie er sich fühlte, wie er drauf war. Es war ein tolles Gefühl dazuzugehören. Ihre Gedanken jagten durch die Windungen ihres Hirns, während der Junge sich über sie beugte und begann, sie zu küssen. Seine Hände waren warm und fuhren unter ihren Pullover. Edda schloss die Augen, legte die Arme um seinen Hals und zog ihn an sich, als sich die Tür öffnete. Edda schlug die Augen auf und sah, dass Lucy in den Raum kam und die Tür hinter sich verschloss.
„Hi!" Sie setzte sich ebenfalls aufs Bett.
Lucy fing an, ihre Bluse aufzuknöpfen.
Auch der Junge begann, sich auszuziehen.
„Was machst du?", fragte Edda Lucy verwundert.
„Nach was sieht es denn aus?", kicherte Lucy. „Ich leiste euch Gesellschaft!"

Für einen Augenblick stutzte Edda. Etwas in ihr regte sich, wollte aufbegehren, sagen, dass sie den Jungen nicht teilen wollte. Zweifelnd schaute Edda den Jungen an. Er lächelte wie ein kleiner, unschuldiger Junge. Er war einfach süß. Edda konnte ihm nichts abschlagen.

„Würde mich echt happy machen."

Edda spürte, wie eine neue Welle der Euphorie durch ihren Körper zog – ja, Edda wollte ihn happy machen. Sie wollte alle happy machen! Und warum sollte sie es nicht tun? Das hier war etwas Besonderes, etwas, wovon die meisten Menschen ihr Leben lang träumten oder was sie nur in Pornos sahen – und noch dazu war er der Sänger von den Absoluten Giganten. Edda begann ebenfalls, den Jungen zu streicheln, der sich ausgezogen hatte und sich zu ihnen legte. Lucy berührte Edda und es war, als brächte sie sie in eine bestimmte Position. Edda ließ es geschehen. Es war alles gut. Alles gut. Da war dieser Junge, dieser wunderbare Junge, mit dem sie von nun an ihr Leben verbringen würde. Ein Leben wie im Rausch. Im Scheinwerferlicht. Sie spürte, wie er sich über sie beugte. Wie er sanft ihre Beine auseinanderschob. Sie sah in seine Augen. Warum waren sie so weit weg? Warum waren sie nicht bei ihr? Sie schaute zu Lucy, die neben ihnen lag und sie beobachtete. War da Trauer in ihren Augen? Was geschah hier? Das sollte doch wunderschön werden. Edda konnte nicht weiter darüber nachdenken. Ein kurzer Schmerz durchzog ihren Körper. Es war geschehen. Edda versuchte, etwas zu empfinden. Das Stöhnen des Jungen, das Flüstern von Lucy, das an ihr Ohr drang, es lenkte sie ab. Sie wollte, dass ein großes Gefühl sie erfüllte. Doch sie spürte, dass sie mit diesem Wunsch ganz alleine war. Sie schaute auf den Jungen über ihr, auf Lucy, die ihn liebkoste. Sie spürte, wie die euphorische Wirkung der Droge schlagartig nachließ und wie ihr Tränen in die Augen schossen. Edda machte sich mit einem Ruck frei und floh ins Bad. Bevor sie abschließen konnte, war Lucy hereingeschlüpft.

„Spinnst du? Was ist los?"

Edda stand da und weinte. Sie brachte kein Wort hervor. Lucy lenkte ein, streichelte sie. Sie beugte sich zu Edda und flüsterte ihr ins Ohr.

„Versteh dich. Das erste Mal ist immer scheiße. Aber weißt du was? Danach sind wir um tausend Euro reicher!"

Edda brauchte einen Augenblick, um die Bedeutung der Worte zu verstehen, die Lucy da gerade gesagt hatte. Ihr wurde schlecht. Sie drehte sich um und begann, sich anzuziehen.

„Was hast du?", fragte ärgerlich der Junge, der nun in der Tür stand. „Ist dir das zu wenig?"

„Das ist mir zu viel. Du Vollidiot!" Sie öffnete die Tür. „Ich hab dich wirklich gemocht!"

Edda rannte hinaus auf den Flur, wo sie sich ihre Jacke schnappte. Halbnackt lief Lucy hinter ihr her durch die Wohnung und erreichte Edda am Aufzug, wo sie bereits den Knopf nach unten gedrückt hatte.

„Edda! Tausend Euro für'n Dreier!"

Wieder und wieder drückte Edda auf den Knopf.

„Ich will keine Nutte werden!"

Der Aufzug kam nicht. Unten im Treppenhaus lärmten Leute. Die Party lockte noch mehr Menschen an.

„Mach doch nich so'n Aufstand! Der steht auf Jungfrauen und – du stehst auf ihn. Das sieht doch jeder!"

Edda spürte, wie sie immer wütender wurde.

„Du hast ihm gesagt, dass ich Jungfrau bin?"

„Is doch nix dabei! Tausend Euro! Überleg doch mal, wie weit wir damit kommen."

„Es gibt noch was anderes als Geld, Lucy. Und dass dir einer so viel dafür bietet, dass er dich vögelt. Es gibt so was ... so was ... wie Wert! Was hat für dich überhaupt einen Wert?"

Verdattert starrte Lucy sie an. Tränen sammelten sich in ihren Augen.

„Mann, du brauchst doch nicht so zu schreien! Ich wollte doch ... Ich dachte, wir sind Freundinnen." Sie begann zu heulen. „Ohne dich will der mich nicht ..."

„Oh, Mann, Lucy!"

Edda ging auf Lucy zu und umarmte sie.

„Du hast deinen Weg. Und ich meinen. Ich hab noch was vor. Mit meinem Leben. Mehr als das hier."

Lucy wischte die Nase ab und nickte.

„Okay."

Der Aufzug kam an und eine neue Handvoll von Partygängern und Spaßvögeln strömte auf den Flur, wo Lucy mit nackten Brüsten stand und mit lautem Gebrüll begrüßt wurde. Edda öffnete die Stahltür, die zum Treppenschacht führte und drehte sich ein letztes Mal um. Sie sah, wie ein Typ den Arm um Lucy legte und sie zurück in die Wohnung führte. Lucy drehte sich noch einmal um, winkte kurz und lächelte. Dann verschwand Edda in den Tiefen des Schachts.

Die Kälte vor der Tür traf Edda wie ein Schlag, aber sie beseitigte die restliche Wirkung der Droge. Ohne nachzudenken oder sich umzudrehen ging Edda weiter. Sie hatte Lust zu laufen, zu rennen und mit jedem Schritt, den sie zwischen sich und die Partyszene brachte, wurde ihr wohler. Je weiter sie sich von Lucy und den anderen entfernte, desto mehr fühlte sie sich wieder bei sich – der wahren Edda. Es tat gut allein zu sein, ohne die Gedanken von Lucy, die dauernde Berieselung durch ihre Sprechblasen. Plötzlich musste sie laut lachen, als sie an Lucy dachte. Sie konnte sich nicht erinnern,

je so gelacht zu haben wie mit ihr. Lucy war genau zur richtigen Zeit aufgetaucht. Ohne sie wäre Edda immer noch im Heim.
Ob man sie suchte? Vermutlich. Egal.
Irgendwas Gutes würde passieren.
Edda lief und lief und je klarer ihr Verstand in der Kälte wurde, desto klarer sah sie, wohin sie gehen würde.
Edda fand eine S-Bahn-Station und fuhr ein paar Haltestellen. Dann stieg sie wieder aus und ging weiter durch die Kälte. Bis sich ihre Schritte verlangsamten und die Gegend ihr bekannt vorkam. Sie blieb stehen. Hier, vor diesem leeren Grundstück, war sie mit der Lastwagenfahrerin aus Cuxhaven angekommen. Hier nebenan war die Wohnung von Marie gewesen. Doch wo das Haus gestanden hatte, war jetzt nur noch ein Berg von Schutt, aus dem Holzbalken ragten und auf dem Schnee lag.
Edda hörte ein Geräusch und drehte sich um.
Aus den Augenwinkeln sah sie, wie sich eine Gestalt aus dem Dunkel löste. Edda erschrak kurz, denn gegen den Schein der Laterne konnte sie den Mann nicht erkennen.
„Hey!", sagte die Stimme leise aus dem Dunkel. „Wo bleibst du denn? Ich frier mir hier den Arsch ab!"
Dann trat er einen Schritt vor in das Licht.
Es war Simon.
Edda fiel ihm in die Arme und begann vor Glück zu weinen. Für eine Weile standen sie in der Kälte und freuten sich an ihrer Vertrautheit wie ein altes Liebespaar.

Zufrieden sah der Hagere den beiden aus seinem Wagen zu und meldete die Neuigkeit weiter.

„Kalt", sagte Edda dann.
Simon nickte. Er wollte Edda nicht wieder loslassen. Nie wieder.

Lange noch hatte er sich auf dem Gelände von Tempelhof herumgetrieben. Hatte den gesamten Wettbewerb abgewartet. Doch Nikto war nicht mehr aufgetaucht. Genauso wenig wie der Jet-Ballon. Simon hatte mitbekommen, wie Hubschrauber aufgestiegen waren, um nach dem entführten Ballon zu suchen. Ohne Erfolg. Spät in der Nacht war Simon gegangen. Er hatte wieder einen „Bruder" verloren. Doch dieses Mal konnte er es ertragen. Weil er wusste, dass es Niktos Wille gewesen war. Er war weg. Verschwunden. Unsichtbar.

Simon war durch die Nacht gestromert, hatte sich in Kinovorstellungen geschlichen und sich dreimal irgendeinen Action-Schrott angesehen. Viel hatte er nicht mitbekommen. Er war trotz des Spektakels eingeschlafen. Um halb zwei hatte man ihn rausgeworfen. Er wusste nicht, wohin. Also landete er bei Thorben. Es brauchte ein paar ziemlich große Kiesel, die er an dessen Fenster warf, bevor Licht anging in Thorbens Wohnung. Simon hatte sich schon zu erkennen geben wollen, da sah er das Gespenst im Fensterrahmen. Thorbens Mutter zeterte hinaus. Simon hatte sich im Fenster geirrt. Zum Glück war Thorben wach geworden und mit seinem zweiten Versuch machte Simon ihn auf sich aufmerksam. Sie flüsterten und schließlich hatte Simon Thorben so weit, dass er ihm den Schlüssel für den Verschlag im Dach herunterwarf. Da hatte Simon übernachtet.

Morgens, bevor er in die Schule musste, war Thorben aufgetaucht, um sich nach Edda zu erkundigen. Er machte sich wirklich Sorgen. Und dann hatte er noch gesagt, dass Linus sich gemeldet hatte. Er hatte nach Simon und Edda gefragt und einen Treffpunkt genannt. »Tao«, ein chinesisches Lokal.

Simon hatte das Lokal ausfindig gemacht und war hinmarschiert. Es war geschlossen und Linus war nicht aufzufinden. Simon beschloss zu warten. Er hockte sich hin. Es waren wahnsinnige

Tage, die er seit der Flucht aus dem Arrest hinter sich hatte. Verlockung. Abenteuer. Frauen. Geld. Und doch, wenn er überlegte, was er wirklich vermisste, dann kam ihm immer wieder nur ein Gesicht in den Sinn. Edda. Simon ärgerte sich, dass er so kitschig dachte. Aber wenn es so war. Wo Edda wohl steckte? Er dachte an sie und spürte, wie er lächelte. Und plötzlich fühlte sich Simon dort, wo er war, nicht mehr wohl. Er stand auf. Ging auf und ab. Aber irgendetwas trieb ihn weg vom »Tao«. Simon schlenderte durch die Straßen, die Hände tief in den Taschen. Er konnte ja später wiederkommen. Irgendwo hatte er noch eine Indian Spirit. Er schnorrte sich Feuer und marschierte weiter. Er kam sich vor wie dieser Schauspieler, von dem seine Mutter schwärmte. James Dean. Er dachte an seine Mutter. Wollte er wissen, was aus ihr geworden war? Und aus Mumbala? Simon war es ehrlich egal. Er konnte für sich selbst sorgen. Wenn Familie, dann war ihm sein Vater so viel näher. Er würde ihn besuchen, wo immer er jetzt auch war. Er würde ihm alles erzählen. Dann würde er stolz auf Simon sein.

Als Simon aufsah, stand er vor einem Platz, an dem Raupen und Bagger unterwegs waren. Erst bei näherem Hinsehen erkannte er, dass hier einmal das Haus gestanden hatte, in dem Eddas Großmutter gelebt hatte. In dem dieser Söldner sie um ein Haar umgebracht hätte. Dass ihn seine Füße hierhergetragen hatten, konnte kein Zufall sein.

„Hab Hunger." Edda löste sich aus der Umarmung.
„Linus hat einen Laden gefunden, wo wir erst mal unterkommen können", sagte Simon und berichtete von dem Kontakt mit Thorboy. „Ist ein Chinese. Linus hat das als Treffpunkt angegeben. 'n bisschen weiter oben." Er zeigte Richtung Prenzlauer Berg.
Sie gingen ein paar Straßen weiter und stiegen dann in eine Straßenbahn.

„Woher wusstest du, dass ich komme?", fragte Edda.
Simon zuckte mit den Achseln. Sein Gesicht war ernst und hager, aber er lächelte.
„Wieso bist du ausgerechnet hierhergekommen?", fragte er zurück.
Auch Edda lächelte. Ohne nachzudenken, griff sie nach Simons Hand und hielt sie, bis die Straßenbahn die nächste Station erreicht hatte.
„Vielleicht, weil dies der einzige Ort ist, den wir alle drei kennen und der um diese Uhrzeit noch offen hat", lachte sie.
Simon nickte wieder. Die Bahn hielt und sie stiegen aus.
„Oh, ich sterbe vor Hunger", flehte Edda, als sie an einem Restaurant vorbeikamen und sie den Geruch von gebratenem Hühnchen erschnupperte.
„Wir haben noch Chips", schlug Simon vor.
Edda rollte mit den Augen. Sie musste etwas anderes essen, etwas Nahrhaftes, und schlug vor, in einem Tante-Emma-Laden an der Ecke einzukaufen. Das Geschäft wurde von ein paar fahlen Neonröhren beleuchtet und an der Kasse stand ein junger Türke. Edda nahm eine Gurke, ein paar Tomaten und ein Brot.
„Wer soll 'n das essen?", fragte Simon. „Wir brauchen Fleisch. Was Warmes!"
„Und wo willst du kochen?"
„In der Küche von Linus' Chinesen."
„Und ohne mich hättet ihr euch von Chips ernährt! Typisch! Man muss wirklich dauernd auf euch aufpassen."
„Eyyy!", lachte Simon. Es war einfach wunderbar, wenn sie bei ihm war. Er fühlte sich leichter und stärker, mutiger und zärtlicher. Er nahm Nudeln, Hackfleisch, Zwiebeln, Butter, Salz und Sahne aus dem Regal und Edda zahlte die Sachen zusammen mit dem Gemüse vom Restgeld, das Lucy ihr nach dem Restaurantbesuch gegeben hatte. Mit zwei Tüten zogen sie zurück in die Nacht, bis sie

zu dem chinesischen Restaurant kamen. »Tao« las Edda auf dem Schild mit den bunten ineinanderverschlungenen Drachen. Das »Tao« lag etwas zurückgesetzt in einem Gebäudekomplex, der verlassen aussah. Das kleine Metalltor davor war nur zum Schein mit einem Vorhängeschloss abgeriegelt. Edda und Simon traten in die Einfahrt und klopften. Da öffnete Linus ein angelehntes Fenster.

„Hey! Linus!", rief Edda und umarmte ihn, doch Linus versteifte sich.

„Hey", sagte er leise und lächelte. „Habt also mit Thorben gesprochen ..."

„Ja", sagte Simon.

Linus wurde wieder ernst, nickte Simon zu. Unerreichbar, dachte Edda. Sie spürte, dass etwas geschehen war. Plötzlich sah sie Bilder vor sich. Wasser. Ein Mann. Ein Messer. Blut.

„Alles okay?", fragte Edda besorgt.

Linus nickte und schaute sie an.

„Passt schon", sagte er. Und für einen Augenblick klang er wie ein alter Mann. „Kommt rein ..."

Edda und Simon stiegen ein und schauten sich im Laden um. Durch die Fenster fiel das grelle Licht der Laternen. Überall Drachen, bunte Ornamente und Bilder. Tische und Bänke standen in ordentlichen Reihen und in der Küche befand sich ein Herd, auf dem Töpfe und Pfannen standen.

„Vielleicht haben die bloß Ruhetag!", flüsterte Edda.

„Seit zwei Wochen ist hier keiner mehr gewesen", rief Simon, der die Post aufgehoben hatte, die durch den Briefschlitz gefallen war. Dann fiel ihm auf, dass er selbst nicht mehr genau wusste, welches Datum war. Linus drehte einen der Hähne in der Küche auf und ließ das Wasser laufen.

„Frieren tut es jedenfalls nicht. Die Rohre sind warm. Steigwärme."

Edda fand einen Schrank mit sauberen Tischdecken, Kissen und Handtüchern. Die Jungs schoben einen Tisch aus einer der

Nischen und bereiteten auf dem Boden ein Lager aus Tischdecken und sauberen Handtüchern. Strom gab es keinen, aber wie in dem Bahnwärterhäuschen hatte Simon bald eine Leitung im Keller angezapft, sodass sie auf einer Elektroplatte, die sie gefunden hatten, kochen konnten.

Bald darauf sprudelte das Nudelwasser, während Simon die Zutaten für die Sauce klein schnitt. Edda deckte den Tisch mit den Tellern und dem Besteck, das sie in den Schränken fand. Linus briet die Zwiebel mit dem Hackfleisch an. Während der Geruch ihnen in die Nase zog, lief Edda das Wasser im Mund zusammen. Auch die Jungs wurden immer hungriger, bis sie sich schweigend um den Saucentopf versammelten und auf die blubbernde Sauce starrten, als könne man die Zukunft darin lesen. Edda schmeckte die Flüssigkeit ab, dann gossen sie die Sauce über die fertigen Nudeln auf den chinesischen Tellern. Sie aßen schweigend und nach zehn Minuten war nichts mehr übrig. Sie fielen zurück und Simon und Linus strichen sich über die runden Bäuche, während Edda eine Schokolade auspackte.

„Irgendwas von Marie gehört?", fragte Linus.

Edda schüttelte den Kopf.

„Nein. Ich war irgendwie … ganz woanders."

Die beiden Jungen schauten sich an und nickten. Keiner wollte den Anfang machen und erzählen. Zu viel war in den letzten Tagen passiert. Jeder war mit dem beschäftigt, was er erlebt hatte.

Eddas Miene verdüsterte sich.

„Ich frag mich, wie wir weitermachen sollen. Wieso wir hier wieder aufeinandertreffen. Als ob sie uns lenken. GENE-SYS. Vielleicht haben wir gar keine Chance. Egal, was wir machen."

„Wo willst du denn sonst hin?", fragte Simon. „In eine andere Stadt?"

„Ich kann Marie nicht hierlassen", sagte Edda entschlossen.

„Also brauchen wir einen besseren Plan. Und einen freien Kopf", sagte Linus. „Edda hat recht. Es hat keinen Sinn, wenn wir uns immer wieder wie kleine Kinder gegen die aufbäumen. So verschwenden wir unsere Energie."
Simon richtete sich auf.
„Aber wir werden auch stärker. Vielleicht stärker als die. Vielleicht haben wir uns gefunden, weil wir in Kontakt miteinander stehen und nicht, weil die es gewollt haben."
„Ist doch aber genau das, was sie wollen!", entgegnete Linus.
„Aber wir doch auch!"
„Das ist ja das Vertrackte! Wer weiß, was denen als Nächstes einfällt und wann dieser Clint wieder auftaucht? Ich will mit diesem Experiment nichts mehr zu tun haben", sagte Edda bestimmt.
„Clint ist tot", flüsterte Linus. Er schaute vor sich hin, doch er spürte, wie die beiden ihn ansahen. „Ich ... ich habe gesehen, wie er gestorben ist." Er verstummte. Edda und Simon spürten, dass Linus' Schreckliches erlebt haben musste. „Er hat wieder versucht, mich zu töten." Linus ließ erneut eine Pause. „Wer so einen auf uns hetzt, den kann man nur mit Waffen bekämpfen." Linus rollte sich in ein paar Tischdecken und zog die Beine hoch. „Wir müssen uns Waffen besorgen und einen von denen entführen."
Simon nickte.
„Am besten die Alte. Wir finden raus, wo sie wohnt und wenn sie Marie nicht freigeben, dann: Bamm! Und dann der Nächste: Bamm! Anders kannst du mit denen nicht kommunizieren."
Linus und Simon klangen entschlossen wie Krieger vor dem letzten Gefecht. Edda musste zugeben, dass ihr diese Entschlossenheit gefiel. Es gab den Ausblick, dass etwas geschehen würde. Open end. Aber egal. Es war etwas Entscheidendes. Und das fühlte sich gut an. Männlich.

„Scheißplan", sagte Edda dann doch, nachdem sie sich besonnen hatte. Nachdem ihr klar geworden war, dass es viel zu gefährlich wäre. Dass sie ihr eigenes Leben aufs Spiel setzen würden. „Echt ein Scheißplan!"

„Gar nicht", verteidigte sich Linus. „Du und Simon, ihr geht zum Schein auf das Angebot von GENE-SYS ein und trefft euch mit dieser Greta. Dann setzen wir sie fest."

„Eine Knarre kriegen wir von Bobo."

„Oder Olsen", bestätigte Linus. Er erwähnte kurz, dass er auch ihm begegnet war und dass er Clints Mordversuch überlebt hatte.

„Hat er Clint umgebracht?", fragte Edda.

„Ich bin jedenfalls kein Opfer mehr", wich Linus aus. Die Jungs blickten sich an. Sie waren sich einig. Edda spürte, wie sich Übelkeit in ihrem Bauch ausbreitete; sie legte sich hin. Sie wusste nicht, ob es Nachwirkungen ihres Abenteuers waren oder der Gedanke daran, was ihnen bevorstand, wenn sie Waffen benutzen würden, um Marie zu befreien.

„Reden wir morgen weiter", sagte sie. Wenig später waren alle drei eingeschlafen.

Kurz bevor der Morgen graute, schlug Edda die Augen auf. Sie hatte das Gefühl, keine Minute geschlafen zu haben. Durch das Schaufenster fiel das erste Tageslicht ins Lokal und sie lauschte auf das Anfahren eines Busses vor dem Fenster. Beide Jungen schliefen noch. Friedlich wie Kinder. Edda war erst kurz vor Tagesbeginn tiefer eingeschlafen und sie hatte geträumt. Diesmal hatte ihr Traum nichts mit Tieren zu tun gehabt. Er hatte in einer gänzlich anderen Zeit gespielt. Einer Zeit, die sie aus dem Tagebuch von Marie kannte. Dinge tauchten auf, die sie auf dem Dachboden in Cuxhaven gefunden hatte. Doch der Traum spielte in Berlin und Edda war sich sicher, dass er sich hier ganz in ihrer Nähe ereignet hatte.

Sie hatte sich in der Gesellschaft eines Mannes befunden, der einen dunklen Anzug trug und einen etwas in den Nacken geschobenen Hut. Sie fuhren in einem Wagen durch die Stadt, der vor dem Wintergarten hielt. »Der Große Furioso« stand auf einem großen, gemalten Plakat, das eine Zeichnung des Mannes mit dem Hut zeigte, doch auf dem Bild trug er einen indischen Sikh-Turban. Auf der Zeichnung war im Hintergrund auch Edda zu sehen. Offenbar war sie es, die heute hier auftreten würde.

Mit dem Mann ging sie in das Varieté, lief über einige Gänge und betrat dann einen großen Saal. Der Mann schaltete die Scheinwerfer ein und deutete auf eine Loge im hinteren Teil des Saals, der mit gedeckten Tischen und passenden Stühlen gefüllt war.

„Dort werden sie in wenigen Stunden sitzen", sagte er. „Mach dir keine Sorgen. Du brauchst nicht viel zu tun. Denn ... er liebt kleine Mädchen."

Zweifelnd schaute Edda ihn an.

„Soll das ein Trost sein?"

„Wenn alles vorbei ist, ist es für alle ein Trost", sagte der Mann und ging mit Edda auf die Bühne.

„Ich werde zunächst wie immer die Krebse und die Hühner hypnotisieren, um die Stimmung zu heben, und dann einen Freiwilligen aus dem Publikum bitten. Danach ... "

Der Mann warf ein Tuch in die Luft und als es die Höhe seiner Brust erreicht hatte, ließ er es in seiner hohlen Hand verschwinden. Er drehte die Hand nach oben und auf der Handfläche war plötzlich ein kleines Sonnenrad unter einer Glaskuppel zu sehen, dessen Speichen mit zahllosen farbigen Edelsteinen und Kristallen besetzt waren. Ohne dass Edda es bemerkte, betätigte er einen verborgenen Mechanismus. Gleichzeitig begannen sich die drei Kreise, die das Sonnenrad bildeten, gegenläufig zu drehen.

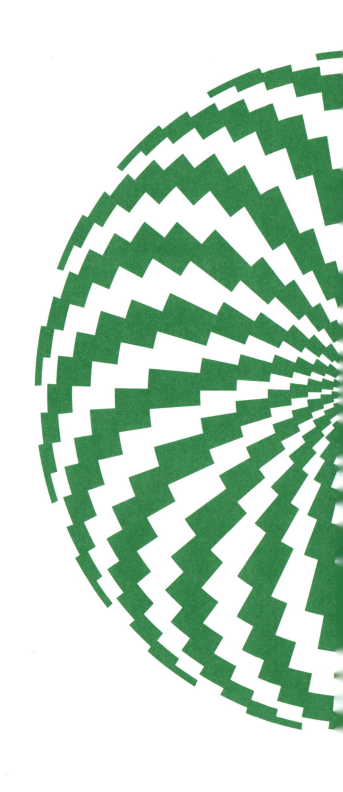

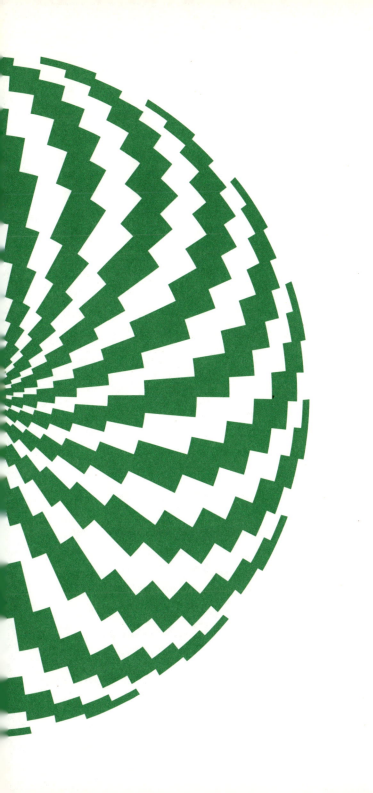

Zunächst langsam, dann wurden sie immer schneller, sodass die vielen Edelsteinsplitter auf dem Sonnenrad das Flirren der Speichen noch einmal verstärkten. Ein leises, kaum hörbares Summen verbreitete sich von dem sich drehenden Rad. Edda merkte, wie sie beinahe magisch von der Strahlkraft des Gegenstands und seiner Bewegung angezogen wurde. Noch nie hatte Edda etwas so Schönes gesehen. Automatisch streckte sie ihre Hand danach aus. Der Mann beobachtete Eddas Gesicht, sagte aber nichts und legte die Preziose in Eddas Hand. Die Räder stoppten für einen Augenblick. Dann begannen sie wieder zu laufen. Anders als in der Hand des Mannes.

Wie gebannt starrte Edda auf das innerste Rad, das jetzt in einem Sonnenstrahl funkelte, der durch das tiefe Fenster in den Raum fiel. Sie konnte ihren Blick davon kaum mehr abwenden.

„Es dreht sich anders als bei dir?", sagte Edda.

„Es nimmt die Frequenzen dessen auf, der es hält, aber es kommuniziert gleichzeitig auch mit dem Kollektiv."

Verständnislos schaute Edda ihn an.

„So wie du gleichzeitig eines von Milliarden weiblicher Wesen bist und die unverwechselbare Marie."

Edda lächelte. Er hatte auf alles die richtige Antwort. Der Mann stellte das sich drehende Rad in eine Vorrichtung aus Glas, die sich hinter einem weißen Vorhang auf der Bühne befand; genau gegenüber einer Hakenkreuzflagge, am Ende des Raumes. Auf dem Vorhang erschien das Sonnenrad jetzt um ein Vielfaches vergrößert. Der Mann setzte sich an die Orgel am Rand der Bühne und begann kaum hörbar zu spielen.

„Was ist das für Musik?", fragte Edda. „Oder ist da keine? Doch ..."

„Eine spezielle Frequenz", sagte er leise. „Hör einfach zu! Sie wirkt auf das Unterbewusste. Ich habe diese Komposition in der Schallkammer entwickelt."

Edda schaute auf das Sonnenrad und spürte, wie die Musik sie gleichzeitig forttrug. Merkwürdige Töne waren es, deren Folge einem anderen Gesetz unterlag als gewöhnliche Melodien. Als wäre es eine Musik der Zellen ihres Körpers. Edda merkte, wie sie zu träumen begann. Sie sah, wie das Rad auf dem Vorhang flirrte. Der Mann an der Orgel beobachtete Eddas Reaktion. Er lächelte zufrieden. Dann unterbrach er sein Spiel und wandte sich ihr zu.
„Perfekt! Sie werden nichts merken. Niemand wird etwas merken."

Mit diesen Worten war Edda erwacht.
Sie hatte sich glücklich gefühlt und behütet neben dem Mann. Sie wollte in den Traum zurückkehren zu dem Großen Furioso, der große abenteuerliche Pläne hatte, der wusste, was zu tun war, der Wärme ausstrahlte und der sie liebte. Das war das überwältigende Gefühl des Traums gewesen, ein Gefühl, das Edda nur mit Marie in Verbindung brachte. Mit Linus. Und Simon. Manchmal.
„Marie" hatte der Mann in ihrem Traum zu ihr gesagt. Edda erinnerte sich an das Gesicht, den Turban. Der Mann, von dem sie geträumt hatte, war Carl Bernikoff. Der Mann, den Edda von den Fotos auf dem Dachboden kannte und aus dem Tagebuch von Marie. Doch was Edda geträumt hatte, war in diesem Tagebuch nie erwähnt worden. Wieso dieser Traum? Gerade jetzt? Hatte Marie ihr den Traum geschickt? Was für ein lächerlicher Hoffnungsschimmer! Wie hätte das gehen sollen? Doch sie hatte diese Verbindung auch mit Linus und Simon, wieso nicht mit Marie, der sie am nächsten stand? Vielleicht kam der Traum auch aus Eddas Innerem und bedeutete, dass sie die Liebe, die sie gefühlt hatte, für sich selbst finden musste, so wie es der Guru in Indien immer gesagt und doch nur sich gemeint hatte?
Wie gern wäre Edda jetzt bei Marie gewesen. Doch Marie war gefangen. Immer wieder sah sie ihr Gesicht durch das Fenster

der Tür, als sie vom Teufelsberg geflohen waren. Nur der Gedanke, sie mit Waffengewalt zu befreien, gefiel Edda nicht. Vielleicht bestand darin die Botschaft des Traums? Dass Bernikoff sich mit einem Sonnenrad gegen die Männer unter dem Hakenkreuz hatte wenden wollen und nicht mit einer Waffe. Dass es einen anderen Weg gab. Doch Hitler und seine Leute hatten gewonnen und unermessliches Leid angerichtet.

Edda stand auf und blickte hinaus auf die Straße, die immer belebter wurde, als ein Mann direkt draußen vor dem Gitter stehen blieb und in das Innere des Lokals schaute.
Instinktiv wollte Edda sich zurückziehen, als er leicht den dunklen Hut lupfte, während er Edda freundlich zunickte, bevor er seiner Wege ging. Edda rieb sich die Augen. Schlief sie noch? Edda war sich sicher, dass dies der Mann aus ihrem Traum gewesen war. Wie konnte das sein? Es musste mit den Drogen zu tun haben, die sie genommen hatte. Edda ging in die Küche und trank aus einer der Wasserflaschen. Was, wenn es nicht die Drogen gewesen waren? Was, wenn Edda tatsächlich ein Zeichen erhalten hatte und jetzt zu doof war, es zu erkennen? Edda merkte, wie sie unruhig wurde. Sie lief zurück zum Fenster und schaute hinaus. Auf dem breiten Gehsteig war niemand mehr zu sehen. Ihr Herz begann zu pochen. Vielleicht war in diesem Moment geschehen, wovon Marie immer gesprochen hatte, vielleicht war Edda in der Lage Zeichen zu erkennen und ihre Bedeutung zu erfassen, wenn sie auf ihr Innerstes hörte und ihren Träumen zu folgen begann?
„Schön, jetzt wirst du bekloppt wie deine Mutter!", sagte eine andere Stimme in ihr.

Edda rannte aus der Einfahrt des Lokals hinaus auf die Straße und blickte in die Richtung, in die der Mann verschwunden war. Er blieb verschwunden.

Wenn sie jetzt das Richtige tat, sich darauf konzentrierte das Richtige zu tun ... Edda schloss die Augen, holte einen tiefen Atemzug, lenkte ihn in die Mitte ihres Körpers, wie Marie es sie gelehrt hatte. Dann konzentrierte sie sich auf das Gefühl, das sie im Traum gehabt hatte. Die Essenz des Traums, wie Marie es nannte. Es war ganz wichtig sich darüber klar zu werden. Es war Liebe – und eine abenteuerliche Geborgenheit.

Edda öffnete die Augen. Sie ging, ohne zu sehen oder auf etwas zu achten, was sie ablenken könnte. Doch wohin sollte sie gehen? Hinter welcher der Haustüren war der Mann verschwunden? Blickte er sie nicht dort von einem Werbeplakat herab an? Lief er nicht gerade da in die Unterführung? War es der Herr mit Hut im Taxi? Nein. Nein. Nein. Scheiße! Es war wie mit dem vertrackten Labyrinth, aus dem nur ein Ausgang herausführte. Und sechs ins Verderben, dachte Edda. Sie überlegte fieberhaft, während sie ziellos weiterging. Bis sie sich vor einer großen, doppelten Haustür, die zu einem alten Gemäuer aus dem 19. Jahrhundert gehörte, wiederfand. Edda wusste nicht, warum sie genau davor stehen blieb, aber sie konnte nicht mehr weitergehen. Ihre Beine hatten sie hierhergeführt.

Die Fenster des Hauses starrten tot, wie erblindet hinaus auf den Fahrdamm und hinter dem Schmutz der Scheiben war nur Dunkelheit zu sehen. Auf keinen Fall würde sie diese unheimliche Ruine betreten, dachte Edda. Carl Bernikoff würde niemals in so ein Geisterhaus gehen! Er war ein kultivierter, liebevoller Mann. Und er war tot. Oder über Hundert.

Edda spürte, wie sie unruhig wurde und die Sicherheit aus dem Traum sie verließ. Sie verschwand im gleichen Maß wie die

Gelegenheit, den Mann von vorhin zu finden. Sie musste handeln.
Mit beiden Armen schob Edda die Haustür auf und stand in einem langen, hohen Gang, einer Halle fast, von deren Ende mattes Licht durch eine bunte Scheibe auf den gekachelten Boden fiel. Geblendet hielt Edda sich die Hand vor die Augen und schaute auf den Boden, wo zwei altertümliche Paar Schuhe mit Gamaschen standen, aus denen sich ein altmodische Anzug in die Höhe zog bis zu einem breitkrempigen Hut, der das Gesicht des Mannes verdeckte. Edda erschrak. Sie hörte, wie die Tür hinter ihr ins Schloss fiel, drehte sich um. Und zurück. Die Gestalt war weg. Eddas Blick folgte dem Balken aus Licht, der sich beharrlich über den Boden schob. Für einen Augenblick war es vollkommen still. Staubkörner tanzten auf den Lichtstrahlen. Wie Noten, dachte Edda. Wie schön müsste es sein, diese Noten spielen zu können. Bestimmt wäre ihr Klang himmlisch.
Aus der Tiefe des Hauses war plötzlich Getrappel zu vernehmen, so als ob jemand von weit oben die Treppen heruntergelaufen kam. Sie spürte, dass sie sich beeilen musste, wenn sie nach dem Fremden rufen wollte. Wenn sie ihm wirklich begegnen wollte.
Die Schritte auf der Treppe wurden immer lauter. Das Licht immer heller. Wieso konnte sie nichts sagen, wieso stand sie hier wie angewurzelt und war sich nicht mehr sicher, ob der Mann überhaupt jemals dort gewesen war? Edda drehte sich nach dem Treppenaufgang um.
Niemand erschien. Nur der Sonnenstrahl war noch auf dem Boden zu sehen. Aber er blendete sie nicht mehr. In diesem Augenblick verstummte auch das Getrappel.
Es war völlig still.
Edda lief zur Tür, die in den Hinterhof führte, doch auch dort war niemand zu sehen. Edda lief weiter. Noch ein Hinterhof. Noch eine Tür. Und noch eine. Sie blieb stehen und lauschte. Das Haus

schien kein Ende zu nehmen. Hoch oben auf dem Dach saß eine Gruppe Krähen, die plötzlich aufstoben und geräuschlos in den blauen Himmel flogen.

Für einen Augenblick stand Edda im menschenleeren Hinterhof und blickte an dem hohen Gebäude empor. Was wollte sie von diesem Mann? Warum zog es sie mit beinahe schicksalhafter Kraft zu ihm? Es hat mit Marie zu tun, dachte Edda. Damit, dass sie in ihrem Traum das gleiche vertraute Gefühl gespürt hatte wie in Maries Gegenwart. Dass Bernikoff sie in dem Traum „Marie" genannt hatte. Und dass der Mann, dem sie folgte, aussah wie der Große Furioso.

Edda senkte den Blick, schaute vor sich hin. Nein. Wahrscheinlich hatte sich in ihrem Kopf einfach nur Realität mit Traum vermischt, als sie aufgewacht war und aus dem Fenster des Restaurants geschaut hatte. Wem wollte sie erzählen, dass sie Carl Bernikoff auf der Straße getroffen hatte? Einen Mann, der 1945 zuletzt gesehen worden war und von dem die meisten annahmen, er wäre kurz vor Kriegsende in einem Tunnel unter der Stadt ertrunken. Edda spürte, dass diese Gedanken sie schwächten.

Sie ging auf den ihr am nächsten liegenden Treppenaufgang zu und öffnete die kleine, blau gestrichene Tür, die in den Aufgang führte. Edda lauschte: Nichts war zu hören. Nur in ganz großer Entfernung, unendlich weit weg, wieder Getrappel. Wenn der Fremde hinter dieser Tür verschwunden war, hätte Edda zumindest seine Schritte auf der Treppe hören müssen. Es sei denn, er war in die Erdgeschosswohnung gegangen. Edda betrat den dunklen Hausflur und ging die wenigen Stufen hinauf zu den Türen im Erdgeschoss. Auf dem Weg drückte sie auf den Lichtschalter, doch die Glühbirne erhellte den schummrigen Flur kaum. Im Gegenteil – Edda hatte den Verdacht, das Licht der Lampe verdunkele die Welt. Sie konnte kaum erkennen, was auf dem Klingelschild stand. Ratlos blickte sie sich um. Sie klopfte zaghaft an die rechte der beiden Türen. Nichts regte sich. Edda klopfte noch einmal, trat näher und legte ein Ohr an die Tür, um zu horchen, ob sich dahinter jemand bewegte. Tatsächlich meinte sie, ein leises Rascheln, Streicheln oder Rauschen zu hören. Sie war sich nicht sicher, ob das Geräusch von einem Menschen stammte oder eher von einem Hund, da es unten an der Tür am lautesten zu sein schien. Edda ging in die Knie und lauschte. Nein, da war nichts. Nichts Lebendiges. Nur irgendein elektrisches Geräusch. Sie stand wieder auf und ging zu der anderen Tür. Auch hier war unlesbar, was auf dem Klingelschild stand. Die Klingel darunter war ein altmodisches Ding, eine Ziehklingel aus dem 19. Jahrhundert. Es war, als würde eine unsichtbare Kraft sie daran hindern, die Türklingel zu benutzen. Worauf ließ sie sich ein, wer war der Mann? Was sie gerade tat, widersprach jeder Vernunft.

Edda drehte sich um. So leise, als wolle sie ihre Schritte ungeschehen machen, lief sie die Treppen wieder hinab in den Innenhof. Sie merkte, dass sie mit jedem Schritt schwächer wurde. „Weil ich mich nicht getraut habe", dachte sie. Sie schaute sich um. Beobachtete sie jemand? Als ihr Blick an der Fassade des alten Gebäudes hinaufwanderte, meinte sie, ihn hinter einem der Fenster zu sehen. Sie zählte die Stockwerke, um herauszufinden, in welcher Wohnung er sich aufhielt, als sie bemerkte, dass es für das Fenster, an dem der Mann stand, kein Stockwerk zu geben schien. Sie schaute am Haus hinauf, zählte noch einmal. Sie ging auf den Hauseingang zu und an den Haustüren zum Erdgeschoss vorbei hinauf in den ersten Stock. Dann lief sie weiter, bis sie unter dem Dach angekommen war. Fünf Stockwerke gab es und doch hatte sie draußen auf dem Hof sechs Reihen Fenster gezählt. Der Fremde musste irgendwo dazwischen sein. Als Edda die Treppen wieder herunterlief, fiel ihr plötzlich eine kleine Tür auf, die im trüben Licht der Flurlampe auf dem Treppenabsatz zwischen den Stockwerken kaum zu erkennen war. Jemand hatte sie in der gleichen Farbe wie den Hausflur gestrichen und die Klinke unterschied sich kaum vom Holz der Tür. Edda rüttelte daran, doch die Tür war von Farbe verklebt und ließ sich nicht einfach öffnen. Alles schien dagegenzusprechen, dass Edda den Mann finden würde.

„Du musst ja nicht durch die Tür gehen! Wichtig ist, dass du dort ankommst, wohin du willst!" Wieder diese Stimme in Eddas Kopf. Nein, sie konnte sich nicht um Kleinigkeiten wie Türen oder Stockwerke kümmern! Sie musste dorthin, wo er war. Notfalls auch ohne Tür. Im Grunde verhinderte der Gedanke daran, dass sie keine passende Tür fand, dass sie den Mann fand. War es nicht so? Verwirrt setzte Edda sich auf die Stufen der Treppe und starrte auf die verklebte Tür. Wenn sie sich ausreichend darauf konzentrieren würde, dann würde es ihr gelingen, sie zu öffnen oder einfach hindurchzugehen. Davon war sie plötzlich überzeugt. War sie bescheuert? Doch kaum hatte sie diesen Gedanken für möglich gehalten – einen Gedanken, der ihr vor einiger Zeit noch vollkommen unsäglich, ja peinlich vorgekommen wäre – öffnete sich eine der Türen auf dem Treppenabsatz. Edda wartete darauf, dass jeden Augenblick der Mann im Türrahmen auftauchen würde. Die Tür blieb einen Spalt offen stehen. Sonst bewegte sich nichts. Durch eines der hohen Fenster fiel Licht in den Flur.

Edda ging auf die Tür zu und öffnete sie vorsichtig. Hinter der Tür führte eine kleine Treppe hinab in einen schmalen Flur und von dort in einen großen, hohen Raum. So hoch, dass eine Zwischendecke eingezogen und neue Fenster eingesetzt worden waren. Eine Wendeltreppe führte in das neue Geschoss.

Sie blickte sich in der merkwürdigen Mischung aus Wohnung und Werkstatt um. Die Wände waren mit Draht und Metall verkleidet wie ein Käfig. An einigen Stellen waren Ableiter befestigt, die zu selbst gebauten Geräten führten. An den Wänden standen Computer und andere ähnliche Maschinen auf langen Tischen. Nichts schien gekauft oder Markenware zu sein. Es war das Refugium eines Mannes, der sich seine Welt selbst erfunden oder geschaffen hatte. Und nichts an der schäbigen alten Fassade hätte von außen auf diese Welt schließen lassen. Es war die perfekte Tarnung.

„Hallo!", rief Edda. Niemand antwortete.

Sie ging an die Tische mit den Computern, über denen alte Fotografien hingen. Der Wintergarten, der Große Furioso, Bernikoffs Auto. Bernikoff und Marie. Sogar das Bild aus dem Fotostudio, das Edda aus Maries Tagebuch kannte, war dabei. Es waren keine Abzüge. Es waren Originale. Es waren Bilder, die sie auch in der Wohnung Bernikoffs gesehen hatte. Am Ende des Raums erkannte sie ein altes Grammophon. Als sie näher kam, sah sie, dass eine Schellackplatte darauflag. »Abaton« stand auf dem Label.

Hinter dem Tisch ging der große Raum in einen kleineren über. Ein Tonband hinter Glas, die getäfelten Wände. Kein Zweifel: In dieser Kabine hatte Edda gedacht, sie würde wahnsinnig werden. In dieser Kabine hatten sie Clint besiegt.

Wer immer hier lebte, er hatte entweder die gleichen Instrumente wie Bernikoff, oder er hatte sie aus Bernikoffs Wohnung entfernt, bevor das Haus dem Erdboden gleichgemacht worden war. Edda tat einen Schritt auf die Kabine zu und blieb an der Schwelle stehen. Selbst die gedämpfte Akustik, die alle Geräusche zu absorbieren schien, war die Gleiche.

In der Kabine sah sie Marie. Auf dem Bildschirm eines Computers. Sie lag auf einer Liege und von ihrem Kopf führten Drähte und Kabel in ein Aufzeichnungsgerät. Marie wirkte mager und blass. Mit einem Schlag traten Edda Tränen in die Augen. Sie hörte nicht, wie sich am anderen Ende des Raums eine Tür öffnete. Wie ein Mann heraustrat, der jede ihrer Regungen aufmerksam verfolgte.

Gleichzeitig spürte Edda Unruhe und Angst. Irgendetwas stimmte nicht. Sie spürte, wie ...

„Es wird wirklich höchste Zeit", sagte plötzlich eine Stimme direkt hinter Edda und für einen Augenblick setzte Eddas Herz aus.

Sie fuhr herum.

Vor ihr stand der Mann aus ihrem Traum und schaute sie mit wachen Augen an. Er hatte graues, volles Haar wie Bernikoff, aber er war höchstens fünfzig. Oder doch siebzig? Er sah Carl Bernikoff wirklich verdammt ähnlich. Und er sprach mit einem Akzent, aber der war nicht indisch, sondern amerikanisch. Es war nicht Bernikoff. Edda spürte, wie die Angst stärker wurde. Sie beschloss, zum Angriff überzugehen.

„Wer sind Sie?", fragte Edda, als sie sich einigermaßen wieder gefasst hatte. „Und woher haben Sie diese Sachen? Sie gehören meiner Großmutter."

Der Mann lächelte.

„Mein Name ist Meyrink, Edda. Ich freue mich, dass du den Weg zu uns gefunden hast."

Er streckte Edda die Hand hin, doch Edda ergriff sie nicht. Sie beeilte sich, aus dem Einzugsgebiet der Kabine wieder in den großen Raum zu gelangen, weil sie Angst hatte, er würde sie einsperren.

„Gehören Sie auch zu GENE-SYS?", fragte Edda feindselig.

„Nein", sagte der Mann. „Nein. Ich gehöre nicht zu ihnen. Aber ich überwache sie. Und ich habe ebenfalls bemerkt, dass im Camp eine Kritische Masse entstanden ist. Nur hatten wir bisher keine andere Möglichkeit, mit euch in Kontakt zu treten."

„Sie haben uns auch beobachtet?"

Edda wollte den Raum verlassen und ging an Meyrink vorbei auf die Tür zu.

„Warte! Wenn ich dich gebeten hätte, mit mir in dieses Haus zu kommen, hättest du es getan?"

Edda blieb stehen und schüttelte den Kopf. „Natürlich nicht."
„Und doch bist du hier. Du selbst wolltest kommen. Und ich freue mich, dass du aus freien Stücken gekommen bist. Anders geht es nicht."
Noch immer feindselig starrte Edda ihn an. Seine Worte ergaben Sinn. Sie fassten zusammen, was Edda heute Morgen erlebt hatte.
„Was machen sie mit meiner Großmutter?"
Meyrink ging auf den Monitor zu und setzte das Bild in Bewegung. Edda sah, wie Marie sich rührte.
„Sie träumt", sagte Meyrink.
„Woher wissen Sie das?"
„Ich weiß sogar, was sie träumt", sagte Meyrink. „GENE-SYS zeichnet es auf."
Aus dem Augenwinkel sondierte Edda ihre Rückzugsmöglichkeit. Die Tür, durch die sie gekommen war, stand immer noch offen.
„Ich habe Zugang zu ihren Rechnern. Vermutlich dauert es nicht mehr lange, bis sie die Lücke gefunden haben. Dann schließen sie sie." Er ließ eine Pause. „Weshalb bist du gekommen, Edda?"
Der Mann schaute Edda in die Augen und Edda holte tief Luft. Ihr Instinkt riet ihr zu fliehen, solange sie noch konnte, doch sie wollte unbedingt erfahren, wie es Marie ging und was man mit ihr machte.
„Ich hab von Ihnen geträumt. Deshalb bin ich hier", sagte Edda. Sie spürte, wie sie sich gegen ihren Willen von dem Mann angezogen fühlte. Sie musste gehen. Der Mann spürte Eddas Unruhe.
„Was war das für ein Traum? Handelte er von einem Sonnenrad?" Edda öffnete den Mund. „Das können Sie nicht wissen. Niemand kann das!"
Er schüttelte den Kopf.
„Marie hatte diesen Traum und ich habe ihn auf dem Monitor verfolgt. Synchronizität. Eine sehr fortgeschrittene und komplexe

Variante, die darauf hindeutet, wie begabt du in dieser Hinsicht bist."

„Ich habe Sie für jemanden aus meinem Traum gehalten. Dann bin ich Ihnen gefolgt und habe gemerkt, dass Sie in einer Wohnung verschwunden sind. Haben Sie das alles angezettelt? Was wollen Sie von mir? Wieso sehen Sie aus wie Bernikoff?"

„Ich kann euch helfen zu entkommen und ich kann euch helfen die Frau zu befreien, die von GENE-SYS gefangen gehalten wird."

„Und was haben Sie davon?", bohrte Edda.

Er schaute sie lange an.

„Es wird höchste Zeit an die positiven Dinge aus Bernikoffs Forschung anzuschließen, bevor sie vollends verloren gegangen sind. Die Seite des Bösen hat sich fast regeneriert ... Ich brauche euch dazu. Und ihr braucht mich."

Edda spürte, wie sie von einer starken inneren Spannung ergriffen wurde, als würden plötzlich Dinge zusammenfinden, die vorher scheinbar ohne Bedeutung durch ihr Leben geflogen waren und die ihrem Leben einen tieferen Sinn zu geben schienen. Hatten sie in Meyrink jemanden gefunden, der ihnen endlich einen Weg aus der Misere zeigen konnte, ohne dass sie von der Waffe Gebrauch machen mussten, wie Linus und Simon es vorhatten? Der Mann war genauso undurchsichtig wie die Leute von GENE-SYS. Die aufgesetzte Freundlichkeit Gretas, die gleiche Technik. Und er hatte sie überwacht – schlimmer noch: Womöglich hatte er einen Weg direkt in ihren Kopf gefunden.

Edda spürte wieder, wie Unruhe und Angst über sie kamen.

„Lass nicht zu viel Zeit mit Zweifeln vergehen. Es geht nicht nur um deine Großmutter, es geht auch darum, dass die Kritische Masse mehr bedeutet, als ihr möglicherweise wisst oder als GENE-SYS euch gesagt hat."

Edda starrte ihn an.

„Zum ersten Mal, seit es diese Forschung gibt, wurde das, was Bernikoff als Kritische Masse bezeichnet hatte, erreicht. Sogar überschritten. Von euch. Es ist eine Gabe. Es bedeutet, dass ihr zu dritt das Potenzial habt, als so etwas wie „Antennen" zu fungieren", erklärte Meyrink. Seine Augen leuchteten und er hielt nun ein flammendes Plädoyer. „Ihr könnt die Sender sein, die bei vielen Menschen das Bewusstsein öffnen werden. Es ist in ihnen veranlagt, aber es muss geweckt werden. Es geht um einen Sprung in der emotionalen Evolution – und um Empathie. Ich weiß, es klingt utopisch. Aber Bernikoff hat in seinen letzten Jahren genau daran gearbeitet, dass ..."

„Ich will zu meinen Freunden zurück!", unterbrach Edda.

Meyrink hielt inne. Er begriff. Er hatte sich in eine Begeisterung geredet, die Edda vollkommen verschrecken musste. Das war zu viel. Zu viel Verantwortung. Das war „die Welt retten". Edda kam damit nicht klar. Noch nicht. Meyrink erkannte es. Er war zu weit gegangen.

Edda war da schon an der Tür. Meyrink hielt sie auf.

„Tut mir leid", sagte er.

„Was?", giftete Edda. „Bleiben Sie bloß aus meinem Kopf!"

„Ich war nicht in deinem Kopf. Du bist in der Lage, Träume und Gedanken deiner Großmutter zu empfangen. Das ist nicht so ungewöhnlich, wie du vielleicht denken magst." Meyrink redete ruhig weiter. „Besser, du gehst nicht durch den Hauseingang zurück. Es ist nicht gut, wenn man euch mit diesem Haus in Verbindung bringt."

Er brachte Edda das Treppenhaus hinauf bis in den fünften Stock, wo eine kleine Metalltür auf das Dach des Hauses führte. Mit Meyrink betrat Edda das flache Dach des Hauses.

„Es ist deine Entscheidung. Wenn du gehen willst, geh." Er ließ Edda zurück und verschwand wieder im Treppenhaus. Edda stand da, schaute über die Stadt. Dann lief sie auf dem flachen Dach entlang und überquerte den Häuserblock, zu dem Meyrinks Haus gehörte. Sie spürte, dass sie reden musste. Mit Menschen, die ihr nahestanden. Denen sie vertraute. Edda lief schließlich durch ein gläsernes Treppenhaus auf die Straße, lief weiter, immer weiter und stand wenig später vor dem chinesischen Restaurant. Sie trat an das aufgebrochene Fenster und öffnete es.

„Linus! Simon!"

Doch die Jungen waren verschwunden.

⌐ 2227 ⌐

Als sich Linus und Simon aus den Handtüchern und Tischdecken geschält hatten, die ihnen auf dem Boden des chinesischen Restaurants als Lager dienten, war es noch früh. Sie sahen, dass Edda verschwunden war und beschlossen, auf sie zu warten. Natürlich hatten sie Hunger und suchten das Restaurant nach Essbarem ab. Außer Glückskeksen war nichts aufzutreiben.

„Wo die wohl hin sind?", sagte Simon.

„Mafia", sagte Linus. „Vielleicht gibt's Drogen oder Geld hier." Er suchte weiter. Hinter einem Paravent in einem Lagerraum fand er eine Tür. Sie führte in einen Kühlraum, der Strom aus einem Aggregat auf dem Hof erhielt und voller chinesischer Lebensmittel war. Linus zog eine Tüte mit Hühnerfüßen hervor und warf sie gleich wieder zurück.

Nachdem Edda nach einer halben Stunde immer noch nicht zurückgekommen war, beschlossen Linus und Simon, nach ihr Ausschau zu halten. Linus kritzelte eine Notiz auf einen Zettel und klemmte ihn ins Fenster, nachdem sie beide hinausgeklettert waren. Dann liefen sie einmal um den Block, bis sie auf ein Starbucks stießen. Sie ließen sich in die bequemen Sessel fallen und berieten, nachdem der Kaffee ihre Gehirne aktiviert hatte, was sie als Nächstes tun sollten.

Linus stellte seinen Rechner auf den Tisch und öffnete die Karte vom Untergrund Berlins.

„Oh nee, nicht schon wieder Kloake", maulte Simon, stand auf, holte sich einen Packen Berliner Zeitungen und Magazine und legte sie auf den Tisch. Immer noch war der Diebstahl eines Heißluftballons in den Schlagzeilen und weiter hinten die Schießerei. Die Polizei rätselte, wo der blutige Mann steckte, der laut Zeugenaussagen aus der Wohnung auf den Boden geprallt war und überlebt hatte.

Während sie die Zeitungen studierten, kamen immer mehr Touristen in den Laden. Darunter eine Gruppe junger Mädchen, die sich direkt neben ihnen auf die Couch schmissen und zu kichern anfingen. Genervt schaute Linus aus dem Fenster. Doofe Hühner waren das Letzte, was ihm jetzt noch gefehlt hatte.

„Seid ihr aus Berlin?", fragte eines der blond gefärbten Mädchen.

Simon nickte und lächelte sie an.

„Vor Kurzem hergezogen."

„Von wo denn?"

„Mannheim."

Linus stieß Simon mit dem Ellbogen an.

„Lass uns gehen."

„Ist das dein Papa?", fragte die Blonde und deutete auf Linus, der mit den Augen rollte.

„Nee, seine Oma."

„So sehen deine Klamotten auch aus!"

Simon lächelte das Mädchen an.

„Wir sind Freunde."

„Willst du meine Nummer – wenn deine Oma nicht mehr aufpasst?"

Die anderen Mädchen lachten.

„Hab mein Handy verloren."

„151-122374568", sagte sie.

Simon runzelte die Stirn.

„Hast du was zum Schreiben?"

„151-122374568 ...", wiederholte Linus, bevor Simon einen Stift von der Theke holen konnte.

„Los, geh'n wir!"

„Uuuh, ist die Oma streng!" Die Mädchen lachten.

„Weißt du was? Gegen meine Oma seid ihr komplettes Mittelalter", sagte Linus ganz ruhig. „Wie wär's, wenn ihr euch mal um das kümmert, was in euren Köpfen ist? Oder hast du den Kopf nur zum Haarwaschen? Sieht übrigens total künstlich aus, das Blond."

Er verzog keine Miene, nahm zwei Zeitungen, ging auf den Ausgang zu und trat zurück auf die Straße. Simon lächelte ein wenig hilflos und entschuldigend der Blonden zu und folgte Linus.

„Was haben die dir denn getan?" Er packte Linus an der Schulter und hielt ihn auf. „Manchmal bist du so ein Arsch!"

„Ach ja? Mich kotzt das einfach an, dieses Getue. ‚Bin ich hübsch?', ‚Kann ich zu Heidis Top-Moppeln hoppeln?', ‚Krieg ich einen reichen Kerl?', ‚Was tu ich nur gegen meine Cellulite?' Scheiße! Das hat doch mit dem Leben nichts zu tun! Die haben Cellulite im Hirn!"

„Was'n los?", fragte Simon, der genau spürte, dass Linus' Wut nur nach irgendeinem Ventil gesucht und diese Mädchen gefunden hatte. Linus wollte weiter, doch Simon hielt ihn auf. Linus schlug seine Hand weg.

„Was soll der Scheiß?!"

Zack! Da hatte Simon Linus' Hand im Gesicht. Er schlug zurück. Als hätte er darauf gewartet, drosch er auf Linus ein. Er merkte gar nicht, dass Linus die Schläge aufnahm, ohne sich zu wehren. Als nähme er eine Strafe an. Erst als ein wuchtiger Passant sich zwischen Simon und Linus drängte, ließ Simon von Linus ab. Außer Atem stand Simon dann da. Linus wendete sich ab und raste davon, so schnell er konnte. Simon kümmerte sich nicht um die Ermahnungen des Passanten, er folgte seinem Freund.

Als er am Restaurant ankam, lag es so verlassen dort, wie sie es vorgefunden hatten. Simon stieg durch das Fenster ein. Linus saß am Tisch und kühlte mit Eis aus der Kühltruhe seine Wange. Stumm kam Simon an den Tisch, setzte sich. Linus schaute ihn nicht an. Schweigen. Bis Linus Simon die Zeitung zuschob.
„Ich hab ihn umgebracht", sagte Linus. Im Lokalteil wurde von einem Messermord an einem Unbekannten berichtet. Um die Identität des Toten zu klären, hatte man ein Foto von ihm abgebildet. Es war Clint.
„Du?! Wie? Wieso?"

„Ich weiß nicht, ob ich damit klarkomme", schloss Linus, nachdem er Simon erzählt hatte, was ihm widerfahren war.
„Notwehr!" Simon bemühte sich, seine Stimme fest und sachlich klingen zu lassen. „Eindeutig Notwehr!"
„Darum geht es nicht", sagte Linus leise. „Das ist – ich weiß nicht. Ich weiß nicht, ob ich noch Linus bin. Ob Linus nicht auch gestorben ist."
Simon konnte dem nichts entgegnen. Wie auch? Er hatte niemals etwas ähnlich Schreckliches getan.
„Merkwürdig, dieses ganz normale Leben, wie in dem Starbucks mit den Mädchen. Wir sind ganz schön weit abgedriftet." Simon wusste, dass es lächerlich war, was er sagte. Er fühlte sich hilflos. Wollte einfach irgendetwas sagen.
„Ist jetzt wohl nicht die richtige Zeit für Mädchengeschichten", antwortete Linus.

Keiner der beiden bemerkte, dass Edda zurückgekommen war. Sie blieb am Fenster stehen und lauschte.

„Sagst du", sagte Simon und versuchte, möglichst unbeteiligt zu klingen.

„Was meinst du?"

„Nix. Schon gut."

„Nein. Sag schon", forderte Linus. „Na, los!"

„Meinst du, ich merk nicht, wie du dich an Edda ranmachst?" Simon versuchte, lässig zu klingen. „Ist das keine Mädchengeschichte?"

„Wie bitte?!" Linus fixierte Simon.

Edda trat einen Schritt zurück in den Schatten.

„Als ich von Bobo zurückkam, da hab ich gemerkt, dass zwischen euch im Auto was gelaufen ist. Und deine ganze Planerei mit Marie ..." Linus lächelte verächtlich. „Oh, Mann!"

„... und in dem Bahnhäuschen", Simon verlor alle Zurückhaltung, die er nach dem Geständnis von Linus gezeigt hatte, „was ist da zwischen euch gelaufen? Was?!"

Wütend schleuderte er die Zeitungen auf den Boden. Linus wusste, wie Simon sich fühlte – so wie er sich gefühlt hatte, als GENE-SYS ihn ausgemustert und auf den Menschenmüll hatte werfen wollen.

„Wenn wir das hier mit ihrer Großmutter zu 'nem guten Ende bringen wollen, müssen wir uns daran halten, dass keiner von uns was mit Edda anfängt – egal, was er für sie fühlt", sagte Linus entschieden.

„Was FÜHLST du denn?", fragte Simon mit feindseliger Stimme. Obwohl er merkte, dass Linus sein Bestes versuchte, obwohl er wusste, was Linus durchgemacht hatte, war er verletzt. Er war sich sicher, dass Edda Linus mehr mochte als ihn und dass Linus sich seiner Sache so sicher war, dass er es sich leisten konnte, ihm so ein Angebot zu machen.

„Hat doch keinen Sinn, wenn wir uns gegenseitig fertigmachen. Wenn wir zusammen überleben wollen, müssen wir zusammenhalten. Oder wir trennen uns – hier und heute." Linus streckte Simon die Hand entgegen.
Unentschieden starrte Simon auf die Hand.
„Was hast du mit Edda im Bahnhäuschen gemacht?"
Linus schwieg. Simon sah, wie er schluckte. Er war in Verlegenheit.
„Das wirst du falsch verstehen. Ich versteh´s ja selbst nicht."
Simon schnaubte verächtlich durch die Nase.
„Ach ja?"
„Er hat gesagt, dass er mich liebt", sagte Edda plötzlich ganz ruhig und trat zu den beiden.
Simon wurde bleich im Gesicht.
„Wir haben mit diesem Angstautomaten experimentiert und ..."
„Und liebst du ihn auch?", unterbrach Simon.
Edda schaute von Simon auf Linus und dann wieder zu Simon.
„In dem Moment habe ich ihn geliebt, aber es war eine andere Liebe, mehr eine Offenheit, weil die Angst weg war."
„Wenn du Angst hast, kannst du nicht lieben, das habe ich auch gemerkt", sagte Linus.
Er lächelte Simon an und Simon spürte, dass die beiden nichts hinter seinem Rücken miteinander hatten, aber dass sie eine gemeinsame Erfahrung verband, die sie mit ihm teilen wollten.
Edda ging einen Schritt auf Simon zu und legte die Arme um ihn. Linus schaute die beiden an, dann ging er auf sie zu und legte ebenfalls die Arme um seine beiden Freunde.
Simon empfand keine Eifersucht mehr. Im Gegenteil, er fühlte sich wohl. Geborgen. Er schloss die Augen. Alles erschien ihm nun richtig. So wie es war. In enger Verbundenheit mit seinen Freunden. Er ließ dieses Gefühl zu, tauchte darin ein, wie in einen warmen See.

„Gemeinsam." Er spürte, wie dieses Wort ihm Kraft gab, während er es dachte.

„Ja, gemeinsam", vernahm er plötzlich in seinem Kopf. Er hatte Eddas Stimme nicht gehört, doch er wusste, dass sie es war, die ihm zustimmte. Er hatte ihre Botschaft empfangen. So, wie es Linus beschrieben hatte. Er hatte Kontakt. Simon fühlte sich wie elektrisiert. Er hielt die Augen geschlossen. Es war wie ein Traum. Auf keinen Fall wollte er jetzt daraus erwachen.

„Wenn uns etwas gelingen soll, etwas Großes, Unmögliches, dann nur gemeinsam." Wieder ein Satz von Edda. Simon nickte.

„Es wird uns gelingen", antwortete er in Gedanken.

„Gemeinsam; korrekt." Simon wusste sofort: Nun hatte sich Linus eingeklinkt. „Obwohl gemein und einsam in dem Wort steckt", ließ er die anderen wissen.

Simon nahm wahr, wie Edda und Linus sich darüber amüsierten, und lächelte auch. Er gehörte dazu. Wie gut das tat. Ohne sich zu bemühen, sich anzustrengen. Einfach dazuzugehören. Teil zu sein. Es war ein Gefühl, das ihn an früher erinnerte. Ganz früher. Als er mit seinem Vater in die Klinik eilte, um zum ersten Mal seinen kleinen Bruder zu sehen. Wie David faltig und verschrumpelt in den Armen seiner Mutter lag und wie sein Vater ihn, seinen Bruder und seine Mutter in den Arm nahm und vor Glück weinte. Niemals wieder hatte er sich so sicher, so geliebt gefühlt. All das fiel ihm ein, empfand, spürte er. Familie.

„Scheint, dass wir tatsächlich irgendwie zusammengehören." Noch immer standen sie da und hielten sich umarmt.

„Ist irgendwie wie tanken", übermittelte Edda.

„Es ist cool. Total …"

„Wie 'n Trip."

Linus war der Erste, der sich aus der Umarmung löste. Er musste sich setzen. Es hatte ihn angestrengt. Genauso wie Edda und

Simon. Lange saßen sie um den runden Tisch. Trauten sich nicht recht, einander anzusehen. Jeder der drei erwartete, befürchtete, die beiden anderen könnten über die letzten Minuten lachen, ohne das tiefe Gefühl zu teilen. Aber es lachte niemand. Es war nur still. Edda war in Gedanken bei den Worten von Meyrink. Sie musste an das Bild der „Antennen" denken. An die Kritische Masse. An die Verantwortung, die Meyrink ihr erklärt hatte. „Es ist eine Gabe." Edda wusste, dass da etwas dran sein musste. Sie schaute die beiden Jungs an. Es gab keinen Zweifel, dass sie von nun an immer mit ihnen verbunden sein würde. Sie musste mit ihnen darüber reden und darüber, dass sie möglicherweise einen Traum von Marie empfangen hatte, doch sie wollte die Stimmung zwischen ihnen nicht zerreden. Edda wusste, dass die beiden ebenso empfanden.

Auf dem Tisch lag eine letzte Tüte mit Glückskeksen. Irgendwann griff Edda zu und aß einen. Den Spruch hatte sie ohne zu lesen beiseitegelegt. Simon griff danach und las vor:

„Greif zu den Sternen und deine Arme werden wachsen."

Für einen Moment saßen sie beeindruckt da. Linus schnappte sich die Tüte, wühlte nach einem Keks, biss darauf und holte seinen Spruch hervor.

„Alles ist ewig, nichts vergeht. Was also sollst du fürchten?" Es gelang ihm nicht, sich darüber lustig zu machen.

„Jetzt du!" Edda schob Simon die Tüte zu.

„Ich glaub nicht an so was."

„Sollst ja nicht dran glauben. Einfach nur so."

Sie schüttete die Tüte vor ihm aus. Simon griff zu, biss den Keks entzwei und las:

„Fortune cookie. Made in Bolivia."

„Is' nicht wahr?" Edda nahm ihm den Zettel weg. Sie musste feststellen, dass das wirklich da stand. Linus und Edda verstummten, aber Simon lachte und die anderen stimmten ein. Vor einer halben Stunde noch hätte ihm der schlechte Glückskeks einen Stich versetzt. Weshalb ausgerechnet er? Jetzt war es egal.

„Eben bei der Umarmung", sagte Linus irgendwann. „Ich weiß nicht, aber ich dachte, irgendwie bin ich doppelt und dreifach."

Die Begegnung hatte ihn mit großer Sicherheit erfüllt. Hatte alle Zweifel vertrieben, die ihn seit dem Tod von Clint beherrscht hatten. Zum ersten Mal hatte er wieder das Gefühl, dass alles gut werden könnte. Dass er mit seiner Schuld weiterleben könnte.

„Dann gehören wir wohl zusammen", sagte Edda verschwörerisch.

„Ja. Auf ewig. Auf immer", unterstrich Simon.

„Drei Musketiere!", rief Edda.

„Muskeltiere!" Linus spannte seine Bizepse an. Edda lachte, wie eben nur Edda lachen konnte. Offen. Ansteckend. Schnell verlor die Stimmung die schwere Ernsthaftigkeit. Edda schaltete den alten Ghettoblaster an, der auf einer Anrichte stand, und von einer leiernden Kassette ertönte chinesische Pop-Musik. Aus Linus' Muskelshow wurde ein schräges Posieren vor den rot-goldenen Drachen, die aus den chinesischen Kitschschnitzereien hervorzukriechen schienen. Simon sang die Schlager laut mit, als wäre er nie etwas anderes gewesen als Kastrat am Hofe des Kaisers QinXiHuangDi, während Edda mit ihren Händen ihre Fähigkeiten im Schattenspiel probte.

Es tat ihr gut, so ausgelassen zu sein. Es tat ihr gut, die Begegnung mit Meyrink zu verdrängen. Sie wollte nicht an die Bilder denken, die Meyrink ihr von Marie vorgespielt hatte. Sie wollte es nicht glauben. Sie wollte nicht die Verantwortung für Maries Leben übernehmen. Sie wollte sich kleinmachen, unsichtbar. Zusammenkauern wie der Hase in ihrem Traum. Sofort war das Bild wieder da: Sie als Raubtier, das den Hasen getötet hatte. Sie schaute auf die Schatten, die ihre Hände an die Wand warfen. War das nicht ein Wolf? Ein Hase? Sie drehte die chinesische Musik lauter, tanzte dazu. Simon sang mit seiner Fistelstimme. Linus poste, doch mit einem Schlag war sein Übermut wieder verflogen. Wie ein Schatten legten sich die Gedanken an Clint und an Olsen über seine Ausgelassenheit. Er überprüfte, ob er die Tür von innen verriegelt hatte. Dann ging er zum Hinterausgang mit seinem vergitterten Fenster und auf dem Weg zurück fiel sein Blick auf eine weitere Kühltruhe, die ihm bisher nicht aufgefallen war. Neugierig hob er den Deckel an. Alles war dick vereist. Aber was da in dem aufsteigenden Dampf lag, waren keine Lebensmittel. Linus räumte ein paar Kartons weg und fand –

Waffen. Drei Revolver, eine Maschinenpistole. Handgranaten. Lagen auf dem Tisch in dem chinesischen Lokal. Stolz präsentierte Linus Edda und Simon seine Beute.
„Wir sollten abhauen", sagte Edda. „Hat vielleicht wirklich mit der Mafia zu tun, dass hier keiner mehr ist."
„Aber nicht ohne das da", sagte Simon. „Wenn wir Marie befreien wollen ..."
„Spinnst du? Wir können doch nicht auf Menschen schießen!" Eddas Empörung war echt.
„Drohen. Mehr nicht", beschwichtigte Linus. „Eine andere Sprache verstehen die bei GENE-SYS sowieso nicht."
„Ach ja? Wir marschieren da rein wie Rambo, oder was?" Edda brachte es auf den Punkt. Das war kein Plan. Das war Selbstmord. Oder zumindest idiotisch. Es brachte sie alle in Gefahr. Was, wenn man auf sie schoss? Wer von ihnen konnte wirklich mit einer Waffe umgehen?
„Und wenn wir sie ausschalten?", fragte Simon in die ratlose Stille. Die beiden anderen sahen ihn erwartungsvoll an. Simon berichtete von den Drogen, die er Mumbala geklaut und bei seinem Vater

gelassen hatte. Er selbst hatte versehentlich eine Dosis davon eingeatmet und war auf dem Gefängnishof von der Wirkung der Droge überrascht worden. Ohnmächtig und von merkwürdigen Halluzinationen geplagt. Bobo hatte berichtet, dass einige der Knackis auf das Zeug hin ausgeflippt waren.

„Und?", fragte Edda.

„Der Teufelsberg muss doch ein Belüftungssystem haben. Wenn wir das Zeug da reinbringen, dann legen wir alles lahm. Wir holen Marie raus und bevor die wieder klar sind, sind wir über alle Berge ... und müssten die Waffen nicht benutzen", schloss er.

„Nur im Notfall", korrigierte Linus.

Für einen Moment herrschte Stille. Edda und Linus überlegten, wie realistisch das Szenario sein könnte.

„Und wie kriegen wir so viel von dem Zeug, dass das klappt?", fragte Linus, was so viel wie ein zaghaftes Einverständnis bedeutete. Simon sah zu Edda.

„Kommt drauf an, wie viel wir davon bräuchten", sagte Simon.

„Und wir müssen an diese Belüftung kommen."

Sie schwiegen. Edda war nicht wohl bei dem Gedanken, Waffen zu benutzen. Sie dachte daran, was Meyrink gesagt hatte.

„Und wenn wir uns zusammenschließen, so wie vorhin? Wie gegen diesen Söldner, diesen Clint? Das ist etwas, das nur wir können."

Zweifelnd sahen die Jungen sie an.

„Können wir das denn wirklich? Ich meine, was soll das bringen? Das sind zig Leute."

Die Jungs waren sich einig.

„Was, wenn wir vor Ort sind und das funktioniert nicht bei so vielen?"

Edda schüttelte den Kopf. Ihr gefiel der Gedanken mit den Waffen nicht. Wie Unglücksmagneten sahen sie aus. Glückskekse des Bösen, dachte sie.

„Also sind alle einverstanden?" Linus schaute die beiden Freunde an. Simon nickte. Edda zögerte.
„Ich hab einen Mann getroffen, der kennt GENE-SYS", sagte sie.
„Meyrink heißt er. Er hat seine Hilfe angeboten."
„Den hast du einfach so getroffen?"
Edda nickte und erzählte, wie sie Meyrink gefolgt war und ihn tatsächlich gefunden hatte. Dass sie in seiner Wohnung vieles aus der Wohnung ihrer Großmutter wiederentdeckt hatte, Dinge aus Bernikoffs Wohnung – und dass sie dort Aufzeichnungen von Marie gesehen hatte.
„Wieso erzählst du das erst jetzt?", fragte Simon.
Edda antwortete nicht. Sie hatte einfach den unbeschwerten Moment genießen wollen, sich ablenken, vielleicht war nicht der richtige Zeitpunkt gewesen. Was spielte das für eine Rolle?
„Klar!", sagte Linus lakonisch. „Kapiert ihr nicht? Der gehört zu GENE-SYS! Der tut nur so, als wäre der gegen die! Ist doch ein super Trick, uns wieder zu beobachten. Scheiße! Wenn die uns wieder gefunden haben."
Seine Stimme bekam etwas Mutloses.
Edda schüttelte den Kopf, auch wenn sie sich der Argumentation nicht verschließen konnte.
„Würd ich wahrscheinlich auch so machen, wenn ich GENE-SYS wär", sagte Simon. „Hat er wieder was von Elite erzählt?"
Edda zögerte.
„Nein." Sie hatte nicht den Mut, von der Gabe zu reden, von ihrer Aufgabe, als „Antennen" zu fungieren. Sie war sich sicher, dass Linus und Simon jetzt nur noch über sie gelacht hätten.
„Weiß der Typ, wo wir sind?", drängte Linus.
Edda nickte.
„Scheiße. Wir müssen hier weg!" Er packte seinen Rucksack, steckte ein paar der Waffen hinein. Stumm und besorgt schaute Edda

zu. Simon folgte Linus' Beispiel. Edda wollte nicht wahrhaben, dass ihre kleine Hoffnung auf Hilfe zerstört wurde. Aber wenn sie ehrlich darüber nachdachte, dann hatten die beiden Jungs recht. Dass Meyrink zu GENE-SYS gehörte, war die logische Erklärung für all das, was ihr passiert war.
Wenn es so war, dass Meyrink für GENE-SYS arbeitete, dann musste sie sich beeilen, um Marie zu befreien. Und welcher Tag konnte besser geeignet sein als der 24. Dezember?

Edda, Linus und Simon ließen das chinesische Lokal hinter sich. Wem auch immer die Waffen gehört hatten: Jetzt waren sie in den Händen der drei Musketiere.

---------┐ 2228 └---

Die U-Bahn nach Moabit brauchte ewig. Irgendwo hatte es aufgrund der Kälte eine Signalstörung gegeben. An der Haltestelle Turmstraße stiegen Simon, Edda und Linus aus und liefen Richtung Osten auf die JVA zu.
Nach der Begegnung mit seinem Vater in Charlottenburg hatte Simon recherchiert, wohin er verlegt worden war und sofort einen Besuchstermin in Moabit beantragt. Der Beamte am Einlass fand Simons Besuchsantrag, aber der Termin war erst in drei Tagen.
„Tut mir leid." Es klang, als meinte der Mann es ernst. Vielleicht war es der Advent, der ihn so milde stimmte. Ein kleiner Weihnachtsbaum mit bunten elektrischen Kerzen blinkte in den grauen Winter. Da fing Edda an zu weinen. Steigerte sich hinein. Heulte Rotz und Wasser. Linus, Simon und die Beamten schauten sich hilflos an. Unter Schluchzen gestand Edda, dass sie Simon liebe, dass sie wisse, wie jung sie sei, dass es dennoch passiert sei. Dass sie sein Kind unter dem Herzen trage.

„Da drinnen sitzt der Großvater meines kleinen Jungen und ... und ... und ich, ich muss morgen wieder fort. Mit meinen Eltern ... nach Indonesien."

Sie schluchzte und merkte, wie ihre Vorstellung die beiden JVA-Beamten rührte. Immer tiefer ließ sich Edda in den Schmerz, den Abschied, die Trauer fallen. Bis sie sich selbst glaubte.

„Sie sind Entwicklungshelfer. Wir werden die nächsten Monate dort auf einer kleinen Insel sein." Edda konnte vor Tränen kaum weiterreden. „Aber ich verstehe schon, die Gesetze. Unmöglich ... das wäre zu viel verlangt. Es geht ja nur um uns. Und unser Kind ..." Edda hielt sich den Bauch.

Die Beamten sahen sich an. Gerade als Edda sich wieder zum Gehen wandte.

„Moment, wart mal. Nicht so eilig!"

Während Linus mit den Rucksäcken in einer Sportbar unweit der JVA wartete, wurden Edda und Simon in den Besuchsraum geführt. An einem Tisch nahmen sie Platz und warteten. Simon musste auf einmal lachen. Fragend blickte Edda ihn an.

„Die Gesichter von denen! Du solltest Schauspielerin werden, echt." Eddas Vorstellung hatte Simon ehrlich beeindruckt. Vor allem aber gefiel ihm, dass sie das Szenario entworfen hatte, das sie nun einmal entworfen hatte – Simon wurde Vater.

„Wie sollen wir ihn nennen", fragte Edda, „unseren Sohn?"

„Bobo", sagte Simon. „Oder Thorben?"

Sie schlug ihm spielerisch auf die Schulter.

„Kriegen wir eben 'ne Tochter."

„Oder Zwillinge", sagte Simon.

Edda lachte. Sie wunderte sich, wie leicht das alles ging. Die Wärter von ihrer Schwangerschaft zu überzeugen, mit Simon über den Nachwuchs zu albern. Eigentlich müsste sie angespannt und konzentriert sein. Geplänkel war ihre Flucht vor schwierigen Momenten. Vor Entscheidungen. Da hatte sie schon immer nach Zerstreuung gesucht. Und meist sogar gefunden. Da war sie abgetaucht, tief in sich hinein, und kam erst dann wieder an Deck, wenn sie nicht mehr das Gefühl hatte, irgendjemand erwarte etwas von ihr.

„Mein Vater ist ziemlich eigen, inzwischen", sagte Simon. Er wollte Edda ein wenig auf die Begegnung vorbereiten. Möglich, dass das peinlich werden konnte. Am liebsten wäre Simon seinem Vater alleine begegnet, aber nach Eddas Show ging das nicht mehr. Simon streckte sich. Er wollte möglichst erwachsen und souverän wirken, wenn der Vater auftauchte.

Als die Tür sich öffnete, schaute Simon den Mann, der den Raum betrat, verwirrt an. Dieser Mann war nicht sein Vater, doch er kam direkt auf sie zu. Er trug einen weißen Kittel, weiße Hose, weiße Schuhe. Edda rückte unwillkürlich zurück. Ein Reflex auf die vielen unschönen Erlebnisse mit den Ärzten ihrer Mutter. Die sie immer wieder von der Mutter getrennt hatten.

„Simon Fröhlich?", fragte der Mann.

Simon nickte.

„Wo ist mein Vater?"

Der Mann in Weiß zögerte zu antworten.

„Ich bin Dr. Schwartz, der behandelnde Arzt hier in der JVA."

„Was ist mit meinem Vater?"

Dr. Schwartz sah den Jungen an, sah zu Edda.

„Am besten Sie folgen mir ..." Schwartz ging voraus, Simon folgte und Edda lief neben ihm her. Sie spürte seine Angst, seine Anspannung und griff wie selbstverständlich nach Simons Hand. Simon nahm es kaum wahr, so richtig fühlte es sich an. Gut. Warm. Einer der Schließer folgte ihnen auf dem Weg durch die Gänge, bis sie die Krankenabteilung erreichten. Dr. Schwartz

wartete an der Tür und ließ Edda und Simon eintreten. Dann wies er sie mit einer Geste weiter. Bis zu einem Krankenzimmer. Durch das Fenster in den Raum konnten sie zwei Patienten liegen sehen. Einer schlief, der andere hockte vornübergebeugt in seinem Bett. In ihm erkannte Simon seinen Vater.
„Was hat er?"
„Man hat ihn vergiftet."
„Wer? Womit?" Simon bedrängte den Arzt.
„Hier drinnen einen Schuldigen zu finden, das ist nicht einfach. Das Gift besteht aus Ibogain, einer afrikanischen Droge, und aus uns unbekannten Zusätzen. Es hat auf jeden Fall eine starke halluzinogene Wirkung. Wir wissen zu wenig über diese Droge. Wenn man zu viel davon nimmt …"
„Was dann?" Simon wurde laut, drängte. „Stirbt er?"
Der Arzt schüttelte den Kopf.
„Nein. Nein, davon gehe ich nicht aus. Aber wir wissen nicht, ob Ihr Vater je wieder aus seinem jetzigen Zustand zurückfindet. Insofern bin ich froh, dass Sie hier sind. Möglicherweise verändert sich sein Zustand, wenn Sie ihm begegnen und er Sie erkennt."
Der Arzt sah Simon an und merkte erst jetzt, wie sehr der Junge versuchte, sich im Griff zu haben. Edda stand bestürzt neben ihm.
„Möchten Sie?", fragte der Arzt.
Simon nickte. Er sah zurück zu Edda. Ihr aufmunternder Blick gab ihm Kraft. Simon öffnete die Tür zu dem Krankenzimmer und ging hinein.

Nach einem Schritt in das Zimmer blieb er stehen. Hinter ihm fiel die Tür wieder ins Schloss. Weder der Schlafende noch Simons Vater reagierten in irgendeiner Weise auf das Geräusch. Vornübergebeugt saß Simons Vater in seinem Bett. Simon bemerkte das Gitter vor dem Fenster, die Kamera an der Zimmerdecke.

Dr. Schwartz schüttelte den Kopf.

„Das haben wir nicht herausgefunden", sagte er. „Und das werden wir auch nicht. Von den Insassen hier wird niemand reden."

Simon hatte plötzlich eine Eingebung.

„Geister-Bob!"

Edda und der Arzt sahen ihn fragend an.

„Es gab eine Schießerei, vor ein paar Wochen. In Schöneberg. Einer der Täter wird Geister-Bob genannt. Er sieht wirklich aus wie ein Geist, lange graue Haare. Ist der hier gelandet?"

Dr. Schwartz sah Simon irritiert an.

„Meinen Sie – ihn?"

Er deutete auf den Schlafenden im zweiten Bett. Simon erschrak. Keinen Moment hatte er auf den fremden Mann geachtet. Jetzt erkannte er ihn. Es gab keinen Zweifel: Der Mann, der da im Bett neben seinem Vater schlief, war Geister-Bob.

„Was ist?", fragte Edda. Sie sah, wie aufgewühlt Simon plötzlich war. „Melchior. Melchior." In seinem Kopf erklang wieder der Name. Die Angst, die er empfunden hatte, als Geister-Bob und sein Komplize an die Tätowierung auf seinem Kopf wollten, war zurück.

„Sie dürfen diesen Mann nicht bei meinem Vater lassen", flehte Simon den Arzt an. „Bitte. Das müssen Sie mir versprechen."

„Was ist mit ihm?"

„Er hat den Auftrag, eine Erfindung meines Vaters zu stehlen. Eine wichtige Erfindung." Simon zögerte, als müsste er sich selbst erst klarmachen, was der nächste Satz bedeutete. Dann sprach er ihn aus. „Er ist bereit, dafür zu töten."

„Bitte!" Dr. Schwartz schüttelte ungläubig den Kopf. Simon konnte das nicht ertragen. Er wollte zurück in das Zimmer, zu seinem Vater.

„Lassen Sie die Patienten bitte in Ruhe! Sonst lasse ich Sie entfernen!"

Doch Simon hörte nicht auf Dr. Schwartz. Er drängte sich an dem Arzt vorbei und lief über den Flur zum Zimmer seines Vaters.

„Papa! Du musst raus hier! Papa!" Simon flüsterte eindringlich, um Geister-Bob nicht zu wecken. Sein Vater reagierte nicht.

„Das Bett!" Edda war Simon gefolgt. Sie hatte recht. Sie konnten den Vater mitsamt dem Bett rausschaffen. Dr. Schwartz war zum nächsten Telefon gegangen und telefonierte. Viel Zeit blieb ihnen nicht. Mit zwei Tritten lösten Edda und Simon die Bremsen und schoben das Bett auf den Ausgang zu. Sie hatten ihn fast schon erreicht. Da spürte Edda plötzlich einen Griff um ihre Fessel, als wäre sie im Bruchteil einer Sekunde angekettet worden.

„Sieh mal einer an." Geister-Bob tauchte auf und schaute Simon an, ohne Edda loszulassen. Sosehr sie auch zappelte. „Freut mich, dass du gekommen bist. Hast du mir was mitgebracht?"

„Lass sie los!", schrie Simon. „Melchior. Melchior." Er bekam den Namen nicht aus seinem Kopf. Sein Vater skribbelte weiter auf seine Haut. „Lass sie los!"

Geister-Bob grinste, löste seinen Griff und hielt die Hände hoch.

„War doch nur Spaß, mein Freund." Er schüttelte den Kopf. „So wirst du deinen Daddy nicht schützen können."

„Was willst du?"

„Eigentlich müsste ich dir ja böse sein: Deinetwegen bin ich hier. Oder war es Bobo? Egal. Ich hab einflussreiche Freunde, die haben dafür gesorgt, dass dein Daddy hierher verlegt wurde. Leider ist er durchgeknallt." Er hielt inne. Man hörte, wie eilige Schritte näher kamen. Geister-Bob redete schneller. „Wenn du willst, dass es ihm hier drin gut geht, dann ..." Er verstummte, weil das Wachpersonal auftauchte. Geister-Bob tippte nur an seinen Kopf und zeigte dann auf Simon. „Wenn du das nächste Mal kommst, mein Freund, dann lass dir vorher die Haare schneiden."

Dann waren sie gegangen.

Jetzt saßen sie zu dritt in der weihnachtlich geschmückten Sportbar und Simon wirkte völlig abwesend. Er machte sich Sorgen.

„Simon", Edda nahm seine Hand. „Der Arzt hat versprochen, deinen Vater von diesem Typen fernzuhalten."

„Das wird ihm nicht ewig und einen Tag gelingen. Außerdem, Geister-Bob hat überall seine Freunde."

„Und wenn du ihm die Tätowierung gibst?", fragte Linus.

„Skalpieren, spinnst du?", sagte Edda.

„Ein Foto."

„Ich hab meinem Vater versprochen, dass ich es niemandem zeigen werde", sagte Simon. „Da werd ich mich dran halten."

„Wir haben's gesehen."

„Ihr wisst aber nichts damit anzufangen!"

„Kann man wohl sagen", nickte Edda. „Du?"

Simon schüttelte den Kopf.

„Vielleicht besser so."

Die Euphorie des Aufbruchs hatte einen Dämpfer bekommen. Das Mittel, das sie gegen GENE-SYS einsetzen wollten, war nicht zu bekommen. Und es war hochgefährlich. Es hatte Simons Vater in einen erbärmlichen Zustand versetzt.

„Das Ibo-Zeug können wir vergessen", sagte Edda. „Das tue ich meiner Großmutter bestimmt nicht an. Sie würde es ja auch einatmen."

Wham sang von irgendwo zum x-ten Mal von »Last Christmas«. Simon nervte das Lied. Und ihn nervte, dass er nicht dahinterkam, warum er von seinem Vater immer wieder den Namen „Melchior" empfangen hatte.

„Ich muss raus hier!", sagte Simon.

„Olsen!", rief Linus plötzlich erleichtert, der die letzten Minuten gegrübelt hatte, ohne zuzuhören.

In dem kleinen Park tobten ein paar schwarze Kinder durch den Schnee. Edda, Simon und Linus marschierten zu dem Spielplatz am südlichen Ende der Grünanlage. Eine einsame Gestalt saß auf der Bank und schaute lächelnd den Hunden zu, die sich gegenseitig über die weiße Wiese jagten. Olsen. Er trug eine Mütze. Olsen begrüßte Linus wie einen alten Freund. Mit kurzen Blicken scannte er Edda und Simon. Seit seiner Wiederauferstehung ließ er sich von seinem Instinkt leiten und konnte nichts Ungutes in den Freunden von Linus erkennen.

Fast eine ganze Stunde lang saßen sie im Park, bis Linus mithilfe seiner Freunde alles erzählt hatte, was ihnen widerfahren war. Was sie nun vorhatten, um Marie zu befreien.

„Nicht der schlechteste Plan." Es blieb Olsens einziger Kommentar.

„Kein guter Plan", sagte Edda. „Ich will auf keinen Fall, dass meine Großmutter was von diesen Drogen abkriegt."

Olsen schaute sie an, nickte, stand auf und ging davon. „Wartet hier", bat er, als Linus ihm folgen wollte. Also ging Linus zurück zum Spielplatz.

„Stranger Typ. Vertraust du ihm?", fragte Simon und Linus nickte. „Absolut!"

„Wie sieht dieser Blötsch eigentlich aus?", wollte Edda wissen.

„Einfach 'ne Delle." Linus zeigte es an seinem Kopf. „Fehlt ein Stück Schädelknochen."

Sie wurden abgelenkt von einer Kindergartengruppe. Mindestens dreißig Kinder, vor allem schwarze, kamen johlend zum Spielplatz gelaufen. Ausgelassen tobten sie herum, rutschten, schaukelten und versuchten einen Schneemann zu bauen. Edda, Linus und Simon schauten ihnen zu. Jeder hing seinen Gedanken, seinen Erinnerungen nach. Keine zehn Jahre war es her, da waren sie genauso unbeschwert durch ihre Welt gekugelt. Edda war plötzlich wieder mit Marie am Strand und suchte nach den Blitzen des

vergangenen Gewitters, die nun im Sand zu filigranen Stäben aus Glas geworden waren. Linus genoss das Glück auf dem Bauernhof seiner Großeltern in der Eifel und Simon tauchte mit David im sommerlichen See Fröschen und Fischen hinterher.
David! Natürlich. Wie hatte Simon das vergessen können? Sein kleiner Bruder David hatte den Namen des Großvaters erhalten. Der Vater seines Vaters. Den Simon immer bewundert hatte, weil er so viele Vornamen gehabt hatte. David Hans Friedrich Gustav Robert Melchior. Simon erinnerte sich plötzlich an den Besuch der Großeltern in Mannheim, als der Großvater ihm jeden der Vornamen erklärt hatte. „Träger des Lichts" war die Bedeutung für Melchior gewesen. „Träger des Lichts". Was hatte sein Vater damit gemeint? Wer war der Träger des Lichts? Simon? Oder hatte sein Vater nur an seinen eigenen Vater gedacht?
„Linus!" Eddas Stimme holte Simon wieder in den Park zurück, in den Schnee. „Linus!"
Edda war entsetzt losgerannt. Linus hatte sich von den Freunden entfernt und Simon sah, wie er auf den Schneemann, den die Kinder fast fertig aufgebaut hatten, zustürmte und ihn zerstörte. „Tot! Tot", rief Linus. Wild schlug er den Kopf ab, trampelte darauf rum. „Du bist tot! Tot!"
Die Kinder weinten. Erschrockene Erzieherinnen sammelten die Kleinen ein und stellten sich schützend vor sie. Edda und Simon hatten Linus inzwischen erreicht und redeten auf ihn ein wie hilflose Eltern. Es half nichts. Halb von Sinnen schlug Linus um sich. „Du bist tot. Du bist tot!" Er prügelte auf Bauch und Beine und Arme des armen Schneemanns ein, bis beide erschöpft zusammensanken. Langsam kam Linus zur Ruhe. Fassungslos betrachtete er die Reste des Schneemanns und die verängstigten Gesichter der Kinder. Alles war still. Die Kinder, die Betreuerinnen, Edda und Simon schauten Linus an wie ein seltenes Tier.

Linus spürte die Blicke auf sich. Fing an, den Schnee wieder zusammenzuschieben. Auf einen Haufen, bis er eine erste kleine Kugel gebildet hatte. Einer der kleinen Jungs fing an, ihm zu helfen. Ganz selbstverständlich. Linus schlug die Hände vor das Gesicht, verharrte einen Augenblick. Dann setzte er die Reste des Schneemanns, die ihm der Junge reichte, auf den Rumpf und oben drauf pflanzte er den demolierten Schädel, in dem ein Auge und die Nase fehlten. Fast schien es, als hätte er Olsen porträtieren wollen.

„Tut mir leid", entschuldigte sich Linus, ohne den Jungen anzusehen und ging zurück zu der Bank, wo sie gesessen hatten. Edda und Simon folgten ihm. Setzten sich neben ihn. Ließen ihm Zeit. Es dauerte, bis die Kinder wieder anfingen zu spielen. Erst als Linus das Geschrei der Kinder wieder vernahm, schaute er auf.

„Ich habe ihn umgebracht." Linus schaute Edda an. „Ich hab Clint getötet. Ich war das."

Als Olsen endlich zurückkam, war Edda komplett durchgefroren. Linus hatte ihr die ganze Geschichte erzählt. Sie hatte Mitleid mit ihm und doch spürte sie die Distanz, die Linus' Geständnis zwischen sie gebracht hatte. Edda war klar, dass sie es war, dass diese Distanz von ihr ausging. Sie hatte in Linus' Augen die Bitte um Verständnis, um Vergebung gesehen. Aber wie sollte sie verstehen und vergeben?

Olsen sah sich um, als prüfe er, ob die Luft rein sei. Dann zog er aus der Tasche eine Aldi-Plastiktüte und ließ Simon hineinschauen.

„Ist es das?"

Simon nickte. In der Tüte war das graue Pulver, das er von Mumbala kannte.

„Woher haben Sie das?"

Olsen deutete Richtung Osten. „Hier gibt es genügend Leute, die das Zeug einsetzen. Ist eine südamerikanische Pflanze, gemischt mit einer afrikanischen. In Lateinamerika nennen sie das Zeug den ‚Atem des Teufels'. Sie benutzen es, um Menschen willenlos zu machen."

„Woher wissen Sie das?"

Olsen überlegte. Er musste sich die Frage selbst stellen. Woher wusste er das eigentlich? Er fand keine Antwort. Was er wusste, war, dass die alte Frau aus Kolumbien, die ihm das Pulver verkauft hatte, ihn gewarnt hatte, zu viel davon zu nehmen. Nur ein paar Krümel. Die reichen, um das ganze Leben vor sich ausgebreitet zu sehen, hatte sie gesagt. Wie am Jüngsten Tag.

„Kommt", sagte Olsen zu den Kindern und ging voraus. „Ich hab eine Idee."

Nichts hatte sich in Clints Apartment verändert. Nur zögernd betrat Linus den Raum. Er fühlte sich unwohl hier. Da war der Stuhl, auf dem er gefesselt war. Da war das Aquarium, die Kochnische.

„Linus!" Olsen winkte ihn zu sich.

„War die Polizei nie hier?", fragte er so leise, dass Edda es nicht hören konnte. Olsen schüttelte den Kopf. Clint war mit Sicherheit nicht hier gemeldet gewesen. Olsen hatte seinen Computer aufgebaut, die Haube mit den vielen Drähten hingelegt.

„Was haben Sie vor?"

„Ich will testen, ob ich diese Droge aus dem Körper wieder ausführen kann."

„Damit?"

Olsen nickte. Er hatte sich ausführlich mit Frequenzen beschäftigt. Hatte mit Physikern gesprochen. Mit Spinnern. Mit Heilpraktikern. Allen hatte er den Computer, das Programm und das Zubehör gezeigt, um zu verstehen, was er da wirklich in den Händen hatte. Wie es schien, konnte er damit Einfluss auf jede Hirnfunktion nehmen.

„Und wie?", wollte Edda wissen.
„Über Frequenzen", erklärte Olsen. Er hatte sich von Spezialisten der Charité erklären lassen, dass es vorstellbar sei, verschiedene Hirnareale mit verschiedenen Frequenzen zu beeinflussen. „Wenn dieses Pulver also auf das Hirn wirkt, wie bei Simons Vater, dann muss es eine Frequenz geben, die diese Wirkung wieder auflöst."
„Wer soll das Zeug nehmen?", fragte Edda.
„Ich", sagte Olsen. Er setzte sich die Haube auf den Kopf. Dann wies er Linus ein, wie er den Computer zu bedienen hatte, sobald Olsen unnatürliche Reaktionen und Symptome zeigen würde. Er nahm seine Mütze ab und setzte die Haube auf. Zum ersten Mal sahen Edda und Simon den deformierten Schädel. Sie musste sich bemühen, nicht daraufzustarren. Olsen verdrahtete die Haube mit der Frequenzbox und dem Computer. Dann schaltete er alle Geräte ein. Kurz darauf erschein auf dem Bildschirm das Abbild seines Hirns. Schattierungen zeigten, welche Areale gerade aktiv waren. Eine Skala am Rand des Bildschirms gab an, mit welcher Frequenz diese Areale arbeiteten.
„Das ist der Normalzustand", erklärte Olsen Linus. „Wenn sich etwas verändert, klickst du auf das betroffene Areal und pegelst über diesen Regler die Normalfrequenz wieder ein. Aber erst, wenn du den Warnton hörst. Nicht früher, verstanden?"
„Alles klar!"
Gebannt schauten die Kinder auf Olsen. Wie auf einem elektrischen Stuhl, dachte Simon. Olsen zündete sich die Zigarette an und inhalierte. Die Blicke der Kinder wanderten von Olsen zu dem Monitor, der sein Gehirn zeigte. Noch war keine Veränderung zu erkennen. Noch wartete Olsen darauf, auf sein gelebtes Leben schauen zu können. Ruhig zog er ein weiteres Mal an seiner Zigarette und behielt den Rauch in seinem Körper. Zehn Sekunden; so wie es ihm die Frau aus Kolumbien empfohlen hatte.

Edda bemerkte es als Erste. Es war, als verlöre Olsens Körper alle Farbe. Als wäre irgendwo an seinen Füßen ein Hahn aufgedreht worden, durch den alles Blut aus dem Körper lief. Edda schaute zu Linus und Simon, die gebannt auf den Monitor sahen. Es war nicht nur ein Areal, das immer aktiver wurde. Es war das gesamte Gehirn, das nun arbeitete. Der Pegel, der die Frequenzen anzeigte, stieg. Edda schaute zurück zu Olsen. Er saß da wie tot. Starr. Doch er lebte. Atmete. Edda nahm es wahr, weil sie besorgt näher ging. Sie sah die Tränen, die sich in Olsens Augen bildeten.

„Was erlebt er?", flüsterte sie.

Die Jungs sahen abwechselnd zu ihr, zu Olsen.

„Er hat Angst", sagte Edda. Sie konnte es an Olsens Augen sehen. Der Frequenzpegel stieg immer schneller.

„Wann kommt der Ton?", fragte Simon besorgt.

Linus zuckte mit den Schultern. Olsens Haut wirkte langsam wächsern. Schweiß trat aus jeder Pore. Noch atmete er. Doch nur noch stoßweise. Keine Regelmäßigkeit mehr.

„Mach Schluss!", sagte Edda.

„Er hat gesagt ..."

„Scheiß drauf, was er gesagt hat." Edda fühlte den Puls von Olsen. Er raste. „Der stirbt. Linus! Der stirbt!"

Linus schaute zu Simon.

„Sie hat recht", sagte Simon.

Olsens Augen wurden rot. Plötzlich lief Blut aus seiner Nase.

„Schalt ab!", schrie Edda. Im selben Moment erschallte das Signal. Und Linus klickte die Areale durch und pegelte die Frequenzen auf das Normalmaß. Sie starrten auf Olsen. Es dauerte. Tränen liefen über seine Wangen. Langsam kehrte wieder Farbe in sein Gesicht zurück. Die Spannung, die seinen Körper erfasst hatte wie eine eiserne Faust, löste sich. Sein Atem fiel in einen normalen Rhythmus. Er schloss erschöpft die Augen. Kein Laut war zu

hören, als er sie wieder öffnete und die Kinder ansah. Niemand wagte zu fragen, was Olsen durchgemacht hatte.
„Wie lange hat es gedauert?", fragte er schließlich.
„Keine fünf Minuten", sagte Linus.
Olsen verstummte, schüttelte ungläubig den Kopf.
„Für mich waren es sechzig Jahre."

Olsen hatte einen absurd großen Appetit an diesem Abend. Sie saßen in einem der kleinen afrikanischen Imbisse, die sich in dem Viertel angesiedelt hatten, und aßen gegrilltes Huhn, Garnelen und Kokosnusspudding. Neben drei alternativ gekleideten und ziemlich runden Berlinerinnen waren sie die einzigen weißen Gäste hier. Olsen erklärte die Gerichte mit einer Genauigkeit, als hätte er sie selbst gekocht. Das hatte er nicht. Aber er wusste nun, wie sein Leben verlaufen war. Und dazu gehörten ein paar Jahre in Südafrika und im Kongo. Nichts davon verriet er den Kindern. Er würde lange brauchen, um damit klarzukommen, was er in den vergangenen Jahren an Schuld auf sich geladen hatte. Edda, Simon und Linus zu helfen war für Olsen ein erster Schritt, sein Leben in bessere Bahnen zu lenken. Nach der Befreiung von Marie würde er nach Montevideo zu fliegen. Zu Elisabeth. Das war sein Plan. Er hatte das Gefühl, dass sich allein schon der Gedanke daran nach Glück anfühlte.

Vorher aber galt es, gegen GENE-SYS anzutreten. Zu Simons Plan gehörte, dass sie das graue Pulver in die Lüftung des Teufelsberges einspeisten, um die Mitarbeiter des Konzerns auszuschalten und Marie zu befreien.
„Wäre genial, einen Bauplan der Anlage zu haben", überlegte Olsen bei seiner zweiten Portion Huhn, „um den Verlauf der Lüftungsrohre zu kennen."
„Ich glaub, ich weiß, wer uns helfen könnte", sagte Edda.

Die drei anderen schauten sie groß an. Edda brachte die Sprache wieder auf Meyrink.

„Er wusste so viel über GENE-SYS."

Linus und Simon warnten. Sie waren sicher, dass Meyrink ein Lockvogel von GENE-SYS war. Olsen beteiligte sich nicht an der Diskussion. Er wischte seine Finger ab, nahm Linus' Laptop und gab „GENE-SYS" und „Meyrink" in die Suchfunktion ein. Keine Einträge. Also rief er die Website von GENE-SYS auf, die nur spärliche Informationen gab. Ein wenig Historie, ein paar Ziele und Projekte.

„Mager für so einen Riesenkonzern", wunderte sich Olsen. „Als hätten sie was zu verstecken." Er wollte den Laptop schon wieder schließen, als Edda ihn abhielt.

„Moment!" Sie hatte etwas entdeckt. Auf der Website von GENE-SYS. In dem kurzen Text über die Historie. Sie scrollte die Zeilen über die Gründung in den 1950ern hinunter bis zu einem Foto. Es zeigte Greta und einen Mann neben ihr.

„Das ist Meyrink", sagte sie verblüfft.

„William Bixby steht da", sagte Linus, der sich das Foto ansah.

„Aber – das ist Meyrink!", sagte Edda.

„William Bixby, Mitbegründer von GENE-SYS. Amerikaner", zitierte Linus und überflog die weiteren Zeilen. „Ich hab's gewusst. Der Scheißkerl hat das alles mitentwickelt."

„Ich versteh das nicht", sagte Edda. „Ich war mir sicher, dass er auf unserer Seite steht." Sie konnte nicht begreifen, dass Meyrink sie so hatte täuschen können. Eigentlich hatte sie immer noch das Gefühl, dass sie recht hatte.

„Gehen wir zu ihm", sagte Edda entschlossen. „Ich will wissen, ob der lügt."

Sie sah Linus, Simon und Olsen an. Die drei erkannten, dass sie sich nicht davon würde abbringen lassen.

Unter ihnen lag die Stadt wie ein Teppich aus blinkenden Lichtern. Über ihnen wölbte sich die Nacht. Nasse, schwere Schneeflocken taumelten auf sie auf herab wie abgeschossene Kamikazeflieger und nahmen ihnen die Sicht. Die Sicht auf den Horizont und auf den Teufelsberg mit seinem Turm, dessen rotes Warnlicht die Flugzeuge vor einer Kollision bewahren sollte. Das Gestöber nahm ihnen auch die Sicht auf einander. Heute. Am Heiligen Abend. Auf einem Flachdach über Berlin.
Vor einer Stunde waren sie losgezogen. In die Kälte. Edda, Linus und Simon hatten ihre Sachen in Olsens Wagen verfrachtet, der jetzt ein paar Hundert Meter vom Haus entfernt parkte. Olsen hatte die Frequenzbox und die Haube mit den Drähten eingepackt und danach die notwendigen Programme seines Computers auf das Notebook von Linus überspielt, um Marie jederzeit von der Wirkung der Droge befreien zu können.

„Sie sind unterwegs", sagte Meyrink ins Telefon. Er hatte auf seinem Monitor einen Stadtplan, wie es ihn auch in der Zentrale von GENE-SYS gab. Und auch Meyrink empfing darauf die Signale, die Linus, Simon und Edda aussandten. Kurz darauf hatte Meyrink die Nummer eines öffentlichen Fernsprechers angewählt. Irgendwo in der Stadt, in einer Einkaufspassage, die aus den 70ern des vergangenen Jahrhunderts stammte, war der hagere Mann aus dem kleinen China-Imbiss gegenüber aufgestanden und hatte den Hörer vom Telefon abgenommen. Durch die leeren Gänge der Passage dudelte schrecklich laut Bing Crosbys Traum von der weißen Weihnacht. Der Hagere hielt sich ein Ohr zu, um verstehen zu können, was Meyrink sagte.
„Sie können sich auf auf den Weg machen, Dr. Schifter. Wie lang werden Sie brauchen?"
„40 Minuten", antwortete Dr. Schifter. „Plus minus."

Erst als sie Edda auf das Dach gefolgt waren, hatte Olsen entdeckt, dass jeder der Jungen eine Waffe bei sich trug. Er hatte sich instinktiv umgeschaut, die Situation für sich eingeschätzt. Wie ein Computer checkte er mögliche Fluchtwege, Gefahrenpunkte und nahe Deckung. Kabel fielen ihm auf. Antennen, die nicht zum Empfang von Radio oder Fernsehen bestimmt sein konnten. Er schwieg dazu, wollte die Kinder nicht beunruhigen.

Als er sich zu ihnen umdrehte, hatten die Jungs ihre Waffen gezückt und gingen voran. Olsen hatte sofort im Kopf, was ihm die Droge an Erinnerung zurückgegeben hatte. Alles war von großer Grausamkeit. Immer waren Waffen im Spiel gewesen.

„Trag niemals eine Waffe, wenn du nicht entschlossen bist sie zu benutzen!", sagte Olsen. Linus und Simon sahen ihn an, wollten nicht diskutieren, wollten einfach weiter.

„Seid ihr entschlossen?", hielt Olsen sie auf. Er wartete auf eine Antwort. Die Jungs nickten zaghaft. „Dann schießt!" Olsen deutete auf zwei Tauben, die sich in den Schutz eines Schornsteins zurückgezogen hatten.

Es war kalt hier oben, die Jungs froren. Sie wollten sich keine Blöße geben. Nicht voreinander und nicht vor Olsen. Sie hoben die Waffen, um zu zielen.

„Nein!", ging Edda dazwischen. „Was haben die Tauben damit zu tun?"

Die Jungs schauten zu Edda, zu Olsen. Der zeigte keine Regung. Zu gut konnte er sich nun, nachdem er sein Leben an sich hatte vorübereilen sehen, an den Moment erinnern, als er das erste Mal getötet hatte. Die Droge hatte die Erinnerungen, die Gefühle befreit, die er in sich verschlossen hatte. Bei allem Leid – Olsen war dankbar, dass er empfinden konnte, wie falsch sein Handeln all die Jahre gewesen war.

Die Jungs standen da, hatten die Waffen wieder erhoben und zielten. Da klatschte Olsen in die Hände. Die Tauben flogen auf und davon.
„Scheißspiel!" Edda stapfte voran.
Auf dem Weg zum Dach war ihnen eine Familie begegnet, die von der Bescherung kam. Der kleine Sohn war in den Armen seines Vaters eingeschlafen, die Mutter nickte Edda freundlich zu. Eddas und Simons Blick hatten sich über dem Kopf des kleinen Jungen getroffen. Beide mussten sie lächeln. Ein Kind. An Heiligabend.
Was die Familie wohl gemacht hätte, wenn sie gewusst hätte, dass Linus und Simon Waffen bei sich trugen? Dass sie vorhatten eine Organisation zu überfallen? Dass zwei von ihnen bereits ein Menschenleben ausgelöscht hatten? Sah man es Linus und Olsen an? Oder wirkten sie wie drei Kinder, die mit ihrem Opa die Treppen hinaufstiegen und ihre Familie besuchen wollten? Alles war nur noch Schein, dachte Edda. Manipulation, Schachzüge – und doch schien ihr Leben durch diesen Schein immer realer, immer dringlicher zu werden, immer schneller. So wie die Flocken, die aus dem Dunkel zu Tausenden auf sie hinabfielen und sich auf Eddas Haut auflösten, bevor sie für immer verschwanden.
Vielleicht gibt es eine Welt, in der Schneeflocken auch ein Leben haben, dachte Edda. Vielleicht schrien sie vor Angst, bevor sie auf ihrer warmen Haut zerschmolzen, vielleicht versuchten sie verzweifelt auf dem Dach zu landen, bei den anderen, die viele Schneeflockenjahre liegen blieben. Immer dichter legten sie sich über die Dächer und dämpften den Schall der weihnachtlichen Straßen.
Wie in einer Schneekugel, dachte Edda. Eine Schneekugel mit einem alten, merkwürdigen Söldner mit eingedelltem Kopf, der aus einer anderen Zeit zu stammen schien, einem Paralleluniversum, in dem Verschwörung, Gewalt und Gedankenkontrolle regierten, in dem ein Menschenleben nichts zählte; und mit zwei Jungs, mit denen Edda ohne Zweifel in mentalem Kontakt stehen

konnte, zu denen sie gehörte und die sie beide liebten. Vielleicht war alles andere nur ein Traum. Ein Traum in einer Schneekugel. Scheiße! Genug jetzt! Edda durfte sich nicht wegträumen. Schon gar nicht in die Welt der Schneeflocken! Sie deutete in die Richtung, in der sich das Dach von Meyrinks Haus befinden musste, doch die im Mondlicht gleißende Decke aus schillerndem Puder ließ Edda für einen Augenblick die Orientierung verlieren. Die Gruppe stapfte weiter über das Dach, bis Edda das Haus gefunden hatte. Die Stahltür zu Meyrinks Treppenhaus war abgeschlossen.

„Sicher, dass es hier ist?", erkundigte sich Olsen. Immer noch war er Edda unheimlich. Nie sagte er ein überflüssiges Wort. Nie machte er Small Talk. „Hat wenig Sinn, wenn wir hier oben alle Türen aufbrechen und dann die Treppenhäuser absuchen." Olsen setzte ein Lächeln in Eddas Richtung ab, als hätte er ihre Gedanken gelesen.

„Ganz sicher", sagte Edda und lächelte zurück.

Olsen öffnete die Tür mit zwei Haken, so schnell, als handele es sich dabei um die Originalschlüssel. Dann schlüpften sie in das dunkle, kalte Treppenhaus, dessen Lichtspiele Edda vor wenigen Tagen noch wie verzaubert erschienen waren. Edda biss die Zähne zusammen. Sie versuchte, jene harte Entschlossenheit zu spüren, die von den Männern ausging und ihnen Sicherheit zu geben schien, als sie jetzt leise ins Treppenhaus hinabgingen, während Olsen den Rückzug sicherte und die Tür schloss. Die Jungs hatten Edda schließlich davon überzeugt, dass es sich bei Meyrink – nein, bei Bixby – nur um einen Betrüger handeln konnte. Einen, der mit GENE-SYS gemeinsame Sache machte, der sie manipulieren und in die Fänge ihrer Gegner zurückbringen wollte. Jetzt drangen sie hier bewaffnet ein. Was, wenn etwas passierte? Sah man nicht an Linus, was Gewalt mit einem Menschen machte? Und an Olsen, der sich nicht einmal mehr daran erinnerte, wen er getötet hatte und warum? War das der Weg, den das Schicksal für sie vorgesehen hatte? Oder war alles nur eine weitere Prüfung von GENE-SYS?

„In welchem Stockwerk ist es?", fragte Linus leise.

Edda musste sich konzentrieren, sonst würde die Sache schiefgehen. Im zweiten Stock blieb sie stehen, nickte. Sie holte tief Luft. Dann betätigte sie die alte Ziehklingel, die in der Holztäfelung befestigt war, und hörte, wie im Inneren der Wohnung die Klingel läutete. Es blieb still.

„Wenn er nicht zu Hause ist?", flüsterte Simon.

„Ich glaube, er lebt allein", sagte Edda.

„Wenn er da ist, weiß er, dass wir kommen", sagte Olsen. Die Kinder schauten ihn überrascht an. „Auf dem Dach waren Antennen. Ich nehme an, von einem Überwachungssystem."

Kaum hatte er das gesagt, war hinter der Tür jemand zu hören. Edda sah den Schatten hinter dem Spion und lächelte. Gleichzeitig spürte sie die Anspannung von Linus und Simon, die sich an die Wand gelehnt versteckt hielten. Olsen stand ebenfalls außerhalb des Blickfeldes.

Sie hörten, wie ein paar Riegel zurückgeschoben wurden. Dann öffnete sich die Tür und Meyrinks Gesicht erschien. Er lächelte, als er Edda sah. Im gleichen Moment stürmte Linus auf ihn zu, packte ihn, drückte ihn gegen die Wand und hielt ihm seinen Waffe an den Kopf.

„Absuchen. Waffen. Handy!", befahl er. Simon durchsuchte Meyrinks Kleider. Fassungslos hielt Meyrink die Hände hoch. Mit einem solchen Angriff hatte er nicht gerechnet. Er starrte Edda an. Er wollte eine Erklärung. Dann sah er Olsen. Auch mit ihm hatte er nicht gerechnet.

„Was macht ihr? Wer ist dieser Mann?"

„Ich bin nur der Fahrer", sagte Olsen.

„Edda!" Meyrink versuchte zu begreifen. Noch immer hielt ihm Linus die Waffe an den Kopf. „Ich hatte gehofft, du hättest mich verstanden!"

„Ich hatte gehofft, Sie hätten mich nicht belogen", entgegnete Edda hart.

„Das habe ich nicht!"

„Warum nennst du dich Meyrink und nicht Bixby?", ging Linus Meyrink an. „Du hast GENE-SYS gegründet, hast deinen Tod gefaked und bist hier unter falschem Namen wieder aufgetaucht. Wir haben die Schnauze voll davon, von Leuten wie dir verarscht zu werden."

„Ja, meine Name ist William Bixby. Und ja, ich war einer der Begründer von GENE-SYS. Und ich habe meinen Tod vorgetäuscht. Aber nur deshalb, weil ich begriffen habe, dass GENE-SYS den falschen Weg geht. Ich kam zurück, um meine Fehler wiedergutzumachen. Dazu brauche ich eure Hilfe!"

„Scheiße!", schimpfte Linus. „Du redest Scheiße! Du willst uns einwickeln wie deine Komplizen vom Teufelsberg. Das kannst du vergessen!"

Linus trieb Bixby vor sich her, den Flur entlang bis in den großen Arbeitsraum. Bixby hatte der Entschlossenheit des Jungen nichts entgegenzusetzen. Als sie Bixbys Arbeitszimmer betraten, blieb Linus kurz stehen. Auch Simon war für einen Moment beeindruckt. Dann sahen sie die Dinge, die sie aus Bernikoffs Souterrainwohnung kannten.

„Woher haben Sie diese Sachen?", fragte Simon. „Die gehören Ihnen nicht."

„Nein", sagte er.

„Sie haben sie gestohlen!"

Simon machte einen Schritt auf das Grammophon zu und sah die Platte mit dem »Abaton«-Label. Er nahm sie vom Plattenteller und hob sie in die Höhe.

„Stecken Sie auch dahinter? Spielen Sie Bernikoff? Haben Sie das aufgenommen, Bernikoffs Botschaft an uns?"

Bixby schüttelte schwach den Kopf.

„Klar haben Sie. Wie hätte Bernikoff uns kennen sollen?"

„Sie wollten uns verarschen!"

„Ich hab diese Dinge vor der Vernichtung bewahrt", sagte Bixby leise und sah zu Edda. „Edda, du weißt, dass ihr eine Gabe habt. Hast du ihnen das nicht gesagt? Setzt das nicht aufs Spiel. Ihr seid die Hoffnung!"

„Gibt keine Hoffnung", sagte Linus. „Ist doch Schwachsinn. Alles was ihr da macht. Eliten. Zukunft. 'ne Sekte seid ihr. Seit diesem Scheiß-Camp wird nichts mehr sein wie es war!" Er steigerte sich immer mehr in seine Kriegerrolle. Olsen beobachtete es ruhig, aber mit Sorge. Er wusste nur zu gut, was mit Kriegern geschehen konnte, die die Kontrolle verloren. Sie setzten das Gelingen der gesamten Aktion auf's Spiel.

„Wir brauchen Zugang zum Teufelsberg", sagte Olsen ruhig und beobachtete Bixbys Reaktion genau. „Sie sind verrückt. Sie wollen Marie befreien."

Bixby sah zu Edda. „Dafür braucht ihr meine Hilfe. Greta weiß, wo ihr seid. Sie weiß es jede Sekunde." Er versuchte, sich aus Linus' Umklammerung zu befreien. Linus hatte damit nicht gerechnet. Plötzlich stand Bixby vor ihm. Linus hatte die Waffe in der Hand und zielte auf ihn.

„Linus!", warnte Edda.

Olsen kam langsam näher. Bixby und Linus fixierten sich wie Duellanten.

„Und meine Eltern habt ihr auf dem Gewissen. Habt ihr Gehirn gewaschen. Ich bin denen scheißegal. Scheißegal!" Linus klang verzweifelt. Olsen stand nur noch einen kleinen Schritt hinter Bixby. Mit einer schnellen Bewegung packte er Bixby am Hals, und ohne dass jemand gesehen hätte, wie es passierte, sank Bixby zu Boden wie eine Marionette, der jemand die Fäden abgeschnitten hatte.

Edda erschrak.

„Ist er tot?"

Olsen schüttelte den Kopf.

„Steck die Pistole weg", sagte er zu Linus.

„Das war scheiße!", schimpfte Linus. „Er hätte uns sagen müssen, wie wir in den Teufelsberg kommen!"

„Das hat er." Olsen klang gelassen, als er zu dem Laptop ging, der in einem Regal lehnte. Die Kinder sahen sich an, verstanden nichts.

„Als ich nach dem Teufelsberg fragte, hat er kurz daraufgeschaut. Ganz kurz. Das hat ihn verraten." Er schaltete den Computer ein. Alles schien ganz leicht, ganz einfach. Olsen folgte nur seinem Instinkt. Der führte seine Finger. Schnell war er im System und suchte nach dem passenden Ordner.

Edda hatte sich von den dreien entfernt. Sie war zu dem Computer in der Kabine gegangen, auf den die Bilder ihrer Großmutter überspielt wurden. Sie berührte die Tastatur vor dem Bildschirm, doch die Kamera zeigte nur ein leeres, ungemachtes Bett. Einzig das Umspringen einer Digitaluhr von 23:01 auf 23:02 auf dem Bild sagte ihr, dass die Übertragung live war. Es war die gleiche Uhrzeit wie in Bixbys Wohnung.

Schließlich hatte Olsen gefunden, wonach er gesucht hatte; in dem Ordner über die Aktivitäten der CIA im Berlin des Kalten Krieges. Dezidiert waren dort alle Angaben über die Abhöranlage am Teufelsberg aufgelistet. Darunter die originalen Baupläne und die Umbaumaßnahmen der letzten fünf Jahre. Man erkannte Treppen, Gänge, Lifte. Die Kanalisation und die Lüftungsschächte, die in dem Gebäude und dem Keller installiert waren. Und man konnte nachverfolgen, wo die Lüftungszentrale war.

„Bingo", staunte Simon.

Olsen hob den bewusstlosen Bixby vom Boden auf und setzte ihn auf einen Stuhl. Mit einem Lautsprecherkabel fesselte er seine Hände hinter dem Rücken.

„Wann wird er aufwachen?", fragte Edda.

„Ist besser, er bleibt weggetreten. Sonst kann er uns gefährlich werden", sagte Olsen.

„Aber was er über diese Greta gesagt hat, dass sie wisse, wo wir uns befinden ..."

„Ihr tragt einen Chip, nehm ich an", sagte Olsen gelassen.

„Was?"

„RFID-Chips", sagte Olsen. „Sie werden sie euch unter die Haut implantiert haben. Merkt man nicht."

„Wow!", sagte Linus leise. „Jetzt kapier ich: RFID. Die Dinger sind überall lesbar. Flughafen, Bahnhof. Banken. In allen Läden, durch die Diebstahlsicherungen am Eingang. Wenn GENE-SYS die mit Überwachungskameras gekoppelt hat, dann hatten wir nie eine Chance."

Die Kinder schwiegen. Olsen sah sie an. Dann zog er sein scharfes Messer.

Dasselbe wie jedes Jahr, dachte Greta. Überall leuchtende Kinderaugen. Geschenke; immer teurer, weil die Eltern ein immer schlechteres Gewissen hatten. Zu fettes Essen, zu schlechtes Fernsehen und die Familie zu Besuch. Greta mochte Weihnachten nicht. Das Einzige, das ihr an den Feiertagen gefiel, war die Ruhe, die einkehrte. Dieses Jahr hatte Greta sie genutzt. Die letzten Tage waren ein einziger Triumph gewesen. Greta spürte, dass sie nun endlich die Früchte ihrer Entbehrungen würde ernten können. Marie und ihre Erinnerungen, Träume und Gedanken würden Wesentliches über Bernikoff verraten, das man in keinem seiner Bücher nachlesen konnte. Louise hatte sie nach Hause geschickt und ihr erzählt, dass die Behandlung über Weihnachten nicht fortgesetzt würde. Zu anstrengend, zu ängstlich war die Zwillingsschwester geworden. Wer weit gehen wollte, musste sich seine Gesellschaft gut aussuchen, dachte Greta. Allein in ihrem Büro überprüfte sie wie jeden Abend die Bewegungsprotokolle der Kinder. In den ersten Stunden des Tages hatte sie nichts Ungewöhnliches bemerkt, dann aber, vor wenigen Stunden, war eine Anomalität aufgetreten. So wie Eddas Signal vor Kurzem für einige Zeit vollkommen verschwunden war, so waren nun alle drei Signale für fast 90 Minuten wie vom Erdboden verschluckt. Greta klickte sich durch die Zeitintervalle von fünf Minuten. Schließlich tauchten die Signale wieder auf. Greta beruhigte das. Doch nur kurz. Denn als sie die Intervalle weiterverfolgte, stellte sie irritiert fest, dass Edda, Linus und Simon vor gut einer Stunde Berlin verlassen hatten. Ihre Signale schienen der Bahnstrecke nach Göttingen zu folgen. Greta wurde unruhig. Wie war das möglich? Das widersprach all ihren Erwartungen. Wie konnte es sein, dass Edda ihre Großmutter aufgab?
Greta prüfte die Zugfahrpläne. Es gab keinen Personenzug, der um diese Uhrzeit Berlin in Richtung Westen verlassen hatte. Einzig ein Güterzug hatte diesen Weg genommen. Greta ließ keine Panik

zu. Sie wusste, dass nur rationales Denken zu Lösungen führen konnte. Waren die Kinder mit dem Güterzug aus Berlin verschwunden? Warum? Erneut ging sie die Protokolle durch und isolierte auf dem Stadtplan den Ort, an dem auf einmal Edda und schließlich alle drei aus der Überwachung verschwunden waren. Es handelte sich um einen alten Häuserblock mit verschiedenen Hinterhöfen und genügend Funkmasten, über die GENE-SYS die Chips aufspüren konnte. Trotzdem konnte die Zentrale für die kurze Zeit keine Signale empfangen. Greta begann, die Bewohner des Wohnblockes zu recherchieren.

Während sie recherchierte, ahnte Greta nicht, was sich zur gleichen Zeit circa 15 Meter über ihr tat. Olsen und die Kinder waren längst bis an den Teufelssee gefahren und hatten den Wagen dort zurückgelassen. Sie waren durch den Wald den Berg hinaufgestiegen und hatten dabei gezielt alle Überwachungskameras umgangen. Jetzt waren sie an dem kleinen Häuschen angelangt, das abseits der Abhöranlage stand und in dem die Steuerung der Lüftung untergebracht war.
Die Kinder spürten die Schnitte, die Olsen ihnen zugeführt hatte, noch immer. Aus den Werkzeugen in Bixbys Arbeitsraum hatte Olsen ein Gerät gebastelt, mit dem er die Chips in den Körpern der Kinder aufspüren konnte. Bei allen dreien waren sie auf den Rückseiten der oberen rechten Oberschenkel implantiert worden. Olsen markierte die Stelle. Er ließ Schnee vom Fensterbrett holen und vereiste damit die Fläche, in die er mit einem über einer Flamme desinfizierten Messer schneiden würde. Dann operierte er die Chips heraus. Kleine, unscheinbare Plättchen. Antennen im Miniformat.
„Wahrscheinlich hat Bixby die gemeint – deshalb sind wir ‚Antennen'." Simon klang verbittert, als er die Chips wegwerfen wollte. Doch Edda hatte eine bessere Idee.

Als sie Bixbys Haus verlassen hatten und Richtung Teufelsberg fuhren, überquerten sie eine Brücke.
„Hier machen wir's!", rief Edda.
Olsen hielt an, um Edda aussteigen zu lassen. Ein Güterzug rollte langsam unter ihnen durch die Nacht. Er transportierte Kohlen und wenig später drei Chips, die mit der Fracht nach Westen rollten. Olsen sah Edda zu, wie sie an dem Brückengeländer stand und dem Güterzug hinterherschaute. Ihm gefiel das clevere Mädchen. Es tat ihm weh, dass er niemals die Chance genutzt hatte, zur Ruhe zu kommen. Mit einer Frau zu leben, eine Familie zu gründen. Etwas zu hinterlassen, das wertvoller war als die Zerstörung, die sein Leben bestimmt hatte. Er wusste nicht, wie viel Zeit ihm noch blieb, doch diese Zeit wollte Olsen nutzen.

Am Teufelsberg folgte Olsen Linus' Anweisungen und parkte den Wagen in einem Feldweg am Fuß des Berges in der Nähe der alten Spandauer Poststraße. Niemand würde hier Heiligabend Notiz von ihm nehmen. Auf der Fahrt hatten sie diskutiert, ob sie das Pulver von Olsen einsetzen sollten. Es war nicht ungefährlich für die Menschen, die es inhalierten. Seine Gefahr lag darin, dass sie sich ihrem gelebten Leben stellen mussten. So hatte Olsen den Kindern erklärt, was er in den wenigen Minuten durchgemacht hatte.
„Kann denen nicht schaden, 'n bisschen in sich zu gehen", sagte Linus.
„Wir werden nur nicht alle Zeit der Welt haben", gab Olsen zu bedenken. Sie hatten längst nicht genug Pulver, um die Wirkung lange stabil zu halten. Einmal eingespeist würde immer neue Frischluft die Wirkung immer weiter verdünnen.
„Eine halbe Stunde, vielleicht ein wenig mehr", schätzte Olsen, „dann ist das Pulver aufgebraucht."

Während dieser halben Stunde mussten sich Olsen und die Kinder vor dem Rauch schützen. Da sie keine Schutzmasken hatten, mussten sie sich etwas anderes einfallen lassen: die Frequenz-Maschine. Wenn diese Maschine alles wieder in Ordnung bringen konnte, dann musste sie auch präventiv arbeiten können. Also spielten sie sich über das Notebook und die Haube mit den Drähten die eingespeicherten, normalen Frequenzen ihrer eigenen Hirne auf, die Olsen zuvor gespeichert hatte. Olsen war sich sicher, dass das mindestens eine Dreiviertelstunde Schutz vor allen Einflüssen bieten müsste, die von außen auf die Hirne eindrangen. Schließlich machten sie sich auf den Weg durch den Schnee, nicht ahnend, dass auf dem gesamten Gelände rund um den Teufelsberg Sensoren verteilt waren, die der Zentrale von GENE-SYS meldeten, dass es ungewöhnliche Bewegungen gab.

Die Frau vor dem gläsernen Bildschirm reagierte, wie es die Vorschriften verlangten. Sie griff zu dem Telefon ohne Wählscheibe und informierte Greta.

„Schicken Sie die Security raus", befahl Greta.

„Sind sicher bloß Wildschweine." Die Frau in der Zentrale stippte genervt ihre Zigarette aus.

„Schicken Sie die Security!" Greta wollte sichergehen. Das Verschwinden der Kinder aus Berlin hatte sie alarmiert. Sie ahnte, dass Gefahr drohte, auch wenn sie sich noch nicht erklären konnte, worin sie bestand. Die Liste der Bewohner des verdächtigen Häuserblocks hatte sie überflogen. Keiner der Namen sagte ihr etwas. Ihre Unruhe trieb sie zurück in das Schlaflabor. Sie hatte Victor geweckt und ihn ebenfalls dorthin bestellt. Greta hasste diffuse Gefühle, doch im Krieg hatte sie gelernt, darauf zu hören.

„Beeil dich", mahnte sie Victor.

„Es nützt nichts, wenn ich mich beeile. Wir müssen dem Tempo folgen, das Marie durchhalten kann." Seine Stimme klang gereizt.

Greta schwieg und schaute auf den Monitor. Er zeigte einen heimlichen Blick in den Zuschauersaal des Wintergartens. Die kleine Marie lugte durch das Loch im Vorhang und sah, wie sich der Saal allmählich füllte. Sie sah die Hakenkreuzfahne, die hinter der Loge angebracht worden war, und sie sah den Sessel, in dem er sitzen würde.
„Marie!" Bernikoff kam hinter den Vorhang, um sie zu holen. Marie sollte sich beeilen. Sie musste in die Maske und Garderobe. Man hatte umdisponiert und die Trapezkünstler aus dem heutigen Programm genommen. Der Salto-Mortale-Flieger konnte keinen Ariernachweis vorlegen. An normalen Tagen hätte das niemanden gestört; er war der Beste seiner Disziplin. Aber heute wollte man kein Risiko eingehen.
„Wir sind schon vor der Pause dran", sagte Bernikoff. Marie huschte davon.

Missmutig verfolgte Greta diese Belanglosigkeiten. Wie Edda hatte auch sie die Aufzeichnungen von Maries Traum mit dem Sonnenrad gesehen, aber im Gegensatz zu Edda und Victor war sie sich sicher, dass es sich nicht um einen Traum handelte. Etwas war an diesem Tag in Maries Leben passiert, etwas, das einen so tiefen Einschnitt in Maries Leben und ihre Psyche bedeutet hatte, dass Marie jede Erinnerung daran blockierte. Alle Ereignisse, die zu der Aufführung im Wintergarten führten, schienen dagegen lückenlos in ihrer Erinnerung vorhanden. Genauso alle darauf folgenden. Anhand von Nahaufnahmen und Uhren hatte Greta das Ereignis bis auf die Stunde genau bestimmen lassen. Doch immer noch lag auf der Kette der Erinnerungen ein Zeitraum von etwa vier Stunden, der nicht zu entschlüsseln war. Greta war sich sicher, dass in diesem Zeitfenster der Schlüssel lag. Der Schlüssel zu etwas, wonach sie und GENE-SYS lange und vergeblich gesucht hatten. Ein Geheimnis, das Bernikoff nur mit Marie teilte und das sie um jeden Preis wissen musste. Sie atmete tief. Ihre Finger trommelten leise auf dem Tisch. Nervosität war ein schlechtes Zeichen. Sie wollte es nicht wahrhaben. Aber sie kannte sich zu gut, um es ignorieren zu können.

Zur gleichen Zeit klopfte der hagere Dr. Schifter an Meyrinks Wohnungstür.

Linus und Simon hatten den Filter des Ansaugstutzens abgeschraubt. Olsen bereitete mit Edda das graue Pulver vor, um es in einer Art Weihrauchschwenker brennend und qualmend in das Ansaugrohr der Lüftung zu hängen. Die angesaugte Luft hielt wie bei einer Zigarette die Glut am Brennen. Der Rauch verbreitete sich im gesamten Lüftungssystem. Das Verbrennen des Pulvers würde die Wirkung der Droge noch intensivieren.
Sie warteten ein paar Minuten, dann schraubten sie den Luftfilter wieder auf den Ansaugstutzen und machten sich auf den Weg.

Entgegen der Vorhersage war der Wind aus Osten stärker geworden. Eiskalt blies er in ihre Gesichter und schnitt in ihre Haut. Wirbelte den Schnee in ihre Augen. Kein Baum, kein Strauch bot Schutz, als Olsen und die Kinder von dem Lüftungshäuschen zum Einstieg in die unterirdischen Anlagen hasteten. Sie kniffen die Augen zu Schlitzen zusammen. Ihre Finger schmerzten vor Kälte. Fast schon hatten sie die Abhöranlage erreicht, als Olsen innehielt und lauschte.
„Auf den Boden!"
Er warf sich nieder und gab Edda, Linus und Simon das Signal, dasselbe zu tun. Schatten waren zu erkennen, die ihnen aus dem Inneren des Berges entgegenkamen.

„Sie haben uns entdeckt", flüsterte Olsen.

„Aber wie?", fragte Linus.

„Egal", sagte Olsen, der wusste, was zu tun war. „Ihr müsst das mit Marie alleine schaffen. Ich kümmer mich um die Herrschaften da. Viel Glück, Kinder!" Olsen versuchte zu lächeln, doch das sah niemand in der Dunkelheit.

„Aber ..." Mehr konnte Edda nicht sagen. Olsen war schon davon. Den Feinden entgegen.

„Was jetzt?", fragte sie unsicher.

„Weiter!" Simon huschte gebückt voran. Linus ließ Edda vor und folgte. Er versuchte in die Nacht zu horchen, um herauszubekommen, wie es Olsen erging. Es war nichts zu hören. Nur Schnee und Dunkelheit. Was, wenn Olsen Hilfe brauchte? Das waren sicher vier oder fünf Männer gewesen, die sich da auf die Suche nach ihnen gemacht hatten. Ausgebildete Söldner wie Clint. Das war nicht zu schaffen. Linus spürte seine Hände kaum noch. In seine Sorge mischte sich Trauer. Wir konnten uns gar nicht verabschieden, dachte Linus. Und erschrak. Warum dieser Gedanke? Warum „Abschied"?

„Hey, Linus!" Simon war zurückgekommen und packte Linus am Arm, der ihm widerwillig folgte. Sie kamen an einen kleinen Abhang, den sie mehr hinabrutschten als dass sie liefen. Vor ihnen lagen nur noch der Platz am Fuße der Abhöranlage und die Treppen hinunter zu der Eisentür, durch die sie vor vielen Wochen schon einmal in den Teufelsberg eingedrungen waren. Wenn alles lief wie geplant, würde sich keiner der GENE-SYS-Angestellten oder der Security um die Eindringlinge kümmern. Die Männer allerdings, die Olsen ablenkte, hatten die unterirdischen Gänge verlassen, bevor die Droge hatte wirken können. Sie stellten eine unkalkulierbare Gefahr da. Es blieb ihnen nichts anderes übrig, als auf Olsens Fähigkeiten zu vertrauen.

Der große Spiegel in der Garderobe des Wintergartens war von Glühlampen gefasst. Marie betrachtete ihr junges Gesicht darin. Ihre Wangen glühten.

„Sie ist nervös."
Greta fixierte den Bildschirm angespannt. Sie kamen der entscheidenden Begegnung näher. „Hoffentlich hat sie es nicht versaut."
Victor wandte sich Greta zu. Er sah, wie sich ihre Hände vor Anspannung verkrampften. Weiß glänzten die Knöchel durch die dünne, alte Haut. Die Frau, die er immer für ihren Mut, die Grenzen der Wissenschaft zu überschreiten, bewundert hatte, hatte sich verändert. Ihre Leidenschaft war einem gefährlichen Fanatismus gewichen. Auch Victor war nervös. Greta hatte ihn dazu überredet mehrere Areale in Maries Hirn gleichzeitig zu stimulieren. Traum, Erinnerung, Langzeitgedächtnis – irgendwo musste die Begegnung von Bernikoff und Marie mit Hitler und den anderen Größen des Dritten Reichs zu finden sein.

„Ich habe kein gutes Gefühl", sagte auf dem Bildschirm Marie in die Stille und Greta atmete tief durch.
Mit besorgtem Blick schaute Bernikoff Marie an. Dann strich er ihr mit dem weichen Rücken seiner Hand über die Wange. Für einen Augenblick wanderten Maries Mundwinkel nach oben, doch ihre Augen blieben skeptisch.
„Schau ihm nicht in die Augen. Er liebt es, wenn Menschen vor ihm den Blick senken. Du brauchst nichts zu tun, als zu lächeln, wenn du mir assistierst", versuchte Bernikoff sie zu beruhigen, doch seine Worte bewirkten das Gegenteil.
Marie schluckte.
„Willst du sie alle umbringen?", fragte Marie mit leiser Stimme.

Für einen Moment hingen sie beide dem Klang der Frage nach. Bernikoff schüttelte den Kopf.

„Wenn ich sie töten würde, wäre ich wie sie. Das wäre das Schlimmste, was mir passieren könnte."

Marie nickte. Sie spürte, weshalb ihr Vater den Grund für sein Handeln für sich behalten wollte. Sie nahm sich vor, weniger Fragen zu stellen und ihrem Vater zu vertrauen. Dann ergriff sie seine Hand und drückte sie.

„Ich helfe dir, Papa", sagte sie leise.

Es klopfte laut an der Tür der Umkleide. Marie fuhr zusammen.

„Herein!", rief Bernikoff.

Ein älterer Mann, der zum Wintergarten gehörte, steckte den Kopf in die Tür und sah sich mit flinken Augen in der Garderobe um.

„Sind wir schon dran?", fragte Bernikoff erstaunt.

„Zwei Herren haben eben nach Ihrer Garderobe gefragt – dachte, das würde Sie interessieren. Hab sie auf Besichtigungstour durch den Keller geschickt, aber die sehen nicht aus, als ob sie sich lange aufhalten lassen. Prinz-Albrecht."

Marie sah, wie Bernikoff trotz seiner dunklen Haut erbleichte. In der Prinz-Albrecht-Straße lag das Hauptquartier der Gestapo.

„Verdammt!", schimpfte Greta. „Das heißt, sie sind ihm gar nicht begegnet! All dieser Hokuspokus umsonst!"

„Immer mit der Ruhe", sagte Victor.

„Du solltest die Frequenz intensivieren. Hast du alle Areale ihres Hirns erfasst?", drängte Greta.

„Ein Mensch ist keine lebende Datei mit Schnellvorlauf und Suchfunktion!" Victor deutete auf das EKG von Marie, das permanent erstellt wurde. „Wenn ich die Frequenz erhöhe oder gleichzeitig verschiedene Regionen ihres Hirns stimuliere, kann sie daran sterben. Oder sie bleibt in dem Alter stecken, in dem sie sich gerade befindet. Lock-in."

„So nah vor dem Ziel gebe ich nicht auf! Ich will wissen, was hinter Bernikoffs Plan steckt!"

Victor schüttelte deprimiert den Kopf. Dieses Projekt begann ihn zu erschöpfen.

„Ich weiß wirklich nicht, was daran so interessant sein soll", sagte er.

Greta starrte ihn an.

„Das kann ich dir sagen: Hitler wurde 1918 wegen einer hysterischen Erblindung in einem Kriegslazarett in Mecklenburg durch Hypnose behandelt, um ihn wieder zurück an die Front zu schicken – weil er es unbedingt wollte. Allerdings wurde der behandelnde Arzt vorher abkommandiert und er hatte keine Zeit mehr ihn zu erwecken."

Victor winkte ab.

„Das ist nicht bewiesen!"

„Ach nein? Und wieso hat man den behandelnden Arzt 1933 gezwungen sich zu töten?"

„Das sind doch Verschwörungstheorien aus dem Internet! Was soll so schlimm an einer Hypnose Hitlers sein?", fragte Victor. „Das war ewig her, als er an die Macht kam!"

„Wenn der Führer in Wahrheit ein hysterischer Blindgänger war und das deutsche Volk einem verrückten Schlafwandler folgte – ja, was sollte daran eigentlich schlimm sein?", fragte Greta zynisch.

„So dumm kann nur ein Amerikaner fragen! Möglicherweise befand Hitler sich für den Rest seines Lebens im Zustand einer unaufgehobenen Hypnose. Möglicherweise hat dieser Zustand sein gesamtes Denken und seine Politik bestimmt. Dann: Auftritt Bernikoff. Er kommt und hypnotisiert ihn; kurz bevor Hitler anfängt Kriege zu verlieren, kurz bevor der Siegeszug seines behaupteten

‚Tausendjährigen Reiches' zu Ende geht. Wirklich, was könnte daran wichtig sein?!"

Aufgeregt bewegte sie sich mit ihren klappernden Beinschienen auf und ab, als ein automatischer Alarm sich meldete. Greta weckte ihr iPad aus dem Standby-Modus und sah die Übertragung einer Außenkamera. Ein paar Gestalten machten sich an der Eisentür zur Disco zu schaffen.

Greta wurde nervös. Sie steuerte auf dem Touchscreen andere Überwachungskameras an. Was sie entdeckte, bestätigte ihr ungutes Gefühl. In den Gängen und Aufenthaltsräumen saßen ihre Mitarbeiter seltsam apathisch herum.

„Wir kriegen Probleme", raunte sie Victor zu und versuchte ihre Mitarbeiter zu erreichen. Aber niemand nahm ab.

„Dann brechen wir hier ab", sagte Victor. „Würde Marie guttun."

„Im Gegenteil!" Greta ging so schnell sie konnte zu dem runden Fenster und schaute in den Gang vor dem Schlaflabor. Niemand war zu sehen. Dann löste sie die rote Kappe von einem Schalter auf dem »Schleuse« stand.

Vor der Eisentür, die in das Innere des Teufelsbergs führte, zog Simon die Stange des Wagenhebers hervor und setzte ihn an die Tür an. Sie hatten an alles gedacht. Nun mussten sie darauf vertrauen, dass Olsen die Frequenz exakt so eingestellt hatte, dass ihnen die Droge nichts anhaben konnte. Sie schauten auf die Uhr. Noch 23 Minuten. Sie mussten sich beeilen.

„Auf Kommando! Eins. Zwei. Drei!"

Mit einem Ruck stemmten sie gemeinsam die Tür auf, die zu der Halle führte, in der zum Abschluss des Camps die Disco stattgefunden hatte. Sie erinnerten sich daran, wo der Lichtschalter gewesen war. Flackernd sprangen unzählige Neonröhren an.

Alles war leer und trostlos wie die verlassene Kulisse eines längst vergessenen Films. Nichts deutete mehr auf Vergnügen hin. Ohne die richtige Beleuchtung waren die Muster im Boden nicht als Sonnenräder zu erkennen.

Edda, Linus und Simon eilten die eisernen Stufen hinunter und bogen in den langen Gang. Sie folgten dem Plan, den sie aus Bixbys Unterlagen hatten, um in das Innerste von GENE-SYS zu gelangen. In die Schaltzentrale.

„Jetzt links", sagte Edda. Die Jungs hielten inne, schauten sie zweifelnd an.

„Echt links?"

„Echt." Edda war sich sicher. Links. Nicht nur darin hatte sie sich verändert. Sie eilten voran. Noch spürten sie keine Wirkung der Droge. Sie konnten sie riechen, aber die Substanz löste nichts in ihren Hirnen aus. Noch immer war ihnen niemand begegnet und für einen kurzen Moment hatte Edda Sorge, ob sie Marie hier überhaupt noch finden würden. Dann erreichten sie die Tür zur Schaltzentrale. Durch das Fenster in der Tür lugten sie hinein. Vor ihnen saß eine Frau vor einem riesigen Monitor und starrte ins Leere. Zwischen ihren Fingern rauchte eine Zigarette.

Linus nickte seinen Freunden zu. Vorsichtig öffneten sie die Tür und schlüpften hinein. Die Frau reagierte nicht. Die Kinder kamen näher. Edda und Simon sahen die Frau fasziniert an, sahen, wie – stumm – Tränen über ihre Wangen liefen. Woran sie wohl dachte? In welcher Phase ihres Lebens sie gerade war?

Linus betrachtete die drei Monitore, die seitlich des gläsernen Bildschirms standen. Auf einem war das Standbild einer Landkarte von Deutschland zu sehen. Im Abstand von ein paar Sekunden pulsierten drei Signale. Entlang der Bahnlinie Berlin – Göttingen.

„Hey, das sind wir!" Linus deutete darauf. „Unsere Chips."

Die beiden anderen Monitore übertrugen in schnellem Wechsel Live-Bilder aus den verschiedenen Abteilungen von GENE-SYS. Überall waren reglose Menschen zu sehen. In sich gekehrt hockten sie da.

„Dornröschen", sagte Edda.

„Und wir sind die Prinzen", lachte Linus. Im gleichen Augenblick verging ihm das Grinsen. Einer der Monitore zeigte Aufnahmen von einer riesigen Halle voller Pflanzen. Dazwischen zwei Menschen, denen die Droge scheinbar nichts anhaben konnte. Linus erkannt sie sofort. Es waren seine Eltern. Auch Simon und Edda begriffen. Sie sahen Linus an. Aber der wandte sich nur ab.

„Los, weiter!" Linus schien ungerührt, nahm den Plan und eilte voran zu dem Raum, in dem sie Marie zuletzt gesehen hatten. Die beiden Freunde folgten. Sie spürten, wie schwer es Linus fiel, keine Regung zu zeigen. Aber er hatte recht. Es musste schnell gehen. Sie hatten noch höchstens 19 Minuten, bevor die Droge auch Macht über sie bekommen würde.

Kurz nachdem die drei die Schaltzentrale verlassen hatten, wechselte einer der Monitore auf den Raum, in dem Marie lag. Greta und Victor waren bei Bewusstsein.

„Wie weit können wir noch erhöhen?", fragte Greta kalt. Victor schüttelte den Kopf.

„Sag!", herrschte Greta ihn an.

„Ein, eineinhalb Punkte. Maximal", räumte Victor ein und riet Greta, erst einmal zu klären, was mit den Mitarbeitern geschehen war. Doch Greta hörte nicht auf ihn. Sie griff zu dem Regler und pegelte die Frequenz einen Punkt höher.

„Du bist wahnsinnig", schimpfte Victor.

„Wer auch immer da eindringt", giftete Greta zurück, „er hat keine guten Absichten. Ich will endlich das Ergebnis!"
Gebannt schaute sie auf den Monitor.
Dort schien alles schiefzulaufen.

Bernikoff ließ das kleine Uhrwerk mit dem Sonnenrad in seiner Hosentasche verschwinden und zog sein Jackett über. Seinen Hut und seinen Mantel ließ er hängen. Zur Ablenkung. Dann liefen sie über den Flur durch den Keller des Hauses zum Seitenausgang. Von der Bühne drangen Stimmen und Lachen herunter. Menschen in Vorfreude auf den Abend.
Marie und Bernikoff hatten kaum die Hälfte auf dem Weg zum Ausgang zurückgelegt, als ihnen zwei Männer in dunklen Anzügen vom Ende des Ganges entgegenkamen. Sie bewegten sich schnell und geschmeidig und nahmen den gesamten Raum in dem schmalen Gang ein. Man spürte die Gefahr, die von ihnen ausging. Bernikoff drehte sich um und sah eine offene Tür, die zu einer Toilette für die Angestellten des Theaters führte. Ihr schmales Fenster zeigte zum Hof und stand offen. Es war zu eng für Bernikoff. Er schob Marie in den kleinen Raum.
„Schließ ab und spring durch das Fenster in den Hof", raunte er ihr leise zu. „Dorthin können sie dir nicht folgen." Er blickte Marie in die Augen und berührte mit zwei Fingern ihre Stirn. Sofort fiel Marie in Trance.
„Du wirst alles vergessen, was ich dir gerade gesagt habe und was du über unser Vorhaben weißt. Sogar wo wir wohnen", sagte er mit tiefer Stimme. „Notabanotabano!"

Greta und Victor sahen sich für einen Augenblick an.
„Das ist es ...", sagte Victor leise. „Er hat Marie hypnotisiert. Deshalb der Blackout."

Marie sah ihren Vater an, als schaue sie durch ihn hindurch. Bernikoff schloss die Tür. Er sah, wie die Männer um die Ecke kamen und ihre Schritte beschleunigten.

„Lauf, Marie!", flüsterte er durch die Tür.

Die Männer kamen näher.

„Stehen bleiben! Staatspolizei!", schrie einer Männer.

„Lauf endlich!"

Die Männer hatte sie fast erreicht. Marie verriegelte die Tür von innen. Mit zitternden Händen klappte sie den Toilettendeckel herab und stieg darauf.

„Aufmachen! Gestapo!"

Durch das melierte Glas der Scheibe in der Tür konnte sie die Augen und den Hut des Mannes sehen, der mit den Knöcheln an die Tür schlug.

„Ich muss mal! Ich komme gleich!" Marie versuchte, so ruhig und unbeteiligt wie möglich zu klingen. Tatsächlich arbeitete ihr Kopf auf Hochtouren: Sie befand sich im ersten Stock. Direkt unter dem Fenster stand ein dunkler Wagen, bei dem das Verdeck aus Stoff war. Bis dahin waren es drei oder vier Meter. Marie hörte, wie der Mann an der Tür klopfte und rüttelte. Wie er die Klinke herunterdrückte.

Dann splitterte das Glas in der Tür und fiel krachend auf den Fliesenboden. Marie schloss die Augen, zählte bis drei und stieß sich vom Fensterbrett ab.

Mit dem Lift fuhren Edda, Simon und Linus in die unterste Ebene der Anlage. Sie waren nur noch wenige Meter von ihrem Ziel entfernt. Und von der Halle mit den unendlich vielen Pflanzen. Linus verlangsamte seinen Schritt. Er konnte nicht anders, er musste durch das Fenster in dem stählernen Tor einen Blick in diese Halle werfen, während sie sie passierten.

„Linus?"
Linus fuhr herum. Dort standen plötzlich seine Eltern. Sie hatten die Halle verlassen. Verwirrt schauten sie ihn an. Schauten zu Edda und Simon.
„Linus!" Linus' Mutter trat auf ihn zu, wollte ihn umarmen. Linus aber entzog sich, wich zurück.
„Wonach riecht das?", fragte sein Vater, den der Geruch ablenkte. Jetzt nahm ihn auch die Mutter wahr. Ihr Blick veränderte sich.
„Ist der da drinnen nicht, der Geruch?", fragte Edda.
Linus' Mutter lachte, schüttelte den Kopf.
„Nein." Sie stutzte. Über die Frage und über das Mädchen, das sie stellte. Dann lächelte sie Edda an. „Bist du Linus' Freundin?"
„Ja! Hat mich gefreut. Wir müssen weiter."
„Aber wohin?" Linus' Mutter redete immer langsamer. Sie schaute Linus an. „Mein guter Junge ..."
Der Blick seiner Mutter erinnerte Linus an seine Kindheit. An das Glück, das er in den Augen seiner Eltern auslösen konnte. Das er damals so warm gespürt hatte wie die Märzsonne, die den letzten Schnee des Winters schmolz. Nun stand er dort und wartete, dass diese Wärme wiederkehrte. Aber da war nichts. Nur die Blicke seiner Eltern. Die immer mehr entrückten.
„Linus ... Linus! Es tut mir leid!", sagte plötzlich sein Vater, so als hätte er im Übergang in den Drogenrausch erkannt, was er seinem Sohn angetan hatte.
„Linus", flüsterte plötzlich auch seine Mutter bestürzt. „Bitte, Linus! Du musst uns verzeihen! Du musst uns vergeben! Bitte! Alles ... alles, was wir dir zugemutet haben. Bitte! Wir sind deine Familie!"
Fassungslos starrte Linus seine Eltern an. Er spürte eine Härte in sich, die er nicht zulassen wollte. Doch er wusste, dass es zu ihr keine Alternative gab. Nicht in diesem Moment.

„Vergeben?" Er schüttelte den Kopf. „Nein. Das werde ich nicht. Das müsst ihr schon selbst. Ist euer Leben, sorry. Meine Familie – das sind meine Freunde."

Er wandte sich zu Edda und Simon, die gerührt zugesehen hatten und jetzt lächelten. Genauso empfanden sie es auch. Sie hatten ihre alten Leben abgestreift und neue Leben begonnen. Mit Menschen, die sie sich selber ausgesucht hatten – die sie für immer begleiten würden.

„Lebt wohl!" Linus verabschiedete sich von seinen Eltern. Er sah sie noch einmal an, doch er wusste nicht, ob sie den Abschied noch mitbekamen. Die Droge hatte von ihnen Besitz ergriffen. An ihren Gesichtern konnte man erkennen, dass sie nicht das Glück ihres Lebens schauten.

Marie landete, zunächst sanft, dann überraschend artistisch. Ihre Füße kamen auf dem Dach aus Stoff auf und sie betete, dass niemand im Wagen sitzen würde. Das Dach gab nach und Marie prallte ab. Sie flog in die Höhe, als spränge sie Trampolin, und landete mit beiden Füßen auf dem Boden des Hofs, wo sie das Gleichgewicht verlor und unsanft stürzte.

Gleich war sie wieder auf den Beinen und sah sich um. Im Wagen saß tatsächlich niemand. Sie sah die dunkle Einfahrt, die aus dem Hof zurück auf die Straße führte und wollte darauf zu laufen, als eine feste Hand sie an der Schulter packte. Sprachlos und erschrocken blickte Marie in das Gesicht des Mannes, der Uniform trug. An seinem Arm leuchtete das schwarze Hakenkreuz auf einer Armbinde und seine blassen, blauen Augen starrten in Maries Gesicht.

„Oh, mein Gott ... Darauf läuft es heraus! Jetzt begreife ich", sagte Greta.

„Welcher Vater würde so etwas tun?"

„Woher hätte Bernikoff wissen können, dass Marie ihm begegnen würde?", fragte Greta.

„Das Hin und Her macht ihr Kreislauf nicht mehr mit!", rief Victor. „Siehst du nicht? Da!"
Greta war außer sich. Auf dem Monitor waren Marie und ein Mann zu sehen, der im Schatten des Hofes noch nicht zu erkennen war. Doch, er konnte es sein. Hitler.
„Fahr die Frequenz höher!", schrie Greta aufgeregt. „Endlich kommen wir an den entscheidenden Punkt! Wenn die beiden sich begegnen ..."
Ein erneuter Alarm unterbrach. Diesmal schaltete Greta die Überwachungskamera rechtzeitig ein. Sie konnte nicht fassen, wer die Eindringlinge waren. Edda, Linus und Simon.
„Was, wenn sie bis hier runterkommen?", fragte Victor besorgt.
„Das hoffe ich doch!" Greta war vorbereitet.

Edda, Linus und Simon hatten noch 14 Minuten, als sie in den Gang traten, der zu dem Raum führte, in dem sie Marie vermuteten. Sie blieben einen Moment stehen, atmeten durch. Linus und Simon umfassten ihre Waffen. Sie gingen auf die Tür zu, als plötzlich ein Alarm erklang. Hinter ihnen rauschte eine Stahltür nach unten und versperrte den Rückzug. Ein Notlicht schaltete sich ein. Mit hydraulischem Surren schloss sich auch eine zweite Stahltür, die in einen schmalen Nebengang führte.
Sie waren gefangen.
Durch das runde Glasfenster sah Edda, wie Greta und Victor ihre seltsamen Forschungen an Marie vorantrieben. Sie sah die Drähte, die von einer Haube auf Maries Kopf zu einem Computer führten. Es war eine Vorrichtung, wie sie sie von Olsen kannten.

„Was geht da vor sich?", fragte Simon, der hinter Edda stand. Edda zuckte mit den Schultern und erschrak.

„Bist ja du", hatte Simon gesagt und auf den Bildschirm des Computers gezeigt, vor dem Greta und ein Mann in einem Kittel saßen. Es war der Bildschirm des zweiten Computers, auf dem Victor die Erinnerungsbilder zeitverzögert speicherte. Und tatsächlich schien dort Edda auf dem Bildschirm zu sehen zu sein. Doch was tat sie da? Nein, das war nicht sie, begriff Edda. Das war Marie. Marie, so alt wie Edda jetzt. Und dann sah sie den Mann mit dem Turban, den Großen Furioso. Er redete da offenbar mit Marie. Bernikoff.

„Das ist Marie als Mädchen", erklärte Edda, „und der Mann ist Carl Bernikoff." Jetzt schaute auch Linus durch das Fenster.

„Sieht aus, als würden sie ihre Träume abzapfen."

„Oder ihre Erinnerungen", sagte Edda.

„Wahnsinn", sagte Simon. „Stell dir vor, die können das dann speichern."

Edda schluckte. Sie dachte an die wunderschönen Momente mit Marie. Kein Bild hätte je einfangen können, wie diese Gespräche, diese Begegnungen sie bereichert hatten. Wie glücklich sie gewesen war. Edda spürte, wie ihr Tränen in die Augen schossen; Wut und Ohnmacht drohten, ihr den Atem zu nehmen. Genau wie damals in Bernikoffs Wohnung befand sie sich wieder in einem abgeschlossen Raum. Doch diesmal war sie nicht allein.

„Was sollen wir jetzt machen?" Edda versuchte, die aufkommende Platzangst zu unterdrücken.

„Ganz einfach." Linus zog die Waffe aus seiner Tasche. „Zur Seite!" Edda und Simon wollten ihn warnen, da stand Linus schon breitbeinig im Gang, hob den Revolver und zielte auf den Schließmechanismus der Tür. Zweimal drückte er ab. Das Krachen der Schüsse und der beißende Rauch betäubten Edda und Simon für einen Moment. Sie hörten nicht, wie die Kugeln von dem Metall abprallten. Gleich darauf spürte Edda einen scharfen Schmerz an ihrem Ohr, gerade als Linus erneut die Waffe hob und direkt auf das Bullauge zielte, durch das Greta auf die Kinder schaute.

Linus achtete nicht auf seine Freunde. Er wollte diese Mission zu Ende bringen und GENE-SYS heimzahlen, was sie anderen angetan hatten. Noch einmal drückte er den Abzug der Waffe. Schoss mitten in das runde Fenster. Mitten in Gretas Gesicht, das beim Anblick der Waffe weder Angst noch Entsetzen verriet. Einzig sachliches Interesse schien sich in ihrem kühlen Blick zu spiegeln. Als Linus abgedrückt hatte, hinterließ die Kugel nicht einmal einen Kratzer auf dem Glas. Sie prallte ab und irrte als Querschläger durch den Raum.

„Idiot!", schrie Simon. „Merkst du nicht, dass du uns umbringst? Du hast Edda getroffen!"

Erst da sah Linus, dass Simon am Boden kauerte und einen Arm um Edda gelegt hatte. Blut strömte aus der Wunde an ihrem Ohr.

„Das ... das tut mir leid", stammelte Linus.

Greta trat näher an das Fenster und warf einen Blick auf die Kinder. Sie erkannte sofort, dass Eddas Verletzung nicht gefährlich war. Und lächelte. Sie war jetzt völlig ruhig. Sie liebte es, wenn die Dinge auf dem Rande des Vulkans zu tanzen begannen und wenn es ihr dann in letzter Minute gelang, einen Ausbruch zu verhindern und den Dingen eine neue Ordnung zu geben. Nur so wurde wirklich Neues geboren, neue unerforschte Kontinente des Wissens, die aus der Ursuppe des Unwissens auftauchten und darauf brannten, erkundet zu werden. Von ihr. Greta. Mithilfe dieser drei außergewöhnlichen Kinder, die jetzt endlich wieder den Weg zu ihr gefunden hatten. Just an dem Tag, als sie dabei war, an eines der großen Geheimnisse der Geschichte zu gelangen, wie sie glaubte.

Schade, dachte sie für einen Sekundenbruchteil, dass Bixby das nicht mehr erleben durfte. Aber so war es eben.
Seelenruhig gab sie Victor ein Zeichen und er ging noch einmal daran, das Gehirnareal Maries zu sondieren, in dem sie die letzten Aufzeichnungen gemacht hatten.

„Sechs Minuten, dann wirkt das Zeug auch auf uns. Wir müssen irgendwas tun!", keuchte Simon.
„Ich glaub, bei mir geht es schon los", sagte Edda, die sich die Frequenzen gegen das Ibogain zuerst hatte aufspielen lassen. Wenn sie ihre Augen auch nur für einen Augenblick schloss, begannen Schlangen durch die Spalten und Ritzen der Schleuse zu kriechen. Mit einem Mal war sie wieder in Indien; im Bus mit Shiva. Gelähmt, unfähig an etwas anderes zu denken als an den Tod ihres besten Freundes. Auf keinen Fall durfte sie diesen Erinnerungen folgen und auf gar keinen Fall durfte Linus und Simon etwas passieren. Auch sie begannen die Wirkung der Droge zu spüren.
„Wir müssen uns konzentrieren!"
Sie schwiegen. Schlossen die Augen. Ja, diese Gefahr kam nicht von außen. Sie kam aus ihrem Inneren. Aus der Wirkung der Droge, die diese Gefahr in ihnen erzeugte. Wenige Sekunden dauerte es, dann wussten sie von selbst, was zu tun war: Außerhalb der Zeit und des Raums, in dem sie sich befanden, schlossen sie sich zusammen. Wie auf Kommando setzten sie sich im Kreis auf den Boden.
„Wir müssen aufhören zu denken", dachte Edda.
Sie merkte, wie dieser Widerspruch die Lösung in sich barg. Es fiel ihr nicht schwer, sich auf die Stelle zwischen ihren Augen zu konzentrieren und zu atmen. Nur zu atmen und die Atemzüge zu zählen. Bis auch das Zählen aufhörte.

Die Jungs folgten ihr und zwischen ihnen wuchs mit jedem Atemzug, den sie gemeinsam taten, ein unsichtbares Feld. Ein Ort, der nur ihnen zugänglich war und an dem sie ohne Worte miteinander kommunizieren konnten. Jeder von ihnen spürte die Klarheit ihres Geistes und, dass die Droge ihnen in dieser Klarheit nichts mehr anhaben konnte. Solange sie zusammenhielten, entstand eine Welt, die nur sie sehen konnten und die immer wieder von Bildern von Katastrophen, Feuer, Dunkel, der Angst und dem Grauen ihrer jungen Jahre durchzuckt wurde. Sobald sie begriffen hatten, dass all diese Ereignisse in der Vergangenheit lagen – dass das, was sie sahen, keine feste Größe war, war die Kraft der Kritischen Masse da!

„Was springt ein kleines Mädchen hier herum?", fragte Hitler mit einer Stimme, die gar nicht so schnarrend und schneidend war, wie sie sie so oft aus dem Volksempfänger und in den Wochenschauen gehört hatte. Marie blieb wie angewurzelt stehen.
„Das sind gefährrliche Spiele", warnte er mit tiefer Stimme. Sein Gesicht verriet nichts, nur die blassen, blauen Augen funkelten darin. Kalt, wie schimmernde Steine, tief auf dem Boden eines kalten Sees. Marie wollte sich losreißen, aber sie konnte nicht wegschauen. Stattdessen schien sie in den Augen zu versinken, als könne sie durch die Augen in sein Inneres schauen, einen Ort, der ohne Zweifel war, erfüllt mit der Energie eines einzigen Gedankens, der immer wiederholt wurde wie ein Mantra. Um sie herum verschwanden die Häuser, das Auto, was die Menschen Realität nannten. Kein Geräusch war zu hören, als der Mann seinen Arm hob, um Marie zu berühren. Nicht einmal das Rascheln des Stoffes seiner Uniform. Er wendete den Kopf, als lausche er in die Stille, ohne den Blick von ihr zu nehmen. Als sähe er Dinge, die andere nicht

sahen und die Marie jetzt aus irgendeinem Grund auch sehen konnte. Im Inneren ihres Kopfs. Große bewegte Tableaus, die sich aus einem dunkelroten Wolkenmeer formten und über ein weites und verbranntes Land zogen. Ein Land, in dem kein Leben zu erkennen war. Ein fahler Nebel aus giftigem Gas, der um Ruinen und Reste von zertrümmerten Maschinen waberte. Ein Sturm aus schwarzen Fliegen legte sich auf die Landschaft und bedeckte sie.

„Götterdämmerung", sagte Greta ergriffen.

Das Bild brach ab. Entsetzt schrie Greta auf.

„Nicht jetzt!"

Sie warf einen Blick auf das EEG, an das Marie angeschlossen war. Es gab keine Reaktion mehr in ihrem Gehirn. Greta wollte nach dem Pegel greifen.

Victor kam ihr zuvor und ergriff Gretas Hand.

„Es hat keinen Sinn ..."

„Aber wieso? Ist sie ... tot? Wieso ausgerechnet jetzt ...?"

Im Schlaflabor verschwanden die Erinnerungsbilder vom Monitor.

„Wir müssen Greta dazu bringen die Tür zu öffnen", dachte Edda.
„Wenn sie das tut, können wir aufstehen. Wir müssen eine Illusion aufrechterhalten, bis Marie hier raus ist!"

„Wie sollen wir das schaffen?"

„Es ist die einzige Chance, die wir haben!"

„Wir können das. Bixby hat gesagt, deswegen sind wir die Kritische Masse! Vergessen?"

Wieder und wieder setzten sie an und erzeugten wie in einem Dreiklang Bilder und Abläufe dessen, was sie sich vorstellten, was passieren sollte. Und immer wieder gab es gravierende Abweichungen, die es unmöglich machten, gebündelt eine Vision auszusenden, die stark genug gewesen wäre, die Realität zu verändern. Sie wussten, dass sie nur wenige Minuten hatten, um ihre Bildfolgen abzugleichen. Sie mussten ihre Vorstellungen angleichen, mussten die erste, die zweite und die dritte Matrix aufeinanderlegen und solange verschieben, bis sie ein einziges Bild ergaben. Ein Bild, das stärker, farbiger, wirklicher und überzeugender war als die Welt, in der sie gerade lebten. Allein durch die Kraft ihrer Gedanken.

Dann endlich hatten sie die Vision gefunden. Die verlockende Vision von Harmonie, von ihrer freiwilligen Rückkehr zu GENE-SYS. In der Vision öffnete Greta ihnen die Tür, um sie willkommen zu heißen. Sie lud sie in den Raum zu Marie ein, weil sie nun alle eine große Familie waren. Sie waren keine Feinde mehr, sondern Bekehrte. Weder Greta noch Victor würden mehr an die Situation denken, die eben noch in der Schleuse stattgefunden hatte. An die Schüsse, an Linus' Versuch, mit Gewalt einzudringen. An die apathisch herumtaumelnden Angestellten, die sie auf den Monitoren gesehen hatten. Das Blut an Eddas Ohr und auf dem Boden würde verschwinden. Dann würde Marie aufstehen und sich zu ihnen gesellen. Gemeinsam würden sie GENE-SYS verlassen.

„Auf Greta konzentrieren!", dachte Edda. „So wie damals auf Clint!" Wieder tuneten sie sich ein, bildeten die „Antennen", von denen Bixby gesprochen hatte, und sie spürten, dass eine bisher ungeahnte Kraft zwischen ihnen entstand. Eine Kraft, die zunahm, je mehr sie sich auf ihre Aufgabe konzentrierten. Noch nie hatten sie versucht, so ausdrücklich Menschen zu manipulieren, wie sie es jetzt taten. Schweigend saßen sie auf dem Boden im Kreis und konzentrierten sich auf die Tatsache, dass sie jetzt zu GENE-SYS übergehen wollten. Ihre Hirnfrequenzen waren längst zu einer einzigen geworden; einer, die stärker war als die jedes anderen Menschen. Das war der Vorteil einer Kritischen Masse und des Faktors, der sie verband.

Sie fokussierten sich auf Greta und ihre Imagination von Harmonie überlagerte die Frequenz, die Gretas Wahrnehmung steuerte. Sie war starr und stark. Dann war da noch eine andere, männliche Frequenz, die leichter zu beeinflussen war. Victor. Keiner von beiden schien eine Ahnung zu haben, was gerade in der Schleuse vor sich ging. Dass die Kraft der Kritischen Masse daran arbeitete, eine Welt zu erzeugen, die ihnen in wenigen Minuten sehr einladend erscheinen würde. Eine Welt, in der sich die Tür zu dem Schlaflabor und zur Schleuse öffnete und in der die Kinder unbehelligt davongehen würden.
Mit Marie.
Immer stabiler wurde die Vorstellung.
Immer eindeutiger die Vision.

Gretas Gesichtsausdruck wurde plötzlich weich und gelassener. Sie fühlte sich Marie so nah. Und Victor. Und von irgendwo vernahm sie, dass Edda, Linus und Simon zurückgekehrt seien, um in Zukunft für GENE-SYS zu wirken.
„Ich hab es gewusst", lächelte Greta. „Ich hab es gewusst."

Plötzlich hielt Edda inne – irgendetwas war anders! Sie musste sich auf die Vision konzentrieren! Das war das Wichtigste. Darauf, dass sie Marie hier herausholten und selbst davonkamen. Doch wie sollten sie gleichzeitig das Feld halten und mit Marie die Anlagen von GENE-SYS verlassen? Zweifel? Für einen Augenblick drohte das Feld zusammenzubrechen.
Da war es, als käme noch eine Stimme hinzu, eine, die ihnen sagte, dass Marie im Inneren des Schlaflabors mit ihnen an der Aufrechterhaltung ihres Feldes arbeitete.
„Marie ist bei uns!", triumphierte Edda. Sie konnten es alle spüren. Marie war zu ihnen gekommen! Die Freude darüber verlieh ihnen

neue Kraft. Sie setzten all ihre Konzentration ein, um Marie eigenständig aus dem Raum, in dem sie gefangen war, zu leiten. Solange die Kinder das Feld in Gretas und Victors Bewusstsein halten würden, konnte es gelingen.

Kurz darauf öffnete sich die Tür zum Schlaflabor und Marie trat heraus. Sie schwankte, aber sie lächelte, als sie die Kinder am Boden der Schleuse sitzen sah. So versunken in ihre Aufgabe, dass sie nicht merkten, wie Marie an ihnen vorbeiging. Wie die Türen zu dem schmalen Nebengang auseinanderglitten, Marie hindurchschritt und davonging. Sie entfernte sich immer weiter von den Kindern. In ihren Köpfen jedoch wussten sie genau, was geschah. Es war ihre Vision vom Gang der Dinge, die sie verändern und anpassen konnten, solange sie gemeinsam das Gleiche dachten.

„Das Schiff wartet auf uns", empfingen die Kinder als Nachricht von Marie. „Beeilt euch! Folgt mir durch den Gang zum Schiff." Noch schien Marie in der Nähe.

Edda wusste, dass Marie einen Vorsprung brauchte. Doch der gefährliche Teil des Unternehmens stand noch bevor. Es war der Augenblick, in dem sie sich erheben müssten und anfangen würden zu laufen. Dann wäre das Feld unweigerlich zerstört, Greta würde erwachen und die Verfolgung aufnehmen. Noch verharrten sie in ihrer Konzentration und Greta schwärmte mit Victor von der goldenen Zukunft.

Keines der drei Kinder wusste, wie viel Zeit vergangen war, als plötzlich eine männliche Stimme ertönte, die zunächst keiner von ihnen einordnen konnte.

„Los, kommt! Steht auf! Ich bringe euch raus!"

Mit letzter Kraft versuchten sie, sich auf ihre Vision zu konzentrieren, doch jemand riss Linus unsanft am Arm auf die Füße.

„Raus hier!"
Es war Bixby.
Mit einem Schlag war das Feld zerstört. Die Kinder sahen Bixby fassungslos an. Wie hatte er sich losmachen können? Wieso kam er ihnen zu Hilfe? Für Antworten blieb keine Zeit, denn im gleichen Augenblick kehrten im Schlaflabor auch Greta und Victor aus ihrer Vergangenheit zurück. Greta begriff erstaunlich schnell, dass Marie verschwunden war. Sie starrte in die geöffnete Schleuse. Das Blut wich aus ihrem Gesicht, sie musste sich an einem Tisch festhalten, um nicht vor Schreck ohnmächtig zu werden.
„William", murmelte sie. Victor folgte ihrem Blick und erschrak kaum weniger als Greta. Bixby, der sich in der Tür breitmachte, versteckte die Kinder vor den Blicken Gretas und Victors. Hinter seinem Rücken gab er ihnen das Zeichen zu fliehen und deutete in den Gang, in dem Marie verschwunden war.
„Los", flüsterte Edda. „Das ist unsere Chance!"
Ganz langsam standen sie auf und bewegten sich so unauffällig wie möglich in die Richtung, in die Marie in den schmalen Gang verschwunden war.
Sprachlos stand Greta immer noch Bixby gegenüber. Sie hatte diesen Mann betrauert, hatte ihn beweint, und da nach dem Absturz im Meer kein Leichnam zu finden gewesen war, hatte sie ihn sogar symbolisch begraben. Jetzt stand er vor ihr. Es schien ihm gut zu gehen. Er wirkte jung und selbstbewusst. Greta begriff den Betrug. Schmerz breitete sich in ihr aus. Schmerz, den sie noch niemals so empfunden hatte. Geschürt von Verrat und Vertrauensbruch. Sofort war ihr klar, dass Edda, Linus und Simon mit Bixbys Hilfe in den Teufelsberg eingedrungen waren. Am liebsten wäre sie auf ihn zugestürmt und hätte mit all ihrer Kraft auf ihn eingeschlagen. Doch ihre Beine hätten es nicht erlaubt. Und vor allem nicht ihr Stolz.

Mit einem Wimpernschlag hatte sich Greta scheinbar wieder gefasst.

„Wie kannst du es wagen, dieses Experiment, für das wir unser ganzes Leben gearbeitet haben, zu zerstören?"

Kaum merklich schüttelte Bixby den Kopf. Nicht ein einziges Wort hatte Greta seinem Auftauchen, seiner Wiederauferstehung gewidmet. Er spürte, wie er traurig wurde.

„Wirst du es niemals verstehen?", entgegnete er leise. „GENE-SYS ist Vergangenheit."

„Nein!", schrie Greta auf. „Du hast keine Vorstellung, wie nah wir der Lösung sind."

„Du meinst die Kinder? Die Kritische Masse?"

Greta fixierte ihn. „Wie lange pfuschst du schon an den Kindern herum?"

„Sie haben sich deiner Kontrolle entzogen, Greta. Und das ist gut so. Jetzt wird sich dieser Schwarm aus Antennen selbst vernetzen und seine eigene Intelligenz entwickeln!"

„Schwarmblödheit meinst du!", schrie Greta erbost.

„Nein. Eine Intelligenz, die viel größer und tragfähiger ist als deine Idee von Eliten."

„Es war auch deine Idee!"

„Ja. Aber ich habe erkannt, dass wir den falschen Weg gehen. Du wolltest mir nicht glauben."

„Weil das alles auf den Kopf gestellt hätte, was Bernikoff entwickelt hatte!"

„Er hatte es in den letzten beiden Jahren selber auf den Kopf gestellt. Er ist selber viel radikaler geworden in seinem Denken, in seinen Ideen. Das Wissen, auf dem wir aufgebaut haben, war von Anfang an veraltet. – Du hast verloren, Greta!" Mitleid lag in Bixbys Stimme.

„Nein. Nein, William", ereiferte sich Greta. „Bald werden wir den Menschen das Böse nehmen können, die Gier, den Neid, die Gewalt, das Unbewusste ..."
„Wenn das Böse verschwindet, Greta", sagte Bixby, „dann wird es das Gute mitnehmen."
Greta lachte nur. Sie spürte, dass sie diesen Gedanken noch nicht gedacht hatte. Doch wollte sie ihn jetzt nicht an sich heranlassen. Sie musste verhindern, dass die Kinder mit Marie entkamen, und löste Alarm aus.

Die Luft in der Anlage hatte sich so weit erneuert, dass die Wirkung der Droge nachließ.
Bixby drehte sich um und sah, wie Gretas Schergen den Gang entlanggelaufen kamen. Sie waren bewaffnet.
„Setzt ihn fest", schrie Greta und deutete auf Bixby. „Und holt mir die Kinder und Marie zurück!"

Edda, Linus und Simon hetzten durch den alten, unverputzten Tunnel voran, in den Marie verschwunden war.
„Wo führt der hin?", rief Edda und blieb kurz stehen, um Luft zu holen.
„Keine Ahnung", rief Simon zurück. „Auf den Plänen ist der nicht!" Er hatte die Pläne zusammengefaltet in der Hand. „Den Gang gibt es eigentlich nicht!"
„Aber das, hört ihr das?", sagte Linus und deutete zurück in den Gang. Da waren Schritte zu hören. Verfolger. Eine ganze Menge. „Weiter!"
Schnurgerade führte der Gang weiter vom Teufelsberg fort. Nirgendwo gab es eine Abzweigung. Es war als kämen die Verfolger immer näher. Keine Chance auf Konzentration. Immer nur voran. Voran. Die Konzentration hatte viel Kraft gekostet. Immer wieder

mussten sie innehalten, nach Luft ringen. Noch immer gab es keinen Ausgang. Und immer lauter wurden die Schritte der Verfolger. Dann gabelte sich der Tunnel.

„Links oder rechts?", fragte Simon.

Sie sahen sich an. Linus nahm den ängstlichen Blick von Edda wahr. Ihre Hilflosigkeit in diesem Moment.

„Wo ist Marie lang?"

„Deine Theorie", sagte Linus, „dass links immer die Gefahr lauert, weiß Marie davon?"

„Ja", sagte Edda. „Ja! Wir haben oft darüber gelacht."

„Okay. Dann ist sie wohl rechts lang", sagte Linus. „Ihr folgt ihr. Nach ein paar Metern bleibt ihr erst mal ruhig stehen. Ich laufe links und lenke die Verfolger ab. Sie werden meinen Schritten folgen. Wenn alles gut geht ..."

Ein kalter Lufthauch kam ihnen entgegen. Frische Luft. Linus zog die Waffe heraus.

„Los!", brüllte er Edda an. „Glaubst du, ihr habt sonst eine Chance, mit so einer alten Frau?"

Edda und Simon zögerten.

„Wir treffen uns bei Bixbys Wohnung, okay?", schlug Edda vor.

„Wir bleiben doch sowieso in Kontakt. Egal was passiert", sagte Linus ausweichend. Die Schritte der Verfolger waren nun ganz nah.

„Los! Lauft! Ins Dunkle und dann stehen bleiben. Still sein!"

Edda legte die Arme um Linus und küsste ihn auf dem Mund.

„Danke!"

Dann rannten sie mit Simon los. Nach wenigen Metern blieben sie stehen und horchten. Ihre Herzen klopften. Sie lauschten den Schritten von Linus nach. Sekunden später galoppierte die Kavalkade der Verfolger heran. An der Gabelung blieben sie stehen. Man hörte Stimmen. Dann Stille. Die Schritte von Linus hallten in der Ferne. Und die Männer folgten dem Geräusch.

Edda weinte. Simon ergriff ihre Hand. Dann rannten sie los. Weiter in das Dunkel des Tunnels hinein.

Die Luft, die Edda und Simon einatmeten, wurde immer klarer, immer kälter. Sie wussten, dass es nicht mehr weit zum Ausgang war. Ein Schritt noch und sie standen unter den Sternen; am Ufer der Havel.
Es hatte aufgehört zu schneien.
Der Mond beschien die weiße Fläche bis zum Wasser, das friedlich und glänzend vor ihnen lag. Im Schnee waren die Fußspuren von Marie zu sehen. Sie eilten voran, immer der Spur folgend. Schließlich endeten Maries Spuren auf einem hölzernen Steg. Dort lag fest vertäut, mit laufendem Motor, ein kleiner Dampfer. An Deck stand Marie. Irgendwo unter Deck werkelte jemand.
Edda sprang auf das Boot und umarmte die Großmutter. Die lächelte sie an.
„Mama", sagte sie strahlend zu Edda. „Endlich bist du da, Mama, aber wo ist Louise?"
Edda sah die Großmutter an. Simon war zu ihr gekommen und schüttelte den Kopf. Edda verstand. Es war besser, Marie jetzt nicht zu überfordern. Es war noch genügend Zeit. Jetzt zählte nur, dass sie wieder zusammen waren. Dass sie Greta und GENE-SYS entkommen waren.
Edda hakte die Großmutter unter und wollte mit ihr das Boot verlassen. Doch Marie wehrte sich.
„Mama, wir fahren mit dem Schiff. Du hast es mir versprochen!"
Sie klang wie ein bockiges Kind.
Plötzlich trat Dr. Schifter an Deck. Edda entschuldigte sich.
„Meine Großmutter hat sich auf Ihr Boot verirrt, entschuldigen Sie bitte."

„Nein, nein", sagte er. „Alles richtig so. Mister Bixby hat mich gebeten, euch in Sicherheit zu bringen."

Er lächelte gewinnend und da erkannten Simon und Edda ihn wieder. Dr. Schifter, der hagere Mann aus dem Camp und dem Museum für Völkerkunde.

„Haben Sie die ganze Zeit für Bixby gearbeitet?", fragte Simon staunend. Schifter lächelte nur und löste die Taue.

„Wir können nicht weg", rief Edda. „Unser Freund ist noch an Land!"

„Linus?", fragte Dr. Schifter.

„Er hat die Verfolger abgelenkt", sagte Simon. „Wir müssen auf ihn warten."

Dr. Schifter schüttelte den Kopf. Er machte die Taue los und warf sie auf Deck.

„Wenn wir noch länger warten, werden sie uns alle erwischen."

Damit ging er in den Führerstand und das Schiff legte ab.

Edda und Simon hörten die Schüsse nicht mehr, die hinter ihnen im Tunnel fielen, und sie sahen nicht, wie Gretas Schergen in die Nacht traten.

Edda, Marie und Simon gingen unter Deck.

Als sie ein paar Meilen gefahren waren, verfrachtete Schifter Marie und Edda in die eine und Simon in die andere Kajüte. Erschöpft schliefen sie ein und fielen in einen tiefen traumlosen Schlaf.

Mit Volldampf voraus bahnte sich das Schiff seinen Weg über die Havel und verließ die Grenzen Berlins.

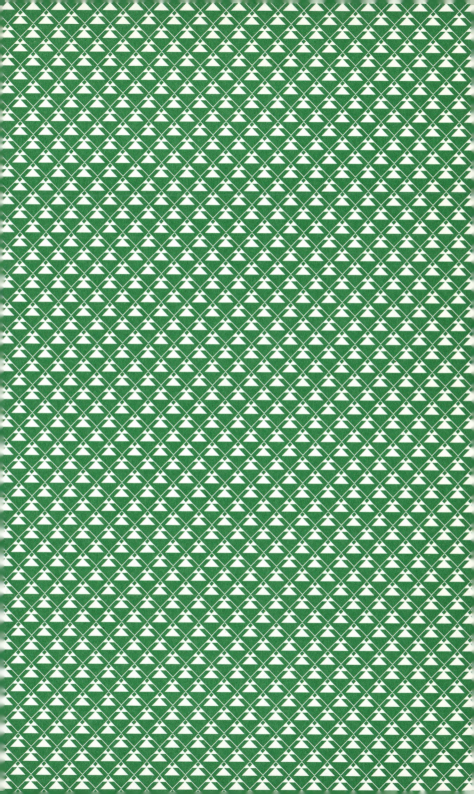

Epilog

Als Simon erwachte, spürte er das Schlingern des Schiffes. Wankend trat er an Deck und sah, wie die Sonne im leichten Morgennebel aufging. Das Schiff befand sich auf hoher See. Auf ihrer nächtlichen Fahrt mussten sie über die Elbe bis in die Nordsee gekommen sein. Wie lange hatte er geschlafen? Tage? Simon lief zum Kapitänsstand, der sich am Heck des Schiffes befand. Hinter dem Steuerrad war niemand. Simon suchte das Boot ab, doch Dr. Schifter war verschwunden.

Beunruhigt ging er hinunter zu den Kajüten und klopfte an Eddas Tür. Nichts. Er klopfte heftiger. Dann schaute er in das herrlich verschlafene Gesicht von Edda. Er lächelte.

„Was willst du?", fragte sie.

„Wo ist Marie?"

Edda drehte sich um. Ihre Großmutter lag im Bett und schlief.

„Komm!", sagte Simon, nahm Edda an die Hand und führte sie an Deck. Ungläubig schaute Edda über das neblige Meer. Die Luft war feucht und ihr war kalt.

„Wir haben ein Problem", erklärte Simon. „Dr. Schifter ist verschwunden."

Edda brauchte einen Augenblick, um all das zu verstehen.

„Und wo sind wir?"

„Nordsee, schätz ich", antwortete Simon. „Keine Ahnung, wie das passieren konnte."

Im Führerstand pendelte der Kompass. Jemand hatte den Autopiloten eingeschaltet. Daneben sah Edda eine kleine Spieluhr unter einer Glashaube stehen. Edda nahm sie auf und die Sonnenräder des kleinen Automaten begannen sich in gegensätzliche Richtungen zu drehen.

„Hier!", rief Simon. Er hatte Aufzeichnungen gefunden, die auf der ersten Seite eine Karte mit ihrem Startpunkt an der Havel zeigten.

Auf den nächsten Seiten konnten Edda und Simon ihren Kurs nachverfolgen. Über die Elbe waren sie bis in die Nordsee gelangt.
„Wie lang haben wir geschlafen?", fragte Edda.
Simon blätterte vor auf die letzte Seite. Da war so etwas wie eine Insel aufgezeichnet. Simon zeigte es Edda.
„Das hab ich schon mal gesehen", sagte sie. Edda überlegte, sah Simon an. Da fiel es ihr ein. „Dein Kopf! Die Tätowierung. Die sieht fast genau so aus!"
In diesem Augenblick zerschnitt das tiefe Dröhnen eines Nebelhorns die morgendliche Ruhe. Edda und Simon drehten sich um.
Aus der Ferne war ein riesiges Schiff vor ihnen aufgetaucht.
»SHIVA« war in Hindi und in lateinischen Buchstaben an den Bug gemalt und am Heck des Schiffes wehte die zerfetzte Flagge eines fremden Landes.
Es steuerte direkt auf sie zu.

DIE ABATON-TRILOGIE

Band 1
»Vom Ende der Angst«

Band 2
»Die Verlockung des Bösen«

Band 3
»Im Bann der Freiheit«
(ab Sommer 2013)

Hier geht's zum Buchtrailer!

[CHRISTIAN JELTSCH]

Drehbuchautor und Buchautor, wurde 1958 in Köln geboren. Nach dem Abitur studierte er zunächst vier Semester Psychologie und Theaterwissenschaften, widmete sich dann aber als Regieassistent der praktischen Theaterarbeit. Parallel dazu verfasste er Beiträge für den Rundfunk und für Zeitungen. Daran schloss sich eine Ausbildung als Filmtechniker an. Während dieser Zeit entstand seine erste TV-Dokumentation.
Im Anschluss konzentrierte er sich ausschließlich auf das Drehbuchschreiben. Seit 1996 verfasste er zahlreiche Drehbücher für »Tatort« und »Polizeiruf 110« (ARD). Es entstanden außerdem Folgen der Serien »Peter Strohm«, »Bella Block«, »Ein starkes Team« und »Kommissarin Lucas« (alle ZDF), aber auch diverse Fernsehfilme.
Für seine Arbeit wurde er mehrfach ausgezeichnet, so erhielt er u. a. für den Fernsehfilm »Einer geht noch ...« 2001 den Grimme-Preis oder auch 2006 für die Bella-Block-Folge »Das Glück der anderen« den Deutschen Fernsehpreis. »Abaton«, das er gemeinsam mit Olaf Kraemer schrieb, ist sein Debüt als Jugendbuchautor.
Christian Jeltsch lebt mit seiner Familie in der Nähe von München.

[OLAF KRAEMER]

Buch- und Filmautor, wurde 1959 in Cuxhaven geboren. Er widmete sich schon früh der Literatur und war 1972 Mitbegründer der Göttinger Arbeitsgemeinschaft Jugendbuch sowie erster jugendlicher Beisitzer in der Jury zum Deutschen Jugendbuchpreis. Darüber hinaus war er auch musikalisch aktiv und sang und verfasste Texte in den Bands »Die Goldenen Vampire« und »Thorax Wach«. In Berlin studierte Kraemer Ethnologie und Publizistik an der FU, nahm mehrere Platten auf und arbeitete gleichzeitig als Journalist für verschiedene Printmedien (u. a. »Der Tagesspiegel«, »Merian« und »Wiener«) und den SFB. 1990 erschien sein erstes Buch.

Nach einer Tournee mit seiner Band blieb Olaf Kraemer 1987 in den USA, wo er sich bis 1998 als Autor, Übersetzer und Dokumentarfilmer durchschlug. Aufsehen erregte er mit seiner Uschi-Obermaier-Biografie »High Times«, die sich 27 Wochen auf der »Spiegel«-Bestsellerliste hielt und die nach seinem Drehbuch unter dem Titel »Das wilde Leben« erfolgreich verfilmt wurde. Sein erster Roman »Ende einer Nacht« erschien 2008 und ist nur zensiert erhältlich. Er wird zurzeit für die Bühne bearbeitet. »Abaton«, das er gemeinsam mit Christian Jeltsch schrieb, ist sein Debüt als Jugendbuchautor.

Heute lebt Olaf Kraemer in München und hat einen Sohn.

Foto © Hadley Hudson

TEXT © Christian Jeltsch und Olaf Kraemer, 2012
DEUTSCHE ERSTAUSGABE © mixtvision Verlag, München 2012

Dieses Werk wurde vermittelt durch die
Michael Meller Literary Agency GmbH, München
Alle Rechte vorbehalten.

www.mixtvision-verlag.de
www.abaton-trilogie.de
www.facebook.com/ABATONTrilogie

COVERKONZEPT UND –GESTALTUNG
Groothuis, Lohfert, Consorten / glcons.de
INNENTYPOGRAPHIE UND –GESTALTUNG
Kateřina Dolejšová / append[x] GmbH
DRUCK UND BINDUNG
Westermann Druck, Zwickau

ISBN: 978-3-939435-52-5